Das Drachenkind

Band 2 der Drachenromane

von

Virginia Fox

Dragonbooks

ISBN 978-3-906882-11-6

DIE AUTORIN

Virginia Fox, geboren 1978, war bereits im Alter von vier Jahren mit ihren zwei Hauptleidenschaften infiziert: mit der Liebe zu Büchern und Texten in jeglicher Form und der Liebe zu den Pferden. Nach dem Lesen zahlreicher Bücher und dem Schreiben verschiedener Kurzgeschichten und Essays startete sie ihr bis her größtes Projekt: Die Drachenschwestern-Trilogie. Nach der Fertigstellung der Trilogie musste sie feststellen, dass sich der Schreibvirus nicht abschütteln lässt. Im Dezember 2014 veröffentlichte sie Band 1 der neuen Rocky Mountain Serie: Rocky Mountain Yoga. Weitere Bände folgen in regelmäßigen Abständen.
Die Autorin lebt zusammen mit ihrer Tochter, ihrem Australian Cattle Dog und einem launischen Kater in Zürich. Wenn sie nicht gerade am Schreiben ist, widmet sie sich ihrer zweiten Leidenschaft, den Pferden.

Mehr über die Autorin auf Facebook
facebook.com/authorvirginiafox, Twitter @fox_virginia oder
virginiafox.com.

Bei Dragonbooks von Virginia Fox auch erhältlich:

Die Rocky Mountain Serie:

(Genre: Liebesroman/Spannung)

Band 1 – Rocky Mountain Yoga

Band 2 – Rocky Mountain Star

Band 3 – Rocky Mountain Dogs

Band 4 – Rocky Mountain Kid

Band 5 – Rocky Mountain Secrets

Band 6 – Rocky Mountain Fire

Band 7 – Rocky Mountain Life

Band 8 – Rocky Mountain Race

Band 9 – Rocky Mountain Lion

Band 10 - Rocky Mountain Gold

Band 11 - Rocky Mountain Crime

Band 12 - Rocky Mountain Heat

Band 13 - Rocky Mountain Snow

Band 14 - Rocky Mountain Horses

Band 15 – Rocky Mountain Kiss (Juni 2018)

Band 16 – Rocky Mountain Games (September 2018)

Band 17 – Rocky Mountain Love (Dezember 2018)

Drachenromane:

Die Drachenschwestern Trilogie

(Genre: Frauenromane mit einem Hauch Fantasy)

Band 1 - Die Drachenschwestern

Band 2 - Das Drachenkind

Band 3 - Das Drachenpferd

Das Drachenmädchen

(Genre: Jugend-/Fantasy)

Band 4 - Das Zeichen des Drachen

Band 5 - Die Drachen der Neuen Welt

Alle Neuerscheinungen und Preisaktionen werden unter virginiafox.com oder auf FB (authorvirginiafox) angekündigt.

1

23. November 2012

Völlig außer Atem rannte Miri die Treppe zu ihrer Wohnung hoch, immer zwei Stufen auf einmal nehmend. Mit zitternden Händen schloss sie die Wohnungstür auf. Sie stieß die Tür auf und stolperte prompt über Chili, ihren rotgetigerten Maine-Coon-Kater, der offensichtlich schon auf sie gewartet hatte.

„Himmel, nicht jetzt, Chili! Ich habe jetzt keine Zeit für dich!"

Beleidigt drehte sich der Kater um und stolzierte hoch erhobenen Schwanzes davon. Natürlich nicht, ohne ihr vorher noch einen missbilligenden Blick zuzuwerfen. Dann eben nicht, dachte er verstimmt. Wenn sie die Neuigkeiten, die er hatte, nicht hören wollte, war sie selber schuld. Sollte sie doch den Besuch selber entdecken.

Von all dem bekam Miri gar nichts mit. Ausnahmsweise war sie völlig mit sich selbst beschäftigt. Hektisch wühlte sie in der Plastiktüte des Drogeriemarktes, die sie vorhin bei ihrem Zusammenstoß mit Chili fallen gelassen hatte. Wo war jetzt dieses blöde Teil? In dem Moment klingelte auch noch ihr Handy. Sie warf einen kurzen Blick darauf. Natürlich. Ihr Onkel. Sie stellte das Telefon auf lautlos. Offenbar hatte er bemerkt, dass sie nicht an ihrem üblichen Platz im Lager der Buchhandlung war. Ohne sich abzumelden war sie vorhin einfach abgehauen. Aber das, was sie gerade vorhatte, konnte sie unmöglich auf der Toilette der Buchhandlung durchführen. Da, jetzt hatte sie es gefunden. Sie schnappte sich die in Plastik eingeschweißte Packung und verschwand im Badezimmer.

„Wer erfindet nur immer diese blöden Verpackungsmethoden“, schimpfte sie vor sich hin, während sie mit dem Plastik kämpfte.

Endlich hatte sie es geschafft. Rasch überflog sie die Packungsbeilage und folgte den Anweisungen. So, jetzt hieß es warten. Die erforderlichen fünf Minuten Wartezeit dehnten sich bereits nach den ersten Sekunden zur Unendlichkeit. Genervt verließ sie das Badezimmer und begann planlos ihr Wohnzimmer aufzuräumen. Oder besser gesagt, Dinge von A nach B zu räumen und wieder zurück. Als ihr bewusst wurde, was sie da machte, stoppte sie. Das hatte wirklich keinen Zweck. Hoffnungsvoll warf sie einen Blick auf die Uhr, die auf dem Wohnzimmertisch stand. Immer noch zwei Minuten. Vielleicht sollte sie Kaja anrufen? Den Gedanken verwarf sie aber sofort wieder. Sie wollte nicht mit jemandem ins Gespräch vertieft sein, wenn sie das Ergebnis ablas. Also stellte sie das Radio an, war aber innerhalb kürzester Zeit von Fergies Stimme total genervt, obwohl sie das Lied, das gerade gespielt wurde, eigentlich mochte, und schaltete wieder aus. In einem letzten Versuch, sich abzulenken, stellte sie sich ans Fenster und schaute hinunter auf die Straße, die vier Stockwerke tiefer lag. Während sich ihr Leben in den nächsten zwei Minuten vielleicht unwiderruflich verändern würde, ging das Leben der Fußgänger, Fahrradfahrer und Autofahrer unter ihr seinen normalen Gang.

Das Vibrieren ihres Handys riss sie aus ihren Gedanken. Die fünf Minuten waren um. Jetzt, wo die Zeit abgelaufen war, hatte sie es plötzlich nicht mehr so eilig, ins Badezimmer zu kommen.

„Reiß dich zusammen“, schalt sie sich selber.

So zu zaudern sah ihr gar nicht ähnlich. Sie gab sich einen Ruck und marschierte entschlossen in ihr kleines Badezimmer. Vorsichtig, als wäre das, was auf dem Waschbeckenrand lag, bissig, näherte sie sich dem Waschbecken und hob das Plastikstäbchen auf. Nur um es gleich wieder hinzulegen und hektisch noch einmal die Packungsbeilage zu lesen. Ein sichtbarer Strich: negativ, zwei Striche: positiv.

Negativ, positiv, das hängt wohl vom Auge des Betrachters ab, dachte sie mürrisch.

Sie schielte auf den Teststreifen im Waschbecken. Dann nahm sie ihren ganzen Mut zusammen und las das Ergebnis ab. Zwei Striche. Wie vom Donner gerührt stand sie da. Schweiß brach ihr aus allen Poren, und ihre Augen füllten sich mit Tränen. Schwer ließ sie sich an die Wand hinter ihrem Rücken fallen und rutschte langsam daran hinunter, bis sie am Boden saß. Warum, warum musste ihr das passieren? Schwanger. Leise weinte sie vor sich hin, während sie im Inneren einen einseitigen Dialog mit sich führte. Wie konnte denn das überhaupt passieren? Sie war doch immer so vorsichtig gewesen. Und ausgerechnet jetzt, wo sie sich gelobt hatte, mit dieser sinnlosen Männerjagd aufzuhören und ihr Leben in den Griff zu kriegen! Blind starrte sie ihr Badezimmerkästchen an. Wer war denn überhaupt der Vater? Immerhin hatte sie sich bereits gebessert und war gar nicht mehr aus gewesen. Sie presste ihre Hände an ihre heißen Wangen, als ihr auf einmal die Halloweenparty in den Sinn kam, die sie vor knapp sechs Wochen besucht hatte. So in ihren Kummer versunken hörte sie weder Chili, der wie wild an der Tür kratzte und eingelassen werden wollte, noch fiel ihr auf, das plötzlich ein gesummtes Wiegenlied den kleinen Raum füllte.

Fieberhaft dachte sie nach. Matt hatte ihre Zufallsbekanntschaft geheißen, fiel ihr wieder ein. Zumindest war er nett gewesen. Und gutaussehend. Und sehr talentiert im Bett. Bei der Erinnerung daran merkte sie bestürzt, wie sich die Hitze von ihrem Bauch aus in andere Körperregionen verteilte.

„Na prima“, schimpfte sie. Lustvolle Gedanken konnte sie jetzt definitiv nicht gebrauchen. Man sah ja, wohin das beim letzten Mal geführt hatte. Trübselig dachte sie, dass der spaßige Teil ihres Lebens nun wohl vorbei war. So kam es ihr auf jeden Fall vor. Mist, was sollte sie jetzt nur tun?

Miri schniefte und stemmte sich hoch, um sich das Gesicht mit kaltem Wasser zu waschen. Sie blickte in den Spiegel und staunte, dass ihr immer noch ihr eigenes vertrautes Gesicht mit den kurzen weißblonden Locken und den dunkelblauen Augen entgegenschaute. Zugegebenermaßen hatte sie rote Flecken auf der Haut und rotgeränderte Augen vom Weinen, aber sonst war alles wie immer. Sie legte sich den Waschlappen auf die Stirn und genoss das angenehm kühle Gefühl. Langsam konnte sie wieder klar denken.

Was war denn das? Hatte sie in ihrem konfusen Geisteszustand, als sie darauf gewartet hatte, dass die fünf Minuten vergingen, das Radio angelassen? Sie konnte sich nicht daran erinnern. Irritiert nahm sie das Tuch vom Gesicht und hörte genauer hin. Das war Bajuschki Baju, ein Wiegenlied aus ihrer Kinderzeit. Ihre Mutter hatte das immer gesungen, als sie klein war. Halluzinierte sie etwa schon? Sie richtete ihren Blick wieder auf den Spiegel. Hinter ihrem Spiegelbild wirbelten violette und pinkfarbene Nebelschwaden durch den Raum. Abrupt drehte sie sich um.

„Lance?“, murmelte sie unsicher.

„Nein, nicht Lance“, erklang eine Stimme in ihrem Kopf. „Erkennst du mich nicht mehr?“

„Maxi?“, stammelte sie ungläubig. „Aber wie…“

Weiter kam sie nicht, da sie schon wieder in Tränen ausbrach. Verfluchte Schwangerschaftshormone, dachte sie und merkte, dass sie gefährlich zwischen Weinen und hysterischem Lachen schwankte.

„Sch…", beruhigte sie die große Drachin und nahm sie in ihre mit schillernden Schuppen besetzten Arme.

Wie Lance, der Drache, der Kaja im letzten Jahr begleitet hatte, war auch Maxi ein Astralwesen. Man konnte sich das mit den Drachen ähnlich vorstellen wie mit den Schutzengeln. Allerdings waren es Wesen mit einer klar definierten eigenen Meinung, die sie sich auch nicht scheuten kund zu tun, ob man sie nun hören wollte oder nicht, und der Fähigkeit, sich zu allen passenden und unpassenden Zeiten zu materialisieren. Maxi hatte Miri während ihrer Kindheit begleitet und war nach einem traumatischen Erlebnis aus ihrem Leben verschwunden.

Umso mehr hatte Miri sich gefreut, als sie Kaja und somit auch Lance kennen gelernt hatte. Sie war so fasziniert gewesen, als sie Lance auf Kajas Beifahrersitz entdeckt hatte, dass sie prompt mit ihrem Fahrrad in Kajas Auto geknallt war. Zum Glück war weiter nichts passiert. Lance war sehr bestürzt gewesen, dass Miri in der Lage war, ihn zu sehen. Normalerweise war das nämlich nur dem aktuellen Schützling und eventuell den nächsten Verwandten möglich. Nachdem er Rat beim Drachenrat gesucht hatte, stellte sich heraus, dass es alle paar hundert Jahre vorkam, dass drei Frauen, die in enger Verbindung miteinander standen, die Drachen der anderen sehen konnten. Sie waren sogenannte Drachenschwestern. So kam es, dass Kaja inzwischen Miris beste Freundin war, zusammen mit der dritten im Bunde, Sierra. Sierra hatte zwar noch nie zuvor Bekanntschaft mit einem Drachen geschlossen, sich aber mit ihrer pragmatischen Art schnell mit Lances Existenz abgefunden. Es war sicher auch hilfreich, dass sie eine absolute Tiernärrin war und sowieso alles mit vier Beinen unter ihre Fittiche nahm.

„Aber was machst du denn hier?“, wollte Miri nun doch wissen, als sie sich, unterstützt von den leise gesummten Tönen des Wiegenlieds, ein wenig beruhigt hatte.

„Du hast mich gebraucht“, antwortete Maxi. Ein wenig ausweichend, wie es Miri schien.

„Gebraucht hätte ich dich in den letzten Jahren öfter mal. Wieso bist du denn so plötzlich aus meinem Leben verschwunden?“, hakte sie nach. Sie schaffte es nicht ganz, den anklagenden Unterton zu unterdrücken.

„Das hat Zeit bis später. Jetzt müssen wir uns erst einmal um dich kümmern.“

„Äh, sorry, aber nein, das kann nicht warten. Um mich kümmern kann ich mich selber. Habe ich schließlich die ganze letzte Zeit auch gemacht. Und es interessiert mich schon, weshalb du ausgerechnet jetzt nach jahrelanger Abwesenheit wieder auftauchst.“

„Man sieht ja, wie gut du auf dich aufpassen kannst“, meinte Maxi und warf einen bedeutungsvollen Blick auf den Schwangerschaftstest im Waschbecken.

Miri ignorierte den Seitenhieb und schaute die Drachin unverwandt an.

Maxi warf die krallenbewehrten Pranken in die Luft und schnaubte: „Also gut. Wenn du es genau wissen willst, ich bin ein Mutter-Kind-Drache.“

„Wie, ich verstehe nicht…“ Jetzt war es an Miri, einen Blick ins Waschbecken und seinen Inhalt zu werfen. „Du meinst…“

„Genau. Deshalb bin ich hier.“

„Dann warst du also nie mein Drache, sondern der von Mama?“, versuchte Miri ihre Gedanken zu ordnen.

„Das kann man so nicht sagen. Grundsätzlich begleite ich die Mutter, und sobald das Kind da ist, habe ich einen zusätzlichen Schützling und konzentriere mich mehr auf das Kind. Zu euch bin ich erst gekommen, als du schon auf der Welt warst.

Deshalb konnte mich deine Mutter auch mehr oder weniger ignorieren."

„Aber wenn ich dein Schützling war, weshalb hast du mich dann verlassen, als meine Eltern starben?" Verständnislos starrte Miri das rotviolett schillernde Wesen an.

„Ach Kind, das war nicht meine Entscheidung. Oder nur zum Teil. Mu-Ki-Drachen sind an die Kombination von Mutter und Kind gebunden. Die Verbindung wurde aufgelöst, als deine Mutter starb. Vielleicht hätte ich vom Drachenrat eine Ausnahmebewilligung erhalten, bei dir zu bleiben. Aber ich hatte mich entschieden, keine zu beantragen."

„Weshalb denn nicht?" Miri war ziemlich geschockt. Und enttäuscht. Und traurig.

„Ich wusste von den wenigen Besuchen bei deiner Tante und deinem Onkel, dass sie sehr engstirnig sind. Ich wollte dich nicht in Schwierigkeiten bringen. Wenn du von Drachen erzählt hättest, hätte es bestimmt Ärger gegeben und Prügel gesetzt."

„Das war auch so der Fall. Ich habe es auch alleine geschafft, die beiden auf die Palme zu bringen." Miri fühlte sich elend.

„Das tut mir leid, Miri. Auch wir Drachen sind nicht perfekt. Ich habe einfach versucht, mein Bestmögliches zu geben."

Sie streckte sich und machte endlich die Tür auf, um Chili hereinzulassen. Der begrüßte Maxi mit einem hoheitsvollen Nicken und begann, Miri um die Beine zu streichen. Diese hob ihn hoch, drückte ihn an ihre Brust und versenkte ihre Nase in das seidige Fell. Chili fing sofort an, lautstark zu schnurren. In Miris Kopf drehte sich alles. Es war einfach zu viel auf einmal. Irgendwie überstürzte sich gerade alles in ihrem sonst so wohlgeordneten Leben. Als sie merkte, wie sich plötzlich ihr Asthma meldete, öffnete sie den Badezimmerschrank und stellte erleichtert fest, dass sie noch einen Inhalator hatte. Es war schon lange her, dass sie ihn zuletzt gebraucht hatte. Sie inhalierte und war froh, dass sich ihre Lungen wieder mit Luft füllten. Puh, Stress war definitiv ungesund. Vorsichtshalber steckte sie den Inhalator in die Tasche ihres Sweatshirts. Nur für den Fall. Es könnte ja sein, dass sie ihn in den nächsten Tagen nochmals brauchen würde.

„Ich muss jetzt eine Weile alleine sein“, meinte Miri zu ihrem wiedergefundenen Drachen. „Ich muss mir über eine Menge Dinge klar werden.“

Mit diesen Worten drehte sie sich um und ließ Maxi im Badezimmer stehen. Obwohl sie große Lust hatte, dramatisch die Tür hinter sich zuzuknallen, riss sie sich zusammen, denn ihr waren Maxis Ermahnungen aus Kindertagen noch sehr präsent. Vor allem jetzt, nachdem sie auf einmal wieder da war. Leicht benommen von der emotionalen Achterbahn der letzten Stunde schüttelte sie den Kopf. Chili, der immer noch zufrieden auf ihrem Arm lag und die Vorzugsbehandlung offensichtlich genoss, nahm sie mit in ihr Zimmer.

Maxi schaute Miri nach. Verwundert registrierte sie, wie Miri die Tür sorgfältig schloss. Nach der ganzen Gefühlslawine, der ihr Schützling gerade ausgesetzt war, hatte sie eher ein Türenknallen erwartet. Sie seufzte. Offenbar war die Kleine nicht mehr klein, sondern inzwischen erwachsen geworden. Zumindest in einigen Belangen. Was bedeutete, dass sie möglichst viel über Miri in Erfahrung bringen musste, wenn sie ihr wirklich eine Hilfe sein wollte. Besonders vielversprechend war das Treffen nicht gelaufen. Wenn sie ehrlich war, hatte sie ein wenig mehr Begeisterung über die Wiedervereinigung erwartet, dachte sie verschnupft. Naja, das ließ sich jetzt auch nicht mehr ändern. Die große Drachin schüttelte ihre leichte Verstimmung ab und streckte sich. Dabei füllte sie das kleine Badezimmer komplett aus. Prompt verbrannte sie sich einen Flügel an einer der Badezimmerlampen. Das kam davon, wenn man nicht aufpasste. Jetzt, da sie Miri nicht mehr trösten musste, bestand kein Grund mehr, die Körperlichkeit aufrecht zu halten. Sie verschwand in einem Wirbel von violetten Funken, entschlossen, Miri diesmal nicht im Stich zu lassen.

Von der emotionalen Achterbahnfahrt ganz erschöpft setzte Miri erst Chili auf ihrem Bett ab und ließ sich dann neben ihm seitlich auf die Matratze fallen.

„Was mache ich jetzt nur, Kater?“, seufzte sie. Chili antwortete nicht, sondern schnurrte nur ein wenig lauter, während er sich auf den Rücken rollte, damit sie seinen Bauch besser kraulen konnte. „Hätte ich mir denken können, dass du zu meiner momentanen Situation keinen Rat weißt. Du bist schließlich ein Kater. Und ein kastrierter noch dazu.“

Sie streichelte Chili noch einmal vom Kinn her über den Bauch und drehte sich dann auf den Rücken. Versuchsweise legte sie sich die Hände auf ihre eigene Bauchdecke. Nur um sie gleich wieder wegzunehmen. Bevor sie nicht zu einer Entscheidung gekommen war, wie es weitergehen sollte, wollte sie sich gar nicht zu konkret mit dem Alien in ihrem Bauch auseinandersetzen. Lieber so unpersönlich wie möglich halten!

Sie blickte sich in ihrem Schlafzimmer um, das gleichzeitig als Wohnzimmer diente. Die geblümte Tagesdecke, die normalerweise tagsüber ihr Bett zierte, lag noch zusammengeknüllt neben dem zerschlissenen Sofa an der Stelle, an der sie sie gestern Abend liegen gelassen hatte. Und ihre Pflanzen, die jeden freien Platz in der kleinen Wohnung belegten, müsste sie auch wieder einmal gießen, dachte sie zusammenhangslos. Welche davon waren wohl giftig für Kinder? Sofort verbannte sie den ungebetenen Gedanken in eine dunkle Ecke in ihrem Gehirn und ließ ihren Blick weiter durch den kleinen Raum schweifen. Die Wände hatte sie vor einiger Zeit weinrot gestrichen und sich selbst Kissen- und Deckenbezüge in einem warmen Ecru-Farbton genäht. Das Geld hatte wieder einmal nicht gereicht, um welche zu kaufen. Wobei sie zugeben musste, dass ihr Arbeiten wie diese riesigen Spaß machten. Alles, was sie mit ihren Händen kreieren konnte und was der Verschönerung von Wohnraum diente, machte sie gerne. Und wenn das bedeutete, Schweißen zu lernen oder mit Heißkleber zu hantieren, dann brachte sie sich das autodidaktisch bei.

In der Ecke stand ein großer Kleiderständer mit mehreren Armen, an dessen Enden jeweils ein Gnu-Kopf steckte. Ihre ganze Wohnung war vollgestopft mit diesen gebrannten Plastilin- und Kleisterfiguren. Sie erinnerte sich, wie begeistert Kaja gewesen war, als sie ihre Basteleien zum ersten Mal gesehen hatte. Es würde sicherlich Spaß machen, ein ganzes Kinderzimmer einzurichten. Sie könnte endlich einmal Fantasiefiguren entwerfen, ohne sich vor kritischen Stimmen fürchten zu müssen. Zumindest die ersten paar Jahre. Miri richtete gedanklich ein Kinderzimmer ein, obwohl sie noch gar nicht entschieden hatte, was sie machen wollte. Zudem gab es hier kein Kinderzimmer, ja nicht einmal ein richtiges Schlafzimmer. Womit sie bei allen potentiellen Problemen ihrer Situation angekommen war. Sie zog eine Grimasse. Ihre Gedanken galoppierten ihr wieder einmal davon.

Sie stand auf, wobei sie darauf achtete, den schlafenden Kater nicht zu stören, und wandte sich in Richtung Küche. Eine Tasse hawaiianischer Kona-Kaffee war jetzt genau das Richtige, beschloss sie.

„Nichts da“, ertönte eine herrische Stimme aus der kleinen Küche.

Miri öffnete die Tür und stellte fest, dass Maxi es sich offensichtlich hier gemütlich gemacht hatte. Sie hatte ihren Überraschungsgast beinahe vergessen, in der Annahme, Maxi sei woanders hingegangen. Sie hatte ihr doch deutlich gesagt, dass sie Zeit für sich bräuchte. Dieses ‚woanders' war augenscheinlich Miris Küche. In der schon im Normalfall höchstens Platz war für eineinhalb schlanke Menschen. Geschweige denn für ein ausgewachsenes Drachenweibchen in voller Aktion. Maxi drehte sich um und platzierte schwungvoll eine Tasse Fencheltee in Miris Hand. Leider hatte sie dabei die Länge ihres Schwanzes nicht miteinberechnet. Prompt fegte sie mit der Schwanzspitze den Topf mit dem Basilikum vom Fensterbrett.

„Einfach super“, schnaubte Miri sarkastisch. Sie ging zur Spüle, holte Schaufel und Besen darunter hervor und begann, die Bescherung zusammenzufegen. Sie schielte zu Maxi hoch. „Wie ich feststelle, haben sich deine hausfraulichen Talente nicht wesentlich verbessert.“

„Na hör mal, immerhin habe ich dir Tee gemacht“, empörte Maxi sich.

„Du meinst, es ist der Gedanke, der zählt?“ Belustigt zuckten Miris Mundwinkel.

„Genau“, antwortete die Drachin so würdevoll wie möglich. „Wie ich sehe, ist dein Mundwerk proportional zum Rest von dir mitgewachsen“, stellte sie nach einer kleinen Pause fest.

Jetzt konnte sich Miri ein breites Grinsen nicht mehr verkneifen. „Das will ich doch hoffen! Und ablenken lasse ich mich auch nicht mehr so schnell.“

„Was meinst du damit?“, wollte Maxi mit unschuldiger Miene wissen, den Tee noch immer in der schuppenbesetzten Pranke, während sie darauf wartete, dass Miri ihre Putzaktion beendete.

Miri richtete sich auf und deutete mit dem Besen in der Hand auf den Tee. „Vielen Dank, aber den kannst du selber trinken. Ich gönne mir jetzt erst mal einen Kaffee. Den habe ich dringend nötig.“

Missbilligend schaute Maxi zu, wie Miri das Pulver abmaß und ihre uralte Cafetiere damit füllte. „Du weißt aber schon, dass Schwangere auf Kaffee verzichten sollten?“

Miri füllte den unteren Teil mit Wasser, schraubte die beiden Teile zusammen und stellte die Espressokanne auf die einzige funktionierende Herdplatte. Konzentriert wischte sie ein bisschen verschüttetes Kaffeepulver von der kleinen Arbeitsfläche und spulte anschließend den Lappen aus. Bewusst langsam drehte sie sich zu dem Drachenweibchen um, das so unverhofft wieder in ihr Leben getreten war.

„Schau mal, ich freue mich wirklich, dass du wieder da bist. Ich möchte dich aber darauf hinweisen, dass ich nicht mehr fünf Jahre alt bin. Und die letzten dreizehn Jahre durchaus alleine zurechtgekommen bin."

Steif fragte Maxi zurück: „Was willst du damit sagen?"

„Ich will damit sagen, dass du dich vielleicht besser ein wenig zurückhältst mit guten Ratschlägen im Kommandoton. Das vertrage ich nämlich nicht besonders gut. Und was den Kaffee und die Schwangerschaft angeht, da werde ich jetzt einfach mal so tun, als hätte ich es noch nicht erfahren und würde den Test erst heute Abend machen."

„Typische Vogel-Strauß-Taktik", murmelte Maxi, während sie blau-violette Rauchwölkchen aus ihren Nüstern stieß, wie immer, wenn sie sich aufregte. Insgeheim war sie aber auch ein wenig stolz auf ihre kleine Miri, die sich durchzusetzen wusste. Sie hoffte nur, ihr Schützling behauptete sich auch anderen gegenüber so gut.

Miri, die das Gemurmel ignoriert und stattdessen herauszufinden versucht hatte, ob sie immer noch Maxis Gedanken mitverfolgen konnte, wenn sie es darauf anlegte, mischte sich ein: „Im Allgemeinen bin ich darin wohl nicht so gut. Aber mit Drachen hatte ich in letzter Zeit genug zu tun um mitzubekommen, dass man am besten von Anfang an klare Grenzen setzt."

Maxi war so überrascht über die Erwähnung von anderen Drachen, dass ihr gar nicht auffiel, dass Miri ihren Gedanken zugehört hatte. „Andere Drachen? Welche anderen Drachen denn? Ich bin schließlich dein einziger Drache!"

„*Mein* einziger Drache bist du. Besser gesagt, offensichtlich seit Neuestem wieder", bestätigte Miri. „Aber der einzige Drache überhaupt bist du wohl nicht."

„Äh... nein, sicherlich nicht. Nur wüsste ich nicht, wie du mit anderen Drachen in Kontakt kommen solltest. Tatsache ist, dass jeder nur seinen Drachen sieht."

Miri hob ihre Tasse und nahm vorsichtig einen Schluck von ihrem heißen Kaffee. Sie behielt die Tasse in beiden Händen und schielte über den Rand zu Maxi, interessiert an deren Reaktion. „Tja, Lance war ursprünglich auch dieser Meinung."

Maxi spuckte den Fencheltee, den sie, ihre Vorbildrolle im Kopf, zu trinken begonnen hatte (widerlich, dieses Zeug!), in hohem Bogen wieder aus. „Sagtest du eben ‚Lance'?"

„Ja genau. Lance. So heißt er." Interessiert betrachtete Miri ihre Drachenfreundin. Wurde sie etwa rot? Leider ließ sich das bei diesen violett und pink schillernden Schuppen schlecht mit Sicherheit sagen. Sie beschloss, Maxi weiterhin aufmerksam zu beobachten.

„Wer ist *er*?"

„Kajas Drache."

„Geht's auch ein wenig ausführlicher?", schnaubte Maxi und trommelte ungeduldig mit ihren Krallen auf der roten und schon ziemlich verschlissenen Resopal-Oberfläche des kleinen Küchentischs herum.

„Was meinst du?", fragte Miri unschuldig. Sie genoss es, der Drachin gegenüber einmal im Vorteil zu sein. Das war in der Vergangenheit selten genug vorgekommen.

Die langen Zacken, die von Maxis Nacken über die gesamte Wirbelsäule liefen und sich bis zur Schwanzspitze fortsetzten, sträubten sich. Oho. Vielleicht ließ sie das Ärgern eines übergroßen Drachen in ihrer Miniaturwohnung doch lieber sein und verschob das Vergnügen auf später, wenn mehr Platz zu Verfügung stand.

Sie hob kapitulierend die Hände. „Ist ja gut. Erklärung kommt sofort."

Maxis Schuppen glätteten sich wieder. Zumindest ein wenig. Die Gefahr einer unmittelbar bevorstehenden Küchenexplosion schien vorerst abgewandt.

„Kaja ist eine sehr gute Freundin von mir. Kennengelernt haben wir uns, weil ich ihren Drachen sehen konnte."

Dass sie im Zuge dessen gleich einen Unfall gebaut hatte, verschwieg sie wohlweislich. Sie wollte nicht in eine Diskussion über die Gefahren des Fahrradfahrens verwickelt werden.

„Kaja wollte mir erst nicht glauben und Lance noch viel weniger. Er war durch diese Tatsache so durcheinander, dass er eine Audienz beim Drachenrat erbeten hat."

„Beim Drachenrat?", fragte Maxi ungläubig.

„Zumindest habe ich das so in Erinnerung." Miri machte eine wegwerfende Handbewegung. „Ich weiß die Details nicht so genau, da müsstest du Lance fragen."

„Aha. Na gut, dann werde ich dir jetzt deine Zeit für dich gönnen und selber ein paar Erkundigungen einziehen." Und schon war sie weg. Nur die Drahtkörbchen, die, gefüllt mit ein paar Äpfeln und einer Avocado, in der Ecke übereinander hingen, schwankten leicht in den schwachen Luftturbulenzen.

Typisch, dachte Miri und schüttelte ein wenig benommen von den sich überstürzenden Ereignissen den Kopf. Wenn es den Drachen gerade in den Kram passte, waren sie plötzlich sehr gut darin, Anweisungen zu befolgen. Betonung auf dem Wort *wenn*. Ob sie sich wohl auf die Suche nach Lance machte? Die Reaktion auf seinen Namen war schon ziemlich extrem gewesen. Was sie daran erinnerte, dass sie es noch ausgespuckten Tee aufzuwischen gab. Nachdem die kleine Küche wieder sauber war und sie zu keinem Schluss gekommen war, was Maxis seltsames Benehmen bedeuten konnte, beschloss sie, ihre Freundinnen anzurufen. Die heutigen Erlebnisse und bevorstehenden Entscheidungen verlangten geradezu nach einer Krisensitzung der Drachenschwestern.

2

Miri schnappte sich ihr schnurloses Telefon und tippte Kajas Nummer ein. Sie lernte Telefonnummern lieber auswendig, als sich nur auf den Telefonspeicher zu verlassen. Man konnte nie wissen, wann diese elektronischen Geräte beschlossen, ihren Geist aufzugeben. Während sie darauf wartete, dass Kaja das Telefon abnahm, tigerte sie rastlos vor ihrem Wohnzimmerfenster auf und ab. Auch so ein Tick von ihr. Sie konnte einfach nicht bewegungslos da sitzen und dem Rufton zuhören. Das machte sie ganz kribbelig. Jetzt geh schon ran, Kaja!

„Kajas Air and Fire Essentials, wie kann ich Ihnen helfen?", ertönte Kajas Stimme ein wenig atemlos aus dem Hörer.

„Hallo, ich bin‘s." Gut. Nachdem sie Kaja jetzt am Apparat hatte, konnte sie sich hinsetzen. Sie ließ sich zu Chili auf ihr Bett fallen und begann automatisch, seinen weichen Pelz zu kraulen. Er streckte sich genüsslich, machte die Augen dabei aber nicht auf.

„Ja, stimmt, hallo Miri. Ich war oben im Atelier und war mir ziemlich sicher, dass es gleich aufhört zu klingeln. Nachdem es erstaunlicherweise noch immer geklingelt hat, als ich endlich unten war, war ich schon dabei, meine offizielle Geschäftsansage runter zu rasseln, bis mein Hirn deinen Namen auf dem Display verarbeitet hat."

Miri musste grinsen. „Ist ja auch total blöd, wenn man so ein vorsintflutliches Telefon hat, das noch in der Wand eingestöpselt ist.“

„Haha. Ich bin einfach so zerstreut und lasse es irgendwo liegen, so dass es sich garantiert nie da befindet, wo ich gerade arbeite, wenn es läutet.“

„Die Ansage klingt auf jeden Fall total professionell“, lobte Miri. Kaja hatte sich erst vor ein paar Tagen, nach langem Hin und Her, für einen Namen, eben *Kajas Air and Fire Essentials*, entschieden.

„Ja, gell, das finde ich auch. Allerdings, glaube ich, ist der Name schwierig zu verstehen, wenn man ihn vorher noch nie gehört hat. Das schließe ich zumindest aus der Reaktion einiger Kunden, die mich in den letzten Tagen angerufen haben und erst mal dachten, sie seien falsch verbunden.“

„Warte nur, bald kennt landauf landab jeder deinen Namen.“

Kaja lachte. „Schön wär‘s! Aber du hast bestimmt nicht nur angerufen, um meine Ansage zu hören. Was wolltest du denn?“

Jetzt, wo es um den eigentlichen Grund ihres Anrufs ging, wurde Miri wieder nervös. Also erhob sie sich von ihrem bequemen Sitzplatz und nahm ihre eingeschränkte Wanderung durch das kleine Zimmer wieder auf. Chili quittierte die abrupte Unterbrechung seiner Streicheleinheiten mit einem bedeutungsvollen, einäugigen Blick in die Richtung seines Frauchens. Nachdem das nicht den gewünschten Erfolg hatte, schloss er das eine Auge wieder und setzte sein Nickerchen fort.

Miri wusste nicht, wo sie anfangen sollte bei allem, was sie auf dem Herzen hatte. Also sagte sie nur: „Es ist ein wenig kompliziert. Und zu viel, um es am Telefon zu besprechen. Ich hatte gehofft, dass du und Sierra heute Abend vielleicht spontan Zeit für ein Drachenschwesterntreffen hättet…“

„Ach nein, das ist aber blöd. Heute kann ich nicht. Es ist mein letzter Abend mit Tim, bevor er für einen ganzen Monat nach Peking verschwindet. Aber vielleicht kann ich ihm sagen, er soll später…“

Das war typisch für Kaja. Immer bereit, alles stehen und liegen zu lassen, dachte Miri mit einem warmen Gefühl im Herzen. „Nein, nein, genieße deinen Abend mit deinem Fotografen.“ Froh um ein wenig Ablenkung fragte sie: „Was macht Tim denn in Peking?“

„Er wird rund um Peking und in den Vororten unterwegs sein und versuchen, mit der Kamera einen Leoparden einzufangen. Was ungefähr so leicht ist, wie einen Geist zu fotografieren. Zumindest werden sie von den Einheimischen so genannt.“

„Tim hat es wohl ein wenig mit den Geistertieren. Erst Geisterbären, dann Geisterleoparden. Sind denn die Leoparden auch weiß wie die Geisterbären aus Kanada oder gibt es für den Namen einen anderen Hintergrund? Und wie kommt er darauf, dass die ausgerechnet in der Großstadt zu finden sind?“

„Das ist eine lange Geschichte. Kurz auf den Punkt gebracht werden sie Geister genannt, weil sie sehr scheu, sehr vorsichtig und sehr schlau sind und es so schaffen, dass sie praktisch immer unentdeckt bleiben. Der Unsichtbarkeit zum Trotz steht die Theorie im Raum, dass sich die Leoparden zu Kulturfolgern entwickeln. Vergleichbar mit dem Fuchs bei uns. Oder den Wildschweinen in England. Und darüber sollen wohl Daten erhoben werden. Statistisch und fotografisch.“

„Im Ernst? Klingt ja wieder einmal extrem spannend.“ Miri war angemessen beeindruckt und stellte sich bereits vor, wie sich ein Leopard in ihrem Garten häuslich einrichtete. Nicht, dass sie einen Garten hätte. Oder in Asien wohnte. Trotzdem.

„Ist es auch. Aber ich bezweifle, dass er viel Glück haben wird. Auch ihm werden sich die Leoparden nicht einfach präsentieren. Und Peking hat kontinentales Klima. Sprich, es ist tendenziell saukalt im Dezember. Vermutlich muss er nächsten Frühling oder Herbst nochmal hin. Aber es ist sicher gut, wenn er jetzt erste Kontakte knüpfen und die Gegend auskundschaften kann."

Miri freute sich, dass Kaja so locker über Tims häufige Reisen sprach. Offensichtlich hatte sie ihre Verlassenheitsängste durch Vertrauen in Tim ersetzt. Sie war froh, dass die beiden zusammengefunden hatten und sich gegenseitig gut taten. Es gab ihr immer Zuversicht in Bezug auf ihre eigenen, hoffentlich noch kommenden Beziehungen, wenn sie ein Paar traf, bei dem das so war.

„Wer weiß, mit welchen Schätzen er nach Hause kommt."

„Ja, wer weiß", stimmte ihr ihre Freundin zu. „Aber jetzt zu dir. Würde es bei dir auch morgen gehen? Wir könnten hier bei mir zu Mittag essen. Das ist auch die Tageszeit, um die Sierra sich am ehesten vom Hof loseisen kann."

„Klar, Mittagessen klingt gut. Dann bekommt mein klappriger Fiesta wenigstens wieder einmal ein wenig Auslauf. So um halb eins? Ich versuche Sierra zu erreichen. Und zu überreden, tatsächlich auch zu kommen." Sie runzelte die Stirn. Wenn Kaja und Tim das Beispiel einer funktionierenden und bereichernden Beziehung boten, war bei Sierra und ihrem Partner Markus genau das Gegenteil der Fall. „Ich brauche euch wirklich im Doppelpack."

„Ich bin schon gespannt. Kannst du mir nicht wenigstens einen kleinen Tipp geben?"

„Nein, tut mir leid, wirklich nicht. Da würde eins zum anderen führen und wir wären vermutlich in zwei Stunden noch am Telefon."

„Tja, dann muss ich wohl bis morgen warten", meinte Kaja enttäuscht. „Aber es stimmt, ich muss mich ranhalten, wenn ich meine offenen Aufträge noch fertigstellen will."

„Du weißt doch, ich liege prinzipiell richtig", neckte Miri ihre Freundin, bevor sie sich voneinander verabschiedeten.

So, das war geschafft. Sie war ganz froh, dass sie sich an ihren Vorsatz gehalten hatte, nicht am Telefon darüber zu reden. Jetzt musste sie nur noch Sierra erreichen. Am besten schickte sie ihr erst einmal eine SMS. Dann konnte sie sich melden, wenn Markus nicht mit der Stoppuhr daneben stand. Wie es die eigenwillige Sierra mit diesem Mann aushielt, war Miri ein Rätsel. Aber die meisten zwischenmenschlichen Beziehungen waren von außen schwer zu verstehen, ermahnte sie sich. Rasch tippte sie eine kurze Mitteilung in ihr Handy und drückte anschließend auf „Senden".

Tja, das mit dem Frauenabend hatte nicht so geklappt, wie sie sich das vorgestellt hatte. Was sollte sie nun mit dem leeren Abend anfangen, der schon fast bedrohlich vor ihr lag? Sie musste sich mit irgendetwas ablenken, soviel stand fest. Sonst würde sie sich nur selber verrückt machen. Sie ging in den kleinen Flur, der von der Eingangstür direkt ins Wohnzimmer führte. Dort hing an einem ihrer selbstgemachten Haken – einem Einhorn – ihre große Stofftasche. Sie fasste hinein und suchte nach ihrem Portemonnaie. Endlich hatte sie es gefunden. Prüfend sah Miri hinein. Mist. Das war definitiv zu wenig für das, was sie vorhatte. Da musste sie wohl ihre eisernen Reserven angreifen. Sie seufzte und kehrte zu ihrem Bett zurück. Unter dem Bett, hinter dem linken Bettpfosten hatte sie ganz großmuttermäßig eine alte Blechbüchse mit ihrem Ersparten versteckt. Viel war es sowieso nicht. Aber für einen Ausflug zum Do-it-yourself Großmarkt sollte es reichen. Sie setzte sich auf das Bett und beugte sich vornüber, um die Dose hervorzuziehen. Dann richtete sie sich auf und entnahm ihr ein paar Scheine, bevor sie sie wieder zurückstellte. Chili neben ihr streckte sich ausgiebig. Dann setzte er sich frontal vor sie hin und fixierte sie mit seinen schönen Katzenaugen.

„Na, was ist, Chili, du hast wohl schon wieder gemerkt, dass ich auf dem Sprung bin."

Sie kraulte ihn unter dem Kinn. Chili blinzelte nur, unbeeindruckt von ihren Worten oder den Streicheleinheiten. Als Miri immer noch keine Anstalten machte, sich zu bewegen oder Richtung Küche zu gehen, ließ er ein herausforderndes Miauen ertönen.

„Ach, so ist das. Du hast Angst, ich verschwinde, ohne dir eine kleine Zwischenmahlzeit zu spendieren."

Die beiden erhoben sich gleichzeitig. Chili sprang elegant herunter und rannte mit hocherhobenem Schwanz voraus in die Küche. Miri steckte das Geld ein und folgte ihm. Sie öffnete die kleine dunkelgrüne Plastiktonne, die halb unter dem kleinen Tisch stand. Darin bewahrte sie das Trockenfutter für ihren Kater auf. Morgens und abends fütterte sie ihm immer Hackfleisch. Da wusste sie wenigstens, welche Qualität das Fleisch hatte und dass sie tatsächlich Fleisch und nicht etwa Fleischmehle oder gar Getreidemehle verfütterte, wie es bei industriell hergestelltem Futter oft der Fall war. Aber für zwischendurch eignete sich das Trockenfutter besser. Sie zählte fünf Kügelchen des hochdosierten Futters ab und verteilte sie auf dem Küchenboden, um ihn ein wenig länger zu beschäftigen. Miri achtete immer sehr genau darauf, Chili nicht zu viel zu füttern. Dicke Katzen fand sie unmöglich. Dazu kam noch, dass Maine-Coon-Kater schon als schlanke Versionen gut und gern sechs bis sieben Kilogramm auf die Waage brachten. Das war definitiv genug Gewicht auf dem Bauch abends vor dem Fernseher.

„So, bist du jetzt zufrieden? Dann gehe ich jetzt. Ich komme bald wieder."

Chili ignorierte sie und suchte nach dem letzten verbliebenen Trockenfutterbröckchen. Miri schlüpfte in ihre Jacke, die immer noch vor der Badezimmertür auf dem Boden lag, wo sie sie in ihrer Hektik vorher hingeworfen hatte, und nahm ihre Tasche vom Haken. Sie verließ die Wohnung, schloss hinter sich ab und sprang immer zwei Stufen auf einmal nehmend die Treppe hinunter. Unten trat sie auf den Gehweg und wandte sich nach rechts, Richtung Straßenbahnhaltestelle. Sie wollte sich neues Plastilin besorgen und farbige Metallfolie kaufen. Dann würde sie den ganzen Abend damit beschäftigt sein, Drachen zu fabrizieren. Mit glänzenden Schuppen und ausdrucksvollen Gesichtern, in verschiedenen Größen und Haltungen, so dass sie an den verschiedensten Stellen, zum Beispiel auf einem Fensterbrett oder als Bücherstütze, Verwendung finden konnten. Entweder bei ihr zu Hause oder bei einer ihrer Drachenschwestern. Sie grinste in sich hinein. An Drachen mangelte es momentan wirklich nicht. Die beiden würden Augen machen. Sie war sich aber nicht sicher, ob sie morgen gleich mit beiden Neuigkeiten herausrücken würde. Mal sehen.

In der Zwischenzeit hatte sich Maxi auf den Zürcher Hausberg, den Üetliberg, geflüchtet und sah zu, wie die letzten Strahlen der Wintersonne die gegenüberliegende Seeseite vergoldeten. Ihre Gedanken waren jedoch ganz woanders. Nämlich rund fünfzig Jahre zurück. Das war eine Zeit gewesen! Ihr entwich ein aus tiefstem Herzen kommender Drachenseufzer, wobei eine graue Rauchfahne aus ihren Nasenlöchern kam. Damals war sie jung und idealistisch gewesen. Sie war zu dieser Zeit Studentin an der Drachenuniversität gewesen und hatte alte Sprachen und neue Brauchtümer studiert. Während des Studiums hatte sie Lance kennengelernt und sich prompt in den charmanten Drachen verknallt. Doch dann war etwas vorgefallen, was sie nicht ignorieren konnte. Auch nicht Lance zuliebe. Wie erwartet hatte das dazu geführt, dass sie von der Universität verbannt wurde und beim Drachenrat in Ungnade gefallen war. Was so viel hieß, dass sie nicht denselben Weg gehen und um eine Audienz bitten konnte wie ihr blauer Drachenkollege. Sie kratzte sich unter dem linken Flügel und glättete mit einer langen Kralle die darunter liegenden Schuppen. Also musste sie sich entweder in Geduld üben, bis sie selber herausfand, was hier gespielt wurde, oder sie biss in den sauren Apfel und bat Miri darum, sie Lance vorzustellen. Allein die Vorstellung ließ eine weitere Rauchwolke aus ihren Nüstern entweichen. Letzteres kam definitiv nicht in Frage. Blieb also noch die Option mit der Geduld. Maxi trommelte mit den Krallen ihrer rechten Pranke auf das Geländer. Leider war Geduld nicht ihre Stärke, auch wenn sie immer versuchte, Miri das weiszumachen. Aber im Prinzip war es auch egal, weshalb die drei zusammengefunden hatten. Solange die beiden anderen für Miri gute Freundinnen waren, konnte ihr das nur recht sein. Denn Miri stand unter ihrem Schutz. Und jetzt auch das kleine ungeborene Drachenkind, dessen Schicksal momentan noch in den Sternen stand. So, das waren jetzt genug Sorgen und trübsinnige Gedanken für eine Woche, beschloss sie. Sie stand auf, streckte sich zu ihrer vollen Größe und breitete die Flügel aus, um den Üetliberg hinunterzufliegen. Sorgsam darauf bedacht, die anderen Vögel nicht durch von ihr verursachte Turbulenzen zu stören, machte sie sich auf Richtung Wiedikon, wo Miris Zuhause lag.

Miri war inzwischen im Do-it-yourself Großmarkt angekommen und schwebte sozusagen im Heimwerkerhimmel. Zumindest fast. Leider hatte sie nicht genug Geld, um all die tollen Sachen, die sie hier fand, tatsächlich zu kaufen. Aber schauen kostete schließlich nichts. Sie sammelte alle Informationen über die erhältlichen Materialien, verstaute sie sicher in ihrem Kopf und paarte sie gleich mit schon vorhandenen oder neuen Gestaltungsideen. Dann lief sie die langen Gänge entlang, bis sie gefunden hatte, was sie suchte. Sie wuchtete die schweren Blöcke Knetmasse in den Einkaufswagen und steuerte diesen dann weiter, bis sie bei der Abteilung mit Bastelpapier angelangt war. Dort suchte sie glänzende Metallfolien in den verschiedensten Blau-, Violett- und Rosatönen aus und legte sie auf das Plastilin. Mit einem bedauernden Blick auf das restliche

Angebot machte sie sich auf den Weg zur Kasse. Sie bezahlte und lud die erstandenen Bastelsachen in die große stabile Tüte, die sie extra zu diesem Zweck mitgebracht hatte. Uff. Ziemlich schwer, das Zeug. Sie schwang sich die Tasche über die Schulter und trat aus dem Einkaufszentrum. Draußen fiel ihr Blick auf den strategisch sehr geschickt platzierten Maroni-Stand. Schnell überschlug sie im Kopf, wie viel Geld sie noch dabei hatte und warf einen prüfenden Blick auf die Preise, die auf einer Tafel mit Kreide angeschrieben waren. Hm, für hundert Gramm sollten ihre Finanzen noch reichen. Es war schon eine Weile her, seit sie gefrühstückt hatte. Ungebeten schlichen sich die Ereignisse des Tages in ihre Gedanken. Resolut verdrängte sie alle wieder in den hintersten Winkel und sprach den Maroni-Verkäufer an.

„Ich hätte gerne hundert Gramm Maroni."

„Aber sicher, Bella", antwortete der ungefähr sechzigjährige Italiener auf charmante Weise.

Während Miri darauf wartete, dass er die heißen Kastanien aus dem Kohleofen gesammelt und abgewogen hatte, beobachtete sie sein zerfurchtes Gesicht und die Lachfältchen um die Augen. Sie lächelte ihn an.

„Für so schöne Frau wie Sie gebe ich ein paar mehr", meinte er in etwas holperigem Deutsch, begleitet von einem verschmitzten Lächeln seinerseits und schaufelte noch ein paar zusätzliche Maroni in die Tüte.

„Das ist aber nett, da freue ich mich! Die sind ja auch sehr lecker", flirtete Miri gutmütig zurück und zwinkerte ihm zu.

Geld und Maroni tauschten den Besitzer. Miri schwang sich ihre Tasche erneut über die Schulter, behielt die warme Papiertüte in der anderen Hand und machte sich auf den Heimweg, begleitet von der schönen Stimme und den witzigen Texten der Sängerin *Annett Louisan*, die sie vor kurzem auf ihren iPod geladen hatte.

3

Zu Hause angekommen, besser gesagt auf dem Treppenabsatz vor ihrer Tür, setzte sie die schwere Tasche ab und ließ sich daneben auf den Boden fallen. Nach diesen vier verflixten Stockwerken, beladen mit all dem Bastelmaterial, musste sie erst wieder zu Atem kommen. Eigentlich sollte man meinen, man würde sich mit der Zeit durch den Trainingseffekt an die vielen Stufen gewöhnen. Bei ihr schien das leider nicht der Fall zu sein. Zugegebenermaßen schleppte sie nicht täglich so viel Gewicht mit sich herum. Aber vielleicht spielte auch das heute so plötzlich wiedergekehrte Asthma eine Rolle. Sie dachte an die Umstände, die zu der aktuellsten Asthmaattacke geführt hatten. Natürlich erhöhte sich ihr Puls, der sich endlich ein wenig normalisiert hatte, sofort wieder. Müde rieb sie sich mit den Händen über das Gesicht. Irritiert von einem Geräusch, das direkt aus ihrer Wohnung zu kommen schien, richtete sie ihre Aufmerksamkeit auf ihre Eingangstür.

„…hast du nicht gehört, was sie gesagt hat? Sie will dich nicht hier! Schon gar nicht, wenn sie nicht zu Hause ist."

Miri hörte ihren Kater fauchen und musste grinsen. Tapferer Kater. Das eigentliche Gespräch zwischen den beiden konnte sie in ihrem Kopf verfolgen. Interessiert wartete sie die Antwort des Drachen ab. Es war ja zu erwarten gewesen, dass Maxi nicht lange wegblieb.

„Du bist ja da und hältst die Stellung. Ich leiste dir nur ein wenig Gesellschaft.“

„Wer’s glaubt!“, schnaubte Chili empört.

Miri konnte sich bildlich vorstellen, wie er auf dem Teppich im Wohnzimmer hin und her tigerte, während sein Schwanz nervös von einer Seite zur anderen zuckte.

„Ich habe zwar noch nicht herausgefunden, was du im Schilde führst, du zu groß geratene Eidechse“, plusterte Chili sich auf. „Aber du kannst sicher sein, dass das nur eine Frage der Zeit ist!“

„Ist gut, lass es mich wissen, wenn du etwas rausgefunden hast“, antwortete Maxi ruhig, völliges Desinteresse in der Stimme.

Miri vermutete, dass Chili inzwischen kurz vor einer Explosion stand und beschloss, ihn zu erlösen. Sie rappelte sich auf und öffnete die Wohnungstür. Im Inneren der kleinen Wohnung bot sich ihr ziemlich genau das erwartete Bild. Maxi, die scheinbar gelangweilt auf dem kleinen Sofa saß, und Chili, der bei ihrem Auftauchen erleichtert seine Patrouille unterbrach, ihr entgegenrannte und laut miauend seine Beschwerde hervorbrachte. Flüchtig überlegte sich Miri, weshalb sie ihn vorher genauso klar verstanden hatte wie Maxi und jetzt wieder Maunz-Konzerte interpretieren musste. Sie runzelte die Stirn und hob den Kater hoch, um ihre Stirn an seiner zu reiben.

„Vielen Dank fürs Aufpassen, Chili! Es ist alles in Ordnung. Maxi wird in nächster Zeit öfter hier sein.“

Sie setzte ihn auf den Boden. Aus dem Augenwinkel sah sie, wie Maxi es schaffte, unbeteiligt in ihrer Zeitschrift zu lesen und gleichzeitig dem großen Kater einen selbstgefälligen „Ich-hab‘s-dir-ja-gesagt“-Blick zuzuwerfen. Sie beschloss, das erst mal unkommentiert zu lassen. Die beiden mussten das unter sich ausmachen.

Mini holte die schwere Tüte rein und ließ sie mitten im Wohnzimmer stehen. Rasch zog sie sich ihre bequemen Yogahosen und ein altes Herrenhemd sowie warme Hausschuhe an. Immer, wenn sie lange im Sitzen arbeitete, bekam sie kalte Füße. Anschließend bereitete sie die alte hölzerne Transportkiste, die ihr als Wohnzimmertisch diente, auf die geplante Bastelarbeit vor. Zügig räumte sie alle Dinge weg, so dass sie eine gewachste Tischdecke darüber ausbreiten konnte. Dank der Tatsache, dass diese groß genug für einen Esstisch war, deckte sie gleichzeitig ein ganzes Stück vom Boden rundherum mit ab. So waren die verschiedenen Flickenteppiche, die den schäbigen, alten Novilonboden verschönerten und versteckten, vor herunterfallenden Knetmasseteilchen geschützt. Vom Fensterbrett schnappte sie sich das Glas, das als Aufbewahrungsort für verschiedenste Bastelinstrumente diente. Von Spachteln in den verschiedensten Größen über hölzerne Grillspießchen bis zu einem Teppichmesser war alles vertreten. Bevor sie sich an die Arbeit machte, holte sie sich noch ein großes Glas Leitungswasser aus der Küche und nahm gleichzeitig eine Tube Alleskleber mit. So. Jetzt war sie startbereit. Sie ließ sich im Schneidersitz neben ihrem Tischchen nieder und zog die Tüte näher an sich heran. Hm, mit welchem Drachen sollte sie anfangen? Ihr Blick fiel auf Maxi, die immer noch in ihre Lektüre vertieft schien. Perfekt. Ein lebendiges Modell.

„Will ich ja auch hoffen, dass du mit mir anfängst", ließ sich Maxis Stimme in ihrem Kopf vernehmen. „Wäre ja noch schöner, wenn du einen wildfremden Drachen porträtieren würdest."

„Na ja, Lance ist nicht gerade wildfremd. Immerhin habe ich im vergangenen Jahr deutlich mehr Zeit mit ihm verbracht als mit dir."

Miri grinste amüsiert in sich hinein, während sie mit Hilfe eines dünnen Drahts Stücke aus den violetten, lila- und pinkfarbenen Plastilin-Blöcken schnitt, welche sie vorher von ihrer Zellophan-Hülle befreit hatte. Sie hatte vergessen wie amüsant es war, seinen Drachen zu ärgern. Bei Lance hatte sie sich das nie so richtig getraut. Einerseits wegen Lance, mit fremden Drachen wusste man nie so genau, woran man war. Andererseits wollte sie auch Kaja nicht aus Versehen auf die Füße treten. Wobei, die war da ziemlich locker drauf und nahm nicht alles gleich persönlich, was Miri extrem entspannend fand.

„Papperlapapp. Mich kennst du schon viel länger. Zehn Jahre, um genau zu sein“, plusterte sich ihr eigener Drache auf.

Miri warf einen prüfenden Blick auf Maxi.

„Perfekt. Kannst du so bleiben? Das wäre nett.“ Miri bedeutete ihr, die Hände wieder in die Seiten zu stemmen und sich ein wenig nach vorn zu lehnen.

„Wie, so? Das ist jetzt aber nicht dein Ernst! Weißt du, wie unbequem das ist?!“

„Ruhe. Modelle haben kein Mitspracherecht bei der gewünschten Pose.“ Sie knetete die drei verschiedenfarbigen Plastilin-Kugeln zusammen. „Glaube ich zumindest“, fügte sie etwas leiser hinzu. Normalerweise hatte sie ja keine Modelle und musste sich ausschließlich auf ihre Fantasie verlassen. Einhörner waren sehr schwierig aufzutreiben und Trolle notorisch unzuverlässig. Miri kicherte in sich hinein.

„Was ist denn so lustig?“, wollte Maxi wissen.

„Ach nichts. Ich habe nur gerade über die Unzuverlässigkeit von Trollen nachgedacht.“

„Da muss ich dir ausnahmsweise beipflichten“, erwiderte die Drachin.

Verdutzt blickte Miri von ihrem schön marmorierten Bastelmaterial auf. „Du willst damit sagen, die gibt es wirklich?“

„Aber hallo? Mich gibt es schließlich auch wirklich, schon vergessen?“

„Nein, natürlich nicht. Aber das ist doch was anderes.“

„Was anderes? Wie kommst du denn darauf?“

„Na, was anderes halt“, druckste Miri herum. „Lass mich jetzt lieber arbeiten, wenn du heute noch bequem sitzen möchtest.“

Maxi schüttelte den Kopf über diesen unlogischen Gedankengang, befolgte aber Miris Anweisung und hielt den Mund. Für den Moment zumindest.

Miri arbeitete mit dem marmorierten Knetgemisch kontinuierlich an der Grundform des Drachens. Im Gegensatz dazu, was sie Maxi gesagt hatte, formte sie den entstehenden Drachen bequem sitzend, mit einer Zeitschrift in der Hand. Sie warf nur ab und zu einen Blick auf das große Untier, um sich bezüglich der Details zu vergewissern. Das war vielleicht ein bisschen gemein. Aber Maxi würde ein wenig unbequemes Sitzen nicht umbringen und Miri war der Ansicht, dass die jahrelange Abwesenheit ihrer außergewöhnlichen Begleiterin durchaus geahndet werden musste. Ganz so einfach darüber hinwegsehen konnte und wollte Miri einfach nicht. Maxi konnte sich lange auf Regeln berufen. Aber das kleine Mädchen von damals erinnerte sich nur, dass ihre beste Freundin plötzlich weg war. Einfach verschwunden. Wie ihre Eltern. Sie stoppte sich gerade noch, bevor sie weiter in alte, schmerzhafte Erinnerungen eintauchen konnte und versuchte, ganz in ihrer Arbeit zu versinken.

Aber leider wussten ihre Hände auch ohne großartige Mitarbeit ihres Hirns, was sie zu tun hatten. So konnte sie nicht verhindern, dass sich ihre Gedanken dringenderen Problemen zuwandten. Schwanger. Sobald sie an das Wort und die damit einhergehenden Implikationen auch nur dachte, litt sie unter akutem Herzrasen und Ohrenrauschen. Vorsichtig formte sie die großen Pranken, erst die Hinterbeine, dann die etwas kürzeren Arme. Gut, beschloss sie. Nachdem sich die Gedanken im Moment offenbar nicht verbannen lassen wollten, konnte sie sich auch versuchsweise konstruktiv damit auseinandersetzen. Sie formte mit einem feinen Spachtel die Augenbrauen und die Augen und begann im Anschluss daran mit den beeindruckenden Zähnen im Drachenmaul.

Punkt 1: Das Kind. Behalten oder wegmachen? So. Jetzt war es raus, worum sie gedanklich schon den ganzen Tag so einen Bogen gemacht hatte. Wovor hatte sie sich so gefürchtet? Beide Optionen versetzten sie in akute Panik. Das Kind bekommen: Und dann? Sie sah sich überhaupt nicht als geeignetes Muttermaterial. Sie hatte auch noch nie so genau darüber nachgedacht. Um Himmelswillen, sie war erst dreiundzwanzig.

„Wie kommt es denn, dass ihr nicht verhütet habt? Lernt ihr das nicht in der Schule? Hast du gedacht, der Storch bringt die Kinder oder was?“ Maxi konnte sich nicht zurückhalten.

Miri zuckte zusammen und lief purpurrot an. Dieses verflixte Gedankenmitlesen. Ups. Jetzt hätte sie beinahe dem Plastilin-Drachen die Schnauze zerdrückt. Würde ihm rechtgeschehen, dachte sie grimmig.

„Nicht dass es dich etwas anginge. Tut es nämlich nicht. Aber ehrlich, normalerweise bin ich da äußerst vorsichtig, denn es gibt ja nicht nur die Möglichkeit einer ungewollten Schwangerschaft, sondern auch diverse Krankheiten. Ich kann mir nicht erklären, was ich mir in jener Nacht gedacht habe.“ Gestresst fuhr sich Miri mit den Plastilin-verklebten Händen durch die kurzen Haare.

„Nicht viel, wie es scheint“, konnte sich Maxi nicht verkneifen.

„Sag mal, sehr unterstützend bist du nicht gerade!“ Irritiert schaute Miri ihren Drachen an. „Ein wenig mehr Verständnis hätte ich mir schon erhofft, muss ich zugeben. Jetzt, wo du endlich wieder da bist."

„Hmpf!" Hochmütig reckte die Drachin ihr Kinn in die Höhe und schien insgesamt an Größe zu gewinnen.

„Das ist alles, was du zu sagen hast? Ein paar weise Drachenworte hätte ich schon erwartet!" Miri wusste, dass sie Maxi provozierte, aber es war ihr egal. Sie war so wütend auf sie in diesem Moment.

Maxi seufzte, eine grauviolette Rauchfahne entwich ihren großen Nüstern und sie stützte den Kopf in die Hände, während sie wieder kleiner zu werden schien. „Du hast ja recht."

„Wie bitte?"

„Ja, ist schon gut. Wie gesagt, es stimmt. Ich mache mir nur Vorwürfe, dass ich nicht da war, um auf dich aufzupassen. Und das lasse ich jetzt an dir aus. Was nicht konstruktiv ist. Also, was ist unser Plan?"

„Moment, jetzt mal langsam. Erst stauchst du mich zusammen und im nächsten Atemzug fragst du mich nach unserem Plan?"

„Ja", antwortete Maxi, um dann verwundert nachzufragen: „Auch nicht in Ordnung?"

Frustriert und wütend rutschte Miri der Spachtel aus. Jetzt fehlte dem Drachen in ihrer Hand ein Ohr. Na großartig! Einfach toll! Sie hob das Ohr mit Hilfe einer Pinzette vom Boden auf und machte sich daran, es wieder am Drachenkopf zu befestigen, bemüht, es dabei nicht aus der Form zu bringen.

„Spuck es schon aus, dir quillt ja bereits Rauch aus den Ohren."

Miri, die einsah, dass sie momentan wohl nicht in der richtigen Verfassung war, so filigrane Dinge wie Drachenohren zu handhaben, legte ihr Kunstwerk zur Seite.

„Wie ich heute Mittag schon gesagt habe: Du kannst nicht einfach in mein Leben platzen und da anknüpfen, wie unser

Verhältnis vor all diesen Jahren war. Ich habe mein Leben gelebt, mit allen Hochs und Tiefs. Mit Erfolgen und Fehlern. Allein. Zugegebenermaßen hätte ich gerne, dass die Hochs und die Erfolge zukünftig eine größere Rolle spielen als bisher. Aber Fehler und Misserfolge gehören nun mal zum Leben. Und momentan bin ich mir noch nicht mal sicher, in welche Kategorie die neuesten Entwicklungen gehören. Um das herauszufinden, brauche ich Raum. Gedanklich. Emotional."

„Wow." Maxi war erneut sehr beeindruckt von ihrem Schützling. Was hieß hier Schützling. Im Moment fühlte sie sich seltsam fehl am Platz in der Rolle der Beschützerin. „Also willst du, dass ich gehe?", fragte die Drachin kleinlaut.

Miri dachte nach. Nach einigen Sekunden sagte sie: „Nein, ich will nicht, dass du gehst. Du bist ja gerade erst wiedergekommen. Ich freue mich auch darüber. Nur – bedränge mich nicht. Lass mir etwas Zeit, mit allem klarzukommen. Frag mich, wie es mir geht statt mir ständig vorzuhalten, was ich tun und lassen soll."

„Ich kann aber nicht versprechen, mich nicht einzumischen."

Das entlockte Miri ein Lächeln. Sie hatte sich wieder etwas beruhigt. Scheinbar half es tatsächlich, wenn man sich behauptete und die eigene Meinung vertrat. „Das habe ich auch nicht erwartet. Aber ein sehr kluger Drache hat mir mal gesagt, es würde sich lohnen, erst zu denken und dann zu reden. Aber vielleicht gilt das nicht für Drachen", fügte sie mit einem Augenzwinkern hinzu. „Ich mache mir jetzt erst mal was zu essen. Hilf mir mal, ich erinnere mich nicht mehr, brauchst du auch was?"

„Du hast nicht zufällig... hm, etwas Hochprozentiges da?"

Miri rollte mit den Augen. „Kein Wunder, dass ich mich nicht erinnere. Darum hast du mich früher bestimmt nicht gebeten. Was ist das bloß mit euch Drachen und Schnaps…"

Sie holte aus der Küche ein kleines Glas und eine Flasche Grappa, die noch zur Hälfte voll war. „Cheers, auf dich, Maxi."

„Ja, zum Wohl, aber auf uns!"

Mit einem Teller HP-Bohnen mit Tomatensoße, verfeinert mit Ketchup und Cayennepfeffer und ergänzt mit einem Spiegelei, setzte sie sich auf ihr durchgesessenes Sofa. Während sie aß, nahm sie den Faden ihrer Gedanken wieder auf. Ihr Kinderwunsch war bisher gleich Null gewesen. Ahnung von Kindern: ebenfalls gleich Null. Dieses Essen zum Beispiel: galt das als vollwertige Nahrung? Sie starrte auf ihren Teller. Bohnen gleich Proteine, etwas Stärke. Spiegelei gleich Proteine. Tomatensoße konnte man doch sicherlich als Gemüseportion rechnen. Wenn sie es mit einem Zwieback ergänzte, wäre auch für die Kohlenhydrate gesorgt. Na also. Vielleicht doch nicht so hoffnungslos. Sie musste kichern. Maxi warf ihr über den Rand ihres Schnapsglases einen besorgt wirkenden Blick zu.

„Was ist denn?"

„Nichts, nichts."

„Nur, dass das Kichern einen Touch Hysterie an sich hatte…"

Miri ignorierte den Kommentar und aß weiter. Leergeputzt stellte sie den Teller auf den inzwischen komplett überladenen Wohnzimmertisch und trank einen großen Schluck Wasser. Jetzt wieder ernst kehrte sie zu ihren Überlegungen zurück. Die andere Option war eine Abtreibung, wie sie vorher bereits festgestellt hatte. Sie war eine überzeugte Befürworterin der freien Entscheidungswahl der Frauen. Jede Frau sollte das Recht haben zu entscheiden, ob sie ein Kind austragen wollte oder nicht. Und zwar ohne dabei Angst vor juristischen Folgen haben zu müssen. Glücklicherweise hatte eine Frau in der Schweiz diese Möglichkeit. Doch Miri merkte, dass das gar nichts darüber aussagte, ob diese Entscheidung für sie richtig wäre. Nachdenklich legte sie versuchsweise eine Hand auf ihren

Bauch. Der natürlich im Moment flach und unauffällig wie immer war. Naja, so flach ihr Bauch eben war. Sie zog eine Grimasse und ihre Hand hastig wieder weg. Mit einer Abtreibung hätte sie auf der Stelle ein Problem weniger. Und, wie eine kleine Stimme in ihrem Hinterkopf anmerkte, auch einen Drachen weniger. Resolut brachte sie diese Stimme zum Verstummen. Das durfte keinen Einfluss auf ihre Entscheidung haben. Dazu war das Ganze zu wichtig. Hier ging es um lebenslange Verantwortung. Ihr Herz hämmerte. Ging das jeder Frau so, wenn sie herausfand, dass sie schwanger war?

„Wenn ich etwas anmerken darf…"

„Als wenn du dich davon abhalten lassen würdest", meinte Miri lakonisch und stand auf, um ihr Geschirr wegzuräumen.

„…lass dir die Zeit, die du dir mir gegenüber so vehement erbeten hast und versuche nicht, heute Abend alle Probleme zu lösen."

Miri, die ins Wohnzimmer zurückgekehrt war, stimmte ihr zu und ließ sich wieder vor ihrem improvisierten Arbeitsplatz nieder.

„Dann wollen wir uns mal um die Drachenohren kümmern." Sie stellte Musik an. Großstadtgeflüster. So, jetzt konnte sie arbeiten, dachte sie und griff nach ihrem Werkzeug.

Drei Stunden später stand sie, steif vom langen Sitzen, auf und räumte ihre Sachen weg. Die verbliebene Knetmasse hatte sie in Plastikfolie verpackt, um ein Austrocknen zu verhindern. Die Geräte standen gewaschen und fein säuberlich ins Glas gestellt wieder auf der Fensterbank. Den modellierten Drachen hatte sie mit vielen glänzenden Schuppen, ausgeschnitten aus der Metallfolie, versehen. Den ließ sie zum Trocknen und Hartwerden auf dem Tisch stehen. Chili schärfte sie ein, dem Tisch nicht zu nahe zu kommen. Unbeeindruckt sprang er auf ihr Bett und schickte sich an, auf sie zu warten.

Während sie im Badezimmer ihre Zähne putzte, hörte sie lautes Fauchen und noch ein anderes Geräusch, das sie nicht einordnen konnte. Neugierig steckte sie den Kopf aus dem Badezimmer. Das Fauchen kam definitiv von Chili, der mit gesträubtem Fell und erhobener Pfote versuchte, einen kleinen Minidrachen davon abzuhalten, auf das Bett zu kommen. Maxi schlug heftig mit den Flügeln. Es sah so aus, als ob sie sich gerade eben noch auf der Matratze befunden hatte, bevor sie vom Kater rücklings wieder herunter bugsiert worden war. Das würde auch die Größe des Drachens erklären. Wahrscheinlich hatte sie überhaupt nicht mit Chilis Opposition gerechnet. Früher hatten sie oft so zusammen im Bett geschlafen. Zusammengerollt wie eine kleine Katze hatte sie sich mit ihr unter die Bettdecke gekuschelt. Das war jedoch die letzten vier Jahre Chilis Vorrecht gewesen. Und er schien nicht geneigt, seinen Platz widerspruchslos an diesen Fremdling abzutreten. Miri ging zurück ins Badezimmer und spuckte die Zahnpasta ins Waschbecken. Sie beendete ihre Badezimmerroutine und kehrte zu den beiden Streithähnen zurück. Klassisches Stand-Off, so wie sie die Situation interpretierte. Sie klatschte in die Hände. Als sie die Aufmerksamkeit der beiden hatte, beruhigte sie erst einmal Chili.

„Du kannst dich entspannen, mein Großer. Niemand wird dir deinen Platz streitig machen."

Sie hob eine Hand und unterbrach Maxi, die gerade zum Protest ansetzen wollte.

„Wir haben genug Platz für Gäste."

Sie deutete vielsagend auf das Sofa. Maxi wollte noch einmal einen Versuch starten, Miri umzustimmen, überlegte es sich dann aber anders, als sie deren strengen Blick sah. Sie bedachte das Sofa mit einem ungnädigen Blick, rollte sich dann aber in einer Ecke darauf zusammen und faltete die Flügel demonstrativ über das Gesicht. Miri grinste, als sie den schmollenden Drachen sah. Irgendwie hatte sie Maxi souveräner in Erinnerung. Allerdings war es auch leichter, ein Kind zu beeindrucken. Spannende Zeiten sind das, dachte sie sich, als sie unter die Bettdecke schlüpfte und sich an Chili kuschelte.

Drei Stunden später beschloss sie, auf Spannung in ihrem Leben auch gut verzichten zu können. Zumindest wenn daraus Schlaflosigkeit resultierte. Sie hatte sich gefühlte hundertfünfzigmal von einer Seite zur anderen gewälzt. Der Einzige, der in ihrem Bett trotz ihrer Ruhelosigkeit fest zu schlafen schien, war Chili. Sie seufzte. Das Gedankenkarussell in ihrem Kopf war einfach nicht zu stoppen. Sehr präsent waren Erinnerungen an die Halloween-Nacht und ihre Ereignisse. Nicht zu vergessen die beteiligten Personen.

„Matt…“

Unbewusst flüsterte sie seinen Namen und erschrak, als sie ihre eigene Stimme plötzlich hörte. Sie durchlebte die Nacht gedanklich wieder und wieder, bis ihr plötzlich einfiel, dass er ihr am Morgen danach etwas da gelassen hatte. Eine Nachricht. Ganz untypisch, wie sie schon damals fand. Weshalb hatte sie ihn nie angerufen? Es war so viel los gewesen mit Kajas Umzug und dem Umbau des Hauses. Und sie hatte sich ja auch ernsthaft vorgenommen, es einmal mit kompletter Männerabstinenz zu versuchen. Ein bisschen zu spät, diese Einsicht, wie es schien. Sie versuchte sich zu erinnern, was sie mit seiner Nummer gemacht hatte. Eingesteckt hatte sie den Zettel doch sicherlich.

Ohne Licht zu machen stand sie auf, um sich ein Glas Wasser zu holen. Sie stellte sich damit ans Fensterbrett und schaute hinaus auf die verlassene Straße, während sie mit gierigen Schlucken trank. Wollte sie Matt denn anrufen? Hm. Jetzt sofort und auch in den nächsten Tagen sicher nicht. Aber die Option zu haben, ihn auf irgendeine Art ausfindig zu machen und zu erreichen, das wäre sehr beruhigend. Sie stellte das Glas zurück in die Küche und ging zu dem Einbauschrank, der als Aufbewahrungsort für alles diente, das „aufgeräumt" gehörte. Ganz nach dem Motto „aus den Augen, aus dem Sinn" oder so ähnlich. Was mit großer Wahrscheinlichkeit hieß, dass sich die Tasche mit dem Elfenkostüm unter vielen anderen Dingen wie Alltagskleidern und Bastelmaterial befand. Und darin hoffnungsvollerweise die Telefonnummer des wunderbaren Matt. Die Erinnerung an den Abend war zumindest wunderbar. Sie beschloss, wenigstens für diese Kleinigkeit dankbar zu sein. Das hätte bei ihrem Männerpech im letzten Jahr weiß der Himmel auch anders sein können. Sie versuchte, im Dunkeln die Tasche zu ertasten. Leider ohne Erfolg. Also drehte sie sich um und streckte sich, um die Nachttischlampe anzuschalten. Einen Vorteil hatte ihre kleine Wohnung: die Wege waren unglaublich kurz. Sie schmunzelte. Als sie sich wieder aufrichtete, wäre sie fast mit Maxi zusammengestoßen.

„Puh, hast du mich jetzt erschreckt! Was machst du denn hier?"

„Sollte das nicht eher ich dich fragen?" Hochgezogene Drachenaugenbrauen. „Es ist drei Uhr morgens und du räumst deinen Kleiderschrank leer? Ich hätte dich nicht als jemanden eingeschätzt, der aufräumt, um sich zu entspannen."

„He, ich räume sehr wohl auf. Ich habe nur mein eigenes System." Empört wandte sich Miri wieder dem Schrank zu.

„Ja, das sehe ich. Und nach was suchen wir genau?"

Miri beschloss, das *wir* zu ignorieren. Im Sinne von „zwei Paar Augen sehen mehr als eins" erklärte sie Maxi in möglichst wenigen Worten, wonach sie suchte. Leider half auch das zusätzliche Augenpaar nichts. Sie fanden zwar die Tasche unter einem angebrochenen Sack mit Blumenerde. Wie dieser dahin gekommen war oder was er im Schrank machte, wusste Miri nicht mehr. Es interessierte sie momentan auch nicht.

Immerhin hatte sie die Tasche gefunden. Aber wie es schien, hatte sie sich zu früh gefreut. Der Zettel war und blieb verschwunden, auch nachdem sie die Tasche sowie die sich noch immer darin befindlichen Kleidungsstücke von innen nach außen gedreht hatte. Nur ein einzelnes, getrocknetes Blütenblatt einer Rose war ihr entgegen geschwebt. Wenigstens wusste sie so, dass sie das Ganze nicht nur geträumt hatte. Das mit der Nachricht und der Rose meinte sie natürlich. Für den Rest hatte sie jetzt einen Beweis ganz anderer Art. Sie machte sich sogar die Mühe, das ganze Regalbrett leer zu räumen, für den Fall, dass der Zettel sich verselbständigt haben sollte. Vergeblich. Keine Spur von der Nachricht.

„Was mache ich denn jetzt?", flüsterte sie mit kaum hörbarer Stimme.

„Jetzt machst du erst mal gar nichts. Der Zettel oder besser noch der Mann wird sich sicherlich finden. Nur halt nicht gleich sofort. Komm, leg dich ins Bett, ich helfe dir beim Einschlafen."

Widerstandslos ließ sich Miri zum Bett führen. Sie war völlig erschöpft von den Erlebnissen des Tages. Nur noch verschwommen nahm sie wahr, dass sich Maxi zu ihr auf das Bett setzte. Mit der Melodie des Bajuschki Bajus im Kopf fiel sie endlich in einen unruhigen Schlaf.

4

24. November 2012

Am nächsten Morgen war Miri wieder einmal zu spät dran. Sie war eine geborene Nachteule, die regelmäßig ihren Wecker verschlief. Dank Maxi und Chili hatte sich das Verschlafen auf eine halbe Stunde beschränkt. Nicht dass die beiden tatsächlich Teamwork betrieben hätten. Davon waren sie noch weit entfernt. Maxi, die vom Klingeln des Weckers in ihrem Schlaf gestört und in der Folge aufgeschreckt war, hatte rücksichtsvoll bei Chili nachgefragt, ob der Wecker ein ernstzunehmendes Signal sei. Sie wusste ja, wie lange Miri wach gelegen war und hätte ihr den zusätzlichen Schlaf gegönnt. Chili, der sich angewöhnt hatte, wie seine Besitzerin das unangenehme Geräusch einfach in den aktuellen Traum einzubauen, war darüber logischerweise wenig erfreut. Aber nachdem er schon mal wach war, hatte er auch Hunger und machte sich daran, sein Frauchen zu wecken. Zu diesem Zweck strich er ihr um den Kopf, miaute ihr in voller Lautstärke in die Ohren und trampelte mit rhythmischen Pfotentritten auf ihrer Decke herum. Miri versuchte noch ein paar Minuten, ihn zu ignorieren, aber schließlich war sie wach und warf blinzelnd einen Blick auf den Wecker. Halb acht. Weshalb war sie an einem Samstagmorgen bereits um halb acht wach? Sie drehte sich im Bett um und blickte in zwei erwartungsvolle Gesichter.

„Sie ist wach", stellte die Drachin überflüssigerweise fest.

Als Chili merkte, dass Miri Anstalten machte, sich aufzurichten, sprang er vom Bett und rannte zur Küchentür. Auf halbem Weg warf er einen erwartungsvollen Blick in ihre Richtung, um sicher zu stellen, dass sie ihm auch folgte.

„Ist ja gut, ich komme schon", brummte Miri. Sie schlüpfte in ihre Hausschuhe, die sie jeden Abend unter dem Bett deponierte, und machte sich daran, ihr Raubtier zu füttern. Chili wartete ungeduldig vor seinem Napf auf sein Frühstück. Maxi gesellte sich zu ihnen. Miri wog Hackfleisch ab, goss etwas warmes Wasser darüber, damit es nicht ganz kalt war und stellte es dem Kater hin. Sie rieb sich die Augen und versuchte erneut, ihr nur sehr langsam arbeitendes Gehirn in Schwung zu bringen. Ihr Drache war immer noch da, stellte sie fest. Schwanger war sie wohl auch immer noch. Und den Kaffeebann würde sie wohl für einen weiteren Tag ignorieren, beschloss sie und brühte sich eine Tasse auf. Präventiv warf sie Maxi einen strengen Blick zu. Diese deutete mit Handzeichen an, dass ihre Lippen versiegelt waren.

„Dein missbilligender Blick spricht auch mehr als tausend Worte…", murmelte Miri.

Ungerührt hielt ihr Maxi das kleine Glas von gestern hin.

„Nein, sicher nicht. Du kriegst bestimmt keinen Schnaps zum Frühstück! Das wäre ja noch schöner. Ich bezweifle auch, dass überhaupt noch was da ist."

„Soso, dann gelten für dich andere Regeln als für mich", spöttelte der Drache.

„Klar, ich wohne hier. Mein Zuhause, meine Regeln."

„Irgendwie war das einfacher, als du noch klein warst."

„Das kann ich mir vorstellen", stimmte Miri ihr zu und schob eine Tasse heißen Kona-Kaffee in ihre Richtung.

Misstrauisch beschnupperte sie das fremdartige Gebräu.

„Jetzt sag bloß, du hast in all den Jahren noch nie Kaffee getrunken."

„Nein, das hatte ich nie nötig", gab Maxi pikiert zurück. „Normalerweise nimmt man Rücksicht auf meinen Drachenstoffwechsel. Gestern musste ich schon diesen Fencheltee – übrigens ein grauenhaftes Gesöff – ertragen und jetzt auch noch das." Mit einem angewiderten Gesichtsausdruck rührte sie versuchsweise die dunkle Brühe mit dem Löffel um.

„Aber ich soll den Tee trinken, ja?"

„Klar, ich habe gelesen, der soll sehr gut sein für Frauen in deiner Situation. Ich kann auch nichts dafür, dass ihr Menschen nicht so praktisch veranlagt seid wie Drachen. Wir haben das ganz gut gelöst mit dem externen Eierausbrüten. Da können wir dabei essen, was wir wollen."

Amüsiert beobachtete Miri sie. Immerhin brachte die Drachin sie mindestens ebenso oft zum Lachen wie zur Weißglut. Sie hielt ihr die Zuckerdose hin.

„Hier, versuch's mal damit. Du magst doch Süßes."

Zweifelnd schaute Maxi von der Dose zur Tasse und wieder zurück zur Dose. Es führte ja doch kein Weg daran vorbei. Miri würde nicht eher Ruhe geben, bis sie zumindest einen klitzekleinen Schluck probiert hatte. Das würde sie wohl auch überleben, beschloss sie. Sie tat zwei Teelöffel voll Zucker in den Kaffee. Todesmutig und mit geschlossenen Augen nahm sie einen Schluck. In der festen Überzeugung, es gleich wieder ausspucken zu wollen. Sie ließ das Getränk im Mund herum rollen und riss erstaunt die Augen auf.

„Der ist ja lecker!" Ungläubig starrte sie ihren Kaffee an. „Wieso hat mir nie jemand gesagt, wie gut Kaffee schmeckt?" Sie inhalierte den Kaffee förmlich. „Gibt's noch mehr davon?"

Amüsiert füllte Miri ihr die Tasse erneut. Offensichtlich hatte Koffein einen ähnlichen Effekt auf Drachen wie auf Menschen, stellte sie fest. Zumindest gemessen an dem plötzlich auffallend lebhaften Verhalten von Maxi.

„Was ist heute der Plan? Stellst du mich deinen Freundinnen vor? Oder suchen wir deinen Liebhaber? Musst du arbeiten?“, wollte sie sichtlich aufgeputscht wissen.

„Äh, so viele Fragen auf einmal.“ Miri nahm nochmals einen großen Schluck von ihrem eigenen Kaffee, in der Hoffnung, den Grad ihrer Munterkeit an denjenigen von Maxi anzupassen und um ein wenig Zeit zu schinden.

„Mittags bin ich bei Kaja und Sierra zum Essen eingeladen. Ich würde da heute aber lieber alleine hingehen.“ Als sie sah, dass sich die Drachin schon beleidigt aufplustern wollte, hob sie beschwichtigend die Hände. „Lass mich doch erst ausreden. Wenn ich mit dir aufkreuze, wird sich alles um dich und Lance und wahrscheinlich um Drachen und ihre Wichtigkeit im Allgemeinen drehen. Nicht, dass ich dir das nicht gönne, aber ich habe im Moment noch ein, zwei Kleinigkeiten, die ich auch gerne mit ihnen besprechen möchte. Zudem möchte ich dich noch gar nicht teilen. Ich will dich ein paar Tage ganz alleine genießen.“

Vor allem durch die letzten beiden Sätze sichtlich gerührt und dementsprechend besänftigt, glättete Maxi ihre Schuppen wieder. Nur ihre Augen glühten noch ein wenig.

Herrje, eine Primadonna ist ein Dreck dagegen, dachte Miri bei sich, diesmal sorgsam darauf bedacht, ihre Gedanken abzuschirmen. Sie wollte sie damit ja nicht beleidigen. Es war einfach die Feststellung einer Tatsache. Sie bezweifelte jedoch stark, dass Maxi das auch so sehen würde. Sie fuhr mit der Ausführung des Tagesplans fort.

„Kaja ist nach Schaffhausen umgezogen. Sie hat einmal erwähnt, dass jeweils einmal im Monat am Samstag ein Künstler- und Bauernmarkt in der Altstadt abgehalten wird, wie mir gestern wieder eingefallen ist. Glücklicherweise ist heute genau der

Tag, an dem er stattfindet. Ich habe mir gedacht, ich schaue mir das vor dem Mittagessen an. Vielleicht wäre es eine Möglichkeit für Kaja, ihre Sachen dort zu verkaufen.“ Oder ihre eigenen. Aber diesen Gedanken sprach sie nicht laut aus. Es erschien ihr immer noch völlig außerhalb des Bereichs des Möglichen, dass jemand ihre Basteleien kaufen wollen würde. Aber anschauen konnte sie sich den Markt immerhin. Und ein paar Fragen stellen.

Maxi hatte zwar mitgekriegt, dass es auch um Miris Dinge ging, beschloss aber, nicht darauf hinzuweisen.

„Darf ich da auch nicht mit, oder wie? Soll ich etwas Babysitter für diese kleine schlechtgelaunte Katze spielen?“

„He…“, meldete sich Chili empört. Mit hocherhobenem Schwanz und einem angewiderten Gesichtsausdruck spazierte er an dem Drachen vorbei, sprang auf das Fensterbrett und verschwand durch das dort angebrachte Katzentürchen auf das Dach. Dort fing er an, sich ausgiebig zu putzen.

Perplex sah Maxi dem Kater hinterher.

„Wo geht er denn hin? Kann er etwa auch fliegen?“

„Nein“, kicherte Miri. „Natürlich nicht. Es gibt ein komplexes System aus Katzenleitern, Mauervorsprüngen und Balkonen der Nachbarn, über die er bis nach unten kommt. Aber er beschränkt sich normalerweise auf die umliegenden Dachterrassen. Ich glaube, oft ist ihm der Aufwand zu groß, ganz nach unten zu gehen. Hier oben hat er auch den viel besseren Überblick. Die Chancen auf Mäusebegegnungen sind hier oben wie unten relativ klein, dafür ist oben der automatische Futterspender, also ich, näher. Zurück zu deiner Frage. Auf den Markt kannst du selbstverständlich mitkommen. Ich freue mich über deine Gesellschaft.“

„Na dann, lass uns gehen. Auf Märkten gibt es doch immer so leckere Sachen, dann können wir dort frühstücken.“

Miri musste lachen, als sie die unternehmungslustige Miene ihres Drachen sah. „Die Idee gefällt mir. Ich mache mich fertig. In zehn Minuten können wir gehen."

Entgegen ihrer sonstigen Gewohnheit war Miri tatsächlich in der angegebenen Zeit fertig geworden, so dass sie sich eine halbe Stunde später schon auf der Autobahn Richtung Schaffhausen befanden. Lautstark sangen sie mit, als die *Best Of* Hits der *Beatles* aus dem Lautsprecher schallten und amüsierten sich königlich über die falschen Töne des anderen. Bei einer besonders lustigen Darbietung von Maxi musste Miri Tränen lachen.

„Stopp, Timeout! So kann ich nicht fahren. Sonst kommen wir am Ende überhaupt nicht mehr in Schaffhausen an."

Ihre Begleiterin riss sich sichtlich zusammen und gab sich alle Mühe, nicht mehr zu lachen und so zahm wie möglich zu singen. Um ihre Bemühungen zu unterstreichen glättete die Drachin in einem Atemzug ihre zerzausten glänzenden Schuppen und setzte sich sehr aufrecht hin. Leider hatte sie vergessen, dass sie in Miris Ford Fiesta saßen. Dieser hatte, um es positiv auszudrücken, einen sehr überschaubaren Innenraum. Egal in welche Richtung. Weshalb sich Maxi prompt den Kopf anstieß. Worauf Miri natürlich wieder loskichern musste.

„Weshalb stößt du dir eigentlich den Kopf an? Ich dachte, ihr Drachen könnt durch Wände gehen, ähnlich wie Geister."

„Was weißt du denn schon von Geistern? Mir scheint, deine Auswahl an magischen Wesen, mit denen du dich abgibst, ist sehr selektiv", stellte Maxi verwundert fest.

„Selektiv? Wie meinst du das?"

„Drachen ja, Trolle nein, Geister ja… Ich bin sicher, diese Liste ließe sich fortsetzen."

„Hm, stimmt, das könnte sein. So habe ich mir das noch nie überlegt. Aber das beantwortet noch nicht meine Frage."

„Als du klein warst, habe ich mir angewöhnt, immer in körperlicher Form in deiner Nähe zu sein. Sonst hätte ich dich schlecht festhalten können, wenn du dich mal wieder auf die Straße stürzen oder über ein Brückengeländer balancieren wolltest. Trösten wie auch kitzeln geht ebenfalls nur so. Normalerweise ist es für uns einfacher und energiesparender, nur sichtbar zu sein. Wir müssen uns anstrengen, um körperlich zu werden."

Miri runzelte die Stirn. „Weshalb machst du es dann trotzdem dauernd? Inzwischen brauche ich keinen aktiven Beschützer mehr. Es ist schon eine Weile her, dass ich spontan auf ein Brückengeländer gesprungen bin", meinte sie mit einem schelmischen Grinsen zu ihrer Begleiterin.

Jetzt war es Maxi, die eine nachdenkliche Miene machte. „Stimmt. Aber es scheint so, als hätte sich mein Organismus in den zehn Jahren, die ich mit dir in einer so engen Beziehung verbracht habe, darauf eingestellt. Jetzt ist das umgekehrte der Fall. Wenn ich in reiner Energieform bei dir sein will, muss ich mich darauf konzentrieren."

„Na, dann schau mal zu, dass du das nachher auf die Reihe kriegst mit deiner Konzentration. Wir wollen auf dem Markt schließlich kein Spektakel verursachen, wenn die Leute gegen einen unsichtbaren Drachen rennen. Sonst heißt es am Ende noch, ich wäre der Übeltäter."

Den Rest der Fahrt über unterhielt Maxi sie mit lustigen Drachengeschichten. Im Nu hatten sie den Rhein überquert und kämpften sich durch die kleinen Gassen auf der Suche nach einem Parkplatz.

„Bieg die nächste links ab", wurde Miri angewiesen. Leider entpuppte sich die nächste als eine Einbahnstraße. Miri fuhr weiter geradeaus.

„Sag mal, meinst du, ich sage dir solche Dinge zum Spaß? Oder ignorierst du mich prinzipiell?", plusterte sich Maxi auf.

„In der Straße hatte ich uns einen richtig tollen Parkplatz reserviert."

„Du benimmst dich wie ein hysterisches GPS. Ich weiß schon, weshalb ich keines habe."

„Tschipi-was?" Verständnislos und keineswegs besänftigt schaute der Drache zu ihr hinüber.

„Natürlich ignoriere ich dich nicht. Aber es war Fahrverbot in diese Richtung. An das müssen sich auch Drachen in beratender Funktion halten. Reservier den Platz halt ein bisschen länger, dann kann ich hier einmal um den Block fahren. Ach ja, ein GPS ist ein Gerät fürs Auto, das dir deine Position angibt oder gewünschte Standorte für dich findet und dich sogar hinlotst. Diese Geräte regen sich immer auf, wenn man ihre Anweisungen nicht befolgt."

Der Parkplatz war tatsächlich noch frei. Miri parkte ein und packte ihre Tasche. Der Drache war bereits ausgestiegen und musterte interessiert die unmittelbare Umgebung.

„Hier war ich das letzte Mal vor 103 Jahren. Ungefähr. Hat sich ganz schön verändert seit damals."

„Was du nicht sagst." Miri verdrehte die Augen und wollte sich schon bei Maxi einhaken. Bis ihr einfiel, dass sie ja übereingekommen waren, dass Maxi sich besser sozusagen in Luft auflöste. Bildlich gesprochen. Sehen konnte sie ihren Drachen nach wie vor ohne Probleme.

Die Schaffhauser Altstadt war klein und überschaubar, so dass sie schon bald mitten im Getümmel standen. Maxi reckte die Nase in die Luft und steuerte mit schlafwandlerischer Sicherheit die nächste Lángos-Bude an. Miri hatte Mühe, mit ihr Schritt zu halten. Sie mochte Lángos, eine ungarische Spezialität, die aus frittiertem Teig, gewürzt mit viel Knoblauch und Paprika bestand, auch, aber so früh am Morgen?

„Sieh dich ruhig ein wenig um. Ich besorge uns Frühstück", rief ihr Maxi über die Schulter zu.

Miri wurde langsamer. Auch gut. So konnte sie das Angebot besser unter die Lupe nehmen. Gemächlich schlenderte sie durch die Stände der Marktfahrer. Moment mal, wie wollte Maxi denn das Essen überhaupt bezahlen? Sie blieb stehen und überlegte gerade, wieder zurückzugehen, als ihr Herz einen Satz machte. Schräg gegenüber von dort, wo sie gerade stand, nur getrennt von zwei Marktreihen, sah sie einen Mann mit vage vertrauter Statur. Er bewegte sich langsam durch die Menge, auf den äußeren Bereich der Marktstände zu. Konnte das sein? Nein, sie irrte sich bestimmt. Das wäre auch ein zu großer Zufall! Überhaupt kannte sie ihn gar nicht so gut, um auf diese Distanz beurteilen zu können, ob er es war, denn er hatte bei der letzten Begegnung nicht sehr lang Kleider angehabt. Zudem war er verkleidet gewesen. Ihr ohnehin schon heftig klopfendes Herz legte nochmals einen Zahn zu.

„Aber wenn er es doch ist?“, beharrte ihr Unterbewusstsein.

Sie nahm all ihren Mut zusammen und begann zu rennen. Vorbei an dem Käsehändler und dem Blumenverkäufer, einem Stand mit Shirts von Rock Bands und Silberschmuck, dem Marktschreier mit der Gemüseraffel, bis sie endlich um die Ecke biegen konnte und wieder freie Sicht hatte. Am Rande des Marktes erspähte sie gerade noch den Haarschopf des Mannes. Sie lief ihm nach oder versuchte es zumindest. Leider hatte sich eine Horde jugendlicher Fußballfans ausgerechnet diesen Moment ausgesucht, um einen ihrer Kollegen hochleben zu lassen. Bis sie sich unter vielen „Entschuldigung, kann ich mal durch“, „Hau mal ab, du Blödmann“ und dem freizügigen Einsatz ihrer Ellenbogen endlich durchgekämpft hatte, war der Fremde in der Menge natürlich unauffindbar. Außer Atem und auch sonst völlig durch den Wind blieb sie stehen. Scheißasthma, dachte sie und fischte den Inhalator aus der Tasche.

Sie erschrak fürchterlich, als Maxi sie plötzlich von hinten ansprach und ihr einen Lángos reichte.

„Hast du mich jetzt erschreckt!"

„Hier, dein Frühstück."

Als Miri nicht sofort reagierte, musterte der Drache sie genauer. „Was ist denn mit dir passiert? Ist alles in Ordnung? Komm. Da drüben auf der Bank unter dem Kastanienbaum können wir uns hinsetzen."

„Ich habe ihn gesehen", stieß Miri zusammenhangslos hervor, sobald sie sich gesetzt hatten.

„Gesehen? Wen?"

„Matt."

„*Der* Matt? Bist du sicher?"

„Was heißt schon sicher? Wenn ich es mir noch länger überlege, bin ich mir überhaupt nicht sicher. Aber in diesem ersten Moment hat es sich richtig angefühlt. Deshalb bin ich überhaupt losgerannt wie ein kopfloses Huhn." Ungläubig schüttelte sie den Kopf. Trübselig setzte sie hinzu: „Das war wahrscheinlich die einzige Chance, ihn jemals zu finden. Und ich verbocke es natürlich. Wieder einmal. War ja klar."

„He, he. Sei doch nicht gleich so hart mit dir. Jetzt iss erst einmal." Demonstrativ hielt Maxi ihr den Lángos unter die Nase.

Zweifelnd betrachtete Miri die Brotspezialität, die so groß wie das Rad eines Kinderfahrrads war.

„Probieren geht über Studieren, hast du mir mal beigebracht", drängte sie der Drache freundlich, aber bestimmt.

Kurzentschlossen biss Miri in die immer noch warme Köstlichkeit. Es war sehr lecker. Die Tageszeit spielte offenbar keine Rolle. In Gedanken völlig mit sich und ihrem gescheiterten Kontaktversuch mit dem Mann beschäftigt, der vielleicht, aber vielleicht auch nicht, Matt gewesen sein könnte, verspeiste sie die Hälfte des Lángos in Windeseile. Ohne eine

Pause zu machen murmelte sie mit vollem Mund: „Danke. Essen tut tatsächlich gut."

„Ähem", räusperte sich Maxi, „erinnerst du dich, vor ein paar Jahren hatten wir schon mal die Diskussion bezüglich kauen, schlucken, dann erst reden…"

„Entspann dich", gab Miri zurück. Diesmal allerdings wohlweislich nicht mehr mit vollem Mund. „Spar dir diese klugen Sätze für das potentielle Drachenkind auf. Das, falls es die Chance bekommt, die Welt unsicher zu machen, sicher ein dankbarer Abnehmer sein wird." Sie formulierte ihre Sätze absichtlich vorsichtig. Noch war nichts entschieden. Vor allem, weil es aufwachsen würde, ohne seinen Vater zu kennen. Nur weil seine Mutter zu blöd war, einen Zettel einzustecken und zu langsam, den Vielleicht-Papa zu fangen. Sie war ein totaler Hauptgewinn als Mutter, stellte sie selbstironisch fest.

„Ha, wer's glaubt. Man sieht ja, wie gut das bei dir gefruchtet hat!", rief Maxi aus. Als Miri nicht auf ihre Sticheleien reagierte, warf sie einen Blick auf ihren Schützling und fragte nach: „Bist du schon wieder dabei, dich selber fertig zu machen?"

Miri zuckte nur mit den Schultern und aß weiter.

„Betrachte es doch als Schnitzeljagd. Folge einfach den Hinweisen."

„Welchen Hinweisen denn?" Verständnislos schaute sie Maxi an. Mit einem Drachen in Begleitung kam man sich manchmal schon vor wie aus Versehen im Paralleluniversum gelandet. „Was sollte es denn für Hinweise geben? Du hast wohl zu viele Sherlock Holmes-Krimis gelesen."

Beleidigt stieß die Drachin eine graue Rauchfahne aus und bleckte die scharfen Zähne. Nicht viel, aber doch sichtbar. Miri hatte es genau gesehen. Nur gut, dass sie nicht leicht zu beeindrucken war.

„Und wenn schon. Tatsache ist, du weißt jetzt, dass sich Matt heute hier in dieser Region aufgehalten hat."

„Ich weiß weder mit Sicherheit, dass es sich tatsächlich um Matt gehandelt hat, noch was er, wenn er es denn war, heute hier gemacht hat. Da gibt es zig Möglichkeiten."

„Wir beschließen jetzt einfach mal um der Suche willen, dass es Matt war."

„Gut. Meinetwegen. Nächste Frage: war er hier, weil er a) hier wohnt, b) jemanden in der Region besucht hat, c) Freunde unter den Marktfahrern hat, d) weil hier etwas verkauft wird, was es sonst nirgendwo gibt, auch wenn das heißt, einen langen Anfahrtsweg auf sich zu nehmen… ? Du siehst, die Möglichkeiten sind endlos."

Unbeeindruckt fiel ihr Maxi ins Wort. „Zweitens treffen wir die Annahme, dass Variante a) richtig ist. Jetzt mal ehrlich. Schaffhausen ist ganz nett und ja, es gibt hier einmal im Monat diesen Markt, aber es ist eher unwahrscheinlich, dass er nur deswegen hier ist. Damit fällt Variante d) erst mal weg."

„Und was ist mit Möglichkeiten b) und c)?", kam es stur von Miri.

„Um die kümmern wir uns später. Beziehungsweise, du wolltest dich doch sowieso noch umschauen und mit ein paar Leuten sprechen. Da kannst du sie auch gleich fragen, ob sie diesen gutaussehenden Crocodile Dundee-Verschnitt kennen oder gesehen haben. Du kannst doch gut zeichnen", setzte sie nach, „mach doch so ein ‚Wanted'-Plakat wie im Wilden Westen und hänge es auf."

Jetzt musste Miri doch lachen. „So was wie ein Phantombild meinst du. Ich kann ja darüber schreiben *Mann vermisst* statt *Katze entlaufen.*" Langsam erwärmte sie sich richtig für die Idee. Das wäre auf jeden Fall besser, als Leute persönlich zu befragen. Sie wischte sich die fettigen Hände an einer der Papierservietten ab. „Sag mal, bevor ich mich aufmache und mich als Miss Marple betätige, wie hast du es geschafft, unser Frühstück zu organisieren?"

„Wie meinst du das?“ Maxi klimperte mit den langen tiefschwarzen Wimpern und schaffte es tatsächlich, eine Unschuldsmiene aufzusetzen.

„Naja, Essen kostet normalerweise etwas. Hattest du Geld dabei? Und sehen konnten die dich ja auch nicht.“

„Tja, also, lass es mich so formulieren. Der Lángos-Bäcker hatte eine plötzliche Eingebung. Er legte für einen imaginären Freund, der später noch vorbei kommen wollte, zwei Brote zur Seite. Einen Moment später hatte er die ganze Sache praktischerweise vergessen.“

„Aha. Wie praktisch. Und da hast du nicht zufälligerweise nachgeholfen?“ Mit schräg gelegtem Kopf beobachtete sie ihre Drachenfreundin aufmerksam.

„Ich doch nicht. Also fast gar nicht. Sozusagen nicht der Rede wert.“ Maxi wand sich sichtlich unter Miris prüfendem Blick.

Miri räusperte sich. „In dem Fall war unser Frühstück geklaut.“

„Ach was“, wiegelte die Drachin ab. „Das kann man nicht als Diebstahl bezeichnen. Höchstens als Mundraub.“

„Mundraub bezieht sich meines Wissens eher auf Äpfel in einem Garten“, wagte Miri einzuwenden.

„Papperlapapp. Das muss man situationsbedingt sehen. Hier in der Stadt ist ein Essensstand durchaus vergleichbar mit einer Obstplantage auf dem Land. Was man auf der Stelle essen kann, gilt nicht als Diebstahl.“

Geschäftig packte Maxi den Abfall zusammen und stand auf, um ihn in den nächsten Abfalleimer zu werfen. Ein Sinnbild vorbildlichen Benehmens. Miri musste sich das Lachen verkneifen. Sie beschloss, nicht weiter auf dem Thema herumzureiten. Immerhin war sie jetzt satt. Und schließlich konnte sie schlecht zur Lángosbude gehen und sagen: „Entschuldigen Sie, hier das Geld für die zwei Brote, die Ihnen mein unsichtbarer Drache geklaut hat." Vermutlich würden die umstehenden Menschen sie auf der Stelle einliefern lassen.

„So, dann stelle ich mich jetzt der Aufgabe, die ich mir für heute vorgenommen habe und betreibe ein wenig Recherche. Kommst du mit?"

„Ja klar, lass uns gehen."

Zwei Stunden später kam Miri auf Kajas Hof an. Maxi hatte sich bereits in Schaffhausen verabschiedet. Miri hatte keine Ahnung, ob sich ihr Schutzdrache in der parallelen Drachensphäre herumtrieb (oder wo Drachen sonst lebten, wenn sie nicht gerade ihre erdgebundenen Schützlinge betreuten) oder einfach zu ihr nach Hause geflogen war, um sich mit Chili zu streiten. Den letzten Teil des Weges hatte ihr Fiesta nur unter einigem Stöhnen zurückgelegt. Sie konnte froh sein, dass es noch nicht geschneit hatte. Das hätte ihr kleines Gefährt definitiv nicht geschafft. Hinweisschilder wiesen zudem darauf hin, dass diese Straße im Winter nicht geräumt wurde. Aus diesem Grund hatte Kaja ihren treuen alten Peugeot kürzlich gegen einen fast genauso alten Jeep mit Vierradantrieb eingetauscht. Kajas neues Zuhause lag auf dem Randen, einem plateauartigen Höhenzug, der sich nördlich des Rheins auf Schweizer wie auch auf deutschem Boden erhob. Der Hof selbst lag auf fast 700 Metern über dem Meer und bot einen fantastischen Ausblick bis in die Alpen. Er gehörte an sich Sierras Eltern, die ihn aber schon längere Zeit nicht mehr bewirtschafteten. Kaja hatte vor ein paar Monaten für sich und ihr kleines Unternehmen ein neues Zuhause gesucht und dank Sierras Vermittlung hier gefunden. Immer, wenn Miri hierher kam, erfüllte sie ein Gefühl der Ruhe. So auch heute. Kein Wunder, es war ziemlich am ‚Arsch der Welt'. Aber schön. Vor dem Haus parkte neben Kajas Jeep ein weiteres, vom Leben gezeichnetes Auto: Sierras alter Ford Explorer. Gut, alle da, dann wollen wir mal, sprach sie sich selber Mut zu und trat ein.

„Hallo zusammen“, begrüßte sie die beiden Freundinnen und kraulte gleichzeitig Zorro, der sie stürmisch willkommen hieß, beide Ohren.

„Hallo du, alles gut bei dir?“ Kaja und Sierra freuten sich offensichtlich, Miri zu sehen. Sie saßen in der Küche vor dem alten, mit Holz befeuerten Herd, in der Hand je einen duftenden Kräutertee. Seit Kaja die Entscheidung getroffen hatte, in die Fußstapfen ihrer Großmutter zu treten, hatte sie aufgehört, sich gegen das alte Kräuterwissen zu wehren und stürzte sich seither mit großem Enthusiasmus in die Arbeit, begierig darauf, möglichst viel über die heilende und unterstützende Wirkung von Pflanzen und ihren ätherischen Ölen zu lernen. Als frischgebackene Geschäftsfrau wollte sie natürlich auch aus erster Hand wissen, ob die Dinge ihre erwartete Wirkung zeigten, weshalb Miri und Sierra oft als Versuchskaninchen herhalten mussten. Miri störte das nicht, interessierte sie sich doch selber für solche Dinge, auch wenn sie lange nicht so viel darüber wusste wie Kaja. Bei Sierra sah die Sachlage ein wenig anders aus. So lange ein Kraut half, ein Pferdebein wieder heile zu machen oder einen verstimmten Hundemagen zu beruhigen, kannte sie es wahrscheinlich und wusste auch, wie es anzuwenden war. Für sich selber hielt sie solche Dinge für höchst unnötig. Miri hängte ihre Jacke an einem von den von ihr selbst gefertigten Haken auf, die sie Kaja zur Wohnungseinweihung geschenkt hatte. Diesmal handelte es sich um kleine detailgetreue Grizzlies, die man erst erkannte, wenn man genau hinsah.

„Ja, soweit ist alles gut bei mir“, antwortete sie den beiden erst mal ausweichend und nahm dankbar eine Tasse Tee entgegen. Es blies heute ein ziemlich kalter Wind. Kein Wunder, es war schließlich schon Ende November. Das Herumstehen auf dem Markt hatte sie regelrecht ausgekühlt, und die Fahrt in ihrem alten Auto hatte sie nicht aufwärmen können. Sie setzte sich zu den beiden an den Tisch, während es sich Zorro zu

Kajas Füßen bequem machte. In kürzester Zeit war ein lebhaftes Gespräch im Gange. Miri erzählte von ihren Eindrücken auf dem Markt in Schaffhausen, ihren Bekanntschaften mit den Marktfahrern und was sie dabei in Erfahrung gebracht hatte.

„Ich habe die Telefonnummer von der Frau bekommen, die diesen Markt organisiert. Du sollst dich einfach telefonisch bei ihr melden und mit ihr die Details wie freie Standplätze und die Höhe der Platzmiete besprechen. Newcomern gegenüber kann sie wohl etwas schwierig sein. Was aber helfen sollte, ist, dass du aus der Region kommst, Pluspunkt eins. Und Pluspunkt zwei ist die Tatsache, dass es sich um ein Jungunternehmen handelt – darüber freut sich wohl die Standortförderung des Kantons Schaffhausen immer – und du zudem mit deinem Kleinunternehmen eine Familientradition weiterführst."

„Das klingt sehr vielversprechend. Auf diesen Markt zu gehen könnte ich mir sogar vorstellen. Gerade wegen des regionalen Bezugs. Dann besteht auch immer die Möglichkeit, dass Freunde und Bekannte vorbeikommen. In fremden Städten kann der Tag ganz schön lang werden, wenn man so gar niemanden kennt. Ich erinnere mich noch gut daran, wie das jeweils war, als ich Mémé auf ihren Touren begleitet habe."

„Kann schon sein. Aber ich denke, da du jetzt ein direktes Interesse an den Verkäufen hast und auch selber mit den Kunden interagierst, spielt es wahrscheinlich gar keine so große Rolle", wandte Sierra ein.

„Das stimmt allerdings. Aber schlafen kann ich definitiv länger, wenn ich hier um die Ecke zum Markt fahre und nicht erst durch die halbe Schweiz. Und das wird früh genug sein, so wie ich das in Erinnerung habe."

„Das definitiv."

Das freundschaftliche Geplänkel setzte sich noch ein Weilchen fort, bis sich Sierra in ihrer direkten Art an Miri wandte.

„Was war das jetzt, das du besprechen wolltest? So wie ich das verstanden habe, hast du ein dringendes Drachenschwesterngespräch einberufen. Und so gerne ich mit euch über den Markt und andere spannende Dinge plaudere, glaube ich nicht, dass diese Themen als dringend zu qualifizieren sind. Zudem muss ich in spätestens einer Stunde wieder fahren."

Erwartungsvoll schauten die beiden Frauen Miri an. Diese überlegte fieberhaft, wie sie das Ganze am besten formulierte, bis sie am Ende einfach herausplatzte: „Ich bin schwanger."

5

„Schwanger?"

Erstaunt schauten die beiden Miri an. Für einen Moment sagte keiner ein Wort. Bis sich Kaja vorsichtig meldete: „Äh, ich bin mir nicht sicher, was hier die angesagte Reaktion ist… Freust du dich? Dann würde ich jetzt, glaube ich zumindest, gratulieren."

Sierra, die sehr gut darin war, Körpersprache zu lesen und deutlich sah, dass Glückswünsche wahrscheinlich noch nicht angebracht waren, war da nicht ganz so zurückhaltend. Unverblümt fragte sie: „Bist du sicher? Manchmal sind solche Tests auch unzuverlässig. Und wer ist überhaupt der Vater? Ich wusste nicht einmal, dass du einen Freund hast. Wusstest du das?", fragte sie Kaja. Kaja blickte zwischen den beiden hin und her.

„Äh, nein. Aber ich muss nicht alles wissen. Solange kennen wir uns wirklich noch nicht", beeilte sie sich hinzuzufügen.

Miri räusperte sich. „Ich sitze übrigens immer noch hier. Wenn ihr kurz eure Spekulationen unterbrechen könnt, würde ich euch die ganze Geschichte erzählen." In ihrer Stimme schwang ein ironischer Unterton mit.

„Los, erzähl."

Miri setzte sich aufrechter hin und nahm nochmals einen stärkenden Schluck von ihrem inzwischen lauwarmen Tee.

„Ich weiß gar nicht, wo ich anfangen soll. Wollt ihr die kurze oder die lange Version hören?“

Die anderen beiden blickten sich an, um sich dann wieder Miri zuzuwenden.

„Fang doch mal mit der kurzen an und wir fragen dir dann Löcher in den Bauch, bis wir auch die Details wissen.“

Miri, die gesehen hatte, wie Sierra einen verstohlenen Blick auf ihre Uhr warf, riss sich zusammen und fing an zu erzählen.

„Vor ein paar Wochen war ich zu einer Halloween-Party eingeladen. Über Freunde von Bekannten und sonst noch sieben Ecken. Die Einladung galt inklusive Übernachtung, worüber ich ganz froh war; so wusste ich, ich musste mich nicht zurückhalten beim Trinken. Da ich bis vor kurzem keine besten Freundinnen hatte, die mit mir ausgegangen wären, habe ich mir angewöhnt, alleine loszuziehen. Zu diesem Zeitpunkt hatten meine solitären nächtlichen Streifzüge allerdings schon etwas nachgelassen, da ich plötzlich euch in meinem Leben und somit ein Sozialleben hatte. Aber auf diese Party hatte ich mich wirklich gefreut. Verkleiden und in fremde Rollen schlüpfen ist total mein Ding, also habe ich mich in eine Elfe verwandelt und bin dahin gefahren.“

„Das nächste Mal nimmst du mich mit“, ließ sich Kaja vernehmen.

„Etwa als Anstandswauwau?“, wollte Sierra wissen. „Meinst du nicht, dafür ist es jetzt schon ein wenig zu spät?“, setzte sie nach und konnte sich ein Grinsen nicht verkneifen.

„Hör einfach nicht auf sie. Ich meinte eher, weil ich schon immer mal gerne auf ein Kostümfest gegangen wäre.“

„Können wir jetzt zurück zum Thema kommen oder muss die Feierabendplanung gleich jetzt sein.“ Sierra war sichtlich ungeduldig.

„Die Party war eher mittelmäßig, zwar in einem schönen großen Haus, aber die Stimmung war ziemlich flach. Typisches

Zürcher Publikum, zu beschäftigt damit, cool zu sein, als dass eine lockere Stimmung aufkommen konnte. Nicht einmal die Kostüme waren sehenswert. Vampire waren total im Trend, bei den Frauen Prinzessinnen oder Krankenschwestern. Bis dann dieser Typ aufgetaucht ist. Ich weiß noch genau, welches Stück es gerade gespielt hat, als er mich angesprochen hat. *Fly Away* von *Lenny Kravitz*", fügte sie träumerisch hinzu.

„Weiter im Text", erinnerte sie Sierra, da Miri offenbar in einem Paralleluniversum gelandet war.

„Er sah aus wie Crocodile Dundee in jungen Jahren. Auf jeden Fall was die Kleidung anging. Auf dem Kopf trug er einen australischen Lederhut, dessen Kinnriemen lose bis auf seine Brust hing. Dazu passend eine Lederweste über einem verwaschenen Hemd, das in engen Jeans steckte. Feste Arbeitsschuhe an den Füßen, ebenfalls aus Leder." Miri merkte selbst, wie sie ins Schwärmen geriet.

„Wie hat er denn sonst so ausgesehen? Abgesehen von der Kleidung, meine ich", wollte Kaja wissen. „Und war er Australier?"

„Er lebte wohl lange in Australien. Zum Aussehen sage ich nur so viel: strahlend blaue Augen, umrahmt von dunkelblonden Haarsträhnen, die ihm nachlässig in die Stirn fielen. Muskulöse Unterarme", sie seufzte, „ich liebe schöne Unterarme." Die beiden anderen nickten zustimmend. „Schmale Hüften, muskulöse Oberschenkel, noch mehr Details?"

„Nein, nein", wehrte Kaja lachend ab. „Ich kann ihn mir bildlich vorstellen. Und wenn ich dir noch länger beim Schwärmen zuhören und beim Sabbern zusehen muss, buche ich vielleicht versehentlich einen früheren Rückflug für Tim", schloss sie augenzwinkernd.

Sierra war bei den letzten Sätzen plötzlich hellhörig geworden. Einen Moment lang hatte sie doch tatsächlich das Gefühl gehabt, Miri spreche von Mathias, ihrem Bruder. Belustigt schalt sie sich innerlich für diese absurde Idee und konzentrierte sich wieder auf Miri.

„Und was passierte dann?"

„Langer Rede kurzer Sinn, wir sind zusammen im Bett gelandet. Und haben zusammen die ganze Nacht verbracht."

„Klingt doch alles wunderbar! Oder gibt es noch ein unschönes Ende?"

„Nein, im Gegenteil. Am Morgen war er zwar weg, hat mir aber extra eine Nachricht hinterlassen. Sehr nett geschrieben, inklusive seiner Nummer. Was mich sehr gefreut hat. Normalerweise hinterlassen mir meine nächtlichen Bekanntschaften keine Abschiedsgrüße. Schon gar nicht inklusive Kontaktdetails. Allerdings habe ich nicht weiter darauf geachtet, da für mich diese Nacht diese Nacht war und ich mir eigentlich vorgenommen hatte, es zumindest für eine Weile mit Männerabstinenz zu versuchen und meine Freundschaft zu euch zu vertiefen. Das hat ja auch sehr gut geklappt. So gut, dass ich jetzt schwanger bin und keine Ahnung habe, wie ich den Vater aufspüren soll."

„Wieso denn nicht, ruf ihn doch einfach an", kam es von der wie immer sehr pragmatischen Sierra.

„Tja, so wie es aussieht, habe ich den Zettel nicht mehr… Ich muss ihn verloren haben. Bewusst weggeworfen habe ich ihn sicher nicht. Aber auffindbar ist er eben auch nicht mehr." Wieder komplett ernüchtert schaute sie ihre Freundinnen an. „Jetzt kennt ihr die Geschichte. Ich bin aus allen Wolken gefallen und weiß beim besten Willen nicht, was ich jetzt machen soll. Was die Frage angeht, wie sicher ich mir mit der Schwangerschaft bin: ziemlich sicher. Klar, bei der Ärztin war ich noch nicht, aber der Test war positiv. Und es passt zu meinem Gefühl." Sie rechnete es ihren Drachenschwestern hoch an, dass sie nicht ins selbe Horn stießen wie Maxi und einen Vortrag über Verhütungsmethoden starteten.

„Oh!" Dieser Kommentar kam von Kaja.

„Das ist tatsächlich jetzt ein wenig ungünstig", meinte auch Sierra.

„Und wenn du Simon beauftragst, ihn zu suchen, so wie wir es bei Sierra gemacht haben?"

Von Sierras Seite kam ein abfälliges Schnauben. Sie und Simon waren einander nicht gerade gut gesinnt. „Und wonach soll er suchen? ‚Jugendliche Crocodile Dundee-Ausgabe gesucht, australischer Akzent erwünscht? Vielleicht auf Durchreise, vielleicht aber auch nicht'? Also ehrlich. Ich denke nicht, dass das realistisch ist. Ein paar Details mehr braucht auch Wunderkind Simon."

„Vielen Dank auch für die aufmunternden Worte", murmelte Miri sarkastisch.

„Tut mir leid, aber aufmunternde Worte werden deine Probleme nicht lösen."

Miri und Kaja schwiegen. Was wollten sie auch sagen. Wenn es auch etwas undiplomatisch formuliert gewesen war, im Endeffekt hatte Sierra recht. Nach einigen Sekunden brach Kaja das Schweigen.

„Und was machst du jetzt?"

Hilflos hob Miri die Schultern. „Ich habe ehrlich gesagt keine Ahnung. Ich fühle mich ziemlich überfordert mit der ganzen Situation. Was weiß ich schon von Kindern. Ich gehöre nicht einmal zu dieser Gruppe von Frauen, die bereits seit ihrer Jugend weiß, dass sie irgendwann mal Kinder will. Das war für mich nie ein Thema. Vielleicht irgendwann einmal, in ferner Zukunft. Himmel noch mal, ich hatte noch nie eine Partnerschaft, die auch nur ansatzweise stabil genug gewesen wäre, um darüber nachzudenken. Und so alt bin ich nun auch wieder nicht, als dass ich mir das bereits hätte überlegen müssen."

Sierra räusperte sich. „Ähm, auch auf die Gefahr hin, dich wieder vor den Kopf zu stoßen: Potentielle Schwangerschaften sind schon ein Thema, mit dem sich Frau auseinandersetzen sollte, wenn sie Sex hat. Außer sie beschränkt sich auf Frauen. Oder verhütet doppelt und dreifach. Was du nicht wirklich gemacht hast, so wie ich dich verstanden habe. Dasselbe gilt natürlich für den Partner. Nur ist der im Moment fein raus."

Dieser unbekannte Zwilling ihres Bruders. Rasch brachte sie die Stimme in ihrem Hinterkopf zum Verstummen. Das war sicher nur ein Zufall.

„Ist doch jetzt auch egal", mischte sich Kaja ein. „Sollten wir uns nicht lieber praktischen Dingen zuwenden, als Moralpredigten zu halten?"

„Durchaus. Ich finde nur, man sollte die Dinge beim Namen nennen. Deshalb auch meine nächste Frage. Willst du es behalten?"

Gestresst raufte sich Miri die Haare. „Ich weiß es einfach nicht. Wie soll ich das denn schaffen? Ich habe einen schlecht bezahlten Job, eine Wohnung, die zu klein ist, keine nennenswerte Familie, die aushelfen könnte, ganz zu schweigen von der riesigen Verantwortung. Ich wüsste ja nicht, wo anfangen."

„He, he", beruhigte Kaja sie. „Wir sind doch auch noch da."

Auch Sierra beeilte sich, Miri zu versichern: „Das wollte ich auch sagen. Wir sind doch jetzt deine Familie. Wenn du Hilfe brauchst, egal wie du dich entscheiden wirst, wir sind doch für dich da."

Überwältigt von der Unterstützung der beiden und vermutlich auch wegen diesen verflixten Hormonen, die wer weiß was in ihrem Körper anstellten, blinzelte Miri angestrengt die Tränen weg. „Das ist lieb von euch. Ich weiß das wirklich zu schätzen. Tatsache ist, ihr wohnt beide hier in der Nähe voneinander und habt mehr als genug Arbeit."

„Dann zieh doch auch hierher. Du kannst sogar bei mir wohnen“, schlug Kaja spontan vor.

„Hier wohnen? Das wäre toll! Aber leider geht das nicht. Ich habe meinen Job in Zürich.“

„Es fahren stündlich Züge von Schaffhausen nach Zürich“, versuchte Kaja sie umzustimmen.

„Schon möglich. Aber erst müsste ich jeden Tag von diesem Berg runter, das Kind in der Krippe abgeben, dann zum Zug und am Abend wieder dasselbe umgekehrt. Und bei meinem Onkel, dem Sklaventreiber, muss ich oft schon um sieben Uhr anfangen. Nein.“ Sie schüttelte den Kopf. „Das kann ich mir nicht vorstellen. Hast du dir im Übrigen überlegt, was es bedeuten würde, eine WG inklusive Kleinkind zu gründen? Dann bin ich nicht die Einzige, die sich mit schlaflosen Nächten auseinandersetzen muss.“

„Hm“, stimmte Kaja ihr zu, nicht gänzlich überzeugt.

„Was sagen denn dein Onkel und deine Tante dazu?“

„Ihr seid die ersten, denen ich es erzählt habe. Meinem Onkel erzähle ich es erst, wenn ich mir sicher bin, dass ich das Kind behalte. Es lohnt sich nicht, den Mann vorher schon aufzuregen.“

„Meinst du denn, er regt sich auf?“, wollte Sierra wissen.

„Darauf kannst du Gift nehmen. Zumal meine jetzige Situation alles andere als gewöhnlich ist. Er ist ein religiöser Fanatiker.“

„Shit.“

„Exakt!“, stimmte ihr Miri zu. „Vorehelicher Sex ist eine Todsünde. Nicht mal in der Lage zu sein, einen Kindsvater zu benennen, geschweige denn zu präsentieren, ist eher ungünstig. Um es vorsichtig auszudrücken.“

„Und deine Tante? Von ihr sprichst du fast nie“, wunderte sich Kaja.

„Meine Tante existiert nur im Schatten ihres Mannes. Sie sagt nicht viel und wenn, dann schließt sie sich seiner Meinung an. Das war schon immer so. Auch als ich bei ihnen aufgewachsen bin. Ich denke nicht, dass von ihr Unterstützung zu erwarten ist."

„Wie viel Zeit bleibt dir denn noch, dich zu entscheiden? Ich kenne mich da nicht so aus." Wieder warf Sierra einen verstohlenen Blick auf die Uhr.

Miri seufzte. „Ich mich auch nicht. Ich habe mal kurz Google befragt. Soweit ich das verstanden habe, bleiben mir wohl noch ein paar Wochen. Das Beste ist wohl, ich bespreche mich mal mit meinem Frauenarzt. Der wird wohl wissen, was zu tun ist, so oder so."

„Hört zu, ihr beiden. Ich muss jetzt leider schon los. War schön, euch alle wieder einmal zu sehen. Und Miri, lass es uns wissen, wenn wir dir irgendwie helfen können, okay?"

Miri lächelte sie dankbar an und stand auf, um sie zum Abschied zu umarmen. So brüsk Sierra manchmal war, man konnte sich zu hundert Prozent auf sie verlassen. Vorausgesetzt, ihr Partner Markus hatte sie nicht gerade mit Beschlag belegt.

Als Sierra gegangen war, füllte Kaja ihre Tasse mit frischem Tee und brachte ein Blech mit frischem Apfelkuchen. „Du musst ja nicht gleich los, oder?"

Miri stürzte sich heißhungrig auf den Kuchen. Es war auch schon eine ganze Weile her, seit sie etwas gegessen hatte. „Nein, überhaupt nicht. Kann ich dir etwas im Atelier helfen?"

„Das könntest du tatsächlich. Ich habe schon die ganze Woche an diesen Begleitkärtchen für die Geschenksets rumgebastelt und bin immer noch nicht zufrieden mit dem Resultat."

Miri musste erst runterschlucken. „Was meinst du genau mit gebastelt? Werden die gefaltet?"

„Nein, nein. Ich habe mich etwas ungenau ausgedrückt. Ich hätte gerne eine Zeichnung, die ich dann computertauglich machen kann. Der Computerteil ist nicht das Problem, Photoshop macht's möglich. Aber ich kann einfach schlecht zeichnen. Im Gegensatz zu dir." Sie warf Miri einen bedeutungsvollen Blick zu.

Miri musste lachen. „Ich kann es mir ja mal ansehen. Keine Ahnung, ob ich es besser hinkriege als du."

„Da bin ich mir sicher", gab Kaja zurück.

„Stopp", wehrte Miri lachend ab. „Der Druck, was Brauchbares abzuliefern, wächst gerade ins Unermessliche."

„Ich bin sicher, ein bisschen Druck spornt dich zu Höchstleistungen an", murmelte Kaja.

Plötzlich hob Zorro den Kopf und spitzte die Ohren. „Was ist denn, Kleiner? Hast du was gehört?"

Anstelle einer Antwort begann Zorro aufgeregt zur Tür zu laufen und wieder zurück. Kaja wunderte sich, was die ganze Aufregung sollte. Ein Auto war nicht auf den Hof gefahren, das hätte sie gehört. Die Luft fing an, bläulich zu schimmern, und der Hund startete ein Bellkonzert.

„Lance, was machst du denn hier?", rief Kaja aus und sprang auf, um ihren Drachen zu begrüßen. Seit Kaja ihr Leben in die Hand genommen hatte, sich ein schönes Zuhause geschaffen, sich für eine spannende und herausfordernde Arbeit entschieden hatte und mit Tim das Zusammenleben ausprobierte, tauchte ihr Drache nur noch sporadisch auf. Sie wusste nicht, ob er einen neuen Auftrag, sprich einen neuen Schützling, hatte. Sie wollte es auch nicht so genau wissen, sonst wäre sie bestimmt eifersüchtig geworden. Sie schüttelte den Kopf und schob die unnützen Gedanken beiseite. Im letzten Jahr hatte sie sich an das blaue Untier mit dem vorlauten Mundwerk gewöhnt. Und jetzt vermisste sie ihn einfach, wenn er längere Zeit nicht vorbeischaute.

Abwesend grüßte Lance die beiden und sah sich suchend im Raum um. Irgendwann wurde es Kaja doch zu bunt. „Sag mal, arbeitest du seit neuestem für die Baubehörde? Du stehst seit fünf Minuten hier rum und starrst in die Ecken meiner Küche. Die zugegebenermaßen neu renoviert ist."

Endlich drehte sich der Drache zu ihr um und schaute sie irritiert an. „Irgendetwas ist seltsam hier." Prüfend hob er die Nase in die Luft und schnupperte mit bebenden Nasenflügeln in alle Richtungen, bis sein Blick auf Miri landete. Mit großen Schritten durchquerte er den Raum und schnupperte an ihr.

„He, was soll das", rief diese verlegen.

Deutlich verwirrt richtete Lance sich auf. „Du riechst heute anders. Und außerdem hatte ich das Gefühl, meine Anwesenheit sei erforderlich." Er zuckte mit den Schultern, was seine großen Flügel knistern ließ.

Die beiden Freundinnen schauten sich an und zuckten ratlos mit den Schultern. Kaja vermutete, dass Miris Schwangerschaft vielleicht eine Rolle spielte. Sie behielt diesen Gedanken jedoch für sich. Das war ganz alleine Miris Entscheidung, mit wem sie diese Neuigkeiten teilen wollte. Miri hingegen vermutete den Grund in Maxis Gegenwart. Sie hoffte, die Drachin hatte sich an ihre Anweisungen gehalten und war nicht in der Nähe, denn sie hatte heute keine Lust herauszufinden, wie solche Drachenbegegnungen stattfanden. Ihr persönlicher Dramalevel war für heute definitiv erreicht.

„Willst du ein Stück Kuchen?", entspannte Kaja die Situation.

„Gerne, immer." Auf die Gefräßigkeit von Lance konnte man sich verlassen. Genauso wie auf seine nicht endenwollende Lust auf Hochprozentiges. „Gibt's da auch einen Holunderschnaps dazu?", fragte er mit einem unschuldigen Augenaufschlag in Kajas Richtung.

Misstrauisch verengten sich ihre Augen. „Sag mal, du warst nicht zufälligerweise neulich bei Mémé? Und hast sie gebeten, mir von ihrem Holunderschnaps zu schicken?"

„Nein, ganz bestimmt nicht. Ich habe höchstens beiläufig erwähnt, dass dein Vorrat bald zur Neige gehen wird", fügte er murmelnd hinzu.

„Du bist unverbesserlich", schimpfte Kaja liebevoll. Natürlich bekam er seinen Holundergeist trotzdem.

Nachdem auch der Drache fertig gegessen hatte, begleitete er die beiden Frauen in Kajas Atelier. Dieses befand sich in einem ausgebauten Teil der an das Haus angrenzenden Scheune. Das Atelier war der einzige Teil des Hofes gewesen, welcher nicht renoviert werden musste. Im Gegenteil. Diese Räume waren perfekt für Kajas Kerzenatelier. Nachdem sie Musik von *Duffy* angemacht hatte, führte Kaja Miri zu einem Tisch in der Nähe des Fensters und schob ein paar Skizzen, die über den Tisch verteilt lagen, zu ihr hinüber. Miri beugte sich über den Tisch und studierte die Zeichnungen. Auf den meisten waren Kerzen in den verschiedensten Formen zu sehen, ergänzt mit Blüten oder Blättern. Vereinzelt waren auch chinesische Schriftzeichen auf den Skizzen.

„Siehst du, was ich meine? Ich scheine einfach nichts Passendes zu finden. Oder ich kann nicht zeichnen. Eins von beiden." Frustriert trommelte sie mit den Fingernägeln auf die Tischplatte.

„Hm, lass mich mal kurz nachdenken", murmelte Miri, die schon völlig in ihren Kreativmodus geschaltet hatte. Lance wanderte derweil im Atelier herum und begutachtete Kajas neueste Kreationen. Hier und da stoppte er, um an einem der Kräuterbündel zu schnuppern, die von einem der Balken hingen.

„Sag mal", ließ er sich plötzlich vernehmen, „wie befestigst du eigentlich die Kräuter an diesem Balken?"

Kaja wandte sich um. Sie verstand nicht, worauf der Drache anspielte. „Na, mit einer Schnur, siehst du doch."

„Ja, schon, aber dieser Balken ist ziemlich hoch." Er blickte an seiner Nasenspitze vorbei auf sie hinunter. „Und du ziemlich klein. Als ich dich das letzte Mal gesehen hatte, konntest du noch nicht nach Belieben wachsen. Oder fliegen", fügte er nach kurzem Überlegen hinzu.

„So wie gewisse andere Wesen, meinst du." Kaja musste grinsen. „Für so unzulängliche und zu kurz geratene Wesen ohne Flügel wie mich gibt es diese tolle Erfindung, Leiter genannt."

„Ach ja." Der Drache schaute etwas belämmert in die Weltgeschichte. „Eine Leiter."

Kopfschüttelnd wandte sie sich wieder ihrer Freundin zu. Miri hatte sich inzwischen ein frisches Blatt Papier geschnappt und war mit Zeichnen beschäftigt. Mit sicherer Hand skizzierte sie einen fliegenden, feuerspeienden Drachen, der eine erstaunliche Ähnlichkeit mit Lance aufwies. Als sie merkte, dass Kaja ihr über die Schulter schaute, beendete sie ihre Arbeit mit ein paar deutlichen Strichen.

„Deine Zeichnungen sind gut", begann sie diplomatisch. „Nur die einzelnen Teile passen nicht zusammen. Du hast Kerzen gezeichnet. Kräuter. Seife und Pflegeprodukte. Die einzelnen Kräuter, die du jeweils verwendest."

Kaja nickte und bedeutete ihr, fortzufahren.

„Auf diese Weise brauchst du im Prinzip für jedes Produkt ein eigenes Begleitkärtchen. Was ich, ehrlich gesagt, einen ziemlichen Overkill finde: Die einzelnen Produkte sind doch schon angeschrieben, inklusive sämtlicher Inhaltsstoffe. Und der Kunde weiß ja selber, ob er eine Kerze oder ein Stück Seife gekauft hat. Hoffe ich zumindest." Sie grinste Kaja schelmisch an.

„Mach nur weiter, ich bin ganz Ohr."

„Gut. Wie mir aufgefallen ist, hast du mit den chinesischen Schriftzeichen für Feuer und Luft auch versucht, den Namen deiner Firma unterzubringen.“

„Stimmt. Das war das Einzige, was mir eingefallen ist. Auch wenn ich eigentlich keine Ahnung von Chinesisch habe.“

„Das geht mir ähnlich. Ich finde es auch eher kontraproduktiv, dein Unternehmen mit chinesischen Schriftzeichen zu präsentieren, wenn du eben keine in Fernost produzierte Ware verkaufst. Sondern im Gegenteil einen sehr regionalen Bezug hast. Zumindest wird es so sein, sobald du nächstes Jahr deinen eigenen Kräutergarten zur Verfügung hast.“

„Nur gibt es meines Wissens keine westeuropäischen Zeichen für Feuer und Luft“, wandte Kaja ein.

„Da wäre ich mir nicht so sicher. Die Kelten, Germanen und Normannen haben das bestimmt auch irgendwie bildlich dargestellt. Aber du hast schon recht, wiedererkennen würde das vermutlich keiner. Es gibt allerdings etwas, das mit Feuer und Luft gleichermaßen zu tun hat.“ Erwartungsvoll schaute sie Kaja an.

„Na, Drachen natürlich“, ließ sich Lance vernehmen, der auf seiner Wanderung durch das Atelier bei ihnen angelangt war.

„Na toll, jetzt stößt sich dann jemand gleich den Kopf an“, grummelte Kaja, den Blick auf seine stolz geschwellte Brust gerichtet. „Ja, stimmt, weshalb ist mir das nicht früher eingefallen“, pflichtete sie Miri bei. „Meine Versuche, Drachen zu zeichnen, wären allerdings nicht annähernd so gut geworden.“ Bewundernd schaute sie auf das von ihrer Freundin grob skizzierte Fabelwesen.

„Mach dir nichts draus. Mit der Zeit setzt so eine Art Betriebsblindheit ein. Es ist immer einfacher, von außerhalb mit frischen Ideen zu kommen. Ich dachte nur, es wäre ganz passend, zumal Lance dich ja auch auf dem Weg zur eigenen Firma begleitet hat.“

„Stimmt. Könntest du vielleicht ein paar verschiedene Drachen zeichnen, um das Grundthema darzustellen?“

„Ja klar. Ich kann dir ein paar verschiedene zeichnen. Einen schlafenden, zusammengerollten zum Beispiel für eher beruhigende Sets, einen fliegenden für die aktivierenden und so weiter. Die Liste lässt sich beliebig fortsetzten. Es ist einerseits sehr wandelbar und trotzdem hast du ein Element, das sich wiederholt und somit auch für einen hohen Wiedererkennungseffekt sorgt. Hast du schon ein Logo?“

„Nein. Das ist auch noch auf meiner Liste. Ich war schon froh, als ich mich endlich für einen Namen entscheiden konnte.“

„Weißt du was, ich zeichne über die nächsten Tage ein paar Vorschläge und schicke sie dir dann per Mail zu. Und wenn dir konkrete Beispiele einfallen, lass es mich ruhig wissen. Dann zeichne ich nicht so ins Blaue hinein.“

„Das wäre mir eine große Hilfe“, antwortete Kaja erleichtert.

Die beiden plauderten noch eine Weile, während sie zusammen die Vorbereitungen für die nächste Kerzenproduktion erledigten.

„So“, sagte Kaja, als sie fertig waren. „Vielen Dank. Jetzt kann ich morgen früh gleich starten. Alleine dauert es einfach doppelt so lange und macht nur halb so viel Spaß.“

„Lance hätte dir ja helfen können“, meinte Miri mit einem neckischen Seitenblick auf den Drachen, der so tat, als hätte er sie nicht gehört.

„Du vergisst, dass dieses Exemplar einer extrem arbeitsscheuen Gattung angehört“, schnaubte Kaja.

Miri war versucht zu erwidern, dass das eher eine Frage des Charakters als der Gattungszugehörigkeit war. Sie ließ es dann aber lieber bleiben. Das hätte nur Fragen aufgeworfen, die sie im Moment noch nicht beantworten wollte.

„Willst du zum Abendessen bleiben?“

„Nein, ich fahre lieber zurück. Chili war schon den ganzen Tag allein zu Hause. Der freut sich bestimmt, wenn ich mal wieder auftauche."

„Stimmt, den hatte ich ganz vergessen."

„Tschüss, Lance", rief Miri. Der Drache winkte abwesend mit seiner krallenbesetzten Pranke.

Kaja begleitete Miri zum Auto. Sie blinzelte. War Miris Auto seit neuestem Violett? Sie versuchte, die Farbe genauer zu identifizieren, was im dämmrigen Nachmittagslicht nicht ganz einfach war. Sie schüttelte den Kopf. Offensichtlich halluzinierte sie. Das Auto war nach wie vor Türkis.

Sie wandte sich ihrer Drachenschwester zu und nahm sie zum Abschied fest in den Arm.

„Melde dich, wenn etwas ist, okay?"

Miri drückte zurück. „Klar, werde ich machen", versprach sie. „Danke für den schönen Nachmittag. Und dafür, dass ich euch alles vor die Füße spucken durfte."

„Dafür sind Freundinnen doch da", versicherte ihr Kaja.

Kaja schaute dem Auto nach, wie es sich über die holprige Zufahrtsstraße entfernte. Plötzlich fröstelte sie. Sie rieb sich die mit Gänsehaut überzogenen Arme und hoffte, dass das eben keine Vorahnung auf kommende Ereignisse gewesen war. Sie drehte sich um und ging ins Haus.

In der Zwischenzeit war in dem kleinen Ford Fiesta, der unermüdlich in Richtung Zürich fuhr, eine lebhafte Diskussion im Gange. Maxi regte sich gerade so auf, dass sie beinahe den gesamten Innenraum füllte.

„Vorstellen hättest du mich wirklich können", beschwerte sie sich. „Was sollen die anderen bloß denken, wenn du ohne mich auftauchst. Ich bin schließlich verantwortlich für dich!"

Miri versuchte, ihre Begleiterin mit Schmeicheleien zu beschwichtigen. Als das nichts half, riss ihr der Geduldsfaden.

Mit ihren Nerven stand es momentan auch ohne das Primadonna-Getue ihrer Drachin nicht zum Besten.

„Hör zu, ich für meinen Teil bin dir sehr dankbar, dass du dich heute im Hintergrund gehalten hast, wie ich dich gebeten hatte. Das sollte ja wohl das Wichtigste sein. Du bist keinesfalls für mich verantwortlich. Und wer sollte schon schlecht von dir denken, wenn sie gar nichts von deiner Existenz wissen?"

„Pah." Beleidigt drehte sich Maxi zum Fenster. Ihr Flügel streifte beinahe Miris Auge und verdeckte ihre Sicht auf die Straße.

„Sag mal, wär es möglich, dass du dich wieder einkriegst? Wünschenswerterweise in den nächsten zwei Minuten? Sonst besteht nämlich ernsthaft die Gefahr, dass ich in die Leitplanke fahre. Nach dem, was du mir über deinen körperlichen Zustand verraten hast, wäre das nicht nur für mich unangenehm."

Kleinlaut schrumpfte Maxi auf eine annehmbare Größe.

„Falls es dich beruhigt, ich glaube, Lance hat was bemerkt."

„Lance war da?"

Besorgt warf Miri einen Blick auf die Drachin, die schon wieder sehr aufgeregt klang.

„Ja, ist das nicht gut? Ich denke nicht, dass er weiß, dass du da bist. Aber dein Duft scheint ihn sehr verwirrt zu haben."

„Ach." Betont gleichmütig wechselte Maxi das Thema und fragte Miri den Rest der Heimfahrt über das Treffen aus.

6

26. November 2012

Am Montagmorgen stand Miri früh auf. Diesmal war das nicht weiter schwierig. Sie hatte sowieso kaum geschlafen und sich seit fünf Uhr morgens alle zwei Minuten auf die andere Seite gewälzt. Sie wollte die Zeit vor Arbeitsbeginn nutzen, um beim Bäcker Brötchen zu besorgen und in der Buchhandlung im kleinen Pausenraum Kaffee aufzusetzen. Sie hoffte, damit ihren Onkel versöhnlich zu stimmen. Er war bestimmt gar nicht erfreut über ihr plötzliches Verschwinden von Freitagmittag. Unbewusst zuckte sie zusammen, als sie sich die drohende Strafpredigt vorstellte. Miri seufzte. Es war wirklich schade, dass mit ihm so schlecht auszukommen war.

„Ich wünschte mir, unser Verhältnis wäre ein anderes", murmelte sie.

Sie bückte sich und holte ihre warmen Hausschuhe unter dem Bett hervor. Brr. Am Morgen war es immer empfindlich kalt in ihrer kleinen Wohnung. Die Heizung sprang erst um sechs Uhr an. Sie warf einen Blick auf ihr abgewetztes Sofa, auf dem Maxi tief und fest schlief. Vorsichtig zog sie ihre alte Strickjacke unter der Drachin hervor und wickelte sich rasch darin ein. Maxi wachte auch jetzt nicht auf. Die morgendlichen Aktivitäten ihrer Mitbewohner schienen ihrem gesunden Schaf nichts anhaben zu können. Miri zuckte mit den Schultern und beschloss, sie schlafen zu lassen. Auf dem Weg in die Küche eilte ihr Chili mit hochgerecktem Schwanz miauend voraus und sprang auf die Arbeitsfläche, um die Zubereitung seines Futters zu überwachen. Miri strich ihm liebevoll über den Rücken und fischte das über Nacht aufgetaute rohe Biofleisch aus dem Ofen, wo sie es vor Chilis Zugriff sicher versteckt hatte. Sie wog 80g Hackfleisch auf ihrer antiquierten Federwaage ab, fügte ein wenig Mineralpulver hinzu und stellte es auf den Boden. Mit einem großen Satz war ihr Kater auf dem Boden und stürzte sich heißhungrig darauf. Miri setzte den Kaffee auf und schaute ihm beim Fressen zu. Innerhalb von zwei Minuten war er fertig. Er streckte sich erst, leckte sich über das Maul und setzte sich dann mit erwartungsvoller Miene vor sie hin. Miri musste lachen.

„Du bist so durchschaubar, weißt du das? Du meinst wohl, wenn du dein Futter mehr oder weniger inhalierst, denke ich vielleicht, ich hätte dich noch gar nicht gefüttert? Nein, mein Lieber. Da musst du dir schon was Besseres einfallen lassen."

Als hätte er sie verstanden, wandte er sich beleidigt ab. Er stand auf und stolzierte aus der Küche. Während sie darauf wartete, dass der Kaffee fertig kochte, hörte sie Stimmen aus dem Wohnzimmer. Wieder einmal in ihrem Kopf. Daran musste sie sich erst wieder gewöhnen. Offenbar musste Chili seinen Frust direkt loswerden und hatte erst mal Maxi geweckt, indem er sie angesprungen hatte.

„Gehst du wohl runter von mir, du stinkendes Fellbündel."

„Da spricht gerade die Richtige. Mir quillt auf jeden Fall nicht ständig Rauch aus beliebigen Körperöffnungen", konterte der Kater frech.

In dem Stil setzte sich das Streitgespräch fort. Jetzt war Miri doch neugierig. Sie streckte ihren Kopf aus der Küchentür. Chili war gerade dabei, vom Sofa auf Maxi zu springen, um sich in der nächsten Sekunde wieder unter das Möbelstück zu retten, damit sie ihn nicht zu fassen bekam. So ging das hin und her, bis sie offensichtlich genug hatte und auch wach genug war, um sich zu dematerialisieren. Chili, der gerade zum Sprung angesetzt hatte, realisierte das zu spät und landete unsanft am Boden. Etwas belämmert blieb er dort für einen Moment liegen. Lange genug für Maxi, unbemerkt vom Kater hinter ihm aufzutauchen und ihn am Nacken zu packen.

„Du weißt schon, dass gegrillte nervende Kater meine Leibspeise sind?"

Zu ihrer vollen Wohnungsgröße aufgerichtet, starrte Maxi ihn bedrohlich an. Die Ohren flach an den Kopf gelegt und die Augen weit aufgerissen, bot der Kater ein Bild des Jammers. Sein Größenwahn hatte sich zusammen mit dem Drachen wohl in Luft aufgelöst. Oder er hatte zu oft dem gestiefelten Kater aus dem Trickfilm Shrek zugeschaut und versuchte, Maxi auszutricksen. Miri traute keinem von beiden über den Weg und beschloss einzuschreiten, bevor noch jemand verletzt wurde.

„Guten Morgen, Maxi. Der Kaffee ist gleich fertig. Möchtest du auch eine Tasse?"

Derart abgelenkt und erfreut über die Aussicht auf eine Tasse dieses heißen Gebräus ließ Maxi Chili einfach fallen. Dieser quittierte das mit einem empörten Fauchen, bis er es sich besser überlegte und den strategischen Rückzug unter das Bett antrat. Dort hatte er wenigstens seine Ruhe und konnte sich der Fellpflege widmen. Praktischerweise hatte er inzwischen ganz vergessen, dass er den Streit angezettelt hatte.

In der Küche genossen Miri und Maxi ihr flüssiges Frühstück, während im Hintergrund unaufdringlich ein Lied von *Radiohead* im Radio lief. Maxi wollte ihren Schützling schon dazu drängen, etwas zu essen und ihre Getränkewahl zu überdenken, ließ es dann aber. Schließlich wollte sie auf ihren eigenen Kaffee nicht verzichten. Miri war es zuzutrauen, dass sie Fencheltee für beide zubereitete. Und außerdem hatte sie sich vorgenommen, Miri mehr zu unterstützen anstatt sie zu bevormunden. Sie seufzte einen großen Drachenseufzer und konnte nur knapp verhindern, dass ihre Tasse überschwappte. Zum Glück hatte sie schon einen großen Teil getrunken. Um von dem Beinahe-Malheur abzulenken, erkundigte sie sich, was Miri heute so vorhatte.

„Ich muss zur Arbeit." Miri warf einen Blick auf die Küchenuhr. Oje, schon fast halb sieben. Jetzt musste sie sich beeilen.

„Darf ich mitkommen?"

„Von mir aus. Sehen kann dich sowieso keiner. Obwohl es für dich vermutlich ziemlich langweilig sein wird."

„Das lass mal meine Sorge sein", winkte Maxi ab, erfreut darüber, mehr über Miris Leben zu erfahren.

Eine Viertelstunde später waren sie unterwegs. Miri hatte in Windeseile geduscht und sich angezogen. Jetzt waren sie auf dem Weg zum Bäcker, der zum Glück nur zwei Straßen von der Buchhandlung ihres Onkels entfernt war.

Bewaffnet mit der Brötchentüte betrat Miri die Buchhandlung. Wenn sie Glück hatte, war ihr Onkel noch nicht da. Dann hätte sie ein paar Minuten für sich, könnte Kaffee aufsetzen und schon anfangen zu arbeiten. Sie lief den langen Gang entlang, der zu dem kleinen Pausenraum führte. Warum musste es hier immer so dunkel sein? Sie schüttelte sich. Und das nur, weil ihr Onkel so penetrant sparsam war und eine einzige schwache Stromsparlampe als ausreichende Beleuchtung bezeichnete. Geizig wäre das treffendere Wort, dachte sie. Maxi spürte ihre Unruhe. Sie berührte ihren Schützling leicht an der Schulter.

„Machst du dir Sorgen? Ich pass schon auf dich auf", flüsterte sie beruhigend.

Dankbar lächelte Miri sie an, ihr Gesicht ganz blass und die Augen riesig in dem schlechten Licht. „Ich mache mir keine Sorgen…"

„Das solltest du aber besser!“, dröhnte die Stimme ihres Onkels aus dem Pausenraum. Sie zuckte zusammen. Offenbar hatte sie laut gesprochen. Dieses Telepathie-Ding musste sie unbedingt noch ein wenig üben. Aber jetzt hatte sie gerade ganz andere Probleme. Sie trat in das Zimmer.

„Dir auch einen guten Morgen“, meinte Miri und legte den Sack mit den Brötchen im Sinne einer versöhnlichen Geste auf den Tisch. Erst dann warf sie einen Blick auf ihren Onkel und erschrak. Er war knallrot im Gesicht, was allerhöchste Alarmstufe bedeutete.

„Was meinst du eigentlich, wer du bist!“, spie er.

Tapfer beschloss sie, ihm Paroli zu bieten. Sie war praktisch nie krank und fehlte kaum bei der Arbeit. So schlimm konnte so ein fehlender Freitagnachmittag also nicht sein.

„Tut mir leid, dass ich am Freitag einfach so verschwunden bin, ohne Bescheid zu sagen. Ich hatte etwas Dringendes zu erledigen.“

„So, das Fräulein hatte etwas Dringendes zu erledigen“, höhnte er lautstark. Kleine Speichelfetzen flogen in Miris Richtung. Unwillkürlich wich sie einen Schritt zurück. „Fühlst dich anscheinend nicht wohl in deiner Haut, nachdem dein unmoralisches Verhalten endlich ans Tageslicht gekommen ist.“

Verwirrt schielte Miri zu Maxi. Diese Reaktion war jetzt doch ein wenig extrem für eine Absenz von drei Stunden.

„Ja, schau dich nur um. Hier ist niemand, der dir helfen könnte. Sünderinnen wie dir ist nicht mehr zu helfen!“, schrie er sie an und wedelte mit einem Zettel vor ihrem Gesicht herum. „Hier ist er, der Beweis!“

„Der Beweis wofür?“, wollte Miri wissen, die verzweifelt versuchte, sich einen Reim auf die ganze Sache zu machen.

Daraufhin stieß ihr Onkel ihr den Zettel ins Gesicht, so dass sie mit dem Hinterkopf gegen die Wand prallte. Jetzt bekam sie es mit der Angst zu tun. Mit der einen Hand rieb sie sich die schmerzende Stelle, mit der anderen schaffte sie es, den Zettel vom Boden aufzuheben, ohne ihren Onkel aus den Augen zu lassen. Sie warf einen Blick auf den Zettel. Eine Quittung. Von Freitag. Aus der Apotheke. Scheiße. Die musste ihr aus der Tasche gefallen sein. Sie hob den Blick und starrte entsetzt ihren Onkel an.

„Das dachte ich mir. Wolltest es wohl gar nicht erzählen. Aber Gott weist den Gerechten den Weg. Und richtet über Huren wie dich! Deinen Job hier kannst du vergessen!“ Bei den letzten Worten wurde er immer lauter und schubste Miri wiederholt an die Wand.

Maxi beschloss, diesem Treiben ein Ende zu setzen. „Mach dich bereit und versetz ihm einen Stoß“, teilte sie Miri gedanklich mit.

Benommen versuchte diese, einen klaren Gedanken zu fassen. Sie wusste nicht, was in ihren Onkel gefahren war. Seinen Fanatismus kannte sie. Aber auf diesen körperlichen Angriff war sie nicht vorbereitet gewesen. Sie war sich auch nicht sicher, was es bringen sollte, ihn zu stoßen. Tatsache war, er überragte sie um zwanzig Zentimeter und wog mindestens das Doppelte.

„Tu es einfach“, unterbrach Maxi ihre wirren Gedankengänge.

Also fasste sie sich ein Herz und versetzte ihm einen Stoß. Die Drachin unterstützt das Ganze mit ihrer eigenen Energie, so dass er quer durch den Raum segelte und auf dem Boden landete.

„Lauf“, hörte Miri die Stimme ihrer Drachenfreundin im Kopf.

Sie schnappte sich ihre Tasche, die sie hatte fallen lassen und schob sich an ihrem Onkel vorbei, der sich bereits wieder aufrichtete. Die dünnen Haare fielen ihm strähnig in die verschwitzte Stirn, und wenn überhaupt möglich war sein Gesicht noch röter geworden.

„Hexe! Du bist mit dem Teufel im Bunde, ich habe es ja schon immer gewusst!“, schrie er ihr hinterher.

Miri begann zu rennen. Nur weg hier. Zwei Straßen weiter rannte sie immer noch. Dann musste sie anhalten. Sie bekam keine Luft mehr. Hektisch suchte sie in ihren Taschen nach dem Inhalator. Wo war er denn nur? Maxi wühlte in Miris Umhängetasche und förderte ihn endlich zutage.

„Hier.“

Dankbar nahm sie ihn entgegen und inhalierte tief. Endlich wieder Luft. „Danke!“

„Setz dich erst mal.“ Fürsorglich führte die Drachin sie zur nächsten Bank. Miri setzte sich. Sie begann zu zittern.

„Das ist nur der Schock“, beruhigte Maxi sie.

„Ich weiß“, presste sie hervor, krampfhaft bemüht, das Zittern zu unterdrücken. „Es soll aufhören!“

„Hier, iss etwas.“ Maxi reichte ihr eines der Brötchen.

„Du hast es inmitten dieses ganzen Chaos geschafft, an die Brötchen zu denken?“, fragte Miri ungläubig.

„Deinem Onkel mochte ich die Brötchen nicht gönnen.“

Unschlüssig drehte Miri das Brötchen in ihrer Hand hin und her, um es dann zurückzugeben. „Ich kann jetzt nichts essen.“

„Einen Bissen nur“, bat Maxi und schob das Brötchen freundlich, aber bestimmt in ihre Richtung zurück.

Miri war schlecht. Sie war sich nicht sicher, ob das eine gute Idee war. Zweifelnd betrachtete sie es.

„Dein Blutzuckerspiegel ist bestimmt im Keller“, insistierte ihre geflügelte Freundin.

Überredet biss sie hinein und begann zu kauen. Es war tatsächlich nicht so schlecht. Ihr Magen schien auch nichts dagegen zu haben. Während sie langsam weiter aß, beobachtete Maxi sie besorgt.

„Was war das denn eben? Sein normales Verhalten?“

„Ich weiß es nicht. Er neigt schon dazu, auszurasten. Bis jetzt hat er sich aber immer aufs Schreien beschränkt. So angegriffen hat er mich noch nie. Vielleicht hatte er einfach einen schlechten Tag“, fügte sie nach einer Weile hinzu.

Maxi schnaubte ungläubig. „Einen schlechten Tag. Das ist wohl nicht dein Ernst! Was hat ihn denn so aufgebracht?“

Miri schluckte den letzten Bissen Brötchen hinunter. Etwas zu essen war tatsächlich eine gute Idee gewesen. „Er hat die Quittung aus der Apotheke gefunden. Ich hatte den Schwangerschaftstest am Freitagmorgen vor der Arbeit gekauft und ihn mit zur Arbeit genommen. Irgendwann habe ich die Ungewissheit nicht mehr ausgehalten und bin nach Hause gegangen. Dabei muss mir der Kassenzettel aus der Tasche gefallen sein. Er hat ihn offenbar gefunden und seine Schlüsse gezogen.“

„Mir scheint, der Herr lebt ein wenig an seiner Zeit vorbei. Schließlich schreiben wir das 21. Jahrhundert“, bemerkte Maxi mit hochgezogenen Augenbrauen.

„Wem sagst du das. Ich weiß das, du weißt das. Nur er hat das Memo wohl nicht gekriegt.“

„Geht es dir jetzt etwas besser?“

„Ja. Du hattest recht mit dem Blutzucker.“

Maxi konnte sich ein selbstgefälliges Lächeln nicht verkneifen. Miri hatte es auch gesehen. „Soll ich dir auf die Schultern klopfen oder kümmerst du dich gleich selbst darum?“, fragte sie ihre Freundin gutmütig, worauf diese in lautes Gelächter ausbrach. Verstohlen sah sich Miri um. Es waren einige Passanten unterwegs, die den Drachen aber nicht bemerkten. Wirklich unglaublich. „Komm, lass uns gehen, immerhin haben wir einen freien Tag vor uns.“ Und viele weitere freie Tage, fügte sie im Stillen hinzu. Schnell unterdrückte sie ihre neu aufkeimende Panik und hängte sich bei Maxi ein.

„Wir gehen am See spazieren und füttern die Enten mit unserem Brot.“

„Sollte das Brot nicht hart sein?“, erkundigte sich die Drachin, die sich an unzählige solcherart verbrachte Nachmittage mit Klein-Miri erinnerte. Zweifelnd blickte sie auf die Tüte der Bäckerei.

„Doch, schon. Aber ich geh mal davon aus, dass die Enten das dieses eine Mal schon überstehen.“ Miri zuckte mit den Schultern. „Ein Spaziergang würde mir gut tun. Dir auch.“ Herausfordernd blickte sie ihre Drachenfreundin an. „Ich will nicht gleich wieder nach Hause. Ich brauche ein wenig Ablenkung.“

Maxi, die merkte, wenn sie auf verlorenem Posten stand, gab nach. „Also gut. Wo geht's lang?“

Spontan umarmte Miri sie. „Danke. Du bist die Beste. Ich bin wirklich froh, dass du bei der hässlichen Szene vorhin dabei warst. Ich bin mir nicht sicher, wie das ohne deine Unterstützung ausgegangen wäre.“

„Dafür sind Drachen doch da“, brummte Maxi gerührt und tätschelte ihr den Rücken.

„Vielleicht. Trotzdem danke!“

Nach einem viertelstündigen Fußmarsch erreichten sie den Zürichsee.

„Wurde aber auch Zeit“, schimpfte die Drachin leise. Mit hochgezogenen Augenbrauen sah Miri zu ihr hinüber. „Schon müde? Das kommt vom vielen Fliegen. Das ist deiner Kondition abträglich.“

„Schon gut. Solche Sprüche würde ich auch klopfen, wenn ich keine Flügel hätte“, gab sie hoheitsvoll zurück.

Miri schüttelte den Kopf, streckte die Arme aus und sog tief die kalte Winterluft ein. Es roch nach kommendem Schnee, nach Algen und ein wenig nach totem Fisch. Nicht unangenehm, sondern vertraut. Rhythmisch schlugen die Wellen an die Ufersteine. Im Sommer mied sie den See. Es waren ihr dann immer zu viele Leute dort. Im Winter war das eine ganz andere Sache. Gerade an bewölkten Wintertagen verirrten sich nur wenige Menschen ans Seeufer. Sie hatte allerdings noch nie darauf geachtet, welche Menschen wie sie dem unfreundlichen Wetter trotzten und sich hierher wagten. Heute hingegen sprang es ihr geradezu ins Auge. Hochschwangere Frauen, dick eingepackt, Michelin-Männchen ähnlich. Mütter mit Kinderwagen. Mütter mit ihren Kleinkindern beim Enten füttern. Naja, vereinzelt waren wohl auch Großeltern unterwegs. In ihrem Hirn überstürzten sich die panischen Gedanken geradezu. Immerhin. Offensichtlich besaß sie wenigstens eine erforderliche mütterliche Eigenschaft, stellte sie zynisch fest. Entenfüttern war toll. Reichte bestimmt, um ein Kind großzuziehen. Sorry Kind, für neue Schuhe reicht das Geld nicht, aber wenn du den Enten etwas von deiner Brotration abgeben willst, gehen wir heute Nachmittag an den See.

„Was ist jetzt, kriegen die Schwäne hier was zu futtern oder verarbeitest du die Brötchen lieber in der Tüte zu Krümeln?" Maxi nahm ihr die Tüte aus den verkrampften Fingern und unterbrach so gottseidank die Gedankenlawine in ihrem Kopf. Irgendwie hatte sie sich den Ausflug an den See entspannender vorgestellt. Seufzend hielt sie ihre Hand auf. Wortlos übergab ihr die Drachin einige mundgerechte Stückchen Brot. Sie konzentrierte sich auf die Schwäne, mit ihren grauen halbwüchsigen Jungen. Schon wieder Nachwuchs. Heute gab es anscheinend kein Entrinnen.

Intelligente Augen verfolgten jede Bewegung des ungleichen Paares, bereit, sich sofort auf die herunterfallenden Brotstückchen zu stürzen. In kameradschaftlichem Schweigen verbrachten sie eine halbe Stunde damit, die schönen Tiere zu beobachten und ab und zu wieder zu füttern. Erstaunlicherweise blieben die kreischenden Möwen, die sonst gerne alles aus der Luft klauten, auf Abstand. Im Gegensatz zu den Schwänen schienen sie dem Drachen nicht über den Weg zu trauen. Dann war die

Tüte leer. Maxi knüllte sie zusammen und stopfte sie in den nächsten Abfalleimer, der nur wenige Meter entfernt war.

„Was jetzt?“, wollte sie wissen.

„Ich dachte mir, ich statte meiner Tante Greta einen Besuch ab. Vielleicht kann sie mir ja erklären, was es mit Onkel Pauls Verhalten auf sich hat. Viel Hoffnung mache ich mir allerdings nicht“, setzte sie niedergeschlagen hinzu. Maxi bezweifelte ebenfalls, dass dieser Besuch erfolgreich verlaufen würde, sagte aber nichts. Sie hakte sich bei Miri unter. So leer, wie die Straßen des Viertels waren, bestand keine Gefahr, dass die Drachin jemanden umrannte. Auf jeden Fall bliebe ihr genug Zeit, auszuweichen, sollte ihnen doch jemand entgegenkommen.

Auf der Höhe einer Straßenbahnstation hielt Miri inne und meinte: „Lass uns die Straßenbahn nehmen, die gleich kommt. Zu Fuß zieht sich der Weg ganz schön in die Länge.“

„Aber gerne.“

Sie warteten, bis alle ausgestiegen waren. Miri ließ den wartenden Fahrgästen den Vortritt beim Einsteigen und quetschte sich zuletzt hinein. Maxi, der es auch in körperloser Energieform sehr unangenehm war, zwischen so vielen Leuten zu stehen, hatte sich ganz klein gemacht. Jetzt saß sie, natürlich unsichtbar für alle anderen, in Rattengröße auf Miris Schulter. Der lange Schwanz baumelte ihr über den Rücken.

„Sag mal“, fragte sie Miri gedanklich, „hast du eigentlich einen Fahrschein?“

Amüsiert schielte sie zu dem kleinen Drachen auf ihrer Schulter. „Wieso, brauchst du einen? Und weshalb flüsterst du, wenn ich dich sowieso nur in meinem Kopf höre?“

Maxi ignorierte die Sticheleien und schnaubte. „Für dich, meine ich natürlich.“

„Keine Sorge, es wird fast nie kontrolliert“, versicherte ihr Miri ernsthaft.

„Du meinst, du fährst schwarz?“ Der entsetzte Tonfall, der jetzt keinesfalls mehr als Flüstern bezeichnet werden konnte, entlockte Miri ein Lächeln.

„Beruhige dich. Ich habe eine Monatsfahrkarte. Da ich oft in der Stadt unterwegs bin, ist es mir zu mühsam, jedes Mal ans Kleingeld zu denken, um einen Fahrschein zu lösen.“

„Puh. Da fällt mir ein Stein vom Herzen.“

„Ich wusste gar nicht, dass du so ein Paragraphenreiter bist“, wunderte sich Miri.

„Bin ich eigentlich auch nicht. Nur dann, wenn die Chance groß ist, erwischt zu werden. Das ist ja sowas von peinlich!“

Miri musste schmunzeln. „Irgendwann musst du mich einweihen, wobei du erwischt worden bist, dass du ein solches Trauma mit dir herumträgst.“

Maxi zuckte schuldbewusst zusammen, machte aber keinerlei Anstalten, die Neugierde ihres Schützlings zu befriedigen.

Nach ein paar Stationen stiegen sie aus und legten den restlichen Weg bis zu einem heruntergekommenen Reihenhäuschen zurück.

„Hier wohnen meine Ersatzeltern“, bemerkte Miri überflüssigerweise. „Ich hoffe, Greta ist zu Hause und wir sind nicht umsonst gekommen.“

„Ich glaube, du hast Glück“, meinte Maxi und deutete auf den Vorhang, der sich im Fenster bewegte. „Sie hat dich schon entdeckt.“

„Na großartig. Wollen wir hoffen, sie macht überhaupt auf.“

Sie stieg die drei Treppenstufen hoch, drückte kurz auf die Klingel und trat wieder von der Tür weg.

Innerhalb von Sekunden öffnete sich die Tür, und eine ältlich wirkende Frau trat heraus. Die farb- und formlose Kleidung passte zu ihrem schütteren, von grauen Strähnen durchzogenen Haar, welches sie in einem straffen Knoten zurückgebunden hatte. Sie musste tatsächlich gleich hinter dem Eingang gewartet haben.

„Hallo Greta."

„Hallo. Was willst du hier?" In ihrer Stimme war weder Ablehnung noch ein Willkommen zu hören. Jegliche Emotionen fehlten.

Den schlechten Vorahnungen zum Trotz war Miri jetzt doch ein wenig überrascht über diese abweisende Frage.

„Dich besuchen. Und dich etwas fragen. Dürfen wir…", Miri fing sich gerade noch, „äh, darf ich reinkommen?"

„Ich habe dir nichts mehr zu sagen. Paul hat mich bereits informiert über dein sündiges Verhalten. Es ist besser, wenn du gehst."

„Das meinst du jetzt nicht ernst." Miri konnte nicht fassen, was sie da hörte. Sicher, ihr Verhältnis zu Greta und vor allem zu Paul war immer schwierig gewesen. Aber es war die einzige Familie, die sie kannte.

„Es ist besser, wenn du gehst", wiederholte die ältere Frau stur, ihr Gesicht völlig ausdruckslos. Ohne eine Antwort abzuwarten, drehte sie sich auf dem Absatz um und ging wieder ins Haus. Nachdem sie die Tür geschlossen hatte, hörte man, wie der Schlüssel im Schloss umgedreht wurde.

7

Etwas verdattert starrte Miri noch einige Sekunden auf die geschlossene Tür. Dann drehte sie sich mutlos um und ging den Weg zurück, den sie gekommen war, in Richtung Straßenbahn-Haltestelle.

„Alles gut?“, fragte Maxi fürsorglich.

Miri lief immer schneller. Was für eine Frage. „Natürlich nicht. Nichts ist gut. Wie auch. Schwanger, Kindsvater sozusagen unbekannt, Job weg, meine jämmerliche Familie ist auch weg, wie es scheint …“ Wütend wischte sich Miri die Tränen aus den Augen und zog die Nase hoch, während sie in riesen Schritten voranmarschierte.

„Äh, sind wir jetzt an der Haltestelle nicht schon vorbei?“, erkundigte sich Maxi vorsichtig.

„Doch. Aber ich kann mich schlecht so unter die Leute mischen. Heulend, mit laufender Nase und einem drohenden Nervenzusammenbruch! Und ich will nichts hören von wegen anstrengend. Wenn du nicht mithalten kannst, flieg meinetwegen. Oder nimm auf meiner Schulter Platz.“

Wohlweislich verzichtete Maxi darauf, irgendetwas auf diesen letzten Ausbruch zu erwidern. Im Grunde war sie froh, dass ihr Schützling mit Wut reagierte. Wut war Mutlosigkeit bei weitem vorzuziehen. Außerdem musste sie selbst die Ereignisse des heutigen Tages erst einmal verdauen. Mit Grauen dachte sie daran, dass ihre Miri bei diesen Leuten aufgewachsen war. Wenn doch nur… Aber durch wenn-wenn-wenn-Sätze ließ sich die Vergangenheit auch nicht ändern. Sie beeilte sich, mit Miri Schritt zu halten, die ein ziemliches Tempo an den Tag legte. Da ihr Orientierungssinn am Boden nicht der beste war, beschloss sie nach einer Viertelstunde doch einmal nachzufragen, wohin sie eigentlich unterwegs waren.

„Nach Hause", lautete die knappe Antwort.

Die Versuchung war groß, einfach vorauszufliegen. Aber Maxi unterdrückte das Bedürfnis erfolgreich und begleitete Miri solidarisch zu Fuß. „Ich würde dich ja gerne nach Hause fliegen", versuchte sie die Stimmung ein wenig aufzulockern. „Aber ehrlich gesagt trau ich mich nicht. Stell dir vor, ich habe nicht genug Energiereserven und lasse dich mitten in der Luft fallen."

„Wär vielleicht nicht das Schlechteste", murmelte Miri vor sich hin und kickte wütend einen Kieselstein vor sich her.

Maxi verdrehte die Augen. Ihre Kleine hatte schon immer ein wenig den Hang zur Melodramatik gehabt.

„Was ist eigentlich aus deinem Plan, Schauspielerin zu werden, geworden?"

„Ich bin erwachsen geworden", antwortete Miri kurz angebunden.

„Wie meinst du das?"

„Na, wie wohl." Jetzt klang ihre Stimme wieder ungeduldig. Zufrieden mit dem Resultat wartete die Drachin den Rest der Erklärung ab. „Ich hatte einfach keine Lust, mich in die Reihe der brotlosen Künstler einzureihen. Bücher hatte ich schon immer gemocht und tata, mein Onkel hatte ja eine Buchhandlung."

„Wo du jetzt ganz dick verdienst und dir alles leisten kannst und total zufrieden bist. Lagermitarbeiterin war ohnehin schon immer dein Traum", folgerte Maxi ironisch.

Jetzt zuckten Miris Mundwinkel doch. „Nicht ganz. Nein, wenn ich ehrlich bin, hat mich mein Faible für Schauspielerei mit der Verlegenheitsphase meiner Teenagerzeit verlassen. Wenn ich etwas im Bereich Theater machen würde, wäre es wohl eher hinter den Kulissen. Zum Beispiel Bühnenbilder herstellen. Das mache ich im Prinzip im kleinen Rahmen nebenbei. Ich habe schon öfter für Bekannte Wohnungen eingerichtet. Oder mit meinen Bastelarbeiten verschönert. Oder verunziert. Wie man's nimmt."

„Das sind schon kleine Kunstwerke, die du da machst", korrigierte Maxi sie sanft. „Ich habe mir den Drachen mal genauer angesehen. Der, nebenbei bemerkt, gar nicht diese unbequeme Haltung innehat, wie ich sie einnehmen musste." Sie warf ihrer Menschenfreundin einen finsteren Blick zu.

Miri grinste. „Das ist dir aufgefallen, wie?"

„Klar! Das wäre dir auch aufgefallen, wenn du stundenlang so dagesessen wärst", entrüstete sie sich.

„Tja, weißt du, euch Drachen muss man ab und zu ein wenig ärgern, sonst passt ihr nicht mehr in die Wohnung rein vor lauter Wichtigkeit. Wir sind übrigens gleich da." Sie bogen in Miris Straße ein. Als sie nur noch ein paar Meter vom Hauseingang entfernt waren, sprang ihnen ein großer Hund entgegen und eine Frau, die an der Mauer gelehnt hatte, stieß sich von dort ab und fing an, in ihre Richtung zu gehen.

„Zorro, was machst du denn hier? Ist dein Frauchen auch in der Nähe?", begrüßte Miri den Hund und tätschelte ihm die Flanken. Den Drachen ignorierte er geflissentlich. Er hatte keine große Lust, sich mit einem neuen Exemplar dieser Gattung auseinanderzusetzen. In der Zwischenzeit hatte sich auch Kaja zu ihnen gesellt. Miri fiel ihr um den Hals. „Kaja, das ist aber eine Überraschung. Mit dir habe ich jetzt gar nicht gerechnet."

„Das kann ich mir vorstellen", antwortete Kaja lapidar mit einem bedeutungsschweren Seitenblick auf den violett-pinken Drachen an der Seite ihrer Freundin. Sie leinte Zorro an, bevor er ihr entwischen konnte, um das umliegende Quartier unsicher zu machen. „Ist das eine neuere Entwicklung?", wollte sie wissen.

„Ähm, ja sozusagen. Seit ein paar Tagen."

Kaja lachte. „Ist schon gut. Ich kenne das Gefühl. Als du mir offenbart hast, du könntest Lance sehen, habe ich ihn auch erst mal zu Hause gelassen. Ich verstehe dich nur zu gut. Auf jeden Fall weiß ich jetzt, weshalb Lance am Samstag so aus dem Häuschen war und wie ein Spürhund rumgestöbert hat."

„Das ist Maxi, meine Drachenfreundin aus Kindheitstagen. Ich hatte dir von ihr erzählt."

„Ja, ich erinnere mich." Sie begrüßte Maxi, die die ganze Zeit geduldig gewartet hatte.

„Sag mal, wollen wir zu mir hochgehen? Dann kannst du mir dort erzählen, was du hier machst." Kaja nickte zustimmend. Zusammen legten sie die wenigen Meter zu dem alten Wohnhaus zurück, in dem sich Miris Wohnung befand. Im vierten Stock angekommen, verzog sich Chili unmittelbar nach ihrer Ankunft auf den Dachvorsprung vor dem Fenster. Ein Drache, ein Hund und zwei Menschen, dafür war einfach nicht genug Platz, zumindest nach der Meinung des Katers. Miri verschwand erst einmal im Badezimmer, um sich ihre Jogginghosen anzuziehen. Und ein T-Shirt statt der drei Schichten, die sie heute früh gegen die morgendliche Kälte angezogen hatte. Seltsam, sie neigte eigentlich nicht zu plötzlichen Hitzewallungen. Wahrscheinlich lag es an dem strammen Gehtempo, das sie auf dem Nachhauseweg angeschlagen hatte. Oder an dem neuen Mitbewohner ihres Körpers, fiel ihr plötzlich ein.

In der Zwischenzeit beäugten sich Kaja und Maxi im Wohnzimmer kritisch. Nach einiger Zeit brach Kaja das Schweigen.

Sie wusste aus Erfahrung mit ihrem eigenen Drachen, dass deren Geduld unermesslich sein konnte, wenn es die Situation erforderte.

„Du bist also Miris Drache?"

„Sieht so ganz so aus."

„Und wo hast du die ganze Zeit gesteckt?"

„Das ist eine Sache zwischen Miri und mir."

„Ein Geheimnis also."

„Nein, nicht unbedingt ein Geheimnis. Aber Miris Geschichte. Du musst sie schon selber fragen, wenn du es genauer wissen willst."

Langsam war Kaja doch leicht irritiert von den kryptischen Antworten des Drachen. „Das werde ich auch, keine Angst. Ich bin sicher, sie wird es mir auch erzählen. Wir sind Freundinnen. Die sich Dinge erzählen. Und einander helfen", schloss sie spitz.

„Ich bin sehr froh, dass sie euch gefunden hat. Vor allem, weil ich nicht da sein konnte."

„Nicht konntest oder nicht wolltest?" Herausfordernd blickte sie Maxi an. Sie wusste eigentlich selber nicht, weshalb sie diesen wunderschönen Drachen so ins Kreuzverhör nahm. Im Grunde genommen ging es sie ja nichts an. Sie erinnerte sich jedoch noch gut an Miris wehmütigen Blick, als sie ihr das erste Mal von ihrer Drachenfreundin aus Kindheitstagen erzählt hatte. Dieses Bild ließ sie einfach nicht mehr los.

„Du bist sehr loyal. Miri kann sich glücklich schätzen, dich zur Freundin zu haben."

„Das gilt umgekehrt genauso."

„Natürlich. Das ist mir bewusst." Die Drachin lächelte nachsichtig und ließ dabei die Spitzen ihrer zahlreichen messerscharfen Zähne sehen.

Was tue ich da eigentlich? dachte Kaja, die sich plötzlich etwas unbehaglich fühlte. Nur weil ich es mit einem Drachen in meinem Leben zu tun hatte, bilde ich mir ein, ich würde alles über diese Spezies wissen. War ja gut möglich, dass dieser hier gerne Frauen, die nervige Fragen stellten, zum Nachmittagstee verspeiste.

„Keine Angst, ich fresse dich nicht." Jetzt klang sie eindeutig amüsiert. Kaja wurde rot. Jetzt war ihr auch noch ein völliger Anfängerfehler unterlaufen, nämlich laut zu denken. Na ja, laut für Drachen zumindest.

„Weil ich deine Hartnäckigkeit, mit der du Miris Interessen verfolgst, schätze, beantworte ich deine letzte Frage. Ich konnte nicht bei Miri bleiben. Auf jeden Fall nicht ohne gravierende Konsequenzen für beide Seiten." Sie zuckte mit den Schultern. Ihre violett schillernden Flügel raschelten leise. „Ich habe das gemacht, was ich für das Beste hielt." Sie machte eine kleine Pause. „Wenn wir schon über abwesende Drachen sprechen – wo ist denn deiner? So wie ich das verstanden habe, begleitet dich auch seit einiger Zeit ein Drache. Wie hieß er nochmal?"

„Äh, Lance heißt er. Er ist ja nicht mein Kindermädchen. Zudem ist er im Moment mehr mein Teilzeitdrache."

„Aha."

„Nichts aha. Das ist so zwischen uns abgesprochen. Was du von dir und Miris Trennung nicht behaupten kannst." Oje. Jetzt war ihr Mund mal wieder schneller gewesen als das Hirn. Zum Glück kam in diesem Moment Miri endlich aus dem Badezimmer und zerstreute die Spannung zwischen den beiden.

„Willst du was trinken?", fragte sie Kaja.

„Ja, gerne. Hast du Kaffee?"

„Für mich auch", mischte sich Maxi eifrig ein, jetzt wieder völlig entspannt.

Miri grinste. „Klar. Ich bin auch selber schuld, habe ich euch doch beide mit diesem leckeren hawaiianischen Kona-Kaffee bekannt gemacht." Sie drehte sich um, um in die Küche zu gehen.

„Lass mal“, warf Kaja hastig ein. „Ich mache das schon. Du siehst ziemlich fertig aus.“ Auf keinen Fall wollte sie schon wieder mit diesem fremden Drachen alleine im Wohnzimmer sitzen und sich um Kopf und Kragen reden.

„Bist du sicher? Ich hätte tatsächlich nichts dagegen, mich für einen Moment hinzusetzen. Für mich allerdings lieber keinen Kaffee. Lieber ein Glas Wasser, ich habe solchen Durst.“

Verwundert zogen Kaja und Maxi unisono eine Augenbraue hoch. „Was ist?“, fragte Miri irritiert.

„Nichts“, gab Kaja zurück. „Ist bis jetzt nur noch nie vorgekommen, dass du eine Kaffeepause auslässt.“

„Tja, scheint, als wäre im Moment einiges anders, ob ich will oder nicht“, antwortete Miri etwas pampig.

Kaja beschloss, nicht weiter auf dem Thema herumzureiten und beeilte sich, in die Küche zu kommen. Als Erstes füllte sie ein großes Glas mit frischem Leitungswasser und brachte es Miri. Sie nahm es dankbar entgegen und leerte es in einem Zug. Dann reichte sie es Kaja zurück und bat sie, es gleich nochmals aufzufüllen.

„Du kannst aber ruhig erst den Kaffee aufsetzen. Mein erster Durst ist gelöscht.“ Miri lehnte sich auf dem Sofa zurück und kuschelte sich an Maxis warmen Drachenbauch. „Ich bin völlig geschafft. War ein bisschen viel heute“, murmelte sie.

Statt einer Antwort fing der Drache an zu summen und legte eine Pranke um ihre Schulter. Als Kaja mit einem Tablett und den Getränken zurückkam, schreckte Miri hoch.

„Jetzt wäre ich doch beinahe eingedöst.“ Müde rieb sie sich die Augen. „Du hast ja Muffins mitgebracht. Schau, Maxi, sie hat Muffins mitgebracht.“

„Ist das gut?“, fragte Maxi.

„Ob es für dich gut ist, weiß ich nicht. Für mich auf jeden Fall. Kaja bäckt sie selber und sie sind total toll. Gemacht aus einem Teig aus Sauermilch und Crème Fraîche, gefüllt mit einem zartschmelzenden Inneren, eigentlich ein Schokoladentrüffel im Teigmantel“, schwärmte Miri.

Zögerlich nahm sich die Drachin einen, als ihr Kaja die Platte hinhielt. Miri beobachtete sie mit Argusaugen, als sie den ersten Bissen probierte.

„Ich bin sicher, für Drachen sind die ungenießbar. Gib ihn ruhig mir, ich vernichte ihn für dich.“ Sie streckte erwartungsvoll die Hand aus. Aber ihre kleine Rede hatte nicht den gewünschten Effekt.

„Nichts da“, antwortete Maxi und hielt den restlichen Muffin hoch über den Kopf, um ihn außer Reichweite von Miris gierigen Fingern zu halten.

„Mist. Ich hatte gehofft, Schokolade würde sich nicht mit deinem empfindlichen Drachenstoffwechsel vertragen.“

„Das merke ich“, grinste Kaja, die das Ganze amüsiert beobachtet hatte. Das Verhältnis der zwei schien ähnlich zu sein wie ihres mit Lance. Und was am Wichtigsten war: Miri schien sich richtig wohl zu fühlen mit ihrem Drachen. Zufrieden widmete sie sich ihrem eigenen Muffin.

„Jetzt sag mal, weshalb bist du überhaupt hier? Zürich liegt ja nicht mehr direkt in deiner Nachbarschaft.“

„Das klingt fast so, als wäre ich nach Sibirien ausgewandert.“

Miri musste schmunzeln. „Das nicht. Aber du musst zugeben, dass du dich nicht mehr oft in Zürich blicken lässt, seit du dich in deinem schönen Haus auf dem Randen eingerichtet hast. Was ich verstehe“, fügte sie rasch hinzu, um deutlich zu machen, dass das eben Gesagte kein Vorwurf sein sollte.

„Ich habe mir Sorgen um dich gemacht. Da ich heute einen Termin in Zürich hatte, dachte ich mir, ich verlängere meinen Aufenthalt in der großen wilden Stadt und schaue kurz bei dir vorbei. Ich hatte ja keine Ahnung, dass du bereits Gesellschaft hast.“ Sie zwinkerte Miri verschmitzt zu.

„Das ist wohl etwas anderes. Ich freue mich immer über deinen Besuch. Willst du hier übernachten?“

„Wenn das geht? Ich wäre froh, wenn ich heute nicht mehr zurück fahren müsste.“

„Ja, klar. Dann gehen wir nachher einkaufen und kochen zusammen.“

„Lasagne?“, fragte Kaja hoffnungsvoll.

Miri lachte. „Die ist dir in Erinnerung geblieben, was?“

„Könnte man so sagen. Die letzte war göttlich. Mmh.“

„Dann lass uns aber gleich Einkaufen fahren. Die Soße sollte schon ein bis zwei Stunden Zeit haben, vor sich hin zu köcheln.“

Nachdem sie den Einkauf erledigt hatten, leistete Kaja Miri beim Kochen Gesellschaft. Maxi hatte es sich auf dem Sofa bequem gemacht und hielt augenscheinlich ein Nickerchen. Während Miri Zwiebeln hackte und Karotten und Stangensellerie würfelte, erkundigte sie sich nach dem aktuellen Stand der Situation.

„Situation ist gut. Ich habe inzwischen ungefähr drei sogenannte Situationen“, antwortete Miri düster und schnitt sich prompt in den Finger. „Mist, verdammter.“ Sie saugte sich das Blut vom Finger, während sie mit der anderen Hand das kalte Wasser aufdrehte. „Bringst du mir ein Pflaster aus dem Badezimmer?“

Kaja sprang auf. Sie wühlte sich durch Miris Badezimmerkästchen und kehrte mit einer Auswahl an Verbandsmaterial in die Küche zurück.

„Hier, lass mich das machen.“

Miri hatte inzwischen ihren Daumen mit einem Küchenpapier umwickelt, um nicht das ganze Gemüse mit ihrem Blut vollzutropfen. Geschickt verband Kaja Miris Finger mit einem großen Pflaster.

„So, das sollte reichen.“

„Hoffen wir es. Wenigstens tut es nicht weh. Und es passt auf jeden Fall zum heutigen Tag", murmelte sie, während sie in einer Pfanne kaltgepresstes Olivenöl erhitzte und das Gemüse hinzufügte.

„Jetzt erzähl mal. Was ist denn seit Samstag alles passiert? So viel Zeit war doch gar nicht."

„Du machst dir keine Vorstellung. Gestern war alles friedlich. Ich habe an meinen Plastilin-Drachen weiter gearbeitet, etwas Drachengeschichte von Maxi gehört, einen Spaziergang gemacht und mein Möglichstes getan, meinen Zustand zu verdrängen." Das Hackfleisch folgte dem Gemüse in die Pfanne. Sie briet es kurz auf beiden Seiten an und würzte alles mit Kräutersalz und Cayennepfeffer. Kaja schaute ihr genau zu. Sie musste Miri unbedingt bitten, ihr das Rezept zu geben. Dann nahm sie den Faden ihres Gesprächs wieder auf.

„Den angefangenen Drachen habe ich vorhin bewundert. Diese Werke von dir sind sehr schön! Du solltest wirklich überlegen, ob du sie nicht verkaufen willst. Ich habe mir dazu ein paar Gedanken gemacht. Aber jetzt erzähl erst mal weiter."

Miri hatte inzwischen das Gemüse und das Rinderhackfleisch mit einem Deziliter Rotwein abgelöscht und ließ diesen jetzt einkochen. Sie nutzte die Zwischenzeit, um einen großen Schluck Wasser zu nehmen. In letzter Zeit entwickelte sie immer öfter brennenden Durst, wie ein Kamel nach einer Wüstenwanderung. Ungeduldig leerte sie den letzten Rest auch noch. Sie fügte die gehackten Dosentomaten dem Gemüse und dem Fleisch hinzu, füllte das Ganze mit Gemüsebrühe auf und drehte die Temperatur runter. Die nächsten zwei Stunden konnte sie die Soße sich selbst überlassen. Währenddessen erzählte sie Kaja die Ereignisse des heutigen Tages.

„Du siehst also, mir reicht ein halber Tag, um meinen Onkel gründlich vor den Kopf zu stoßen und in der Folge meinen Job und gleichzeitig den Rest meiner kümmerlichen Familie zu verlieren." Sie setzte sich zu Kaja an den Küchentisch und stützte den Kopf in die Hände. Als Kaja nichts sagte, schielte sie zu ihr hinüber. „Kein Kommentar?"

Ihre Freundin hob ein wenig hilflos die Hände. „Ich muss zugeben, ich bin sprachlos. Ich wusste ja schon von deinen Erzählungen, dass bei euch in deiner Familie nicht alles Friede, Freude, Eierkuchen ablief. Aber das, was du heute alles erleben musstest, passt auf keine Kuhhaut."

„Das kannst du wohl laut sagen." Miri seufzte.

„Hast du denn schon einen Plan?", fragte Kaja vorsichtig.

„Nein. Das Wenige, was ich mir zurechtgelegt hatte über das letzte Wochenende, ist ja bereits wieder über den Haufen geworfen geworden."

„Was war denn der Plan bis zum großen Realitätscrash?"

Miri kratzte gedankenverloren an einer der abgeschlagenen Kanten des alten Tisches rum. „Keine Ahnung. Vielleicht…", sie zögerte, als würde sie sich nicht trauen fortzufahren. Kaja langte über den Tisch und drückte ermutigend ihre Hand. Miri blickte auf und sah sie direkt an. „Na ja, ich dachte, vielleicht, nur vielleicht wäre es doch zu schaffen. Das mit dem Kind. Mit eurer Hilfe und Maxi, die ja nun wieder da ist. Und es ist ja nicht so, dass ich arbeitslos bin. Zumindest war das die Situation bis heute Morgen. Aber eben, wie heißt es so schön? So wie man plant und denkt…"

„…so kommt es nie", ertönte Maxis Stimme melodiös vom Türrahmen her. Verdutzt blickten beide Frauen erst den Drachen und dann einander an.

„Sieh an, wer hätte gedacht, dass so mittelalterliche Wesen wie Drachen moderne Musicaltexte intus haben", grinste Miri. „Ich habe den Verdacht, das ‚Phantom der Oper' war eigentlich ein Drache der Oper, wenn ich mir das so überlege", witzelte sie.

„Von welchem Musical ist das denn?“, wollte Kaja wissen, der der Text zwar bekannt vorkam, die ihn aber nicht einordnen konnte.

„Von *Elizabeth*, einem Musical über die gleichnamige Kaiserin von Österreich.“

„Sprichst du von *Sissi*?“

„Im Grunde schon. Nur zeichnet diese Aufführung ein sehr viel realistischeres Bild von der Kaiserin als die schmalzigen Sissi-Filme.“

„Lohnt es sich, das anzuschauen?“

Miri lachte. „Auf jeden Fall. Aber ich würde es mir aufsparen, bis du einmal in Wien bist. Akustik und Dekor der Bühne in Wien sind nicht zu vergleichen mit denen in Zürich. Zumal es hier bestimmt nicht im Opernhaus aufgeführt wird. Aber ich hoffe, du weißt, dass du dich gerade mit einem Musicalfan unterhältst. Ich kann nicht beurteilen, ob es dir gefällt.“

„Hm, das weiß ich auch nicht, aber ausprobieren werde ich es auf jeden Fall.“

„Das ist ja alles schön und gut, aber habt ihr nicht Wichtigeres zu besprechen?“, mischte sich Maxi ein, die versuchte, sich unauffällig in die Nähe des Soßentopfs zu begeben. Was ein ziemlich hoffnungsloses Unterfangen war für einen Drachen in Maxis Größe. Die Küche war sowieso schon überfüllt, so zu dritt, Zorro nicht zu vergessen, der unter dem Küchentisch sein Schläfchen hielt.

Miri zog warnend eine Augenbraue hoch und gab ihrem Drachen mit der Kelle, die neben ihr auf dem Tisch lag, einen spielerischen Klaps auf die Pranken. „Pfoten weg.“

„Aber das riecht so gut“, jammerte Maxi.

„Ja, das weiß ich. Es ist aber noch viel besser, wenn es fertig ist.“ Maxi wirkte nicht restlos überzeugt, zog sich aber neben die Spüle zurück. Sie schrumpfte so weit, dass sie sich nicht den Kopf an der Küchenzeile anstieß.

„Maxi hat recht. Eigentlich waren wir gerade dabei, über deine Möglichkeiten zu reden."

„Du meinst wohl, über die nicht vorhandenen Möglichkeiten."

„Auf die Gefahr hin, sehr abgedroschen zu klingen", ließ sich Maxi von ihrem erhöhten Sitzplatz vernehmen.

„Nur zu, das wird dich wohl nicht daran hindern, es loszuwerden", neckte Miri sie.

Pikiert reckte Maxi ihr violett schillerndes Kinn und ließ kurz ihre Fänge aufblitzen. Als das nicht den gewünschten Erfolg zeigte, beschloss sie, ein anderes Mal beleidigt zu sein und fuhr fort: „Die Chinesen haben das gleiche Schriftzeichen für das Wort Krise wie auch für das Wort Chance. Alles eine Frage der Perspektive."

„Das ist jetzt nicht dein Ernst", brauste Miri auf. „Ich muss nur mein Glas als halbvoll betrachten und alles wird gut?!" Ungläubig schüttelte sie den Kopf.

Kaja hielt sich wohlweislich raus aus der Diskussion. Im letzten halben Jahr hatte sie etliche solcher Gespräche mit Lance geführt. Sie konnte sich noch gut daran erinnern, wie sie jeweils auf solche Drachenweisheiten reagiert hatte.

Maxi ließ derweil nicht locker. „Lass mich doch erst mal ausreden."

„Also, dann rede schon." Miri klang nicht sehr aufnahmebereit. Verständlich nach einem Tag wie diesem.

Maxi ließ sich davon nicht beirren. Sie kannte das aufbrausende Temperament ihres normalerweise sehr umgänglichen Schützlings von früher. „Es geht nicht darum, die Krise selbst toll zu finden."

„Da bin ich aber beruhigt." Miri schnaubte.

„Hörst du mir jetzt zu oder nicht?" Offensichtlich hatte auch Drachengeduld seine Grenzen. Miri zuckte mit den Schultern.

Maxi setzte noch einmal an. „Nimm als Beispiel deinen Job."

„Ja, was ist mit dem?“

„Richtig zufrieden warst du in letzter Zeit nicht damit, oder?“

„Schon“, gab sie widerstrebend zu. „Meine Wohnung und so weiter bezahlen muss ich trotzdem.“

„Das ist richtig“, stimmte ihr die Drachin zu. „Aber“, sie legte eine bedeutungsvolle Pause ein, „aber der Job bei deinem Onkel ist nicht die einzige Möglichkeit, Geld zu verdienen.“

„Das vielleicht nicht. Aber es war halt ein sicherer Job.“

„Mit der Betonung auf dem Wörtchen *war*…“, erwiderte Maxi trocken.

Miri wollte schon zu einer scharfen Entgegnung ansetzen. Das Blöde war nur, dass ihr beim besten Willen keine schlagfertige Antwort einfallen wollte. So unangenehm es war, zumindest bis hierhin lag ihr Drache richtig. Total ätzend. Sie rieb sich ihre müden Augen. „Okay, bis hier kann ich dir folgen. Nur löst das aus praktischer Sicht mein Arbeitsproblem nicht.“

An dieser Stelle räusperte sich Kaja jetzt doch. „So ganz stimmt das nicht. Wir haben schon mehrmals über die Möglichkeiten gesprochen, wie du mit deiner Kunst und deinem Talent Geld verdienen könntest.“

Miri spuckte beinahe den Tee, den sie gerade trank, wieder aus, weil sie hysterisch kichern musste. „Dann aber nur mit dir als PR-Managerin. Wenn du es sagst, kann ich es sogar fast selber glauben.“

Kaja klopfte ungeduldig auf den Tisch. „Hör doch mal für fünf Minuten auf, das vor dich hinzubeten, was dir dein Onkel und deine Tante offenbar eingebläut haben und versuche, die Dinge, die du herstellst oder die Räume, die du einrichtest, von außen zu betrachten. Also ehrlich!“

Amüsiert betrachtete Maxi den Schlagabtausch zwischen den beiden. Es sprach für eine solide Freundschaft, dass sie sich so direkt die Meinung sagten. Unbemerkt von den beiden gelang es ihr, einen Klecks Soße zu stibitzen. Mmh. Lecker. Sie wollte schon eine zweite Kostprobe nehmen, als sie merkte, dass Miri sie scharf aus dem Augenwinkel beobachtete. Mist. Sie fing an, ein Lied zu pfeifen und tat so, als würde sie ihre Krallen konzentriert betrachten.

„Du bist so was von durchschaubar, Maxi."

„Ich, wieso?"

Miri zog nur eine Augenbraue hoch und schaute demonstrativ auf den Topf auf dem Herd.

„Ich verstehe ja, dass du froh um die Ablenkung bist", mischte sich Kaja ein. „Aber wir waren gerade dabei, deine beruflichen Möglichkeiten auszuloten. Ich denke, das ist wichtiger als ein soßenklauender Drache."

„Also, ich muss doch sehr bitten."

Kaja unterbrach sie. „Wer jetzt nascht, kriegt einfach nachher keine Lasagne, oder?" Unterstützung suchend sah sie zu Miri hinüber. Die nickte.

Mit einem „ist ja gut" kapitulierte Maxi und hob beide Hände.

Bedauernd wandte sich Miri wieder Kaja zu. Mit einem Drachen zu meutern war definitiv leichter, als sich mit dem eigenen chaotischen Leben auseinanderzusetzen. „Also gut, lass hören. Ich werde versuchen, deine Vorschläge objektiv zu betrachten."

„Du hast am Samstag selbst gesehen, dass es zum Beispiel auf diesen Kunstmärkten, von denen viele in der ganzen Schweiz stattfinden, eine Nachfrage nach Produkten wie deinen gibt."

„Ja, aber ich sehe mich definitiv nicht Tag für Tag auf dem Markt stehen und…"

„Stopp, du hast gesagt, du lässt mich ausreden", unterbrach Kaja sie lachend.

„Okay, okay", gab sich Miri geschlagen, verschloss mit einer Geste symbolisch ihren Mund und warf den Schlüssel fort.

„So ist es brav", kommentierte Maxi.

Miri warf ihr einen finsteren Blick zu. Kaja beeilte sich, mit ihren Ausführungen fortzufahren, um eine erneute Unterbrechung zu vermeiden.

„Ich wollte damit nur ausdrücken, dass offenbar eine Nachfrage besteht. Wo und wie du die Produkte vermarktest, ist schlussendlich dir überlassen. Ich wäre auch daran interessiert, einige Stücke versuchshalber in mein Sortiment aufzunehmen."

„Echt?" Ein ungläubiger Blick von Miris Seite.

„Ja, echt. Und glaub ja nicht, ich würde das nur tun, weil du meine Freundin bist. Dafür habe ich definitiv zu viel Geschäftssinn."

„Oh." Miri wusste gar nicht, was sie auf all das sagen sollte. Hilfesuchend drehte sie sich zu Maxi um.

Maxi streckte sich und raschelte mit ihren Flügeln. „Deine Freundin spricht wahre Worte. Tatsache ist, du selber musst an dich und deine Produkte glauben. Das wird nicht einfach irgendwann über Nacht magischerweise passieren."

„Nicht? Schade." Miri runzelte die Stirn. „Was soll ich also deiner Meinung nach tun?"

„Beschließen, dass du es echt drauf hast in den Bereichen Gestaltung, Bildhauerei, Innendekoration, was auch immer du alles machst…" Maxi umfasste mit einer Geste ihrer Pranke die ganze Wohnung. „Du alleine kannst und musst das bewusst entscheiden. Sonst wird das nie was, das sag ich dir gleich", schloss sie in ihrer trockenen, direkten Art. So war Maxi eben. Wie eine Mutter halt. Mütter nahmen auch nie ein Blatt vor den Mund.

Miri schaute sich um und versuchte sich vorzustellen, sie würde diese Wohnung das erste Mal betreten. Und war überrascht, wie viele Nachweise ihrer Kreativität schon alleine in ihrer Küche zu finden waren. Sie sprang auf und machte einen Rundgang durch ihre Wohnung. Was natürlich nicht allzu lange dauerte. Ihr Appartement war alles andere als groß. Maxi und

Kaja waren auch aufgestanden. Sie lehnten nebeneinander im Türrahmen und beobachteten die gemeinsame Freundin.

Staunend drehte sich Miri zu den beiden um. „Ich gebe es zu. Irgendwie habt ihr recht." Die anderen beiden warfen sich einen wissenden Blick zu, hielten aber wohlweislich den Mund.

„Das habe ich gesehen", kam es auch prompt von Miri. Sie hatte jedoch keine Zeit, sich mit einem besserwisserischen Drachen und Co. auseinanderzusetzen. Sie war viel zu sehr damit beschäftigt, ihre wild durcheinander wirbelnden Gedanken zu verfolgen. Natürlich zweifelte sie immer noch, ob ihre Arbeit gut genug war. Doch ein kleiner Strahl Zuversicht hatte sich in den Vordergrund gedrängt und eröffnete eine ganze Palette an Möglichkeiten. Schließlich hatte sie nichts zu verlieren.

8

27. November 2012

Am nächsten Morgen wurde Miri von den Sonnenstrahlen in ihrem Gesicht geweckt. Sie blinzelte. Das mit dem Ausschlafen hatte offenbar geklappt. Nachdem sie für sich beschlossen hatte, dass tatsächlich eine klitzekleine Möglichkeit bestand, selbständig etwas auf die Beine zu stellen und damit Erfolg zu haben, schien es, als sei ein Damm gebrochen. Bis spät in die Nacht hatte sie zusammen mit Kaja und Maxi einen Brainstorming-Marathon abgehalten. Dazu hatten sie die leckere Lasagne gegessen und Wein getrunken. Besser gesagt, die anderen hatten Wein getrunken, sie hatte sich an Wasser gehalten. Und Tee. Bäh. Aber solange noch nichts entschieden war, hatte sie beschlossen, sich an die Regeln für Schwangere zu halten. Sie hatten auch versucht, Sierra nach Zürich zu locken. Die war aber schon am Telefon extrem gestresst gewesen. Im Hintergrund war Markus zu hören gewesen, der sich lautstark darüber beschwert hatte, dass ihre Freundinnen wohl noch nie was von Familienleben und gemeinsam verbrachten Abenden gehört hätten. Das hysterische Gekläff von Joker, Sierras Cattle Dog-Hündin, hatte auch nicht zur Entspannung beigetragen. Deshalb hatten sie darauf verzichtet, sie spontan zum Abendessen einzuladen und zu dritt bis lange nach Mitternacht diskutiert. Irgendwann hatte sie noch ihre Beinahe-Begegnung mit diesem

Matt erwähnt, was zusätzliche Spekulationen zur Folge hatte und die Uhr noch ein Stückchen weiter vorrücken ließ. Da Kaja heute keine Termine hatte und sie selbst sowieso nicht, hatten sie sich darauf geeinigt, den Wecker nicht zu stellen. Gedankenverloren streichelte sie Chilis warmes Fell, der sich wie jede Nacht neben ihr zusammengerollt hatte. Kaja und Zorro teilten sich das klapprige Sofa und waren offenbar noch im Tiefschlaf, dem Schnarch-Duett nach zu schließen, das aus dieser Richtung zu hören war. Arbeitslos zu sein hatte auch seine Vorteile. Sie grinste in sich hinein.

„Nicht arbeitslos! Selbständige Unternehmerin", ertönte eine tadelnde Stimme in ihrem Kopf. Maxi. Suchend blickte sie sich um, bis sie ihren Drachen im Korb mit den Filzresten entdeckte, der zwischen der Wand und dem Bett stand. Ungefähr so groß wie eine Ratte.

Amüsiert antwortete ihr Miri telepathisch: „Große Töne für ein so kleines Wesen."

„Das lässt sich leicht ändern." Mit diesen Worten streckte sie sich und wuchs dabei zu ihrer Alltagsgröße heran. Dabei kam sie allerdings mit der Wand und dem Bett in Konflikt und stieß prompt mit dem Kater zusammen. Nicht sehr erfreut über diese abrupte Art, geweckt zu werden, sprang er fauchend auf und verzog sich schmollend in die Küche.

„Ups", meinte Maxi nur.

„Ja, ups. Ich sehe schon, diese Wohnung ist nicht sehr geeignet für Drachen." Sie seufzte. Auch wenn die Erkenntnis gestern schon fast einer Offenbarung gleich kam, schienen die Probleme, mit welchen sie sich in näherer Zukunft würde auseinandersetzen müssen, nicht weniger zu werden. Im Gegenteil.

„Das kannst du laut sagen", grummelte Maxi.

Zorro, der von Chilis plötzlichem Aufschrecken ebenfalls aufgewacht war, hatte inzwischen Kaja geweckt.

„Guten Morgen", begrüßte Miri sie gut gelaunt.

„Morgen“, kam es schlaftrunken zurück.

In der Zwischenzeit hatte Chili wohl beschlossen, dass ihm das zu lange dauerte mit der Frühstückslieferung. Er hatte sich demonstrativ auf das Fußende ihres Bettes gesetzt und schaute sie unverwandt an. Das würde er jetzt die nächsten fünf Minuten beibehalten, bis er sich auf lautstarkes Miauen verlegte.

Also gut. Es schien, als würde sie nicht darum herumkommen, aufzustehen. Sie schlug die Decke zurück und sprang aus dem Bett. „Ich hole uns Brötchen“, informierte sie Kaja, die offenbar Mühe hatte, wach zu werden. Eine enthaltsame Lebensweise hatte also auch seine Vorteile. Sie grinste in sich hinein. Schnell tauschte sie ihren Pyjama gegen ihre Jogginghosen und ein altes T-Shirt. Winterstiefel und eine voluminöse Strickjacke vervollständigten das Outfit. Der Weg zum Bäcker war nicht weit und sie hatte es gerne bequem, während sie frühstückte. Bevor sie ging, erbarmte sie sich noch Chilis und stellte ihm sein Futter hin.

Auf dem Rückweg schnappte sie die Zeitung aus dem Briefkasten, klemmte sie sich unter den Arm und sprintete die Treppe hoch. Bereits vor der Tür duftete es verführerisch. Super. Offenbar hatte Kaja bereits Kaffee gemacht. Sie ging hinein und erspähte Maxi, die es sich offenbar in der Küche bequem gemacht hatte. Sie gesellte sich zu ihr und ließ die Zeitung achtlos auf den Küchentisch fallen.

„Nochmals guten Morgen“, grüßte sie die Drachin gut gelaunt. „Wie ich sehe, hat Kaja sich bereits nützlich gemacht.“

„Nicht Kaja. Das war ich“, entgegnete Maxi wichtig.

Verblüfft drehte sich Miri zu ihr um. „Du?“

„Jetzt tu nicht so erstaunt. Ich werde es doch wohl noch schaffen, Kaffee aufzubrühen.“

„Ähm, okay? Das ist gut, nehme ich an. Sehr gut sogar. Das eröffnet natürlich völlig neue Möglichkeiten“, grinste Miri.

„Wie meinst du das?", fragte Maxi, misstrauisch über die Zufriedenheit in Miris Stimme.

„Nun ja, ich nehme an, wenn eine Cafetiere keine Herausforderungen für dich darstellt, kommst du auch, sagen wir mal, mit einem Staubsauger zurecht."

Maxi verschluckte sich an ihrem Kaffee und spuckte ihn in hohem Bogen quer über den Tisch. Miri wartete, bis der Hustenanfall abebbte, und hielt ihr dann ungerührt den Lappen hin. „Oder mit dem Aufwischen von Fußböden."

„Das ist jetzt nicht dein Ernst, oder?"

„Doch", erwiderte Miri trocken. „Offensichtlich passiert dir das öfter, dass du Getränke in hohem Bogen wieder ausspuckst." Sie wandte sich ab, um die Brötchen auf einem Teller zu arrangieren.

Angewidert betrachtete Maxi den Fußboden und den Lappen in ihrer Hand. Chili saß in der Zwischenzeit auf der Fensterbank, putzte einer seiner Pfoten und betrachtete die Szenerie hoheitsvoll.

„Kein Grund für schadenfrohe Gedanken", teilte ihm Maxi telepathisch mit.

„Ich denke, es gibt keinen besseren Grund", gab der Kater zurück und widmete sich seiner anderen Pfote.

Maxi wollte sich schon erbost aufplustern, als Miri sich einmischte. „Schluss jetzt, ihr beiden! Ihr habt wohl vergessen, dass ich euch höre. Chili, wenn du nicht aufpasst, siehst du bald aus wie die Grinsekatze aus Alice im Wunderland." Was Chili dazu veranlasste, sich auf das Dach zurückzuziehen und Miri ein zustimmendes Nicken von dem Drachen einbrachte. „Und Maxi, freu dich nicht zu früh, ich wäre tatsächlich froh, wenn der Tisch und der Boden bald sauber wären, damit ich das Frühstück anrichten kann. Wo steckt denn überhaupt Kaja?"

„Ich bin hier." Kaja stand im Türrahmen, Zorro bei Fuß. „Respekt. Du hast die beiden gut im Griff. Ich sehe keine Probleme für dich als Mutter." Miris Miene verdüsterte sich ein wenig, wie Kaja erschrocken sah. „Tut mir leid. Ich wollte dir nicht die gute Laune verderben."

Miri winkte ab. „Schon gut. Ich hatte nur eben nicht daran gedacht. Mit dem Thema muss ich mich über kurz oder lang sowieso eingehender beschäftigen. Aber erst wird gefrühstückt. Falls Maxi irgendwann so weit ist", fügte sie bedeutungsvoll hinzu. Finster blickte der Drache zu ihr auf.

„Wie hast du denn das geschafft?", warf Kaja ein, froh darüber, ein unverfängliches Thema gefunden zu haben.

„Was geschafft?", fragte Miri abgelenkt, während sie Kaffeetassen für sich und Kaja in den Tiefen ihres Schrankes suchte.

„Na, dass Maxi putzt. Das würde ich Lance auch gerne beibringen, diesem Nichtsnutz!"

Miri lachte. Sie hatte endlich zwei fast unversehrte Tassen gefunden und füllte sie mit dem heißen Getränk. „Das ist jetzt aber nicht sehr nett."

„Na ja, Lance hat viele gute Qualitäten. Aber putzen gehört weiß Gott nicht dazu. Im Gegenteil. Für solche Situationen hat er einen sechsten Sinn und verschwindet jeweils auf der Stelle." Sie setzte sich an den kleinen Tisch. Zorro quetschte sich darunter.

„Recht hat er", murmelte Maxi säuerlich, während sie sich aufrichtete. Den inzwischen schmutzigen Lappen hatte sie angewidert zwischen zwei spitze Krallen geklemmt und trug ihn mit Todesverachtung zur Spüle. Dort ließ sie ihn fallen und kehrte an den Tisch zurück.

Miri verbiss sich ein Lachen. „Danke."

„Pah!" Ihr Gesichtsausdruck sprach Bände. Demonstrativ ignorierte sie die beiden Frauen. Sie schnappte sich ein Brötchen und einen Teil der Zeitung. Während Miri Butter, Honig und Nutella auf den Tisch stellte und im Kühlschrank nach Joghurt suchte, widmete sich Kaja dem Rest der Zeitung. „Da ist ein Brief für dich dabei“, ließ sie sich vernehmen.

„Ein Brief?“, fragte Miri erstaunt nach. „Das ist bestimmt nur eine Werbesendung. Der Postbote kommt immer erst kurz vor Mittag vorbei.“

„Hm, vielleicht, es ist nicht einmal eine Briefmarke drauf. Deine exakte Adresse allerdings schon.“

Miri setzte sich dazu und nahm den Umschlag entgegen. „Seltsam.“ Sie legte den Brief zur Seite. „Jetzt will ich erst mal frühstücken“, meinte sie und nahm einen herzhaften Bissen von ihrem Honigbrot.

„Tut mir leid, wenn ich wieder mit dem Thema anfange. Aber von Morgenübelkeit bist du bis jetzt nicht geplagt?“

Miri seufzte. „Nein, zum Glück nicht. Da bin ich schon ziemlich froh. Wenn das jetzt auch noch die ganze Zeit über wäre… Also das hätte mir gerade noch gefehlt.“

Nach dem Frühstück räumte Miri den Tisch ab, während Kaja noch ihren Kaffee fertig trank und Maxi beide mit Missachtung strafte. Kaja fiel wieder der weiße Umschlag ins Auge. „Soll ich ihn aufmachen?“

Miri zuckte desinteressiert mit den Schultern. „Klar. Wieso bist du denn so fasziniert von dem Ding? Ich bin sicher, es ist nichts Persönliches. Von mir aus kann der Brief auch auf direktem Weg ins Altpapier.“

„Keine Ahnung. Nur so ein Gefühl…“ erwiderte die Freundin unbestimmt und riss den Umschlag auf. Miri wusch in der Zwischenzeit die Teller ab. Maxi allerdings hatte bei Kajas Worten den Kopf gehoben und verfolgte gespannt das Geschehen.

„Und, was ist es jetzt?“, wollte Miri über ihre Schulter wissen, während sie die letzten Tropfen von der Arbeitsfläche wischte und mit einem Küchentuch nachtrocknete.

„Das musst du dir ansehen." Kajas Stimme klang seltsam verhalten. Miri setzte sich an den Küchentisch und sah gerade noch, wie Maxi und ihre Freundin einen besorgten Blick wechselten.

„Ihr macht es jetzt aber spannend." Miri streckte die Hand nach dem Brief aus. Zögerlich gab Kaja ihn ihr.

„Was ist denn jetzt, soll ich ihn lesen oder nicht." Langsam wurde Miri das ganze Theater ein wenig zu bunt.

„Doch. Natürlich sollst du ihn lesen. Ich bin mir nur nicht sicher, dass du ihn auch anfassen sollst. Aber wahrscheinlich ist es sowieso schon egal, nachdem ich ihn bereits in der Hand gehalten habe."

Vollends verwirrt schaute Miri Kaja an. Langsam wurde ihr doch ein wenig flau im Magen. Sie zog aber gehorsam die Hände zurück und legte sie auf den Schoß. Kaja legte das Blatt Papier vor sie hin. Was sie dann las, ließ ihr Herz plötzlich rasend schnell schlagen. Das Blut schoss in ihren Kopf. Ihr wurde abwechslungsweise heiß und kalt. Der Schreiber nannte sie eine Hure Babylons, eine Hexe, die verbrannt werden sollte, eine gottlose Person, einen Schmarotzer, eine Lügnerin und eine Diebin. Eine ganze Ansammlung von Dingen, die niemand über sich lesen sollte. Mit jedem Wort wurde der Hass, der dahinter steckte, mehr spürbar. Miri lehnte sich zurück und schob das Blatt mit zitternden Händen von sich weg. Sie weigerte sich, diesen Brief ernst zu nehmen. Wahrscheinlich nur ein dummer Jungenstreich. Das sagte sie auch den andern. Beide schauten sie an, als hätte sie den Verstand verloren.

„Glaubst du nicht, du solltest das Ganze etwas ernster nehmen? Meiner Meinung ist das alles andere als ein schlechter Scherz." Kaja schien ein wenig fassungslos. Sie konnte es nicht glauben, wie wenig ernst Miri diese Sache nahm. Zudem jaulten ihre Nervenenden, sobald sie den Brief berührten, und ihre

Handflächen brannten wie Feuer. Nicht gut. Zumal Maxi es auch gespürt zu haben schien.

Miri wusste nur, dass ihre Kapazität für Problemhandling im Moment erreicht war. Wenn sie das Ganze unter ‚Drohbrief' einordnete, wurde es offiziell zum Problem. Sie wusste einfach nicht, was dann passieren würde. Sie hatte das Gefühl, sie würde dann in tausend Stücke zerspringen. Was vielleicht gar nicht das Schlechteste wäre. Dann könnte sich jedes Miri-Fragment um ein eigenes Problem kümmern. Sie unterdrückte ein hysterisches Kichern, das ihr zu entschlüpfen drohte und bemerkte, dass sie kaum noch Luft bekam. Weiße Punkte erschienen in der Peripherie ihres Gesichtsfeldes. Sie spürte noch, wie jemand ihr eine kühle Hand? Pranke? in den Nacken legte. Dann nichts mehr.

Als sie wieder zu sich kam, lag sie auf ihrem Bett. Chili strich beunruhigt um ihren Kopf herum und schnurrte lautstark. Zorro saß am Fußende des Bettes und hatte den Kopf auf die Matratze gelegt. Kaja saß auf der Bettkante und spielte besorgt mit dem Inhalator, den sie vorher aufgeregt gesucht und glücklicherweise auch gefunden hatte. Maxi hockte auf der anderen Seite und strich ihr über den Kopf. „Wie bin ich denn hierhergekommen?“, wollte sie wissen und versuchte sich aufzusetzen.

Kaja deutete auf Maxi. „Als du ganz plötzlich umgekippt bist, hat dich Maxis schnelle Reaktion davor bewahrt, mit dem Kopf auf die Tischplatte zu knallen. Wir haben dann beschlossen, dich hinzulegen. Mit Hilfe von Drachenkräften warst du dann auch in Nullkommanichts auf deinem Bett. Brauchst du den?“ Sie hielt ihr das Asthma-Spray hin.

Miri, die es endlich geschafft hatte, sich Maxis fürsorglichem Griff zu entwinden und sich aufzusetzen, nahm das Gerät dankend entgegen. Sie nahm einen tiefen Atemzug. Puh. Besser!

„Tut mir leid, dass ich so eine Aufregung verursacht habe.“

„Ja“, meinte Kaja sarkastisch, „ich finde es auch voll daneben, wenn man gleich austickt wegen so Kinkerlitzchen wie von der eigenen Familie verstoßen zu werden oder Drohbriefe zu erhalten.“

Miri beschloss, Kajas Tirade zu ignorieren. Was ihr allerdings nicht viel nützte. Wie es schien, hatte ihre Freundin noch einige Takte zu sagen.

„Lass mich den Brief mitnehmen. Ich treffe mich diese Woche sowieso mit Simon. Er soll sich den mal ansehen.“

Simon war ein ehemaliger Polizist und der Inhaber einer Security-Firma, für die Kaja auf freiberuflicher Basis Computerprogramme entwickelte. Er hatte Kaja vor ein paar Monaten geholfen, ein Komplott in ihrer ehemaligen Firma aufzudecken. Also grundsätzlich der richtige Mann, wenn man einen ernstzunehmenden Drohbrief erhielt. Was hier definitiv nicht der Fall war, sagte sich Miri stur. „Lieb von dir. Aber ich denke wirklich, das wäre übertrieben. Lass ihn einfach hier, ich entsorge ihn mit dem Altpapier.“

Kaja musterte ihre Freundin, die immer noch besorgniserregend blass aussah. Ihre Augen funkelten aber entschlossen, und sie hatte einen störrischen Zug um den Mund. Sie sah ein, dass sie so nicht weiterkommen würde. „Na gut. Wenn du dir nicht helfen lassen willst, ist das deine Sache. Aber versprich mir, den Brief wenigstens aufzubewahren. Du weißt nie, ob er irgendwann ein wichtiges Beweismittel sein wird.“

Widerstrebend nickte Miri. Das konnte sie machen. Wenn Kaja dann Ruhe gab.

„Das ist nicht besonders nett“, erklang Maxis Stimme in ihrem Kopf. Miri zuckte zusammen, erwiderte aber auf telepathischem Weg bockig: „Ich habe momentan keine freien Kapazitäten für nett.“

„Sich helfen zu lassen würde Kapazitäten freigeben“, merkte der Drache an. Resolut sperrte Miri das sich einmischende Drachentier aus ihren Gedanken aus. So, ging doch, dachte sie, als endlich Ruhe in ihrem Gehirn einkehrte.

„Ich muss langsam los“, meinte Kaja gerade zögerlich. Sie war sich nicht sicher, ob es eine gute Idee war, Miri mit dem ganzen Chaos alleine zu lassen.

„Mach dir keinen Kopf, im Moment hört sie sowieso nicht auf dich.“

Überrascht hob Kaja den Kopf. Das war Lances Stimme gewesen. Was machte denn der hier?

„Nicht so auffällig“, meldete sich ihr Drache, der ihre Überraschung spürte, nochmals. „Ich warte draußen auf dich.“

Gut, anscheinend gab es für sie momentan hier nichts mehr zu tun. Sie wandte sich an Miri: „Kommst du Samstag in einer Woche wieder vorbei? Mittagessen?“

Miri, die nichts von Lances Anwesenheit mitbekommen hatte, war froh, dass Kaja nicht mehr auf dem Thema Brief rumritt. „Gerne. Darf Maxi mitkommen? Dann kann ich sie auch Sierra vorstellen, falls sie da ist.“ Maxi wirkte erfreut.

„Klar. Je mehr, desto besser“, meinte sie mit einem Augenzwinkern und umarmte ihre Freundin zum Abschied, bevor sie sich ihrem Hund zuwandte. „Komm, Kleiner. Wir gehen nach Hause.“ Zorro schien auf dieses Stichwort gewartet zu haben und sprang begeistert voraus, um wedelnd vor der Tür zu warten.

Als die beiden gegangen waren, ließ sich Miri erschöpft zurück in ihr Kissen fallen. Eine Achterbahnfahrt war ein Dreck gegen die Zustände in ihrem Leben.

„Praktizierst du gerade die Vogel-Strauß-Taktik?“ Miri beschloss klugerweise, nicht auf diese Frage zu antworten. Stattdessen wählte sie auf ihrem iPod Musik aus. *Flashdance*. Maxi ließ sich von ihrem mangelnden Interesse nicht beeindrucken. „Ich kann dir nämlich aus eigener Erfahrung sagen, sie funktioniert nicht." Miri zog sich das Kissen über den Kopf und schob sich die Kopfhörer in die Ohren. Da gab sich auch die erfahrene Drachendame geschlagen. „Gut, wie du willst. Dann eben nicht. Aber das letzte Wort ist noch nicht gesprochen."

9

07. Dezember 2012

Die Tage vergingen erstaunlich schnell. In kürzester Zeit hatte Miri einen Rhythmus für sich entwickelt, auch ohne dass sie zu einer bestimmten Zeit an einem bestimmten Ort sein musste. Am Morgen brach sie mit Maxi im Schlepptau jeweils zu einem langen Spaziergang auf. Sie hatte herausgefunden, dass sie um diese Tageszeit weniger Kinderwagen begegnete, was ihr lieber war. Obwohl Maxi ihr konstant in den Ohren lag, die Vogel-Strauß-Taktik aufzugeben, konnte sie sich einfach nicht überwinden, sich mit dem doch eigentlich dringlichen Thema auseinanderzusetzen. Jedes Mal, wenn sie einen neuen, zugegebenermaßen halbherzigen Versuch startete, fiel sie in eine Art Starre, körperlich wie mental. Ihr Hirn war dann nur noch eine weiße Fläche und produzierte keinen einzigen brauchbaren Gedanken. Das einzige Aktive war in diesen Momenten ihr Stoffwechsel, der ihr auf der Stelle Schweißausbrüche bescherte. So versuchte sie es die meiste Zeit gar nicht erst und konzentrierte sich auf ihre beruflichen Möglichkeiten. Ihre Kreativität wenigstens schien nicht unter dem Stress zu leiden. Im Gegenteil. Ihren Ideen und deren Umsetzung schienen im Moment keine Grenzen gesetzt zu sein. Die mit Prägefolie verzierten Plastilindrachen waren fertig. Sie hatte bereits Fotos gemacht und sie per Mail an Kaja geschickt. In Kürze würden sie auf Kajas

Homepage zu finden sein und Miri hoffte sehr, dass sich bald erste Interessenten melden würden, denn ihre finanziellen Ressourcen schwanden allmählich. Die Tatsache, dass sie fast täglich neues Material besorgte, tat ihr Übriges. Ihr neuestes Projekt waren Filzdrachen. Sie hoffte nur, dass diese potentiellen Käufern auch so gut gefallen würden wie ihr. Sie waren ziemlich groß, etwa so groß wie Chili, und wurden an durchsichtigen Fäden an der Decke aufgehängt.

„Die würden sich doch gut über einem Kinderbett machen. Du müsstest sie nur kleiner machen, dafür mehrere. Für Leute, die sich nicht mit konventionellen Mobiles anfreunden können“, mischte sich Maxi in ihre Gedanken.

„Hm“, antwortete Miri unbestimmt, unwillig, sich in ein Gespräch verwickeln zu lassen, das auch nur ansatzweise mit Nachwuchs zu tun hatte. Obwohl sie schon in eine ähnliche Richtung gedacht hatte.

„Ich gebe auf.“

„Was denn?“, fragte Miri abwesend.

„Dich zu einem Gespräch unter Erwachsenen über deinen Nachwuchs zu bewegen. Immerhin ist mir inzwischen klar geworden, weshalb ihr die Kleinen intern ausbrütet und nicht in einem Ei. Bis ihr Menschen euch dazu entschließen würdet, tatsächlich auf dem Ei zu sitzen, wäre es schon längst zu spät.“

„Kommst du morgen mit zu Kaja?“, fragte Miri übergangslos.

Maxi verdrehte die Augen, gab sich für den Moment aber geschlagen. „Klar. Ich will doch meinen großen Auftritt nicht verpassen.“

„Gut. Dann rufe ich nachher gleich noch Sierra an und frage sie, ob sie auch kommt.“ Während Miri die Wolle beiseite räumte, fragte Maxi beiläufig: „Meinst du, Kajas Drache wird auch da sein?“

„Lance?“ Miri warf ihr einen interessierten Blick zu. „Vielleicht. Ich weiß es nicht. Seit er nicht mehr permanent bei Kaja wohnt, ist es schwierig vorherzusagen, ob er da sein wird. Wieso? Hättest du denn gerne, dass er da ist?“

„Das ist mir doch egal. Ich wollte nur wissen, wer alles kommt. So ganz allgemein.“

„Aha. So ganz allgemein. Weißt du was, Maxi? Du lügst genau so schlecht wie ich.“ Diesmal ignorierte Maxi sie. Miri grinste. Jetzt hatte sie wenigstens etwas, womit sie ihren Drachen ärgern konnte, wenn dieser wieder einmal schwierige Themen anschnitt. Ablenkung funktionierte doch immer noch am besten.

„Meinst du, sie mögen mich?“, fragte Maxi am nächsten Tag besorgt, während sie sich der Autobahnausfahrt Schaffhausen näherten.

Miri warf ihrer Begleitung einen verwunderten Blick zu. „Lampenfieber vor deinem großen Auftritt?“ Da ihr aber auffiel, dass die Schuppen ihres sonst so gelassenen Drachens tatsächlich nur ganz matt schimmerten anstatt wie sonst strahlend zu glänzen, beeilte sie sich hinzuzufügen: „Da bin ich mir sicher. Kaja kennst du ja schon. Und wenn ich mich nicht irre, Lance auch?“ Die Frage hing einen Moment unbeantwortet in der Luft.

„Lance wer?“ Maxi gab sich alle Mühe, ihrer Stimme einen unbeteiligten Klang zu verleihen. Sie konnte jedoch nicht verhindern, dass die matten, gerade eben noch blass lilafarbigen Schuppen am Hals aufwärts einen kräftigen, leuchtenden pink Ton annahmen. Miri verdrehte die Augen.

„Du hältst entweder dich für einen besseren Schauspieler, als du es in Wirklichkeit bist, oder mich für besonders beschränkt. Lance, Kajas Drache. Und jetzt tu nicht so, als wüsstest du nicht, von wem ich spreche.“

Pikiert schaute Maxi sie an. Falls die Drachin Augenbrauen und einen Haaransatz besessen hätte, wären erstere bis zum zweiten hochgezogen gewesen. Nachdem dies aber nicht der Fall war, runzelte sich die von kleinsten Schuppen bedeckte Haut auf der Stirn bis ins Unendliche. Sie machte eine wegwerfende Handbewegung.

„Ach, Lance." Sie sprach den Namen absichtlich ein wenig anders, mit einem helleren A aus. „Kennen würde ich nicht sagen. Unsere Wege haben sich im letzten Jahrhundert ein paar Mal gekreuzt, das ist alles. Die letzte Begegnung liegt bestimmt schon 50 Jahre zurück."

„Wer's glaubt, wird selig", schnaubte Miri amüsiert.

„Was hast du gesagt?", wollte Maxi mit finsterem Blick wissen.

„Nichts, nichts", beeilte sich Miri zu sagen. Ihr war gerade eingefallen, dass es wohl nicht die schlauste Taktik war, den Drachen zu provozieren, solange sie selber einige Themen hatte, die sie lieber nicht besprechen wollte.

„Hmpf. Das will ich auch hoffen." Verstimmt schaute sie zum Fenster raus.

Inzwischen fuhren sie bereits durch Beringen. Der hartnäckige Hochnebel der letzten Tage hatte sich gelichtet, und die schwache Dezembersonne schickte ein paar vorsichtige Strahlen zwischen den Wolken hindurch. Miri blinzelte und freute sich. Jetzt mussten sie nur noch den Berg über die steilen, gewundenen Naturstraßen hochfahren. Vorsichtig lenkte Miri ihr kleines Auto die Straße hoch. Ohne sich zu ihr umzudrehen, wandte sie sich wieder an Maxi.

„Es wäre ganz schön, wenn du bald fertig wärst mit Schmollen. Wir sind nämlich gleich da. Und du weißt ja, was man über den ersten Eindruck sagt. Zudem haben wir endlich wieder einmal Sonne", fügte sie mit einem zufriedenen Seufzer hinzu.

Neben ihr atmete die Drachin hörbar aus. „Okay“, grummelte sie ihre Zustimmung. Erleichtert konzentrierte sich Miri wieder auf die Straße. Nach einigen Serpentinen öffnete sich der Wald, und sie hatten die Hochebene auf dem Randen erreicht. Wie jedes Mal, wenn sie hier oben ankam, drosselte sie das Tempo und nahm sich einen Moment Zeit, ihren Blick über das Rheintal und die Ebene, die sich unter ihr erstreckte, schweifen zu lassen. Man hatte von hier aus wirklich eine schöne Aussicht.

„Schönes Fluggebiet“, klinkte sich Maxi in ihre Gedanken.

„Stimmt. Zumindest für die Glücklichen unter uns, die mit Flügeln ausgestattet sind.“ Miri grinste. Flügel zu haben musste toll sein. Sie beschleunigte den Wagen wieder und legte das letzte Stück Weg zu Kajas Haus zurück. Schräg versetzt vom Haupthaus fiel ihr ein verwittertes, ziemlich heruntergekommenes Häuschen ins Auge. Das war ihr bisher noch gar nicht aufgefallen. Wozu das wohl früher genutzt worden war? fragte sie sich.

„Das war wahrscheinlich ein Pächterhäuschen“, mischte sich ihre geflügelte Freundin ein.

„Pächterhäuschen“, wiederholte Miri zweifelnd. „Wenn wir uns in England befinden würden, könnte ich mir das ja vorstellen. Aber hier in der Schweiz?“

„Pächter, Gesinde, Angestellte, ist doch alles dasselbe Prinzip: Chef wohnt bequem im schönen großen Haus. Der arbeitende Teil der Bevölkerung musste mit deutlich weniger Platz auskommen. Es war auch nicht nötig, viel Platz zu haben. Es war nicht so, dass neben der Arbeit viel Platz für andere Aktivitäten blieb“, belehrte Maxi sie. „Mit den Jungfrauen haben wir es auch immer so gehalten. Leider findet man heute keine mehr“, fügte sie bedauernd hinzu.

„Wenn du es so ausdrückst…“, murmelte Miri, ohne auf das Gejammer wegen der abhanden gekommenen Jungfrauen einzugehen. Natürlich, Drachen mit ihrer langen Lebensspanne konnten die Menschen und ihre Gewohnheiten über mehrere Jahrhunderte beobachten. Sie blickte nochmals zu dem alten Häuschen hinüber. Für einen Moment glaubte sie, eine Bewegung hinter einer der blinden Fensterscheiben gesehen zu haben. Wohnte in dem verfallenen Gebäude etwa jemand? Sie schüttelte den Kopf, als wollte sie ihre wirren Gedanken loswerden. Das war bestimmt nur ihre überaktive Fantasie, die ihr wieder einmal einen Streich spielte.

Sie parkte vor dem Eingang. Kaja stand bereits in der Tür und erwartete die beiden. Von drinnen hörte man die Klänge von der Gruppe *Imagine Dragons*. Wie passend. „Alles gut bei euch?“

„Ja, ganz gut. Ist Sierra noch nicht hier?“

„Nein, sie hat eben angerufen, dass sie es nicht vor zwölf Uhr schaffen wird.“

„Markus?“, fragte Miri knapp. Markus war Sierras Mann – oder Freund. Miri wusste es nicht einmal so genau. Sierra war ziemlich zugeknöpft, wenn es um ihr Privatleben ging. Auf jeden Fall war Markus meist der Grund, wenn Sierra keine Zeit für ihre Freundinnen hatte oder zu spät vom Hof wegkam.

„Ausnahmsweise wohl nicht. Außer, dass er wie so oft keine Hilfe ist. Die Pferde sind wohl durch den Zaun, die musste sie einfangen. Jetzt ist Zaunaufbauen angesagt. Und sie ist natürlich wieder einmal alleine auf dem Hof.“

Miri seufzte, als sie an die abwesende Freundin dachte. Manchmal fragte sie sich wirklich, ob es trotz aller Schwierigkeiten, die sich vielleicht ergaben, nicht einfacher war, keinen Mann in ihrem Leben zu haben. Ungebeten erschien das Bild zweier freundlicher blauer Augen in ihren Kopf. Nein.

Eben gerade nicht. Resolut verbannte sie den Gedanken an Matt aus ihrem Kopf.

„Lass uns reingehen. Ich koche schon mal das Mittagessen fertig, und du kannst mir von deinen neuesten Projekten erzählen." Mit einem Seitenblick auf Maxi fügte sie lächelnd hinzu: „Für dich habe ich sogar ein Gläschen von Lances geliebtem Holunderschnaps."

„Bist du sicher, dass er den teilen will?", wollte Miri wissen.

„Keine Ahnung. Ich habe nicht vor, ihn zu fragen. Er ist nicht hier." Sie drehte sich um und ging ins Haus.

Maxi entspannte sich sichtlich bei Kajas Worten. Miri, die sie beobachtet hatte, bemerkte es und beschloss, doch einmal genauer nachzuforschen, was die Geschichte zwischen den beiden Drachen beinhaltete. Die Drachin wusste schließlich auch über ihr Liebesleben Bescheid. Da war es nur fair, wenn das auf Gegenseitigkeit beruhte.

10

Eine halbe Stunde später saßen sie zu dritt entspannt am Küchentisch. Miri hatte Kaja geholfen, das restliche Gemüse für den *Pot au Feu*, einen französischen Eintopf, vorzubereiten, der jetzt gemütlich auf dem alten holzbefeuerten Tiba-Herd vor sich hin köchelte. Maxi, nun völlig tiefenentspannt, da keine Gefahr bestand, Lance zu begegnen, leistete ihnen bei einem Glas Holunderschnaps Gesellschaft und summte leise vor sich hin.

„Hallo, sorry, dass ich zu spät komme!" Mit diesen Worten stürzte Sierra mit ihrer Cattle Dog-Hündin Joker zur Tür herein und brachte einen Schwall kühle Dezemberluft, begleitet von ein paar rotgefärbten Blättern, in die Küche. Unwillkürlich schauerte Miri. Was war nur los mit ihr? So kalt war das bisschen frische Luft nun auch wieder nicht. Schnell ließ sie ihren Blick prüfend durch den Raum schweifen. Irgendetwas hatte sich in den letzten zwei Minuten verändert. Aber was? Ungeduldig schüttelte sie das seltsame Gefühl ab und stand auf, um ihre Freundin zu begrüßen. Sie neigte heute wohl dazu, Gespenster zu sehen! Sie bückte sich, um Joker zu begrüßen, welche allerdings mehr damit beschäftigt war, Zorro Hallo zu sagen.

Wenn Miri nur gewusst hätte, wie richtig sie mit dieser Vermutung lag! Auf dem Wind reitend, hatte sich unbemerkt ein ungeladener Gast eingeschlichen. Jetzt saß er im oberen

Stock auf dem Treppenabsatz und beobachtete mit dunklen Augen interessiert das Geschehen. War ja sonst nichts los hier.

Ausnahmsweise sprudelte die sonst so schweigsame Sierra wie ein Wasserfall. Miri musste sich richtig Mühe geben, ihr zu folgen, da sie den ersten Teil schon verpasst hatte. „…führte also Bria, die Leitstute, voran, in der Hoffnung, alle anderen würden dann brav folgen, aber natürlich hatte Zingaro wieder einmal ganz andere Ideen. Bis ich endlich alle zu Hause und sortiert hatte, war ich schon fix und fertig mit den Nerven."

„Und dann musstest du noch den Zaun flicken? Allein?" Für Miri, die die meiste Zeit ihres Lebens in der Stadt verbracht hatte, war das unvorstellbar.

„Natürlich. Da, wo sie durchgebrochen sind, lag der ganze Sch… auf der Straße. Und es war leider gerade niemand da, der mir helfen konnte." Miri wollte schon eine spitze Frage bezüglich Markus fallen lassen, als sie bemerkte, dass Kaja sie ansah und unmerklich den Kopf schüttelte. Okay, dann eben nicht. Es ergab sich sicher später noch Gelegenheit, dieses Thema anzuschneiden.

„Puh. Für heute hatte ich definitiv genug Aufregung." Sierra hatte sich inzwischen ihrer Schuhe, dem Schal, ihrer Mütze und ihrer warmen Jacke entledigt.

„Das glaube ich dir gern", antwortete Kaja mit einem Lachen. „Komm doch rein, ich habe frischen Tee aufgebrüht, und Mittagessen ist auch bald fertig."

„Oh." Sierra stutzte, als sie Maxi entdeckte.

„Darf ich vorstellen", sagte Miri, „das ist Maxi, mein Drache, oder soll ich sagen Drachin?"

„Dass sie ein Mädchen ist, dachte ich mir schon. Bei der Farbe", murmelte Sierra.

Maxi lachte, als sie das hörte und streckte ihr zur Begrüßung ganz ladylike die Pranke hin. „Du bist also die Dritte im Bunde."

Sierra überspielte ihre Verlegenheit mit ihrer üblichen schroffen Fassade. „So heißt es zumindest. Obwohl ich ja inzwischen das einzige unvollständige Mitglied dieser Gruppe bin. Nicht, dass ich einen Drachen bräuchte. Im Gegenteil. Das hätte mir gerade noch gefehlt."

Miri verdrehte die Augen. Sie packte Sierra am Ärmel und schleppte sie zum Tisch. „Trink erst mal eine Tasse Tee, bevor du dich noch um Kopf und Kragen redest. Ich leihe dir meinen Drachen auch mal aus."

Sierra wollte bereits anfangen zu protestieren, als ihr Blick auf Maxi fiel, die sie mit einem amüsierten Lächeln, welches allerdings auch die prominenten Eckzähne hervorblitzen ließ, musterte. Fast widerwillig ließ sie sich zum Tisch führen. Jetzt reiß dich mal zusammen! ermahnte sie sich selber. Sie würde doch wohl nicht auf so ein schuppiges, rechthaberisches Ding wie einen unhandlichen Drachen neidisch sein. Sie atmete tief durch und setzte sich an den Tisch. Dann drehte sie sich auf dem Stuhl um und blickte Maxi offen an. „Tut mir leid, ich hatte ein bisschen viel Stress heute."

„Aha." Die Drachin ließ hoheitsvoll ein wenig grauen Rauch aus ihren Nüstern herausquellen. Joker und Zorro, die die Spannung spürten, hatten sich vorsichtshalber unter den Tisch verkrochen und blinzelten zwischen den Stuhlbeinen hervor. Bei diesen seltsamen Zeitgenossen wusste man nie. Sicher war sicher.

„Äh, ja, also..." Jetzt geriet Sierra doch etwas aus der Fassung. Aber eher würde sie tot umfallen, als das zuzugeben. Sie straffte die Schultern. „Was ich sagen wollte: freut mich, dich kennen zu lernen."

Maxi beschloss, dass das Spielchen *furchterregender Drache* nun lange genug gedauert hatte. Der Rauch versiegte, und auf ihrem Gesicht erschien ein breites Grinsen. Zugegebenermaßen sah man so nur noch mehr von ihrem scharfen Gebiss. Aber der

Gesamteindruck war definitiv freundlich. Zumindest für Drachenverhältnisse. „Das Vergnügen ist ganz meinerseits."

Puh. Gerade noch die Kurve gekriegt, dachte Sierra erleichtert. Nach dem Aufseufzen der anderen beiden zu schließen erging es ihnen nicht viel anders. Sie tauschten über den Tisch einen verstohlenen Blick aus und prusteten los.

„Habe ich etwas verpasst?", fragte Maxi leicht indigniert. Das ging nicht an, dass diese drei Gören – okay, in Menschenjahren vielleicht Frauen, in Drachenjahren definitiv Gören – sich über sie lustig machten.

Miri beruhigte sie. „Wir lachen nur über uns drei. Und wie ähnlich wir uns manchmal sind. Jetzt hatten wir alle Sorge, dass du und Sierra euch nicht verstehen würdet."

Auch die Hunde hatten inzwischen gemerkt, dass die Gefahr vorbei war und stimmten mit lautem Heulen (Zorro) und Gekläffe (Joker) in die heitere Stimmung ein.

Schon besser. Offenbar hatten sie mehr Respekt vor ihr, als sie sich anmerken ließen. Zufrieden gestellt holte sie sich ihren Holunderschnaps vom Tisch und setzte sich auf eines der breiten Fensterbretter.

Die drei Frauen unterhielten sich über dies und das und ließen schwierige Themen vorerst mal beiseite. Miri hatte auf ihrem Handy Fotos von ihren Filzdrachen mitgebracht. „Die sind toll", meinte Kaja bewundernd. „Hör mal, könnte ich nicht ein oder zwei dieser Bilder auf meine Internetseite stellen? Die würden sich doch hervorragend als Weihnachtsgeschenk eignen!"

„Ich bin froh, dass du das auch so siehst", antwortete Miri erfreut. „Ich schick dir die Bilder gern. Wegen deiner Beteiligung haben wir ja schon gesprochen. Ich mache mir noch Gedanken zur Preisgestaltung. Muss erst mal zusammenrechnen, was mich eines dieser Filzmonster überhaupt kostet."

„Ich muss doch bitten!“, ließ sich Maxi vom Fenster vernehmen. „Das Monster gehört immerhin zu meiner Familie“, meinte sie, nur halb im Scherz.

„Sind wir aber empfindlich“, rutschte es Sierra spöttisch raus. Ups. Da war ihr Mundwerk schneller gewesen als ihr Hirn. Unbewusst zog sie den Kopf zwischen die Schultern.

„Keine Angst, ich fresse dich schon nicht. Zumindest nicht sofort“, fügte die Drachin nach einer kleinen, kunstvollen Pause hinzu.

Miri beobachtete den Schlagabtausch zwischen den beiden amüsiert. Kopfschüttelnd und mit einem Lächeln auf den Lippen nahm sie den Faden ihres Gesprächs mit Kaja wieder auf. „Meinst du, die werden sich verkaufen?“

„Da bin ich mir sicher. Einige meiner neuen Kunden sind genau auf dieser Wellenlänge.“

„Dann wollen wir mal darauf hoffen! Ich könnte nämlich eine kleine Finanzspritze gut gebrauchen.“

„Wie ist denn der aktuelle Stand deiner Pläne?“, wollte Sierra wissen, die sich auch wieder am Gespräch beteiligte. Miri wollte ihr gerade antworten, da wurde sie von Kaja unterbrochen.

„Wartet doch mit den ernsthaften Gesprächen, bis wir gegessen haben. Hungrig lassen sich keine Probleme lösen.“

Miri war froh um die kleine Galgenfrist, denn sie wusste immer noch nicht, wie es jetzt weitergehen sollte. Sierra stand gefühlt sowieso meistens kurz vorm Verhungern, weshalb beide dem Vorschlag eifrig zustimmten.

Nachdem sich alle inklusive des Drachens die Bäuche vollgeschlagen hatten (was wieder einmal zu wilden Spekulationen über den tatsächlichen Drachenstoffwechsel unter den Anwesenden geführt hatte), wollte es Sierra aber endlich wissen. „So, jetzt sind wir alle satt. Nun gibt es keine aufschiebende Wirkung mehr.“ Sie zwinkerte Kaja zu, um ihr zu signalisieren, dass sie nur Spaß machte. Aber Miri bekam von dem nichts mit. Sie war schon wieder knapp davor, geistige Lähmungserscheinungen zu entwickeln.

Kaja spürte das instinktiv und ergriff das Wort. „Nachdem du das letzte Mal gegangen warst, haben Miri und ich noch ein paar Geschäftsideen durchgesprochen. Ich würde gerne einige ihrer Kunstwerke bei mir im Onlineshop verkaufen."

„Deine Dinge lassen sich sicher gut verkaufen. Das Pferdchen, das du für mich gemacht hast, ist wunderschön. Es hat nach wie vor einen Ehrenplatz in meinem Schlafzimmer." Miri lächelte sie dankbar an. Sierra sprach selten ein direktes Lob aus. Somit bedeutete ihr diese Aussage sehr viel.

„Der spannende Teil kommt aber erst noch", mischte sich Kaja wieder ein und warf Miri einen bedeutungsvollen Blick zu. Diese erwiderte den Blick verständnislos.

„Mein Besuch? Der Brief?" Ach ja, der Brief. Den hatte Miri erfolgreich verdrängt. Darin schien sie zurzeit ja Weltmeisterin zu sein. „Es ist keiner mehr gekommen. Wie ich vermutet hatte."

„Immerhin. Aber ich finde, du hättest etwas unternehmen sollen."

Sierra, die den Dialog interessiert verfolgt hatte, unterbrach die beiden jetzt doch. „Kann mich hier mal einer aufklären? Worum geht es eigentlich?"

„Du hast ja mitbekommen, dass ich unsere Freundin hier vor knapp zwei Wochen in Zürich besucht habe."

„Genau. Soweit konnte ich noch folgen. Dabei hast du auch entdeckt, dass sie uns ihren Drachen verheimlicht hat."

Miri streckte ihr die Zunge raus. „Warte nur, bis dich dein Drache heimsucht."

„He", mischte sich Maxi ein. „Wir Drachen sind doch keine Heimsuchung!"

Miri lief rot an und wollte sich entschuldigen, doch Sierra hatte bereits erwidert, dass das wohl im Auge des Betrachters beziehungsweise des Betroffenen liegen würde.

Gerade als das Ganze zu eskalieren drohte, ähnlich einer Kneipenschlägerei, klopfte Kaja auf den Tisch und meldete sich lautstark zu Wort: „Können wir die Kindereien für einen Moment beiseitelassen und uns wieder auf das Thema konzentrieren?“

„Welches Thema denn?“

Kaja bedachte sie mit einem finsteren Blick. „Das versuche ich ja schon die ganze Zeit zu erzählen. Nur warst du zu beschäftigt damit, dir ein Duell mit Miris Drachen zu liefern.“

Sierra hob besänftigend die Hand. „Ist gut. Es muss ja etwas Ernstes sein, wenn du dich so aufregst.“

„Willst du weiter erzählen?“, fragte sie Miri.

„Nein, mach ruhig. Ich finde nach wie vor, dass du zu viel Aufhebens um die Sache machst.“

Kaja schnaubte nur und fuhr dann mit der Erzählung der Ereignisse fort. „An dem Tag, an dem ich in Zürich war, verlor Miri neben ihrem Job ja so quasi auch noch jegliche Unterstützung durch ihre Familie.“

Mitfühlend drückte Sierra Miris Hand. Diese schenkte ihr ein dankbares Lächeln.

„Und als wäre das nicht genug, erhielt sie am nächsten Morgen einen Drohbrief.“

Jetzt war Sierras Aufmerksamkeit geweckt. „Drohbrief? Das hört sich aber nicht gut an.“

„Siehst du, ich bin nicht die Einzige, die das besorgniserregend findet.“

„Ist ja gut. Ich habe ihn auch vorerst mal aufbewahrt. Auch wenn mir nach wie vor nicht klar ist, was das nützen soll. Und wie gesagt, es ist keiner mehr gekommen. Ich bin mir sicher, es war nur ein dummer Streich.“

„Was stand denn drin?", wollte Sierra wissen.

Aus dem Kopf rezitierte Kaja den ganzen Brief. Miri verbarg stöhnend den Kopf in ihren Händen. Sie hatte ganz vergessen, dass ihre Drachenschwester ein geradezu fotografisches Gedächtnis besaß.

Betroffen schaute Sierra zu ihr hinüber und fragte zweifelnd: „Ein dummer Streich? Also wenn du mich fragst, besitzt das ganze schon eine sehr persönliche Note. Ich würde dir auch raten, dieses Vorkommnis ernster zu nehmen."

„Siehst du?"

„Deswegen musst du nicht so triumphierend grinsen", brummte Miri.

„Ich habe ihr geraten, sich doch an Simon zu wenden."

„Ausgerechnet an Simon." Sierra lachte laut heraus. Sie und Simon verstanden sich nicht besonders gut. Was Kaja ein Rätsel war. Aber gut, man musste ja nicht immer alles nachempfinden können.

„Wieso denn nicht? Schließlich arbeitet er in der Sicherheitsbranche", verteidigte sie ihren Vorschlag. „Hast du etwa eine bessere Idee?"

„Zur Polizei gehen? Wo sich professionelle Leute darum kümmern?"

„Du weißt selber, dass die nichts tun können. Und Simon ist mindestens genauso professionell. Er war ursprünglich bei der Polizei."

„Wird schon seinen Grund haben, dass er jetzt auf Malones Spuren wandelt."

„Du tust ja so, als wär er ein zweitklassiger, schmieriger Detektiv", ärgerte sich Kaja.

„Wenn der Schuh passt…"

„Könnt ihr zwei mit diesem Hickhack aufhören? Das ist ja nicht zum Aushalten!" Miri rieb sich das Gesicht und sah zweifelsohne müde aus. Besorgt und etwas beschämt hörten die beiden anderen sofort auf. „Es ist nett, dass ihr euch Sorgen um mich macht. Ich weiß das zu schätzen. Aber ich habe im Moment wirklich dringendere Probleme. Wenn ich diesen Drohbrief auch noch dazu nehme, dann…“

„Was ist dann?“, fragte Kaja sanft nach.

„Ich glaube, das wäre dann der berühmte Tropfen, der das Fass zum Überlaufen beziehungsweise meinen Kopf zum Explodieren bringen würde.“

Kaja nickte verstehend. „Das kann ich mir vorstellen.“

„Apropos dringendere Probleme: Welche Beschlüsse hast du denn sonst noch gefasst? Was hat deine Frauenärztin gesagt?“, wollte Sierra in ihrer direkten Art wissen.

„Ehrlich gesagt, ich bin noch nicht viel weiter. Keine Ahnung, was ich machen soll. Oder wie ich das alles schaffen soll.“

„Was denn alles schaffen?“, hakte Sierra unerbittlich nach.

„Genug Geld verdienen. Ein schönes Zuhause finden. Ein Kind aufziehen. Oder eben nicht.“

„Hat das Gespräch mit der Ärztin denn nicht geholfen?“

Kaja verfolgte das Gespräch – oder besser gesagt Verhör – interessiert, hielt sich aber raus. Miri konnte sicher darauf verzichten, von zwei Seiten bedrängt zu werden.

„Ich war noch gar nicht dort.“

Jetzt reichte es Sierra. „Was heißt, du warst noch nicht beim Arzt? Wie lange willst du denn noch warten?“

Defensiv fragte sie: „Wie meinst du das?“

Maxi, die die hitzige Wendung des Gesprächs mitbekommen hatte, setzte sich an ihrem Platz beim Fenster auf. Aber auch sie mischte sich nicht ein. Sie war gespannt, wie sich die Diskussion entwickeln würde.

„Hör zu. Ich beratschlage gerne hin und her. Aber irgendwann muss das Reden aufhören und man muss auch etwas tun. Diese Ungewissheit hilft weder dir noch dem ungeborenen Kind."

„Also hast du beschlossen, dass ich das Kind behalten soll. Ist ja toll. Vor allem, wenn ich diejenige bin, die es schlussendlich aufzieht!"

„Nein, das habe ich damit nicht gemeint. Es ist allein deine Entscheidung, ob du dich für oder gegen dieses Kind entscheidest. Was ich machen würde oder nicht, ist, wie du ganz richtig gesagt hast, irrelevant. Aber ich bin der Meinung, dass solche Entscheidungen zwar reiflicher Überlegung bedürfen, dann aber unverzüglich gehandelt werden sollte." Spitz und auch etwas müde fügte sie hinzu: „Dazu müsste man aber mit dem ernsthaften Nachdenken mal anfangen."

„Ich dachte, du wärst meine Freundin", brach es mit erstickter Stimme aus Miri hervor. „Aber das hier muss ich mir nicht länger anhören." Mit fahrigen Bewegungen und den Tränen nahe stand sie auf und stürmte zur Tür hinaus.

Maxi rappelte sich auf und verbeugte sich kurz in Richtung der anderen beiden Frauen, die Miri hinterher schauten. Kaja betroffen, Sierra stur und entschlossen. „Bis zum nächsten Mal. Das habt ihr ja fein hingekriegt", verabschiedete sich die Drachendame. Anders als Lance löste sie sich nicht einfach in Luft auf, sondern folgte Miri, um auf dem Weg noch die vergessene Jacke ihres Schützlings mitzunehmen.

„War das nötig?", wollte Kaja wissen, als das Auto abgefahren war. „Das war jetzt schon ziemlich hart."

„Bist du etwa anderer Meinung?"

„Nein, das nicht. Deshalb habe ich auch nichts gesagt. Ich denke nur, eine Prise Diplomatie hätte nicht geschadet."

„Ganz ehrlich? So wie ich das sehe, hast du die letzten zwei Wochen versucht, unterstützend und diplomatisch mit ihr zu reden. Was sicher schön war für sie und wahrscheinlich auch für dich. Nur gebracht hat es bis jetzt offensichtlich nichts.

Sogar ihr Drache scheint ein Weichei zu sein. Lance hätte dir schon längst den Kopf gewaschen."

Als Kaja sie nur sprachlos anstarrte, schüttelte Sierra frustriert den Kopf. „Ich sehe schon, jetzt habe ich es geschafft, innerhalb von zehn Minuten nicht nur Miri zu verjagen, sondern auch dich vor den Kopf zu stoßen. Ich gehe jetzt lieber. Komm, Joker. Wir haben hier nichts mehr zu suchen."

Kaja wollte schon widersprechen, merkte aber im gleichen Moment, dass sie es tatsächlich vorzog, wenn Sierra jetzt ging, und sagte daher nichts. Sie bückte sich, um Joker über das seidige Fell zu streichen, was gar nicht so einfach war. Während Sierra sich in ihre diversen Kleidungsschichten hüllte, hüpfte die Hündin mit allen vier Beinen in die Luft und drehte sich dabei noch um 180 Grad. Die beiden Frauen drückten sich stumm. Nicht feindselig, aber beide hatten das Gefühl, es sei besser, für den Augenblick auf weitere Worte zu verzichten.

Kaja und Zorro blickten dem Auto nach, das durch die gewundene Ausfahrt ihren Hof verließ. „Du fragst dich sicher auch, was dieses kurze Vergnügen und all die Aufregung sollte, was, Kleiner?" Sie knuddelte ihn kurz und kehrte ins Haus zurück.

Das war ja Drama pur gewesen, inklusive Tränen und Geschrei, stellte der unbemerkte Gast vergnügt fest. Anfangs hatte er noch befürchtet, vor lauter Liebe und Freundlichkeit einzuschlafen. Da bestand nun definitiv keine Gefahr mehr. Blieb nur zu hoffen, dass alle Hauptakteure bald wieder vollzählig hier erscheinen würden. Zweimal wöchentlich wäre ganz nett, dachte er. Als Abendunterhaltung sozusagen. Er seufzte. Wobei es natürlich keine Rolle spielte, ob die Veranstaltung abends oder morgens stattfand. Er war ja sowieso immer hier. Hauptsache Abwechslung.

Nachdem Miri zum zweiten Mal beinahe über den Rand der Kurve geschlittert war, weil sie erstens zu schnell fuhr und zweitens dank der Tränenflut, die ihr aus den Augen strömte, praktisch blind unterwegs war, hielt Maxi das Auto an und bugsierte Miri auf den Beifahrersitz. Das schien sie wenigstens für einen kurzen Augenblick aus ihrem dunklen Loch zu reißen, in dem sie sich gefühlsmäßig gerade befand. Entgeistert blickte sie ihren Drachen an.

„Du willst jetzt nicht im Ernst Auto fahren, oder?"

„Wieso denn nicht?"

Miri fielen so viele Gründe, die dagegen sprachen, auf einmal ein, dass sie Mühe hatte, sich zu entscheiden, welchen sie denn als Erstes erwähnen sollte. „Kannst du denn überhaupt ein Auto fahren? Eines mit Schaltgetriebe noch dazu?"

Amüsiert blinzelte ihr Maxi zu. „Ein Pferd oder fünfundneunzig – so groß wird der Unterschied schon nicht sein. Außerdem habe ich dir doch vorher zugeschaut."

„Zugeschaut", echote Miri in Ermangelung einer adäquaten Erwiderung und wischte sich die Tränen am Ärmel ab.

„Nun entspann dich mal und warte es erst einmal ab." Sie legte den ersten Gang ein und fuhr mit einem kleinen Ruck los.

Miri klammerte sich am Armaturenbrett fest. „Entspannen?", quietschte sie. „Bis ich mich entspannt habe, ist es schon längst zu spät und wir liegen im nächsten Graben."

„In Anbetracht dessen, dass du genau das bei den letzten beiden Kurven nur knapp vermieden hast, nimmst du den Mund ganz schön voll, junge Lady."

„Ich mach jetzt einfach die Augen zu. Gib Bescheid, wenn wir zu Hause sind. Und nur, dass du es weißt: Strafzettel übernehme ich nicht!"

Neben ihr begann Maxi ein Lied zu pfeifen. *Dramaqueen, nänänänänänäänä Dramaqueen…*

Schlagartig öffnete Miri ihre Augen wieder. „He, ist das etwa auf mich gemünzt?", erkundigte sie sich misstrauisch.

Demonstrativ sah sich der Drache in dem kleinen Auto um und drehte sich sogar deutlich zur Rückbank hin um. „Sonst ist keiner da. Kannst du jemanden entdecken?", fragte sie mit gespielter Ernsthaftigkeit.

„Würdest du bitte den Blick nach vorne auf die Straße richten? Meine Nerven quittieren sonst auf der Stelle ihren Dienst", rief Miri erschrocken aus.

„Krieg dich wieder ein. Wir Drachen haben sehr schnelle Reflexe, das weißt du doch. Und ja, natürlich warst du gemeint. Wer denn sonst? Ich habe schließlich kein Drama gemacht."

„Ich auch nicht", empörte sie sich. Nach ungefähr einer Minute, während der Maxi schweigend abwartete und weiterfuhr, fügte sie hinzu: „Okay, vielleicht habe ich mich ein wenig mitreißen lassen." Endlich warf ihr der Drache einen Blick zu. „Soll ich mich jetzt besser fühlen? Ich dachte eigentlich, du stehst auf meiner Seite!"

„Klar, immer. Das weißt du doch!"

„Es fühlt sich im Moment aber nicht danach an", antwortete sie verschnupft. „Sierra war ganz schön gemein. Und ich dachte, sie wäre meine Freundin. Kaja war mir auch keine Hilfe… So wie es aussieht, habe ich bald definitiv keine Familie mehr. Weder Bluts- noch Wahlfamilie."

Maxi fing auf der Stelle wieder an zu pfeifen. *Dramaqueen…*

„Siehst du, sogar du bist gegen mich", jammerte Miri.

Der Drache riss das Lenkrad herum und hielt mit quietschenden Reifen am Straßenrand an. Zum Glück hatte sie den längeren Weg übers Land gewählt und sich gegen die Autobahn entschieden. Miri schaute ihren Drachen entgeistert an, der kurz vor der Explosion zu stehen schien. Zumindest den kleinen Flammen nach zu schließen, die zwischen ihren Fängen züngelten, und dem schwarzen Rauch, der sich im Auto sammelte.

„So, Madam. Scheint so, als müsste auch ich mal Klartext reden mit dir. Du hattest mich schon beinahe überzeugt davon, dass du jetzt erwachsen bist und so.“

Jetzt wurde auch Miri wütend. „Das ist auch so. Bilde dir nur nicht ein, du könntest mir Vorschriften machen!“

„Das vielleicht nicht. Aber dir meine Meinung sagen kann ich sehr wohl. Erwachsen sein drückt sich nicht hauptsächlich über das Alter aus. Sondern über das Verhalten, das man an den Tag legt. Nur damit du's weißt, deines wirkt gerade nicht sehr erwachsen!“

„Aber…“

„Nichts aber. Jetzt hörst du zu, was ich zu sagen habe.“ Miri klappte ihren Mund wieder zu. „Punkt 1: Dass dein Onkel einen an der Waffel hat und deine Tante ein Mensch ohne Rückgrat ist, wusstest du schon lange. Kein großartiger Verlust, auch wenn man sich vielleicht wünschen würde, es wäre anders. Tatsache ist, die beiden sind verschroben, herzlos und unfreundlich. Du hattest das Pech, bei ihnen aufzuwachsen. Jetzt bist du frei, das hinter dir zu lassen. Punkt 2: Du hast großartige Freundinnen gefunden. Gute Freundinnen bleiben gute Freundinnen, auch wenn sie sich manchmal nicht so verhalten, wie man sich das wünscht.“

„Sierra war sehr grob und unfreundlich.“

„Stimmt“, bestätigte Maxi. „Sie war grob und hat sich ungeschickt ausgedrückt. Das ist verständlich, dass dir das nicht gefällt. Du hingegen bist unentschlossen und suhlst dich jetzt schon eine ganze Weile in Selbstmitleid. Es ist also auch begreiflich, dass Sierra davon die Nase voll hatte. Aber wenn es ihr egal wäre, hätte sie sich nicht die Mühe gemacht, dir die Meinung zu sagen.“

„Auf so vorgetragene Meinungen kann ich verzichten“, schniefte Miri.

„Das finde ich etwas kurzsichtig. Es würde sich vielleicht lohnen, die Verpackung einmal außer Acht zu lassen und dafür den Inhalt zu betrachten." Mit diesen kryptischen Worten startete die Drachin den Wagen und fuhr wieder los.

Miri hatte erst mal die Nase voll und schaltete das Radio an. Musik von *Nightwish* erfüllte den Wagen. Na toll. Wenigstens passte das Lied zu ihrer momentanen Stimmung!

11

09. Dezember 2012

Am nächsten Morgen wachte Miri früh auf. Sie ließ langsam den Blick durch ihre gemütliche Wohnung schweifen. Sie war alleine. Abgesehen von Chili natürlich, der sich gemütlich neben ihr streckte und gähnte. Ugh, Katzenatem früh am Morgen. Sie rümpfte die Nase. Seinen Bauch kraulte sie trotzdem.

„Du bist glücklich, was? So ganz ohne fremde Mitbewohner."

Sie hatte sich gestern den Rest der Heimfahrt schlafend gestellt. Dabei hatte in ihrem Kopf ein Gedanke den anderen gejagt. Es hatte auch seine Vorteile, einen persönlichen Chauffeur zu haben. Maxi hatte gespürt, dass sie nicht sprechen wollte, und sie in Ruhe gelassen. Bis sie zu Hause angekommen waren, hatte sie einen Entschluss gefasst. Nicht *den* Entschluss, der ihr ganzes Leben regeln würde, aber zumindest einen Schritt in die richtige Richtung. Hoffte sie zumindest. Nachdem alle einstimmig der Meinung waren, dass es Zeit war, Entscheidungen zu treffen, hatte sie beschlossen, dass sie das wohl für sich alleine tun musste. Alleine im wörtlichen Sinn. Sprich: ohne sich auf einen persönlichen Drachen zu verlassen, der den emotionalen Scherbenhaufen jeweils wieder vom Boden auflas und zusammensetzte. Deshalb hatte sie gestern Maxi gebeten zu gehen und sich schweren Herzens von ihr verabschiedet. Sie war froh, dass die Drachin nicht versucht hatte, ihr diesen Entschluss auszureden. Sonst wäre sie bestimmt schwach geworden und hätte sich anders entschieden. Eigentlich seltsam, dass sie sich nicht abgelehnt gefühlt hatte, als Maxi so wenig protestiert hatte. Sie spielte die Szene in ihrem Kopf noch einmal durch und versuchte herauszufinden, wie sie sich in diesem Moment gefühlt hatte. Verstanden. Unterstützt und respektiert. Hm. Es schien etwas für sich zu haben, wenn man wusste, was man wollte und das auch klar kommunizierte. Irgendwie half ihr diese Erkenntnis sogar ein wenig, Sierras Reaktion von gestern zu verstehen. Den Tonfall fand sie immer noch nicht gut. Über den Inhalt war sie heute immerhin bereit nachzudenken.

Voller Tatendrang sprang sie aus dem Bett. Sehr zur Freude von Chili, der sein Glück kaum fassen konnte, dass er sein Frauchen wieder ganz für sich hatte. So wie es aussah, würde er sogar ein frühes Frühstück bekommen. Um Miri seine Dankbarkeit auszudrücken, würde er ihr heute Nacht eine Maus bringen, überlegte er. Oder zwei. Oder eine, die noch lebte. Dann spielte sein Frauchen jeweils so schön mit und versuchte das kleine graue Ding zu überreden, in eine Röhre zu kriechen. In der Zwischenzeit hatte sie ihm das Futter vor die Nase gestellt. Er fing an zu fressen, begleitet von einem zufriedenen Schnurren.

Miri brühte sich eine Tasse Kona-Kaffee auf und ertappte sich dabei, wie sie zwei Tassen bereitstellte. Sie hatte sich in dieser kurzen Zeit wohl schon sehr an ihre geflügelte kaffeesüchtige Begleiterin gewöhnt. Sie atmete den Duft ein und rief sich in Erinnerung, dass es einzig und allein ihre eigene Entscheidung gewesen war, Maxi wegzuschicken, und dass es in diesem Falle ganz schön dumm war, deswegen Trübsal zu blasen. Sie warf einen Blick auf die Küchenuhr. Zehn Minuten nach sechs. Wenn sie Glück hatte, würde sie noch ein paar Nachrichten zu hören kriegen. Sie schaltete ihr antiquiertes Radio ein. „Und hier das Wetter. In der Nordostschweiz

Schneeregen, am Abend Schnee bis in die Niederungen. In den Alpen und im Süden sonnig…“

Miri ließ ihren Blick nach draußen schweifen. Das einzig Farbenfrohe war Chilis Pelz. Der Rest war grau. Und wahrscheinlich bald nass. Sonne wäre schon toll, dachte sie bei sich. Plötzlich hatte sie eine Idee. Sie hatte zwar kein Geld, um so richtig in den Süden zu fliegen. Aber sie konnte mit dem Zug ins Tessin fahren. Dort würde sie eine Tageswanderung unternehmen, die Sonne genießen und hoffentlich ihren Kopf frei genug bekommen, um Antworten zu finden. An einem Tag konnte sie einen Teil der Strada alta, die hoch über dem Valle Leventina entlang führte, schaffen. Sie strich sich ein zusätzliches Stück Brot mit Butter und Konfitüre. Zum Wandern brauchte man Kraft. Jawohl. Sie biss herzhaft hinein. Mit dem Zug und Postauto brauchte sie schätzungsweise drei Stunden von Zürich bis Lurengo. Sie holte ihr Smartphone aus der Tasche und prüfte kurz den Fahrplan. Der nächste Zug fuhr kurz nach sieben Uhr. Den musste sie auch dringend erwischen, wenn sie die Strecke, die sie im Kopf hatte, bei Tageslicht schaffen wollte. Das war im Dezember gar nicht so einfach. Wenn sie sich richtig erinnerte, brauchte man für die Strecke von Lurengo nach Rossura Paese ungefähr vier Stunden. Halb elf, halb drei, rechnete sie im Kopf. Plus eine halbe Stunde Mittagspause in Osco. Schnell beendete sie ihr Frühstück und packte das Nötigste in einen kleinen Wanderrucksack. Regenschutz brauchte sie keinen, ihre Windjacke war wasserfest. Auf ihre alten, gut eingelaufenen Wanderschuhe war ebenfalls Verlass. Aber eine kleine Reiseapotheke, eine Thermosflasche mit Kräutertee, ihr heißgeliebtes Sackmesser, das einst ihrem Vater gehört hatte, ein Apfel sowie eine Packung geschälter Mandeln wurden im Rucksack verstaut. Brötchen und die lebensnotwendige Schokolade würde sie sich am Bahnhof kaufen. Zu guter Letzt steckte sie ihren iPod ein.

Eine Stunde später saß sie bereits im Zug. Ein Taschenbuch lag ungeöffnet in ihrem Schoß, während sie die vorbeiflitzende Landschaft betrachtete und Musik von *Lilly Wood and the Prick* hörte. Genau die richtige Musik zum Unterwegssein. Sie freute sich auf die Tour. Schon viel zu lange war sie nicht mehr in den Bergen gewesen. Normalerweise fehlte ihr immer die Motivation, wenn niemand mitkommen wollte. Heute war sie ganz froh, allein zu sein. So musste sie mit niemandem reden und konnte ungestört ihren Gedanken nachhängen. Das gleichmäßige Rütteln des Zuges wirkte beruhigend auf sie. Leise hörbar atmete sie aus. Zum Glück schien sie mit ihrer Idee, mitten im Dezember ins Tessin zu fahren, zu einer absoluten Minderheit zu gehören und musste die zwei gegenüberliegenden Sitzbänke mit niemandem teilen. Sie beschloss, die Zeit im Zug für ein kleines Nickerchen zu nutzen. Für tiefgründige Gedanken blieb später während ihrer Wanderung immer noch genug Zeit, dachte sie und kuschelte sich in ihre Windjacke, den Kopf an das kalte Fenster gelehnt.

Erleichtert kletterte sie um halb elf aus dem Postauto und winkte dem freundlichen Chauffeur zum Abschied zu. Sie war froh, dass sie die kurvige Fahrt ohne peinlichen Zwischenfall hinter sich gebracht hatte. Bereits die Strecke durch den Gotthardtunnel mit dem Zug hatte ihren Magen auf die Probe gestellt. Sie litt zwar nicht an der vielgefürchteten Morgenübelkeit, aber Passstraßen schienen sich nicht mit ihrem durcheinandergebrachten Hormonhaushalt zu vertragen. Oder der Wurm in ihrem Bauch hatte persönlich etwas dagegen. Sie erschrak, als sie merkte, dass sie eben unbewusst ihre bis dahin so klinisch betrachtete Schwangerschaft personifiziert hatte. Wenn auch nicht sehr schmeichelhaft als Wurm.

Es schien so, als hätte Sierra tatsächlich recht. Länger durfte sie ihre Entscheidungsfindung nicht mehr hinausschieben. Sie schob die ungebetenen Gedanken beiseite und schwang sich ihren kleinen Tagesrucksack auf den Rücken. Wie auch immer, jetzt war sie an der frischen Luft, auf 1324 Meter über dem Meer, und durfte die ersten Sonnenstrahlen genießen. Vor eineinhalb Stunden in Airolo, wo sie vom Zug auf das Postauto umgestiegen war, war es noch ziemlich neblig gewesen. Sie zog den Reißverschluss ihrer Windjacke bis zum Kinn hoch. Hier wehte ein ziemlich kalter Wind vom Gotthard her. Sie hoffte, dass sich das ändern würde, sobald sie weiter im Süden angelangt war. Miri wandte sich dem Dorfausgang zu, wo ein Wegweiser sie in Richtung Wanderweg wies. Das erste Stück der Strecke führte durch einen Fichtenwald. Sie genoss die Abwesenheit jeglichen Zivilisationslärms und freute sich an den Geräuschen des Waldes. Hier und da hörte sie ein Knacken aus dem Geäst. Ein paar Krähen flogen auf und schienen ihr vorauszufliegen. Amüsiert über ihre eigenen Gedankengänge musste sie schmunzeln. Tief unter ihr, in der Piottino-Schlucht, rauschte der Ticino talwärts. Nicht, dass sie hier oben viel davon hörte, denn der Ticino war mehr ein Flüsschen als ein Fluss und die Distanz war beträchtlich. Aber nachdem der erste Schnee in diesem Winter bereits gefallen und wieder getaut war, führte er bestimmt mehr Wasser mit sich als im Sommer.

Die schwache Wintersonne kämpfte sich beharrlich hervor, und schon bald stieg der Nebel in mystisch wirkenden Schwaden in den Himmel. Wunderschön. Sie war froh, dass sie sich spontan zu diesem Ausflug entschlossen hatte, und sie kam gut voran. Schon bald wurde der schöne Waldweg abgelöst durch einen holprigen Zickzackweg. Über Steine und Wurzeln führte der Weg steil bergab Richtung Freggio. Anstrengender zwar, aber eigentlich auch interessanter, fand sie. Auch wenn sie sich zwischenzeitlich mehr wie ein Geißbock als wie ein Mensch fühlte. Langsam ließ der Wind etwas nach. Sie hielt kurz an, um einen Schluck Tee aus der Thermoskanne zu trinken und sich die Nase zu schnäuzen. Kaum war Winter und die Luft unter zehn Grad, lief ihre Nase ständig. Nachdem sie ihren Durst gestillt und ein paar Mandeln stibitzt hatte, setzte sie ihren Weg fort. Für eine richtige Pause war es noch zu früh. Wenn sie sich richtig erinnerte, gab es in Freggio, dem nächsten Dörfchen auf ihrem Weg, eine Bank mit Aussicht auf die Kehrtunnels der Gotthardbahn. Dort wollte sie ihren Apfel essen und zehn Minuten Pause machen. Und nachdenken. Das ging bestimmt besser im Sitzen. Da war sie sich ganz sicher.

„Ich bin sicher, wenn du sitzt, hast du den Eindruck, das Gehen besser wäre", ertönte eine Stimme in ihrem Kopf, begleitet von einem verächtlichen Schnauben.

„Maxi?", fragte Miri irritiert. „Ich dachte, ich hätte dich um eine Auszeit gebeten?" Auf nichts war Verlass. Noch dazu hörte sie sich an, als würde sie mit einem Ex-Freund sprechen. Ungläubig schüttelte sie den Kopf und wäre beinahe über die nächste große Wurzel gestolpert.

„Ähm", räusperte sich der Drache ertappt. „Vergiss es, ich bin gar nicht hier."

Die Stimme in ihrem Kopf und das Gefühl, das sie in Anwesenheit des Drachens immer begleitete, verschwanden. Was sollte das denn jetzt, fragte sich Miri. Sie dachte, sie hätte ihren ständigen Begleiter weggeschickt. Sie blickte sich um, konnte aber nach wie vor keinen Drachen entdecken. Allerdings war es auch ein Ding der Unmöglichkeit, einen Drachen zu finden, der nicht gefunden werden wollte. So wie es aussah, war sie wohl doch nicht ganz alleine. Solange sie sich nicht mehr einmischte, spielte es keine Rolle. Irgendwie war es ganz tröstlich und auch beruhigend zu wissen, dass noch jemand wusste, wo sie gerade war. Über ihre Spontanidee hatte sie nämlich unvorsichtigerweise niemanden informiert. Na ja, dachte sie mit leichtem Galgenhumor, spätestens im Frühling wenn die Wandersaison wieder los geht und der Schnee geschmolzen ist, findet mich bestimmt jemand. Sie setzte ihren Weg fort, vorsichtig einen Fuß vor den anderen setzend, bis es ihr zu langweilig wurde und sie wieder von einer Stelle zur nächsten hüpfte.

Maxi war zwar tatsächlich nicht zu finden. Aber auch nicht gänzlich verschwunden, nur unsichtbar. Wozu denn sonst war man so vielseitig talentiert? Einer musste schließlich auf die beiden Kleinen achtgeben. Auch wenn die große Kleine das vielleicht anders sah. Aber sie hatte gestern Abend nur versprochen, sie alleine zulassen und sich nicht mehr einzumischen. Woran sie sich bis auf den kleinen Ausrutscher von eben auch gehalten hatte. Und wenn man während seiner Aufpasser-Pflichten auch noch dazu kam, mit den wilden Gotthardwinden zu fliegen, umso besser, dachte sie und stürzte sich mit einem für Miri unhörbaren Jauchzer ins Tal.

Miri war inzwischen unten angekommen. Besser gesagt in Freggio, das auf ungefähr 1037 Metern über dem Meer lag, also immer noch hoch oben über dem Tal, aber eben 300 Höhenmeter tiefer als dort, wo sie gestartet war. Ihre Oberschenkelmuskulatur würde dazu spätestens morgen einiges zu sagen haben, vermutete sie. Der Aussichtspunkt mitsamt der Bank befand sich immer noch an derselben Stelle, wie sie es in Erinnerung hatte. Sie nahm Platz und ließ das wunderschöne Panorama auf sich wirken.

Also los, gab sie sich innerlich einen Schubs. Sie hatte doch einen Plan. Erst die einfachen Dinge. Apfel. Sie holte ihre Thermosflasche und den Apfel aus ihrem Rucksack. Ach ja. Nachdenken stand auch auf dem Plan. Erst essen. Dann trinken. Dann denken. Shit.

Maxi hatte natürlich wieder einmal recht gehabt mit ihrer Vorhersage, sie würde es nur wieder aufschieben. Sie hatte es definitiv satt, dass dauernd irgendwelche anderen Leute – oder auch Drachen – alles besser wussten. Aber um selber im Recht zu sein, müsste sie wohl eine Meinung äußern. Und Meinungen setzten Entscheidungen, und seien es nur gedankliche, voraus. Sie seufzte tief und warf das Kerngehäuse mit Schwung in die Schlucht unter sich. Unbewusst legte sie eine Hand auf ihren Bauch und hielt mit geschlossenen Augen ihr Gesicht der freundlichen Wintersonne entgegen. Wenn sie ehrlich war mit sich selbst, war die Entscheidung schon längst gefallen.

Natürlich würde sie es sich wünschen, das Ganze ungeschehen zu machen. Also nicht unbedingt die sensationelle Nacht mit Matt. Ihr wurde wie jedes Mal, wenn sie an die Begegnung mit ihm dachte, ganz anders. Auf eine sehr angenehme und auch aufregende Art anders. So etwas erlebte man nicht alle Tage. Aber das Resultat davon. Nur dass das nicht ging. Aber jetzt aktiv das Resultat beseitigen? Nur weil es bequemer war? Und sie es zum damaligen Zeitpunkt nicht für nötig erachtet hatte, Vorkehrungen zu treffen? Immerhin mochte sie den Vater des Wurms. So gut man eben jemanden mögen konnte, den man praktisch nicht kannte. Trotzdem. Das war definitiv ein Pluspunkt.

Geistesabwesend warf sie einer Krähe, die sich in ihre Nähe gewagt hatte und sie neugierig betrachtete, eine Mandel hin. Nach einem prüfenden Blick wurde sie von dem großen, schwarz glänzenden Vogel offenbar für ungefährlich befunden. Mit zwei Hüpfern war sie bei dem Leckerbissen angelangt, schnappte sich diesen und flog mit ihrer Beute davon. Miri sah ihr nach und wünschte sich, mitfliegen zu können. Als Vogel war die Welt bestimmt einfacher. Vor allem, wenn im Winter weichherzige Wanderer vorbeikamen.

Zurück zum Thema, ermahnte sie sich. Sich ablenken zu lassen war schon verlockend. Aber es half ihr halt nicht weiter. Sie hatte es sich einfach noch nicht eingestehen wollen, dass sie von nun an zu zweit durchs Leben gehen würden. Deshalb hatte sie auch den Besuch bei der Frauenärztin immer wieder hinausgeschoben. Dann hätte sie darüber reden müssen. Sich ernsthaft darüber Gedanken machen müssen, wie es jetzt weitergehen würde. Mit ihr und dem Wurm.

„He, das ist kein Wurm“, rügte Maxi sie via Gedankenübertragung.

Miri blinzelte in die Sonne. „Nicht? Ich dachte, Drachen, Reptilien, Schlangen und Würmer würden alle in dieselbe Kategorie gehören. Gab es da nicht auch mal diesen Drachen alias Lindwurm?“

„Wie jetzt, du willst mir wohl nicht weismachen, dir sei der Unterschied zwischen Beinen und keinen Beinen entgangen?“

Miri fing an zu lachen. Und musste feststellen, dass sie gar nicht mehr aufhören konnte. „Das findest du wohl witzig!“ Was einen erneuten Lachanfall zu Folge hatte. „Aufhören! Sonst kugle ich noch in die Schlucht da unten vor lauter Lachen!“ Miri richtete sich auf und wischte sich die Lachtränen vom Gesicht. Das musste wohl die Anspannung sein, die sich gerade etwas gelöst hatte. Sie schaute sich nach allen Richtungen um und versuchte ihre Drachenfreundin zu entdecken. Ohne Erfolg. Sie horchte in sich hinein. Wenn sie richtig lag mit ihrer Intuition, war Maxi immer noch da und ansprech-, wenn auch nach wie vor nicht sichtbar. „Wie soll ich den Wurm denn sonst nennen?“, fragte sie herausfordernd.

„Na, Drachenkind natürlich.“

„Natürlich“, murmelte Miri.

„Mit mir als Patentante ist das die einzig korrekte und angemessene Bezeichnung“, ließ sich der Drache vernehmen.

„Aha. Habe ich da auch noch was mitzureden?“

„Nein“, kam es trocken von Maxi zurück.

Ein amüsiertes Lächeln umspielte Miris Lippen. „So, ich muss wieder weiter, sonst verpasse ich am Ende noch mein Postauto in Rossura. Das wäre eher ungünstig. Bis später.“ Sie hoffte, ihre geflügelte Freundin verstand den Wink mit dem

Zaunpfahl und ließ sie den Rest der Strecke in Ruhe nachdenken. Immerhin hatte sie die Zukunft des Wurms, pardon, des Drachenkinds zu planen. Ein breites Grinsen erschien auf ihrem Gesicht. Sie war plötzlich unbeschreiblich glücklich. Unsicher, ja. Ängstlich, ja, sie hatte Angst, und wie! Aber eben auch glücklich. Hier und jetzt hätte sie die ganze Welt umarmen können. Kein Wunder, dass Maxi einen Sicherheitsabstand einhielt, dachte sie und kicherte.

In Osco war sogar die Osteria Salzi offen, in der Miri eine heiße Minestrone löffelte. Damit hatte sie zu der Jahreszeit eigentlich gar nicht gerechnet. Sie saß auch mutterseelenalleine an ihrem Tisch und genoss die Wärme der Suppe. Geöffnet sein war wahrscheinlich übertrieben ausgedrückt. Die Inhaberin der Gaststätte hatte wohl einfach Mitleid gehabt mit der einsamen Wanderin. Miri bedankte sich, bezahlte einen lächerlich niedrigen Preis für die nahrhafte Mahlzeit und war schon bald wieder unterwegs. Sie folgte dem bewaldeten Berghang und überquerte zwei Wildbäche. Mit der Hand schöpfte sie kristallklares Wasser und trank ein paar Schlucke. Es war schon ein Privileg, das saubere Wasser in den Bergen, sinnierte sie. Während sie weiter lief, sammelte sie Edelkastanien ein, um sie zu Hause im Ofen zu rösten. Sie liebte die rotbraun glänzenden Früchte, die in ihrer stacheligen Schale so gut geschützt waren. Behutsam strich sie mit den Fingerspitzen über die glatte Haut einer der Früchte, bevor sie sie in ihrem Rucksack verstaute. Sie folgte dem Weg weiter über verschiedene Weiden nach Calpiogna, das geschützt auf einer Waldlichtung lag. Zweimal begegnete sie einer kleinen Gruppe offenbar auf sich allein gestellter Tiere. Die erste Gruppe bestand aus drei schottischen Hochlandrindern und einer Ziege. Als sie sie erblickten, machten sie sich gemächlich auf und begannen in ihre Richtung zu gehen. Kurz bevor der Weg wieder steiler wurde, passten die Tiere sie ab. Charmant, aber bestimmt. Miri schmunzelte belustigt und streichelte der

Reihe nach alle drei Kuhnasen. Die Ziege behielt einen etwas größeren Abstand.

„Na, Kleine? Bist du misstrauischer oder einfach klüger?“

Der gehörnte Vierbeiner hörte zwar aufmerksam zu, machte aber keine Anstalten, näher zu kommen.

„So, genug geschmust, ich muss weiter“, informierte sie die Gruppe.

Allerdings war sie anscheinend die Einzige, die das so sah. Freundlich standen die sicher gut 500 Kilo schweren Tiere ihr im Weg. Auch auszuweichen schien keine Option zu sein. Die Kühe nahmen sie in die Mitte und schienen jeden ihrer Schritte vorauszuahnen. Was sollte sie jetzt machen? Die Situation war zwar nicht direkt bedrohlich, weiter wollte sie allerdings trotzdem. Sie tastete ihre Jackentaschen ab und fühlte nach der angebrochenen Tüte mit den Kartoffelchips, die sie im Restaurant mitgenommen hatte. Flink hielte sie jedem der zotteligen Tiere einen Chip hin. Die rauen Zungen schabten sanft über ihre Handfläche. Dann war der kleine Snack weg und die Rinder ließen sich zurückfallen. Nur die Ziege machte zwei zögerliche Schritte auf Miri zu.

„Hier.“

Sie legte einen Chip auf die Erde und bewegte sich dann seitlich in einem Halbbogen um die Ziege herum. Diese wartete, bis ihr der Abstand zu der fremden furchterregenden Frau groß genug war, und näherte sich dann vorsichtig dem Leckerbissen. Miri lächelte, als sie ihr einen letzten Blick zuwarf und ihren Weg fortsetzte. Nachdem sie jetzt ihre Entscheidung bezüglich des Wurms, äh, Drachenkinds, getroffen hatte, schien ihr zuvor so erstarrtes Gehirn jetzt Überstunden zu leisten. Im Moment hatte sie keinen Job. Obwohl, Kaja schien es richtig ernst damit zu sein, ihre Produkte mit anzubieten. Wenn das klappte, konnte sie von Zuhause aus arbeiten und musste sich erst einmal keine Gedanken über Kinderbetreuung machen. Zugegeben, noch hatte sie kein Stück verkauft. Aber hoffen war ja wohl erlaubt.

Ob Kaja auch das Angebot mit dem Wohnen ernst gemeint hatte? grübelte sie, während sie von Stein zu Stein über einen Wildbach hüpfte. Sie unterbrach ihren Gedankenmarathon für einen Augenblick, als einer der Steine gefährlich zu wackeln begann. O-o, nass werden war Anfang Dezember keine gute Idee. Endlich fand sie ihre Balance wieder und sprang mit einem letzten großen Satz ans trockene Ufer. Nachdem sie wieder festen Boden unter den Füßen hatte, befasste sie sich erneut mit ihrer Wohnsituation. So großzügig das Angebot auch war, irgendwie konnte sie sich das nicht vorstellen, zusammen mit Kleinkind und Katze Kajas häusliches Leben auf den Kopf zu stellen. Sie war sich nicht sicher, ob das gesund für ihre Freundschaft sein würde. Ungebeten erschien vor ihrem inneren Auge das Bild des baufälligen Pächterhäuschens auf Kajas Grundstück. Wenn man das instand setzen könnte, hätte sie ein eigenes kleines Reich und trotzdem ihre Freundin in der Nähe, überlegte sie. Aber vermutlich war es nicht mehr zu retten. Oder falls doch, würde die Renovierung viel zu teuer werden. Sie tauchte aus ihren Überlegungen auf und konzentrierte sich wieder auf den Weg. Weiter vorn konnte sie bereits die typischen ursprünglichen Tessinerhäuser von Rossura sehen. Rossura war die letzte Station auf ihrer Wanderung. Von hier aus würde sie mit dem Postauto nach Faido fahren und dann mit dem Zug nach Zürich. Erst war aber offenbar noch einmal Wegzoll fällig, wenn sie die spitzbübischen Mienen der zwei Ponys und des Esels anschaute, die sie wie geübte Wegelagerer am Weitergehen hinderten.

„Ist ja gut. Inzwischen habe ich das System verstanden", grinste sie gutmütig und kratzte die letzten Krümel zusammen.

Besonders gesund war das zwar nicht für die Tiere. Aber etwas anderes hatte sie nicht mehr. Sie klopfte dem Esel, welcher am nächsten bei ihr stand, zum Abschied freundlich auf den Hals. Nachdem auch diese drei Vierbeiner zufrieden gestellt waren, legte sie das letzte kurze Stück zum Dorf zurück. Sie zog ihr Handy aus der Jackentasche um nachzuschauen, wie spät es überhaupt war. Erst kurz vor drei. Sie war richtig gut vorangekommen. Das bedeutete allerdings auch eine Stunde Wartezeit. Das Postauto fuhr erst um vier Uhr. Sie holte ihre Thermosflasche hervor und gönnte sich einen Schluck des inzwischen kalten Fencheltees. Brr. Definitiv nicht ihr Lieblingsgetränk. An den heißen Tee hatte sie sich inzwischen einigermaßen gewöhnt. Aber kalt ging gar nicht.

Um eine Stunde lang rumzusitzen war es Miri zu kalt. Sie beschloss, der alten mittelalterlichen Kirche San Lorenzo, die auf einem Hügel in der Nähe stand, einen Besuch abzustatten.

Oben angekommen trat sie vorsichtig in die Kirche ein. Sie liebte alte Kirchen, vor allem die katholischen, mit ihren vielfältigen Gerüchen nach Weihrauch und Kerzenwachs und den Heiligenbildern. Gleichzeitig hatte sie immer das Gefühl, gar nicht befugt zu sein, einzutreten, da sie mit organisierter Religion oder der katholischen Kirche an sich so gar nichts am Hut hatte. Andererseits war sie fest davon überzeugt, dass es Gott, der Göttin, den Göttern, dem göttlichen Prinzip, wie auch immer, komplett egal war, wann und wo und wie man sich damit auseinandersetzte. Sie schaute sich um und ließ die Stille auf sich wirken. Das Innere der Kirche war üppig geschmückt. Stuckaturen verzierten die obere Hälfte der Wände und der Decke und rahmten wunderschöne Fresken ein. Offenbar stammten sie aus verschiedenen Epochen. Einigen sah man ihr Alter deutlich an, während andere augenscheinlich vor nicht allzu langer Zeit restauriert worden waren. Etwas seltsam muteten die aufgereihten Plastikstühle an, welche die fehlenden Kirchenbänke ersetzten. Sie überlegte, ob die Kirchbänke schon immer gefehlt hatten oder was der Grund für ihren Verlust gewesen war. Auf der einen Seite brannten mehrere Kerzen nebeneinander. Sie wanderte zu den Opferkerzen. Aus ihrer Hosentasche kramte sie einige Münzen. Gegen einen kleinen Geldbetrag konnte man eine eigene Kerze für sein eigenes Gebet erstehen. Sie suchte sich eine aus und zündete sie mit den bereitliegenden Zündhölzern an. Als sie brannte, schaute sie einen Moment in das flackernde Licht der Flamme.

„Ich bitte um ein glückliches Leben – für das Drachenkind und mich. Wer auch immer zuständig ist, mach, dass meine Entscheidung richtig war", bat sie flüsternd.

Sie fand den Gedanken, dass schon viele Leute vor ihr hier ihre Gebete abgeschickt hatten, seltsam tröstlich. Behutsam stellte sie ihre brennende Kerze zwischen die anderen. Die Kirche war nicht sehr groß. Schon bald stand sie wieder draußen an der frischen Luft. Sie warf einen Blick auf die Zeitangabe ihres Telefons und stellte fest, dass ihr immer noch zehn Minuten Zeit blieben, bis sie sich wieder auf den Weg zur Postauto-Haltestelle machen musste. Sie beschloss, die Umgebung der Kirche ein wenig zu erkunden. Der Wind hatte wieder etwas aufgefrischt und zerzauste ihre Haare. Sie blieb einen Moment stehen und genoss die frische Luft nach dem Weihrauchduft in der Kirche. Es roch nach feuchter Erde, altem Heu und Holzrauch. Sie richtete den Blick wieder auf ihre nächste Umgebung. Zu ihrer Freude entdeckte sie draußen einen Kreuzweg. Langsam folgte sie dem Pfad, der die Kirche umrundete und freute sich an den kunstvollen Heiligenbildern, die bei jeder Station zu entdecken waren. Sie fühlte sich dabei immer wie eine Hobbyarchäologin auf den Spuren von Menschen in verschiedenen Jahrhunderten. Sie musste über sich selber grinsen. Lara Croft und Indiana Jones lassen grüßen, dachte sie amüsiert. Wieder am Ausgangspunkt angekommen ließ sie ihren Blick über die Umgebung schweifen. Weiter unten im Dorf näherte sich langsam das Postauto. Jetzt aber los, nicht, dass sie das noch verpasste.

12

10. – 16. Dezember 2012

Die nächsten Tage verliefen ruhig, wenn man von Miris emsiger Betriebsamkeit im Bastelbereich absah. Einerseits wollte sie möglichst viele Stücke für Kajas Onlineshop fertig haben, andererseits musste sie auch noch die Geschenke für ihre Freundinnen fertig machen. Schließlich stand Weihnachten schon bald vor der Tür. Maxi, die am Sonntagabend schon zu Hause auf sie gewartet hatte, musste sich gezwungenermaßen mit Zahlen auseinandersetzen. Nachdem Miri beschlossen hatte, ihrer Selbständigkeit eine reelle Chance einzuräumen, hieß es volle Kraft voraus, und das beinhaltete auch die Aufstellung eines möglichst realistischen Budgets. Einerseits für die benötigten Materialien, was Miri vor die völlig neue Herausforderung stellte, ihre Kunstwerke zumindest bis zu einem gewissen Grad zu planen. Bis jetzt war sie mehr oder weniger einfach ihren plötzlichen künstlerischen Anwandlungen gefolgt und hatte spontan entschieden, etwas zu machen oder auch nicht. Vereinzelt hatte sie auch Kundenaufträge erledigt. Aber das war bisher tatsächlich erst ein paar Mal vorgekommen. Das musste sich dringend ändern. Bis jetzt war es Miri allerdings schleierhaft, wie sie ihre zukünftigen Kunden akquirieren sollte.

„Du wirst schon sehen, das spricht sich herum", beruhigte ihre Drachenfreundin sie dann jedes Mal.

„Ich hoffe, du hast recht", antwortete Miri jeweils zweifelnd.

Natürlich hatte sie recht, dachte Maxi indigniert. Notfalls würde sie die Menschen im Umkreis von 50 Kilometern in ihren Träumen heimsuchen und ihnen das dringende Bedürfnis nach Filzdrachen und dergleichen suggerieren.

Als sie das ihrem Schützling vorgeschlagen hatte, war dieser allerdings nicht sehr erfreut gewesen. „Du kannst doch nicht einfach Menschen manipulieren!"

Maxi hatte die Aussage bewusst missverstanden und ernsthaft gesagt: „Doch klar, kein Problem. Du hättest im Handumdrehen genügend Kunden."

Doch Miri wollte nichts davon hören. „Nichts da. Ich schaffe das auch alleine. Ohne Albträume für meine Kunden. Das wäre ja ein Paradebeispiel für unlauteren Wettbewerb!"

„Jetzt komm mal wieder runter von deinem hohen Ross. Werbung ist doch auch nichts anderes."

„Doch. Bei normaler Werbung kann ich mich bewusst dafür entscheiden, sie wahrzunehmen oder eben auch nicht."

„Das glaubst wohl auch nur du", hatte Maxi geschnaubt. Aber gut. Dann würde sie sich eben vorläufig zurückhalten, was drachenmagisches Marketing anging. Und schlug sich stattdessen mit den handgekritzelten Berechnungen rum, die Miri am laufenden Band produzierte.

Auch jetzt saß Miri, gekleidet in ihre alte Strickjacke und eine bequeme Jogginghose, mit gekreuzten Beinen auf dem Bett und starrte frustriert auf den mit Zahlen übersäten Block auf ihren Knien. Maxi war gerade dabei, Lichtbälle von einer Ecke in die andere zu rollen und Chili wahnsinnig zu machen. Als sie merkte, dass Miri kurz davor war, sich die Haare zu raufen, überließ sie den zuletzt produzierten Lichtball Chilis Gnade und wandte sich ihr zu.

„Probleme mit deinen Zahlen?"

„Hm. Eher Zahlungsprobleme."

„Ja?“

„Und Wohnungsprobleme.“

„Du hast doch eine Wohnung?“

„Schon.“

Maxi riss der Geduldsfaden. Drachen waren zwar fähig, sehr geduldig zu sein. Wenn es sein musste. Aber nicht, wenn sie eine Antwort wollten. „Sag mal, willst du nicht darüber reden oder wieso muss ich dir jedes Wort einzeln aus der Nase ziehen?“

Miri grinste. „Auch ich kann ganz schön geheimnisvoll sein. Nicht nur du… Wie war das noch mal mit deiner und Lances Vorgeschichte?“

Die Drachin hüstelte. „Eins zu null für dich, Kleine. Aber jetzt lenk mal nicht ab.“

In dem Moment hatte es Chili fast geschafft, den Lichtball einzuholen und sprang mit einem Mordssatz auf ihn zu. Dumm nur, dass sich der Lichtball bei Kontakt auf der Stelle in Luft auflöste und Chili mit ausgefahrenen Krallen auf Maxis Bauch landete.

„Auuuuuuuuuuuu!“ heulte diese. „Sag mal, spinnst du?“ Mit ihrer eigenen krallenbewehrten Pranke packte sie den Kater am Nackenfell und warf ihn zu Miri aufs Bett.

„He, wollt ihr zwei wohl aufhören?“, beschwerte sich Miri, konnte sich ein kleines Glucksen aber nicht verkneifen. Worauf sie zwei Augenpaare, ein gelbes und ein amethystfarbenes, empört anstarrten. „Wirklich. Kriegt euch wieder ein!“

Als Antwort darauf fing Chili an, sich demonstrativ zu putzen. Maxi fuchtelte mit ihren Krallen wichtigtuerisch in der Luft herum und forderte sie dazu auf, mit ihren bisher sehr spärlichen Ausführungen fortzufahren.

„Es geht um meine Wohnsituation.“ Sie blickte sich in der kleinen Wohnung um. „Hier ist es schon ziemlich voll mit uns dreien.“ Ihre beiden Wohngefährten blickten sich gegenseitig bedeutungsvoll an. Man konnte richtig sehen, dass beide eine ganz klare Vorstellung davon hatten, wie diesem Problem Abhilfe geschafft werden könnte.

„Nein, ich will keinen von euch ausquartieren“, stellte Miri klar, die den Blickwechsel der beiden beobachtet hatte. „Nur, in einem guten halben Jahr erweitert sich unsere kleine Familie noch einmal.“

Chili spitzte die Ohren. Was waren denn das für Neuigkeiten? Noch so ein fremder Fötzel? Hatte er etwas verpasst? Langsam wurde es ihm zu bunt. Er stellte seine Fellpflege ein, setzte sich vor Miri hin und legte den Kopf schräg.

„Na, Kleiner, du weiß noch gar nichts davon. Es ist so, ich werde Nachwuchs bekommen.“

Nachwuchs, dachte Chili? Etwa einen kleinen Kater?

Ungeduldig mischte sich Maxi telepathisch ein. „Nein, keinen Kater. Sondern ein Menschenkind.“

„Ach so.“

So wirklich viel konnte Chili nicht damit anfangen. Behelfsmäßig stellte er sich Miri in Zwergen-Größe vor. Maxi, die diese Überlegungen eins zu eins mitbekam, fing an zu kichern.

„Ja, das wird bestimmt lustig“, fügte Miri hinzu. „Das Drachenkind spielt bestimmt gerne mit dir.“

Nun völlig verwirrt blickte der Kater vom einen zum andern. „Drachenkind? Ich dachte, es geht um ein Menschenkind?“

Sein Frauchen war so in ihre eigenen Überlegungen vertieft, dass sie nichts von dem Austausch zwischen Drache und Kater mitbekam. Arglos redete sie weiter. „Maxi meinte, ich soll es Drachenkind nennen. Sie wird dann ja Patentante sein.“

Chili fauchte. „Und ich? Bin ich etwa nicht Patenonkel? Dann könnten wir es genauso gut Katzenkind nennen!“

Miri streichelte ihm beruhigend über das Fell. „Bestimmt werdet ihr viel Spaß miteinander haben. Du wirst die wichtigste Katze im Leben des Wurms sein“, schmeichelte sie ihm. Maxi beschloss in einem Anflug von Großmut, die Stimmung nicht unnötig anzuheizen und verzichtete darauf, die Wurmbezeichnung zu Drachenkind zu korrigieren. So einigermaßen besänftigt kehrte Chili wieder zu der wichtigen und vor allem sehr beruhigenden Aufgabe der Fellpflege zurück. Die meditative Form des Putzens half ihm immer beim Nachdenken.

„Also brauchen wir eine neue Wohnung."

„Genau. Was zumindest in Zürich definitiv außerhalb meiner momentanen finanziellen Möglichkeiten liegt, auch wenn ich sehr optimistisch rechne. Zudem wäre ich gerne in der Nähe meiner Freundinnen."

„Das verstehe ich. Vor allem, wenn das Kind da ist, wäre es gut, wenn du unkompliziert Freunde besuchen könntest. Sonst fällt dir die Decke auf den Kopf."

„Hm", meinte Miri zustimmend. „Wir könnten auch zu Kaja ziehen. Angeboten hat sie es mir."

Zweifelnd sah der Drache sie an. „Und du meinst, dort wäre genügend Platz für alle? Für Kaja und Tim, für dich und das Kind, außerdem für deinen Kater und einen Hund?" Nicht zu reden von zwei territorial veranlagten Drachen… dachte sie bei sich.

„Mir gefällt die Idee eben auch nicht so gut. Ich habe Angst, dass wir einander auf die Nerven gehen. Aber wenn man das alte Pächterhäuschen herrichten könnte…"

Maxi erinnerte sich an das kleine und sehr baufällige Haus. Sie räusperte sich. „Die Idee ist gut. Nur, ist es nicht... wie soll ich das sagen, um nicht zu negativ zu klingen... etwas renovierungsbedürftig?"

Miri musste schmunzeln. Es war selten, dass Maxi ihre Worte so sorgfältig wählte. Sie nahm wohl Rücksicht auf ihre Achterbahn fahrenden Hormone. „Das ist auch meine Befürchtung. Ich dachte, ich frage Kaja trotzdem mal. Sie kann das bestimmt besser beurteilen."

„Gute Idee. Mach das“, stimmte ihr die Drachin zu. Sie drückte ihr die Daumen, dass sich die Sorge um den Zustand des Hauses als unbegründet erwies.

17. Dezember 2012

Am nächsten Morgen ging sie gut gelaunt los, um Brötchen zu holen. Nach dem Frühstück wollte sie Kaja anrufen. Gestern Abend hatte sie sie leider nicht erreicht.

„Hallo, dasselbe wie immer? Zwei Dinkelbrötchen und ein Schokoladencroissant?“, wurde sie fröhlich in ihrer Lieblingsbäckerei begrüßt.

„Hallo Martha. Ja, genau. Gut siehst du aus. Neue Frisur?“

„Ja, gefällt sie dir?“ Martha drehte sich einmal um die eigene Achse und strahlte übers ganze Gesicht.

„Ja, sehr. Deine langen Haare waren auch sehr schön. Aber so ist es richtig pfiffig.“ Miri nahm die Tüte mit dem Gebäck in Empfang und reichte ihr das Geld.

„Hast du eigentlich Ferien?“, wollte Martha wissen. „Du kommst in letzter Zeit eher spät dein Frühstück holen.“

„Äh, nein. Ehrlich gesagt, ich arbeite nicht mehr in der Buchhandlung.“

„Nicht? Hat es dir nicht mehr gefallen? Ich dachte eigentlich, du liebst Bücher…“

Miri wusste nicht, was sie sagen sollte. Stelle verloren und arbeitslos klang irgendwie nicht so gut. Sie war ja gar nicht arbeitslos. Sondern selbständig, erinnerte sie sich, und hörte sich das zu ihrer eigenen Überraschung auch sagen. „Ich habe mich mit meiner Kunst und Raumgestaltung selbständig gemacht.“ Ups, war das jetzt zu dick aufgetragen gewesen?

Martha schien das nicht so zu sehen. „Echt? Das klingt sehr spannend. Hast du eine Karte oder so was? Der Chef spricht nämlich schon seit längerem davon, die Bäckerei umzugestalten. Falls du so etwas überhaupt machst…“

„Die Bäckerei umgestalten? Das wäre ein toller Auftrag. Hm. Visitenkarten habe ich leider keine dabei.“ Das klang besser als ‚Visitenkarten habe ich keine’, dachte sie im Stillen und gratulierte sich selbst zu der schnellen Antwort.

„Dann schreib mir doch einfach deine Nummer auf.“ Martha hielt ihr ein Blatt Papier und einen Bleistift hin. Schnell kritzelte Miri ihren Namen und ihre Handynummer auf den Zettel. „Gut. Ich gebe ihn dann weiter. Wäre nämlich toll, wenn endlich was gemacht werden würde anstatt immer nur darüber zu reden“, meinte Martha zufrieden.

Miri verabschiedete sich und machte sich auf den Heimweg.

„Siehst du? War doch gar nicht so schwer“, meldete sich Maxi zu Wort und materialisierte sich neben ihr auf dem Trottoir.

„Stimmt.“ Miri grinste zufrieden. Sie musste sogar ein paar Schritte hüpfen, so aufgedreht war sie nach dem Gespräch. „Ab jetzt texte ich einfach jeden, der in meine unmittelbare Nähe kommt, mit meinen neuen Karriereplänen zu. Völlig egal, ob derjenige das hören will oder nicht, hehe.“

„Das ist die richtige Einstellung“, lobte die Drachin und klopfte ihr anerkennend auf die Schulter.

Bei ihrem Hauseingang angekommen, fischte sie die Zeitung aus dem Briefkasten. Dieser Tag hatte richtig gut angefangen, fand sie, als sie die Treppe hochging. In der Küche ließ sie Tüte und Zeitung erst einmal auf den Tisch fallen und machte sich daran, Kaffee zu kochen. Nach wie vor gönnte sie sich pro Tag eine Tasse des während der Schwangerschaft theoretisch untersagten Gebräus. Sie tröstete sich damit, dass eine Tasse Kaffee nicht so schlimm sein konnte. Immerhin rauchte sie nicht, und auf Alkohol verzichtete sie auch. Das musste doch irgendetwas zählen, beziehungsweise ihre Tasse Kaffee wettmachen. Während sie darauf wartete, dass das Wasser hochkochte, schnappte sie sich ihr Schokoladencroissant. Sie wollte kein

Risiko eingehen. Ihre Drachenfreundin schien in letzter Zeit eine Vorliebe für Süßes entwickelt zu haben. Besser, sie vernichtete das süße Teil schnellstens selber.

Maxi setzte sich auf den einen Stuhl und begann die Zeitung zu lesen. Dabei fiel ein länglicher Briefumschlag zu Boden. Miri bückte sich und wollte ihn, in der Annahme, es handle sich um Werbung, unbesehen ins Altpapier entsorgen. Aus einem Impuls heraus drehte sie ihn um. Und erstarrte. Die Härchen auf ihrem Nacken stellten sich auf. Ihr Puls beschleunigte sich und ihr wurde auf der Stelle schlecht. Ein unauffälliger Umschlag ohne Anschrift. Das konnte doch nicht sein. Sie warf den Umschlag auf den Tisch, als hätte sie sich daran verbrannt.

Maxi blickte von ihrer morgendlichen Lektüre auf. „Was ist denn?"

„Da."

„Du meinst doch nicht, dass es wieder *so* ein Brief ist?"

„Doch. Genau das befürchte ich."

„Machst du ihn auf?"

„Etwas anderes wird mir kaum übrig bleiben. Oder?" Hoffnungsvoll blickte sie zu ihrer Drachenfreundin hinüber. Vielleicht wusste sie ja eine andere Lösung? Zum Beispiel Instant-Hypnose, so dass sie den Vorfall vergessen konnte?

„Was schaust du mich so an? Soll ich den Brief in Flammen aufgehen lassen?" Andeutungsweise ließ Maxi ein kleines Flämmchen aus ihrem Maul züngeln.

„Wäre wahrscheinlich am sinnvollsten", murmelte Miri und wischte sich die schweißnassen Hände an ihren Jogginghosen ab. Demonstrativ wandte sie sich von dem Brief ab und ihrem Kaffee zu. Prioritäten zu setzen war wichtig. Gerade in Situationen wie dieser. Sie füllte zwei Tassen und hielt eine davon ihrer geflügelten Freundin hin.

„Danke." Maxi war eine wohlerzogene Drachenlady. Zumindest, wenn sie es wollte.

„Bitte schön." Miri nahm einen Schluck aus ihrer Tasse und setzte sich dann aufrecht hin. Dann mal los mit dem Ernst des Lebens, dachte sie grimmig und riss den Briefumschlag auf. Genau dieselbe Schrift wie beim letzten Mal. Fast der gleiche Inhalt. Nur schlimmer. Falls das überhaupt möglich war. Langsam fiel es selbst ihr schwer, an einen dummen Lausbubenstreich zu glauben. Sie reichte den Brief an Maxi weiter, die ihn aufmerksam durchlas.

Als sie fertig war, blickte sie auf und schaute Miri besorgt an. „Was machst du jetzt?"

Miri zuckte mit den Schultern. „Keine Ahnung. Ich weiß beim besten Willen nicht, wer mich so sehr hasst, dass er mir solche Briefe schickt. Aber so langsam habe ich Angst." Sie raufte sich die kurzen Haare. „Erst mal leg ich ihn zum anderen dazu. Solange ich nicht weiß, was ich deswegen unternehmen will, erzähl ich wohl am besten niemandem davon. Sonst schickt mir Kaja gleich die Kavallerie auf den Hals."

Maxi zog eine Augenbraue hoch. „Das wäre vielleicht nicht das Schlechteste, was dir passieren könnte. Auf jeden Fall, wenn ich die Alternativen bedenke. Da war von öffentlicher Steinigung die Rede."

„Ich habe ja dich als meinen persönlichen Wachhund", spielte Miri die Situation mit einer Selbstsicherheit herunter, die sie eigentlich gar nicht fühlte.

„Wenn du meinst…" Maxi war sich nicht sicher, dass dieses Vorgehen ein guter Schachzug war. Sie spürte aber, wie ihr Schützling verzweifelt versuchte, keine Vollkrise zu schieben, und hielt daher den Mund. Gespielt munter fragte sie: „Was steht denn, abgesehen von briefschreibenden Irren, sonst noch auf dem Tagesprogramm?"

Miri nahm die Gelegenheit, das Thema zu wechseln, gerne an. „Kaja anrufen. Hoffen, dass wir uns mit dem schlechten Zustand des Pächterhäuschen irren." Themenwechsel war ja schön und gut. Jetzt sollte nur das Hirn wieder so weit funktionieren, dass die Bildung von ganzen Sätzen, wenn möglich sinnvoller Inhalt inklusive, wieder im Bereich des Möglichen lag. Sie schüttelte sich innerlich wie eine nasse Katze, die das Wasser in ihrem Pelz los werden musste und versuchte sich so von der dunklen Vorahnung zu befreien, die sie seit der Lektüre des neuesten Drohbriefs befallen hatte. „Also gut. Reichst du mir mal das Telefon?“ Maxi dematerialisierte sich in einer Wolke violetter Funken und tauchte einige Sekunde später mit dem gewünschten Gegenstand wieder auf.

„Was macht das Telefon eigentlich im Badezimmer?“, wollte die Drachin mit einem missbilligenden Stirnrunzeln wissen.

„Keine Ahnung“, erwiderte Miri abwesend und griff nach dem Telefon.

„Was heißt hier keine Ahnung. Was hättest du denn gemacht, wenn ich es nicht gefunden hätte?“, nörgelte Maxi.

„Mein Handy benutzt?“ Miri ließ sich nicht aus der Ruhe bringen und wählte Kajas Nummer.

Maxi ließ nicht locker. „Ein bisschen mehr aufräumen könntest du schon.“

„Fühl dich frei, jederzeit aufzuräumen oder zu putzen. Putzmittel findest du im Schrank“, gab Miri unbeeindruckt zurück.

„War das jetzt eine Einladung zu einer Putzparty?“, ertönte Kajas verwunderte Stimme aus dem Telefon.

Miri musste laut lachen. „Hallo Kaja. Nein, nein. Du warst damit nicht gemeint. Maxi und ich führen nur gerade eine Diskussion, wie die Hausarbeit aufgeteilt werden sollte.“

„Daraus schließe ich, dass ihr verschiedene Ansichten habt“, meinte ihre Freundin belustigt.

„Könnte man so sagen.“ Sie schielte zu Maxi hinüber, die ihr unverblümt Rauch aus ihren Nüstern ins Gesicht blies. Zunge rausstrecken auf Drachenart. Amüsiert wedelte sie ihn weg.

„Immerhin kennt dein Drache das Wort Haushalt in Verbindung mit Arbeit. Was man von meinem nicht behaupten kann. Der verdünnisiert sich höchstens, wenn ich ein solches Wort nur schon denke, geschweige denn laut ausspreche. Aber ich vermute, du hast mich nicht angerufen, um über die Domestizierung von Drachen zu sprechen?“

„Stimmt. Ich merke gerade, dass ich gar nicht weiß, wo ich anfangen soll. Bei mir ist in der letzten Woche ganz viel passiert.“

„Gutes?“

Miri zögerte kurz. Sie war versucht, Kaja von dem neuen Drohbrief zu erzählen. Nein, rief sie sich zur Ordnung. Sie hatte doch beschlossen, die Briefe zu ignorieren. Wenn alles gut lief, würde sie sowieso nicht mehr lange hier wohnen und die Sache würde sich von selbst erledigen.

„Bist du noch da?“, wollte Kaja wissen, als Miri nicht antwortete.

„Ja, ja“, beeilte Miri sich, ihr zu versichern. „Nur Gutes. Aber mehr in meinem Kopf. Deshalb hat das mit der Antwort ein wenig länger gedauert, weil ich nicht wusste, wie ich es ausdrücken soll. Um es auf den Punkt zu bringen: Ich habe mich entschieden, das Kind zu behalten, an Projektplänen gebastelt und ein Budget erstellt.“

„Wow! Das sind ja tolle Neuigkeiten“, antwortete Kaja begeistert.

„Hm, ja, ich hoffe. Ich bin allerdings bei meinen ganzen Aktivitäten bereits auf ein akutes Problem gestoßen.“

„Was denn?“

„Na ja, meine Wohnung ist nicht ideal. Sie ist einfach zu klein.“

„Darüber haben wir doch schon gesprochen. Komm einfach zu mir.“

„Hast du das auch schon mit Tim besprochen?“

„Ja.“ Eine ausgesprochen einsilbige Antwort für die gesprächige Kaja.

„Und? Ist er von der Idee auch so begeistert wie du?“

„Na ja… Ich bin sicher, mit der Zeit wird er sich daran gewöhnen“, meinte sie ausweichend. Kaja konnte ganz schön dickköpfig sein, wenn sie ein Ziel verfolgte.

Miri lachte. „Ich bin sicher, du könntest ihn umstimmen. Aber ganz ehrlich, ich glaube auch, dass es keine gute Idee ist. Nicht, weil ich dich nicht mag oder so“, beeilte sie sich zu versichern. „Aber die ganze Konstellation mit unseren verschiedenen Tieren...“

„...nicht zu vergessen die Drachen…“

„... richtig, und bald einem Baby ist sehr anspruchsvoll als WG-Mischung. Meinst du nicht auch?“

Kaja seufzte. „Na ja. Nachdem du fast die gleichen Argumente bringst wie Tim, wird wohl was Wahres dran sein.“

„Ich hatte aber eine andere Idee“, begann Miri zögerlich. „Sie involviert dich und Tim zwar auch, nur nicht so direkt. Ich habe aber keine Ahnung, ob meine Idee realisierbar ist.“

„Jetzt spann mich nicht so auf die Folter, spuck es schon aus.“

„Wenn man den Weg zu deinem Haus rauffährt, kommt man doch an diesem Häuschen vorbei – weißt du, welches ich meine?“

„Lass mich nachdenken, welches von den siebenundzwanzig Häuschen auf meinem Grundstück das sein könnte…?“, frotzelte Kaja.

„Gut, du weißt also, wovon ich spreche“, erwiderte ihre Freundin trocken.

„Ja, klar. Und du meinst, das ist dein zukünftiges Heim?“

Froh, dass Kaja gleich begriffen hatte, auf was sie hinaus wollte, nickte Miri.

„Sie kann dich nicht sehen“, brummte Maxi.

„Genau“, beeilte sie sich, hinzuzufügen.

„Ich weiß nur nicht, wie schnell wir das bewohnbar machen können. Es ist doch schon ein wenig in die Jahre gekommen, um es vorsichtig auszudrücken.“

„Diesen Eindruck hatte ich auch. Ich hatte allerdings gehofft, du würdest mir jetzt sagen, dass ihm nur ein neuer Anstrich fehlt.“

Kaja lachte. „Ehrlich gesagt, ich weiß es nicht. Ich war nur einmal kurz drin bei meiner ersten Besichtigung. Für mich hatten damals das Wohnhaus und die Möglichkeiten für mein zukünftiges Atelier natürlich Vorrang. Deshalb habe ich dem Pächterhäuschen nicht viel Aufmerksamkeit geschenkt. Dazu kommt, dass ich sowieso ziemlich überwältigt war von der Größe und Vielseitigkeit des ganzen Hofs.“

„Das verstehe ich. Könnte ich mal vorbeikommen, damit wir es uns zusammen ansehen können? Geld für Reparaturen habe ich nicht viel, aber ich bin handwerklich ziemlich geschickt und könnte bestimmt vieles selber machen.“

„Das ist eine gute Idee. So können wir uns auch gleich zusammen austauschen. Ich weiß ja nicht genau, was dir wichtig ist und was nicht.“

„Vollständige Fenster und fließendes Wasser, wenn möglich warm, sowie eine funktionierende Heizung wären schon mal ein guter Anfang“, kam es wie aus der Pistole geschossen.

„Okay. Dann lassen wir die vergoldeten Armaturen im ersten Umbauschritt noch weg.“ Die beiden Frauen prusteten los. Als sie wieder zu Atem gekommen waren, meinte Kaja: „Weißt du was, ich bin morgen mit Simon bei einer Sitzung in Zürich. Ich nehme einfach den Zug und komme nach dem Meeting zu dir. Dann können wir mit deinem Auto zusammen zu mir fahren. Wenn du möchtest, kannst du auch gerne bei mir übernachten.“

„Oh, echt? Das ist natürlich toll, wenn wir das gleich morgen machen können. Nachdem ich nicht unbedingt zur geduldigen Sorte gehöre, kommt mir das natürlich sehr entgegen."

„Das kenne ich. Und wegen den Kosten mach dir mal keine Gedanken. So wie ich das damals verstanden habe, sind Sierras Eltern froh, wenn der Hof auf Vordermann gebracht wird. Da finden wir bestimmt eine Lösung."

Die beiden verabredeten sich für den nächsten Tag. Miri legte das Telefon zur Seite und hielt sich mit beiden Händen ihre heißen Wangen.

„Hast du das gehört, Maxi? Gleich morgen schon kann ich mir das Haus anschauen. Ach, ich freue mich so."

Übermütig sprang sie auf und hüpfte vor Maxi herum. Chili, der eben den Kopf durch die Katzenklappe gestreckt hatte, zog ihn schleunigst wieder zurück. Das war ihm zu viel Trubel in der kleinen Küche. Da genoss er doch lieber noch ein wenig länger seine Ruhe auf dem kleinen Fleckchen Sonne auf der Fensterbank. Außerhalb der Küche. Eine weise Entscheidung, wie er fand, als Miri ein paar Sekunden später lautstark das Radio aufdrehte und der Song *Good Time* von *Owl City und Carly Rae Jepsen* ertönte. Maxi hingegen freute sich mit Miri und zog sie ins Wohnzimmer, um mit ihr wild zur Musik zu tanzen.

13

18. Dezember 2012

Tuut. Tuut. Ungeduldig hörte Miri dem Besetztzeichen in der Telefonleitung zu. Sie trommelte mit den Fingern ihrer linken Hand auf die Tischplatte.

„Wen versuchst du denn so dringend zu erreichen?" Maxi beobachtete sie, ein Fragezeichen in den amethystfarbenen Augen.

„Nicht so wichtig", murmelte Miri. „Willst du noch einen Kaffee?"

Die Drachin dehnte sich zur maximalen wohnungsverträglichen Größe aus. So war der Weg in die Küche für Miri versperrt.

„He? Was ist denn los? Wenn du keinen Kaffee mehr möchtest, sag einfach Bescheid!" Miri war sichtlich irritiert.

„Kaffee brauche ich tatsächlich nicht mehr, oder ich stecke gleich deine Wohnung in Brand vor lauter Herzrasen. Ich möchte nur wissen, was es mit diesem Telefonmarathon auf sich hat."

Miri verschränkte die Arme vor der Brust und richtete sich ihrerseits zu ihrer vollen Größe auf. Die zugegebenermaßen nur knappe 165 Zentimeter betrug. Aber egal. Ihre Augen blitzten. „Und da dachtest du, etwas Nötigung sei angebracht?!"

„Ts, ts. Eigentlich heißt es, Menschen würden ruhiger werden mit fortschreitendem Alter. Wie ich sehe, ist das bei dir nicht der Fall. Immer noch dasselbe hitzige Temperament wie früher."

„Richtig. Also los, lass mich durch."

„Nein. Natürlich wundere ich mich, wenn du auf einmal so geheimnisvoll tust und gleichzeitig Sorgenfalten auf deiner Stirn züchtest." Als Miri nichts darauf erwiderte und sie nur trotzig anstarrte, fuhr sie fort. „Hast du deine Zunge verschluckt?"

Miri merkte, dass ihre Drachenfreundin nicht locker lassen würde. Ihre Wut verrauchte und sie seufzte resigniert. „Also gut. Aber es wird dir nicht gefallen. Du hast deine Meinung zu diesem Thema mehr als deutlich gemacht."

„So viel habe ich mir schon gedacht."

„Ich wollte schauen, ob ich mich mit meinem Onkel und meiner Tante nicht doch vertragen kann. Vielleicht freuen sie sich schlussendlich ja doch über das Kleine. Das macht sie zu… hm, Großtante und -onkel?"

„Versprich dir nur nicht zu viel davon…"

„Siehst du, deshalb wollte ich mit dir darüber nicht sprechen. Ich wusste, du findest die Idee blöd."

Maxis Gesichtszüge wurden weicher, und sie schrumpfte wieder auf ihre normale Indoor-Größe zusammen. „Ach Miri. Ich finde die Idee nicht grundsätzlich blöd. Aber vergiss nicht, ich war bei den letzten Begegnungen mit deinen Verwandten dabei. Die waren nicht sehr erfreulich. Ich will doch nur vermeiden, dass du noch mehr verletzt wirst."

Wieder etwas versöhnt umarmte Miri ihren Drachen und lehnte sich an ihn. „Das verstehe ich. Im Grunde glaube ich nicht, dass es etwas bringt, das stimmt schon. Es ist nur, wie soll ich das erklären…" Sie trat einen Schritt zurück und schaute Maxi in die Augen. „So wie es aussieht, wird mein Wurm, äh Pardon, ich mein natürlich Drachenkind", sie konnte sich ein

Grinsen nicht verkneifen, „ohne Vater aufwachsen. Also auch ohne Großeltern. Und dann muss ich sagen, ‚Sorry, andere Verwandte gibt's zwar, aber mit denen habe ich mich leider überworfen und nie versucht, die Differenzen zu bereinigen'? Nein, dann will ich wenigstens mit gutem Gewissen sagen können, ich hätte alles versucht." Sie machte eine Pause, ihr Blick war nach innen gerichtet. Dann schaute sie Maxi wieder an: „Verstehst du das?"

„Hm. Ja", brummte diese. „Also, dann los ans Telefon."

„Das habe ich schon zigmal versucht. Im Geschäft und auch zu Hause. An beiden Orten ist immer besetzt, vielleicht haben sie das Telefon ausgestöpselt. Ich werde nachher bei ihnen vorbeigehen, vielleicht ist jemand daheim."

„Soll ich mitkommen?"

„Hm, lieber nicht. Ich schaffe das schon alleine."

„Na gut, wenn du meinst… dann genieße ich meine freie Zeit und gehe ein bisschen fliegen."

„Fliegen", wiederholte Miri sehnsüchtig. Das klang ungleich verlockender als schon von vornherein zum Scheitern verurteilte Friedensangebote zu machen. Sie riss sich zusammen und straffte die Schultern. „Gut. Dann treffen wir uns mittags hier mit Kaja."

Maxi sah ihr nach, als sie im Badezimmer verschwand. Es gefiel ihr zwar nicht, Miri alleine dorthin gehen zu lassen. Sie hatte beim letzten Mal gesehen, dass bei Miris Onkel mehr als eine Schraube locker war. Sehnsüchtig schaute sie aus dem Fenster. Andererseits lockte sie das schöne Flugwetter zum Üetliberg. Sie könnte ja beides machen, räsonierte sie. Erst fliegen, dann eine Kontrollrunde bei Miri. Die war jetzt sowieso erst einmal unter der Dusche. Mit einem telepathischen *ich bin dann mal weg* verabschiedete sie sich und flog los.

Miri duschte lange und gründlich. Dann stellte sie laute Musik von *Adele* an und kümmerte sich um ihre vernachlässigten

Zehennägel. Zupfte ihre Augenbrauen. Schminkte sich sorgfältig. Sie lackierte sogar ihre Nägel, nachdem sie sich fertig angezogen hatte. Alte Jeans und eine Bluse – ganz wie ihre Zieheltern das mochten (Dann übersahen sie vielleicht den Nagellack. Hoffen durfte man ja.).

Besser gesagt, wie ihr Onkel das mochte. Ihre Tante hatte seit Jahren keine eigene Meinung mehr, wie es schien. Verständnislos schüttelte sie den Kopf. Solche Beziehungen würde sie nie begreifen. Vermutlich hatte sie deshalb nie lange dauernde Beziehungen. Lieber weg sein, bevor sich solche destruktiven Dynamiken einschlichen.

Sie testete, ob der Nagellack schon trocken war. Ja, definitiv trocken. Es schien, als hätte sie keine Ausrede mehr, den Besuch bei ihren Verwandten hinauszuschieben. Außer sie würde sich mit Putzlappen und Staubsauger bewaffnet ihrer Wohnung widmen. Aber das war ihr dann doch zu krass. Vor allem mit frisch angemalten Fingernägeln. Die ganze Mühe sollte schon ein wenig von Dauer sein, fand sie. Na gut. Sie war nicht wirklich begierig darauf, ihr Vorhaben in die Tat umzusetzen. Aber in wenigen Stunden war sie mit Kaja verabredet und würde ihr zukünftiges Heim begutachten, tröstete sie sich. Sie gab sich einen Ruck, packte ihre Tasche und machte sich auf den Weg. Drachen waren auch keine zur Hand, die man zur Ablenkung ärgern konnte, dachte sie bei sich. Typisch, wenn man sie braucht, sind sie nicht da. Sie musste schmunzeln.

Wenn sie gewusst hätte, wie viel Wahrheit diese Überlegung enthielt, hätte sie es wahrscheinlich nicht so amüsant gefunden.

Zögernd drückte Miri eine halbe Stunde später auf die Klingel des alten Reihenhäuschens, in dem sie den größten Teil ihrer Kindheit verbracht hatte. Sie hoffte, nur Greta anzutreffen. Aber natürlich öffnete ihr Onkel Paul die Tür. Was machte der denn an einem Dienstagmorgen zu Hause? Sie wappnete sich innerlich bereits für einen erneuten Schwall von Beschimpfungen, als sie registrierte, was ihr Onkel tatsächlich sagte.

„Miri! Schön, dass du da bist. Ich hatte schon befürchtet, ich würde dich nie mehr sehen. Komm rein. Lass uns über alles reden."

Irritiert trat sie instinktiv einen Schritt zurück. Das lief jetzt so gar nicht wie erwartet ab.

„Willst du nicht reinkommen?"

„Doch, natürlich", beeilte sich Miri zu sagen. Sie stieg die drei Treppenstufen hinauf und trat ein. Als sie an ihrem Onkel vorbeiging, roch sie seinen schalen Atem und bemerkte, dass ihm der Schweiß hinunterlief. War er etwa krank? Das würde seine Anwesenheit zu Hause erklären wie auch sein seltsames Verhalten. Sie schüttelte ihr Unbehagen ab, zog aus alter Gewohnheit ihre Jacke aus und hängte sie zusammen mit ihrer Tasche auf einen der Stühle beim Esstisch. Sie drehte sich um und erschrak, als sie bemerkte, wie dicht ihr Onkel bei ihr stand. Unauffällig versuchte sie sich an ihm vorbeizuschieben, um nicht zwischen ihm und dem Stuhl eingeklemmt zu sein.

„Worüber wolltest du denn mit mir sprechen?", fragte sie ihn, einerseits um ihn abzulenken, andererseits, weil es sie wirklich interessierte. Sie hatte nach ihrer letzten Begegnung eher den Eindruck gehabt, er hätte ihr nichts mehr zu sagen. Zumindest in diesem Leben nicht. Er warf ihr einen leicht manischen Blick zu.

„Sprechen? Ich wollte dir vor allem etwas zeigen." Er wandte sie ab und ging die Treppe hoch in den ersten Stock.

Neugierig geworden folgte ihm Miri über den abgewetzten Teppich.

Vor ihrem ehemaligen Kinderzimmer hielt er an. „Hier ist es. Geh nur rein."

Fragend blickte sie ihn an. Als er keine Anstalten machte, etwas zu erklären, ging sie an ihm vorbei ins Zimmer. Aus dem

Augenwinkel nahm sie ein Schatten wahr. Dann explodierte ihr Kopf. Zumindest fühlte es sich so an. Erst ihr Hinterkopf und dann die Backe. Benommen saß sie zusammengesunken auf dem Boden. Sie blickte um sich und versuchte, wieder zu Sinnen zu kommen. Was war denn jetzt passiert? Es fühlte sich so an, als wäre sie unter einen Bus gekommen. Vorsichtig drehte sie den Kopf und erblickte den Radiator. An der linken Ecke lief ein Tropfen roter Flüssigkeit hinunter. War das etwa Blut? Ihr Blut?

Unsicher betastete sie ihre schmerzende Wange. Als sie die Hand ansah, waren ihre Finger ebenfalls rot und glänzten feucht. Sie ließ ihren Blick durch den Raum schweifen. Da standen immer noch ihr Kinderbett und der alte Schreibtisch. An der gegenüberliegenden Wand befand sich ein Waschbecken. Als Kind war ihr das total peinlich gewesen. Sie hatte sonst niemanden gekannt, der quasi das Badezimmer im Schlafzimmer hatte. Jetzt war sie froh, es zu entdecken. Ungelenk stand sie auf und wankte auf wackligen Beinen zum Waschbecken, über dem ein Spiegel hing. Ungläubig starrte sie ihr Spiegelbild an. Sie nahm zumindest an, dass das ihr Spiegelbild war. Auch wenn sie das, was sie gerade sah, nicht richtig mit sich selbst in Verbindung bringen konnte. Es fühlte sich mehr so an, als wäre sie eine unbeteiligte Zuschauerin. Ihre Pupillen waren riesig. Ihre Haut unnatürlich blass. Über ihrer rechten Schläfe klaffte ein drei Zentimeter langer Riss, aus dem unablässig Blut floss. Sie fasste sich an den Pullover. Die rechte Schulter war bereits von Blut durchtränkt. Dabei fiel ihr auf, dass ihre Hand stark zitterte. Wenn sie sich darauf konzentrierte, spürte sie auch, dass sie schmerzhaft pochte. Besser nicht konzentrieren, beschloss sie. Zuschauerstatus war ganz okay für den Moment.

Sie versuchte nochmals zu rekapitulieren, was eigentlich geschehen war. Miri runzelte die Stirn, ließ es aber auf der Stelle wieder bleiben, als ihr dadurch das Blut in ihr rechtes Auge lief.

Sie drehte mühsam den verkalkten Wasserhahn auf und bückte sich, um ihr Gesicht unter den Wasserstrahl zu halten. Und musste sich prompt übergeben, als ihr vom von der plötzlichen Bewegung schlecht wurde. Als die Krämpfe endlich aufgehört hatten und sie es schaffte, sich das Blut aus dem Auge zu waschen, lehnte sie sich erschöpft an die Wand. Sie presste ein altes Handtuch auf die nach wie vor blutende Wunde. Hoffentlich musste das nicht genäht werden. Offenbar war sie ziemlich fest mit dem Kopf an den Heizkörper geknallt. Sie versuchte noch einmal die Abläufe der letzten Minuten? Stunden? – sie hatte keine Ahnung, wie viel Zeit vergangen war – zu rekapitulieren. Sie war an ihrem Onkel, der sich von Anfang an seltsam benommen hatte, vorbei ins Zimmer gegangen. Er wollte ihr doch etwas zeigen. Immer noch sehr verwirrt sah sie sich in dem kleinen Raum um. Aber da war nichts. Nur ihre alten Möbel. Plötzlich blitzte ein Bild vor ihrem inneren Auge auf. Ein dunkler Schatten schräg hinter ihr, als sie ins Zimmer trat. Kalter Schweiß sammelte sich auf ihrer Stirn. Hatte Onkel Paul sie etwa gestoßen? Jetzt erst fiel ihr auf, dass die Tür des Kinderzimmers geschlossen war. Langsam bekam sie es mit der Angst zu tun. Unwillkürlich legte sie sich die Hand auf den Bauch. Das Drachenkind. Hoffentlich hatte es die ganze Aufregung in ihrem Bauch verschlafen. Immer noch etwas unsicher auf den Beinen und mit einem unguten Gefühl im Bauch begab sie sich zur Tür und drückte die Klinke hinunter. Doch die Tür ließ sich nicht öffnen.

„Onkel Paul?“, rief sie. „Onkel Paul?“ Sie merkte selbst, wie ihre Stimme immer panischer wurde. „Das ist jetzt nicht witzig! Ich blute und muss zum Arzt!“ Inzwischen hämmerte sie mit beiden Fäusten gegen die Tür.

„Jetzt bleibst du erst mal auf deinem Zimmer! Da kannst du dir überlegen, wie man sich benimmt!“, zeterte ihr Onkel auf der anderen Seite.

Ungläubig starrte Miri die Wand an. Das konnte doch nicht sein Ernst sein. Aber es stand zu befürchten, dass er jedes Wort so meinte, wie er es gesagt hatte. Sie erinnerte sich noch gut an die Stunden, die sie als Kind auf ihrem Zimmer verbringen musste, wenn sie sich seiner Meinung nach nicht richtig verhalten hatte. Gerne auch mal einen ganzen Tag ohne Essen. Wie damals hörte er auch jetzt nicht auf, sich aufzuregen, und schimpfte unablässig vor sich hin. Resigniert ließ sie sich an der Wand zu Boden sinken und schloss die Augen. Allein die Tatsache, dass er sie unter einem Vorwand nach oben gelockt und niedergeschlagen hatte, ließ darauf schließen, dass er logischen Argumenten wohl eher nicht zugänglich war.

Sie fühlte sich hundeelend. Kalt war ihr auch. Am liebsten hätte sie laut losgeheult. Das Einzige, was sie davon abhielt, war die Tatsache, dass sie keine Taschentücher dabei hatte. Die Vorstellung, jetzt auch noch eine verstopfte Nase zu haben und nichts dagegen tun zu können, war ihr zu viel. Was, wenn er sie jetzt tagelang nicht raus ließ? Aus dem Fenster zu springen fiel aus, das war ihr zur riskant. Vor allem jetzt, wo sie nicht nur an sich selber denken musste. Das Drachenkind flog vermutlich auch nicht gerne aus einem Fenster im ersten Stock, gut eingepackt hin oder her. Wobei fliegen: Vielleicht konnte sie gedanklich Maxi mobilisieren? Angestrengt versuchte sie, ihre Drachenfreundin zu kontaktieren. Sie konzentrierte sich, um zu spüren, ob sie ihre Drachenverbindung spüren konnte. Nichts. Egal.

„Falls du mich hörst, ich bin bei meiner Familie und sitze hier fest! Hol mich hier raus!“

Sie horchte in sich hinein. Immer noch keine Antwort. Sie griff mit ihrer gesunden Hand schräg nach oben und rüttelte nochmals am Türgriff. Nichts zu machen. Sie zwang sich dazu, ihre Atemübungen zu machen. Wenn sie jetzt in Panik geriet und auch noch einen Asthmaanfall bekam, war sie geliefert. Ihr

Asthma-Spray war nämlich praktischerweise in ihrer Tasche, die im Wohnzimmer stand. Auf vier einatmen und auf acht ausatmen, auf vier ein…

Sie rappelte sich wieder hoch. Sie stützte beide Hände links und rechts vom Türrahmen ab und holte tief Luft. „Onkel Paul? Bist du noch hier?“

Er gab keine Antwort. Sie konnte jedoch hören, wie sich seine schlurfenden Schritte näherten. Sie lauschte den Geräuschen hinter der Tür. Er schimpfte immer noch ohne Punkt und Komma vor sich hin. Es machte sie rasend vor Wut. Sie war zum frühestmöglichen Zeitpunkt von zu Hause ausgezogen und hatte sich geschworen, dass sie sich niemals mehr so behandeln lassen wollte. Die Schikane während der Arbeit war schlimm genug gewesen.

„Lass mich hier raus. Auf der Stelle!“, schrie sie. „Oder ich hetze dir die Polizei auf den Hals!“ Das war das erste Mal, dass sie sich getraute, in so klaren Worten mit ihrem Onkel zu sprechen. Aber jetzt ginge es nicht mehr nur um ihr eigenes Wohlbefinden.

Allerdings hatten ihre Worte nicht den gewünschten Effekt. Auf der anderen Seite der Wand war ein schrilles Lachen zu hören. „Mach doch! Ha, du wirst schon sehen!“

„Nein, *du* wirst schon sehen. Wie willst du dich da rausreden? Ich habe eine bluttriefende Wunde am Kopf – das ist tätlicher Angriff!“

„Niemand glaubt einer verlogenen Hexe wie dir!“ Er machte eine effektvolle Pause. „Und viel Erfolg beim Alarmieren der Polizei. Das wird selbst dir schwer fallen, so ganz ohne Telefon und Hexenbesen.“

„Meine Freundin weiß, dass ich hier bin. Sei dir nur nicht zu sicher, dass die Polizei nicht kommt“, gab sie wutentbrannt zurück. Doch ihr Onkel schien gar nicht mehr zuzuhören. Er war ganz in seine Litanei vertieft und schlurfte wieder davon. Miri ließ sich entmutigt wieder auf den Teppich sinken.

Kaja freute sich darauf, Miri wieder zu sehen. Es schien, als hätte ihre Drachenschwester einige schwierige Entscheidungen getroffen. Sie war gespannt, wie sich das alles entwickeln würde. Voller Vorfreude trat Kaja in den Hauseingang des Mehrfamilienhauses, in dem Miri zurzeit noch wohnte, und klingelte. Eine ganze Weile passierte gar nichts. Sie wollte bereits nochmals klingeln, da knackte es laut und der Türsummer ging. Rasch drückte sie die Eingangstür auf. Sie stand schon fast im Treppenhaus, als plötzlich ein Zischen ertönte. Sie drehte sich nochmals um und sah gerade noch, wie die Klingelanlage Funken sprühte und Rauch herausquoll. Hoppla. War Miri schlecht drauf? Obwohl, elektrische Geräte ins Nirwana zu schicken war ja eher ihre eigene Spezialität. Aber sie war sich ziemlich sicher, dass sie diesmal unschuldig war. Sie eilte die Stufen hinauf. Oben angekommen, klopfte sie einmal. Komisch. Normalerweise ließ Miri die Tür doch offen? Unvermittelt wurde die Tür aufgerissen. Maxi stand da und war offensichtlich sehr erstaunt, sie zu sehen.

„Du?“, fragte sie denn auch verblüfft. „Ich dachte, Miri sei mit dir unterwegs.“ Abgelenkt schaute sie auf die Klingelanlage neben der Tür. „Ich habe dieses Ding hier zum ersten Mal bedient. Aber ich glaube, es verträgt sich nicht mit Drachenenergie“, schloss sie betrübt.

Das erklärte die Funken und den Rauch. „Das könnte stimmen“, stimmte sie ihr zu. „Ist Miri denn nicht hier? Wir hatten vereinbart, uns um die Mittagszeit hier zu treffen. Habt ihr den Morgen nicht zusammen verbracht?“

Auf Maxis Gesicht zeigte sich leichtes Unbehagen. „Nein. Sie wollte noch etwas erledigen und ich war fliegen.“ Sie schloss die Augen. Als sie sie wieder öffnete, lag ein besorgter und auch etwas schuldbewusster Ausdruck in ihnen. „Beim Fliegen vergesse ich mich manchmal völlig und bekomme gar nichts rund um mich herum mit."

„Und das ist ein Problem weil...?", forderte Kaja sie auf, weiter zu sprechen.

„Weil sie vorhatte, ihre Verwandten zu besuchen. Ich persönlich fand das eine schlechte Idee."

Jetzt war auch Kaja alarmiert. „Und davon ist sie noch nicht zurück?"

„Offensichtlich nicht, wenn sie nicht mit dir zusammen ist."

„Worauf wartest du noch? Schau nach, wie es ihr geht!"

„Versuche ich doch!", gab Maxi beleidigt zurück. „Sie blockt mich gerade total aus. Das ist schlecht. Sehr schlecht. Das macht sie eigentlich nie."

„Also los, dann lass uns dahin fahren. Weißt du, wo das ist?" Sie machte kehrt und sprang die Treppe hinunter. Maxi musste sich richtig beeilen, um nicht abgehängt zu werden.

„Zu Fuß oder fliegend schon. Mit dem Auto eher nicht. Ich denke, man darf nicht überall lang fahren. Es gibt doch all diese Regeln." Sie kratzte sich mit einer ihrer langen Krallen hinter dem Ohr, während sie Kaja hinterhereilte.

Diese hatte inzwischen ihr Handy aus der Jacke gezogen und eine Nummer gewählt. „Simon? Bist du noch in Zürich? Ich brauche deine Hilfe." Sie hörte kurz zu und setzte dann wieder an zu sprechen. „Ich brauche die Adresse der kleinen Buchhandlung in der Enge. Und die Adresse des Eigentümers." Sie hörte nochmals zu, bis sie mit einem knappen Danke das Telefonat beendete. Sie spürte den erwartungsvollen Blick des Drachen. „Ich habe Simon angerufen. Er sendet uns die Adressen zu. Bist du zu Miri durchgekommen?"

Maxi schüttelte bedauernd den Kopf. „Leider nicht."

„Schade. Es würde uns nämlich Zeit ersparen, wenn wir wüssten, wo sie hingefahren ist. In den Buchladen oder zu ihnen nach Hause. Komm, da vorn steht mein Auto."

Da sie am Morgen spät dran gewesen war, hatte sie doch das Auto genommen.

Maxi versuchte unablässig, ihren Schützling telepathisch zu erreichen. Aber sie schaffte es nicht, ihre Aufmerksamkeit zu wecken. Nach einiger Zeit gab sie es auf. „Nichts zu machen. Ich glaube aber, wir sollten uns beeilen. Dass sie sich so abkapselt, kann eigentlich nur durch eine extreme Stresssituation begründet sein."

„Ich mach ja schon." Wenn sich Maxi solche Sorgen machte, musste es ernst sein. Das Telefon piepste. Kaja schaute die Kurzmitteilung an und steckte das Telefon wieder weg. „Wir fahren als Erstes zu ihren Verwandten nach Hause. Ich habe so ein Gefühl, sie ist eher dorthin gegangen." Sie ließ den Motor an und fuhr los.

„Wie kommst du denn darauf?"

„Abgesehen von meiner tollen Intuition meinst du?" Trotz der Sorge um ihre Freundin musste sie schmunzeln. Wieder ernst meinte sie: „An ihrer Stelle wäre ich eher nach Hause gefahren, in der Hoffnung, die Tante alleine anzutreffen. Der Onkel arbeitet normalerweise doch, oder?"

„Stimmt."

„Was nützt mir ein Drache als Aufpasser, wenn er nicht aufpasst, wenn es tatsächlich mal darauf ankommt!"

Maxi zuckte unwillkürlich zurück, als ihr Miris wütende Stimme im Kopf dröhnte. „Miri? Wo bist du? Wir suchen dich."

„Maxi. Endlich! Ich konnte dich einfach nicht erreichen." Maxi konnte die mitschwingende Verzweiflung deutlich spüren.

„Frag sie, wo sie steckt und wie es ihr geht", wies Kaja sie an, die mitgekriegt hatte, dass die Drachin endlich mit Miri sprach.

„Wo bist du denn? Und was ist überhaupt los?" Miris Gedanken liefen Amok, und Maxi wurde mit einem regelrechten Bilderchaos überflutet. „Blut?!" Sie warf Kaja einen besorgten Blick zu. „Soweit ich das verstanden habe, stimmt deine Vermutung. Sie scheint tatsächlich bei ihren Verwandten zu Hause zu sein. Und sie kann nicht mehr weg."

Bei der nächsten roten Ampel schickte Kaja einen kurzen Text an Simon, damit auch er Bescheid wusste.

„Beeil dich", drängte Maxi. „Ich habe zwar nicht viel verstanden, aber es geht ihr definitiv nicht gut."

Kaja beschloss, alle Fragen auf später zu verschieben, und trat aufs Gas.

Zehn Minuten später hielt sie mit quietschenden Reifen vor der in die Jahre gekommenen Reihenhaussiedlung an. Sie waren kaum ausgestiegen, als Simon ebenfalls ankam. Obwohl Kaja am liebsten gleich das Haus gestürmt hätte, zwang sie sich dazu, auf Simon zu warten. Er hatte bestimmt mehr Erfahrungen mit solchen Situationen. Simon stieg aus und ließ sich von Kaja kurz die Situation schildern.

„Okay. Miri ist nicht zum vereinbarten Treffpunkt gekommen und jetzt hast du das Gefühl, sie wird hier festgehalten?", fasste er zusammen.

„Sie hat mir ein SMS geschickt", improvisierte sie.

„Kannst du sie anrufen?"

„Nein, leider nicht. Es scheint, als sei ihr Akku leer, oder ihr Onkel hat das Handy an sich genommen." Sie schielte zu Maxi hinüber, die sich, von Simon unbemerkt, dem Haus näherte.

„Also gut. Dann lass mich Tsar mitnehmen und meine Arbeitsjacke. Das macht Eindruck. Überlass das Reden mir", wies er Kaja an.

Sie war heilfroh, die Verantwortung an ihn abgeben zu können. Gedanklich wies sie Maxi an, sich auf die Suche nach Miri zu begeben. Die Drachin signalisierte ihr mit einem Winken, dass sie verstanden hatte und verschwand in einer Wolke dunkelvioletter Funken. Simon hatte Tsar inzwischen aus dem Kofferraum geholt und führte ihn an der Leine den Weg zur Haustür hinauf. Kaja stellte sich dicht hinter die beiden. Tsar musste niesen und wirkte ein wenig irritiert. Drachenstaub schien offensichtlich die empfindlichen Hundenasen zu kitzeln. Sie hoffte nur, dass er sich nicht zu sehr von der für ihn sicher unbekannten Duftspur ablenken ließ. Simon klingelte zweimal. Kaja sah ihn fragend an.

„Sind wir jetzt Postboten?"

Er ließ ein gefährlich wirkendes Lächeln aufblitzen. „Nein, natürlich nicht. Aber die Leute tendieren dazu, Postboten einfach die Tür aufzumachen, ohne vorher zu überprüfen, wer tatsächlich draußen steht. Alles, was unser Überraschungsmoment steigert, hilft uns."

Er sprach mit gesenkter Stimme. So hörten sie gut die schleppenden Schritte, die sich der Tür näherten. Simon deutete ihr nochmals an, still zu sein. Was völlig unnötig war. Sie hätte auch keine Idee gehabt, was sie sagen sollte. Die Haustür öffnete sich. Vor ihnen stand ein älterer Mann. Er schwitzte stark. Schweißtropfen perlten auf seiner Stirn, und das Hemd hatte deutliche Flecken. Sein Gesicht hatte eine ungesunde rote Farbe, wie wenn er sich gerade aufgeregt hätte. „Ja?"

Simon antwortete nicht, sondern drängte den Mann mit Tsars Hilfe zurück ins Haus. Kaja beeilte sich, ihm zu folgen und schlüpfte hinter ihnen durch die Tür.

„He, was soll das?", schimpfte Miris Onkel. „Was erlauben Sie sich. Raus aus meinem Haus!" Er hatte sich offensichtlich vom ersten Schock erstaunlich rasch erholt und baute sich bedrohlich vor Simon auf. Was Tsar gar nicht schätzte. Er ließ ein tiefes, unmissverständliches Grollen hören. „Nehmen Sie Ihren Hund und gehen Sie. Oder ich rufe die Polizei."

Mit fester Stimme entgegnete Simon: „Wir haben Grund zur Annahme, dass sich Miri Svenson hier in diesem Haus befindet. Gegen ihren Willen."

Falls überhaupt möglich, nahm das Gesicht des älteren Mannes noch einen intensiveren Rotton an. „Was heißt hier, gegen ihren Willen?", wütete er empört. „Sie ist meine Nichte! Sie hat jedes Recht, hier zu sein."

„Dann haben Sie sicher nichts dagegen, wenn wir kurz mit ihr sprechen."

„Und ob ich was dagegen habe! Sie schläft gerade. Jetzt gehen Sie!" Er schwang die Faust vor Simons Gesicht. „Sonst rufe ich tatsächlich die Polizei wegen Nötigung und Hausfriedensbruch."

Unbeeindruckt machte Simon mit Tsar einen Schritt auf ihn zu. „Sie können gerne die Polizei rufen. Sagen Sie einen Gruß von mir, die meisten meiner ehemaligen Kollegen werden sich an mich erinnern. Und was die Anklagepunkte betrifft – Miri hat uns eingeladen, nicht wahr, Kaja?"

„Äh, ja, selbstverständlich", stotterte sie eilig.

„Und jetzt bringen Sie uns zu Miri, sonst vergesse ich meinem Hund zu sagen, dass er sich benehmen soll." Auch Simon konnte sehr bedrohlich wirken und nutzte diese Tatsache voll aus.

Onkel Pauls Augen flitzten gehetzt hin und her. Simon hoffte, er würde keine Dummheiten machen. In die Enge getriebene Wahnsinnige reagierten oft unvorhersehbar. Er bemerkte, wie Pauls Blick immer wieder zur Treppe in den ersten Stock glitt, er machte aber ansonsten keinerlei Anstalten, Simons Aufforderung nachzukommen.

„Kaja, geh und schau oben nach, ob du Miri irgendwo findest."

Froh über die Möglichkeit, der angespannten Situation zu entkommen, flüchtete sie in den ersten Stock. Sie schickte einen Gedanken an Maxi und hoffte, die Drachin hatte ihren Schützling gefunden. Die ersten beiden Zimmer waren leer. Ein beiges Badezimmer ohne Fenster. Ein Schlafzimmer, das Bett akkurat gemacht, die Luft abgestanden.

„Wir sind weiter vorn“, ertönte es in ihrem Kopf. Sie hörte auch schon jemanden an der letzten Tür rütteln. Leider steckte kein Schlüssel.

Verdammt. Jetzt wären Simons Panzerknacker-Qualitäten vonnöten. Aber der war ja schon anderweitig beschäftigt. Sie trat einen Schritt zur Seite und sprach durch die Tür zu Miri. „Ich habe keinen Schlüssel. Kann Maxi nicht was machen?“

„Geh zur Seite.“

Kaja befolgte die Anweisung. Wie sich herausstellte, keine Sekunde zu früh. Die Tür flog mit einem lauten Krachen und dem Geräusch von splitterndem Holz auf. Subtil ist anders, aber wenn es seinen Zweck erfüllt… dachte sie bei sich. Auf der Stelle hatte sie eine heulende Miri am Hals. Maxi klopfte sich derweil nonchalant den Staub aus den Schuppen.

„Um Himmels willen, wie siehst denn du aus!“ Sie hatte den Schnitt auf Miris Stirn und das ganze Blut auf Miris Shirt entdeckt. Aber jetzt hieß es erst einmal schnell raus hier. Für Fragen war später noch Zeit. Sie nahm ihre Freundin behutsam in den Arm. Miri stützte sich auch tatsächlich auf sie. Das machte ihr richtig Angst. Im letzten Augenblick sah sie Miris Handtasche auf einem Stuhl in der Ecke liegen. Geistesgegenwärtig schnappte sie sich diese mit der freien Hand. Da waren bestimmt all die lebenswichtigen Dinge wie Geldbörse und Inhalator drinnen.

Langsam quälte sich Miri mit Kajas Hilfe die Treppe hinab. Ihr Kopf schmerzte höllisch. Im Erdgeschoss hielt Simon immer noch zusammen mit Tsar ihren Onkel in Schach. Miri weigerte sich, ihn anzusehen und lief mit starrem Blick an ihm vorbei. Als die beiden draußen waren, zogen sich Simon und sein Hund rückwärts zurück. Er traute es diesem Irren durchaus zu, dass er plötzlich mit einem Sturmgewehr dastand. Erst als er auf dem Gehweg angekommen war, drehte er sich um.

Kaja und Miri standen bei den Autos. Die beiden diskutierten heftig. Aufgebracht drehte Kaja sich zu Simon um. „Kannst du bitte Miri davon überzeugen, dass sie ins Krankenhaus muss? Sie ist der Meinung, Seife und ein Heftpflaster würden es auch tun“, fügte sie etwas sarkastisch hinzu.

Simon musterte Miri kurz. „Immerhin sind ein paar Lebensgeister zurückgekehrt. Lass uns das später besprechen. Wir sollten so schnell wie möglich weg hier. Nicht dass irgendwelche besorgten Nachbarn tatsächlich noch die Polizei rufen. Treffen wir uns in Miris Wohnung?“

„Aye, aye, Captain“, antwortete Kaja mit dem Anflug eines Schmunzelns trotz der ernsten Situation und verfrachtete Miri in ihr Auto.

14

Die beiden Frauen saßen erschöpft nebeneinander auf dem Sofa. Chili hatte sich auf Miris Schoß zusammengerollt und versuchte sein Frauchen durch ausgiebiges Schnurren zu beruhigen. Maxi hatte sich hinter Miri auf der Sofalehne platziert und summte leise das Kinderschlaflied vor sich hin. Ausnahmsweise zankten sich die beiden nicht, geeint in ihrer Sorge um Miri. Der Einzige, der es geschafft hatte, während der ganzen Aufregung entspannt zu bleiben, war Simon. Momentan werkelte er in der Küche. Er hatte ihnen einen Eistee à la Simon versprochen.

„Ich komme mir so vor, als hätte ich gerade eine Schlacht hinter mir!“, stöhnte Miri. Kaja warf ihr einen schrägen Blick zu.

„Du siehst auch so aus, wenn ich das sagen darf. Willst du wirklich nicht ins Krankenhaus? Der Schnitt sieht übel aus.“

„Krankenhäuser sind auch übel. Erinnerst du dich noch an die ganze Prozedur, als wir uns kennengelernt haben?“ Miri lehnte sich an Kaja. Maxis Schwanz, der auch in ihrer momentanen Minigröße noch eine beträchtliche Länge aufwies, hing über ihrer Schulter und kringelte sich über ihrem Bauch zusammen.

„Ja, stimmt. Das hat ewig gedauert. Aber dann lass mich wenigstens die Wunde säubern“, bat Kaja.

„Sag mal, hast du auch noch anderen Tee außer Fencheltee?“, ließ sich Simon aus der Küche vernehmen.

„Nachdem werdende Mütter offensichtlich ausschließlich Fencheltee trinken sollen, nicht mehr.“

Diese Aussage brachte Simon im Nullkommanichts ins Wohnzimmer zurück. „Werdende Mütter? Was diskutieren wir denn hier lange über Krankenhaus oder nicht Krankenhaus! Natürlich muss sie ins Krankenhaus.“ Aufgeregt tigerte er in dem kleinen Wohnzimmer hin und her. „Das ist natürlich ganz was anderes… Was ist? Wieso schaut ihr mich so an?“ Irritiert blickte er auf die beiden Frauen auf dem Sofa hinunter. Amüsiert blickten ihn die beiden an.

„Ich habe mir den Kopf gestoßen, weißt du, nicht den Bauch. Darüber bin ich auch echt froh.“

„Aber das Kind, die sind doch noch so winzig und…“, stotterte er, sichtlich verlegen.

Miri legte sich liebevoll die Hand auf den Bauch. Sofort verflocht sich der Drachenschwanz mit ihren Fingern. „Genau. Winzig. Soviel ich weiß optimal geschützt gegen Stöße und Erschütterungen jeglicher Art.“

„Da bist du dir ganz sicher?“

„Sicher!“

„Puh!“ Jetzt doch reichlich gestresst fuhr sich Simon mit einer Hand übers Gesicht. „Bin ich froh, dass ich nicht vorher Bescheid wusste! Das hätte mich den letzten Nerv gekostet.“

„Eigentlich ist es ganz nett zu sehen, dass es doch Dinge gibt, die dich aus der Fassung bringen“, beteiligte sich Kaja grinsend am Gespräch.

„Wenn du wüsstest“, murmelte er. Dann riss er sich sichtlich zusammen. „Gut. Dann gibt es also Fencheltee für alle.“ Dabei machte er ein so unglückliches Gesicht, dass Miri Mitleid mit ihm hatte.

„Es gibt auch Kaffee für die anwesenden nicht schwangeren Personen“, rief sie ihm hinterher. „Kaffee ist im Schrank über der Spüle. Die Cafetiere steht vermutlich vom Morgen noch da. Weißt du, wie die funktioniert?“

Simon schnaubte vernehmlich.

„Ich interpretiere das als ein Ja“, beschloss Kaja. Sie stand auf und zog Miri vorsichtig auf die Füße. Diese verzog das Gesicht. Solange sie sich nicht viel bewegte, war es nicht so schlimm. Alles andere war momentan eine schlechte Idee. „Ab ins Badezimmer mit dir!“, befahl ihre Freundin mitleidlos. „Entweder das oder die Klinik.“

„Ich sag ja gar nichts“, jammerte Miri.

Auf dem Sofa startete auf der Stelle eine hitzige Diskussion.

„Ich dachte, du wolltest auf sie aufpassen!“, empörte sich Chili. „Das war sozusagen der einzige Grund, der dir eine Aufenthaltsbewilligung in meinem Reich verschafft hat.“

Maxi nahm ihre normale Wohnungsgröße ein und reichte somit wieder bis an die Decke. Wäre ja noch schöner, wenn sie sich von diesem unbedeutenden Fellknäuel beschimpfen ließe. „Sie ist wieder hier, oder etwa nicht!“, zischte sie und ließ ihre scharfen Zähne sehen.

Unbeeindruckt fletschte Chili seinerseits die Zähne und knurrte: „Zurück ist sie schon. Nur in welchem Zustand! Das hätte ich mir ja denken können. Glitzernde Verpackung und nichts dahinter. Pah!“ Demonstrativ wandte er sich ab.

Bei diesen vernichtenden Worten schien die Drachin der Kampfgeist zu verlassen. Sie schrumpfte in sich zusammen und ließ ihre Ohren, die Schultern und die Flügel hängen. Selbst der Glanz ihrer Schuppen wurde weniger, bis sie richtig stumpf aussahen.

Chili beäugte sie misstrauisch. Er vermutete einen neuen Trick. Als er sah, dass sich Maxis große Drachenaugen mit

Tränen füllten, verdrehte er die Augen. „Also bitte. Das war ja klar. Weinen macht bestimmt alles wieder gut."

Der Kater hatte keine Geduld für große theatralische Gesten. Außer seine eigenen natürlich. Maxi drehte den Kopf zur Seite und wischte sich unauffällig mit ihrer Pranke über die Augen. So unauffällig das als Drache eben ging. Da konnte sie auch nichts dafür, dass die Bewegung ausreichte, um mit der Flügelspitze den Kater vom Sofa zu wischen. Der rappelte sich auf, bereit zum Angriff auf diese Dramaqueen. In dem Moment kehrten die beiden Frauen ins Wohnzimmer zurück. Miri sah um Welten besser aus. Sie hatte sich umgezogen. Kaja hatte vorsichtig die Wunde gesäubert und das Gesicht von eingetrocknetem Blut befreit. Das gestauchte Handgelenk war in Arnikagel getränkt und mit einem festen Verband versehen worden. Sie hatten in den Tiefen von Miris Arzneischublade zwischen abgelaufenem Hustensaft und uralten Verbänden sogar noch einige Schmetterlingspflaster gefunden. Die hielten jetzt die Wundränder des Schnitts zusammen. Gegen die bläuliche Verfärbung, die sich über die ganze rechte Gesichtshälfte zog, ließ sich allerdings nichts machen. Das würde in den nächsten Tagen erst mal schlimmer werden. Auf einen Blick erfasste sie die Situation im Wohnzimmer.

„Hört auf, ihr beiden. Niemand von euch ist schuld. Schuld ist nur mein Onkel." Ihre Gesichtszüge verfinsterten sich beim letzten Satz. „Ihr helft mir am meisten, wenn ihr euch jetzt vertragt. Wir ziehen nämlich heute noch um. Wir packen nur das Nötigste und gehen zu Kaja. Wie es dann weiter geht, werden wir sehen." Chili packte das kalte Grauen. Umziehen? Und wer hielt dann die Mäusepopulation in Zürich in Schach? Überhaupt, was würde dann aus seinem Revier? Auf dem Bauch rückwärts robbend wollte er sich aus dem Zimmer schleichen.

„Du lässt sie wohl jetzt nicht in Stich, oder?", zischte Maxi ihm herausfordernd zu. Der Kater legte die Ohren flach an den

Kopf und fauchte, hörte dann aber auf mit dem Wegschleichen und begann sich zu putzen. Wenn man als Katze nicht weiter wusste, war Fellpflege immer die Aktivität erster Wahl.

„Was starrt ihr den armen Kater so an?" Simon trat mit einem Tablett ins Wohnzimmer und stellte es auf dem Wohnzimmertisch ab. Er schien sich in der Zwischenzeit wieder gefasst zu haben. Von seiner vorigen Aufregung war ihm nichts mehr anzumerken. „Bedient euch!"

„Wir hatten gerade darüber gesprochen, dass ich zu Kaja ziehen werde. Zumindest vorübergehend." Maxi nickte eifrig, um ihre Zustimmung auszudrücken. Miri griff nach ihrem Tee, während Kaja die Vorkommnisse der letzten paar Wochen zusammenfasste und auch die Drohbriefe erwähnte. Miri hatte ihr inzwischen von dem zweiten Brief erzählt.

Als sie geendet hatte, meinte Simon: „Das klingt nach einem guten Plan. Nachdem Tim momentan ja in Peking weilt, habt ihr auch genug Platz, oder?"

„Genau. Zudem setze ich große Hoffnung in das Pächterhäuschen, das sich gleich neben Kajas Haus befindet", ergänzte Miri.

„Kann ich die Drohbriefe einmal sehen?", erkundigte sich Simon.

„Ich hole sie dir. Scheint, als ob ich nicht darum herum kommen würde…" Sie stand auf und kramte sie aus einem Stapel Papier hervor. Dabei entdeckte sie eine Schachtel mit Schmerzmittel, die auf ihrem Schreibtisch lag. Sie nahm beides mit zum Sofa. Dort reichte sie Simon die beiden Briefe und drückte sich ein Paracetamol raus.

„Bist du sicher, dass das eine gute Idee ist?"

„Mein Kopf tut höllisch weh. Das sind Schmerztabletten. Die darf sogar ich nehmen, schwanger wie ich bin."

„Ich meinte mich zu erinnern, dass bei einer Gehirnerschütterung Vorsicht geboten ist mit der Einnahme von Schmerzmitteln."

„Ehrlich gesagt, das ist mir momentan egal. Mein Kopf tut weh, ich muss nachher noch packen und Auto fahren. Zudem hat Paracetamol keine blutverdünnende Wirkung, also sollte es in Ordnung sein."

Zweifelnd schaute Kaja auf die Packung in Miris Hand, wurde dann aber abgelenkt, als Simon sich räusperte.

„Nicht schön, diese Briefe hier."

„Das ist diplomatisch ausgedrückt", brummte Miri, nachdem sie ihre hart umkämpfte Tablette runtergeschluckt hatte.

„Ich habe ihr dich empfohlen. Aber anscheinend ist mein Vertrauen in dich größer als ihres. Zur Polizei wollte sie auch nicht."

„Ehrlich gesagt, so sehr es mir auch widerstrebt, das zuzugeben, Miri verhält sich richtig." Er reichte ihr die Briefe zurück. „Die Polizei kann nichts machen und auch meine Möglichkeiten sind beschränkt. Ich müsste über Wochen deinen Briefkasten Tag und Nacht überwachen lassen. Die dabei entstehenden Kosten stehen in keinem Verhältnis zum Erhalt zweier Briefe. Auch wenn es sicher unangenehm ist."

„Mir machen sie schon Angst." Froh, dass ihr Drache im Kleinformat auf ihrem Schoß Platz genommen hatte, legte sie ihre Arme um den glänzenden Körper.

„Verständlich. Deshalb finde ich die Idee, zu Kaja zu ziehen, gut. Erzähle möglichst wenigen Leuten davon. Es reicht auch, wenn die meisten in ein paar Wochen davon erfahren. Ich würde auch die Post nicht nachsenden lassen. Wenn du möchtest, leert einer meiner Mitarbeiter einmal die Woche den Briefkasten und sendet dir die Post von Bern aus zu." Miri nickte dankend.

„Und du hast keine Ahnung, von wem die Briefe sein könnten?“ Als sie verneinte, bohrte er weiter nach: „Könnten sie nicht auch von deinem Onkel stammen? Was ich bis jetzt mitbekommen habe, würden die biblischen Verwünschungen sehr gut zu seinen abstrusen Überzeugungen passen.“

Miri lief es kalt den Rücken hinunter, aber sie schüttelte den Kopf. „Nein. Er mag ja nicht ganz richtig im Kopf sein. Aber solche Briefe traue ich ihm dann doch nicht zu.“ Simon warf Kaja einen Blick zu. Diese zuckte mit den Schultern. Sie dachte anders darüber und verstand auch nicht, wie Miri ihn immer noch verteidigen konnte, nach dem, was er ihr heute angetan hatte.

„Können wir in einer halben Stunde losfahren?“, erkundigte sich Simon. Miri nickte.

„Wenn du mir dein Auto anvertraust, fahre ich es für dich nach Schaffhausen. Bei mir oben ist man ein wenig aufgeschmissen ohne fahrbaren Untersatz.“

„Danke. Daran hatte ich überhaupt nicht gedacht.“ Sie stand auf und begann einige Dinge, die sie gleich mitnehmen wollte, auf dem Bett auszulegen. Einige Kleider, ihr Kulturbeutel, ein Kissen für den Kater. Sie bat Simon, ihre kleine Kühltasche mit Chilis Essen zu füllen, eine Tüte Kaffee dazu zu packen und den unvermeidlichen Fencheltee. Zum Glück musste sie nicht auch noch für den Drachen packen. „Gut, dass du so pflegeleicht bist“, scherzte sie telepathisch. Kaja, die das mitbekommen hatte, musste grinsen.

„Ich fahre schon mal los. Dann reicht mir die Zeit, noch was einzukaufen. Ihr seid heute Abend bestimmt hungrig.“

„Essen klingt gut“, stimmte Simon ihr zu.

Miri hingegen war sich noch nicht so sicher, ob Essen heute eine gute Idee war. Bedauernd blickte sie auf ihre Bastelsachen. Sie würde den Großteil ihrer Sachen hier lassen müssen.

Kaja, die ihren Blick bemerkte, tröstete sie. „Keine Sorge. In ein paar Tagen, wenn es dir wieder gut geht, kommen wir mit einem Mietbus her und holen deine restlichen Dinge.“ Dankbar lächelte Miri die Freundin an und musste tatsächlich ein paar drohende Tränen wegblinzeln. Blöde Hormone! Die Erlebnisse des Morgens taten ihr Übriges. Sie zog die Nase hoch und riss sich zusammen. Es gab noch viel zu tun.

Nach einer überraschend kurzweiligen Fahrt, während der Simon sie erfolgreich mit allerlei kuriosen Räubergeschichten unterhielt, kamen sie bei ihrem zukünftigen Zuhause an. Maxi, die sich während der ganzen Fahrt erstaunlich still verhalten hatte, war bereits in Beringen ohne Kommentar aus dem Auto verschwunden. Die Drachin wollte sich einen Moment in Ruhe für die unvermeidliche Begegnung mit Lance wappnen. Dieses Zusammentreffen würde bestimmt spannend werden.

Vorsichtig betastete Miri ihren Kopf. Dank der Tablette war der Schmerz einem einigermaßen erträglichen dumpfen Pochen gewichen. Chili miaute kläglich in seiner Transportbox auf dem Rücksitz. „Du bleibst erst mal drin, mein Kleiner. Ich muss erst schauen, wo wir untergebracht werden. Zudem gibt es hier auch einen Hund. Zorro. Aber den kennst du ja.“

Einen Hund? Das wurde ja immer besser! Und ‚kennen’ war jetzt doch ein bisschen übertrieben. Der war vielleicht im Ganzen dreimal zu Besuch gewesen. Zudem befand er sich jetzt auf Zorros Territorium. Chili sträubten sich die Nackenhaare. Miri und Simon stiegen aus. Da es ihr von zwei Seiten strengstens untersagt worden war, sich körperlich anzustrengen, überließ sie das Gepäck Simon und wanderte bis an ihre Lieblingsstelle, von wo sie durch die Bäume hindurch die ganze tiefer liegende Ebene im Blick hatte. Die Sonne ging gerade unter. Fröstelnd rieb sie sich die Arme. Bald war der kürzeste Tag des Jahres. Zum Glück. Sie sehnte sich bereits nach der Zeit, wenn die Tage wieder länger wurden. Unwillkürlich kam ihr Matt in den Sinn. Was er wohl machte? Und vor allem, würde sie ihn je wieder sehen? Seit sie sich auf das kleine Drachenkind freute, spukte er ihr wieder vermehrt im Kopf herum. Schade, dass sie ihn nicht herzaubern konnte. Miri drehte sich um und ging ins Haus.

„Hallo Mama“, wurde sie von Sierra begrüßt und auch gleich vorsichtig in die Arme geschlossen. Kaja hatte sie von unterwegs angerufen und ihr eine kurze Zusammenfassung der Vorkommnisse geliefert. Sierra hatte sich große Sorgen um Miri gemacht und war kurzerhand vorbeigekommen.

Miri zog eine Grimasse. „Miri reicht völlig aus. Oder auch ‚eure Hoheit‘ oder Ähnliches.“ Sie wedelte huldvoll mit der Hand. „Mama werde ich den Rest meines Lebens sein. Jetzt habe ich noch halbwegs eine Schonfrist bis – ja bis wann eigentlich?“ Sie kratzte sich am Kopf. „Irgendwann im Juli, denke ich. Aber das kann mir der Arzt dann sicher sagen, wenn ich es endlich in seine Praxis schaffe.“

„Das verstehe ich. Soll ich dir etwas reintragen helfen?“

„Ich weiß gar nicht. Simon hat, glaube ich, das Meiste schon gemacht.“ Von der Treppe waren polternde Schritte zu hören.

„Ach Simon. Unser Held des Tages“, meinte Sierra beinahe freundlich.

Miri zog fragend eine Augenbraue hoch. „Gar keine fiesen Sprüche heute?“

„Na ja, wenn er schon so tatkräftig mithilft, dich aus den Fängen deines irren Onkels zu befreien…“ Sierra ließ den Satz unbeendet. „Da kommt er schon, unser Held“, meinte sie. „Simon, kann ich noch helfen?“

Er musterte sie eindringlich. Seine stahlblauen Augen schienen direkt in sie hinein zu sehen.

„Kannst du das mal lassen?“, schnappte sie, aller guten Vorsätze zum Trotz.

„Was denn?“, fragte er unschuldig.

Dabei konnte er das Wort unschuldig vermutlich nicht mal buchstabieren, dachte sie verstimmt. Sie fing Miris fragenden Blick auf. Vielleicht war sie auch ein bisschen empfindlich. „Ach, vergiss es“, brummte sie. „Also, was ist jetzt? Kann ich noch helfen?“

Simon musterte sie noch einen Moment länger. Er wirkte total entspannt. Vielleicht eine Spur amüsiert. Sierra musste sich sehr zusammenreißen, ihm nicht doch noch eine reinzuhauen. Einfach aus Prinzip. Sie schüttelte sich innerlich. Was hatte dieser Mann nur an sich, dass er sie nur schon durch die Tatsache, dass er atmete, aufregte? Therapie. Vermutlich brauchte sie eine Therapie. Oder ein entspannteres Leben. Sie schreckte aus ihren Gedanken, als er sich räusperte und in die Hände klatschte.

„Nein, ich glaube nicht. Ich habe alles hochgetragen. Kaja zeigt dir nachher dein Zimmer. Das Einzige, was noch im Auto ist, ist der Käfig mit der fauchenden Höllenkatze.“

Die beiden Frauen schauten sich an – und prusteten los. „Der spricht von Chili.“

„Ich habe den gar nicht so höllisch in Erinnerung“, murmelte Sierra, froh um die Ablenkung.

„He, das Biest hat versucht mich zu kratzen. Durch das Gitter!“

Sie hängte sich bei Miri ein. „Los, lass uns den armen Kerl befreien.“ Beim Weggehen konnte sie es sich nicht verkneifen, Simon über die Schulter hinterherzurufen: „Der weiß schon, wieso.“

„Hat das einen Grund, dass du dir mit Simon jedes Mal einen verbalen Schlagabtausch lieferst?“, wollte Miri beiläufig wissen.

„Keine Ahnung“, murmelte sie. „Ich weiß eigentlich auch nicht. Mir scheint immer eine Sicherung durchzubrennen, wenn ich länger als zwei Minuten in seiner Gegenwart bin. Das ist wohl irgendeine seltsame chemische Reaktion.“

„Chemie? Soso."

Sierra ignorierte Miris letzten Satz sowie deren wissenden Blick und öffnete die Autotür. „Herrje, ich hatte ganz vergessen, wie groß dein Kater ist. In dieser Transportbox würde ich zur Not auch Joker unterkriegen."

Miri lachte. „Vermutlich schon. Trägst du ihn mir bitte rein? Mein Kopf macht mir immer noch zu schaffen." Sierra hob die Kiste mit der Katze aus dem Auto. In dem Moment trat Kaja aus dem Haus und gesellte sich zu ihren Schwestern.

„Da seid ihr ja. Ich wollte mich eben auf die Suche nach euch machen. Ich habe Zorro in den Garten gelassen. Dann kann sich Chili drinnen erst einmal in aller Ruhe umsehen." Sie machten sich auf den Weg ins Haus.

„Das ist eine gute Idee", stimmte Miri ihr zu.

„Das denke ich auch. Besonders angetan ist er von dem Umzug nicht", bemerkte Sierra. Im Wohnzimmer setzte sie die Transportbox behutsam ab und öffnete das Gitter auf der Vorderseite. „Hallo Kleiner", begrüßte sie ihn, als er vorsichtig die Nase rausstreckte und in alle Richtungen schnupperte. Er ignorierte die Frauen geflissentlich und machte sich daran, auf leisen Pfoten die Umgebung zu erkunden. „Er ist noch nicht oft umgezogen in seinem Leben, oder?" Sie wartete die Antwort gar nicht erst ab, sondern sprach gleich weiter. „Die Gerüche hier scheinen ihn an sein erstes Zuhause zu erinnern." Sie wandte sich an Miri. „Hast du ihn von einem Bauernhof?"

„Äh, ja…"

Inzwischen war Chili auf das Fensterbrett gesprungen und spähte in die Abenddämmerung hinaus. Seine Schwanzspitze zuckte. „Habt ihr viele Mäuse hier?", erkundigte sich Sierra bei Kaja.

„Keine Ahnung. Vermutlich schon. Ich glaube nicht, dass Zorro schon allen den Garaus gemacht hat."

„Dann wird sich das rote Raubtier freuen. Den Kachelofen findet er auch toll – den kennt er wohl auch schon von früher." Sie beobachtete den Kater noch einen Moment. „Alles in allem findet er wohl, es hätte schlimmer kommen können. Wo seine Katzenklappe ist, möchte er wissen."

„Moment mal. Ich wollte ihn eigentlich die ersten zwei Wochen drin behalten", wehrte Miri die Frage ab. „Woher weißt du eigentlich, was er möchte? Du kennst ihn doch praktisch nicht."

Sierra lachte. „Tut mir leid. Das geht mir mit allen Tieren so. Sobald ich mich mit ihnen beschäftige, gehen mir Bilder durch den Kopf."

„Ist das so ähnlich, wie wenn die Drachen mit uns kommunizieren?"

„Hm. Vielleicht ein wenig. Aber sie sprechen keine Worte. Es sind ja schließlich Tiere. Ich bekomme viel mehr die Emotionen mit, die sie aussenden. Und mein Kopf interpretiert diese als Bilder. Die oft erstaunlich akkurat sind. Das Schöne ist, sie verstellen sich nicht. Was sie fühlen, drücken sie direkt aus. Deshalb arbeite ich auch so gerne mit ihnen." Sie musterte die anderen verwundert. „Das ist doch nichts Spezielles."

Die beiden anderen warfen sich einen Blick zu.

„Na ja. So würde ich das nicht ausdrücken. Natürlich weiß ich in etwa, wie es Chili geht. Aber ich kenne ihn auch sehr gut."

„Ja, so geht es mir mit Zorro. Über die Körpersprache kann ich natürlich auch fremde Hunde einigermaßen einschätzen und einteilen. In freundlich, schlecht gelaunt, scheu, draufgängerisch, frech. Aber damit hat es sich schon."

Sierra wusste gar nicht, wie sie mit der ganzen Bewunderung umgehen sollte. „Aber das ist doch ungefähr das, was ich gemeint habe", brummte sie. „So, ich bin froh, dass es dir einigermaßen gut geht. Ich muss jetzt los."

„Willst du nicht noch zum Essen bleiben?"

Sierra schnitt eine Grimasse. „Würde ich schon gerne. Aber ich werde mir schon genug anhören müssen, weil ich heute Nachmittag einfach losgefahren bin. Also fahre ich lieber nach Hause."

Miri lag eine spitze Bemerkung über unselbständige, besitzergreifende kleine Jungs auf der Zunge. Sie hielt sich aber zurück, da sie ihre Freundin nicht noch mehr stressen wollte. Aber demnächst würde mal ein Schwesterntreffen fällig sein, wo ein paar klare Worte zu dem Thema fallen würden. Sie war gespannt, wie sie das aufnehmen würde.

„Wahrscheinlich nicht besonders gut", lautete Maxis Kommentar, die sich lautlos zu ihnen gesellt hatte, nachdem Sierra gegangen war.

„Wo warst du denn so lange?"

„Ach, hier und dort."

„Hast du Lance schon getroffen?"

Maxi gab sich unbeteiligt. „Lance wer? Ach ja, Lance..."

„Den wirst du heute nicht finden", mischte sich Kaja ins Gespräch ein. „Er wollte erst irgendwann nächste Woche wieder vorbeischauen. Der weiß noch gar nichts von dem hohen Drachenbesuch, den er bekommt."

„Ich habe ihn gar nicht gesucht", beteuerte die Drachin indigniert. Miri blinzelte Kaja verschwörerisch zu. „He, das habe ich gesehen!" Sie ließ sich zu beeindruckender Größe wachsen und stellte alle Zacken, die an ihrem Rückgrat entlang liefen, auf. Vergeblich. Die beiden Frauen waren nicht im Geringsten beeindruckt.

„Simon hat alle Sachen rauf in unser Gästezimmer gebracht. Du bist mein erster Gast. Das Zimmer wurde gerade erst fertiggestellt."

„Das freut mich natürlich", grinste Miri. „Ich bin überhaupt froh, dass du so flexibel bist und mir spontan Asyl gewährst."

„Das ist doch selbstverständlich“, winkte Kaja ab. „Ich habe vorher einen Chili-Eintopf auf den Herd gestellt. Willst du dich in deinem Zimmer ein wenig ausruhen? Immerhin hattest du heute ganz schön viel Aufregung.“

„Ja, das ist eine gute Idee“, mischte sich nun auch Maxi ein.

Miri musterte die beiden. „Okay, okay. Ihr seid schon zu dritt, die das eine gute Idee nennen.“

„Zu dritt?“, fragten Kaja und Maxi unisono.

„Na, ihr zwei sowie mein armer Kopf“, meinte Miri trocken. „Aber ich würde wahnsinnig gerne kurz das Pächterhäuschen besichtigen. Darauf habe ich mich schon den ganzen Tag gefreut. Darf ich?“

„Hm, klar. Wenn es dir nichts ausmacht, erst mal alleine zu schauen? Viel Licht ist da nicht. Ich gebe dir eine Taschenlampe mit. Eigentlich hatte ich gehofft, Mathias sei noch da, um seine fachmännische Meinung mit uns zu teilen.“

„Eine Taschenlampe nehme ich gerne mit.“

„Die brauchst du nicht, ich sorge für Licht“, meinte Maxi großzügig.

„Ich weiß nicht, Maxi. Eine Taschenlampe wäre vielleicht doch ganz praktisch. Ich kann dich ja schlecht kopfvoran in jeden Winkel halten.“ Ohne eine Antwort abzuwarten, wandte sich wieder an Kaja. „Mathias ist Sierras Bruder, oder?“

„Genau. Er hat praktisch im Alleingang das ganze Erdgeschoss auf Vordermann gebracht. Nur für Küche und Bad hatte er ein paar Kollegen, die ihm halfen. Auf sein Urteil können wir uns auf jeden Fall verlassen. Er lässt sich auch nicht so leicht abschrecken.“

„Du meinst, er wirft nicht gleich das Handtuch, wenn er ein anspruchsvolles Projekt vor sich hat? Klingt nach einem seltenen Exemplar von brauchbarem Mann, deiner natürlich eingeschlossen“, fügte sie mit einem Augenzwinkern hinzu.

„Ich freue mich schon, ihn kennenzulernen. Den Handwerker, meine ich. Tim kenne ich ja schon."

„Er ist fast täglich hier, wenn auch zu unterschiedlichen Zeiten. Ihr werdet euch bestimmt über den Weg laufen. Hier." Sie reichte Miri eine große Maglite, die sie aus dem Wandschrank im Flur herausgeholt hatte.

„Du bist aber organisiert", staunte Miri, die einen kurzen Blick ins Innere des Schranks geworfen hatte.

Kaja lachte. „Das ist mehr Tims Verdienst. Er bewahrt hier seine Expeditionsausrüstung auf. Wenn hier drin nicht Ordnung herrscht, kriegt er eine Krise. Nachdem es mir genau so geht in meinem Atelier, gebe ich mir Mühe, das hier auch so zu halten. Sonst sind wir ja eher entspannt, wenn du dir den Rest des Hauses ansiehst."

Das stimmte. Nicht, dass Chaos geherrscht hätte. Mehr eine gemütliche Unordnung, die entsteht, wenn zwei Menschen mit vielseitigen Interessen wie Gartenarbeit (zu sehen an Kajas Gartenhandschuhen, die nachlässig auf dem Esstisch lagen), Fotografie, wie der Stapel Zeitschriften neben der Ofenbank bezeugte (Tims National Geographic Sammlung, beziehungsweise ein Teil davon) und Tieren, wie an dem zerkauten Hundespielzeug (Zorros natürlich) unschwer zu erkennen war, zusammenwohnten.

„Ich finde es bei dir auf jeden Fall sehr gemütlich."

„Danke. Ich gebe mir Mühe. So ein Händchen wie du habe ich allerdings nicht. Also, ich verziehe mich jetzt in die Küche. Kommst du alleine klar?"

15

Miri trat mit Maxi hinaus in die kühle Nachtluft. Sie fröstelte und schnappte sich daher aus dem Auto ihre Jacke. Die Drachin wartete in ihrer vollen imposanten Größe auf sie und bot ihr ihren Arm. Miri hängte sich bei ihr ein. Zusammen gingen sie über den Kiesweg. Chili folgte ihnen und bildete das Schlusslicht. Sie hatte beschlossen, Sierras Urteil zu vertrauen und hoffte, der Kater würde tatsächlich genug Verstand besitzen und diesen Ort als sein neues Zuhause akzeptieren. Der Mond war halb voll. Sein blasses Licht erhellte den Weg vor ihnen und verlieh dem kleinen Backsteinhaus ein gespenstisches Aussehen. Der wilde Wein, der sich an den Mauern emporrankte, sah aus, als wäre er lebendig. Die meisten Fenster waren überwachsen. Nur das rechts von der Eingangstür schien frei geblieben zu sein. Miri stutzte. Hatte sie gerade etwas aufblitzen sehen? Eine Gänsehaut überlief sie. Die Härchen in ihrem Nacken stellten sich auf. Ihre Kopfhaut kribbelte. Sie ließ Maxi los und rieb sich kräftig über die Unterarme in dem Versuch, das seltsame Gefühl loszuwerden.

„Was ist denn los?“, wollte Maxi wissen, als sie weitergingen.

„Ich weiß es nicht. Irgendetwas an diesem Haus ist seltsam.“

„Seltsam gut oder seltsam furchterregend?“

„Hm, gute Frage. Es ist kein bedrohliches Gefühl. Eher eines, das mir vertraut ist Aber ich komme nicht drauf, was es ist." Sie runzelte die Stirn und biss sich auf die Lippen. „Es erinnert mich an meine Kindheit."

„Nein. Sag nur nicht... Nein, das kann doch nicht sein, oder?"

Verwundert blickte Miri sie an. „Wovon sprichst du denn?"

„Ach nichts, wahrscheinlich nur ein Hirngespinst von mir. Nicht so wichtig. Solange du dich nicht fürchtest, ist sicher alles gut", winkte sie ab.

Zweifelnd blickte Miri sie noch einen Moment an. Doch dann waren sie beim Häuschen angekommen und sie wurde abgelenkt. Vorsichtig umrundeten sie es einmal. Chili auf leisen Pfoten, Maxi glitt unhörbar neben ihr her, nur Miri fühlte sich ungefähr so unauffällig wie ein Büffel im Unterholz.

Maxi kicherte. „Noch ist es nicht so weit, dass du dich mit einem Büffel vergleichen müsstest."

„Aber bald, meinst du?", flüsterte Miri, eine Hand auf ihrem Bauch.

„Wieso flüsterst du eigentlich?"

„Keine Ahnung", gab Miri zurück.

„Wenn du keinen Lärm machen willst, sprich doch via unserer Standleitung mit mir", tadelte Maxi sie.

„Ja, Frau Neunmalklug. Lass uns rein gehen. Von außen sieht man nicht allzu viel." Sie zog kurz den Kopf zwischen den Schultern ein. Ein erneuter Versuch, das seltsam vertraute Prickeln loszuwerden. Den besorgten Blick, den Maxi ihr zuwarf, bemerkte sie zum Glück nicht. Sonst hätte sie vielleicht doch noch angefangen, sich zu ängstigen.

Nach zwei Anläufen fand sie den Schlüssel in seinem Versteck hinter dem Rosmarin, der neben der Eingangstür wuchs. Als sie auf ihrer Suche durch die Zweige streifte, wehte der aromatische Duft durch die Nachtluft. Sie richtete sich auf und steckte ihn ins Schloss. Es war ein alter Schlüssel, relativ groß und mit einem richtigen Bart. Nur mit Mühe ließ er sich drehen. Doch nachdem sie kräftig gerüttelt hatte, öffnete sich die Tür mit einem Quietschen. Erschrocken über das in der Stille der Nacht so laute Geräusch sprang Miri zurück. Und rempelte dabei prompt den Drachen an. Dieser wiederum verfehlte Chilis Pfote nur knapp.

Mit einem angewiderten Fauchen sprang Chili an den beiden Trampeln, wie er dachte, vorbei. Nun führte er mit vor Aufregung zuckender Schwanzspitze und vibrierenden Schnurrhaaren die Erkundungstour an. Neue Plätze und Orte zu erkunden gehörte zu seiner Lieblingsbeschäftigung. Irgendwie musste er seine natürliche Neugierde ja befriedigen. Heute war sogar sein Frauchen dabei. Hervorragend. Da konnte er sogar einigermaßen erfolgreich diese zu groß geratene Echse ignorieren.

Miri musste niesen. Sie hoffte, dass der ganze Staub, der sich hier über all die Jahre angesammelt haben musste, keine erneute Asthmaattacke auslösen würde. Autsch. Sie musste sich an einem übrig gebliebenen Möbelstück oder Ähnlichem gestoßen haben. Die Weinranken vor den Fenstern hielten erfolgreich das bisschen Mondlicht, welches ihnen draußen den Weg geleuchtet hatte, fern. Sie wollte gerade die Taschenlampe einschalten, als Maxi vor ihr einen Lichtball produzierte, der ein freundliches Licht auf den Raum warf.

„Reicht das Licht?“, fragte Maxi spöttisch.

„Okay, ich sehe es ein. Taschenlampen sind überflüssig in deiner Gegenwart.“ Sie schmunzelte.

Wie es schien, war sie direkt in der Küche gelandet. Der Boden war aus Holz. Wenn sie richtig vermutete, waren das noch dicke Eichenbretter. Die sollten eigentlich mit einer Schleifmaschine einfach auf Vordermann zu bringen sein. Mit dem Rest der Küche war das eine andere Geschichte. Ein alter Herd, der mit Holz befeuert werden musste, stand an der Wand links vom Eingang. Ähnlich wie der, der in Kajas Küche stand. Die Wand dahinter war vollkommen schwarz. Die restlichen

Wände waren zwar heller, aber nicht wesentlich. Aber fehlende Farbe und bröckelnder Verputz waren kein unüberwindbares Problem, befand sie. Die steinzeitliche Kücheneinrichtung schon eher. Vor allem weil sie sich die sanitären und elektrischen Installationen selber nicht zutraute. Sie kaute auf ihrer Unterlippe. Schräg gegenüber befand sich eine altertümliche Spüle. Miri ging hinüber und ließ ihre Finger darüber gleiten. Die war tatsächlich aus Holz. So was hatte sie noch nie gesehen. Sie musste morgen Kaja fragen, ob das früher so üblich war.

Rechts von der Tür stand ein wurmstichiger Holztisch. An dessen Ecke hatte sie sich offensichtlich gestoßen. Begleitet wurde der Tisch von zwei gefährlich wacklig aussehenden Stühlen. Ihr fiel das Aufblitzen von Licht ein, welches sie vorher zu sehen geglaubt hatte. Sofort wurde das Kribbeln im Nacken stärker. Die Drachin warf ihr einen scharfen Blick zu, sagte aber nichts. Ihr war nicht ganz klar, was das alles sollte. Ein Licht, dass sie sich höchstwahrscheinlich nur eingebildet hatte. Nervenenden, die verrückt spielten und ein Drache, der sich äußerst seltsam benahm. Und sie ließ sich auch noch davon anstecken. Sie schüttelte sich innerlich und beschloss, endlich ihre Erkundungstour fortzusetzen.

Gegenüber der Eingangstür, leicht seitlich versetzt, war eine Tür, die vermutlich, hoffentlich ins nächste Zimmer führte. Sie stand einen Spalt offen. Chili war vorhin in diese Richtung verschwunden. Sie trat hindurch, Maxi dicht hinter ihr. Nach dem eher desolaten Zustand der Küche war dieser Raum hier eine freudige Überraschung. Er war deutlich größer als die Küche und führte in L-Form um die Küche herum. Er war leer, bis auf ein paar alte Zeitungen in einer Ecke. Der Holzfußboden setzte sich hier fort. Die Wände waren offenbar in jüngerer Zeit weiß gestrichen worden. Überhaupt hatte man hier fast schon den Eindruck, es sei einmal geputzt worden. Zumindest in diesem Jahrhundert und nicht im Mittelalter zum letzten Mal.

In dem Teil, der direkt mit der Küche verbunden war, führte ein ehemaliger Hintereingang, dessen Tür jemand in der Neuzeit mit einer Fensterscheibe versehen hatte, auf eine hölzerne Veranda. Erstaunlicherweise war diese eine der wenigen intakten Glasscheiben. Sie durchquerte den Raum und drückte die Türklinke herunter. Zu ihrer Freude ließ sich die Tür leicht öffnen. Allerdings nicht ohne fürchterlich zu knarren. Erschrocken zuckte sie zusammen. Chili hatte sich von einem anderen Winkel des Zimmers genähert und streckte interessiert den Kopf in die kühle Nachtluft.

„Schau mal, Maxi, das müssen Rosen sein.“ Sie trat hinaus auf die Veranda und befühlte die Blätter und die dornenbesetzten Stile, die am Geländer empor wuchsen. Sie konnte sich sehr gut vorstellen, im Sommer hier zu sitzen und den Duft der Rosen zu riechen. Sie kräuselte ihre Nase. Beinahe meinte sie, sie sogar jetzt zu riechen. Was natürlich völliger Blödsinn war. Ihre Fantasie machte wohl Überstunden. Schließlich war in zwei Wochen Weihnachten. Sie wollte sich gerade umdrehen, und wieder hineingehen, als die Tür hinter ihnen mit einem lauten Knall zuschlug.

„Was zum Teufel war das?“, rief sie.

Maxi schaute unbehaglich drein, murmelte aber nur: „Keine Ahnung. Vielleicht der Wind?“

Miri schaute sie zweifelnd an. „Der Wind?“

„Hast du etwa eine bessere Erklärung?“

„Nein, natürlich nicht.“ Entschlossen ging sie zur Tür. Ohne Probleme ließ sie sich öffnen. Erst jetzt nahm sie bewusst war, dass der Raum um die Ecke führte. „Sieh mal, Maxi. Hier hinten führt eine Treppe hoch. Kannst du auch in die Höhe leuchten oder ist jetzt die Taschenlampe angesagt?“

Maxi zog eine Augenbraue hoch und ließ den Feuerball in ihrer Hand heller werden und Richtung Decke schweben. „Brennt das Zeug eigentlich wirklich?“

„Das ist kein Feuer. Sondern pures Licht. Feuer ginge auch, aber ist eben ziemlich brandgefährlich. Vor allem in einem alten Haus wie diesem."

Chili, der gemerkt hatte, dass es schon wieder Neues zu entdecken gab, sprintete von hinten an ihnen vorbei die steile Treppe hoch. Miri blickte erst zweifelnd hoch. Trotz Maxis Licht konnte sie nicht viel erkennen. Prüfend belastete sie die erste Treppenstufe. Bis auf ein leises Knarren des Holzes passierte nichts. Sie würde wohl halten. Hoffte Miri zumindest. Sie setzte an, die Treppe hochzusteigen, als Chili fauchend wie eine Kanonenkugel heruntergeschossen kam, das Fell gesträubt, der Schwanz doppelt so dick wie sonst. Mit einem Satz stürzte er sich auf Miri und klammerte sich mit den Krallen an ihrer Schulter fest. Was nicht besonders lustig war, wenn es sich bei der besagten Katze um einen sieben Kilogramm schweren Maine-Coon-Kater handelte. Sie unterdrückte ein Jaulen und beeilte sich, ihn mit einer Hand festzuhalten und mit der anderen Hand die Krallen aus ihrer Haut und dem Pulli zu entfernen.

„Was ist denn los, Kleiner? Du bist ja gerannt, als wären sämtliche Höllenhunde hinter dir her." Sie lehnte sich ein wenig zurück, um ihn besser betrachten zu können. „Du siehst aus, als hättest du ein Gespenst gesehen."

Er hatte nach wie vor die Ohren flach an den Kopf gelegt. Aber das Fell glättete sich langsam, nachdem er jetzt wusste, dass Miri begriffen hatte, was los war. Dem war nicht so. Miri hatte das nur so dahin gesagt. Wie richtig sie damit lag, wurde ihr erst bewusst, als Maxi sich räusperte.

„Wir haben Besuch", meinte sie kryptisch und warf einen bedeutungsvollen Blick nach oben.

Dort auf dem obersten Treppenabsatz war ein Schatten auszumachen. Maxi ließ den Lichtball bis nach oben schweben. Dort saß ein Mann, Johnny Depp in seiner Piratenrolle nicht unähnlich. Einige schwarze Locken fielen ihm ungebändigt in die Stirn. Den Rest seiner Haarpracht hatte er am Hinterkopf zusammengebunden. Seine dunklen Augen blitzten, im Gesicht hatte er ein verwegenes Lächeln. Miri blinzelte und kniff die Augen zusammen. Dieses Drachenlicht beeinträchtigte irgendwie ihre Sicht. Die Silhouette des Mannes schien sich ständig zu verändern.

„Das kommt daher, dass er ein Geist ist“, kam prompt Maxis telepathische Erklärung. Verblüfft schaute Miri zu ihrem Drachen und dann wieder zu der Gestalt auf dem oberen Treppenabsatz. Geistesabwesend streichelte sie das Fell des Katers, der sicherheitshalber immer noch auf ihrem Arm verharrte.

„Willst du dich nicht wenigstens vorstellen?“, fragte sie irgendwann, einen herausfordernden Ton in der Stimme.

Mit einer lässigen Geste strich sich der Geist das Haar aus der Stirn und kam die Treppe heruntergeschlendert. Chili fauchte, so laut er konnte. Aus der Nähe war erkennbar, dass er eine enge Kniebundhose trug, kombiniert mit einem Frack, der schon bessere Tage gesehen hatte, und einem Spitzenhemd. Spitzenhemd? Miri verkniff sich ein Grinsen. Das war wohl erst angebracht, wenn sie genauer wusste, mit wem oder was sie es hier zu tun hatte.

„So, so. Das ist ja ganz was Neues. Menschen, die mich sehen, sind eine Sache. Menschen, die mich sehen und glauben, was sie sehen, schon eine andere. Wenn sie dann noch mit mir sprechen, sieht das Leben gleich wieder interessant aus. Vor allem, wenn sie in Gesellschaft eines Drachen und einer Kampfkatze auftauchen.“ Er musterte die bunte Ansammlung in seinem Wohnzimmer.

Miri stellte fest, dass sie ihn so laut und deutlich denken wie sprechen hören konnte. „Dein Wohnzimmer?“, platzte sie heraus, ihren vorsichtigen Kurs über den Haufen werfend. Maxi warf ihr einen genervten Blick zu. Die Drachin fand es offensichtlich keine gute Idee, gleich alle Geheimnisse Preis zu geben, wie es schien. Zu spät. Mit flinken Augen beobachtete der Geist den wortlosen Austausch zwischen der jungen Frau und ihrem schuppigen Begleiter.

„Pardon, du sprichst nicht nur, du kannst dich auch telepathisch austauschen. Respekt."

Miri, die gehofft hatte, es sei dem fremden Wesen nicht aufgefallen, dass sie sich in seine Gedanken eingeklinkt hatte, stöhnte innerlich. Na toll. Einfach toll. Maxi hatte schon recht. Ein besonders geschickter Schachzug war das nicht gewesen. Aber da musste sie jetzt wohl durch. „Wie meinst du das, dein Wohnzimmer? Ich wollte eigentlich gerade hier einziehen." Irgendwie schien ihre Zunge gerade mit ihr durchzugehen. Diplomatisch konnte man den Ansatz definitiv nicht nennen.

Zum Glück schien sich der Geist primär über sie zu amüsieren. „Einziehen? Na, dann willkommen. Scheint so, als müsste ich mir über spannende Abendunterhaltung keine Gedanken mehr machen", fügte er trocken hinzu.

„Wie? Du meinst, du bleibst hier?"

Der Geist zog eine Augenbraue hoch. „Was dachtest du denn? Ich war zuerst hier."

„Und außerdem ist er an das Haus gebunden", fügte Maxi hinzu. „Das stimmt doch, oder?"

Der Geist druckste rum und war das erste Mal um eine Antwort verlegen.

„Los, lass uns gehen", forderte die Drachin ihren Schützling auf. „Das hat keinen Zweck. Offensichtlich ist dieses Haus keine Option." Sie wandte sich zum Gehen.

„Jetzt warte doch mal kurz." Miri erwischte noch den Rand des Flügels.

Maxi drehte sich um. „Du ziehst doch nicht ernsthaft in Erwägung…"

„Doch", antwortete Miri zuckersüß. Mit ihrem Drachen würde sie sich später auseinandersetzen. Sie richtete ihre Aufmerksamkeit wieder auf den Geist. Der schaute inzwischen auch eher ungeduldig drein. Es schien so, als hätte er sich bereits von seinem kleinen Formtief erholt. „Könnte mir mal jemand sagen, was ihr da genau diskutiert? Wie schon gesagt, das hier ist mein Zuhause!"

Sie musterte ihn und überlegte, welcher Ansatz wohl am vielversprechendsten war. Das Einziehen an sich schien kein Problem zu sein. Nur wollte sie das schon gerne zu ihren eigenen Bedingungen tun. Allerdings schien ihr auf die Schnelle keine elegante Vorgehensweise einzufallen. Also wieder der direkte Ansatz. „Ich will tatsächlich hier einziehen. So bald wie möglich. Erst wird jedoch das Haus auf Vordermann gebracht. Bedingung Nummer eins für meinen Einzug: Kein Quatsch mit den Handwerkern." Aus dem Augenwinkel sah sie, dass Maxi sie anschaute, als hätte sie komplett den Verstand verloren.

„Äh, Bedingungen?" Ausnahmsweise schien der Geist die Ansicht des Drachen zu teilen. Miri biss die Zähne zusammen. Sie ging davon aus, dass dem Geist schon einige Jahre sehr langweilig war. Deshalb hoffte sie, dass ihn die Aussicht auf Abwechslung und Spaß auf ihre Kosten genug lockten, sich auf ihre Bedingungen einzulassen. Wenn sie falsch lag mit ihrer Annahme, dann hatte sie es in diesem Moment vergeigt. Aber noch pokerte sie und versuchte den Anschein zu erwecken, als würde ihm nichts anderes übrigbleiben, als auf ihre Forderungen einzugehen.

Als der Geist widerwillig nickte, atmete sie erleichtert aus. Sie glaubte sogar einen Funken Anerkennung in seinem Blick zu entdecken. Als würde er sie plötzlich neu einschätzen. „Ich stimme deiner ersten Bedingung zu." Puh. Es schien so, als wäre die erste Hürde geschafft. Also weiter im Text.

Sie setzte gerade an, weiterzureden, als sich Maxi einmischte. „Nicht so schnell, Freundchen. So einfach ist das nicht. Versprechen werden nur in Form von ganzen Sätzen akzeptiert.“

„Wieso…“

„Später“, schnitt ihr Maxi kurz angebunden das Wort ab und starrte weiterhin erwartungsvoll den Geist an. Dieser verzog den Mund und rollte genervt mit den Augen.

Miri war auch nicht sehr erfreut, über die Unterbrechung. Gerade war es so gut gelaufen. Und sie wollte unbedingt hier wohnen. Das war der richtige Ort für sie. Sie spürte es in den Knochen. Oder im Bauch. Egal, wo auch immer. Geist hin oder her, das Häuschen war perfekt. Drachentauglich. Katzentauglich. Und irgendwann sicher auch kindertauglich. Alles andere konnte sie selbst richten. Da war sie zuversichtlich. Auch Geister.

„Also gut, ich verspreche, die Umbauarbeiten sowie die Handwerker nicht zu stören.“ Er sprach nach, was der Drache ihm soufflierte. „Zufrieden?“

Der Drache nickte huldvoll und gab Miri mit seiner fluoreszierenden Pranke das Zeichen fortzufahren.

„Ich weiß nicht viel über Geister.“ Sie hielt kurz inne. Stimmte das wirklich? Irgendwo in einem versteckten Winkel ihres Gehirns regte sich eine vage Erinnerung. Sie versuchte, sie an die Oberfläche zu bringen, doch der Gedanke entglitt ihr. Sie machte sich eine mentale Notiz, dem später nach zu gehen. Sie nahm den Faden wieder auf. „Ich will nachts ruhig schlafen können, meine Mitbewohner auch. Und wenn erst mal das Kind da ist, keine nächtlichen Schreckbesuche im Kinderzimmer.“

Jetzt sah der Geist ernsthaft verletzt aus. „Ein Kind erschrecken!“ Er legte sich melodramatisch die Hand aufs Herz. „Das würde ich niemals tun. Ich bin doch kein Nachtmar.“ Trotz all der Theatralik wirkte er ernsthaft geschockt, dass sie ihm so etwas zutraute. Miri erstickte das aufkommende Mitgefühl im Keim und folgte Maxis Beispiel, indem sie ihn Wort für Wort wiederholen ließ, was er versprechen musste. Der Geist sah schon reichlich genervt aus. Legte aber dennoch kein Veto ein, was ihr Vorhaben einzuziehen betraf. Konnte er das überhaupt?

„Ich glaube nicht“, schaltete Maxi sich in ihre Gedanken ein, darauf bedacht, zwischen sich und dem Geist eine mentale Barriere zu errichten.

„War's das dann?“

„Nicht ganz. Wie heißt du überhaupt?“, fragte Miri neugierig.

Sofort änderte sich sein Gesichtsausdruck. Das Schmollen verschwand. Stattdessen ließ er seine Augen plötzlich lüstern über sie gleiten. „Ah, ich wusste doch, du würdest mir nicht widerstehen können. Das können hübsche Mädchen wie du nie.“

„So, so“, erwiderte Miri trocken. „Tut mir leid, wenn ich jetzt gleich deinem überdimensionierten Ego die Luft raus lasse. Aber eigentlich wollte ich deinen Namen wissen, damit ich dir nicht immer *He du* hinterherrufen muss. Aber wenn dir das lieber ist…“ Sie ließ den Satz unvollendet. „Dafür ist mir noch eine neue Regel eingefallen!“

Sein Charme verpuffte, und er war wieder sein mürrisches altes Selbst. „Was ist denn jetzt schon wieder?“

„Keine sexuelle Belästigung, vor allem keine Besuche, während ich das Badezimmer benutze oder mich umziehe.“

„Aber wenn ich nichtsahnend reinkomme, ohne zu wissen, dass du da bist?“, versuchte er mit klimpernden Wimpern, die unverschämt lang waren, zu handeln.

Miri verdrehte die Augen. „Sieh halt zu, dass es nicht passiert. Dein Versprechen.“ Sie wartete, bis er die Worte gesagt hatte, und fragte dann nochmals nach seinem Namen.

„Adrian, stets zu Diensten“, antwortete er und verbeugte sich elegant.

„Adrian. Nett, dich kennen zu lernen. Das hier sind Maxi, mein Drache und Chili, der Kater.“ Als die beiden keine Anstalten machten, Adrian zu begrüßen, versetzte sie Maxi einen Tritt ans Schienbein und packte Chili leicht am Nacken. Grummelnd und mit deutlichem Widerstreben streckte Maxi ihre Pranke aus. Adrian merkte das und nutzte die Gelegenheit, die Drachin zusätzlich mit einem übertriebenen Handkuss zu triezen. Verärgert zog sie die Hand schnell wieder weg. Der Geist grinste. Miri musste sich auch das Lachen verkneifen. Es kam selten genug vor, dass sich der Drache nicht ganz wohlfühlte in seiner Haut. Chili begnügte sich damit, ihn laut anzufauchen, als Adrian versuchte, ihn unterm Kinn zu kraulen.

„Der Kater wird sich schon noch an dich gewöhnen“, versicherte Miri ihm, wobei ihre Stimme nicht allzu überzeugt klang. Chili dachte gar nicht dran. Er hatte vorher versucht, Adrian zu kratzen. Doch seine Pfote hatte ins Leere gefasst. Sehr gruselig. Weshalb sich sein Frauchen nicht gruselte, war ihm ein Rätsel. „So, nachdem wir jetzt alle Nettigkeiten hinter uns gebracht haben, würde ich gerne den oberen Stock sehen.“

„Nach Ihnen, Madame“, süßholzraspelte der Geist, trat einen Schritt zur Seite und wies mit einer schwungvollen Bewegung zur Treppe. Miri schüttelte amüsiert den Kopf. Offenbar gehörten rasante Stimmungsschwankungen zu seiner Natur.

„Natürlich freut er sich, dass wir einziehen“, antwortet Maxi verdrossen. „Nach hundert Jahren ohne Gesellschaft würde ich mich auch freuen über Abwechslung jeglicher Art.“

„Ich kann euch hören“, informierte sie Adrian.

„Mir doch egal. Stimmt doch, was ich sage. Oder etwa nicht?“

„Nicht ganz. Ja, ich bin schon lange hier, aber Kaja ist ja auch schon ein Weilchen hier.“

Miri blieb wie angewurzelt auf der obersten Treppenstufe stehen. „Du kennst Kaja?“

„Natürlich. Ich muss doch wissen, was auf meinem Hof vor sich geht."

„Deinem Hof? Hat er früher einmal dir gehört?" Das würde seine Verbundenheit erklären, dachte sie bei sich. Das Funkeln in seinen Augen erlosch.

Sein Gesicht nahm einen verschlossenen Ausdruck an. „Nein. Mir gehört hat er nie. Ich habe nur eine Zeit lang hier gelebt."

„Und was ist dann passiert?"

Er wandte den Blick ab. „Nichts von Bedeutung. Willst du den oberen Stock jetzt sehen oder nicht?", lenkte er ab.

„Klar", beeilte sie sich zu sagen. Sie wollte ihn nicht doch noch verärgern, nachdem ihre Verhandlungen so außerordentlich gut gelaufen waren. „Maxi? Kannst du nochmals für Licht sorgen?"

Kommentarlos schwebte ein Lichtball zu Miri hinauf. O-o. Da war offenbar jemand schlecht gelaunt. Darum würde sie sich später kümmern müssen. Sie konzentrierte sich wieder auf ihre Wohnungsbesichtigung. Die Treppe endete auf einem kleinen Treppenabsatz, von dem ein schmaler Gang abzweigte. Links und rechts befanden sich Türen. Links zwei und rechts eine. Chili strampelte und wollte hinuntergelassen werden. Seine Strategie schien, den Geist komplett zu ignorieren. Den ersten Schock hatte er offensichtlich überwunden. Vorwitzig rannte er an den anderen vorbei, um die verschiedenen Zimmer zu erkunden und auf ihre Mäusepopulation zu untersuchen. Nahm man seine zuckende Schwanzspitze als Maßstab, waren die vorhandenen Gerüche zumindest vielversprechend.

Adrian hatte sich wieder gefangen und kommentierte die Räume wie ein professioneller Immobilienmakler. „Hier die Eltern-Suite, romantische Dachschrägen, fünfzehn Quadratmeter, mit schönem Holzboden, doppeltverglasten Mansardenfenstern. Bett ist schon vorhanden. Die Farbe an den Wänden sorgt für sofortige gute Laune beim Aufstehen." Miri grinste über die Beschreibung. Der Holzboden war zwar sicher schön, aber erst nach einer gründlichen Reinigung mit Seife und Wasser. Die Begegnung mit einer Schleifmaschine würde sicher auch nicht schaden. Die Doppelverglasung entpuppte sich bei genauerer Überprüfung als alte Innen- und Außenfenster. Am unteren Rand war deutlich ein kühler Luftzug zu spüren. Sie schaute sich das Bett an. Ein teilweise angerosteter, windschiefer Rahmen stand wacklig im Raum. Die Matratze hatte schon bessere Tage gesehen. So wie Chili dieser seine ungeteilte Aufmerksamkeit widmete, schien sich irgendwann eine ganze Mäusefamilie eingenistet zu haben. Das Eindrücklichste waren die Wände. Selbst in dem gedämpften Licht von Maxis Lichtball war ein knalliges Rosa zu erkennen. Soll ja beruhigend wirken, murmelte sie zu niemand bestimmtem. Alles in allem keine unüberwindbaren Hindernisse. „Bist du dir bei den Größenangaben sicher?"

„Keine Ahnung", gab Adrian trocken zurück. Durch eine quietschende Verbindungstür gelangten sie in den Raum nebenan. Das Badezimmer. Immerhin besaß es sanitäre Installationen, die aus dem zwanzigsten Jahrhundert stammten. Topmodern da Retro, in Adrians Worten.

„Retro? Na ja, so kann man es mit sehr viel Goodwill wohl auch nennen", meinte Miri zweifelnd. Am Boden lag ein zerschlissener Vinyl-Bodenbelag in der schönen Farbe braun. Die Wände zierten olivgrüne Fließen. Unter die Dachschräge war eine winzige Sitzbadewanne gequetscht.

„Die Sitzbadewanne ist sehr praktisch und, wer hätte das gedacht, in so einem alten Haus auch energiesparend", kommentierte der Geist.

„Ich will auch dringend Energie sparen, wenn ich vier Mal im Jahr ein heißes Bad nehme", murmelte Miri. Das Badezimmer war das Erste, was sie ein wenig abschreckte. Die Toilette, die deutlich älter als der Rest der Installationen zu sein schien, klemmte zwischen Badewanne und Waschbecken. Adrian, der merkte, dass er mit dem Badezimmer nicht punkten konnte, führte sie schnell über den Flur ins letzte Zimmer. Dieses war ungefähr gleich groß wie das andere. Der Boden und die Fenster waren identisch. Von den Wänden hing eine uralte Tapete in Streifen herab. Bis auf ein paar alte Zeitungen, die auf dem Boden herum lagen, war das Zimmer leer. Schräg links vom Zimmereingang befand sich eine weitere Tür. Miri runzelte die Stirn. „Führt diese Tür auch ins Badezimmer?"

„Nein, nein. Das ist ein Ankleidezimmer. Bitte sehr." Er öffnete sie.

Erstaunt steckte Miri den Kopf durch die Tür. Das hätte sie in so einem kleinen Bauernhaus nicht erwartet. Regale aus wurmstichigem Holz säumten die Wände. Hm. Eigentlich brauchte sie kein Ankleidezimmer. Aber vielleicht ließ sich der Raum nutzen, um das Badezimmer zu vergrößern. Angrenzend war er zumindest. Sie beschloss, Kaja darauf anzusprechen. Wenn sie die Küche und das Wohnzimmer mehr oder weniger in Eigenregie wieder bewohnbar machte, blieb vielleicht genug Geld übrig, dass es für ein neues Badezimmer reichte.

„Haben die Damen genug gesehen?"

„Ich schon. Und du, Maxi?"

„Wie wenn das eine Rolle spielen würde, was ich gesehen habe." Die Drachin war immer noch nicht glücklich über Miris Entscheidung. Sie hatte sich schon gefreut, als sie gesehen hatte, in welch schlechtem Zustand das Badezimmer war. Aber natürlich hatte ihr Schützling bereits eine Idee, wie er Abhilfe schaffen könnte. Stur war gar kein Ausdruck. Sie schnaubte. Ein paar Rauchwölkchen entwichen ihren Nüstern.

„Entschlossen, bitte sehr! Und einfallsreich, nicht stur." Also wirklich. Miri zuckte mit den Achseln. Wenn Maxi schmollen wollte, bitteschön. Sie folgte Adrian, der den Schlagabtausch kichernd verfolgt hatte, aus dem Zimmer und wäre beinahe über Chili gestolpert, der einer Maus dicht auf den Fersen war.

Er blieb stehen und schaute sie empört an. „Jetzt ist sie weg“, maulte er. Sein Frauchen schien ihn nicht gehört zu haben.

„Ein Kammerjäger sollte sich das Haus mal ansehen“, brummte sie, als sie in Reih und Glied die Treppe hinunterstiegen.

Chili maunzte beleidigt. Kammerjäger. Das wäre ja noch schöner. Das war sein Job!

16

„Mmm, riecht das lecker." Miri kam zur Tür herein und beeilte sich, sie gegen den bitterkalten Wind zu schließen. Sie musste sich richtig dagegen stemmen. In der letzten Viertelstunde hatte der Wind deutlich zugelegt und blies durch alle Ritzen des alten Hauses. Im letzten Moment zwängte sich Chili durch den Spalt. „Hoppla, jetzt hätte ich dich fast eingeklemmt."

Die kalte Luft, die mit den beiden ins Haus gekommen war, erreichte Kaja, die am Herd stand. Sie musste einen Schauer unterdrücken. „Brrr. Könnte sein, dass wir bald Schnee kriegen. Essen ist gleich fertig. Im Kühlschrank findest du Crème fraîche. Stellst du die bitte auf den Tisch?"

„Mach ich. Aber zuerst wasche ich mir die Hände. Etwas staubig ist es schon drüben." Sie stellte sich neben Kaja, drehte das Wasser auf und bewaffnete sich mit Seife und Bürste.

Kaja lachte. „Wenn Staub das größte Problem des Pächterhäuschens darstellt, ist es in besserem Zustand, als ich dachte." Sie streckte sich und nahm zwei Teller aus dem Schrank. „Dann sage ich Mathias, er müsse sich ausschließlich als Putzfrau betätigen." Sie zwinkerte Maxi zu. Als diese nicht mit dem gewohnten Schalk reagierte, stutzte sie. „Was ist denn mit dir los?" Miri schüttelte das Wasser von ihren Händen und griff nach dem Geschirrtuch, das an der Wand hing. „Maxi?"

Der Drache starrte weiter finster vor sich hin und weigerte sich stur zu antworten.

Sie seufzte und drehte sich zu Kaja um. „Lass uns essen. Ich erzähle dir die Details von der Hausbesichtigung am Tisch."

Zufrieden beobachtete Kaja, dass Miris Appetit offenbar zumindest teilweise zurückgekehrt war. Dann konnte die Kopfverletzung nicht allzu schlimm sein. Ein paar Minuten löffelten sie zufrieden den würzigen Eintopf aus Fleisch, Bohnen und Tomaten. Der Kater hatte sich ein Plätzchen auf der Ofenbank gesucht. Zorro lag für herunterfallende Happen in Poleposition unter dem Tisch und stellte sich schlafend. Rundum herrschte zufriedenes Schweigen. Nur Maxi brütete vor sich hin und widmete sich konzentriert ihrem Holunderschnaps. Miri hatte ihr vorsorglich einen hingestellt, nachdem sie es heute abgelehnt hatte, mit ihnen zu essen.

Irgendwann hielt Kaja es nicht mehr aus. „Also, was ist los? Was hat dir denn deine Laune verhagelt?", wollte sie direkt von der Drachin wissen.

„Das fragst du besser deine Schwester", kam es unfreundlich zurück.

Miri verdrehte die Augen und murmelte leise: „Dramaqueen…" Eine Flamme züngelte in ihre Richtung.

„Bietet ihr jeden Abend so ein Spektakel, ihr beiden? Wenn ja, dann mache ich das öffentlich und verlange Eintritt", flachste Kaja.

Miri musste lachen. „Nein, keine Angst. Meistens sind wir sehr friedlich. Maxi scheint nur kein großer Fan von Geistern zu sein."

„Sagtest du eben was von Geistern?"

„Du hast schon richtig gehört. Es scheint so, als hättest du einen Geist." Kaja wollte etwas erwidern, fand aber irgendwie keine passenden Worte und schloss den Mund wieder.

„Siehst du“, triumphierte Maxi, „deine Freundin ist auch sprachlos.“ Sie nickte Kaja bestätigend zu. „Ich habe auch gleich gesagt, der Umgang mit Geistern ist eine schlechte Idee.“

„Äh, eigentlich habe ich gar keine Meinung zum Thema Geister“, antwortete sie schwach. „Geister wohnen bei Mémé, nicht bei mir. Und selbst bei diesen bin ich eigentlich immer davon ausgegangen, dass sie primär in der Vorstellung meiner Großmutter existieren.“

Miri schaute sie erstaunt an. „Hast du ihn denn noch nie gesehen oder zumindest gespürt?“

„Nicht dass ich wüsste.“

„Seltsam. Dabei bist du doch so intuitiv veranlagt.“

„Tja. Offensichtlich erstreckt sich das nicht auf Geister.“

„Sei froh. Schon als Kind war Miri immer mit Geistern befreundet.“

Bei Maxis Worten kehrte die Erinnerung, die sich vorher so flüchtig gestaltet hatte, auf einen Schlag zurück. Wie sie mit Leuten gesprochen hatte, die offenbar niemand außer ihr sah. Wie bei ihrem Drachen hatten ihre Mutter und ihr Vater (gut, der wusste es tatsächlich nicht besser, er konnte den Drachen ja nicht sehen,) einfach so getan, als spräche sie von imaginären Freunden. Bis sie das irgendwann selbst geglaubt hatte. Da hatte das Phänomen dann plötzlich aufgehört. „Stimmt. Das war es. Deshalb kam mir das Prickeln im Nacken auch so bekannt vor.“ Sie wandte sich an Maxi. „Du wusstest also im Prinzip schon vor Betreten des Hauses, was uns erwarten würde. Hättest auch was sagen können.“

„Ich habe mich an die Hoffnung geklammert, ich würde mich irren. Da hätte ich mich ausnahmsweise einmal gerne geirrt“, brummte diese.

Miri schaute sie prüfend an. „Sagtest du nicht, der Geist sei an das Haus gebunden?“

„Ja, wieso?“

„Ich bin mir ziemlich sicher, dass er vor zehn Tagen, als wir uns alle hier bei dir getroffen hatten, hier war. Ich wurde dann aber abgelenkt.“ Sie wurde verlegen, als sie an das eskalierte Streitgespräch vom letzten Mal dachte. „Das würde aber heißen, dass er sich sehr wohl vom Haus entfernen kann.“

„Ich würde mich nicht zu früh freuen. Vielleicht ist er nicht spezifisch ans Pächterhäuschen gebunden, aber bestimmt an den Hof und dessen Grenze.“

„Na ja, vielleicht kann ich ihn ja überreden, in Kajas Atelier umzuziehen.“

„He!“ Kaja warf eine zerknüllte Serviette in Miris Richtung.

„Ich sehe schon, du bist nicht begeistert von meiner Idee“, grinste sie. „Wenigstens muss ich nicht befürchten, dass mich demnächst zusätzlich zu einem Drachen auch noch ein Geist beim Einkaufen begleitet“, überlegte sie laut. Kaja schüttelte ungläubig den Kopf. Irgendwie konnte sie sich nur schwer an den Gedanken gewöhnen, einen Hausgeist zu haben. Die Vorstellung fühlte sich sehr fremd und sehr vage an.

„Weißt du was, ich rufe ihn. Vielleicht kommt er ja und ich kann ihn dir vorstellen.“

Maxi verdrehte die Augen. „Bitte nicht. Ich habe mich eben gefreut, ihn endlich loszusein für den Rest des Abends.“

Auch Kaja wirkte nicht gerade begeistert von der Idee. „Also, ehrlich gesagt, ich habe keine Eile. Von mir aus kann er weiterhin unauffällig im Pächterhäuschen wohnen.“

Miri schnaubte. „Ihr seid mir vielleicht zwei Memmen. Fürchtet euch vor einem Geist! Wenn ihr ihn unbedingt loshaben wollt, sollten wir besser rausfinden, was ihn an diesen Ort hier bindet.“

„Wo sie recht hat, hat sie recht“, gab Maxi widerwillig zu. „Bis auf den Teil mit dem Fürchten natürlich“, beeilte sie sich, hinzuzufügen.

„Meinst du?“ Zweifelnd blickte Kaja die beiden an. „Ich bin sicher, das kann noch ein Weilchen warten. Schließlich kommt es bei ein paar hundert Jahren warten auf ein paar mehr oder weniger auch nicht an. Ich denke, wir haben dringendere Dinge zu planen.“

„Ja, das stimmt“, lenkte Miri ein. „Es bietet sich nur so ideal an als Ablenkung.“ Sie rümpfte ihre Stupsnase.

„Kann ich verstehen. Aber ich brauche einen Moment, bis ich mich an den Gedanken eines Hausgeistes gewöhnt habe. Da kommt mir die Ablenkung in Form von einer Neugestaltung deines Lebens gerade recht.“ Sie grinste verschmitzt.

„Ja, ja“, antwortete Miri gutmütig. „Ich bin froh, dass das Chaos in meinem Leben wenigstens zu etwas nütze ist.“ Sie tätschelte ihren Bauch. „Hast du eine Frauenärztin hier in der Region?“, wollte sie wissen.

„Nein, leider nicht. Aber Sierra hat mir den Namen von ihrer aufgeschrieben, falls du da mal anrufen willst.“

„Gut, das mache ich gleich morgen. Die Erlebnisse heute haben mich doch sehr erschreckt. Ich möchte gerne sicher gehen, dass es dem Wurm...“, sie fing Maxis tadelnden Blick auf, „... pardon, dem Drachenkind, an nichts fehlt.“

Kaja lächelte sie versonnen an. Oder besser, ihren Bauch. „Schön, dass du dich entschieden hast. Jetzt kann ich mich endlich freuen. Und mir das alles aus unmittelbarer Nähe ansehen und testen.“

Verständnislos schaute Miri sie an. „Ansehen und testen? Was willst du denn ansehen und testen?“

„Na, schwanger sein, Kind kriegen, Kind aufziehen... Das sind alles große Mysterien für mich. Während ich mir theoretisch schon vorstellen könnte, eine Familie zu gründen, hätte ich viel zu viel Angst vor dem großen Unbekannten, um mich tatsächlich dafür zu entscheiden. So gesehen hast du Glück gehabt. Dir wurde diese Entscheidung abgenommen.“

„Glück gehabt! Du bist gut. Das ist für mich nicht weniger ein Mysterium als für dich!“

„Schon“, antwortete Kaja ungerührt. „Aber da musst du jetzt durch. Und ich darf faszinierter Beobachter sein. Und quasi aus der ersten Reihe alles miterleben.“

„Na warte. Wenn ich dir dann drei Nächte hintereinander ein brüllendes Drachenkind vorbeibringe, weil ich kurz vor dem Nervenzusammenbruch stehe, sprechen wir nochmals darüber, wie sehr du dich über das unmittelbare Miterleben freust!“

„Ach, das schaffen wir schon. Tim ist ja auch noch da.“

„Apropos Tim, weiß der schon von seinem Glück?“

„Nein. Die nächsten paar Tage ist er irgendwo in der Pampa und versucht unsichtbare Leoparden aufzuspüren, die nicht gefunden werden wollen. Und so dringende Neuigkeiten sind es ja nicht. Wer weiß, bis er zurückkommt, wohnst du vielleicht schon drüben. In deiner Geister-WG.“

„Ha ha. Aber ja, ich hoffe auch, dass sich die Instandsetzung rasch realisieren lässt. Zum Umbau hatte ich auch schon ein paar Ideen. Ich zeichne sie dir auf.“ Sie holte aus ihrer Tasche einen Bleistift und einen Block und fing an, die Grundrisse des Häuschens zu skizzieren. Kaja stand in der Zwischenzeit auf und räumte den Tisch ab. Miri schaute kurz auf. „Übrigens, danke für das Abendessen. Es war lecker, wie immer bei dir. Morgen übernehme ich das Kochen am Abend.“

Kaja griff nach der Pfeffermühle und der Crème fraîche. „Gern geschehen. Ich freue mich auch, wenn ich nicht immer kochen muss. Wir können morgen zusammen zum Einkaufen fahren.“

Zorro, der nach wie vor unter dem Tisch lag, wachte auf. Er schnupperte in die Luft. Die Katze war wieder da. Er stand auf und streckte sich. Vielleicht konnte man die ein bisschen durchs Wohnzimmer jagen?

Leider hatte Kaja mitbekommen, was ihr Hund im Schilde führte. „Chili ist bei uns zu Besuch. Also sei freundlich und lass ihn in Ruhe.“ Der Hund ließ ertappt die Ohren hängen. „Begrüßen darfst du ihn schon“, besänftigte ihn sein Frauchen, die ihn weiter beobachtet hatte.

Er stellte seine Ohren wieder auf und näherte sich vorsichtig dem Kachelofen, wo es sich der riesige, rot-weiße Kater auf der Bank bequem gemacht hatte. Chili blinzelte ihn aus einem Auge an. Zorro wedelte. Chili fauchte. Der Hund bellte ihn an. Chili hob die Pfote und versetzte ihm einen Schlag auf die Nase. Worauf sich Zorro mit einem Fiepen beleidigt unter den Tisch verzog.

„Kinder, Kinder“, schimpfte die Drachin, die sich insgeheim königlich amüsierte und über die Abwechslung freute.

„Weichei“, beschwerte sich der Kater. „Das war ja ohne Krallen.“

„War es nicht. Ich hätte ein Auge verlieren können“, jammerte der sonst so freche Husky-Schäfer-Mix. Vor Chili hatte er schon immer einen Heidenrespekt gehabt. Er hatte sich eingebildet, das Kräfteverhältnis sei nun anders, nachdem das hier sein Revier war. Offenbar hatte er falsch gedacht. „Es ist einfach nicht normal für eine Katze, so groß zu sein“, grummelte er vor sich hin.

Chili, der das gehört hatte, stand auf und streckte sich demonstrativ. Natürlich waren die Krallen an allen vier Pfoten ausgefahren und der Schwanz gerade in die Luft gestreckt, um möglichst groß zu wirken. Er drehte sich dreimal um die eigene Achse und rollte sich wieder auf seinem Kissen zusammen. Ein Bild purer Unschuld. Maxi verkniff sich ein Grinsen. Zorro übte sich darin, die Katze zu ignorieren.

„So, fertig aufgeräumt. Zeig mal her.“ Kaja setzte sich wieder an den Tisch und griff nach Miris Entwürfen.

„Schau es dir mal an. Ich habe mich bemüht, alles so verständlich wie möglich zu beschriften." Sie stand auf und streckte den Rücken durch. „Ich mache mir einen Tee, willst du auch einen?"

„Ja, gerne", antwortete sie abwesend, bereits in die detaillierten Skizzen vertieft. Typisch Miri. Alles wurde gleich zum Kunstwerk. „Wenn der Umbau fertig ist, kannst du diese Zeichnungen rahmen und aufhängen."

„Richtig. Meine großen Kunstwerke."

„Ich mein das ernst. Irgendwo in der Nähe des Eingangs, so dass man nachvollziehen kann, wie es vorher war und was gemacht wurde. Wie ein Stück Geschichte."

Miri kam mit einer Kanne Tee und zwei Tassen zurück. Unter dem Arm hatte sie eine Plastikflasche mit Honig eingeklemmt. Sie stellte alles auf den Tisch und setzte sich neben ihre Freundin. „So gesehen ist es eine tolle Idee."

Kaja grinste. „Ja, ab und zu habe ich die." Miri knuffte sie spielerisch in die Seite. „Ist ja gut. Dann muss ich sie allerdings noch etwas aufpeppen."

„Der ewige Perfektionist."

„Genau."

Kaja wurde wieder ernst und fragte besorgt: „Sag mal, wie geht es eigentlich deinem Kopf?"

„Mit Hilfe des zum Glück auch in meinem Zustandes erlaubten Paracetamol erstaunlich gut."

„Und sonst? Dein Umzug ging ja jetzt doch ziemlich überstürzt vonstatten. Zusammen mit all den anderen Sorgen, die du momentan so hast, stell ich mir das sehr schwierig vor."

„Ehrlich gesagt habe ich gar noch nicht so richtig realisiert, dass ich umgezogen bin. Im Moment fühle ich mich mehr, als wäre ich bei dir zu Besuch. Meine Sachen sind ja auch alle noch in Zürich."

„Stimmt. Vielleicht können wir morgen oder übermorgen den offiziellen Umzug machen. Ich versuche morgen ein Auto zu mieten oder auszuleihen."

„Das wäre toll. Sag mal, hast du irgendwo Schokolade versteckt?" Sie blickte sich suchend um. „Meine liegt zu Hause auf dem Tisch."

„Sind das jetzt solche Schwangerschaftsgelüste wie das dringende Bedürfnis nach sauren Gurken?"

„Hm, sagen wir so: Solange ich diese praktische Ausrede habe, ist der offizielle Grund natürlich meine Schwangerschaft. Aber unter uns gebe ich gerne zu, dass ich grundsätzlich jeden Abend Schokolade esse und sehr unruhig werde, wenn keine mehr im Haus ist."

Kaja grinste. „Zum Glück für dich geht es mir ähnlich. Nimmt man meine Hamstertendenzen dazu, ist die Chance hoch, irgendwo im Haus Schokolade zu finden. Sofern Lance sie nicht schon vernichtet hat. Aber meistens hält er sich mehr an die Chips-Packungen."

Maxi spitzte die Ohren und versuchte, sich alle Infos zu merken. Es empfahl sich immer, den Feind zu kennen, versicherte sie sich zumindest. Es gab sonst keinen Grund, weshalb sie das interessieren sollte. Kaja stand auf und holte aus einem Wandschrank eine Tafel dunkle Schokolade.

Miri brach sich ein Stück ab und ließ es genussvoll auf der Zunge zergehen. „Hat Lance noch nie was von einem Geist erzählt?", wollte sie wissen, als sie die erste Reihe vertilgt hatte.

„Nein. Ich werde ihn morgen einmal darauf ansprechen. Aber er ist ja nicht mehr ständig hier."

„Vermisst du ihn?"

„Manchmal schon. Es war ganz praktisch, immer jemanden in der Nähe zu haben, mit dem ich mich kabbeln konnte. Andererseits schaut er doch sehr regelmäßig vorbei. Zudem bin ich sehr beschäftigt mit dem Atelier und den Projekten, an denen ich ab und zu für Simon arbeite."

„Apropos Simon. Was läuft denn zwischen ihm und Sierra?"

„Keine Ahnung. Ziemlich explosiv, die Mischung."

„Es ist dir also auch aufgefallen", stellte Miri fest.

„Das kannst du laut sagen. Zum Glück sehen sich die beiden selten. Hast du dir überlegt, was du bezüglich des verschollenen Drachenkind-Vaters machen willst? Oder bist du froh, dass er nicht involviert ist?"

„Keine Ahnung. Ich kenne ihn kaum. Es ist schwierig einzuschätzen, was er für einen Effekt auf unser Leben hätte. Kann ja sein, dass er völlig unbrauchbar ist. Oder er und ich sind im Alltag ganz und gar nicht kompatibel. Dann sind wir vielleicht besser dran, wenn wir ihn gar nicht kennen. Andererseits, ja: Seit ich mich entschieden habe, das Kind zu behalten, denke ich oft an ihn. Ich würde ihn gerne wieder sehen. Ihn besser kennen lernen. Ihm von der Halloweenüberraschung erzählen." Ein versonnenes Lächeln erhellte ihr Gesicht. „Aber in meiner Vorstellung kann ich das natürlich auch alles idealisieren. Wer weiß, wie die Wirklichkeit aussähe. Wenn ich den momentanen Chaosgrad als Maßstab nehme, wohl nicht so reibungslos." Sie hielt einen Moment inne. „Auch die Vorstellung, die Verantwortung teilen zu können, ist verlockend. Aber ob das realistisch ist?" Sie schaute Kaja an. „Ich habe Angst. Nach wie vor. Es ist eine Erleichterung, die Entscheidungsphase für oder gegen das Kind hinter mir zu haben. Bis zu einem gewissen Grad freue ich mich auch wirklich auf das Abenteuer Kind. Nur, es ist sehr wenig fassbar momentan. Ich habe hier diesen kleinen Alien im Bauch, der sich bis jetzt noch nicht mal körperlich groß bemerkbar macht, wenn man von meinen Stimmungsschwankungen absieht. Überall ist zu lesen von Frauen, die praktisch ab dem ersten Tag innere Zwiesprache halten mit ihrem Nachwuchs.

Ehrlich gesagt, fehlt mir das momentan völlig." Wütend wischte sie die Tränen weg, die ihr schon wieder übers Gesicht liefen.

Kaja lehnte sich zu ihr rüber und nahm sie fest in den Arm. „Das wird schon, du wirst sehen. Wir helfen dir alle. Und jetzt iss noch ein Stück Schokolade." Sie schob ihr den Rest der Tafel hin.

Miri erwiderte den Druck der Freundin und putzte sich die Nase. Endlich brachte sie ein schwaches Lächeln zustande. „Danke. Für alles. Ach Mist. Ich könnte schon wieder heulen. Ob gute oder schlechte Nachrichten spielt gerade eine sehr untergeordnete Rolle." Sie atmete tief durch. „Gut. Was ist der Plan für morgen?", fragte sie, entschlossen, nicht mehr zu weinen.

„Du schläfst erst mal aus. Je nachdem, wann Mathias eintrifft, gehe ich mit ihm die Pläne für das Haus durch. Vielleicht finde ich am Vormittag bereits einen fahrbaren Untersatz, den wir für deinen Umzug nutzen können. Falls nicht, hast du vielleicht Lust, mir im Atelier zu helfen? Ich bin in den letzten Zügen für den Weihnachtsversand."

„Klar. Brummt das Weihnachtsgeschäft?"

Kaja grinste. „Könnte man so sagen. Ich bin sehr zufrieden mit der Entwicklung. Falls es so weitergeht, muss ich jemanden anstellen, der sich um die Bestellungen kümmert."

„Warte mal mit den Bewerbungsgesprächen. Vielleicht könnte ich das ja übernehmen? Vorerst zumindest?"

„Meinst du, du hast Zeit, neben deinen eigenen Projekten?"

„Das wird sich zeigen. Anfangs sicher. Selbst wenn meine Kunst", sie zeichnete Gänsefüßchen in die Luft, als sie das Wort Kunst verwendete, immer noch unsicher wegen der Bezeichnung, „ein voller Erfolg werden sollte, muss sich das ja erst herumsprechen. Zudem habe ich Erfahrung mit der Abwicklung von Bestellungen und allem, was dazu gehört. Das war meine Aufgabe in der Buchhandlung, nachdem mir Kundenkontakt mehr oder weniger verboten war."

„Wer hätte gedacht, dass ich deinem Onkel mal für etwas dankbar sein würde", flachste Kaja.

„Tja, wer hätte das gedacht." Sogar Miri konnte sich zu einem Grinsen durchringen. „Ich glaube, ich gehe ins Bett. Der Tag hat mich doch mehr geschlaucht, als ich gedacht habe." Ihre Schläfe hatte wieder angefangen zu pochen. Auch ihr Handgelenk meldete sich unter dem festen Verband, den Kaja ihr angelegt hatte. Wahrscheinlich ließen die Schmerzmittel langsam nach. Plötzlich hatte sie das Gefühl, an Ort und Stelle einschlafen zu können.

„Das verstehe ich. Komm mit, ich zeige dir dein neues Reich."

Stimmt. Das hatte sie ja aufgeschoben zugunsten der Besichtigung des Häuschens. Sie folgte Kaja die Treppe hoch.

Vor der ersten Tür blieb Kaja stehen und stieß sie auf. „Hier ist das Badezimmer. Ich habe dir Handtücher hingelegt. Zahnbürste hast du mitgebracht?"

Als Miri nickte, ging sie weiter durch den breiten Flur. Der Boden war aus alten, frisch geschliffenen Holzdielen. Die Wände glatt verputzt und weiß gestrichen. Der Geruch von Harz aus den alten Balken vermischte sich mit dem Geruch von frischer Farbe. Kaja öffnete die hinterste Tür und ließ sie eintreten. Maxi und Chili folgten ihr auf dem Fuß, um ja nichts zu verpassen und sich möglichst gleich die besten Plätze zu reservieren. Das Zimmer war nicht besonders groß. Ein Gästebett, frisch bezogen. Eine Flasche Wasser auf dem Nachttisch neben dem Bett. Ein Sitzsack und ein Bücherregal mit einer weiteren Ansammlung alter Ausgaben des *National Geographics* vervollständigten die Einrichtung. Hier drin roch es nach Lavendel, was vermutlich der Kerze auf dem Fensterbrett zu verdanken war. Sie stellte ihre kleine Reisetasche neben dem Bett ab.

„Wenn du etwas brauchst, ruf mich einfach. Ich bin noch ein Weilchen wach.“

„Ist gut. Schlaf gut.“

„Du auch und erhole dich gut.“ Mit diesen Worten ließ Kaja sie allein. Chili hatte das Bett für sich beansprucht. Maxi hatte sich auf dem Sitzsack zusammengerollt. Gut. Wenigstens einmal schienen sich die Streithähne einig zu sein. Sie hätte auch nicht die Energie gehabt, den Streit zu schlichten. Vermutlich hätte sie beide vor die Tür verbannt. Sie kramte ihren Kulturbeutel sowie ihren Pyjama aus der Tasche und begab sich ins Bad. Dort starrte sie erst einmal geschlagene zwei Minuten ihr lädiertes Gesicht an. Dank Kajas Säuberungsaktion war wenigstens das verkrustete Blut weg. Dafür hatte ihre rechte obere Gesichtshälfte eine bläuliche Färbung angenommen. Das rechte Auge war blutunterlaufen. Vorsichtig fasste sie sich ins Gesicht. Sie zuckte zusammen. Autsch. Alles war superempfindlich. Da würde sie heute wohl auf der linken Seite schlafen müssen, stellte sie fest. Sie beschloss, ihrem Gesicht nur eine Katzenwäsche zuzumuten. Sie putzte ihre Zähne und fuhr sich mit einer weichen Bürste durch die kurzen blonden Locken. Das Handgelenk wickelte sie aus, drückte mit einiger Mühe mit ihrer Linken eine neue Ladung Arnikagel darauf und wickelte das Ganze wieder ein. Als sie fertig war, betrachtete sie den Verband kritisch. Er sah nicht so professionell aus wie der, den Kaja gemacht hatte. Aber für die Nacht würde es gehen. Morgen würde sie einfach ihre Freundin bitten, ihr nochmals zu helfen.

Vorsichtig zog sie ihr Pyjamaoberteil über den Verband und schlüpfte in die Hose. Sie löschte das Licht und tappte im Dunkeln in ihr Zimmer zurück. Dort erwarteten sie schon ihre beiden Begleiter. Chili saß auf dem Fensterbrett. Sein Schwanz hing herunter. Die Schwanzspitze zuckte hin und her. Maxi nahm sie an der Hand und führte sie zum Fenster. „Schau mal." Draußen war der Mond aufgegangen. Auf dem Boden lag eine dünne Schicht Schnee. Offenbar hatte es in den letzten zwei Stunden irgendwann ein wenig geschneit. „So schön", seufzte Miri und bückte sich, um die Kerze auszublasen. Sie ließ sich aufs Bett fallen und kuschelte sich unter ihre Decke. Chili verabschiedete sich von seinem Aussichtsposten und gesellte sich zu ihr. Maxi nahm seinen Platz am Fenster ein und hielt still Wache.

17

19. Dezember 2012

Miri blinzelte. Verschlafen öffnete sie die Augen ganz und schaute sich in dem fremden Zimmer um. Es war noch früh am Morgen, der Himmel wurde erst langsam heller. Ihr Drache befand sich in einer halb liegenden, halb sitzenden Position noch immer auf seinem Posten auf dem Fensterbrett und schnarchte leise vor sich hin. Neben ihr auf der Bettdecke streckte sich Chili. In einer fließenden Bewegung rollte er sich wieder zusammen und vergrub den Kopf zwischen den Pfoten. Irgendetwas musste sie geweckt haben. Ausgeschlafen war sie jedenfalls noch nicht. Lautes Hämmern in einem anderen Teil des Hauses löste das Rätsel. Sie drehte sich zur Seite und streckte sich, um einen Blick auf ihre Armbanduhr zu werfen, die sie gestern Abend dorthin gelegt hatte. Halb acht. Nachdem es Chili offenbar nicht eilig hatte aufzustehen, beschloss sie, sich noch eine halbe Stunde Schlaf zu gönnen. Sie kuschelte sich in ihre Decke und döste wieder ein.

Zwei Stunden später wachte sie zum zweiten Mal auf. Der Duft von frisch gebrühtem Kaffee zog von unten herauf. Vermutlich der Kona-Kaffee, den sie Kaja geschenkt hatte. Sie lächelte. Und ließ es gleich wieder bleiben, als sich ihr Gesicht schmerzhaft meldete. Alles in allem fühlte sie sich aber schon viel besser als gestern Abend. Sie schwang die Beine aus dem

Bett und blickte sich suchend im Zimmer um. Wo waren denn ihre vierbeinigen Freunde?

Maxi materialisierte sich auf ihrer Bettdecke. „Auch endlich wach?“, fragte sie großspurig.

„So lange kannst du auch noch nicht wach sein“, konterte Miri. „Schließlich hast du vor nicht allzu langer Zeit noch friedlich vor dich hin geschnarcht.“

„Unmöglich. Drachendamen schnarchen nicht“, antwortete sie indigniert.

„Bring mich nicht zum Lachen, das geht nämlich noch nicht so gut.“

Froh über den Themenwechsel betrachtete die Drachin das Gesicht ihres Schützlings. „Gut siehst du aus, so farbenfroh! Fast wie meine glänzenden Schuppen.“ Bewundernd strich sie sich über ihren eigenen Arm.

Nachdem ihr Gesicht heute nicht für ausdruckstarke Mimik zur Verfügung stand, verdrehte Miri ihre Augen nur gedanklich und tauschte ihren Pyjama gegen frische Kleider. „Wo steckt denn eigentlich der Kater?“

„Nachdem er zehn Minuten meditativ die Tür angestarrt hatte, hielt ich es nicht mehr aus und habe ihn raus gelassen.“

„Echt? Du hattest Mitleid mit ihm? Es geschehen noch Zeichen und Wunder.“

„Ach was! Es hat mich schlicht und einfach genervt.“

Miri glaubte ihr kein Wort. Aber wenn sie sich dabei besser fühlte, wenn sie sich das einredete, bitte sehr. Sie brauchte jetzt erst einmal ihre morgendliche Dosis Koffein. Und dann war sie gespannt, was der heutige Tag so bringen würde.

Kaja saß in der Küche, eine Tasse Kaffee in der Hand. „Hallo Siebenschläfer. Ausgeschlafen?“

„Ja. Ich war um halb acht schon mal wach. Aber dann habe ich mir noch eine Runde Schlaf gegönnt. Geplant war eigentlich nur eine zusätzliche halbe Stunde. Jetzt sind es zwei geworden.

Ich habe irgendwo gelesen, das sei normal in der ersten Monaten der Schwangerschaft."

„Ist ja auch kein Problem. Du hast hier keinen fixen Stundenplan. Bei mir angestellt bist du auch noch nicht."

„Dann wäre alles ganz anders", flachste Miri.

„Ja klar. Dann herrschen hier andere Sitten", gab Kaja todernst zurück. Bis sie losprustete.

Miri hob die Hände und bemühte sich, nicht zu lachen. „Stopp. Nicht mich zum Lachen bringen. Das macht meine Schläfe nicht mit."

„Oh", meinte sie. „Wie geht es dir überhaupt? Keine Nachwirkungen mehr?"

„Du meinst, abgesehen von der Farbenpracht im Gesicht? Na ja, es ist noch ganz schön empfindlich. Vor allem, wenn ich Grimassen schneide. Also lache. Augenbraue hochziehen auf der rechten Seite geht gar nicht. Und links kann ich es leider nicht."

„Ich sehe schon, das ist ein richtiges Handikap."

„Ja, ja, mach dich nur lustig. Dem Handgelenk geht es heute deutlich besser. Aber vielleicht könntest du mir nachher noch einen neuen Verband machen? Ich war nicht so geschickt gestern Abend. Beim Schlafen hat er noch zusätzlich gelitten."

„Klar. Aber jetzt gibt es erst mal Kaffee. Hier sind noch Brötchen, Butter und Honig."

Miri seufzte zufrieden und nahm die Tasse mit dem heißen Gebräu in Empfang. „Was will man mehr." Vorsichtig nahm sie einen Schluck. „Was sieht der Plan für heute aus?"

„Am Nachmittag stellt uns Sierra ihren Pferdetransporter zur Verfügung. Sie kriegt in der Zeit mein Auto, und wir zwei können deine Wohnung ausräumen."

„Super, dass das so schnell klappt. Dann schreibe ich noch heute die Kündigung an die Verwaltung. Einen Nachmieter zu finden ist bei der herrschenden Wohnungsnot in der Stadt

Zürich zum Glück sehr einfach. Das sollte also kein Problem sein. Ich weiß nur nicht, wohin mit dem ganzen Zeug. Das Pächterhäuschen ist schon noch etwas staubig. Ich würde da gerne erst sauber machen und einige Dinge auf Vordermann bringen."

„Nee, da kannst du die Sachen nicht hinstellen. Da wären sie ja auch Mathias im Weg. Aber unterhalb des Ateliers in der ehemaligen Scheune sollte genug Platz sein, um deine paar Habseligkeiten unterzubringen. Zum Glück hattest du so eine kleine Wohnung. Wenn ich mir vorstelle, wir müssten uns jetzt mit meterhohen Kleiderschränken herumplagen…"

„Oje... Apropos Pächterhäuschen. Ist Mathias schon da?"

„Ja, der war hier und hat sich das angeschaut. Seine Einschätzung deckt sich in etwa mit deiner. Er meinte, du sollst deine Ideen für die Badezimmervergrößerung einmal aufzeichnen. Er lässt dich dann wissen, ob es machbar ist und wie viel es ungefähr kosten würde."

„Ich kann es ihm ja auch erklären."

„Du hast ihn eben verpasst. Er ist schon wieder weg."

„Oh." Sie war ein bisschen enttäuscht darüber, Sierras Bruder verpasst zu haben, nachdem sie schon so viel von ihm gehört hatte. Zudem juckte sie es in den Fingern, mit den Erneuerungsarbeiten an ihrem zukünftigen Zuhause zu beginnen. Da hätte sie sich gerne mit ihm abgesprochen, nicht, damit sie sich noch in die Quere kamen. Als sie dies äußerte, winkte Kaja ab. „Ich denke nicht, dass das ein Problem sein wird. Er ist wirklich sehr unkompliziert."

Miri griff nach einem der Brötchen und schnitt es in der Mitte durch. Sie bestrich beide Hälften mit Butter und Honig. „Herrlich", murmelte sie mit vollem Mund.

„Dein Appetit scheint durch die gestrige Aufregung wenigstens nicht gelitten zu haben."

„Da muss schon mehr passieren. Essen kann ich immer. Leider."

„Was heißt hier ‚leider'? Erstens isst du im Moment ja für zwei. Und zweitens kannst du mir gerne etwas von deinen Kurven abgeben."

„Wenn ich dafür zehn Zentimeter Beinlänge abhaben kann, haben wir einen Deal", antwortete Miri mit vollem Mund. Als Kaja darauf nichts sagte, meinte sie nur: „Siehst du, das dann doch lieber nicht." Sie schüttelte den Kopf und steckte sich den letzten Bissen des Brötchens in den Mund.

Lachend hob Kaja die Hände. „Okay, überzeugt. Einigen wir uns doch darauf, dass wir beide unwiderstehlich sind, so wie wir sind."

„Hm, ja. Zumindest bis ich die Ausmaße eines Zwergwals annehme."

Kaja räumte den Tisch ab und winkte ab, als Miri ihr helfen wollte. „Lass mal. Wenn deine Hand verheilt ist, spanne ich dich gerne als hilfreichen Küchengeist ein. Apropos Geist – ist er nochmals aufgetaucht?"

„Ich dachte, du glaubst nicht an Geister?"

„Das kann man so nicht sagen. Ich habe primär nicht geglaubt, dass es in meiner Nähe Geister gibt. Das war immer etwas, was vielleicht andere Leute betraf. Aber sicher nicht mich." Kaja schien selber erstaunt zu sein über diese Erkenntnis.

Miri musste schmunzeln. „Und das sagt die Frau mit dem Privatdrachen."

„Das ist was anderes."

„Klar. Völlig. Das sehe ich ein", antwortete Miri mit einer guten Portion Ironie in der Stimme. „Wo ist denn eigentlich mein Drache abgeblieben?", wunderte sie sich laut. „Eben als ich aufgewacht bin, war sie noch da."

Kaja zuckte die Schultern. „Keine Ahnung. Hier bei mir in der Küche ist sie nicht vorbei gekommen."

„Seltsam. Ich hätte schwören können, sie ist schon genauso süchtig nach hawaiianischem Kaffee wie ich." Auf einmal waren laute Stimmen zu hören. Sie schienen aus dem Obstgarten hinter dem Haus zu kommen. „Hast du Handwerker da? Oder Gärtner?"

„Gärtner? Schön wär's… Ich versuche diesem Dschungel selbst Herr zu werden." Die Lautstärke nahm immer mehr zu. Plötzlich krachte es zünftig. Die beiden Freundinnen zuckten zusammen.

„Maxi!"

„Lance!"

„Um Himmelswillen! Meinst du, die beiden Drachen streiten sich?"

„Streiten ist gut. Wenn mich nicht alles täuscht, legen sie gerade meinen Garten in Schutt und Asche. Los, lass uns nachsehen."

Sie eilten zum Hinterausgang und blieben abrupt in der Tür stehen. Verblüfft betrachteten sie das Bild, das sich ihnen bot. Einer der alten Apfelbäume war wohl unvorsichtigerweise mitten in den Drachenstreit geraten. Zumindest lag er wie vom Blitz getroffen zersplittert am Boden. Lance hatte sich offenbar einen der Äste geschnappt und hielt ihn wie ein Schild vor sich.

Gerade war Maxi zu hören, wie sie höhnte: „Brillante Idee, das mit dem Ast. Hat dir noch niemand gesagt, dass Holz gut brennt?" Ohne seine Antwort abzuwarten setzte sie ihn mit einer riesigen Flamme, die aus ihrem Maul schoss, in Brand.

„Bist du wahnsinnig geworden?" Lance warf den brennenden Ast zu Boden und begann wie wild darauf herumzutrampeln. „Ich hätte wahrscheinlich damit rechnen müssen", regte er sich auf. „Du hattest schon früher ein leicht erregbares Temperament." Ein weiterer Feuerstrahl raste auf ihn zu.

„Das war wohl die falsche Antwort“, stellte Miri trocken fest. „Maxi, sag mal, geht’s noch? Ich würde ganz gerne in der nächsten Zeit hier wohnen.“

„Mach das. Jetzt ist nicht die Zeit, Umbaupläne zu besprechen. Ich muss hier was klären.“

„Das ist mir nicht entgangen. Aber Kaja wird wohl etwas dagegen haben, wenn du bei deinem Gespräch den ganzen Hof in Brand steckst.“

„Ja, lasst das! Auch du, Lance. Lass Maxi in Frieden, sie ist ein Gast von uns.“

„Ich habe ja gar nichts gemacht“, protestierte er.

„Das nennst du gar nichts?“

„Schluss jetzt, alle beide!“, brüllte Miri, um sich Gehör zu verschaffen. „Ihr könnt uns das gerne in aller Ausführlichkeit erzählen. Beide. Wenn ihr euch wieder beruhigt habt. Bis es soweit ist, verziehen wir uns, Maxi. Du kannst mir helfen, unser zukünftiges Heim zu putzen. Lance, ich nehme an, du willst dich uns nicht anschließen?“

Doch der Drache hörte sie schon nicht mehr. Saubermachen war das magische Wort. Dann musste er immer dringend weg. Irgendwohin. Wichtige Termine. Oder so. Beleidigt verdünnisierte sich auch Maxi in einer pink glitzernden Sternenstaubwolke.

„Da geht sie dahin, deine Putzhilfe.“

„Ach, ich mache mir da keine Sorge. Maxi wird mir schon helfen. Ich glaube, sie wollte einfach einen stilvollen Abgang hinlegen.“

„Du hast es gut. Ich glaube, Lance leidet unter spontan ausbrechendem Ausschlag, sobald er nur das Wort putzen hört.“

Mit Eimer und Putzlappen bewaffnet machte sich Miri eine halbe Stunde später auf zum Häuschen. Vor der Tür blieb sie stehen. Prüfend ließ sie ihren Blick über die Fassade gleiten. Bei

Tageslicht war der Eindruck natürlich ganz anders als im Dunkeln. Die problematischen Stellen traten deutlicher zutage. Besonders die zerbrochenen Fenster und die Risse in der Fassade sahen beeindruckend aus. Dabei war das Blödsinn. Fenster ließen sich einfach ersetzen. Bei der Fassade stand das endgültige Urteil noch aus. Doch nachdem Mathias gemeint hatte, das ‚Projekt Pächterhäuschen' sei machbar, hatte sie die Hoffnung, dass die Risse mehrheitlich oberflächlich waren. Ihr Nacken prickelte. Suchend blickte sie sich um.

„Hier oben."

Sie legte den Kopf in den Nacken und blinzelte gegen die Morgensonne an. Auf dem kleinen Vordach über dem Eingang saß Adrian und ließ lässig die Beine baumeln. „Guten Morgen. Wie ich sehe, widerlegst du gerade eine altbekannte Regel?"

„Welche denn?"

„Na, dass ihr nur zur Geisterstunde rumgeistert."

Er lachte. Es war ein angenehm tiefes Lachen.

„Das amüsiert dich wohl."

„Ja, schon. Wozu sollte denn das gut sein?"

„Hm. Vermutlich, um uns ängstliche Sterbliche zu beruhigen. Das gibt uns immerhin dreiundzwanzig Stunden am Tag Zeit, uns zu entspannen."

Das schien den Geist noch mehr zu amüsieren.

Belustigt schüttelte Miri den Kopf. „Du hast zu deiner Zeit bestimmt eine Menge Herzen gebrochen."

Wie auf Knopfdruck erlosch das Lachen in Adrians Gesicht. Im nächsten Moment war er verschwunden. Sofort hörten auch ihre Nervenenden auf, verrückt zu spielen. Ein sicheres Zeichen dafür, dass er sich tatsächlich verzogen hatte. Wohin auch immer, dachte sie bei sich. Sie zuckte mit den Schultern. Sie hatte jetzt wirklich keine Zeit, sich zusätzlich auch noch um schwierige Geister zu kümmern und deren Beweggründe für seltsames Verhalten zu ergründen. Schwierige Drachen und ein arbeitsintensives Zuhause waren für den Moment genügend Aufgaben. Zum Glück ließ sich der Wurm noch Zeit. Momentan war sie froh um jede Woche, wo sie noch Dinge alleine erledigen konnte. Geistesabwesend strich sie sich über den Bauch.

„Drachenkind, nicht Wurm", rügte Maxi telepathisch.

„Ja, ja, schon klar. Bereit zum großen Reinigungsevent? Wir wollen doch dem Drachenkind ein schönes und sauberes Zuhause bieten."

Die Drachin schnaubte. „Ein ambitioniertes Ziel für eine Putzaktion. Niederbrennen und neu bauen wäre sinnvoller!"

„Wir haben heute aber gute Laune", stellte Miri fest. Mit einigem Körpereinsatz schloss sie die Haustür auf. Dann hatte sie es geschafft. „Möchtest du darüber reden?"

Statt einer Antwort schnaubte ihre Begleiterin nur noch einmal. Diesmal begleitet von ein paar dunkelgrauen Rauchwölkchen. Sie schnappte sich die Putzutensilien und verschwand im Inneren des kleinen Hauses.

„Offensichtlich nicht", stellte Miri fest.

Ihrer guten Laune konnte das allerdings nichts anhaben. Der Drache würde sich schon wieder beruhigen. In der Zwischenzeit war viel zu tun. Im Inneren des Hauses angelangt beschloss sie, als Erstes die verbleibenden Fenster zu putzen. Und den Urwald vor diesen zu roden. Dann würde sie vielleicht auch tatsächlich etwas sehen. Trotz des Dämmerlichts, welches noch verstärkt wurde durch die geschwärzten Wände, sah sie auf dem wurmstichigen Tisch etwas stehen. Ein altes Radio. Daneben lagen ein Zettel und ein Bleistift. Sie bemühte sich, den Text zu entziffern.

„Hallo Unbekannte. Ich soll für dich das Haus instand setzen. Schreib mir doch kurz auf, was deine Prioritäten sind. Falls wir uns das nächste Mal wieder verpassen sollten, weiß ich, womit ich anfangen kann. Ach ja,

Ich höre gerne Musik beim Arbeiten. Falls es dir auch so geht, kannst du das Gerät gerne mitbenutzen. Strom funktioniert. Bis bald.“

Unterschrieben hatte er mit einem schwungvollen M. Irgendetwas irritierte Miri an diesem Brief. Was idiotisch war, denn das war ein perfekter und freundlicher Willkommensgruß, den sie so gar nicht erwartet hatte. Auf der unteren Hälfte des Papiers war noch Platz. Sie nahm den Stift zur Hand und kaute einen Moment unschlüssig darauf rum. Was waren denn ihre Prioritäten. Hm.

„Hallo Bruder von Sierra. Ja, ich weiß schon, dass du Mathias heißt. Aber solange ich dich nicht persönlich kenne, bleibst du für mich in erster Linie Sierras Bruder ;-). Auf jeden Fall vielen Dank für das nette Schreiben. Meine Prioritäten? Küche – damit ich anschließend die Wände streichen kann. Muss nichts Wahnsinniges sein, aber vielleicht ein moderner Spülstein, vielleicht ein Gasherd? Kühlschrank? Das alte Buffet möchte ich gerne behalten und restaurieren.“

Da sie mit Worten nicht so gut umgehen konnte, zeichnete sie eine kleine Skizze darunter, einfache Küchenelemente, wie sie auch günstig zu finden waren. Sie wollte das Häuschen ja nicht vergolden. Nur wohnlich sollte es sein. Und möglichst auch praktisch.

„2. Das Bad im oberen Stock. Ich glaube, Kaja hat mit dir schon darüber gesprochen. Bei Fragen bitte melden.“

Auch hier fügte sie eine Zeichnung hinzu. Sie skizzierte grob den Grundriss des oberen Stockwerks und deutete mit klaren Strichen die gedachte Vergrößerung an.

„3. Fenster. Von mir aus erst mal diejenigen, die tatsächlich kaputt sind. Ich kann mit den alten intakten Fenstern gut leben. Ach ja, ich hoffe, du sagst mir, die Risse in der Außenwand sind nur ein kosmetisches Problem?

Dann wären Punkt 4: die Böden. Darum kann ich mich aber selber kümmern. Falls du weißt, wo ich eine Schleifmaschine leihen kann, lass es mich wissen. Die Wände mache ich auch selber. Danke für deine Hilfe, hoffentlich bis bald. Auch M."

Sie musste grinsen. War das jetzt zu kindisch? Egal. Sie war in bester Stimmung und die würde sie sich jetzt nicht verderben, indem sie ihr Antwortschreiben zensierte. Sie riss den oberen Teil mit seinem Text ab und steckte diesen in ihre Hosentasche. Ihre Antwort platzierte sie sorgfältig unter dem Radio. Sie steckte den Stecker in die Steckdose und stellte das Gerät ein. Radio Top. Aktuell spielte der momentan unvermeidbare Song *Count on me* von *Bruno Mars*. Hitparade. Damit konnte sie leben. So, jetzt konnte die Putzerei eigentlich losgehen. Wo war denn eigentlich Maxi abgeblieben?

„Hier bin ich. Aber du warst gerade sehr damit beschäftigt, unbekannten Männern Briefe zu schreiben." Die Drachin hatte sich neben der mittelalterlich anmutenden Spüle platziert.

„Wenigstens werfe ich dabei nicht mit Feuerbällen um mich", konnte sich Miri nicht verkneifen.

„Wollten wir nicht putzen?"

„Also gut. Dann wird erst geputzt. Aber glaub bloß nicht, dass du damit vom Haken bist. Ich will die ganze Geschichte hören."

Wie erwartet wurde die Spitze ignoriert. Fast schon übereifrig schnappt sich Maxi einen Lappen und begann enthusiastisch, eines der Fenster zu bearbeiten. Miri schaute sich das eine halbe Minute lang an und seufzte dann. „Viel Erfahrung im Putzen hast du wohl nicht gerade?"

„Wieso? Stimmt was nicht?"

„Na ja, mit einem trockenen Putzlappen wirst du bei diesem Jahrhundertdreck nicht weit kommen."

Eingeschnappt ließ sie den Lappen fallen und verschränkte die Arme. „Was soll ich dann machen, Miss Reinigung?"

„Hui, da ist jemand empfindlich. Entweder du lässt dich von mir einführen in die hohe Kunst des Fensterputzens oder du schnappst dir den Besen und fegst erst mal den groben Dreck zur Tür hinaus."

Misstrauisch beäugte der Drache den Besen. „Was macht denn mehr Spaß?"

„Spaß? Für mich fällt keines der beiden Dinge wirklich in die Spaßkategorie. Aber versuche es hiermit." Sie hielt ihrer geflügelten Freundin eine Sprühflasche mit Fensterputzmittel sowie eine Rolle Küchenpapier hin. „Auf die Scheibe sprühen und wieder wegwischen."

„Ich soll also erst noch mehr Dreck machen?" Zweifelnd betrachtete sie die Flasche in ihrer Pranke und drehte sie zu sich hin. Miri beeilte sich, sie wieder weg zu drehen.

„Aufpassen. Wenn du hier drückst, spritzt es hier raus. Sprich, dir ins Gesicht, wenn du es verkehrt herum hältst." Sie demonstrierte das Gesagte mit einem einzelnen Sprühstoß. Fasziniert beobachtete die Drachin die feinen Tropfen, die durch die Luft schwebten.

„Das nenne ich mal ein Drachenputzmittel. Das Ding speit ja, na ja, nicht Feuer, aber so ähnlich." Mit neuem Elan machte sie sich ans Werk.

Miri füllte ihren Eimer mit Seifenlauge und machte sich an die Fenster- und Türrahmen. Nachdem eine halbe Stunde verstrichen war, startete sie einen neuen Versuch, hinter das Geheimnis zu kommen, welches die gemeinsame Geschichte zwischen Lance und Maxi offensichtlich umgab. „Woher kennst du Lance eigentlich?", fragte sie so beiläufig wie möglich, während sie das schmutzige Wasser durch sauberes ersetzte.

„Wir kennen uns gar nicht."

„Richtig. Und ich bin gar nicht schwanger." Sie setzte ihren strengsten Blick auf. Die Drachin hingegen bearbeitete ihr Fenster mit höchster Konzentration und ignorierte sie komplett. „Jetzt spuck es schon aus. Sonst nehme ich dir das Zauber-Drachen-Putzmittel wieder weg!"

„Ich hatte ihn mal getroffen. Auf der – was ist das entsprechende Wort bei euch? Universität?"

„Und weiter?"

„Nichts weiter. Das ist alles."

„Dann war er also dein Lehrer?"

„Mein Lehrer? Wie kommst du denn auf diese absurde Idee?"

„Erstens ist er älter als du. Das hat Lance einmal erwähnt. Zweitens, wenn du ihn nur getroffen hast und das alles ist, wie du eben gesagt hast", sie zeichnete überdeutlich Anführungszeichen, während sie Maxis Aussage wiederholte, „muss er dein Lehrer gewesen sein, um dich so zu verärgern, dass du Jahre danach den spontanen Impuls verspürst, mit brennenden Bäumen um dich zu werfen." Keine Antwort. „Soll ich raten?"

Die Drachin zuckte mit den Schultern. „Wie es dir beliebt."

Miri rollte die Augen hinter ihrem Rücken. Sie schleppte den frischgefüllten Eimer zum nächsten Fenster. „Er war der große Weiberheld. Du hast dich in ihn verliebt. Wie sämtliche andere aus deinem Jahrgang. Er hat mit dir geflirtet. Wie mit sämtlichen anderen deines Jahrgangs oder der ganzen Uni", fügte sie hinzu, in Gedanken an Lance und seine Großspurigkeit. „Während du erst gedacht hast, du seist die Einzige."

Maxi zuckte zusammen.

„Ha! Erinnere mich bloß daran, es mir mit dir nie zu verscherzen. Du kannst ziemlich nachtragend sein."

Endlich drehte sie sich um, wenn auch nur, um ihren Schützling böse anzustarren.

„Schau mich nicht so an. Ich bin nicht der Bösewicht hier."

„Das nicht. Aber du scheinst es auch nicht allzu schlimm zu finden. Dieses abscheuliche Verhalten."

„Ganz ehrlich? Das ist doch alles lange her. Sei doch ein wenig nachsichtig. Mit ihm wie auch mit dir. Du warst jung und leicht zu beeindrucken. Und er war jung und leicht großenwahnsinnig. Beides normal für das Alter und die Umstände. Jetzt ist die Situation doch ganz anders."

„Inwiefern anders?"

„Du bist älter und weiser, sicher auch schöner als damals. Während er vermutlich nicht viel dazu gelernt hat. Zumindest was den Umgang mit Frauen betrifft."

„Wie kommst du denn zu diesem Schluss?"

„Ich habe ihn auch ein wenig kennengelernt im letzten Jahr. Er ist ein unverbesserlicher Charmeur. Und wenn männliche Drachen nur ein bisschen etwas mit Männern gemeinsam haben, ist es eine ziemlich sichere Wette, dass er der Meinung ist, die alten Tricks würden immer noch funktionieren. Das könnte sogar ziemlich lustig werden, ihn ein wenig zu ärgern und ihm seine eigene Medizin zu verabreichen."

„Meinst du?"

„Na klar. Das geht sogar ohne Feuerwerk." Sie beschloss, es erst mal gut sein zu lassen und vertraute darauf, dass Maxi früher oder später schon noch mit den Details herausrücken würde.

18

Miri steckte ihren Kopf ins Atelier. „Stören wir?“

Kaja blickte von ihrer Arbeit auf. „Nein, nein. Kommt ruhig rein.“ Als sie Maxis Zögern bemerkte, fügte sie hinzu: „Lance ist noch nicht wieder aufgetaucht, falls es das ist, was dir Sorgen macht.“

„Ich? Ich mach mir doch keine Sorgen“, plusterte sich die Drachin auf. Wie bei einem Hund, dem sich das Fell sträubte, schien eine Welle durch ihre Schuppen zu laufen und brachte diese zum schimmern. Die beiden Freundinnen sahen sich vielsagend an.

„Seid ihr schon fertig mit dem Großreinemachen?“

„Eher fertig mit den Nerven.“ Miri setzte sich auf eine Ecke des großen Arbeitstisches und streckte ihren Rücken durch.

„Pah. Du vielleicht“, meinte Maxi großspurig. „Ich bin jetzt ja Fensterputzspezialistin. Wer hätte gedacht, dass das so viel Spaß macht“, fügte sie hinzu.

„Ich habe sie mit der wunderbaren Erfindung von Fensterputz-Spray bekannt gemacht.“

„Kanntest du das nicht?“, wandte sich Kaja verwundert an Maxi.

„Um den Hausputz musste ich mich nie kümmern. Wir Drachen hatten bis vor kurzem unsere…“

„…Jungfrauen“, vervollständigten die beiden Frauen den Satz im Chor. Sie schauten sich an und mussten lachen. „Zwei Idioten, ein Gedanke.“

„Scheint so. Ich habe und bin keine Jungfrau, so viel ist inzwischen wohl klar. Dafür habe ich einen Drachen.“ Miri grinste triumphierend.

„Den hab ich zwar auch. Allerdings offensichtlich nicht zum Putzen. Aber habt ihr was geschafft?“

„Das schon. Die noch intakten Fenster sind jetzt geputzt. Den wilden Wein und den Efeu habe ich zurückgeschnitten.“

Maxi hüstelte.

„Was hast du denn?“

„Sie spielt wohl auf die Brandrodung an, die sie betrieben hat.“

„Brandrodung? Du meinst abgesehen von dem armen Apfelbaum mussten noch weitere Pflanzen dran glauben?“

Miri warf der Drachin einen finsteren Blick zu. „Siehst du? Ich habe dir doch gesagt, dass das nicht gut ankommt.“ Sie drehte sich wieder zu Kaja um. „Zu ihrer Verteidigung muss ich sagen, es war ein toter Wurzelstock. Ich hätte zugegebenermaßen Stunden gebraucht, ihn mit konventionellen Methoden auszugraben.“

„Dann ist ja gut. Ich muss schon sagen, seit ihr zwei eingezogen sind, geht es hier rund.“

„Immerhin besteht nicht die Gefahr, dass dir langweilig wird.“

„Der Unterhaltungswert ist auf jeden Fall gestiegen. Und die Zahl meiner verfügbaren Freiwilligen auch. Hilfst du mir, diese Geschenksets zu verpacken?“

„Klar, mach ich doch gerne.“

Eine halbe Stunde später fertigte Miri gerade das letzte Paket ab. Maxi hatte sich unter undeutlichem Gemurmel gleich zu Anfang aus dem Staub gemacht. Sie hoffte, es kam nicht wieder zu einem Drachenzusammenstoß. Auf der Holztreppe, die zum Atelier hochführte, waren polternde Schritte zu hören.

„Erwartest du jemanden?", fragte Miri.

„Eigentlich nicht." Kaja schaute aus dem Fenster und erblickte Sierras Wagen inklusive Transporter. „Was machst du denn hier", begrüßte sie die Freundin, die soeben zur Tür herein kam. „Du hättest dir wirklich nicht die Mühe machen müssen. Ich weiß doch, wie angebunden du mit deinen Vierbeinern und dem Hof bist. Wir hatten doch besprochen, dass es am einfachsten ist, wenn wir zu dir kommen."

Sierra befreite einen Stuhl von Verpackungsmaterial und ließ sich hinein fallen. „Ich weiß. Aber mir fiel Zuhause die Decke auf den Kopf. Und da dachte ich, bevor ich unüberlegte Dinge tue, wie bestimmte Menschen einen Kopf kürzer zu machen, komme ich zu euch."

„Wenn das so ist, bist du natürlich herzlich willkommen."

„Na klar. So ein Lieferservice ist immer etwas Tolles."

„Sag mal, was ist denn im Garten passiert? Als ich euch im Haus nicht finden konnte, habe ich euch erst dort draußen gesucht. Hat da ein Blitz eingeschlagen?"

„Das war unser morgendliches Drachenereignis. Lance und Maxi sind etwas unvorbereitet aufeinandergetroffen."

„Aha. Ich nehme an, es gab Verständigungsschwierigkeiten?"

„Das ist sehr elegant ausgedrückt. Wir konnten sie gerade noch davon abhalten, den ganzen Hof abzufackeln. Scheint, als hätten die beiden eine gemeinsame Geschichte. Maxi wollte allerdings nicht wirklich damit rausrücken."

Sierra schüttelte ungläubig den Kopf. Sie beschloss, die Details zu einem späteren Zeitpunkt zu erfragen. Jetzt hatte sie ein anderes Anliegen. „Wie sieht denn euer Zeitplan aus?", erkundigte sie sich bei den beiden.

„Den müssten wir nochmals durchgehen. Der hat sich durch dein Erscheinen gerade geändert. Wir essen sicher noch eine Kleinigkeit und fahren dann los."

„Also seid ihr hier mit der Arbeit fertig."

„Ja. Den Rest kann ich dann noch später machen."

„Nachdem ich euch eine halbe Stunde Autofahrt erspart habe, kann ich vielleicht Miri noch etwas zeigen."

„Was denn?"

„Ich habe mir gedacht, nachdem du gestern diesen unerfreulichen Zusammenstoß mit deinem Onkel hattest und diese Geschichte mit den Drohbriefen im Grunde genommen auch nicht gelöst ist, wärst du vielleicht an ein paar Selbstverteidigungstipps interessiert."

„Selbstverteidigung? So etwas wie Karate?" Miri machte ein zweifelndes Gesicht. „Du weißt schon, dass ich nicht so eine Sportskanone wie Kaja bin."

Sierra lachte. „Keine Angst. Du musst weder Höchstleistungen vollbringen noch ein Kampfkunst-Spezialist werden. Was ist, traust du dich?"

Miri war eigentlich nudelfertig nach dem Putzen. Andererseits war es sehr nett von Sierra. Und vielleicht würde sie sich tatsächlich ein wenig sicherer fühlen, wenn sie immerhin eine Idee hatte, wie sie sich im Ernstfall wehren könnte. „Also gut. Ich verlasse mich jetzt einfach auf dein Urteil. Wenn du meinst, ich schaffe das, werde ich mein Bestes geben."

„Heute werde ich dir vor allem ein paar Tipps geben. Ich bin sicher, dein Kopf ist noch nicht wieder ganz hergestellt."

„Dem geht es deutlich besser als gestern. Aber drauffallen wäre bestimmt eine schlechte Idee. Was mir mehr Probleme macht, ist meine Hand. Türrahmen schrubben ist vermutlich eine suboptimale Tätigkeit für ein gestauchtes Gelenk."

Sierra nickte zustimmend und schaute Kaja zu, die den Verband geschickt neu anlegte. „So, jetzt sollte er wieder halten. Ich gebe dir nachher einen frischen. Dieser hier sieht ziemlich mitgenommen aus. Ich lasse euch dann mal alleine und mache uns was zu essen. In einer halben Stunde drüben im Haus?“

„Ist gut. Mehr will ich unserer Kleinen – oder soll ich sagen den beiden Kleinen? – nicht zumuten.“

„Ich glaube nicht, dass das zweite Kleine schon eine Meinung hat.“

„Sei dir da nicht zu sicher, es ist immerhin ein Drachenkind“, scherzte Sierra.

„Du hast gut reden. Weißt du was, sollten sich deine Worte bewahrheiten, schicke ich sie einfach zu dir in einen Erziehungsurlaub. Immerhin wirst du Patentante.“

„Darüber reden wir dann noch. Lass uns anfangen.“

Die beiden setzten sich hin und Sierra fing an, Miri die Grundregeln der Selbstverteidigung zu erklären und zu demonstrieren. Miri hörte aufmerksam zu. Einiges davon wusste sie schon. Anderes wiederum war neu. Sie sog alles auf wie ein Schwamm und merkte dabei, wie sehr ihr die Hilflosigkeit, die sie am vergangenen Tage gespürt hatte, zu schaffen machte.

„Bei einem Mann kannst du die Bauchregion gleich vergessen“, erklärte Sierra gerade. „Entweder haben sie Muskeln oder einen Bierbauch. So oder so, sie werden nicht viel spüren, egal wie viel Kraft du auch in einen Schlag legst.“ Sie begann vielversprechendere Regionen aufzuzählen. „Augen. Hals.“

Miri spürte, wie sich die Härchen in ihrem Nacken aufstellten und sich das inzwischen schon vertraute Kribbeln dazu gesellte. Etwas spät fiel ihr ein, dass Sierra noch gar nichts von den jüngsten Ereignissen wusste.

„Eier“, mischte sich eine tiefe Stimme ein.

Erschrocken wirbelte Sierra herum. Adrian schlenderte lässig im Atelier umher und beäugte interessiert Kajas Vorräte an Kräutern und Kerzen. „Jetzt gibt’s hier tatsächlich auch noch einen Geist? Als wenn wir nicht schon genug Trubel mit den Drachen hätten."

Miri musste schmunzeln.

„Ist doch wahr, oder etwa nicht."

„Doch, doch. Ich finde es nur spannend, dass deine Reaktion auf den Geist exakt deiner Reaktion auf den Drachen entspricht. Weißt du noch, als wir uns zum ersten Mal getroffen hatten?"

„Ja, und?" Sierra verstand nicht ganz, was daran so besonders sein sollte.

„Kajas Reaktion auf den Geist ist auch ähnlich ihrer ersten Reaktion auf Lance. Im Moment zieht sie es vor, die Tatsache eines hier wohnhaften Hausgeistes zu ignorieren."

Jetzt musste auch Sierra grinsen.

„Geht der Unterricht nicht weiter? Oder hat euch meine unverblümte Ansprache schockiert?" Adrian war unbemerkt zu ihnen geschlendert und flüsterte Sierra über die Schulter ins Ohr. Anstatt ein zweites Mal zu erschrecken, wie Adrian es eigentlich geplant hatte, wedelte sie nur mit der Hand, als wollte sie eine lästige Fliege verscheuchen. „He. Ein bisschen mehr Respekt, junge Dame."

Sierra linste über die Schulter und musterte ihn mit abschätzigem Blick. „Das gilt wohl eher umgekehrt. Ein bisschen Abstand, wenn ich bitten darf. Und du bist wer?"

Verblüfft von der klaren Ansage trat er einen Schritt zurück. Aber er fasste sich schnell wieder. Mit einer fließenden Geste strich er sich seine Haarlocke aus der Stirn. Ein schelmisches Funkeln trat in seine Augen. „Verzeihen Sie mir bitte, Madame. Ich konnte nicht widerstehen. Leute zu erschrecken ist als Gespenst sozusagen Pflicht. Bis vor kurzem hatte ich sehr selten Gelegenheit dazu, da der Hof lange leer stand. Stets zu Diensten, Adrian mein Name."

„Hm." Obwohl sie insgeheim zugeben musste, dass der Geist sehr charmant war, wollte sie ihn noch ein wenig zappeln lassen. „Ich bin Sierra. Meinen Eltern gehört der Hof. Es erstaunt mich, dass sie dich nie erwähnt haben."

„Ach..." Mehr sagte er nicht, sondern begann wieder, im Zimmer umherzuwandern. Die beiden Frauen sahen sich ratlos an.

Schließlich zuckte Sierra mit den Schultern und meinte: „Lass uns weitermachen. Es gibt gleich Mittagessen. Also, wie unser Besucher hilfreich erwähnt hat, ist ein gezielter Tritt zwischen die Beine meistens sehr effektiv. Dann gibt es noch die Knie und die Füße als angreifbare Stellen." Mit ein paar einfachen Befreiungstechniken setzte sie den Unterricht fort.

Der Geist hatte seine Wanderung durch das Atelier beendet und sich in ihrer Nähe im Schneidersitz auf den Boden gesetzt. Ab und zu feuerte er Miri an, wenn sie dabei war, Sierras Anweisungen umzusetzen oder gab seine eigenen Weisheiten dazu.

Irgendwann hatte diese genug davon. „Was mischst du dich denn ständig ein? Hast du irgendwelche Qualifikationen?"

„Ich war Boxchampion in meiner Jugend." Während er auf der Stelle tänzelte, deutete er einen linken Haken an und duckte sich weg.

„Also ist das ganz schön lange her", brummte sie. „Und wo willst du das gelernt haben?"

„Wo?" Er schaute die beiden verständnislos an. „Auf der Straße natürlich. Wo denn sonst." Er schüttelte den Kopf über so viel Unwissenheit und verschwand so unauffällig, wie er gekommen war.

Sierra beschloss, es für die erste Lektion gut sein zu lassen und half Miri hoch. „Das reicht für heute. Wenn du Lust hast, können wir das regelmäßig machen."

„Sehr gerne. Ich kann dafür gerne auch zu dir fahren."

„Das sehen wir ja dann. Wenn es möglich ist, komme ich gerne hier her. Ich bin sonst schon die ganze Zeit auf dem Hof. Da schätze ich ein wenig Abwechslung."

Miri wunderte sich ein wenig. Bis jetzt war es immer sehr schwierig gewesen, Sierra vom Hof loszueisen. „Alles in Ordnung bei dir?", erkundigte sie sich.

„Ja, klar", war die Antwort. Miri entging nicht, dass sie ihr dabei nicht in die Augen schaute, sondern sehr konzentriert in ihre Schuhe schlüpfte. Aber wenn Sierra nicht darüber reden wollte, konnte sie nicht viel machen.

Erschöpft ließ Miri sich aufs Sofa fallen und streifte sich die Schuhe ab. Kaja tat es ihr nach. „Ah, tut das gut. Ich werde morgen einen Muskelkater haben, der sich gewaschen hat."

„Ja, die Treppen sind fies. Ich habe mir auch oft einen Aufzug gewünscht."

„Ich weiß nicht, wie ich dieses kleine unwichtige Detail vergessen konnte. Vierter Stock. Und kein Aufzug. Zum Glück waren deine Möbel nicht schwer. Im Gegensatz zum Inhalt deines Kellerabteils." Sie war Miri einen Seitenblick zu. „Wer hätte gedacht, dass du dein eigenes Bastelgeschäft im Keller versteckt hast."

„Stimmt. Ich auf jeden Fall nicht." Miri war ganz begeistert. „Dank des Umzugs weiß ich jetzt wieder genau, was ich alles habe. Eigentlich hätte ich gleich eine Inventarliste anlegen sollen."

Kaja verdrehte die Augen. Sie hatte fast der Schlag getroffen, als Miri die Tür geöffnet hatte. Nachdem sie trotz der Treppe in Rekordzeit den Inhalt der Wohnung im Pferdeanhänger verstaut hatten, war ihrer Freundin plötzlich eingefallen, dass noch ein, zwei Sachen im Keller sein müssten. Ein, zwei. Ha. Eher ein-, zweihundert.

Sie schloss die Augen und murmelte: „Du kannst ja auch einen Shop eröffnen und Bastelartikel verticken."

Miri musste schmunzeln. „Ja, ja, ich habe verstanden. Du bist immer noch überwältigt von der Menge. Aber du musst zugeben, dass dieser Eindruck zum Teil auch durch die begrenzten Ausmaße des Kellerabteils entstand. Jetzt im Atelier sieht es gar nicht nach so extrem viel aus."

„Beim Rauftragen hat es sich aber nach viel angefühlt." Zum Atelier führte nämlich auch eine Treppe hoch. Immerhin hatten sie Miris Möbel ebenerdig zwischengelagert.

„Denk einfach dran, was für ein Training das für dein Hinterteil war."

Kaja öffnete ein Auge und runzelte die Stirn. „Hast du eben mein Hinterteil fett genannt?"

„Um Himmels willen! Natürlich nicht! Nur von mir auf andere geschlossen, mein Fehler!" Sie machte ein unschuldiges Gesicht. Klimperte übertrieben mit den Wimpern und grinste frech.

Kaja schloss das Auge wieder. „Dann bin ich ja beruhigt. Sonst hätte ich dich mit einem Kissen bewerfen müssen. Oder so. Dazu bin ich einfach zu kaputt."

„Ich bin sicher, Miri kocht dir gleich etwas zu essen." Maxi setzte sich lässig auf den Sofatisch.

„Auch wieder da?" Die Drachin hatte den ganzen Nachmittag durch Abwesenheit geglänzt. „Und auch noch pünktlich zum Essen."

„Irgendwie entsteht bei mir gerade der Eindruck, dass Lance und du mehr Gemeinsamkeiten habt, als es auf den ersten Blick aussieht", gab Kaja ihren Senf dazu.

„Warte nur", grollte Maxi, während ihre Schuppen dunkelviolett anliefen. „Und das, nachdem ich gerade mit dir Mitleid hatte und Miri zum Küchendienst abkommandiert habe." Sie schüttelte bedauernd den Kopf. „Kein Respekt mehr, die Jugend von heute."

„Drachen sind schon was Tolles. In deren Gegenwart gelten wir auch mit Neunzig noch als die *Jungen*“, grinste Miri. „Aber sie hat recht. Ich schwinge mich jetzt auf meinem Hexenbesen in die Küche und zaubere mit Hilfe meines heute umgezogenen Dampfkochtopfs eine leckere Gemüsesuppe mit Würstchen und Kartoffeln. Wie klingt das?“

„Himmlisch“, ließ sich ihre Freundin vernehmen.

Als Miri vierzig Minuten später wieder ins Wohnzimmer schaute, war vom Sofa leises Schnarchen zu hören. Maxi hatte es sich auf dem Fensterbrett bequem gemacht und las Zeitung. Zorro lag auf dem Teppich und starrte Chili an. Der Kater saß auf dem Tisch und putzte sich mit dem erklärten Ziel, den Hund in den Wahnsinn zu treiben. Sie schüttelte amüsiert den Kopf.

Die Drachin blickte von ihrer Zeitung auf. „Ich habe versucht zu schlichten, aber die beiden sind nicht ansprechbar.“

„Es ist verboten, auf dem Tisch zu sitzen!“, entrüstete sich Zorro.

„Ist es nicht. Zumindest nicht für mich.“ Chili konzentrierte sich auf seine andere Pfote.

Miri bekam den Dialog zwischen den Tieren zwar nicht in Worten mit, schätzte die Situation aber dennoch richtig ein. „Zorro, weck mal dein Frauchen“, forderte sie ihn auf. „Essen.“ Gleichzeitig schnappte sie sich Chili, der natürlich erst einmal empört miaute. „Ja, ja, ich weiß. Fellpflege ist wichtig und so weiter und so fort.“ Sie zerzauste ihm das Fell zwischen den Ohren. „Aber muss das unbedingt auf dem Tisch unserer Gastgeber sein?“ Sie drückte ihm einen Kuss auf den Pelz und setzte ihn auf die warme Ofenbank.

Zorro hatte inzwischen pflichtbewusst mit seiner Schnauze Kaja wach gestupst. Verschlafen rieb sie sich das Gesicht und setzte sich etwas steif auf. „Ich kann nicht glauben, dass ich eingenickt bin. Dabei bist du es doch, die a) schwanger, b) verletzt und c) kleiner ist als ich.“

„A) Schwanger zu sein ist keine Krankheit, b) du hast all die schweren Sachen geschleppt und c) du weißt ja: klein aber oho.“ Miri zwinkerte ihr zu. „Aber alt werde ich heute auch nicht mehr“, gab sie zu. „Ich denke, nach dem Essen werde ich mich aufs Ohr hauen.“ Sie begaben sich in die Küche, dicht gefolgt von den Vierbeinern. „Ich füttere nur noch schnell die Raubtiere. Setz die ruhig schon hin.“

Kaja hob den Deckel und verzog genüsslich das Gesicht. „Das riecht total lecker.“ Sie füllte zwei Teller mit dampfender Suppe. Zorro und Chili beäugten sich misstrauisch, während sie ihr Essen hinunterschlangen. Maxi holte sich einen zusätzlichen Teller aus dem Schrank und hielt ihn Kaja unter die Nase.

„Für dich auch?“

„Gerne mit vielen Würstchen. Und falls du zusätzlich einen klitzekleinen Schluck Holunderschnaps entbehren könntest…“ Sie ließ den Satz unvollendet. Drachen. Miri hatte zugehört und brachte ein kleines Gläschen Schnaps mit. „Ein größeres Glas hast du nicht gefunden?“

„Ich muss mich für meinen Drachen entschuldigen.“

Kaja lachte. „Musst du nicht.“

„Siehst du, musst du nicht.“ Maxi nickte zufrieden, bis sie den zweiten Teil hörte.

„Ich bin das ja gewöhnt von Lance.“

Das stimmte nicht. Sie war auf keinen Fall wie Lance!

„Ähm, Maxi“, mischte sich ihr Schützling jetzt ein. „Ich verstehe ja, dass du dich abgrenzen willst. Aber beim letzten Mal, als ich geschaut habe, warst du immer noch ein Drache.“

„Ja? Und jetzt?“

„Lance ist auch ein Drache. Und Drachen haben anscheinend ein paar exemplarübergreifende Eigenschaften.“ Die Drachin zog es vor, darauf nicht zu antworten.

„Was hast du in den nächsten Tagen so vor?“, erkundigte sich Kaja.

„Mm“, Miri musste erst schlucken. „Ich sollte mich wohl endlich um einen Arzttermin kümmern, mein zukünftiger Palast braucht meine Aufmerksamkeit, und dir habe ich versprochen, bei den Bestellungen zu helfen. Was mich zum letzten Punkt bringt, nämlich Weihnachten.“

„Weihnachten?“

„Das ist dieses große Fest, an dem Leute sich Geschenke machen und sich streiten“, warf Maxi hilfreich ein.

„Na ja, das mit dem Streiten versuchen wir zu vermeiden.“

„Hört auf, ihr Quatschköpfe. Ich weiß, was Weihnachten ist. Aber bis dahin ist ja noch Zeit.“

„Wie man's nimmt. Heute haben wir bereits den 19. Dezember. Und da ich die meisten Geschenke selber fabriziere, sollte ich mich wirklich dahinter klemmen.“

„Der neunzehnte?“ Kaja hatte einen leicht panischen Gesichtsausdruck. „Wo ist denn die Zeit hin?“, murmelte sie. „Seit ich nicht mehr im Büro arbeite, fließen die Tage manchmal ineinander. Ich war der festen Überzeugung, wir hätten erst Anfang Dezember.“

„Aber du befindest dich doch völlig im Weihnachtszeitversandstress. War das kein Hinweis für dich?“

Kaja zuckte mit den Schultern. „Es gibt immer gut vorbereitete Leute, die ihre Weihnachtseinkäufe möglichst früh erledigen. Wie auch immer, irgendwie hatte das nichts mit mir zu tun.“

„Kommt dann nicht auch Tim zurück?“

„Stimmt.“ Sie lächelte. „Das hätte mir auch ein Hinweis sein können. Dieses Datum habe ich sehr wohl im Kopf.“

„Freust du dich?“

„Sehr. Wenn er auf der Pirsch ist, haben wir praktisch keinen Kontakt. Irgendwann fehlt er mir tatsächlich.“

„Apropos Tim. Ich denke, wir sollten uns um unser Drachenproblem kümmern, bevor er wieder da ist. Ich stelle es mir gerade etwas schwierig vor, ihm zu erklären, weshalb sich die Apfelbäume hinterm Haus spontan entzünden."

„Drachenproblem? Welches Drachenproblem?", ertönte es im Chor.

Maxi hatte sich in ihrem Stuhl aufgerichtet und sträubte indigniert die Schuppen. Lance stand dicht hinter ihr. „Das Wort Drachenprobleme gibt es nicht. Das wäre ein Oxymoron."

„Ein Oxy-was?" Lance schaute perplex.

„Das heißt, dass sich die zwei Begriffe *Drache* und *Problem* gegenseitig ausschließen von der Bedeutung her."

„Mei, da hat jemand aber aufgepasst in der Schule", versuchte Lance seine Verlegenheit zu überspielen. Er hatte gerade nicht aufgepasst, weil er von dem schönen Schimmer in ihren großen Rückenschuppen und dem eleganten Schwung ihrer Flügel abgelenkt gewesen war. Normalerweise würde er nie zugeben, dass er etwas nicht verstanden hatte. Schon gar nicht einem so hübschen weiblichen Exemplar gegenüber. So abgelenkt, dass er fast ihre Erwiderung darauf verpasste. „Was?"

„Ich habe gesagt, das wüsstest du auch. Wenn du während deiner Zeit an der Uni nicht damit beschäftigt gewesen wärst, jedem weiblichen Drachenschwanz nachzujagen."

Die beiden Frauen verdrehten die Augen. „Und schon geht es wieder los… Hört auf, ihr beiden. Benehmt euch zivilisiert. Am besten, ihr beschränkt euch auf Höflichkeitsfloskeln wie *Guten Tag* und *schönes Wetter heute* und geht euch ansonsten aus dem Weg", schlug Miri vor.

Kaja nickte zustimmend. Zwei Drachenaugenpaare schossen Blitze in Richtung der jungen Frauen. Wenig beeindruckt löffelten diese ihre Suppe weiter und besaßen die Frechheit, herausfordernd zu grinsen.

Lance berührte Maxi leicht am Ellenbogen. „Lass uns von hier verschwinden. Sieht so aus, als müssten die beiden wieder einmal merken, wie das Leben ohne uns ist."

Maxi nickte langsam. „Ausnahmsweise muss ich dir zustimmen." Ein Blinzeln, und weg waren sie. Blaue und violette Funken stoben durcheinander.

Miri und Kaja blickten sich an und prusteten los. „Es geht doch nichts über einen gemeinsamen Feind."

„Instant friends!"

„Wie lange meinst du hält das an?"

„Na ja, kommt darauf an."

„Worauf denn?", wollte Kaja wissen.

„Darauf, wie trampelig sich Lance benimmt."

„He!" Kaja ließ spaßeshalber eine Erbse in Miris Richtung fliegen.

Sie duckte sich. „Dafür streiten wir uns jetzt."

„Na klar. Natürlich bis aufs Blut."

„Logisch. Sonst lohnt sich der ganze Aufwand nicht." Ein paar Minuten später hatten sie sich wieder gefasst. „Zum Glück hört uns niemand zu", meinte Miri.

„Ja, das denke ich auch. Ich geh ins Bett. Aufräumen können wir morgen."

„Gut, ich geh dann auch gleich. Bis morgen."

Während Miri die Teller zur Spüle trug und hineinstellte, spürte sie ein Prickeln im Nacken. „Hallo Fremder. Ich hatte schon gar nicht mehr damit gerechnet, dich heute Abend zu sehen. Wolltest du nicht deine Hausherrin begrüßen?"

Der Geist winkte ab. „Das war mir heute zu anstrengend. Nachdem sie sich momentan in der Verdrängungsphase befindet, was meine Person betrifft, kostet es mich extrem viel Energie, mich so zu verdichten, dass sie überhaupt etwas von mir sieht. Bei dir ist das anders. Da muss ich praktisch gar nichts verändern. Du siehst mich offenbar so oder so."

„Aha." Es gab schon wieder neue Dinge zu lernen. Zum Fach Drachen kam jetzt noch das kleine Geister-ABC hinzu. Sie wischte den Tisch ab und unterhielt sich dabei mit Adrian. Er erzählte noch ein paar Anekdoten aus seiner Zeit als Boxstar mitten in London. Auch wenn sie vermutete, dass die Hälfte seiner Geschichten aus Angler- bzw. Boxerlatein bestand, war sie angemessen beeindruckt und – noch viel wichtiger – ausgezeichnet unterhalten. Zum Abschluss trocknete sie mit einem Handtuch die Armaturen ab. So. Jetzt würde auch sie ins Bett gehen, denn sie brauchte ihren Schönheitsschlaf. Es könnte ja sein, dass sie morgen endlich Mathias begegnen würde. Sierras Bruder schien nicht nur nett zu sein, sondern auch durchaus nett anzuschauen. Amüsiert über ihre Gedankengänge machte sie sich bettfertig. Als sie endlich unter der Decke lag, versuchte sie sich anhand der Beschreibungen von Kaja und Sierra Mathias vorzustellen. An Fantasie mangelte es ihr schließlich nicht. Nur heute wollte es nicht so funktionieren. Immer wieder schob sich Matts Bild in seinem Crocodile Dundee-Outfit vor ihr inneres Auge. Sie seufzte. Sie würde ihn schon sehr gerne wieder sehen. Aber dazu musste sie ihn erst einmal finden. Mit Chili in der Armbeuge schlief sie über diesen Gedanken ein.

19

21. Dezember 2012

Zwei Tage später begann Miri damit, ihr neues Leben zu organisieren. Zuerst vereinbarte sie einen Termin bei Sierras Frauenärztin. Jetzt, da sie sich immer mehr auf das Drachenkind freute, konnte sie es nicht erwarten, das erste Ultraschallbild zu sehen. Zu ihrem Glück nahm die Ärztin sie als neue Patientin auf. Ohne die Empfehlung von Sierra hätte das vermutlich nicht geklappt, dachte sie dankbar. Leider hatte sie erst im neuen Jahr einen Termin frei. Aber diese zwei Wochen würde sie auch noch überstehen. Miri hatte sich in der Zwischenzeit im Internet schlau gemacht und wusste somit, dass frühestens im Februar zu erkennen sein würde, ob es ein Mädchen oder ein Junge werden würde. Sie war schon sehr neugierig. Sie notierte sich den Arzttermin in ihrer elektronischen Agenda und legte das Smartphone zur Seite. „Maxi?“

Die Drachin blickte auf. Sie hatte sich gerade die Zeit mit ihrem Lieblingsspiel vertrieben: den Kater zu ärgern. Dabei ließ sie ihre lange Schwanzspitze vor seiner Nase vor und zurück zucken, bis er es nicht mehr aushielt und versuchte, das glänzende Ding zu fassen zu kriegen. Was ihm natürlich nicht gelang, da Maxi wohlweislich darauf achtete, dieses Spiel ausschließlich in ihrer Energieform zu spielen. Sie vermutete, dass es Chili insgeheim Spaß machte. Er konnte sich nur nicht durchringen, das zuzugeben.

„Autsch." Sie hatte einen Moment nicht aufgepasst und sich auf Miri konzentriert. Diese Chance hatte der Kater genutzt und sich auf ihre Schwanzspitze gestürzt. Erfolgreich. „Hast du das gesehen? Gekratzt hat mich dieses Monster."

„Monster?" Miri amüsierte sich prächtig. „Du musst auch nicht immer gleich in den Miri-Rettungs-Modus schalten, nur weil ich dich anspreche. Und Monster ist vielleicht ein bisschen eine harsche Bezeichnung für jemanden deiner Gattung."

„He, wir Drachen sind edle Kreaturen."

„Das glaube ich dir gerne", beeilte sie sich ihrer Freundin zuzustimmen. Immerhin wollte sie sie gleich um Hilfe bitten. „Aber das sehen vielleicht nicht alle so."

„Ignoranten", grummelte Maxi, immer noch leicht verstimmt. Sie hielt ihre Schwanzspitze zwischen den Pranken und pustete drauf.

„Lass mal sehen." Miri begutachtete die schimmernden Schuppen. „Sie sehen aus wie neu."

„Das ist aber nicht Chili zu verdanken!" Der Übeltäter hatte sich vorsichtshalber in Sicherheit gebracht und war aus dem Zimmer geflüchtet.

„Ich wollte dich eigentlich fragen, ob du mir noch einmal hilfst, im Pächterhäuschen zu putzen. Die Wände in der Küche müssen noch geschrubbt werden. Dann kann ich nachmittags Farbe kaufen gehen und übers Wochenende schon mit dem Malen anfangen."

„Ist das eine katerfreie Zone?"

„Sicher." Miri war sich überhaupt nicht sicher. Schließlich ließ sich nie so genau vorhersagen, wo Chili herumstrolchen würde. Aber das musste sie ihr ja nicht auf die Nase binden.

„Du bist dir schon bewusst, dass momentan nicht die ideale Jahreszeit ist für all diese Aktivitäten wie Fensterputzen, Wände schrubben und mit Farbe verschönern? All das bedingt offene Fenster. Mir sind gestern beinahe meine Flügel abgefroren."

„Das sagst ausgerechnet du. Ich dachte, du hast eine eingebaute Feuerstelle? Aber keine Angst. Mir war auch kalt. Ich habe mit Kaja darüber gesprochen und die meinte, der holzgefeuerte Herd sollte funktionieren. Wir können also einheizen."

Maxi rieb sich vor lauter Vorfreude die Hände. „Ich darf also ganz offiziell Feuer machen? Na dann los, auf was warten wir noch." Die Funken sprühten und der Drache war weg.

„Ich gehe davon aus, dass sie schon mal vorausgegangen ist", sagte Miri zu sich selbst.

Auf der Treppe begegnete ihr Kaja. „Du, sag mal, hast du meinen Briefbeschwerer gesehen?"

„Welchen denn?"

„Der, der normalerweise in meinem Atelier auf dem Tisch steht. Es ist ein schwarzer Stein mit einem blauen Opal auf der Oberseite."

„Jetzt weiß ich, wovon du sprichst. Nein, keine Ahnung. Ich werde die Augen offen halten. Aber eigentlich kann er ja nur im Atelier sein. Der wird sich ja nicht selbständig auf Wanderschaft begeben haben."

„Ach, ich weiß nicht. In diesem Haus, in dem Drachen und seit neuestem auch noch Geister Überhand zu nehmen scheinen, wundert mich nichts mehr." Kaja schien sich immer noch nicht wirklich mit dem Gedanken an den neuen alten Mitbewohner ausgesöhnt zu haben. „Na ja, egal. Viel Erfolg beim Putzen. Ich mache im Atelier weiter."

Als Miri, beladen mit ihren Putzutensilien, in ihrem zukünftigen Wohnsitz ankam, prasselte schon ein gemütliches Feuer im Herd. Im Gegensatz zu gestern war es wohlig warm. Trotz der offenen Fenster, wunderte sie sich. Sie stellte ihre Sachen ab und sah sich im Raum um.

„Die Fenster sind bereits ersetzt!“ Aufgeregt hüpfte sie von Fenster zu Fenster und strich über die neuen Fensterrahmen. So wie sie aussahen, waren sie nicht neu. Aber das Glas war ganz und das war die Hauptsache. Sie ging zum Tisch und freute sich, dass wieder ein Zettel da lag.

Hallo Unbekannte – jetzt hätte ich mich beinahe mitreißen lassen und schöne Unbekannte geschrieben. Aber ich bin sicher, dass es zutreffend wäre ;-)

Maxi schaute ihr über die Schulter und las mit. „Aha! Ein Charmeur. Sogar schon auf Papier. Nimm dich bloß in Acht“, meinte sie scherzhaft.

„He. Noch nie was von Privatsphäre gehört?“

„Nö“, erwiderte sie und grinste, dass ihre Reißzähne nur so blitzten.

Miri schüttelte belustigt den Kopf. „Du bist unmöglich. Warte nur, bis ich fertig bin mit Lesen, dann ist dein Privatleben dran.“

Wie du vielleicht schon gemerkt hast, sind die Fenster bereits eingebaut. Kompliment übrigens, als ich am frühen Morgen hier herein kam, hat es mich fast geblendet, so sauber waren die bereits vorhandenen Fenster. Um die Küche kümmere ich mich heute. Wegen dem Badezimmer bespreche ich mich mit ein paar Freunden. Dann sollten wir das auch irgendwann nach Weihnachten geschafft haben. Ist dir noch was eingefallen? Wenn ja, einfach melden. Lg M

P.S. Die Risse in der Fassade sind tatsächlich mehr oder weniger kosmetischer Natur. Auf jeden Fall nichts Dringendes. Wenn du damit leben kannst, würde ich die erst im Frühling in Angriff nehmen.

Miri überlegte einen Moment. Sie würde erst nach dem Putzen ihre Antwort schreiben. Vielleicht fielen ihr in der Zwischenzeit noch ein paar Dinge ein. Sie schaltete das Radio ein. *Pink!* und *Nate Ruess* mit ihrem neuen Song *Just give me a reason*. Konnten Briefe Grund genug sein? Wohlgemerkt: Briefe uber die Instand-Setzung eines alten Hauses und keine Liebesbriefe.

„Na ja, damit punktet man bei dir vermutlich sowieso mehr als mit Herzchen und Rosen, oder?“ Die Drachin grinste von einem Ohr zum anderen.

„Ich gebe auf. Wenn du nicht auf dem Papier mitlesen kannst, liest du einfach in meinem Kopf mit, oder was?“

„Selber schuld. Musst dich halt konzentrieren und mich nicht rein lassen.“

„Wie wär es mit freiwillig draußen bleiben?“

„Ha. Als wenn du das machen würdest.“

Ertappt ließ Miri das Thema fallen. „Stimmt. Fenster, vor allem um diese Jahreszeit, gefallen mir besser als Blumen. Bitteschön, Bürste, Eimer, hier ist Seifenlauge und Wasser kannst du dort drüben holen.“ Sie studierte kurz die Küche. „Die Küche lassen wir mal so, wie sie ist. Ich weiß zu wenig über die diversen Anschlüsse, als dass ich mich trauen würde, das Spülbecken abzubauen. Wir haben ja auch so noch genug Wandfläche zum Schrubben.“

Das dachte Maxi allerdings auch. Leider fiel ihr gerade kein plausibler Grund ein, weshalb sie dringend weg musste. Auf die Schnelle einen dringenden Termin zu erfinden wäre nicht sehr glaubhaft. Also musste sie da wohl durch.

„Kannst du das Feuer, das du spuckst, temperieren?“

Verblüfft schaute die Drachin zu ihr hinüber. „Wie meinst du das?“

„Na ja, wenn wir die Wände mit viel Wasser schrubben, dauert es ewig, bis das wieder trocken ist. Wenn du sie allerdings mit deinem Feueratem trockenpusten könntest, wäre das super.“

„Ich soll Föhn spielen?“ Maxi wusste nicht, ob sie beleidigt sein sollte oder ob ihr Schützling gerade eine geniale Idee hatte.

„Eine geniale Idee natürlich“, stellte diese bestimmt fest.

„Hat nicht jemand gerade von Privatsphäre gesprochen?“, murmelte Maxi.

Miri hörte sie sehr wohl. „Das ist etwas anderes.“

„Natürlich. Klar. Hätte ich mir denken können. Inwiefern?“

„Wir waren ja sowieso gerade am Sprechen.“

Maxi verdrehte die Augen. „Also gut. Versuchen wir es.“

„Du musst dir schon sicher sein, dass du die Temperatur kontrollieren kannst. Ich möchte ungern in einer Brandruine wohnen.“

„Ja, ja. Jetzt lass uns endlich anfangen. Überlass den feurigen Teil ruhig mir.“

Sie begannen, den Dreck der letzten gefühlten zweihundertfünfzig Jahre herunterzuschrubben. Die gute Nachricht war, dass sich zumindest die oberste Dreckschicht gut entfernen ließ. Dadurch musste aber das Wasser in den Eimern sehr oft gewechselt werden. Innerhalb von Minuten war das Reinigungswasser wieder schwarz. Eine dieser Wasserwechselpausen nutzte Miri, um sich nach dem weiteren Verlauf des gestrigen Abends zu erkundigen.

„Sag mal, wohin seid denn du und Lance gestern so schnell verschwunden?“

Maxi fing an zu pfeifen. Erst dachte sie schon, der Drache hätte sie nicht gehört, bis ihr die intensive Pinkfärbung der Schuppen am Hals auffiel. Sie klinkte sich in Maxis Gedanken ein. Logisch. Schließlich hatte sie ihr vorher eben mitgeteilt, Privatsphäre gäbe es nicht zwischen ihnen. Offensichtlich war das auch ihrer Drachin klar. Das Einzige, was sie mitbekam, war der Satz: „Nur nicht über Lance sprechen“, den sie wie ein Mantra im Geiste vor sich her murmelte. Gut, wenn der indirekte Weg nicht funktionierte, musste sie sie eben anders zum Sprechen bringen.

„O Gott, ihr seid ein Paar geworden. Wie süß! Läuten schon bald die Hochzeitsglocken?“

Maxi gähnte. Einzig an ihren reptilartigen Pupillen, die zu schmalen Schlitzen zusammengezogen waren, ließ sich erahnen, dass sie das Thema nicht völlig kalt ließ. Und nach wie vor am verräterisch intensiv schimmernden Farbton ihrer Halsschuppen.

Eigentlich niedlich, dass selbst Drachen verlegen werden können, dachte Miri bei sich.

„Dein Eimer läuft über."

„Ups, danke. Aber glaub nur nicht, dass du so einfach ablenken kannst. Wenn schon mein Liebesleben total hinüber ist, will ich wenigstens an deinem teilhaben."

„Pah, du solltest dich besser auf die Suche nach deinem Lover machen, anstatt mir die wildesten Geschichten anzudichten." Miri kletterte auf die kleine Trittleiter und versuchte, die Decke zu erreichen. Mit dem einzigen Resultat, dass ihr das trübe Wasser ins Gesicht lief und sie fast herunterfiel. Zum Glück war Maxi in Drachenblitzgeschwindigkeit zur Stelle und hielt sie gerade noch so fest. „Lass mich das machen. Da drüben gibt es noch eine ebenerdige Wand."

Miri, die sich ziemlich erschrocken hatte, protestierte nicht und nahm das Angebot an. Nach einer Weile nahm sie den Gesprächsfaden wieder auf. „Du bist noch nicht vom Haken, was das Thema Lance angeht. Und was Matt betrifft, der ist möglicherweise schon wieder in Australien oder weiß der Geier wo. Nachdem ich schlecht Interpol um Hilfe bitten kann, um meinen One-Night-Stand wiederzufinden, werde ich mich wohl damit abfinden müssen, ihn nicht wiederzusehen."

„Gibt es nicht so ein Sprichwort, das besagt, man sieht sich immer zweimal im Leben?"

„Kann schon sein. Nur nützt mir das nichts, wenn ich zu diesem Zeitpunkt neunzig bin und merke, dass er mein neuer Zimmernachbar im Altenheim ist."

„Sind wir aber positiv heute." Miri drehte sich um und entdeckte Adrian. Er stand im Türrahmen zum Wohnzimmer und ließ einen Gegenstand von einer Hand in die andere gleiten. Immer wieder. Bis er merkte, dass sie seine Hände beobachtete. Mit einer fließenden Bewegung ließ er den Gegenstand in seiner Tasche verschwinden. Sie hatte gar nicht gewusst, dass Geister das konnten. Oder hatte er etwa nur so getan und ihn ganz verschwinden lassen? A la Simsalabim, nur ohne Worte?

„Ja, das kann er schon", ertönte Maxis Stimme in ihrem Kopf. „Vielleicht nimmst du zur Abwechslung mal ihn ins Kreuzverhör? Wäre interessant zu wissen, womit er gerade gespielt hat." Verwundert warf Miri der Drachin einen Blick zu. Scheinbar unbeteiligt schrubbte diese die Decke weiter. Worauf wollte sie hinaus? Sie runzelte die Stirn. Hm.

„Zunge verschluckt?", fragte Adrian provokativ und lieferte Miri gleich das erforderliche Stichwort.

„Klar. Ich bin immer positiv. Außer manchmal. Aber immer, wenn ich dich sehe", süßholzraspelte sie.

„Echt?" Er schien sich so aufrichtig zu freuen, dass sie beinahe ein schlechtes Gewissen bekam. Schnell schob sie ihre Skrupel beiseite. Außerdem war es nicht wirklich gelogen. Der Geist war meist ganz amüsant. Er erinnerte sie auch an diese glückliche Zeit ihrer Kindertage. Vor dem Unfall ihrer Eltern.

„Ja, wirklich. Was hast du denn in der Hand? Hast du mir etwas mitgebracht?"

Er war gut, das musste sie ihm lassen. Nur ein Muskel, der an seiner Wange zuckte, verriet, dass ihm die Frage nicht passte. „Nein, leider nicht. Schande über mich. Das nächste Mal, versprochen. Blumen?"

Miri winkte ab. „Kein Problem. Das war keine Aufforderung. Ich dachte nur, ich hätte etwas glänzen sehen in deinen Händen."

Theatralisch hob er seine Hände und drehte sie vor und zurück. „Nichts, niente, nada. Siehst du?“

Miri musste grinsen. Ein ausgekochter Gauner.

„Mit dieser Vermutung liegst du richtig“, kommentierte der Drache. Sie verdrehte die Augen.

„Wieso sprecht ihr eigentlich nicht direkt miteinander?“

„Du bist doch die Geisterflüsterin!“ Aus Maxis Blick sprach aufrichtige Entrüstung. Gleichzeitig schickte sie ihr ein Bild von Kajas Briefbeschwerer, der abhandengekommen war. Endlich ging ihr ein Licht auf. Das war es, was die Drachin vermutete. Nachdem Adrian ihren Vorschlag, mit dem Drachen zu sprechen, nicht einmal kommentiert hatte, nahm sie das Gespräch beiläufig wieder auf.

„Sag mal, du hast nicht zufällig einen Stein gesehen? Ungefähr so groß“, sie deutete die Größe mit den Fingern an, „glänzend, mit einer blauglänzenden Oberfläche?“

Der Geist behielt sein Pokerface bei. „Nein, habe ich nicht gesehen. Aber ich kann danach Ausschau halten, wenn du möchtest“, erbot er sich hilfsbereit.

Schlau, das Kerlchen. „Gerne.“ Sie versuchte angestrengt, ein ernstes Gesicht zu machen. „Was machst du eigentlich den ganzen Tag? Ich meine, ist herumgeistern ein Vollzeitjob?“ Sie schleppte den Kübel zur nächsten Wand und nahm ihre Arbeit wieder auf.

„Och, so dies und das. Leute erschrecken, Zimmertemperaturen senken…“ Miri lachte. „Ja richtig. Das kann man auch total gut beobachten, dass du ständig rumgehst und Leute erschreckst. Kommt mir so vor, als hättest du ein Geisterbuch zu viel gelesen. Was ich mir viel eher vorstellen kann, ist, dass du zu Lebzeiten im 18. Jahrhundert ein Leuteschreck gewesen bist.“

Adrian machte große Augen und sah für einen Moment selber erschrocken aus. „Woher weißt du, wann ich gelebt habe?“

„Na ja, ich habe einfach mal den Stil deiner Kleidung als Indiz genommen und geraten. Deiner Reaktion nach zu schließen liege ich richtig. Hängst du hier fest, weil du zu viele Leute ausgeraubt hast?“

Sofort verdüsterte sich seine Miene. „Was weißt du schon von meinem Leben. Halt dich raus.“ Und weg war er.

Verdattert blickte sie erst auf die Stelle, wo der Geist eben noch stand, dann zu Maxi. „Was war das denn jetzt?“ Kopfschüttelnd wandte sie sich wieder ihrer Wand zu.

„Da bist du wohl jemandem auf die Zehen getreten.“

„Wenn du noch in der Nähe bist: tut mir leid, falls ich dich beleidigt habe. Aber es bleibt mir ja nichts anderes übrig als zu spekulieren, wenn du nichts erzählst“, rief Miri in den Raum. Anstelle einer Antwort rieselte Putz von der Decke.

„Siehst du, ich hab es ja gleich gesagt, Geistern kann man nicht trauen“, grummelte Maxi.

„Jetzt spiel dich nicht so auf. Das könnte in diesem Haus durchaus auch passieren, wenn du einen eindrucksvollen Abgang hinlegst.“

„Oder du.“

„Oder ich“, stimmte Miri ihr zu. „Bist du fertig mit der Deckenreinigung?“

Maxi hatte gute Arbeit geleistet. Kopfüber an der Decke hängend hatte sie den gröbsten Dreck entfernt. Mit einem eleganten Schwung glitt sie hinunter.

„Ich will auch Flügel“, bemerkte Miri.

„Neidisch?“

„Definitiv. Neidisch im Sinne von *auch haben will* und nicht *ich habe das nicht, also sollst du das auch nicht haben.* Wenn du verstehst, was ich meine.“

„Klar. Ich würde mir das an deiner Stelle auch wünschen.“

„Meinst du, wenn ich jetzt Flügel für das Drachenkind bestelle, werden sie noch rechtzeitig geliefert?“, witzelte sie.

„Die sind bei Drachenkindern sowieso dabei“, antwortete Maxi geistesabwesend. Miri warf ihr einen Blick zu. Das hatte sie sicher nicht ernst gemeint. Oder von echten Drachenkindern gesprochen. Genau. Das musste es sein. Sie trat einen Schritt zurück und betrachtete die getane Arbeit. „Okay. Sauberer wird’s nicht. Jetzt bist du an der Reihe.“

„Als wenn ich bis jetzt auf der faulen Haut gelegen hätte.“

„Ich meinte damit nur, dass ich dir dabei schlecht helfen kann. Kommst du alleine zurecht? Dann würde ich mich um Weihnachtsgeschenke und Farbe kümmern.“

„Kein Problem“, erwiderte Maxi großspurig.

„Ich wäre einfach froh, wenn das Haus noch steht, wenn ich zurückkomme.“

„Ja, ja.“ Sie machte sich an die Arbeit. Es sah spektakulär aus. Fast wäre Miri versucht gewesen, dabei zu bleiben, um das Flammenschauspiel zu bewundern.

„Jetzt geh schon wichtige Dinge erledigen. Eine Feuershow kann ich dir jederzeit wieder bieten.“ Mit einer Handbewegung wollte sie Miri hinausscheuchen.

„Halt, warte. Ich geh ja schon. Ich möchte nur noch schnell Mathias eine Antwort schreiben.“

„Ach ja, dein Liebesbrief kann natürlich nicht warten“, spöttelte ihre feuerspeiende Freundin. Miri ignorierte sie und kaute auf dem Bleistiftende rum.

Hallo Mathias

Vielen Dank für die sprichwörtlichen Blumen und noch viel mehr für die Fenster. Bei diesen Temperaturen hast du dafür noch mehr Punkte gekriegt als für das Kompliment. Also nicht dass du Punkte sammeln musst. Oder sammeln solltest. Mist. Das sollte eigentlich nur eine kurze Notiz und ein Dankeschön werden, nicht eine Ansammlung von Peinlichkeiten. Leider habe ich keine Zeit (und kein Papier), um neu zu beginnen. Kurz gesagt, dein Zeitplan ist gut. Ich werde in den nächsten zwei Tagen die Küche streichen. Falls du morgen die alten Geräte ausbauen könntest, wäre das toll. Vielleicht schaffen wir es in den nächsten Tagen doch noch, uns auch tatsächlich zu treffen.

Bis dahin schriftliche Grüße von der schönen Unbekannten.

Sie warf den Stift auf das Blatt. Jetzt schnell weg hier, bevor sie es sich anders überlegte und den Brief vernichtete. War ja eigentlich ganz lustig, per Brief ein wenig zu flirten. War nur zu hoffen, dass sie seinen Tonfall auch richtig interpretiert hatte. Sonst würde es tatsächlich peinlich werden. Wenn sie es richtig bedachte, war es vielleicht ganz gut, dass sie ihn noch nie getroffen hatte. Am besten würde sie es so belassen.

Als Miri zur Tür hinaus verschwand, wischte sich die Drachin mit ihrer Pranke den Schweiß von der Stirn und schaute ihr hinterher. Das war gerade noch mal gut gegangen. Sie war sich ziemlich sicher, dass ihr Schützling den Spruch wegen der Flügel auf echte Drachenjungen bezogen hatte. Nicht auf ihr eigenes Kind. Was auch gut so war, denn es musste ja noch lange nicht alles stimmen, was dieser blaue Drache so erzählte, wenn der Tag lang war. Eine Legende. Ts, ts. Sie hoffte nur, er hielt sich an den gestern beschlossenen Waffenstillstand und sein Versprechen, Miri nicht mit seinen Märchen zu belasten. Sie sammelte sich und setzte konzentriert ihre Feuerarbeit an den nassen Wänden fort.

Fünfzig Kilometer Luftlinie von dem schönen Bauernhof auf dem Randen entfernt, in der Anonymität der kleinen Schweizer Großstadt Zürich, schlich sich jemand in den Hauseingang eines älteren Mietshauses. In einen dunklen Wintermantel gehüllt, den Kopf versteckt unter einem dicken Schal, fiel er nicht weiter auf unter den anderen winterlich gekleideten Passanten. Das Herz klopfte ihm bis zum Hals. Doch er bemerkte es nicht. Ein roter Nebel aus Hass umhüllte seine Sinne. Nach einem schnellen Kontrollblick über die Schulter schob die Person einen Umschlag in einen der Briefkästen. Ein dumpfes Geräusch ertönte, als das Kuvert auf dem Boden des

Briefkastens landete. Die Person wollte sich gerade abwenden, als ihr etwas auffiel, das sie stutzig werden ließ. Das Namensschild am Briefkasten war entfernt worden. Fieberhaft überprüfte der Unbekannte die restlichen Namen. Doch der gesuchte war nicht darunter. Was jetzt? Wütend schlug er gegen das Metall, um sich gleich darauf erschrocken umzusehen, ob jemand das laute metallische Dröhnen gehört hatte. Versuchsweise schob er zwei Finger durch den Spalt und versuchte, den Brief wieder herauszufischen. Das durfte doch nicht wahr sein! Wie konnte so etwas passieren? Für die schattenhafte Gestalt war das Verschwinden des Namens ein weiteres Zeichen für die Verderbtheit der Briefempfängerin. Hatte sie vielleicht nur den Namen vorsorglich entfernt? Ein irres Kichern schallte durch das Treppenhaus. Das würde ihr nur nichts nützen. Aber wenn sie nun weggezogen war? Panik gesellte sich zu dem Hass und vergrößerte den Gefühlsaufruhr in seinem Inneren noch. Er musste Gewissheit haben. Hastig zog er seine Hand aus dem Briefschlitz und schürfte sich prompt den Handrücken auf. Das war alles die Schuld dieser Hexe! Er wischte sich das Blut achtlos am Mantel ab und rannte die Treppe hinauf.

20

22. Dezember 2012

„Bist du sicher, dass du das alles brauchst?“ Kaja stand an den Kühlschrank gelehnt in der Küche und beobachtete zweifelnd, wie Miri eine immer länger werdende Liste schrieb. Eine Einkaufsliste genauer gesagt. Sie hatte es sich in den Kopf gesetzt, alle Freunde zu einem großen Weihnachtsessen einzuladen. Wohl gemerkt: in ihrer Küche. War ja ganz schön, nicht selber kochen zu müssen. Sie kochte selber auch gerne. Aber bei Miris Menüvorstellungen bekam sie schon beim Zuhören Überforderungserscheinungen.

„Ja, ich bin sicher. Wir werden auch viele Leute sein. Ich habe alle eingeladen. Du und Tim werdet da sein, Sierra und Markus, vielleicht Mathias…“

„Mathias wird nicht kommen. Er besucht seine Eltern in Andalusien. Die machen dort gerade Station auf ihrer Weltenbummler-Tour.“

„Ach.“ Miri spürte einen Stich der Enttäuschung. Langsam wurde es wirklich ein wenig lächerlich. Noch immer hatte sie ihn nicht getroffen. „Tja, dann sind wir eben zu fünft. Das sind immer noch genügend Leute. Du befürchtest ja nur, als Packesel zu enden.“ Sie zwinkerte Kaja zu.

Lance vermutete allerdings, dass es genauso kommen würde und nickte zustimmend, was ihm einen strengen Blick von Maxi eintrug und von Kaja den Vorschlag, doch mitzukommen und mit anzupacken. Was er leider, bedauerlicherweise, ablehnen musste. Dringende Termine. Oder so ähnlich. Zum Beispiel mit seinem Holunderschnaps und einem widerspenstigen, aber sehr verführerischen Drachenweib. Zur Überraschung der beiden Frauen hatten sie die beiden am Morgen zusammen in der Küche vorgefunden. Schweigend zwar und die Stimmung immer noch spürbar angespannt. Immerhin aber sprühte nicht einmal das winzigste Fünkchen. Maxi zeigte sich zivilisiert, wenn auch frostig. Lance schwieg die meiste Zeit. Nur ab und zu versuchte er durch ein Augenzwinkern oder ein kleines Späßchen die Stimmung zu lockern. Was die Drachendame geflissentlich ignorierte. Lance schien das nicht weiter zu stören. „Was kochst du denn Gutes?", wollte er jetzt doch von Miri wissen.

Diese lehnte sich im Stuhl zurück und drückte den Rücken durch. „Salat zur Vorspeise, dann Truthahn, gefüllt mit Äpfeln und Maroni, Süßkartoffelauflauf und Rotkraut."

„Lecker." Vor lauter Vorfreude leckte er sich auffällig die Lippen. Zorro, der unter dem Tisch lag, hob den Kopf und sah sich interessiert um, ob es irgendwo etwas zu stibitzen gab. Nachdem sein Kontrollblick in die Runde nichts Spannendes ergab, ließ er sich wieder auf die Seite fallen. „Und was gibt es zur Nachspeise?"

„Was meinst du mit Nachspeise? Nach diesem Menü sind bestimmt alle überfressen!", antwortete Kaja. Sie musste allerdings zugeben, dass das alles sehr bilderbuchmäßig klang.

Miri kritzelte weiter auf ihrem Zettel rum. „Als Nachspeise gibt es kleine Schokoladensoufflés mit Sauerrahm-Eiscreme." Sie schaute von ihrer Liste auf. „Die wichtigere Frage ist, ob ich für euch Drachen mitkochen muss. Dann müsste ich höchstwahrscheinlich die Mengen nochmals anpassen. Esst ihr Truthahn?", fragte sie, nur halb im Scherz.

Jetzt wurde es ihrer Freundin definitiv zu bunt. Bevor Lance, dessen Augen bei Miris Vorschlag fröhlich zu funkeln begonnen hatten, auch nur einen Piep von sich geben konnte, sprach sie ein Machtwort. „Wir werden sicher diesen Drachen, welche bekanntermaßen nicht zwingend feste Nahrung brauchen, kein eigenes Essen servieren. Es wäre auch ein bisschen schwierig, den männlichen Gästen, die die Drachen nicht sehen können, die leeren Sitzplätze mit den vollen Tellern zu erklären. Spätestens dann, wenn die Teller sich langsam leeren, werden Fragen unvermeidbar."

„Ich bin gerne bereit, im stillen Kämmerchen zu essen", beeilte sich Lance anzumerken. Maxi warf ihm einen vernichtenden Blick zu. Miri malte Kringel auf ihren Notizblock und hielt sich raus aus der Diskussion. „Ich meine ja nur." Lance verdrehte die Augen. „Ich schätze halt leckeres Essen", rechtfertigte er sich mit einem Schulterzucken.

„Das sieht man", antwortete Maxi und begutachtete mit einer hochgezogenen Augenbraue sein Bäuchlein.

„Autsch."

Belustigt verfolgten die beiden Frauen den verbalen Schlagabtausch. Dann wandte sich Miri wieder dem eigentlichen Thema, dem Einkauf, zu. „Sollen wir los? Ich vermute, auf dem Markt wird heute Chaos herrschen, so kurz vor Weihnachten."

Kaja warf einen Blick auf die Uhr. Halb acht. „Stimmt, lass uns fahren." Der Hund stand auf und trabte freudig zur Tür. „Zorro, du bleibst hier, wir sind bald wieder da. Vielleicht leistet dir Chili ja Gesellschaft." Die beiden Tiere sahen sich entsetzt an, verbunden in ihrer Abneigung gegen diese Idee. „Irgendwie scheint die Freundschaftsenergie nicht auf unsere Gefährten abzufärben."

„Ach, ich weiß nicht. Manchmal habe ich das Gefühl, dass sie dieses Verhalten nur in unserer Gegenwart aufrechterhalten, weil sie denken, das würde von ihnen erwartet. Falsch verstandenes Loyalitätskonzept oder so. Ich habe die Einkaufsliste, Geld und leere Papiertüten – hast du den Autoschlüssel?" Kaja nickte.

Sobald die beiden das Haus verlassen hatten, wandte sich Lance Maxi zu. Diese war sich seines prüfenden Blickes sehr wohl bewusst. Zwischen ihren Flügeln prickelte es, und die großen gezackten Schuppen färbten sich dunkler. Beides ignorierte sie. Kritisch betrachtete sie ihre messerscharfen Krallen. Eine Maniküre wäre nicht schlecht. Lance versuchte sich bemerkbar zu machen. Aber er hatte kein Glück. Da wurde es ihm zu bunt. Morgen war auch noch ein Tag, um die Gunst der schönen Drachendame zu gewinnen. „Ich geh dann mal."

Irritiert sah Maxi ihm nach. „Wohin gehst du denn?", rief sie ihm hinterher.

„Na, fliegen natürlich." Die Tür schlug hinter ihm zu. Pah. „Fliegen", äffte sie ihn halblaut nach. War ja klar. Wenn sie nicht gleich auf sein Süßholzraspeln ansprang, wurde es ihm zu anstrengend und er hatte Wichtigeres zu tun. Sie war gerade dabei, sich so richtig aufzuregen über männliche Drachen im Allgemeinen wie auch über ein spezifisches Exemplar, als sich die Türe wieder öffnete.

Lance steckte den Kopf in die Küche, ein schelmisches Funkeln in den Augen. „Hast du Lust mitzukommen?"

Sie wollte ihm schon eine gepfefferte Antwort gebe, als sie inne hielt. Fliegen. Sie hatte ihre Flügel schon zu lange nicht mehr benutzt. Sie vermisste das Streicheln der Wintersonne und das unversöhnliche Zerren des Sturms auf ihrer Haut… Zu ihrer eigenen Überraschung sprang sie auf und hörte sich antworten: „Ja, klar."

Vier Stunden später waren Kaja und Miri wieder zurück. Als sie ausstiegen, bemerkte Miri: „Das Haus zumindest steht noch. Meinst du, sie sitzen noch in der Küche und schweigen sich an?"

Kaja hörte gar nicht richtig zu, sondern zählte die Autos, die vor ihrem Haus standen. „Sag mal, hast du unsere Freunde eingeladen?“

Sierra saß noch im Auto, vertieft in ein Taschenbuch. Neben dem anderen Auto stand Simon und telefonierte lebhaft. Er schien sich ziemlich aufzuregen. Als er die beiden Frauen kommen sah, beendete er das Gespräch und ging ihnen entgegen. „Da seid ihr ja endlich, ich hatte mir schon Sorgen gemacht.“

„Wieso, was ist denn los?“, wollte Sierra wissen, die sich dazu gesellt hatte.

„Lass uns erst reingehen, dann erkläre ich euch alles“, drängte er. Die drei Freundinnen sahen sich an. Alle beschlich ein ungutes Gefühl.

„Okay… klingt wichtig“, erwiderte Miri.

Mit ernster Miene hielt er ihnen die Tür auf, damit Kaja und Miri, die mit allerlei Tüten beladen waren, leichter reinkamen.

Sierra war die Letzte. „Ich kann mir meine Türen verdammt noch mal selber aufmachen.“ Wortlos ließ er die Tür los. Prompt knallte sie ihr ans Knie. Mist, Mist, Mist. Sie biss die Zähne zusammen. Sie würde sich eher die Kugel geben, als ihm die Genugtuung zu geben zu sehen, dass sie sich blöd benommen hatte. Was sie zugegebenermaßen gerade gemacht hatte, denn er war nichts weiter als hilfsbereit gewesen, während sie sich wie eine blöde Zicke benommen hatte. Das wusste sie schon. Was sie nicht wusste war, weshalb dieser Mann sie jedes Mal dazu brachte, sich von ihrer schlimmsten Seite zu zeigen. Sie begab sich in die Küche, wo sich schon alle versammelt hatten. Die beiden anderen waren dabei, ihre vielen Einkäufe zu verstauen. Simon lehnte am Kühlschrank und tippte etwas auf seinem Handy. Nur die Drachen glänzten durch Abwesenheit. Auch gut. Dann zündeten sie vielleicht zur Abwechslung den Hof von jemand anderem an.

Zorro führte gerade einen Freudentanz auf. Nicht nur sein Frauchen war zurück. Nein. Sie hatte ihm auch noch Simon, seinen speziellen Freund mitgebracht. Das war ein Grund zum Feiern. Auch wenn es so aussah, als hätte er Tsar, seinen Malinois, zu Hause gelassen. Zorro hob die Nase in die Luft und schnupperte. Im Auto. Tsar war im Auto, stellte er fest und winselte.

Kaja meinte eben: „Hol doch Tsar dazu. Wenn ich das richtig interpretiere, sucht ihn Zorro bereits."

Simon wollte schon etwas einwenden, als Sierra anbot, den Hund zu holen. Sie konnte auch nett sein. Wenn sie wollte. „Ich mache das. Bleib sitzen."

Simon, sichtlich erstaunt über das unerwartete Angebot, setzte an, etwas zu sagen, ließ es dann aber bleiben und warf ihr die Autoschlüssel zu. Sie fing sie gekonnt in der Luft auf. In seinen Augen blitzte kurz etwas auf. Respekt? Sie war sich nicht sicher. Schon wurde sein Blick wieder unergründlich. Sie drehte sich auf dem Absatz um und ging wieder nach draußen. Zwei Meter vom Auto entfernt blieb sie stehen. Sie beruhigte ihre Atmung und ließ den schönen Ausblick auf sich wirken. Es lag immer noch ein kleines bisschen Schnee. Wenn der Wetterbericht richtig lag, könnte es dieses Jahr mit den weißen Weihnachten sogar klappen.

Als Sierra sich gesammelt hatte, konzentrierte sie sich und richtete ihre Aufmerksamkeit auf Simons Hund, der geduldig im Auto wartete. Ähnlich wie wenn sie mit den Drachen telepathisch kommunizierte, richtete sie sich auch jetzt gedanklich an Tsar. „Hallo Großer. Dein Herrchen wartet drinnen auf dich. Zorro übrigens auch", fügte sie nach einer kurzen Überlegungspause hinzu. „Ich hole dich jetzt raus. Dafür muss ich aber das Auto öffnen."

Sie formulierte keine vollständigen Sätze. Vielmehr schickte sie eine Abfolge von Bildern durch ihren Kopf. So konnte auch ein Hund etwas damit anfangen. Nach dreißig Sekunden näherte sie sich dem Auto. Sie öffnete den Kofferraum und ließ Tsar aus seiner Hundebox springen. Höflich wartete er neben dem Auto, bis sie dieses wieder verschlossen hatte. Sie wechselte zur gesprochenen Sprache, jetzt, da sie in direktem Kontakt zu ihm stand.

„Du bist schon sehr gut erzogen. Ein richtiger Soldat, was?"

Zur Bestätigung wedelte er einmal kurz. Sie zerzauste ihm das Fell zwischen den Ohren.

„Na los. Geh Herrchen suchen." Wie ein Pfeil rannte er los. Zum Glück hatte sie die Haustür nur angelehnt. Sonst hätte er jetzt eine platte Nase, dachte sie grinsend. Sie folgte ihm ins Haus. Stirnrunzelnd blickte ihr Simon entgegen. Unmut regte sich in Sierra. Was war denn jetzt wieder? Offenbar machte es überhaupt keinen Unterschied, ob sie sich bemühte nett zu sein oder nicht. Na dann, sie konnte es ab jetzt auch einfach lassen. Kostete sowieso zu viel Energie. Energie, die sie nicht hatte. Sie war so mit ihrem inneren Dialog beschäftigt, dass sie gar nicht bemerkt hatte, was Simon eben zu ihr gesagt hatte.

„Was?", blaffte sie ihn an.

Unmerklich wich er zurück. Leicht befremdet wiederholte er seine Frage. „Ich wollte nur wissen, wie du das geschafft hast."

„Kofferraum auf, Hund raus, Kofferraum zu."

Er verdrehte die Augen.

Ach, er war menschlich. Sie hatte schon ihre Zweifel gehabt. Aber es schien, als könnte man selbst ihn ärgern, wenn man wusste, auf welche Knöpfe man drücken musste.

„Von der technischen Seite her ist mir alles klar. Nur bellt er im Normalfall wie ein Verrückter, wenn sich jemand Unbekanntes dem Auto nähert, geschweige denn es öffnet."

„Aha. Und du hattest es nicht für nötig gehalten, mich über dieses Detail aufzuklären?" Ein Gegenangriff eignete sich immer noch am besten, um von unerwünschten Fragen abzulenken.

„Wie? Nein... Also, ich meine…“ Er kniff die Augen zusammen und massierte sich die Nasenwurzel. „Ich weiß nicht, weshalb, aber aus irgendeinem Grund scheinen wir immer aneinander zu geraten. Wollen wir nochmal von vorn anfangen?“ Er lächelte sie an und hielt ihr die Hand hin.

Misstrauisch beäugte Sierra die ausgestreckte Hand. War das ein Trick? Verdammt! Wieso fing er plötzlich an, nett zu sein? Widerwillig ergriff sie sie und schüttelte sie. „Okay.“

„Das war jetzt aber überzeugend“, sagte er mit einem frechen Grinsen. Sie reckte das Kinn. Nein, sie würde nicht auf die Herausforderung reagieren.

„Sagtest du nicht was von dringenden Neuigkeiten?“, fragte sie spitz.

Sofort verschwand das Grinsen. Ja. Klar. Er fuhr sich mit der Hand durch die kurz geschorenen Haare. Die Neuigkeiten schienen nicht von der guten Sorte zu sein. Sie gesellte sich zu den anderen an den Tisch. Simon tigerte durch die Küche.

„Was ist denn los, Simon? Setz dich doch.“ Miri deutete auf einen Stuhl.

Zögerlich setzte er sich hin. „Es gibt keine Möglichkeit, das, was ich zu sagen habe, zu beschönigen. Das ist es nämlich nicht. Schön, meine ich. Sondern höchst besorgniserregend.“

Die drei Frauen blickten einander an. Sierra, wie immer die Schnellste bei schlagfertigen Antworten, nahm das Gespräch wieder auf. „Gut. Das hättest du jetzt erreicht. Besorgt sind wir jetzt. Verrätst du uns jetzt endlich, um was es geht?“

„Ja. Sorry. Ich bin ein wenig durch den Wind.“

„Was an sich schon meine Alarmglocken läuten lässt“, konstatierte Kaja trocken. „Du bist doch sonst so ruhig und abgeklärt.“

Er holte tief Luft. „Ich höre ab und zu den Polizeifunk mit. Natürlich aus rein nostalgischen Gründen.“

Miri kicherte nervös.

Ja, klar, dachte Sierra. Und ich bin die Elfe vom Weihnachtsmann.

„Heute Morgen war ich in der Region Zürich unterwegs. Offenbar wurde in deine Wohnung eingebrochen.“ Er hielt inne und wartete Miris Reaktion ab.

Etwas perplex verarbeitete Miri diese Auskunft. „Eingebrochen? In meiner Wohnung. Das ist doch nicht weiter schlimm, oder? Ich wohne doch nicht mehr dort. Es gibt auch nichts mehr, was man klauen könnte, abgesehen von ein paar Wollmäusen. Also, danke für die Info, aber was hat das mit mir zu tun? Abgesehen davon, dass ich zufälligerweise bis vor kurzem da gewohnt habe?“ Etwas ratlos schaute sie die anderen an.

„Ich glaube, das ist noch nicht alles, stimmt's?“, mutmaßte Sierra.

„Ja, Sierras Vermutung ist ganz richtig. Ich habe einen alten Kollegen angerufen, als ich die Adresse erkannt habe. Es sieht wohl so aus, als hätte jemand mit einer Mordswut die ganze Wohnung systematisch zerstört. Die Rollläden sind eingetreten worden. Überall wurde das Wasser angestellt. Elektrische Leitungen wurden herausgerissen, so dass sie fast bis zum Boden reichten. Offenbar war es dem Eindringling egal, ob er einen Kurzschluss verursacht. Oder ob sich der Nächste, der in die Wohnung kommt, einen elektrischen Schlag holt. Ich habe Bilder gesehen. Die Verwüstung sieht schlimm aus.“

Wie betäubt hörte Miri zu. Das Grauen, das sich bei seiner Beschreibung in ihrem Inneren gebildet hatte, wurde immer größer. Chili, der bis jetzt still auf der Ofenbank sein Nickerchen gehalten hatte, war von der Aufregung im Raum aufgewacht. Er spürte Miris Unbehagen. Unauffällig schlich er sich zwischen den großen Hunden hindurch und sprang auf ihren Schoß. Geistesabwesend streichelte sie ihn. Der Kater begann zu schnurren.

Kaja fragte gerade, ob man den Eindringling erwischt hatte.

„Nein. Leider nicht. Obwohl der ganze Vandalismus sicher nicht lautlos vonstattengegangen ist, will niemand etwas gehört haben."

„Wie hat die Polizei denn überhaupt davon erfahren?"

„Als bei den Nachbarn unter Miris Wohnung das Wasser anfing von der Decke zu tropfen, haben sie sich bei der Hausverwaltung gemeldet. Die ihrerseits ist nachsehen gegangen und hat dann verständlicherweise die Polizei informiert."

„Also tappt die Polizei völlig im Dunkeln? Oder haben sie eine Spur?"

„Wie man's nimmt. Der Vandale hat ein Schreiben hinterlassen. Sozusagen."

„Nein. Nicht schon wieder." Miris Gesicht verlor jegliche Farbe. Ihre Hände krallten sich in Chilis langes Fell.

„Leider doch. Es scheint so, als hätte dein Drohbriefschreiber die nächste Stufe erklommen. Und das ist gar nicht gut. Psychos, die anfangen zu eskalieren, werden immer gefährlicher. Es eliminiert auch sehr effektiv die Möglichkeit eines dummen Jungenstreichs."

„Mir ist schlecht." Miri stand auf, platzierte den überraschten Chili auf Sierras Schoß und hastete aus dem Wohnzimmer. Betroffen schauten die anderen ihr nach. Der Kater sprang auf den Boden und folgte ihr.

„Soll ich nach ihr schauen?", fragte Kaja besorgt.

„Gib ihr doch einen Moment Zeit. Bestimmt kommt sie gleich wieder."

„Ich setze frischen Tee auf. Das tut ihr sicher gut."

„Kann die Polizei denn jetzt wenigstens herausfinden, wer dieser Stalker ist?"

Simon schüttelte bedauernd den Kopf. „Ich habe wenig Hoffnung. Natürlich hat die Spurensicherung die Wohnung und den neuen Drohbrief akribisch überprüft. Wenn wir Glück haben, hat er uns wenigstens seine Fingerabdrücke dagelassen. Das nützt uns allerdings nur etwas, wenn die Person schon einmal aktenkundig geworden ist. Die wichtigste Frage ist jetzt, wer würde Miri so etwas antun? Ich weiß, wir haben sie schon einmal gefragt und sind auf keine Antwort gekommen. Aber Tatsache ist, dass so persönliche Drohbriefe selten von unbekannten Personen geschrieben werden. Zumal sie keine Berühmtheit ist. Einen enttäuschten Groupie können wir demzufolge ausschließen“, versuchte er die Stimmung ein wenig zu lockern.

Kaja und Sierra lächelten kurz. Die Anspannung gewann aber gleich wieder die Oberhand. „Was ist denn mit...“ Kaja räusperte sich. „Na ja, ich will jetzt niemanden grundlos verdächtigen...“

„Sprich es ruhig aus, wenn du einen Verdacht hast. Es wird ja nicht automatisch gleich in der Tagesschau gesendet.“

Kaja war sichtlich unwohl in ihrer Haut. „Was ist denn mit ihrem Onkel? Auf mich hat der nicht sonderlich gesund gewirkt. Geistig meine ich. Und religiös ist er auch. Es würde also nicht so schlecht zum Inhalt der Briefe passen.“ Unsicher sah sie von Simon zu Sierra.

Simon überlegte. „Vielleicht. Allerdings hätte er auch die Möglichkeit, Miri direkt zu konfrontieren. Es scheint mir ein wenig kompliziert, das via Drohbrief zu erledigen.“

„Ich habe Miri beim letzten Brief bereits gefragt. Aber sie kann sich das nicht vorstellen.“

„Hm. Was Miri sich vorstellen kann und was den Tatsachen entspricht, sind zwei verschiedene Paar Schuhe. Miri tendiert dazu, das Gute in jedem Menschen zu sehen“, befand Sierra düster.

Simon schüttelte den Kopf. „Du sagst das, als wäre es etwas Schlechtes."

„Im Moment ist es das auch. Findest du nicht? Es ist eine Sache, naiv durchs Leben zu laufen, wenn alles bestens ist. Aber sobald ein Irrer in dein Leben tritt, wäre es vielleicht an der Zeit, etwas kritischer zu sein."

Simon wollte etwas erwidern, um des Erwiderns willen, ließ es dann aber bleiben, weil es wirklich nichts mehr zu sagen gab. Er stand auf. „Miri sollte Anzeige erstatten. Wegen der Wohnung hat das natürlich auch der Hausbesitzer bereits erledigt. Aber die Briefe gehen nur Miri etwas an."

„Muss sie dafür nach Zürich?"

„Im Prinzip kann sie dafür zu jeder beliebigen Polizeistation gehen. Wenn sie die Zeit hat, nach Zürich zu fahren, würde ich ihr allerdings das empfehlen. Dort haben die Kollegen schon alle Informationen. Hier. Alles Weitere findet sie auf diesem Zettel. Wenn sie Fragen hat, kann sie auch mich jederzeit anrufen."

In diesem Moment rollte, von Simon gänzlich unbemerkt, ein violett-pink schillernder Kugelblitz zur Tür hinein und explodierte zu einem Drachen in voller Indoor-Größe. „Kann mir eine von euch zwei Super-Freundinnen erklären, weshalb Miri heulend in ihrem Zimmer sitzt und wahllos Kleider in einen Koffer stopft?"

21

Nach Maxis dramatischem Auftritt beeilten sich Kaja und Sierra, Simon freundlich, aber bestimmt loszuwerden. Nachdem sie ihm nochmals versprochen hatten, dafür zu sorgen, dass Miri zur Polizei ging, machte er sich auf den Weg. Jetzt war sowieso erst einmal Weihnachten. Montagabend würde er wieder hier sein, um Truthahn und Co. zu verspeisen.

Sierra blickte dem Abend mit gemischten Gefühlen entgegen. Einerseits freute sie sich total auf ein Weihnachtsessen mit ihren besten Freundinnen. Leider war Markus auch eingeladen. Überraschenderweise hatte er sogar zugesagt. Wenn auch mit den Worten ‚dann müssen wir niemanden einladen, schon wieder Geld gespart'. Sie vermutete, dass sie in letzter Zeit ein paar Mal zu oft hier auf den Randen verschwunden war. Das passte ihm gar nicht. Das, gemischt mit ihrer offensichtlichen Unfähigkeit, mit Simon ein normales Gespräch zu führen, hatte das Potential für ein großes Desaster.

Sie wurde von Kaja aus ihren Gedanken gerissen. „Der Tee ist fertig. Lass uns hochgehen." Maxi war bereits wieder oben bei ihrem Schützling. Sie hatte den beiden tüchtig den Kopf gewaschen und war wieder verschwunden. Sie hatten beide ihre ganze Schauspielkunst aufwenden müssen, um sich ihre Betroffenheit vor Simon nicht anmerken zu lassen. Im Miris temporärem Zimmer herrschte Chaos. Miri versuchte gerade, ihren überquellenden Koffer zu schließen. Tränen liefen ihr über das Gesicht. Sie schien es nicht einmal zu merken. Kaja stellte die Teetasse auf das Fensterbrett.

Sierra schloss vorsichtshalber die Tür. „Miri? Was machst du denn? Wo willst du denn hin?“ Sie versuchte, Miri von ihrem Tun abzuhalten.

„Lass mich. Ich muss weg!“

„Wieso musst du denn weg? Ich verstehe nicht, was das soll.“

Endlich ließ Miri von dem blöden Koffer ab. Prompt klaffte der Reißverschluss wieder auf. „Du hast Simon gehört. Meine ehemalige Wohnung ist zerstört. Ein neuer Hassbrief ist angekommen. Ich dachte, ich hätte das alles hinter mir gelassen. Wie es aussieht, habe ich falsch gedacht. Jetzt ist es nur eine Frage der Zeit, bis er mich hier findet. Dann seid ihr alle in Gefahr. Das werde ich nicht zulassen.“

„Aha. Deshalb verschwindest du jetzt wohin genau? Den Teil habe ich wohl verpasst…“, warf Sierra in dem leicht sarkastischen Ton ein, den sie immer dann anschlug, wenn ihr etwas zu nahe ging. „In eine Einsiedelei womöglich? Oder die Mongolei? Dort soll es auch praktisch keine Menschen geben…“

Maxi funkelte sie zwar böse an, mischte sich aber nicht ein. Ihre eigene Überzeugungsarbeit hatte nicht gefruchtet. Jetzt setzte sie ihre Hoffnungen auf die Freundinnen und war bereit, selbst unorthodoxe Methoden zum Zug kommen zu lassen. Auch Kaja, die sonst meist diplomatisch zu vermitteln versuchte, hielt den Mund.

Miri wischte sich wütend die Tränen aus dem Gesicht. „Halt einfach den Mund. Im Gegensatz zu dir ist mir nicht egal, was euch passiert.“

Sierra fasste Miri an den Händen. „Nein, ich werde nicht den Mund halten. Und du wirst mir zuhören. Dieser Vorfall ist beängstigend, anders kann man es nicht ausdrücken. Er ist unschön, beängstigend und bedrohlich. Bist du hier sicher? Im

Moment ja, denke ich. Hast du hier Hilfe? Auf jeden Fall. Sehen wir so aus, als würden wir dich in so einer Situation im Stich lassen?"

Unsicher schüttelte Miri den Kopf. Sie starrte Sierra an, als wären dieser gerade zwei Köpfe gewachsen.

„Siehst du. Also kannst du das ganze Zeug wieder auspacken und dich entspannen. Ist sicher auch besser für den W… äh, das Drachenkind." Kurzer Seitenblick zu Maxi. Diese zog eine Augenbraue hoch. Natürlich hatte sie den Versprecher bemerkt. „Kann ich dich jetzt loslassen, ohne dass dringende Fluchtgefahr herrscht?"

Miri nickte wieder, etwas weniger zögerlich.

Sierra ließ ihre Hände los. Sie kramte in ihrer Tasche und holte zwei Schokoriegel heraus. „Hier. Das wird deinen Kreislauf wieder in Schwung bringen und deinen Blutzuckerspiegel normalisieren."

„Normalisieren ist gut. Ich werde gleich einen Zuckerschock erleiden", murmelte Miri. Nichtsdestotrotz verschwanden die beiden Riegel im Nu. Kaja reichte ihr den dampfenden Tee. „Danke. Sorry. Ich bin im Moment ein Wrack." Sie schniefte und zog geräuschvoll die Nase hoch.

„Das sind die Hormone", versuchte Kaja sie zu beruhigen und reichte ihr ein Taschentuch. Miri putzte sich die Nase und warf ihr einen schrägen Blick zu. „Ja", verteidigte Kaja sich. „Die Hormone. Und vielleicht auch die Tatsache, dass dir ein Irrer auf den Fersen ist."

„Das schon eher." Zufrieden, dass Kaja den Ernst der Situation erfasst hatte, trank sie einen Schluck heißen Tee. „Wenigstens habe ich mich einigermaßen an diesen Fencheltee gewöhnt." Sie seufzte und ließ sich auf das Kissen fallen.

Plötzlich fiel Sierra der Grund ihres Besuches ein. „Warte mal. Ich habe was für dich. Deshalb bin ich ursprünglich vorbeigekommen." Sie nestelte in ihrer Jackentasche. „Hier." Sie streckte Miri ein kleines Bündel entgegen, das in eine Serviette gewickelt war. „Die Verpackung einfach nicht beachten. Ich hatte gerade nichts anderes zur Hand.“ Sierra wirkte verlegen.

Miri wickelte gespannt das kleine behelfsmäßige Päckchen aus. Im Inneren befand sich ein Schlüsselanhänger. Ein kleiner Wurm aus Samt. An seinem Rücken hatte jemand mit groben Stichen zwei schillernde Stoffflügel angenäht.

„Ist das süß!“, rief Miri aus. „Ein geflügelter Wurm?“

„Äh, na ja. Der Wurm hat mich an deinen Wurm erinnert. Ich musste ihn einfach kaufen. Doch dann ist mir eingefallen“, sie warf Maxi einen verstohlenen Blick zu, „dass der Wurm ja eine Metamorphose zum Drachenkind durchgemacht hat. Also hab ich ihm Flügel genäht. Allerdings gehört Nähen definitiv nicht zu meinen Kernkompetenzen.“ Sie hob entschuldigend die Schultern.

„Ich finde ihn allerliebst!“ Miri freute sich sichtlich. Sie streichelte dem kleinen Stoffanhänger mit der Fingerspitze über den Kopf.

Sierra stand auf. „Ich muss langsam los. Eigentlich wollte ich nur kurz vorbeischauen. Zu Hause warten meine Vierbeiner auf mich.“

„Ja, klar. Hast du noch kurz eine Minute?“ Miri richtete sich auf dem Bett auf. „Nachdem ich jetzt meine hysterische Kurzschlussreaktion überwunden habe, können wir trotzdem nochmals kurz über meine Anwesenheit hier sprechen?“

„Ich dachte, das hätten wir jetzt durch?“ Kaja hob eine Augenbraue und schaute sie fragend an.

„Nicht ganz. Ihr habt mir einfach gesagt, was ich zu tun habe“, antwortete sie spitz.

„Zu deinem eigenen Besten“, kam unisono die trockene Antwort.

Miri verdrehte die Augen. „Wie auch immer. Tatsache ist, dass irgend so ein Geistesgestörter hinter mir her ist.“ Sie wandte sich direkt an Kaja. „Also liegt die Vermutung nahe, dass er mich irgendwann auch hier finden wird. Und ich habe wirklich Angst, dass du oder Tim oder auch du, Sierra, als Kollateralschaden dieses Psychos endet. Das würde ich mir wirklich nie verzeihen."

„Ich halte das wirklich für sehr weit hergeholt. Ich glaube nicht, dass du hier im Moment so leicht zu finden bist. Außerdem finde ich es positiv, dass wir hier meist zusammen sind. Tim wird in den nächsten Monaten auch mehr hier sein. Mathias ist oft da, manchmal sogar mit seinen Kumpels. Wie heißt es so schön auf Englisch? ‚Safety in numbers'."

Sierra nickte zustimmend.

„Dafür, dass Mathias so oft da sein soll, macht er sich erstaunlich rar", grummelte Miri. Sie hatte eingesehen, dass sie mit ihren Fluchtgedanken auf verlorenem Posten stand, und war für einen Themenwechsel.

„Soll das heißen, du hast meinen Bruder immer noch nicht kennengelernt?"

„Dafür schreiben sie sich heiße Briefe", meldete sich Maxi schmunzelnd zu Wort. Miri warf ein Kissen nach ihr. Leider wechselte Maxi in weiser Voraussicht auf Drachenart den Standort, so dass das Kissen wirkungslos an der Heizung abprallte und auf den Boden fiel.

„Echt? Davon weiß ich gar nichts."

„Ja, erzähl!" Beide Frauen blickten sie erwartungsvoll an.

„Ich dachte, du musst nach Hause? Und klar habe ich dir erzählt, dass er mir einen Zettel da gelassen hat. Glaubt nicht alles, was dieser Drache erzählt, wenn der Tag lang ist."

„Einen Zettel dalassen und Briefchen hin und her schreiben sind zwei völlig verschiedene Dinge."

„Wir müssen uns doch austauschen über die nächsten Umbauschritte. Erkundigt euch lieber bei Maxi, wie sie den

Vormittag verbracht hat." Sie warf ihrem Drachen einen finsteren Blick zu.

„Lance und ich waren fliegen", antwortete Maxi würdevoll. „Das machen Drachen so in Gesellschaft."

„Aha. Klar. Verstehe ich völlig. An den geraden Tagen gemeinsames Fliegen. An den ungeraden gegenseitiges Grillen. Wörtlich zu verstehen", meinte Sierra lakonisch.

Die Drachin ignorierte den Seitenhieb hoheitsvoll.

„So, meine Lieben. Bis Montag dann. Ich freue mich schon auf das Festmahl!"

„Wahrscheinlich ist das der wahre Grund, weshalb ich unbedingt hierbleiben soll."

„Klar. Sonst hätten wir ja niemanden, der uns bekocht", antwortete Kaja belustigt.

Kurze Zeit später befand sich Miri alleine in ihrem Zimmer. Nicht sehr motiviert betrachtete sie die Unordnung im Raum. Eigentlich müssten die beiden mir beim Aufräumen helfen, überlegte sie mürrisch.

„Na, na. Wer wird denn so kleinlich sein. Im Übrigen hast du ja mich."

Die Drachin streckte ihr eine Pranke entgegen. Miri übergab ihr einen Stapel T-Shirts. So arbeiteten sie Hand in Hand (beziehungsweise Pranke) und waren so im Nu fertig.

„Besser?", wollte Maxi wissen.

„Besser." Wenn schon der Rest ihres Lebens im Chaos versank, wollte sie wenigstens da Ordnung schaffen, wo sie Einfluss darauf nehmen konnte. Sie kramte ihr neues Notizbüchlein hervor. Das hatte sie sich heute Vormittag gegönnt. Sie hatte eine Schwäche für stilvolle Schreibwarengeschäfte. Und deren Inhalt. Man wusste schließlich nie, wann man eine Liste anlegen musste. Wie jetzt zum Beispiel. Der schöne Druckbleistift war auch neu. Der war sozusagen schon mit ihrem Namen angeschrieben gewesen.

„Wenn es weiter nichts ist… Andere Frauen kaufen haufenweise Schuhe.“

„Das würde ich auch“, grinste Miri, „wenn meine Finanzen anders aussähen.“ Sie musste noch Geschenke fertig machen, aber das konnte sie später im Atelier erledigen. Zuerst wollte sie noch im Pächterhäuschen vorbei. Nachschauen, was heute in ihrer Abwesenheit passiert war.

„Du meinst: nachschauen, ob ein neuer Liebesbrief da ist“, zog Maxi sie auf.

„La, la, la, ich höre leider nichts, ich singe. So, bevor ich mich jetzt an die Erledigung meiner To-Do-Liste mache, brauche ich etwas zu essen. Ich bin am Verhungern.“

Etwas Gutes hatte die ganze Packaktion gehabt. Sie hatte endlich ihren iPod wieder gefunden. Sie schnappte sich das winzige Gerät und steckte die Stöpsel in die Ohren. Beschwingt hüpfte sie zu den Klängen von *Sunrise Avenue*, die gerade *Bye, bye Hollywood Hills* sangen, die Treppe hinunter und setzte ihren Weg fort zur Küche. Lance saß am Tisch. Vor sich eine Schale lauwarmer Milch. Offensichtlich konnte Kaja ihm nicht immer widerstehen. Nur wenn es sich um ganze Truthähne handelte.

„Seid gegrüßt, ihr schönen Frauen.“

„Das hört man natürlich immer gerne.“ Miri hatte ihre gute Laune definitiv wiedergefunden. Sie zog die Kopfhörer aus dem Ohr und stellte die Musik aus. Maxi hingegen kommentierte das Kompliment mit einem undefinierten ‚Hmpf‘. Um sie friedlicher zu stimmen und etwaige Drachenauseinandersetzungen zu verhindern, setzte Miri in dem Topf, der bereits auf dem Herd stand, ein wenig zusätzliche Milch auf. Während die Milch warm wurde, nahm sie ein Baguette, das sie heute Morgen auf dem Markt gekauft hatten, aus dem Schrank und schnitt sich ein paar Scheiben ab. Die inzwischen warme Milch goss sie in eine Schale und setzte sie Maxi vor. Das Glas mit Schokocreme stand noch vom Frühstück auf der Anrichte. Großzügig bestrich sie ihre Brotscheiben damit.

„Machst du mir auch so eins?“ Kaja war gerade von draußen reingekommen und blickte gierig auf die Brötchen mit dem Schokoladenaufstrich.

„Klar. Vor allem, wenn ich den Blick sehe, den du meinem zuwirfst. Nicht dass du eins von meinen versehentlich inhalierst oder so.“

„Das wäre tatsächlich gut möglich.“

Sie tätschelte ihren nach wie vor unauffälligen Bauch und spülte mit einem Schluck lauwarmem Tee den letzten Bissen runter. „Bist du später im Atelier?“

Kaja nickte.

„Dann leiste ich dir Gesellschaft. Ich muss noch meine letzten Geschenke fertig machen. Zuerst statte ich aber dem Pächterhäuschen einen Besuch ab. Die eine Wand, die ich gestern noch gemalt habe, sollte jetzt einigermaßen trocken sein. Ich bin neugierig, wie die Farbe geworden ist.“

„Das ist natürlich der einzige Grund“, flüsterte Maxi Kaja betont auffällig ins Ohr. Miri streckte ihr die Zunge raus. Amüsiert zwinkerten sich Lance und Kaja zu. Ganz offensichtlich gehörten solche Plänkeleien dazu. Das kannten sie selbst zur Genüge.

Mit einem Ruck öffnete sie die klemmende Tür. Langsam hatte sie den Dreh raus. Miri war zuversichtlich, dass ihr das in Kürze gar nicht mehr auffallen würde. Sie trat ein und ließ ihre Sachen auf den alten Tisch fallen. Die gestern geschaffte Wand strahlte in einem leuchtenden Hellgelb. Mit einem Finger prüfte sie, ob die Farbe schon trocken war. Doch. Sie warf einen Blick auf die Uhr. Sollte sie sich noch eine Wand vornehmen?

„Du hast Post“, trällerte ihr Drache.

„Hast du diese Stimmlage extra geübt?“

„Na klar“, antwortete Maxi mit einem Grinsen und wedelte vor ihrer Nase mit einem Zettel rum.

„Gib schon her."

„Ach, ich dachte, du wärst gar nicht interessiert?" Sie ließ den Brief knapp außer ihrer Reichweite herunterbaumeln.

Miri zählte stumm bis zehn. Einmal tief ausatmen, ruhig wieder einatmen. War das Verhauen nerviger Drachen verboten?

„Hallo? Bist du noch da?"

„Natürlich, siehst du doch." Sie ließ ihren Blick durch den Raum schweifen. Plötzlich blieb sie mit den Augen an etwas schwarz Glänzendem auf dem Tisch hängen. Das hatte vorher noch nicht dagestanden. Oder doch? Mit zwei Schritten war sie beim Tisch. Kajas Briefbeschwerer. Sie konnte sich inzwischen denken, wie der hierhergekommen war. Adrian. Vielleicht sollte sie ihn auch gleich nach ihrem Armband befragen. Das hatte sie heute Morgen nämlich nicht gefunden. Spontan entschied sie, die Wände Wände und das Malen Malen sein zu lassen und sich die nächsten zwei Tage auf ihre Geschenke und das Kochen zu konzentrieren. Schließlich war nicht alle Tage Weihnachten. Sie schnappte sich den großen Opal und ihre Sachen vom Tisch und machte sich auf den Weg ins Atelier.

„Willst du den Geist nicht zur Rede stellen?", rief Maxi ihr hinterher.

„Doch. Irgendwann schon. Aber ich werde mich sicher nicht auf die Suche nach ihm begeben. Der taucht doch sowieso immer zu allen passenden und unpassenden Gelegenheiten ungefragt auf."

Die Drachin schnaubte unzufrieden. Mit ein paar grauen Rauchwölkchen entwichen gleichzeitig ein paar Funken.

Miri warf ihr einen prüfenden Blick zu. „Was ist denn dein Problem mit dem Geist?"

Maxi warf die Pranken wild gestikulierend in die Luft. „Drachen und Geister können nicht so gut miteinander. Ständig verschwinden Dinge oder tauchen an Orten wieder auf, wo sie nicht hingehören. Wir Drachen sind ziemliche Geheimniskrämer. Nur blöd, wenn dein wohlgehütetes Geheimnis plötzlich mitten auf dem Burghof steht. Außerdem versuchen sie ständig, ihre ganze Umgebung zu manipulieren."

„Ach", antwortete Miri und konnte sich ein Grinsen nicht verkneifen. „Ganz anders als gewisse andere Spezies." Der ironische Unterton verfehlte seine Wirkung.

Ernsthaft antwortete die Drachin: „Eben. Ganz anders. Ich habe wenigstens immer einen triftigen Grund, sollte ich zur hohen Kunst der Manipulation greifen. Zum Beispiel bei dir."

„Da bin ich aber froh", brummte Miri, amüsiert, dass selbst Drachen sich ihre Welt schön redeten, so wie sie sie gerne hätten.

Sie waren im Atelier angekommen. „Geschenk für dich", rief Miri gut gelaunt.

Kaja blickte von ihrem Arbeitstisch auf und stellte die Weihnachtsmusik leiser, die im Hintergrund spielte. „Für mich? Ist das nicht zwei Tage zu früh? Es ist doch noch gar nicht Weihnachten."

Statt einer Antwort trat Miri zu ihr an den Tisch und stellte den Opal vor sie hin. „Wo hast du denn den gefunden?"

„Im Pächterhäuschen."

„Im Pächterhäuschen?", echote Kaja verständnislos. „Wie ist er denn dort hingekommen?"

„Hm. Ich vermute, das hast du deinem Hausgeist zu verdanken."

Kaja schloss die Augen und rieb sich über das Gesicht. „Ist das jetzt ein Trick, damit ich gezwungen bin, seine Existenz anzuerkennen?"

„Funktioniert es denn?"

Sie öffnete die Augen wieder. „Nein. Ich kann mir immer noch vormachen, der Stein sei die ganze Zeit hier gewesen, ich hätte nur nicht genau geschaut. Es ist das gleiche Prinzip: Ob ich mir einrede, etwas sei nicht da, was da ist, oder umgekehrt, ist schließlich gehüpft wie gesprungen."

Miri schmunzelte.

„Obwohl, wenn wir natürlich noch länger darüber sprechen und das Ganze analysieren, wird es immer schwieriger mit dem Sich-etwas-vormachen." Kaja klang ein wenig missmutig.

„Du kannst ja mit Maxi einen Geister-Ignorier-Club gründen."

„Das wäre aber sehr schade." Der italienische Akzent Adrians war deutlich zu hören.

Miri lächelte breit. Kaja schmollte. Maxi verdrehte die Augen und übte sich dann im Ignorieren.

„Dann würde mir das Vergnügen deiner bezaubernden Gesellschaft entgehen!" Adrian wirkte ehrlich bestürzt. Er kniete dramatisch vor Kaja nieder, nahm ihre Hand und streifte ihr ein Armband über.

Verdutzt betrachtete Kaja es. Irgendwie kam es ihr bekannt vor. „Äh, vielen Dank." Hilfesuchend warf sie Miri einen Blick zu. Was war denn jetzt die geforderte Etikette im Umgang mit Gespenstern?

„Weißt du, deine Charmeoffensive ist ziemlich eindrucksvoll. Zumindest wäre sie es dann, wenn du nicht gerade in meiner Anwesenheit Kaja mein Armband geschenkt hättest", stellte Miri klar.

Verstehen breitete sich in Kajas Zügen aus. Klar. Jetzt wusste sie auch wieder, weshalb es ihr so vertraut gewesen war.

Auf Adrians Zügen hingegen zeichnete sich Bestürzung ab. Es hätte gerade noch gefehlt, dass er rot angelaufen wäre. Wäre wohl auch etwas viel verlangt gewesen bei einem Geist. So würdevoll wie es ihm möglich war, nahm er Kaja das Armband wieder ab und händigte es mit einer Verbeugung Miri aus. „Hier, gnä' Frau. Es lag herrenlos herum und ich wollte diesem wunderschönen Stück Geschichte ein würdiges Zuhause verschaffen."

„Du bist ganz schön gerissen, nicht wahr?" Sie legte sich das Armband um. „Würde mich ja schon interessieren, was du zu deinen Lebzeiten alles so angestellt hast."

Er machte eine wegwerfende Geste und warf sich mit einer schwungvollen Bewegung seine lange schwarze Mähne über die Schulter. Die Münzen an seinem Handgelenk glitzerten. „Nichts Besonderes."

„Du willst sagen, du bist einer ehrlichen Arbeit nachgegangen und hast ein langweiliges Leben geführt?"

„Das nun auch wieder nicht. Arbeit? Noch dazu ehrlich? Nein, nein. Das wäre nichts für mich gewesen." Er schüttelte den Kopf. Abrupt wechselte er das Thema. „Lust auf ein bisschen Sparring?"

Miri schüttelte den Kopf. „Jetzt nicht. Vielleicht später." Nicht, dass das Thema Sicherheit etwas von seiner Dringlichkeit verloren hätte. Im Gegenteil. Es war aktueller denn je. Nichtsdestotrotz musste sie erst ihre Batterien aufladen. „Ich muss ein wenig ausruhen. So ein Drachenkind zu produzieren ist ganz schön anstrengend. Nach zwei Stunden Wachsein bin ich jeweils bereit für das nächste Nickerchen."

„Du Arme. Erst laufen wir uns auf dem Markt mehrere Stunden die Füße wund, und anschließend überfällt dich Simon mit dieser Hiobsbotschaft. Tee?" Kaja hielt ihr eine Tasse hin.

„Danke. Das Einkaufen hat ja auch Spaß gemacht. Ich merke einfach langsam, dass tatsächlich in meinem Körper etwas vor sich geht. Kann ich mich kurz hier aufs Sofa legen?"

„Klar. Da liegt auch noch eine Decke. Bist du sicher, dass du nicht zurück ins Haus gehen willst?"

„Mir ist im Moment nach Gesellschaft. Zudem möchte ich nur kurz die Füße hochlegen. Meine Geschenke stellen sich nicht von alleine fertig."

Kaja nickte verstehend und wandte sich wieder ihrer eigenen Arbeit zu. Adrian, der es sich auf ihrem Tisch gemütlich gemacht hatte, störte allerdings. „Hast du nichts zu tun?"

„Nein. Ich stehe ganz zu deiner Verfügung."

Kaja verdrehte die Augen. Wie schön. Was sie sich schon immer gewünscht hatte. Statt einem Personal Assistant hatte sie einen Personal Spirit. Großartig.

„He, das ist eine Ehre!" Der Geist blickte ehrlich gekränkt in die Runde. Der Gauner war wirklich mit allen Wassern gewaschen.

„Schläfst du schon?"

„Nein, nein", kam es schläfrig von der Sofaecke. „Was ist denn?"

„Warst du schon drüben im Pächterhäuschen?"

„Ja, gerade eben. Da habe ich doch den Briefbeschwerer gefunden."

„Stimmt. Gibt es Neuigkeiten vom, äh, Umbau?" Kaja grinste.

Miri hob verschlafen den Kopf. „Du meinst, ob Mathias mir eine Nachricht dagelassen hat?" Sie grinste zurück. „Da musst du meinen Drachen fragen. Maxi hat sie gefunden und versucht seitdem, mich zu erpressen", antwortete sie halb im Scherz. „Lies sie ruhig, falls du sie ihr abluchsen kannst. Ich schlaf jetzt erst mal eine Runde." Sie war so müde, sie konnte kaum noch geradeaus denken.

Maxi legte den Brief auf das Fensterbrett und setzte sich zu Miri. Leise ein Schlaflied summend, wachte sie über ihren Schützling. Kaja warf einen Blick auf das Stück Papier. Trotz Miris Versicherung, es lesen zu dürfen, ließ sie es liegen. Es war Miris Nachricht. Sie würde noch früh genug erfahren, was drin stand. Sie wandte sich wieder ihrer Arbeit zu und übte sich darin, den Geist zu ignorieren.

22

24. Dezember 2012

Miri zog ihren hochroten Kopf aus dem Ofen und strich sich eine vorwitzige Locke aus der verschwitzten Stirn. Sie sollte sich bald wieder die Haare schneiden. In den letzten paar Wochen war so viel passiert, dass sie gar nicht mehr daran gedacht hatte.

„Macht doch einen Schönheitstag."

„Wer?", fragte Miri abwesend. Sie war in Gedanken ganz bei dem stattlichen Truthahn, der bereits seit einer Stunde im Ofen vor sich hin brutzelte. Die Füllung aus Äpfeln und Maroni hatte sie bereits gestern angefertigt und in sein Inneres gestopft.

„Na, du und deine Schwestern." Die Drachin warf einen prüfenden Blick auf Miris Erscheinungsbild. „So findest du sicher keinen neuen Mann. Vielleicht ist es ganz gut, dass du dich auf eine Briefromanze beschränkst."

Miri streckte erst ihrem Drachen die Zunge heraus, zugegebenermaßen kindisch aber nötig, dann sah sie an sich hinunter. Sie musste zugeben, dass Maxi nicht ganz Unrecht hatte. Die Kochschürze hatte schon bessere Tage gesehen, ihre Nägel schon ewig keine Feile mehr, geschweige denn Nagellack, und das mit den Haaren hatte sie eben selber bemerkt. „Hm. Einmal schön machen, bitte. Dann bekommen die im Schönheitssalon einen Anfall und schicken mich zur Rundumerneuerung." Sie blickte auf.

Maxi hatte sich auf den Herd gesetzt und ihren langen Hals vornüber gebeugt, um einen Blick auf den großen Vogel zu werfen. Eigentlich sah es anatomisch unmöglich aus, wie sie da saß. Miri erwartete jeden Moment, dass das große Untier nach vorne kippte. Nichts dergleichen geschah. Mit einer eleganten Bewegung brachte Maxi ihren Kopf wieder in die Senkrechte. „Wenn ich ihn ein wenig anhauchen dürfte, würde er bestimmt noch knuspriger werden."

„Krallen weg von meinem Essen." Sie schlug spielerisch mit ihrem Kochlöffel nach der geflügelten Freundin.

„Spielverderber", murrte diese leise.

„Zurück zum Thema. Beautywochenende klingt wirklich verlockend. Ich werde heute Abend die anderen beiden fragen, was sie davon halten."

„Sierra musst du wahrscheinlich hinterrücks einfangen, fesseln und mitnehmen", frotzelte Maxi.

„Ach, ich weiß nicht. Ich denke, selbst Sierra lässt sich zur Abwechslung gerne einmal verwöhnen. Ich glaube jedenfalls nicht, dass sie zu Hause oft verwöhnt wird."

„Heute Abend kommt sogar ihr Freund, habe ich gehört."

„Stimmt." Mehr wusste Miri zu diesem Thema nicht zu sagen. Sie hatte eher ein mulmiges Gefühl, was Markus' Anwesenheit betraf. Wenigstens würde Tim als positiver Ausgleich da sein. Der war heute früh um sechs Uhr angekommen. Jetzt schlief er, um am Abend fit zu sein. Miri hatte inzwischen das Rotkraut in dünne Streifen geschnitten. Eine Zwiebel wurde gehackt und angedünstet. Sie gab das Rotkraut hinzu, dünstete es unter ständigem Umrühren mit und löschte das Ganze dann mit einer Tasse Essig ab.

„Das riecht aber streng", beschwerte sich der Drache und flüchtete zum Fenster. „Muss das so sein?"

„Ja klar." Sie warf ihr einen schelmischen Blick zu. „Du weißt doch, Hexengebräu stinkt immer." Jetzt noch einen Deckel drauf, so dass sich der Essigdampf schön im Topf sammelte und den schönen violetten Farbton erhielt. Dann füllte sie die Pfanne mit Gemüsebrühe, bis das Rotkraut knapp bedeckt war.

„Gut riecht es hier“, befand Adrian, der sich auf seiner geliebten Treppe eingefunden hatte.

Miri warf ihrem Drachen einen triumphierenden Blick zu. „Siehst du, zumindest einer weiß meine Kochkunst zu schätzen.“ Sie öffnete die Ofentür und goss etwas von dem Bratensud über den großen Vogel. Es zischte, und ein aromatischer Fleischduft verteilte sich in der Küche.

„Das hingegen nenne ich lecker. Da läuft mir gleich das Wasser im Fang zusammen.“ Maxi bleckte die scharfen Zähne. Adrians Gesicht hatte einen wehmütigen Ausdruck angenommen. Sie stupste ihn an. „Was ist denn los mit dir?“

„Was soll schon los sein?“

„Du siehst aus, als hättest du...“, sie hielt kurz inne, „...ähm, als hättest du ein Gespenst gesehen.“

Maxi lachte lauthals.

Adrian schluckte leer. „Die Situation erinnert mich an jemanden, der mir sehr wichtig war.“

„Eine Frau?“

„Ja, eine Frau. Lotti hieß sie.“ Er wandte sich ab. „Ich muss jetzt gehen.“ Und weg war er.

„Was ist denn mit dem los?“ Miri runzelte die Stirn.

„Ihm ist wohl irgendeine Laus über die Leber gelaufen“, antwortete Maxi wegwerfend.

„Kann sein. Auf mich hat er eher traurig gewirkt. Vielleicht verrät er es mir später ja. So, aber jetzt muss ich noch Salatsoße machen, Salat putzen und die Sweetpotato-Kasserolle in den Ofen schieben.“

Zum Glück hat Kaja eine so gut eingerichtete Küche, dachte sie bei sich. Ihre zukünftige Küche war allerdings auch nicht ohne. Obwohl heute Weihnachten war, hatte es Mathias offenbar geschafft, in aller Herrgottsfrühe die neue Küche vorbeizubringen. Jetzt stand alles am richtigen Platz. Nur angeschlossen war sie noch nicht. Sie hatte davon gewusst. Er hatte es in seiner gestrigen Nachricht erwähnt. Sie hatte sich bereits gefreut, ihn endlich persönlich kennenzulernen. Allerdings war sie nicht davon ausgegangen, dass er an einem freien Tag bereits um halb sieben Uhr morgens auftauchen würde. Um diese Zeit hatte sie noch friedlich geschlummert. Dabei wäre es höchste Zeit. In ihren Gedanken vermischte sich Sierras Bruder nämlich immer mehr mit ihrer Halloweenbekanntschaft. Was einfach idiotisch war.

Am Ende des Nachmittags trafen langsam alle Freunde ein. Kaja tauchte aus ihrem Atelier auf und brauchte verdächtig lange, um Tim zu wecken. Miri lächelte in sich hinein. Sie gönnte ihrer Freundin die Wiedersehensfreude und den damit verbundenen romantischen Nachmittag. Hätte sie selbst auch nichts dagegen.

„Mit wem denn?", wollte Maxi neugierig wissen.

„Also gegen eine Wiederholung mit meinem Crocodile Dundee hätte ich nichts. Jetzt würde ich wenigstens noch nicht wie Frau Wal aussehen. Aber nachdem weder du noch ich ihn ausfindig machen konnte, bleibt das wohl ein Wunschtraum."

Während der Süßkartoffelauflauf und der Truthahn im Ofen waren und das Rotkraut vor sich hin köchelte, kümmerte sie sich um die Tischdekoration. Als Sierra hereinkam, war sie ganz erstaunt zu sehen, dass es bereits sechs Uhr war.

Und ich sehe nach wie vor aus wie etwas, das die Katze angeschleppt hat, dachte sie erschrocken. „Hallo Sierra, hallo Markus." Sie umarmte ihre Freundin.

Markus lächelte sie an. „Haben wir dich beim Putzen gestört?"

Miri war irritiert. Was meinte er genau damit? Obwohl er lächelte, hatte er etwas Verschlagenes in seinem Blick. Sie beschloss, die Bemerkung zu ignorieren und wandte sich an Sierra. „Ich mache mich nur schnell etwas frisch. Du weißt ja, wo alles ist. Im Kühlschrank findest du Weißwein und Bier für den Apéro. Ohne Alkohol gibt es Zitronenlimonade und Fruchtsaft. Übernachtet ihr hier oder fahrt ihr anschließend nach Hause?"

„Wir fahren nach Hause", sagte Sierra hastig.

„Wo finden wir jetzt das Bier? Hol mir welches, nachdem du dich offenbar hier so gut auskennst", unterbrach Markus sie unhöflich.

Sierra warf ihr einen vorsichtigen Blick zu und zuckte dann mit den Schultern. Wie jedes Mal, wenn sie die beiden zusammen erlebte, staunte sie, wie sehr sich ihre Freundin in Markus' Gegenwart zurücknahm. Es schien, als ob ihr innerer Funke nur auf Sparflamme brennen würde, wenn er in der Nähe war. Das konnte doch nicht gesund sein.

„Soll ich ihn kurz anrösten?", erkundigte sich Maxi ernsthaft.

Miri musste ein Kichern unterdrücken. „Vielleicht später. Ich muss jetzt hoch, Notfallrestaurierungsmaßnahmen treffen, eine Blitzdusche nehmen und Kriegsbemalung auflegen."

Erfrischt und sauber kam Miri aus der heißen Dusche. In ihrem Zimmer sprühte Maxi sich mit Miris Lieblingsparfum ein.

„Puh, was machst denn du da?"

Die Drachin blickte auf. Ihre Schuppen glänzten und schillerten im Licht der Nachttischlampe. Ziemlich dunkelviolett. Die Drachenversion von Rotwerden. Zumindest bei Maxis Grundfarbe Pink. Der Ausdruck in ihren Augen war eine herrliche Mischung aus schlechtem Gewissen und Trotz.

Miri zog wissend eine Augenbraue hoch. „Hast du ein Date? Langsam fange ich an, mir selbst leid zu tun. Sieht so aus, als sei ich heute Abend die Einzige, die alleine unterwegs ist."

„Papperlapapp. Wir gehen nur fliegen. Es sind wundervolle Nachtflugverhältnisse. Fast schon Vollmond. Ein kräftiger Wind. Kaum Wolken."

Miri hob ihre Hände. „Stopp, du hast mich ja überzeugt. Viel Spaß beim Fliegen." Ein bisschen Sticheln konnte sie nicht lassen. „Nur fliegen, ja? Dann schau mal zu, dass du ihm davonfliegst, dem blauen Drachen. Damit sich die verführerische Duftnote auch lohnt."

Maxi wollte eben etwas erwidern, als vom Fenster her Lances Stimme ertönte. „Hübsch siehst du aus, meine Liebe."

„Meine Liebe? Wann ist denn das passiert?" Verwundert drehte sich Miri wieder zu ihrer Drachin um. Die sich genau diesen Augenblick dazu entschied, schleunigst zu verschwinden. Nur ein paar violette Funken, die mit einiger Verspätung in der warmen Zimmerluft herabsegelten, zeugten davon, dass sich hier eben noch ein weiterer Drache aufgehalten hatte.

Bestürzt blickte Lance sie an. „Habe ich etwas Falsches gesagt?" Der Arme blickte ehrlich verwirrt.

Miri überlegte kurz, ihn zu ärgern. Doch sie entschied sich, nett zu sein. Immerhin war Weihnachten. Und überhaupt. Sie lächelte ihn an und deutete mit einem Nicken des Kopfes zum Fenster. Irgendwo da draußen würde sie sicher sein. „Na geh schon. Ich bin sicher, du findest sie. Ach ja, mir fällt gerade ein… Ich habe euch einen Drachenschlummertrunk bereitgestellt. Hinten im Garten. Auf dem alten Tisch."

Der blauschimmernde Drache zögerte, dann erstrahlte ein Lächeln in seinem Gesicht. „Maxi hat wirklich Glück mit dir. Und die anderen beiden Damen auch. Schöne Weihnachten, Mädchen." Und weg war auch Lance. Miri schmunzelte in sich hinein. Das war ja ein Ding. Die anderen würden staunen. Eine Drachenromanze. Kopfschüttelnd machte sie sich auf ins Badezimmer.

Eine halbe Stunde später waren alle um den Küchentisch versammelt. Dort war einfach mehr Platz als im Wohnzimmer. Zudem gab es Miri die Möglichkeit, immer wieder einmal nach dem Truthahn zu sehen. Sie hoffte, es schmeckte allen.

„Ich bin sicher, es ist alles total lecker. Auf jeden Fall ist das die Meinung meiner Nase“, beruhigte Kaja sie.

„Liest du etwa bereits meine Gedanken?“

„Nein“, lachte Kaja. „Aber es war gerade keine Hexerei zu erraten, was du denkst. Du hast diesen armen Vogel hier“, sie deutete auf den Ofen, „gerade ziemlich kritisch angestarrt.“

„Ich bekenne mich schuldig.“

„Jetzt setz dich erst mal hin, ich hole dir etwas zu trinken. Was möchtest du denn?“

„Zitronenlimonade. Nicht sehr festlich, ich weiß.“ Sie klopfte sich den Bauch. „Aber unser Drachenwurm hier besteht darauf. Ich habe sie mit Minzeblättern aus deinem Atelier gepimpt. Ich hoffe, du hast nichts dagegen.“

„Nein, bestimmt nicht, das finde ich toll. Weißt du was, ich trinke solidarisch mit dir eine Limonade.“

„Das musst du nicht, wirklich. Ich habe kein Problem damit, als Einzige nüchtern zu bleiben.“ Sie zog eine Grimasse.

Kaja musste grinsen. „Keine Angst, ich opfere mich nicht auf. Ehrlich gesagt hast du mich neugierig gemacht auf deine Miri-Spezial-Limonade.“

Miri ließ sich auf einen Stuhl sinken. Sitzen war toll. Genüsslich bewegte sie ihre Zehen, nahm das Glas von Kaja in Empfang und erzählte ihr von Maxis Idee, einen Tag der Schönheit einzulegen.

„Ja! Das machen wir.“ Kaja war begeistert. „Wir könnten auch ein Wochenende wegfahren.“

„Was machen wir?“ Sierra war zu ihnen gestoßen und ließ sich auf der anderen Seite des Tisches nieder. Kaja klärte sie auf. Sierras Reaktion war zurückhaltender. „Ich weiß nicht.“

„Ach komm schon. Das wäre bestimmt toll!“

Sierra überlegt einen Moment. „Also gut. Einen Nachmittag lang mache ich das mit. Aber dann muss ich nach Hause.“ Sie warf ihrem Freund, der in ein Gespräch mit Tim vertieft war, einen Blick zu. „Das wird sonst zu schwierig zu organisieren.“

„Könnte denn nicht Markus einmal auf die Tiere aufpassen?“

„Du verstehst das nicht.“ Sierras Blick wurde verschlossen.

Okay, dachte Miri und ließ die Sache auf sich beruhen. An Weihnachten war nicht der ideale Zeitpunkt, um solche Dinge zu diskutieren. Aber sie würde schon noch rauskriegen, wo bei den beiden der Hund begraben lag.

„Hallo zusammen.“ Simon war zu ihnen gestoßen. „Tut mir leid, dass ich zu spät bin. Es hat angefangen zu schneien. Die meisten Autofahrer trauen sich dann gar nicht mehr zu fahren. Deshalb war Schneckentempo die angesagte Reisegeschwindigkeit.“ Er fuhr sich durch das Haar.

„Kein Problem“, antwortete Kaja und nahm ihm die Jacke ab. „Was willst du trinken?“

Simon schaute sich kurz im Zimmer um, um herauszufinden, was die anderen so in der Hand hielten. „Ein Bier wäre gut. Ich muss ja heute Abend nicht mehr fahren.“ Zu später Stunde bei unter Umständen schlechten Wetterverhältnissen zwischen potentiell betrunkenen Autofahrern den Weg nach Bern zurückzulegen, war nicht sehr verlockend. Deshalb hatte er das Angebot, bei Kaja und Tim zu übernachten, dankend angenommen.

Während Kaja sich um sein Getränk kümmerte, ging er zu Tim hinüber. Die beiden Männer umarmten sich freundschaftlich. „Hallo, alles klar bei dir? Haben die Chinesen deinen Besuch überlebt?“

Tim grinste. „Die Frage ist wohl eher, ob ich ihre Küche überlebt habe. Aber wie du siehst, geht es mir bestens.“

Zufrieden mit dieser Antwort, wandte Simon sich Markus zu. „Ich glaube, wir kennen uns noch nicht. Ich bin Simon."

Der andere reichte ihm die Hand. „Ich bin Markus. Und dich haben sie wohl eingeladen, damit diese Miri nicht so alleine ist. Mein Ding wäre das ja nicht so. Nachdem ihr schon ein anderer einen Braten in den Ofen geschoben hat. Nett von dir." Er ließ ein dreckiges Lachen hören.

Befremdet warf Simon seinem Freund einen Blick zu. Der zuckte nur mit den Achseln. Er kannte Markus selber nicht besonders gut, worüber er mit jeder Minute froher war. Während Simon noch überlegte, ob er dem anderen einfach eins auf die Nase hauen sollte, damit Ruhe war für den Rest des Abends, schwatzte Markus einfach weiter.

Völlig ahnungslos, dass seine Worte nicht besonders gut ankamen. „Oder rechnest du dir Chancen aus?", fragte er gerade. Er zwinkerte Simon zu. „Kann ich verstehen, so wie die gebaut ist." Er deutete mit den Händen großzügige Kurven an. „Und passieren kann ja nichts mehr. Zumindest nichts, was nicht schon passiert wäre. Ha!"

Er lachte über seinen eigenen Witz. Erst jetzt merkte er, dass niemand mitlachte. Die anderen beiden drehten sich um und ließen ihn einfach stehen. Markus nahm einen großen Schluck von seinem Bier. Was waren denn das für Weicheier. Konnte man nicht mal ein anständiges Männergespräch führen? Offenbar hielten sich die beiden für etwas Besseres. Er trank die Flasche aus und ließ sie auf der nächsten verfügbaren Fläche einfach stehen.

In der Zwischenzeit war Simon zu den Frauen gegangen und nahm sein Bier in Empfang. Miri begrüßte ihn herzlich und bedankte sich nochmals, dass er sich so um ihren Fall kümmerte.

„Warst du schon bei der Polizei?", wollte Simon wissen.

„Nein, noch nicht. Die Zeit ist nur so verflogen. Ich musste mich doch darum kümmern, dass ihr heute nicht verhungert. Und hier herauf verirrt sich heute Abend ganz bestimmt niemand. Außerdem habe ich eine ganze Horde an Beschützern hier auf dem Berg." Sie zwinkerte ihm vergnügt zu.

Simon registrierte es erleichtert. Offenbar konnte sie die ganze Geschichte mit einem gewissen Galgenhumor nehmen.

„Hallo Raubtierbändigerin", begrüßte er Sierra, auf die Episode mit Chili anspielend. Irgendetwas war anders an ihr. Er konnte nur nicht den Finger darauf legen.

„Hallo Simon." Ihre Antwort fiel sehr zurückhaltend aus, und ihr Blick flitzte nervös im Raum hin und her. Oder besser gesagt, zu Markus hin und wieder zurück. Klar. Er war ihr Freund. Das hatte er ganz vergessen. Oder verdrängt. So genau wollte er es gar nicht wissen. Aber irgendetwas schien hier im Argen zu liegen. Er hatte genug lange bei der Polizei gearbeitet, um die Anzeichen zu erkennen. „Was – und vor allem wann – gibt es zu essen?", wechselte er absichtlich das Thema.

Kaja, die die Spannung auch bemerkt hatte, war erleichtert über die Ablenkung. Sie warf einen Blick auf die Uhr. „Von mir aus jetzt. Hilfst du mir, die Horde an den Tisch zu kriegen?"

Während des Abendessens unterhielt Tim sie mit allerlei Geschichten von seiner neuesten Reise. Er erzählte gerade, wie er nach tagelanger Suche endlich eine Spur gefunden hatte. Er hatte gehofft, dass der Leopard diese Route öfter benutzen würde, und Fotofallen aufgestellt.

„Und, hast du ein Bild gekriegt?"

„Wie man es nimmt. Ich habe ganz viele Tiere fotografiert." Er machte eine Pause. „Nur keinen Leoparden. Als ich die Fallen wieder einmal überprüfen wollte, fand ich eine frische Spur. Ich habe mich natürlich gefreut wie ein Schneekönig und konnte es nicht erwarten, die Bilder auf dem Chip zu sichten."

„Und?" Erwartungsvoll blickten ihn alle an.

Alle außer Markus. Der schaufelte das Essen in sich hinein. Immerhin schien es ihm zu schmecken. Ab und zu unterbrach er das Essen, um seinen Unglauben bezüglich Tims Geschichten auszudrücken. Er mochte es ganz und gar nicht, wenn er nicht im Mittelpunkt stand. „Das waren sicher nur die Spuren einer großen Katze", meinte er gerade abfällig. „Leoparden in Stadtnähe. Selten so etwas Bescheuertes gehört."

Die anderen ignorierten ihn.

Tim wischte sich den Mund an einer Serviette ab und trank einen Schluck Wasser. Gutmütig fuhr er fort: „Wilde Leoparden-Katzen, oder asiatische Bengalkatzen, wie sie hier in Europa genannt werden, gibt es dort tatsächlich auch."

Markus wollte schon eine selbstzufriedene Bemerkung nachschieben, als Tim fortfuhr. „Deren Pfotenabdrücke sind allerdings deutlich kleiner."

Chili suchte sich genau diesen Moment aus, um auf den Tisch zu springen. „He, du Frechdachs!"

Miri wollte sich peinlich berührt gleich ihren Kater schnappen, um ihn unauffällig wieder unterm Tisch verschwinden zu lassen, als Tim ihr zuvor kam. Er kraulte ihn kurz unter dem Kinn und hielt dann Markus eine seiner Pfoten unter die Nase. „Bengalkatzenpfoten haben etwa diese Größe."

Wie wenn ihn das interessieren würde. Er nickte vage.

Tim ignorierte sein schlechtes Benehmen weiter. Er streichelte dem stattlichen Kater nochmals übers Fell und setzte ihn dann auf den Boden. „Ganz praktisch, so ein lebendiges Anschauungsobjekt. Also, wo war ich stehen geblieben?"

„Bei deiner Fotofalle", half ihm Sierra weiter. Ihr war Markus Verhalten zunehmend unangenehm. Hier im Kreis ihrer Freunde fiel ihr umso deutlicher auf, wie sehr er sich daneben benahm.

„Ach ja, die Fotofalle und meine große Hoffnung auf ein Leopardenbild. Ein Schweinsdachs war vorbeigekommen und hatte interessiert an meiner Kamera geschnüffelt. Er hat mich sogar mit einer Nahaufnahme seiner lustigen Nase beehrt. Eine Bengalkatze, die in der Nacht vorbeihuschte."

„Habe ich doch gesagt", brummte Markus.

„Ein paar Makaken. Da habe ich mich gefreut, dass ich die Kamera in einem Stück aufgefunden habe. Die sind bekannt dafür, dass sie gerne auch einmal eine Fotofalle in ihre Einzelteile zerlegen."

Die anderen lachten. Alle außer Markus. Aber das bemerkte niemand.

„Auf Bild Nummer 37 war ein Schatten in der linken oberen Ecke des Bildes zu sehen. Auf Bild Nummer 38 war nichts zu sehen."

„Jetzt spanne uns nicht so auf die Folter." Kaja stupste ihren Freund spielerisch in die Rippen.

„Auf Bild 39 wurde es dann spannend. Der Schatten war zurück. Größer, etwas weiter weg, besser belichtet – erratet ihr, was es war?"

Markus verdrehte die Augen. „Kinderkram."

Die anderen zuckten ratlos mit den Schultern. Jeder warf dem anderen fragende Blicke zu. Schließlich blickten sie gespannt wieder zu Tim.

„Es war die Spitze eines Leopardenschwanzes."

„Wow. Echt?"

„Das ist ja toll."

Tim grinste. „Ja, nicht? Das finde ich auch. Womit bewiesen wäre, dass Leoparden tatsächlich zum Kreis der Kulturfolger gezählt werden können." Er verzog sein Gesicht. „Allerdings würde ich mich schon freuen, wenn er sich beim nächsten Mal ein wenig kooperativer verhalten würde. Stellt euch vor, Fotos von einem lebendigen, atmenden Leoparden in unmittelbarer Nähe zur Zivilisation." Ganz verzückt hing er diesem verlockenden Gedanken nach. „Die Biester sind extrem scheu und extrem vorsichtig. Der hier hat zwar seinen gewohnten Wildwechsel benutzt, hat aber auf Höhe der Fotofalle einen Bogen geschlagen. Ich bin extra nochmal zurückgegangen, um die Spuren genauer zu untersuchen. Die Spuren folgen dem Wildwechsel bis zum Apparat. Dort hat er sich einmal im Kreis gedreht. Dann ist er wohl hinten herum geschlichen, wobei er in bester Katzenmanier mit dem Schwanz gepeitscht hat. Dabei sind wohl diese zwei Fotos entstanden. Auf der anderen Seite angekommen ist er wohl noch einmal kurz stehen geblieben, sofern ich die Spuren richtig interpretiert habe."

„Und du denkst, er hat das absichtlich gemacht mit dem Ausweichen?"

„Absichtlich oder nicht, er war auf alle Fälle sehr, sehr vorsichtig. Ich meine, er hat sich sicher nicht gedacht ‚Achtung, hier will einer Fotos von mir machen. Mist, ich habe meine Bikinifigur noch nicht zurück, ich gehe lieber hinten rum'", witzelte Tim.

„Wenn du sagst, Kulturfolger: Meinst du damit dasselbe, wie wenn hier von den Kulturfolgern Fuchs und Wildschwein gesprochen wird?", wollte Sierra wissen.

Miri verstand nur Bahnhof. Natürlich liebte sie Tiere über alles. Aber von Wildtieren hatte sie nicht so viel Ahnung, wie sie gerade merkte. „Kann mich einer mal aufklären über diese Kulturdingsbums und Füchse und Schweine?"

Kaja schaltete sich ein. „Kulturfolger werden diese Tiere genannt, welche aus praktischen Gründen dem Menschen in die Städte folgen und davon profitieren. Füchse ernähren sich von unseren Abfällen und sammeln unsere Schuhe", sie zwinkerte verschmitzt, „während sich die Wildschweine durch unsere Schrebergärten fressen. Mäuse und Ratten haben dieses Verhalten ja schon seit Jahrhunderten perfektioniert. Im Gegensatz dazu sind Vögel im Prinzip Naturfolger. Um die Zeit der Industrialisierung verschwanden die meisten Vögel aus den

Städten. Erst mit all den Renaturierungsmaßnahmen fingen sie wieder an, zurückzukommen. Die Übergänge vom Land zur Stadt wurden fließender. In der Landwirtschaft entwickelten sich immer mehr Monokulturen, während die Städte wieder wildtierfreundlicher wurden."

„Wer genau ist der Biologe von euch beiden?", scherzte Miri.

„Na, ich hatte ja auch einen guten Lehrer." Sie beugte sich zu Tim und küsste ihn. Er grinste zufrieden.

„Auf jeden Fall weiß ich jetzt Bescheid."

„Dafür kannst du echt traumhaft kochen." Simon klopfte sich auf seinen zwar flachen, aber im Moment gerade sehr gut gefüllten Bauch.

„Das stimmt", bestätigten die anderen unisono.

„Kann ich einen Nachschlag haben? Oder haben wir diesem Vogel schon den Garaus gemacht?"

Miri lachte. „Keine Angst, es ist noch reichlich von allem da. Truthahn wird es wohl die ganze nächste Woche noch geben. Will sonst noch jemand eine zweite Portion?" Fünf Teller wurden ihr entgegengestreckt. „Okay. Am besten ihr bleibt sitzen und ich komme mit dem Essen bei euch vorbei." Sie säbelte großzügige Stücke vom Truthahn ab, reichte jedem eine weitere Portion Soße und Füllung und verteilte Rotkraut. Einzig beim Süßkartoffelauflauf schieden sich die Geister. Während Sierra, Simon und Miri davon schwärmten, aßen die anderen lieber Ofenkartoffeln dazu. In weiser Voraussicht hatte sie davon ein ganzes Blech gemacht. Nachdem eine Weile zufriedene Stille geherrscht hatte, weil alle mit essen beschäftigt waren, nahm Miri den Faden wieder auf. „Wieso weiß man denn nicht sicher, ob Leoparden Kulturfolger sind oder nicht?"

„Na ja, im Prinzip wissen wir es jetzt. Zudem gibt es unbestätigte Sichtungen von Spuren, sogar in der Stadt selber. Gerade in nicht fertig gestellten Bauten an der äußeren Peripherie Pekings. Aber Leoparden sind extrem schlau und vor allem extrem vorsichtig. Es ist praktisch unmöglich, einen zu beobachten. Geschweige denn, live zu fotografieren."

Sierra runzelte die Stirn. „Ich hätte nie gedacht, dass es so dicht bei Peking überhaupt so viele Wildtiere gibt. Hauptsächlich hört man von massiven Umweltproblemen in China und speziell in der Hauptstadt."

„Was weißt du schon von China." Markus meldete sich wieder einmal zu Wort. So freundlich wie schon den ganzen restlichen Abend.

„Nicht viel, das ist mir schon klar. Aber Tiere interessieren mich. Die Nachrichten verfolge ich auch. Da könnte man ja erwarten, davon schon mal gehört oder gelesen zu haben", verteidigte sie sich.

„Die Berichterstattung über China in Europa ist manchmal etwas einseitig, das stimmt", versuchte Tim die Wogen zu glätten. „Ein Glücksfall waren die großen Sandstürme im Jahr 2000. Sandstürme gibt es grundsätzlich jedes Jahr und in verschiedenen Landstrichen. In diesem Jahr war Peking außerordentlich stark betroffen. Dies eröffnete verschiedenen Forschern die Möglichkeit, auf die Notwendigkeit von Renaturierungsmaßnahmen im Allgemeinen hinzuweisen sowie ein Aufforstungsprojekt zu starten. Es wurde beschlossen, dass die Umgebung von Peking als Versuchsregion dienen soll. Anhand der gesammelten und ausgewerteten Daten soll das Projekt nach und nach auch in anderen Regionen angewandt werden."

„Das klingt wirklich vielversprechend."

„Ja, ich denke auch, dass es etwas bringt. Man darf nur nicht vergessen, dass es zu einem Umweltbewusstsein, wie wir es kennen, noch ein weiter Weg ist."

„Das ist ja alles ganz nett. Danke für das Essen, aber wir müssen jetzt los." Markus unterbrach die interessierte Runde unhöflich.

Sierra schrak auf. Sie war noch nicht einmal ganz fertig mit dem Essen. „So bald schon?“

„Ja. Du weißt doch, dass ich morgen früh raus muss.“

Sierra wusste nichts dergleichen. Sie selber musste früh aufstehen. Er hatte morgen frei. Jetzt reichte es ihr. Streitvermeidung in Ehren, aber was zu viel war, war zu viel. Sie wurde wütend. „Sei kein Idiot. Seit wann machst du den Stall? Soweit ich weiß, bin ich die Einzige, die morgen aufstehen muss.“

Er blickte sie mit kaltem Blick an. „Du weißt längst nicht alles. Ich habe morgen eine wichtige geschäftliche Besprechung. Networking.“ Er machte eine abschätzige Geste, wie um den anderen verstehen zu geben, dass Sierra davon halt nichts verstand.

Sie knirschte mit den Zähnen, um nicht laut zu schreien. Weil sie trotz allem vor ihren Freunden keinen Riesenstreit vom Zaun brechen wollte, kratzte sie resigniert die letzten Reste ihres Abendessens zusammen und aß fertig.

„Aber was ist mit den Geschenken? Und Nachtisch gibt’s auch noch!“ Miri fühlte sich hin- und hergerissen. Am liebsten hätte sie Markus einmal deutlich die Meinung gesagt.

„Mein Angebot mit dem Rösten steht noch“, meldete sich Maxis Stimme.

Miri verkniff sich ein Grinsen. „Ich glaube, Sierra möchte nicht, dass ich mich einmische. Dann gilt das vermutlich auch für dich.“

Ein enttäuschter Drachenseufzer folgte.

„Ja, da stimme ich dir aus ganzem Herzen zu“, murmelte sie vor sich hin.

„Wo steckst du überhaupt? Schon fertig geflogen?“

„Wir genießen deine kleine Weihnachtsaufmerksamkeit, vielen Dank. Ich habe nur deinen inneren Aufruhr mitbekommen und deshalb kurz nachgeschaut, was sich bei euch so abspielt.“

„Aha. Also dann, zum Wohl ihr beiden“, verabschiedete sie sich mental. Sie stupste Kaja an, die neben ihr saß. „Lass uns doch ihre Geschenke holen und in eine Tüte packen. Dann kann sie sie mitnehmen.“

Kaja nickte. Miri stand auf, um die Geschenke aus dem Wohnzimmer zu holen. Einen Baum hatten sie nicht aufgestellt. Trotzdem war die Stimmung im Zimmer sehr weihnachtlich. Miri hatte sich bei den Dekorationen selbst übertroffen. Kajas handgemachte Kerzen verströmten einen leichten Zimt- und Orangenduft. Von einer Platte, die auf dem Kaffeetischchen stand, schnappte sie sich eine Handvoll Weihnachtskekse. Die würde sie zu den Geschenken dazu packen. Als Nachtischersatz. Sie hoffte nur, Sierra würde sie nicht mit Markus teilen. Dafür waren sie zu schade, dachte sie ungnädig.

In der Küche waren die beiden bereits dabei, die Mäntel anzuziehen und sich zu verabschieden. Sierra blinzelte krampfhaft, als sie Kaja und dann Miri umarmte. Weinen war definitiv keine Option.

„Hier, deine Geschenke.“ Miri reichte ihr die Tüte. „Zuunterst ist noch eine kleine kulinarische Zugabe. Allerdings reicht sie nur für eine Person.“ Sie blinzelte ihr verschwörerisch zu.

Wider Erwarten verzogen sich Sierras Mundwinkel zu einem winzigen Lächeln. „Danke. Und entschuldige.“

„Das hat ja wohl nichts mit dir zu tun.“

„Na ja, immerhin habe ich ihn mitgebracht.“

„Mach dir keine Sorgen. Komm gut nach Hause. Gespräche und Nachtisch holen wir ein andermal nach.“ Die beiden winkten ihrer Freundin nach, als sie kurz darauf durch das Schneegestöber wegfuhr.

23

Als sie wieder reinkamen, befand sich Simon gerade mitten in einer Tirade. „Das war vielleicht ein Idiot! Führt sich hier auf, als hätte er die Weisheit mit Löffeln gefressen. Es hätte ein so netter Abend sein können."

„Dann sei doch froh, dass er weg ist", warf Tim ein.

„Das schon. Aber Sierra hätte gern bleiben können. Was macht die überhaupt bei einem Mann wie ihm? Und was hatte sie heute Abend nur? Sie ist doch sonst nicht auf den Mund gefallen." Damit sprach er aus, was sich die beiden Frauen insgeheim schon länger fragten.

Miri schüttelte müde den Kopf. „Keine Ahnung. Das ist uns auch ein großes Rätsel." Sie sann einen Moment über die unglückliche Szene nach. Dann klatschte sie entschlossen in die Hände. „Was haltet ihr davon, wenn wir jetzt Geschenke verteilen? In dieser Zeit schiebe ich das Dessert in den Ofen, so dass wir nachher weiteressen können."

In gespieltem Protest lehnte sich Tim zurück. „Ich platze gleich, ich glaube nicht, dass da noch was reinpasst."

„Ich denke schon, wenn du siehst, was es gibt."

„Was denn?" Sofort richtete er sich auf und schaute sie erwartungsvoll an.

„Siehst du gleich. So, jetzt husch, ins Wohnzimmer. Ich komme gleich nach."

Sie nahm vier feuerfeste Schälchen aus dem Schrank, butterte und zuckerte sie und stellte sie beiseite. Der Teig befand sich bereits seit gestern im Kühlschrank. Sie verteilte die Masse gleichmäßig und schob die kleinen Kuchen in den bereits vorgeheizten Ofen. Unschlüssig starrte sie auf die Küchenuhr. Jetzt kam die große Frage: wie lange mussten sie drin bleiben? Bei einem ihr unbekannten Ofen war das immer ein großes Mysterium. Sie biss sich auf die Lippen und entschied sich, zwölf Minuten einzustellen und dann einen Blick darauf zu werfen. Durch die geschlossene Ofentür selbstverständlich. Sonst fielen die kleinen Dinger im Nu in sich zusammen. Sie konnte nicht widerstehen und schabte die Teigschüssel aus. Mm, lecker. Schnell füllte sie die Schüssel mit kaltem Wasser, damit sie später leichter zu reinigen sein würde, wusch sich die Hände und gesellte sich zu den anderen ins Wohnzimmer.

„Hey, du kommst gerade richtig. Ich habe deine Zitronenlimonade aufgefüllt."

„Danke." Miri nahm einen großen Schluck. „Und? Ist jetzt Geschenkezeit?"

„Ich denke schon."

Kaja blickte hinüber zu den zwei Freunden, die am herumalbern waren. Zur Abwechslung erzählte Simon eine lustige Geschichte über eine Observation, bei der er sich in der Zielperson geirrt hatte. Zorro und Tsar lagen einträchtig beim Fenster. Chili observierte das Ganze aus sicherer Entfernung vom Fensterbrett aus.

„Einträchtige Weihnachtsharmonie", seufzte Miri. Sie nahm Kaja in den Arm. „Danke."

Kaja drückte sie zurück. „Ach was. Schön, dass du da bist."

„Nein, ernsthaft. Es bedeutet mir wahnsinnig viel, dass ich hier wohnen kann, mit meinem großen Anhang. Sogar ein neues eigenes Zuhause kriege ich."

„Das musst du schon selber herrichten."

„Ich weiß. Das macht mir Spaß. Aber all das wäre nichts wert ohne deine Freundschaft." Sie überlegte einen Moment. „Obwohl… wenn ich mir das genauer überlege, bleibt dir gar nichts anderes übrig. Schließlich bist du jetzt meine neue Familie, Schwesterchen." Sie stupste sie an und grinste schelmisch.

„Na ja, da ich auch nicht mehr viel Familie habe, trifft sich das ja gut. Und Zuwachs gibt's auch bald. Ich werde sozusagen Tante."

„Genau. Und Babysitter. Und Trösterin. Und Babybrei-Produzentin. Apropos Produzieren: Ich hatte noch eine Idee. Du hast doch diese Körperpflegelinie. Hättest du nicht Lust, etwas für Kinder zu machen? Mit Calendula zum Beispiel?"

Kaja überlegte. „Ich müsste mich noch ein wenig mehr in die Materie vertiefen. Aber ja, grundsätzlich könnte ich mir das schon vorstellen."

„Gut." Miri nickte zufrieden. „Dann hast du bis ungefähr Mitte Juli Zeit, dann muss die Pflegelinie fertig sein." Ihre Augen blitzten herausfordernd.

„Kein Problem, wird gemacht", nahm ihre Freundin die Herausforderung an. Ihr Blick fiel auf Chili, der sich plötzlich erschrocken aufrichtete, nur um sich gleich darauf wieder zu entspannen.

„Schau mal. Wir bekommen Besuch!" Die beiden Drachen drängelten sich vor dem einen Fenster. „Wie zwei kleine Kinder."

„Sagtest du nicht etwas von einer Romanze? Sieht mir eher wie eine Pausenhofprügelei aus", witzelte Kaja.

Miri schüttelte ungläubig den Kopf. Endlich schienen sie sich geeinigt zu haben und vor allem auf die Idee gekommen zu sein, ihre Größe ein wenig zu reduzieren. Miri warf einen schnellen Blick in Richtung der Männer. Diese schienen immer noch völlig in ihr Gespräch vertieft zu sein. Vorsichtig öffnete sie das Fenster einen Spalt.

Empört verließ der Kater seinen Platz. Nirgends hatte man seine Ruhe, dachte er verschnupft.

Kaja hatte sich zu ihr gesellt und schaute ihr über die Schulter. „Was macht ihr denn hier?"

„Wir wollten euch frohe Weihnachten wünschen und mit euch anstoßen."

„Mit uns anstoßen?"

„Ja. Hicks." Erst jetzt sahen sie, dass die beiden Drachen je ein Glas Holunderschnaps dabei hatten. „Hicks."

„Sag mal Maxi, bist du betrunken?"

„Ich? Hicks. Wieso meinst du?"

„Ach, vielleicht, weil du aktuell an Schluckauf leidest?"

„Oder weil Lance ständig seine Größe ändert?", mischte sich Kaja ein.

Die Drachen schauten sich an und brachen in wildes Gelächter aus.

Kaja und Miri tauschten amüsierte Blicke. „Also los. Dann zum Wohl. Bevor sich die Männer noch wundern, weshalb wir dem verschneiten Garten zuprosten." Miri hielt ihr Limonadenglas nach draußen, Kaja ihre Bierflasche. Nach mehreren Anläufen gelang es den Drachen endlich, die Gläser auch zu treffen. „Ich hoffe, ihr habt morgen den entsprechenden Kater."

„Kater? Du hast einen Kater. Brauchst du einen Kater, Lance? Miri will ihren loswerden."

Chili, der von drinnen mithörte, fand das gar nicht witzig und fauchte empört. Miri gab es auf, ein vernünftiges Gespräch mit den beiden zu führen. „Also dann, bis später." Sie wollte gerade das Fenster wieder schließen, als Lance sie aufhielt.

„Jetzt warte doch kurz. Wir haben noch etwas für dich. Ein Geschenk."

„Für mich?"

„Indirekt. Erst einmal bekommst es du. Aber eigentlich ist es für das Drachenkind." Gespannt warteten Miri und Kaja, während Lance umständlich einen Anhänger von Maxis langem Hals abnahm. Gar kein leichtes Unterfangen, wenn man die letzten paar Stunden damit verbracht hatte, Schnaps zu inhalieren. Endlich hatte er ihn los und hielt ihn Miri hin. Ein rosaglänzender Stein, eingefasst in kunstvoll gearbeitetes Silber, hing an einem weichen Lederband. Sie streckte die Hand aus. Als sie den Stein berührte, leuchtete er plötzlich auf. Erschrocken zog sie die Hand zurück.

„Das ist normal", beruhigte Maxi sie, die plötzlich wieder erstaunlich nüchtern zu sein schien. „Der Stein erkennt das Drachenkind in dir. Sobald ihr euch aneinander gewöhnt habt, beruhigt er sich und nimmt wieder seine unauffällige Färbung an."

„Und wie lange dauert das?", brummte Miri und nahm ihn zögerlich wieder in die Hand.

Die Drachen zuckten mit den Schultern und tauschten einen Blick aus. „Hicks." Sie waren wohl doch noch nicht ganz nüchtern. „Das wissen wir nicht so genau. Wir haben ihn erst seit heute. Den haben wir geholt, als wir fliegen waren. Hicks." Die beiden studierten den Anhänger.

„Er ist auf jeden Fall wunderschön. Hat der Stein eine bestimmte Bedeutung oder Aufgabe?", wollte Kaja wissen.

„Ich dachte, es ist einfach ein Halbedelstein, meinst du nicht?"

„Bei einem Stein, der aufleuchtet? Das erscheint mir doch magischer als der Durchschnittsedelstein von der Mineralienbörse", meinte sie skeptisch. Sie schaute zu den Drachen, von denen bislang keiner geantwortet hatte.

Lance druckste herum. „Also, so genau wissen wir es auch nicht. Es geht die Sage um, dass jedes Drachenkind, und damit sind nicht die aus den Eiern gemeint, sondern solche wie deins, so einen Stein tragen sollte, um nicht unter die Wandler zu geraten. Aber ich bin ziemlich sicher, dass das in die Kategorie Aberglaube fällt." Diese Antwort warf allerdings mehr Fragen auf, als sie beantwortete.

Kaja wollte gerade nachhaken, da rief Tim von der anderen Seite des Zimmers: „Sag mal, wollt ihr uns schockfrosten?"

„Mist", murmelte Miri. „Nein, nein, ich brauchte nur etwas frische Luft. Schwangere sind eben manchmal seltsam", flötete sie.

Kaja konnte sich ein Grinsen nicht verkneifen. Lance beeilte sich, ihnen zu versichern, dass man das alles ein andermal besprechen könne, und sie müssten jetzt sowieso los. Maxi hickste noch einmal, während Lance bei dem hastigen Rückzug über seinen eigenen Schwanz stolperte.

Miri schüttelte ungläubig den Kopf und schloss das Fenster. „Sag mal, haben die einen geheimen Vorrat, den sie geplündert haben?", flüsterte sie.

„Kann schon sein. Ich glaube nicht, dass eine einzige Flasche Holunderschnaps, aufgeteilt auf zwei stattliche Drachen, diese Auswirkungen hat." Kaja schlenderte zu ihrem Freund. „So, habt ihr ausnahmsweise über ein Missgeschick von Simon gelacht? Das kommt eher selten vor, oder irre ich mich?"

„Ja, meist ist es doch umgekehrt", beteiligte sich Miri, die hinzugekommen war, an der gutmütigen Neckerei.

„So kann man das nicht sagen", protestierte Tim. „Das meinst du nur, weil du die Geschichte immer zweimal hörst. Einmal, wenn ich sie dir erzähle und das andere Mal, wenn ich sie Simon erzähle. Ab jetzt machen wir das nur noch telefonisch per Konferenzschaltung." Simon war klug genug, zu schweigen und sich das Lachen zu verkneifen. Tim zog Kaja an sich und kitzelte sie.

„Stopp“, japste sie. „Ich nehme alles zurück.“ Er hörte auf. Sie ließ sich zufrieden auf seinen Schoß fallen. „So, nehmen wir die Geschenke in Angriff.“

„Wird auch Zeit“, rief Miri.

„Irgendwer musste erst noch dringend arktische Verhältnisse testen“, neckte Tim die beiden Frauen.

Miri zog eine Augenbraue hoch. „Wir hielten das für die effizienteste Möglichkeit, eure Märchenstunde zu unterbrechen“, meinte sie schlagfertig. Kaja stemmte sich hoch, drehte sich um und zog Tim aus seinem Sessel. Miri war zum Kamin geschlendert und inspizierte die herumliegenden Päckchen. Simon, der nicht wirklich Geschenke erwartete, blieb gemütlich sitzen.

Eine Viertelstunde später waren die vier Freunde in die Küche zurückgekehrt. Entspannt saßen sie am Tisch bei Kaffee und Kuchen. Wobei das Wort „Kuchen“ dem Nachtisch nicht wirklich gerecht wurde. Die kleinen Küchlein wurden noch warm gegessen und überraschten mit einem Innenleben aus flüssiger Schokolade. Zusammen mit dem Saure-Sahne-Eis schmeckte es einfach himmlisch.

Tim kratzte hartnäckig zum dritten Mal seinen Teller aus. „Miri, solange du dieses Dessert regelmäßig servierst, kannst du hier gerne ein Wohnrecht auf Lebzeiten haben.“

Miri grinste erfreut. „Gut zu wissen. Inklusive Katze und Kind?“

„Katze, Kind, Wildschwein, egal. Das hier ist es auf jeden Fall wert.“

Amüsiert hörte Kaja ihrem Freund zu und beugte sich dann verschwörerisch zu Miri. „Gibt es eine Chance, von dir das Rezept zu bekommen? So wie es aussieht, eignet sich das hervorragend für nicht ganz so subtile Manipulationstechniken.“

„Brauchst du die denn bei Tim?“, fragte Simon verwundert.

„Wer weiß, was nicht ist, kann ja noch werden." Sie zwinkerte ihrem Liebsten gutgelaunt zu.

„Ja klar. Du kannst es haben. Ich kopiere es dir. Es ist kein altes geheimes Familienrezept. Und selbst wenn, wir haben doch beschlossen, dass wir jetzt eine Familie sind."

„Stimmt." Sie hob ihr Glas und prostete Miri zu. „Auf uns."

„Auf unsere guten Freunde."

„Die vielen Geschenke." Der letzte Ausspruch stammte von Simon und brachte alle zum Lachen. Entgegen seiner Erwartung waren ein paar der Geschenke neben dem Kamin für ihn gewesen. Zum Glück war er gestern noch über den Weihnachtsmarkt geschlendert und hatte für alle Tüten mit gebrannten Mandeln mitgebracht.

Kaja bewunderte gerade ihren blauschillernden Drachen, den sie von Miri bekommen hatte. Ein genaues Ebenbild von Lance. Für Sierra hatte Miri einen Drachen in glänzendem Grün geschaffen. Für das Grün war Kaja verantwortlich. Miri hatte sie vor einiger Zeit beiläufig gefragt, welche Farbe ihrer Meinung nach Sierras Drachen hätte, wenn sie denn einen hätte. Kaja hatte erst gestutzt und dann spontan Grün genannt. Nachdem Kaja diejenige mit der präzisesten Intuition war, hatte sie sich daran gehalten. Sie war gespannt, ob und wann sich Sierras geflügelter Begleiter outen würde. Sierra selbst glaubte nicht daran, dass das bei ihr je der Fall werden sollte. Was sie nicht weiter störte. Ihre exakten Worte, als die Freundinnen dieses Thema einmal erörtert hatten, waren: „Ich habe keinen Drachen, aber das ist auch gut so. Ich freue mich total, dass Lance uns bekannt gemacht hat. Mit ihm und auch mit Maxi herumzualbern, finde ich toll. Aber einen eigenen? Das ist nichts für mich. Wir würden ja doch nur streiten. Zwei solche Dickköpfe, nein, das wäre vermutlich ein Desaster."

Miri hoffte, sie würde sich trotzdem über das Geschenk freuen. Von Kaja hatte sie eine Mutter-Kind-Kerze bekommen mit sanftem Orangen-Lavendel-Duft. Sie fühlte sich sofort in den Süden versetzt. Herrlich.

Tim hatte Kaja und Simon ein Bild von seiner Pantanal-Reise mitgebracht, wo er diesen Herbst gewesen war. Die beiden fragten ihm gerade Löcher in den Bauch, wie ihre Bilder zustande gekommen waren. Auf Kajas Bild war ein Riesenotter beim Spielen im Wasser zu sehen. Diese bedrohte Tierart war der Grund für seine Reise ins Pantanal gewesen. Auf Simons Bild war ein Jaguar zu sehen, der im Schatten am Rand des Dschungels eine Ruhepause eingelegt hatte.

„Jaguare sind ähnlich schwierig zu fotografieren wie Leoparden", erklärte er gerade. Einzig die Möglichkeiten für den Fotografen sind vielfältiger. Vom Wasser aus kann man sich unauffällig nähern. Auch Bäume, hinter denen man sich verstecken kann, gibt es in Ufernähe reichlich. Trotzdem hatte ich auch einfach ein Riesenglück, zum richtigen Zeitpunkt am richtigen Ort zu sein."

Miri hörte nur mit halbem Ohr zu. Sie zog die Karte hervor, die sie zusammen mit ihrem Geschenk von Sierra erhalten hatte.

Liebe Miri

Schon wieder ein Stofftier, ich weiß. Ich kann diesen pelzigen Dingern einfach nicht widerstehen. Und da du mir momentan die perfekte Ausrede lieferst, dieser Obsession zu huldigen, wirst du jetzt eingedeckt damit. Allerdings ist dieser kleine Dachs (da staunst du, was, dass es Dachse als Stofftiere gibt? Verstehst du jetzt, dass ich ihn unbedingt kaufen musste?) für das kleine Drachenkind. Aber bis das Kleine geliefert wird, ist er für seine so herrlich normale Mutter, die nach wie vor auch über andere Dinge spricht, ein eigenes Leben lebt und mutiger ist als alle anderen. Pass auf dich auf, kleine Drachenschwester! Fröhliche Weihnachten

Ein glückliches Lächeln spielte um ihre Lippen, als sie die Karte nochmals las und dem ungefähr zehn Zentimeter großen Stofftier über den Kopf strich. Sie hatte vergessen, wie schön es sein konnte, eine Familie zu haben. Ein warmes Gefühl machte sich in ihrem Inneren breit. „Wir schaffen das schon, kleines Drachenkind. Du und ich, wir haben Familie. Fehlender Papa hin oder her", flüsterte sie entschlossen. Maxi, die sich unauffällig dazugesellt hatte und im Moment in Kleinformat auf ihrer Schulter saß, nickte zufrieden.

Wenig später löste sich die Runde auf. Tim zeigte Simon das Gästezimmer. Kaja half Miri, die letzten Überreste des Weihnachtsessens zu beseitigen. „Danke. Zu zweit geht's einfach schneller. Zudem macht es mehr Spaß."

„Kein Problem. Habe ich gerne gemacht." Sie hängte das Geschirrtuch an seinen Haken. „Ich geh ins Bett, gute Nacht."

Miri umarmte sie. „Ja, schlaf gut. Ich gehe nochmal kurz rüber, meine neue Küche bewundern. Wundere dich also nicht, falls du mich rumoren hörst."

Kaja gähnte. „Ist gut. Bis morgen."

Mit Maxi an ihrer Seite und Chili, der ihnen auf leisen Pfoten durch den frisch gefallenen Schnee folgte, wanderte Miri zu ihrem Häuschen. Der Schnee knirschte leise. Ansonsten herrschte Stille. Hier oben war kein Auto zu hören. Inzwischen hatte es aufgehört zu schneien. Die Wolkendecke hatte sich an einigen Stellen gelichtet. Ganz viele Sterne waren sichtbar. Der Schnee glitzerte silbern im fahlen Mondlicht. Miri blieb ein paar Meter vom Haus entfernt stehen und ließ den märchenhaften Anblick auf sich wirken. Chili nutzte die Pause, um eine Mäusespur zu verfolgen. Durch den Schnee, der von seinen Pfoten fiel, wurde er ständig abgelenkt. Immer wieder verfolgte er die kleinen Schneekugeln und sprang ihnen verspielt nach, was den Schnee natürlich wieder aufs Neue fliegen ließ. „Ein glücklicher Kater", stellte sie laut fest. Verwundert, plötzlich ihre Stimme zu hören, hielt er in seinem Spiel inne und drehte sich zu ihr um. „Spiel ruhig weiter. Ich genieße nur die schöne Weihnachtsstimmung hier."

Obwohl, mit Weihnachten hatte das nichts zu tun. Hier oben war es einfach immer schön. Vor allem in der Nacht war die Ruhe so absolut, dass sie fast greifbar schien. Eine angenehme Abwechslung, nachdem sie so lange mitten in der Stadt gewohnt hatte. Einzig der Schrei einer Eule oder das Bellen eines Fuchses war manchmal zu hören. Hier sagten sich tatsächlich Fuchs und Hase gute Nacht.

Maxi machte sich bemerkbar. „Kommst du? Mir frieren schon fast die Flügel ein."

Miri vermutete zwar, dass das mehr oder weniger eine Ausrede zu ihren Gunsten war. Sie war sich ziemlich sicher, dass Drachen nicht so leicht froren. Sie selber hingegen klapperte bereits mit den Zähnen. Mit einem letzten Blick auf die schöne nächtliche Landschaft drehte sich Miri zum Haus um. Drinnen empfing sie eine wohlige Wärme. Es schien, als hätte Mathias sich mächtig ins Zeug gelegt und den neuen Holzofen bereits mit dem Kamin verbunden und am Morgen gleich ein Testfeuer gemacht. Die neuen Fenster erfüllten pflichtbewusst ihren Dienst und isolierten ganz ordentlich, wie sie feststellte. Sie legte eine Hand auf die noch warme Außenseite des Ofens. Ihr Blick fiel auf den alten Esstisch, der nach wie vor in seiner gewohnten Ecke stand. Ein kleines Körbchen, ausgekleidet mit einem blau-weiß karierten Baumwolltuch beherbergte einen Laib dunkles, aromatisch duftendes Brot und eine kleine Salzmühle mit Salz aus den Rheinsalinen. Dazu ein neuer Zettel mit der inzwischen schon sehr vertrauten Handschrift. Bei dieser Beobachtung regte sich etwas in ihrem Kopf, eine undeutliche Erinnerung. Doch sie bekam sie nicht zu fassen. Sie schob den vagen Gedanken beiseite und widmete sich ihrer Post.

Liebe Miri

Dieses Mal lasse ich alle meine erfundenen Namen beiseite, denn immerhin ist Weihnachten. Da wir uns nicht persönlich kennen (auch wenn mir das sehr unwirklich erscheint, ich habe inzwischen sehr wohl das

Gefühl, dich zu kennen, ein bisschen zumindest), wollte ich dir etwas Kleines schenken. Ganz traditionell, Brot und Salz. Auf ein glückliches und reiches Leben in diesem neuen Zuhause. Genieße deine neue Küche. Die Anschlüsse sowie das Bad oben sollten diese Woche fertig werden. So kannst du bereits hier ins Neue Jahr starten.

So schnell schon? Das wäre ja großartig, freute sich Miri. Nicht, dass sie unzufrieden war, drüben bei Kaja im Haupthaus. Aber gerade jetzt, wo auch Tim wieder da war, wollte sie nicht länger als nötig stören. Sie las weiter.

Das Gelb der Küche und der Fries mit den Silhouetten der Graugänse gefallen mir übrigens sehr gut. Hast du die Gänse selbst gemalt? Wenn du so weiter machst mit den Verschönerungsmaßnahmen, kannst du das Haus spätestens im Frühjahr bei ‚Schöner Wohnen' präsentieren.

Sie musste grinsen. Das wäre eine gute Werbung.

Ich muss jetzt los – vielleicht schaffen wir es ja noch in diesem Jahr, einander auch im richtigen Leben kennenzulernen. So oder so, ich freue mich auf deine nächsten Zeilen mit Anweisungen für mich.

Ein Mann, der Anweisungen nicht nur mochte, sondern auch zuverlässig ausführte… Miri ließ den Gedanken unvollendet.

Weihnachtliche Grüße vom Unbekannten, der Briefe schreibt und ein Fenster für ein tolles Geschenk hält.

„Ist es auch", murmelte sie zustimmend. Sie ließ die Hand mit dem Brief sinken. Wo war denn eigentlich Maxi abgeblieben? Normalerweise stand sie spätestens zu diesem Zeitpunkt einen gefühlten halben Zentimeter hinter ihr und atmete ihr in den Nacken, um nichts zu verpassen. In der Küche war sie nicht. Die war zugegebenermaßen auch nicht annähernd groß genug, um einen Drachen zu verstecken. Nur Chili saß in der Nähe des warmen Ofens und schnurrte vor sich hin. Seine Art, ihr dezent zu verstehen zu geben, dass ein Mitternachtssnack angebracht wäre. „Ich habe nichts hier, Kleiner. Da musst du schon warten, bis wir wieder drüben sind." Sie streckte telepathisch ihre Fühler aus und rief nach der Drachin. „Wo steckst du denn?"

Nach kurzer Verzögerung meldete sie sich. „Komm nach oben. Irgendetwas scheint mit deinem Freund, der auch hier wohnt, nicht zu stimmen."

Mein Freund, der auch hier wohnt? wiederholte Miri verwirrt, bis ihr dämmerte, dass ihre geflügelte Freundin von Adrian sprach. Sie konnte sich nach wie vor nicht durchringen, ihn beim Namen zu nennen. Drachen. Sturer geht's nicht. Sie machte sich auf den Weg ins Obergeschoß. Oh. Hier war auch schon gearbeitet worden, wie an den Sägespänen am Boden gut zu erkennen war. Anscheinend hatte sie in den letzten zwei Tagen, während sie entweder in der Küche gehackt, geschnetzelt oder geschält beziehungsweise am Vortag beim Fertigstellen der Geschenke gemalt, geformt, verziert und eingepackt hatte, das meiste verpasst, was so um sie herum vorging. Sie beschloss, nachher einen Blick ins Badezimmer zu werfen. Jetzt musste sie erst einmal Maxi und Adrian finden.

24

Sie fand die beiden im Zimmer gleich links neben der Treppe. Maxi hatte Adrian am Schlafittchen gepackt und ließ ihn ein paar Zentimeter über dem Boden baumeln. Adrian sah nicht sehr glücklich damit aus.

Seltsam, dachte Miri. Sie hatte immer angenommen, Geister seien substanzlos. Aber dann würde das ja gar nicht funktionieren.

„Das geht auch nur, weil ich verschiedene Formen annehmen kann", ließ die Drachin sie wissen.

„Sozusagen verschiedene Aggregatszustände?"

„Ja, das trifft es ziemlich gut."

„Meint ihr, ihr könnt die wissenschaftliche Erörterung der Unterschiede zwischen Mensch, Geist und Drache auf einen späteren Zeitpunkt verschieben?"

„Wieso denn das? Wo wir es doch gerade so gemütlich haben..."

Miri musste sich ein Grinsen verkneifen. Maxi genoss die Situation offensichtlich, ihrer gedehnten Sprechweise nach zu schließen. Sie war sich einigermaßen sicher, dass ein triftiger Grund für ihr Verhalten vorlag. Zumindest aus der Sicht der Drachin ein triftiger Grund. Sie beschloss, der Sache auf den Grund zu gehen und Adrian zu erlösen. Seine Haltung sah sehr ungemütlich aus.

„Maxi, lass doch Adrian runter. Ich bin sicher, er bleibt auch hier, ohne dass du ihn gleich aufhängst."

„Da bin ich mir nicht so sicher. Gaunern kann man nicht trauen."

„Gauner?"

„Jawohl, ein Gauner. Dein kleiner Freund hier klaut wie ein Rabe."

Miri winkte ab. „Das weiß ich doch schon längst. Der Briefbeschwerer ist wieder an seinem alten Platz. Mein Armband hat er Kaja geschenkt. Die wiederum hat es natürlich sofort zurückgegeben. Du siehst also, das Problem ist gelöst."

„Das ist ja alles ganz nett. Aber hast du das auch schon gesehen?" Dabei drehte sie sich um und trat einen Schritt zur Seite, Adrians Kragen immer noch in ihrer Pranke, so dass der arme Kerl hilflos mitgeschwungen wurde.

Jetzt sah Miri an ihr vorbei und erblickte einen kniehohen Haufen mit Dingen. Verschiedenes erkannte sie wieder. Natürlich die eigenen Sachen. Aber auch Sachen von Kaja und Tim. Sogar einer der farbenfrohen Schals von Sierra blitzte an einer Ecke hervor.

Miri blinzelte verdutzt. „Was ist das denn?"

„Das ist privat", murmelte Adrian.

Maxi schüttelte ihn, so dass seine wilden Haarsträhnen nur so flogen. „Was hast du gesagt? Ich kann dich nicht hören."

„Das ist privat", schrie er, so dass selbst die Drachin unwillkürlich ein wenig das Kinn einzog, um mehr Abstand zwischen sich und den Schreihals zu bringen. „Laut genug so? Ha." Obwohl ihm sichtlich unwohl war in seiner Situation, schien es nicht so, als würde er klein beigeben.

Maxis Augen verengten sich zu Schlitzen. „Wenn ich in deiner Haut stecken würde", sie ließ ihre Reißzähne blitzen, „würde ich mich um ein bisschen Kooperation bemühen." Ihre Stimme war leise, besaß aber einen stählernen Unterton.

„Soweit ich mich erinnern kann, wurden Diebe im 18. Jahrhundert gehängt."

„Und wenn schon. Tot oder so ähnlich bin ich sowieso schon. Nein, meine Liebe, da musst du dir schon etwas Besseres einfallen lassen."

Völlig perplex starrte der Drache den Gauner an.

Miri nutzte die kleine Pause, um sich einzuschalten. Dieses Spektakel war jetzt weit genug gegangen. Sie räusperte sich. „Ähem, dieser kleine Exkurs in Geschichte ist ja ganz interessant. Trotzdem, wenn ich kurz um eure Aufmerksamkeit bitten dürfte…" Sie ließ den Satz in der Luft hängen.

Insgeheim war Maxi froh über die Unterbrechung. Sie war, was selten genug vorkam, sprachlos. Jemanden zu bedrohen, der ganz offensichtlich nichts zu verlieren hatte, machte nun wirklich keinen Sinn. Jetzt wusste sie nicht weiter. Deshalb war es ihr nur recht, dass ihr Schützling sich einmischte. Vielleicht hatte dieser eine brauchbare Idee, wie man mit diesem Taugenichts verfahren sollte.

„Lass ihn los."

„Hä?" Das konnte doch nicht ihr Ernst sein. Ungläubig starrte sie Miri an.

„Du hast schon richtig gehört. Loslassen."

Maxi gab sich geschlagen und öffnete ihre Pranke. Begleitet von einem dumpfen Stöhnen landete Adrian unelegant auf dem Boden. Hastig rappelte er sich hoch und begab sich außer Reichweite der langen Drachenarme. Besser gesagt, er versteckte sich hinter Miri. Drachen waren einfach zu groß für diese kleinen Räume. Ganz zu schweigen von ihrer Fähigkeit, an einem Ort zu verschwinden und an einem anderen unverhofft wieder aufzutauchen.

„Total unfair", bestätigte Miri ironisch. „Vor allem gegenüber Geistern, die all diese Fähigkeiten nicht haben."

„Haben wir sehr wohl“, rutschte es Adrian heraus. Seine Zunge war wieder einmal schneller gewesen als sein Gehirn.

„Ist auch nicht anders zu erwarten, wenn das besagte Organ bereits seit mehreren hundert Jahren tot ist“, murmelte Maxi vor sich hin.

„Als wenn du jünger wärst.“

„Jünger vielleicht nicht, aber lebendiger.“

So langsam aber sicher verlor Miri die Geduld mit den beiden. Sie war schon den ganzen Tag auf den Beinen und müde. Am liebsten wäre sie jetzt schon in ihrem Bett. Dann könnte sie nochmals Mathias' Weihnachtsnotiz lesen und dann friedlich einschlummern. Stattdessen saß sie jetzt hier mit diesen beiden Streithähnen fest. Sie war sich sicher, ihr Drache hatte nur die besten Absichten. Aber momentan war es ihr herzlich egal, was Adrian den ganzen Tag so trieb. Selbst wenn er klaute wie ein Rabe. Neugierig, was dahinter steckte, war sie schon.

„Einmal ein Gauner, immer ein Gauner“, kommentierte ihre schuppige Freundin ihre Gedanken.

Erstaunlicherweise reagierte der Geist nicht auf die offensichtliche Provokation. Der Wille zum Streiten schien ihn verlassen zu haben. Resigniert lehnte er hinter Miri an der Wand. Sie wertete das als positives Zeichen. Ganz so egal wie er behauptete war es ihm scheinbar doch nicht, was mit ihm passierte.

Sie setzte sich zu Adrian hin. „Also, neuer Versuch: Was bezweckst du damit?“ Sie deutete auf den Haufen mit dem Diebesgut. „Und du hältst dich raus“, sagte sie an den Drachen gewandt.

Maxi presste verstimmt die Lippen zusammen und lehnte sich mit verschränkten Armen an die gegenüberliegende Wand. Dunkle Rauchschwaden stiegen aus ihren Nasenlöchern und ringelten sich an die Decke. Naja, wahrscheinlich sollte Miri froh sein, dass sie den Geist nicht sofort geröstet hatte.

Adrian wusste gar nicht, wie er anfangen sollte. Noch nie hatte ihn jemand gefragt, weshalb er klaute. Nicht als er lebte und schon gar nicht, seit er sich in diesem verfluchten Zustand befand. Dann gab er sich einen Ruck. „Ich weiß es selber nicht so genau. Es ist eine Art innerer Drang. Damit du es verstehen kannst, muss ich die Geschichte von Anfang an erzählen. Hast du Zeit? Sie ist nämlich lang."

Miri nickte. Dann gab es halt noch eine Gute-Nacht-Geschichte, bevor sie ins Bett kam.

„Der Drache liegt richtig, wenn er sagt, ich sei durch und durch ein Gauner. Das stimmt wohl. Ich sehe nichts Anrüchiges daran."

Die Drachin schnaubte. „Da bist du der Einzige, der das so sieht."

Adrian warf ihr einen finsteren Blick zu, ließ sich aber nicht zu einer Reaktion verleiten. Er setzte seine Geschichte fort. „Es ist ein Beruf wie jeder andere auch. Und ich habe immer Wert darauf gelegt, nur die hereinzulegen, die es sich auch leisten können."

„Kamst du aus einer armen Familie?"

Adrian lächelte schief. „Nein. Diese Ausrede habe ich nicht. Ich bin in Genua als der Sohn einer mittelständischen Kaufmannsfamilie aufgewachsen. Ich absolvierte eine gute Ausbildung, lernte Sprachen, erst Französisch, dann Deutsch, außerdem Buchhaltung. Schöne Dinge waren und sind meine Schwäche. Wenn ich etwas sehe, muss ich es einfach haben. Ich habe auch kein Problem, sie irgendwann weiterzugeben. Ich muss sie einfach eine Weile in meinem Besitz haben."

„Kann mir nicht vorstellen, dass das bei deinem gutbürgerlichen Vater sehr gut ankam."

„Jetzt lass ihn doch erzählen und misch dich nicht immer ein." Verärgert sah Miri zu Maxi hinüber. Diese wedelte herablassend mit der Hand, um Adrian zu bedeuten, er solle mit seiner Geschichte fortfahren.

Er knirschte mit den Zähnen, tat aber wie geheißen. „Ich war lange Zeit sehr vorsichtig. Aber leider nicht lang genug. Als mein Vater es herausfand, hat er mich rausgeworfen.“ Sein Blick verlor sich in der Ferne.

„Du musstest die Familie verlassen?“

„Ja. Ich wusste zu diesem Zeitpunkt noch nicht, dass es das letzte Mal sein sollte, dass ich sie sah. Vor allem meine Schwestern habe ich im Laufe der Jahre oft vermisst.“ Er wischte sich eine irisierende Träne von der durchschimmernden Wange. Die Emotionen laugten ihn offenbar aus und ließen ihn weniger substanziell erscheinen als sonst. „Zu diesem Zeitpunkt war es mir eigentlich egal. Ich war jung und abenteuerlustig und mit meinem Geschick, Menschen zu betrügen, war es leicht, unterwegs zu sein. Es hat mir nie an einem warmen Bett oder einem vollen Magen gemangelt.“

„Da hast du sicher diverse Herzen gebrochen auf deiner Reise.“

Reuevoll nickte er. „Ich dachte mir nichts dabei. Für mich war alles ein Riesenspaß.“

Miri runzelte die Stirn, während sie über die Geschichte nachdachte. „Wie kommt es denn, dass du hier im Norden der Schweiz gelandet bist? Das ist ja doch eine ziemliche Strecke. Vor allem, wenn man bedenkt, zu welcher Zeit das war. Der Gotthardtunnel wurde erst gute hundert Jahre später eröffnet, wenn ich mich richtig erinnere.“

Adrian nickte. „Das stimmt schon. Meist war ich zu Fuß oder mit der Kutsche unterwegs. Außer Fortuna war mir gnädig gestimmt und ich hatte ein Pferd zur Verfügung.“

„Auch geklaut? Wundert mich, dass sie dich nicht aufgeknüpft haben. Pferdediebstahl wurde nicht sehr gerne gesehen.“

„Pferde habe ich nie geklaut! So dumm war ich nicht. Pferde ließen sich recht einfach bei Glücksspielen gewinnen."

Miri war fasziniert. „Welche Spiele denn?"

„Meist Karten- und Würfelspiele."

„Zweifellos mit gezinkten Karten und präparierten Würfeln. Pah." Maxi sträubte empört die Schuppen, die an ihrem Rückgrat entlang liefen.

Irritiert schaute Miri zu ihr hinüber. „Sag mal, wieso ärgert dich das eigentlich so?" Das Verhalten der Drachin stand in keinem Verhältnis zu den paar Dingen, die der Geist geklaut hatte.

„Das tut nichts zur Sache!"

„Dann halte dich zurück. Ich möchte Adrians Geschichte hören und das gerne heute noch. Ich bin nämlich müde und will ins Bett."

Maxi wollte etwas erwidern, aber ihr Schützling brachte sie mit einem strengen Blick zum Schweigen. Erwartungsvoll wandte Miri sich dann wieder Adrian zu. Dieser konnte es nicht lassen, der Drachin einen triumphierenden Blick zuzuwerfen, aber Miri ließ ihren strengen Blick wieder zum Einsatz kommen, diesmal an den Geist gerichtet. Sie kam sich gerade vor wie im Kindergarten. Kaum zu glauben, dass beide mehrere hundert Jahre älter waren als sie. Beinahe hätte sie die Fortsetzung der Geschichte verpasst, so amüsiert war sie über diese Feststellung. Sie rief sich selbst zur Ordnung und hörte zu.

„Dadurch, dass ich kein festes Ziel hatte und schon gar keinen Zeitplan, war das Reisen nicht sehr beschwerlich. Meist ließ ich mich einfach treiben. Ich wusste ja, Fortuna war mir hold. Aus meiner Sicht gab es keinen Grund, weshalb sich das je ändern sollte."

„Aber irgendwann änderte sich das", vermutete Miri, gefesselt von der lebhaften Erzählung.

„Erst einmal noch nicht, was meine jugendliche Arroganz nur förderte. Ich kam also weit herum und schaffte es irgendwann über die Alpen. Ich genoss das Reisen, die Leute…“

„…das Klauen.“

„Das auch. Ich hatte viele Freunde, habe mich sehr gut amüsiert, und wenn sie gemerkt haben, dass ihnen was fehlte, war ich jeweils schon weitergezogen. Es schadete auch nicht, dass Napoleon ganz Europa in Aufregung versetzte. Die Leute hatten anderes zu tun, als sich um einen kleinen Gauner wie mich zu kümmern. Irgendwann kam ich in Schaffhausen an. Dort änderte sich alles.“

Miri hing an seinen Lippen. Als er nicht weitererzählte, drängte sie ihn: „Und dann? Was geschah dann?“

Einen Moment erschien es, als wollte er nicht weiter erzählen. Dann presste er entschlossen seine blutleeren Lippen zusammen und fuhr fort. „Ich verliebte mich. In Schaffhausen auf dem Markt sah ich sie zum ersten Mal. Lotti. Sie war jung und sehr hübsch, mit ihren dunklen Zöpfen, den blauen leuchtenden Augen und ihren roten Backen.“

Miri verstand nicht. „Das war doch gut, sich zu verlieben, oder?“

„Wie man es nimmt. Ich war sicher nicht geeignetes Ehemann-Material. Ich hatte keinen Job vorzuweisen, praktisch keinen Besitz und solange ich mich beruflich nicht umorientierte, musste ich gezwungenermaßen immer weiter ziehen, damit niemand Verdacht schöpfte. Nicht unbedingt das Leben, das man seiner Liebsten bieten möchte. Zu diesem Zeitpunkt kamen mir das erste Mal Zweifel an meinem Lebensstil.“

„Hört, hört.“

Adrian ignorierte den spöttischen Einwurf. „Jung wie ich war, schob ich die störenden Gedanken einfach beiseite und begann, Lotti den Hof zu machen.“ In Gedanken verloren lächelte er versonnen. „Zu meinem Glück schien sie meine

Gefühle zu erwidern, und bald verbrachten wir so viel Zeit wie möglich zusammen. Oft holte ich sie ab, wenn sie frei hatte oder besuchte sie nach getaner Arbeit hier oben."

„Warte mal. Hier oben? Sie hat hier oben gearbeitet? Du meinst, sie ist mit Sierra verwandt?"

Adrian hob die Hände. „Stopp. Nicht so schnell. Ich glaube nicht, dass Sierras Familie diesen Hof schon so lange hat. Lotti hat hier gearbeitet. Sie gehörte nicht zur Familie. Ursprünglich kam sie von woanders." Er runzelte die Stirn. „Ich weiß gar nicht, woher genau. Es interessierte mich damals wohl nicht. Ich genoss einfach die Zeit mit ihr und dachte weder über gestern noch morgen nach."

„Sehr Zen, diese Haltung", murmelte Miri und dachte bei sich, dass sich die Männer in den letzten paar hundert Jahren nicht wesentlich verändert hatten.

„Was meinst du?" Adrian verstand nur Bahnhof.

„Nichts, vergiss es. Und dann? Bist du ein aufrechter Bürger geworden, oder wie?"

Er druckste herum. „Hm. Längerfristig wäre das der Plan gewesen. Vielleicht. Je nachdem."

Maxi schnaubte verächtlich. „Und kurzfristig?"

„Ihre Situation hier war keine glückliche. Der Hofbesitzer war ein alter Tyrann, ein richtiger Choleriker. Dem ist öfters die Hand ausgerutscht, wenn etwas nicht nach seinem Kopf ging. Vor allem bei den Frauen. Bei den Männern war er vorsichtiger. Da hat er sich gezielt die schwächeren ausgesucht. Einmal hat es Lotti erwischt." Selbst jetzt noch, über zweihundert Jahre später, wurde er wütend, wenn er daran dachte. „Er hat ihr fast den Backenknochen gebrochen. Die ganze Seite des Gesichts war geschwollen."

Unbewusst fasste sich Miri an ihr Gesicht. Sie fühlte mit Lotti mit, zweihundert Jahre hin oder her. Sie hatte Glück gehabt. Ihr

Gesicht war schon fast wieder heile. Nur eine leichte Gelbschattierung zeugte noch von der Attacke ihres Onkels.

„Da wusste ich, dass wir wegziehen sollten. Ich wollte ihr die Welt zeigen. Frankreich. Italien. Die Sonne. Das Essen. Das Meer. Das ging natürlich nicht ohne die entsprechenden finanziellen Mittel, denn ich wollte meinem Schatz ja etwas bieten. Nachdem ihr Meister sie so schändlich behandelt hatte, wusste ich auch, wo ich das nötige Kleingeld herkriegen würde." Ein bitteres Grinsen verzog sein Gesicht. Er lehnte den Kopf an die Wand und schloss erschöpft die Augen. „Ich war jung. Arrogant. Und dumm."

„Was ist schief gelaufen?"

Er öffnete die Augen wieder. „Das ist mein Problem. Ich weiß es nicht."

Verdutzt fragte Miri nach. „Du weißt es nicht? Warst du nicht dabei?"

Übergangslos begann er wieder zu erzählen. „Endlich konnte ich Lotti überzeugen, mit mir weg zu gehen. Sie war im Grunde keine Abenteurerin. Reisen und fremde Länder machten ihr ein wenig Angst. Aber nach dem letzten Vorfall hatte sie noch mehr Angst davor, hierzubleiben. Ich organisierte unsere Abreise und klaute alles Wertvolle, das nicht niet- und nagelfest war. Natürlich erst kurz vor unserem Weggang. Ich wollte weit weg sein, wenn es irgendjemandem auffiel."

Adrians Geschichte zog Miri völlig in ihren Bann. Selbst Maxi hatte schon seit mindestens fünf Minuten keine abfällige Bemerkung mehr gemacht.

„Es war ein Sonntag. Normalerweise hatte sie am Sonntag nach dem Kirchgang den halben Tag frei, weshalb wir unsere Flucht auf diesen Tag legten. Doch ausgerechnet diesen Sonntag nicht. Sie musste nach der Kirche noch eine Besorgung außerhalb von Schaffhausen machen. Lotti wollte unsere Abreise um eine Woche verschieben. Ich nicht. Ich hatte Angst, dass sie es sich wieder anders überlegte." Er seufzte tief. „Ich konnte sie überreden. Wir vereinbarten, uns bei der großen Eiche zu treffen. Gleich nach ihrer Rückkehr am späten Nachmittag."

„Wie jetzt, du meinst die große Eiche am Aussichtspunkt zehn Minuten von hier?"

„Genau. Früher gehörte das ganze Land von hier bis dort zu diesem Bauernhof."

Erwartungsvoll lehnte sich Miri nach vorn. Sie zog die Knie an und legte die Arme darum. „Wie ging es weiter?"

„Gar nicht. Sie ist nicht gekommen."

„Du meinst, sie hat dich versetzt?", fragte Maxi ungläubig.

Miri funkelte sie wütend an. Manchmal konnte sie so ein Trampel sein! Sie verspürte das dringende Bedürfnis, der Drachin etwas an den Kopf zu werfen. Leider hatte sie gerade nichts zur Hand. Der Geist war inzwischen fast nicht mehr zu sehen. Nur seine durchscheinende Silhouette war zu erahnen. „Erzähl weiter", bat sie.

„Sie hatte mir alle Dinge, die sie mitnehmen wollte, schon am Abend zuvor gegeben. Es war sowieso nicht viel. Zwei, drei Dinge zum Anziehen. Eine Kette, die sie von ihrer Mutter bekommen hatte. Eine Haarlocke von ihrer Schwester. Ich wartete in der Nähe des Treffpunkts mit unserem Gepäck in einem Versteck. Die Schatten wurden immer länger. Als sie bei Einbruch der Dunkelheit noch nicht da war, hielt ich es nicht mehr aus und machte mich auf die Suche nach ihr. Der logische Anfangspunkt für meine Suche war selbstverständlich der Bauernhof. Also machte ich mich auf den Weg dorthin."

„Und? Hast du sie gefunden?"

„Nein. Dafür fand mich der Bauer. Er erwartete mich mit dem Gewehr in der Hand und verpasste mir eine Kugel, mitten ins Herz."

Geschockte Stille breitete sich in dem Zimmer aus. „Ich verstehe", sagte Miri irgendwann leise. „Dadurch wurde dir jegliche Möglichkeit genommen, rauszufinden, was passiert ist. Ob sie es sich anders überlegt hat. Oder ob sie selber einen Unfall hatte."

„Oder auch Bekanntschaft mit einer von den Kugeln gemacht hat", mischte sich Maxi ein. Sie schien dem Geist gegenüber merklich milder gestimmt als noch einige Minuten zuvor. Anscheinend hatte die Geschichte auch die Drachin berührt.

„Das ist der Grund, weshalb du hier auf dem Hof bist. Um abzuschließen und herauszufinden, was geschehen ist an diesem Tag", begriff Miri.

Maxi runzelte die Stirn. „Schöne Geschichte. Aber es erklärt nicht, weshalb du dich so elsternmäßig benimmst."

Adrian zuckte traurig mit den Achseln. „Ich nehme an, im Laufe der Jahre entwickelte es sich immer mehr zu einer Art Zwang."

Miri musste trotz der traurigen Geschichte ein Kichern unterdrücken. Jetzt hatte sie ihren ganz eigenen Hausgeist, noch dazu einen mit einer Zwangsstörung.

„Außerdem suche ich noch immer."

„Lotti?"

„Nein. Lotti nicht mehr. Das habe ich schon vor langer Zeit aufgegeben. Ihre Lebenszeit ist vor langer Zeit abgelaufen, wo immer sie gewesen sein mag. Ich suche den Schatz." Seine Augen glitzerten beinahe manisch.

„Welchen Schatz?" Langsam kam Miri sich vor wie ein bekiffter Papagei, der jedes dritte gesprochene Wort wiederholte.

„Na, die Dinge, die ich für unsere Reise geklaut hatte. Lottis persönliche Dinge waren dabei." Sein Blick nahm einen entrückten Ausdruck an. „Noch einmal ihre Sachen berühren.

Mich erinnern, wie die Kette an ihrem Hals ausgesehen hat." Er wandte sich abrupt Maxi zu. „Das solltest du doch verstehen. Drachen sind sehr eigen mit ihren gehorteten Schätzen."

„Hättest du eben besser darauf aufpassen sollen."

„Wann denn genau? Kurz bevor die Kugel in mein Herz eindrang oder danach?" Frustriert fuhr er sich durch die nur noch schemenhaft wahrnehmbaren Haarsträhnen. „Als Geist ist man die erste Zeit nach dem Tod komplett orientierungslos. Driftet durch Zeit und Raum. Glaube mir, als ich hierher gefunden hatte, sah alles anders aus."

„Aber die große Eiche steht doch noch", stellte Miri perplex fest.

„Das schon. Trotzdem ist es mir nie gelungen, mein Versteck zu finden." Die letzten Worte waren kaum mehr zu hören. In der nächsten Sekunde war Adrian verschwunden.

„Wo ist er hin?"

„Ich bin mir nicht sicher. Ich bin kein Experte, was Geister angeht. Ich vermute, er ist im Prinzip immer noch hier. Einfach auf einem sehr niedrigen Energielevel. Ähnlich, wie wenn eine Batterie aufgebraucht wird."

Miri schaute sich in dem dunklen Raum um, der nur durch eine von Maxis Lichtkugeln erhellt wurde. „Ich werde dir helfen, den Schatz zu finden. Versprochen", flüsterte Miri ins Leere, zuversichtlich, dass Adrian sie hören konnte. „Vielleicht kannst du dann endlich Ruhe finden."

„Sag mal, bist du nicht ganz bei Trost?" Maxi spie die Worte beinahe aus.

Entgeistert starrte Miri ihre Drachenfreundin an. „Was ist denn jetzt schon wieder, dass du mich so anfauchen musst?"

„Du hast eben deinem Geisterfreund etwas versprochen. Ein solches Versprechen ist bindend."

Miri zuckte mit den Schultern. „Echt? Das wusste ich nicht."

„Hättest mich ja fragen können", presste sie zwischen zusammengebissenen Zähnen heraus.

„Du hast mir zwei Sekunden vorher erklärt, du seist keine Geisterexpertin. Was soll ich dich denn da fragen? Es spielt sowieso keine Rolle. Ich halte meine Versprechen prinzipiell." Sie gähnte lautstark. „So. Und wenn du nichts dagegen hast, ich muss noch kurz Mathias einen Zettel schreiben und dann geht es ab ins Bett."

Maxi plusterte sich nochmals auf und setzte zu einer erneuten Strafpredigt an. Ein Blick in Miris müdes Gesicht machte ihr aber klar, das heute wohl jedes weitere Wort vergeblich war. Aber aufgeschoben war nicht aufgehoben. Das ging gar nicht, dass ihr Schützling so unbedacht ihre Versprechen verteilte. Bis sie mal an den falschen Geist geriet. Sie schüttelte den Kopf und folgte Miri nach unten.

Im Erdgeschoß angekommen wurden sie von einem ungeduldigen Chili begrüßt. „Hallo Mäusejäger. Alle in Angst und Schrecken versetzt? Wir gehen gleich rüber. Dann kannst du mitkommen oder draußen bleiben."

„Draußen bleiben?" Der Kater sah sie mit großen Augen entsetzt an. „Hast du in letzter Zeit mal nach draußen geschaut? Es liegt Schnee, der mir bis zum Bauch reicht, und meine Schnurrbarthaare frieren auf der Stelle ein."

Maxi verkniff sich ein Grinsen. Sein Frauchen verstand im Gegensatz zum Drachen die Worte nicht, interpretierte den entsetzten Gesichtsausdruck des Katers aber richtig. „Draußen ist es wahrscheinlich zu kalt, was. Schlaf lieber bei mir."

Er nickte, zufrieden, dass er sich verständlich gemacht hatte. Miri griff zu Stift und Papier und kritzelte ein paar Worte.

Lieber Mathias

Danke, danke für die schöne Küche. Was für eine wunderbare Weihnachtsüberraschung.

Sie kaute auf dem Stift herum. Sie hatte gar nicht mehr nach gesehen, ob und was oben schon renoviert worden war. Sollte sie nochmals hochgehen? Sie seufzte. Nein. Das hatte auch morgen noch Zeit. Jetzt rief ihr bequemes Bett mit aller Deutlichkeit nach ihr.

Wenn ich richtig vermute, habt ihr sogar oben schon mit der Arbeit angefangen? (Zumindest lassen die Holzspäne auf der Treppe darauf schließen. Ich wollte eigentlich noch nachschauen, aber ich muss dringend ins Körbchen…) Danke auch für das Einzugsgeschenk. Ist es nicht noch etwas verfrüht? Die Graugänse wollen noch im ganzen Haus verteilt werden. Das wird noch einen Moment dauern, und ja, die habe ich selbst entworfen, davon eine Schablone angefertigt und sie dann auf die Wand gebracht. Schöner Wohnen ist definitiv mein Ziel für das nächste Jahr, gute Idee.

Ich wünsche dir eine schöne Weihnachtszeit, pass auf, dass du sie genießt und nicht Fronarbeit auf dem Randen leistest ;-).

Liebe Grüße Miri

P.S. Ich habe von dir geträumt, du besitzt nicht zufällig ein Crocodile Dundee-Kostüm?

Sollte sie das P.S. lieber wieder streichen? Sie überlegte hin und her. Ach, was soll's. Vermutlich wurde er sowieso nicht schlau daraus. Sollte er ruhig ein wenig rätseln, wenn er schon meinte, sie zu kennen. Sie ließ den Zettel liegen, wo er war, schnappte sich das Körbchen mit dem Brot und dem Salz und machte sich auf den Weg ins Haupthaus. Zuvorderst ging Chili, dann sie selbst, das Schlusslicht bildete der Drache.

25

25. Dezember 2012

Am nächsten Morgen traf Miri sich mit Kaja am Frühstückstisch. Maxi und Lance waren auch da, vor sich eine Schale Milch. Erstaunt nahm sie die Musik zur Kenntnis, die zu hören war. Leise zwar, aber doch unverkennbar ein älteres Album der *Toten Hosen*, *Ein kleines bisschen Horrorschau.* Fragend schaute sie Kaja an.

Diese zog die Nase kraus. „Ich weiß, ist ein bisschen ein Stilbruch am Weihnachtsmorgen. Aber ich konnte dieses ewige Weihnachtmusikgedudel nicht mehr hören. Einmal mehr *White Christmas* oder *Jingle Bells* und es hätte Tote gegeben."

Miri zuckte mit den Achseln. „Ehrlich, mir ist das egal. Im Gegenteil. Ich empfinde es als eine wohltuende Abwechslung."

Sie ließ sich auf einen freien Stuhl fallen und wollte schon nach der verführerisch duftenden Kaffeekanne greifen, als ihr einfiel, dass das keine gute Idee war. Selbst Maxi hatte schon mahnend die rechte Augenbraue gehoben.

„Mann, Mann, Mann, wieso ist schwanger sein so eine genussfeindliche Angelegenheit", brummte sie.

„Spät geworden gestern?" Kaja grinste mitfühlend und stand auf, um ihrer Freundin einen Fencheltee aufzubrühen.

Misstrauisch warf Miri ihr einen Blick zu. „Was weißt du denn bereits wieder darüber, wie spät es geworden ist?"

Kaja lachte. „Also erstens genügt ein Blick in dein Gesicht, und zweitens hatte ich ein sehr informatives Gespräch mit deinem Drachen."

„Aha. Das erklärt alles. Maxi ist der Begriff Privatsphäre total fremd. Bis jetzt ist es mir noch nicht gelungen, ihr das Konzept davon zu vermitteln."

„Ich finde es ganz praktisch. Jetzt weiß ich zumindest, dass es höchste Zeit ist, dass du Mathias kennenlernst, wenn du ihm gedanklich schon die Rolle deiner Halloweenbekanntschaft verpasst", scherzte sie.

Miri warf Maxi einen finsteren Blick zu. „Na warte. Sollte ich von dir je private Korrespondenz finden, mache ich eine Kopie und stelle sie ins Internet."

Maxi, anscheinend in eine extrem fesselnde Unterhaltung mit Lance vertieft, ignorierte sie völlig. Nur die Ränder ihrer langen Ohren färbten sich in einem verräterischen violett und ließen vermuten, dass sie sehr wohl zugehört hatte.

„Von den privaten Problemen unseres Hausgeistes hat sie dir in dem Fall auch schon erzählt?"

„Naja, sie hat vor allem erwähnt, dass du ihm völlig unüberlegt ein Versprechen gegeben hast."

„Typisch. Hat sie dir auch gesagt, weshalb ich das getan habe?"

„Ja. Scheint so, als könnte Adrian tatsächlich Hilfe gebrauchen." Dieses eine Mal schien es Kaja nicht darauf anzulegen, die Existenz des Hausgeistes zu leugnen. Im Gegenteil. Offenbar hatte seine tragische Geschichte ihr Mitgefühl geweckt. „Ich hätte wahrscheinlich dasselbe getan."

Entsetzt drehte sich Maxi zu ihr um. „Hat dir denn deine Großmutter nichts über den Umgang mit Geistern beigebracht?"

„Josephine wollte das bestimmt gerne“, mischte sich nun auch Lance ein. „Aber Fräulein Neunmalklug hier wollte nichts davon hören.“

„Wie auch immer, wir können sie bestimmt um Rat fragen.“

„Gute Idee. Aber Geisternöte in Ehren, ich habe immer noch ein eigenes Leben, das ich in den Griff kriegen sollte, bevor der Wurm hier auftaucht. Ich hatte ein paar Ideen und würde sie gerne mit dir durchgehen. Hast du irgendwann heute Zeit?“ Sie griff nach einem Stück Zopf und bestrich es mit Butter und Honig.

„Ähem“, räusperten sich die beiden Drachen.

„Pardon, Drachenkind.“ Sie verdrehte die Augen. „Langsam komme ich mir vor wie bei meinem Onkel und meiner Tante zu Hause. Wir hatten eine Dose, wo für jedes Schimpfwort Taschengeld abgegeben werden musste. Ich korrigiere, wo ich für jedes Schimpfwort zwanzig Rappen hineinwerfen musste. Die anderen beiden haben ja nicht geflucht.“

„Zwanzig Rappen waren aber noch gnädig.“

„Ja, finde ich auch. Das Wurmwort ist viel teurer“, hielt Lance fest.

„So viel Taschengeld habe ich gar nicht bekommen. Dafür viel geflucht. Also mussten sie die Strafe gering ansetzen.“ Miri grinste.

Lance ließ ein wölfisches Lächeln sehen. „Aber jetzt hast du mehr Geld…“

„Wo hast du denn die Halskette?“

Miri griff sich an den ungeschmückten Hals. „Ich habe sie gestern Nacht abgelegt und vergessen wieder anzuziehen.“

Die beiden Drachen warfen sich einen Blick zu. Miri runzelte die Stirn. Was war denn so wichtig an dieser Kette?

„Ich hole sie dir gleich“, bot Maxi ihr an.

Jetzt war Miri vollends verwirrt. „Okay, danke.“

Kaja versuchte auch, aus den Drachen schlau zu werden. Vergeblich. Lance sperrte sie gerade erfolgreich aus seinen Gedanken aus. „Auf jeden Fall schön zu sehen, dass ihr inzwischen ein Herz und eine Seele seid."

„Wir sind nicht…" – „Das stimmt überhaupt nicht…", sprachen beide Drachen gleichzeitig darauf los. Peinlich berührt blickten die beiden sich an.

„Ich muss weg. Ein dringender Termin."

„Ich hole Miris Kette." Und weg waren die beiden. Es konnte einem fast schwindlig werden von all den schimmernden Funken, die bei ihrem Abgang stoben. „Also, irgendwie werden die zwei mit jedem Tag sonderlicher", stellte Kaja fest.

„Vermutlich eine Überdosis Drachenenergie. Ich bin nicht sicher, dass das verträglich ist, zwei Drachen auf so engem Raum."

„Auf jeden Fall können wir uns heute Nachmittag gerne zum Brainstorming treffen. Vormittags muss ich noch ein paar Bestellungen hier in der Gegend ausliefern."

„Am Weihnachtstag?"

„Ja. Das sind alles Leute, die ich inzwischen persönlich kenne. Vor allem ältere Menschen, die sich über einen Besuch am Weihnachtstag freuen. Irgendwem müssen sie die Berge an Weihnachtskeksen ja verfüttern", erklärte sie mit einem Augenzwinkern.

„Stimmt. In der Zwischenzeit bringe ich meine Ideen zu Papier, dann bin ich am Nachmittag gut vorbereitet."

Gegen Mittag rauchte Miri der Kopf. Sie hatte zig Ideen zu Papier gebracht, wieder verworfen, neue aufgenommen und vor der logistischen Seite am Ende kapituliert. Erschöpft rieb sie sich mit den Händen die Augen. So viel zu tun. Und die Zeit, die zur Verfügung stand, schien mit jeder Minute weniger zu werden. Wie sollte sie das nur alles schaffen bis zum Juli? Frustriert ließ sie den Stift fallen und wischte sich eine Träne aus dem Augenwinkel. Wenn sie doch bloß nicht dauernd so müde wäre.

„Nicht weinen, Kleines." Maxi materialisierte sich in dem Chaos, das rund um Miri herrschte. „Was ist denn los?"

„Das ist los!" Fast wütend schob sie die Papiere von sich. „Ich weiß einfach nicht, wie ich das alles schaffen soll. Ich muss einen Kundenstamm aufbauen, eine Webseite einrichten, Ideen haben, einfach alles."

Maxi rieb ihr mit einer Pranke sanft über den Rücken. „Ideen hast du doch genug, oder?"

„Schon. Aber ob die auch gekauft werden? Jedes Mal, wenn ich eine Idee unter diesem Gesichtspunkt betrachte, erscheint sie mir dumm und ich verwerfe sie wieder. Zudem habe ich das Gefühl, die Zeit läuft mir davon. Juli ist schon bald. Das ist nur noch ein halbes Jahr."

Maxi musste schmunzeln, beeilte sich aber, es hinter einem Hüsteln zu verstecken.

„Was? Das ist nicht zum Lachen!"

„Nein, natürlich nicht", versicherte ihr Maxi.

Misstrauisch beäugte Miri ihre Drachenfreundin.

„Also, vielleicht ein bisschen. Wenn ich dir so zuhöre, bekomme ich den Eindruck, dein Leben ginge zu Ende im Juli."

„So wie ich es sehe wahrscheinlich schon. Schließlich bekomme ich ein Kind."

„Ja", antwortete Maxi gedehnt, „du bekommst ein Kind. Wie unzählige Frauen vor dir. Und ich versichere dir, auch wenn dein Leben sich ändert, eins ist sicher: Es geht weiter. Wie es weiter geht, das bestimmst du. Es braucht eine Anpassungszeit, klar. Aber grundsätzlich bist du in der angenehmen Lage, Einfluss zu nehmen, wann und wo und wie viel du arbeiten möchtest."

„Autsch. Es geht doch nichts über einen persönlichen Drachen, der einem den Kopf zurechtrückt", grummelte Miri.

„Hast du auch noch eine Lösung für das Problem mit dem Internetauftritt oder der Auswahl des geeigneten Sortiments?“

„Hm. So weit reicht meine Drachenweisheit nicht…“

„Dachte ich mir schon“, antwortete Miri ein wenig patzig.

„Halt, ich war noch nicht fertig. Ich weiß es vielleicht nicht, aber ich bin mir sicher, mit Hilfe deiner Freunde, die dich bis jetzt noch nie im Stich gelassen haben, meisterst du auch diese Hürde.“

Miri seufzte. „Also gut. Ich hab es verstanden. Nicht jammern, sondern machen und um Hilfe bitten.“

Zufrieden tätschelte Maxi ihre Schulter. „So ist es brav. Und jetzt geh und mach dir was zu essen. Hungrig denkt es sich schlecht.“

Wie auf Kommando meldete sich Miris Magen. Essen war tatsächlich eine gute Idee. Sie streckte sich und machte sich auf den Weg in die Küche.

„Dachte ich mir doch, dass ich dich hier finde.“ Kaja trat ins Wohnzimmer des alten Pächterhäuschens. „Ich war schon ewig nicht mehr hier drin. Du hast diese Räume ja schon völlig verwandelt“, staunte sie.

Miri lachte und ging zu Kaja, um sie zu begrüßen. „Das ist nicht alleine mein Werk. Die neue Küche, die Mathias eingebaut hat, ist echt der Hammer. Ich bin mehr für die kleinen Verschönerungen zuständig.“

Kaja schaute sich um. „Schon. Aber es sind diese kleinen Verschönerungen, die aus einem Haus ein Zuhause machen und dem Ganzen einen persönlichen Touch verleihen.“

Verlegen schaute sich auch Miri um. Durch die Worte ihrer Freundin konnte sie es auf einmal wieder mit etwas Distanz betrachten und musste ihr zustimmen. Sie hatte tatsächlich schon ganz schön etwas geschafft.

„Mit dieser Wand bin ich gerade fertig geworden. Ich muss nur noch die Pinsel und den Roller auswaschen.“ Sie ging in die

Küche hinüber. „Es scheint, als wäre ich ein wenig voreilig gewesen, als ich mir möglichst schnell eine neue Küche gewünscht habe. Für das Auswaschen der Malutensilien war der alte Spülstein ganz praktisch. Jetzt mache ich mir immer Sorgen, auf den neuen glänzenden Armaturen Flecken zu machen."

„Das würde mir auch so gehen. Dabei lässt sich das sowieso nicht vermeiden. Die Dinge sind ja zum Gebrauch da."

Miri legte die Pinsel auf die mit Küchenpapier ausgelegte Fläche zum Trocknen hin. „Schön warm ist es auch schon, dank des holzbefeuerten Ofens. Das hat Mathias echt gut gemacht."

„Hast du ihn denn heute endlich getroffen?"

Miri lachte. „Nein, das soll wohl nicht so sein. Der ist bestimmt noch in Andalusien. Oder auf dem Heimweg."

„Dann sollten wir hier bleiben, damit du ihn nicht wieder verpasst", neckte Kaja sie.

„Soweit kommt's noch. Ich warte doch nicht hier wie bestellt und nicht abgeholt! Das Kapitel meines Lebens habe ich definitiv hinter mir." Sie trocknete sich die Hände ab und zog sich ihre Jacke über. „Lass uns ins Atelier gehen. Ich habe meine Papiere schon drüben deponiert."

Draußen war es fast schon dunkel. Es hatte wieder begonnen zu schneien. Dicke Flocken fielen vom Himmel. Miri legte den Kopf in den Nacken und versuchte, ein paar mit der Zunge aufzufangen.

„Genieße den Schnee, solange du noch kannst. Laut Wetterbericht soll es wieder wärmer werden."

„Igitt, Schneematsch. Nicht so prickelnd."

„Das kannst du laut sagen. Vor allem Sierra wird fluchen, das macht die Arbeit mit den Pferden nicht gerade angenehm." Im Inneren der Scheune war es düster. „Warte hier. Ich mache Licht. Nicht, dass du mir noch die Treppe hoch oder runter fällst."

Miri wartete wie geheißen. Das Licht ging an und sie hörte, wie Kaja einen spitzen Schrei ausstieß.

Alarmiert rannte sie zu ihr. „Was ist denn los?“

„Da drüben.“ Kaja deutete auf die andere Seite des Raumes.

Miri schaute hinüber zum großen Ateliertisch. Darauf lag, der Länge nach ausgestreckt, Adrian. „Was macht denn der hier?“

„Das möchte ich auch gerne wissen. Ich hatte fälschlicherweise den Eindruck gewonnen, er sei an dich gekoppelt“, bemerkte Kaja spitz.

„Das glaube ich weniger.“

„Heißt das, ich muss jederzeit damit rechnen, über ihn drüber zu stolpern? Ich glaube nicht, dass mir das gefällt.“

Belustigt musterte Miri ihre Freundin. „Du tust so, als wäre er etwas, das die Katze angeschleppt hat.“

Kaja zog eine Grimasse. „Naja, eine ganze Weile tot ist er ja schon. Qualifiziert wäre er somit.“

Miri verdrehte die Augen und ging hinüber zum großen Tisch. Sie stupste Adrian an.

Wie von der Tarantel gestochen schoss der Geist hoch, fiel hintenüber vom Tisch und versuchte sich hastig hochzurappeln, wobei der lange Gehrock, den er trug, äußerst hinderlich war. Endlich hatte er sich herausgewunden. „Sag mal, geht’s noch? Mich einfach so abrupt zu wecken. Ungeheuerlich ist das. Kann man sich nicht mal in Ruhe hinlegen?“ Umständlich klopfte er seinen Mantel ab und versuchte den erlebten Schrecken mit großspurigem Auftreten zu überspielen.

„Bist du jetzt fertig mit deiner Tirade?“

Adrian ignorierte die Frage. „Hast du meinen Schatz schon gefunden?“

„Nein, bis jetzt noch nicht.“

„Also hast du mich völlig umsonst geweckt.“ Er rückte seinen Kragen zurecht, warf seine Locken kunstvoll nach hinten und machte Anstalten, sich wieder auf den Tisch zu legen. „Was stehst du denn noch da?“ Er machte eine wedelnde Geste mit der ringbesetzten Hand. „Auf, auf! Schätze finden sich nicht von selber.“

Miri verdrehte die Augen. Es schien, als hätte Maxi gewusst, wovon sie sprach.

„Hab ich dir doch gesagt“, flüsterte die Drachenstimme in ihrem Kopf.

„Jaja, das kannst du mir später unter die Nase reiben. Jetzt muss ich mich um das akute Geisterproblem kümmern.“ Kaja machte schon eindeutige Gesten Richtung Adrian. Sie räusperte sich.

„Was ist denn jetzt schon wieder?“ Genervt schlug der Geist die Augen auf.

„Das ist unser Arbeitstisch.“ Verständnisloser Blick. Also nochmals, deutlicher. „Nicht dein Schlafplatz.“ Ungläubiger Blick traf auf stählerne Entschlossenheit.

„Du meinst das tatsächlich ernst.“

Miri nickte.

„Pah. So hatte ich mir das nicht vorgestellt.“

„Ich mir auch nicht“, meinte Kaja trocken. Begleitet von einem verärgerten Schnauben verschwand der Geist vor ihren Augen. „Endlich. Wohler wäre mir ja, wenn ich wüsste, wohin er verschwunden ist.“ Sie musste ein Schauern unterdrücken.

„Stell dir einfach vor, er sei ein verzauberter Drache. Vielleicht ist es dann einfacher.“ Miri sah das Thema Adrian sehr pragmatisch.

Kaja schüttelte sich. „Ich weiß nicht, was mein Problem ist. Normalerweise bin ich nicht so zimperlich.“

„Nein, wirklich nicht. Du brauchst nur etwas mehr Zeit als Sierra und ich, um dich an..., sagen wir mal, außergewöhnliche Phänomene zu gewöhnen.“

„Die nette Art und Weise, ‚Zimperliese' zu formulieren.“

Miri musste lachen. „Also gut, wenn der Schuh passt… wollen wir?“

Kaja holte eine Kerze mit reinigendem Salbeiduft. „Sicher ist sicher. So werden wir wenigstens nicht gleich wieder gestört.“ Sie zündete die Kerze an und schob sie in die Mitte des Tisches. „Schieß los.“ Erwartungsvoll schaute sie ihre Freundin an.

Diese spielte unsicher mit ihrem Stift. „Ich habe Angst.“ Verlegen schloss sie die Augen. „Wenn ich dir meine Ideen aufliste und du alle blöd findest, was mache ich dann?“

„Neue finden?“

„Einfacher gesagt als getan.“

„Jetzt gebe ich dir gleich meine ‚Zimperliesenkrone‘ weiter“, scherzte Kaja.

Miri öffnete ein Auge versuchsweise.

„Stell dich nicht so an. Wir sind hier unter uns und ich bin ein uneingeschränkter Fan deiner Arbeit, sonst würde ich nicht mit dir zusammenarbeiten.“

„Kein Freundschaftsbonus?“

„Kein Freundschaftsbonus. Sorry, dafür bin ich zu sehr Geschäftsfrau. Aber ich erkenne Potential. Und künstlerisches Diven-Verhalten.“

„Aha. Ich bin also eine Diva.“

Maxi, die unauffällig an der Wand lehnte, so unauffällig ein zwei Meter großer Drache in leuchtendem Pink eben sein konnte, mischte sich ungeduldig ein. „Soll ich die Ideen vorstellen?“

Miri schaute sie böse an. „Nein. Das mache ich schon selber.“

„Das ist mir irgendwie entgangen…“ Die Drachin ließ die Worte in der Luft hängen.

Kaja, die merkte, dass sich ein ausgemachtes Drachengeplänkel anbahnte, unterbrach die beiden, indem sie nach den ausgebreiteten Papieren griff. „Was haben wir denn da? Lass mal sehen... “

„Äh, ja. Das ist die Liste mit den Ideen. Warte mal.“

Die Drachin, die zufrieden registrierte, dass sich ihr Schützling endlich ernsthaft an die Arbeit machte, verschwand unbemerkt. Schließlich hatte sie selbst zu tun. Irgendwo in der näheren Umgebung fand sich sicher ein blauer Drache zum Ärgern...

Nach einem kurzen Blick auf die verschiedenen Zettel sortierte Miri sie in der richtigen Reihenfolge. „Ton- und Plastilinskulpturen. Fantasievolle Garderobehaken. Möbelentwürfe. Beratung für Inneneinrichtung.“ Unsicher warf sie einen Blick zu Kaja, die ihr still zugehört hatte. „Das wär's fürs Erste. Oder nein, eins habe ich noch. Schmuck.“

„Schmuck machst du auch?“

Miri wand sich etwas. „Ja, manchmal. Ich würde gerne mehr machen. Allerdings ist er sehr ausgefallen. Mittelalterlich.“

„Echt? Zeigst du mir mal ein Stück?“

„Ich habe momentan keines, das fertig ist. Aber ich habe in weiser Voraussicht ein paar Skizzen angefertigt.“ Sie zog eines der Papiere aus dem Stapel. „Hier.“

Auf der Abbildung war ein breites Lederband zu erkennen, darauf ein mit verziertem Silber eingefasster Stein. „Das ist als Armband gedacht. Entweder für das Handgelenk oder auf Wunsch auch für den Oberarm.“

„Das sieht toll aus.“

„Schön, dass es dir gefällt. Ich wollte dich und Sierra nämlich bitten, die Teile zu tragen.“

„Gerne. Wann denn?“

„Beim Fotoshooting.“

„Bitte was?“

„Ich dachte, eventuell wäre Tim bereit, Fotos zu schießen. Von uns, in tollen Kleidern, mit dem Schmuck.“ Als Kaja nichts sagte, fügte sie hastig hinzu: „Vergiss es. Es war eine blöde Idee.“

„Nein, nein, die Idee ist gut. Ich brauche nur einen Moment, um über die schockierende Vorstellung hinweg zu kommen, dass ich als Model posieren soll.“

„Wer stellt sich jetzt an?“, grinste Miri. „Das wird sicher Spaß machen, zu dritt. Allerdings werden wir uns vermutlich unseren Allerwertesten abfrieren.“

„Weshalb denn das?“

„Die Kleider, die dazu gehören, sind eher freizügig. Wenn ich auch mitmachen will, muss das bald geschehen. Als gestrandeter Wal muss ich nicht Modell stehen. Also muss es bald sein.“

„Das macht Sinn. In diesem Fall heißt bald wohl: Februar. Spätestens März. Brrr.“

„Genau.“

„Die Kleider, wo nimmst du die her?“

„Die mache ich selber. Ich muss nur noch den Stoff auftreiben.“

„Gibt es eigentlich etwas, das du nicht kannst? Handwerklich meine ich?“

„Wenig“, gab Miri zu. „Wenn ich etwas nicht kann, kann ich es sicher lernen. Schöne Dinge selber zu machen liegt mir einfach.“

„Das bringt mich auf eine Idee. Wie wär es denn, wenn du Kurse anbieten würdest?“

„Bastelkurse?“ Miri war skeptisch. „Das ist doch was für kleine Kinder.“ Sie mochte Kinder. Aber sie war sich ziemlich sicher, dass ihr Kinderbedarf für die nächste Zeit ohne externe Beiträge gedeckt sein würde. Dafür würde das Drachenkind schon sorgen.

„Du musst es nur anders nennen“; verteidigte Kaja ihre Idee. „Unterrichten kannst du das, was dir Spaß macht. Zum Beispiel

‚Do-it-yourself-Kurse für Frauen: Male deinen eigenen Wandfries'. Oder: ‚Die Geheimnisse des Akkubohrers und seine praktische Verwendung'. ‚Das göttliche Geschenk der Wasserwaage und was sich damit alles anstellen lässt'."

Jetzt grinste auch Miri. Langsam erwärmte sie sich für die Idee. „Genau."

„Ich bin mir sicher, gerade Frauen wären sehr interessiert an solchen Kursen. Vor allem mit einer Frau als Kursleiterin. Du könntest die Kurse im Raum unter dem Atelier halten. Da müssten wir nicht einmal viel verändern." Sie überlegte.

„Und in der Pause gibt es noch einen Rundgang durch das Atelier und zehn Prozent auf alle sofort getätigten Einkäufe."

„So gefällst du mir", lachte Kaja.

„Also, was haben wir: Schmuck. Fotos davon. Kurse. Mit Verkaufsschau und Kaffee und Kuchen. Kleine Skulpturen, die mit deinen Kerzen verkauft werden."

„Kurse zum Thema Inneneinrichtung würden sich sicher auch lohnen. Die eine oder andere Kundin wird sich auch nach dem Kurs noch nicht sicher genug fühlen und doch lieber dir einen Auftrag erteilen. Hast du schon über einen Internetauftritt nachgedacht?"

Miri runzelte die Stirn. „Ja, habe ich. Dafür sind auch die Fotos wichtig, die ich machen möchte. Allerdings sind Computer für mich ein Buch mit sieben Siegeln."

„Hast du nicht eine Freundin, die irgendetwas mit Computern und Programmieren und so macht?", fragte Kaja mit todernster Miene.

Miri musste lachen. „Hm. Muss ich überlegen. Nein, da fällt mir gerade niemand ein."

Kaja warf einen Radiergummi nach ihr. „Manchmal bist du schon eine dumme Gans. Zugegebenermaßen meine Lieblingsgans, aber nichtsdestotrotz eine dumme Gans."

„Bäh.“ Miri streckte ihr die Zunge raus. „Aber ja, ich habe verstanden. Hilfst du mir? Bitte?“

„Na klar. Was meinst denn du!“

„Ich gehe jetzt kochen. Ich stehe kurz vor dem Hungertod. Immerhin muss ich für zwei essen und so.“

„Super Idee. Kochst du für uns mit? Tim freut sich bestimmt auch.“

„Mit dieser Frage hast du dich eben für den Titel ‚Dumme Gans Nummer zwei' qualifiziert“, blödelte Miri und hakte sich bei Kaja ein. „Was glaubst du denn? Ich muss mich doch bei deinem Freund einschmeicheln. Essen funktioniert da immer gut.“

26

26. – 30. Dezember 2012

Die nächsten Tage vergingen wie im Flug. Miri konnte kaum glauben, dass in wenigen Tagen Neujahr war. Kaja plante ein großes Fest mit viel Feuer, was die Drachen sehr freute. Die beiden waren völlig aus dem Häuschen. Sie hoffte nur, Kaja hatte die beiden im Griff und das Feuerthema verselbständigte sich nicht plötzlich. Miri packte ihr Handy und ihre Geldbörse sowie eine Packung Cracker und eine Flasche Wasser in ihre geräumige Tasche. Sie wollte nach Schaffhausen fahren und Stoffproben besorgen. Tim hatte zugestimmt, die Fotos zu machen. Ihre Aufgabe war es jetzt, sich zu überlegen, welches Setting sie sich dafür wünschte. Zur Debatte standen Studiofotografien oder Fotos draußen. Sie tendierte eher zu Letzterem, denn sie wollte eine bestimmte Stimmung, ein Gefühl rüberbringen und das Ganze mit Detailaufnahmen der einzelnen Stücke ergänzen. Später wollte sie sich mit Sierra und Kaja treffen, um ein Brainstorming zu machen.

Miri stieg in ihr altes Auto und wendete auf dem Kies. Mit der rechten Hand machte sie die Musik an. Ein altes Stück der *Sugababes* füllte den Wagen mit Musik. Gut. Sie konzentrierte sich auf die Straße. Wie Kaja es vorausgesagt hatte, regnete es inzwischen. Die schöne weiße Pracht hatte sich selbst hier oben in unansehnlichen Schneematsch verwandelt und die Fahrt vom

Berg hinunter hatte seine Tücken. Sie hatte natürlich Winterreifen, aber so ein Allradantrieb wäre doch ganz praktisch.

Aber ich werde ja jetzt reich, dann kauf ich mir ein neues Auto, sprach sie sich selber gut zu.

Aus dem Augenwinkel entdeckte sie das rosagefärbte Schimmern, das Maxis Anwesenheit ankündigte. „Ach, du kommst mit?"

„Ja, ich dachte, ich begleite dich. Von Burgfräuleinmode hast du nicht viel Ahnung."

„Burgfräulein?" Ungläubig warf sie ihrer Drachenfreundin einen Blick zu. „Ich hatte eher an Xena gedacht?"

„Xena wer?"

„Na, die Kriegerprinzessin."

„Kriegerprinzessin!" Die Drachin ließ eine kleine rosa Rauchwolke aus den Nüstern entweichen. Ein sicheres Zeichen dafür, dass sie nachdachte. „Auch gut. Ich bin so oder so die richtige Fachperson."

Miri schmunzelte. Das musste ihr erst einmal wer nachmachen. Ein eigener, modeaffiner Drache. Sie richtete ihre Aufmerksamkeit wieder auf die Straße, die sich in diesem Abschnitt einige Male verengte. Natürlich musste ihr ausgerechnet jetzt in diesem Regen ein Auto entgegenkommen. Ihre Scheibenwischer bemühten sich redlich, konnten aber gegen die Wassermassen nicht wirklich etwas ausrichten. Vorsichtshalber hielt sie an einer der breiteren Stellen, um den von unten kommenden Wagen passieren zu lassen. Es war ein Pickup. Wer wohl zu ihnen hoch wollte?

„Wenn du das Auto nicht kennst, könnte es Mathias sein."

Verblüfft schaute sie zu Maxi hinüber. Das könnte natürlich sein. Sie schaute wieder auf die Straße. Fast hätte sie den Moment verpasst. Sie konnte noch einen kurzen Blick auf den Fahrer erhaschen. Und stutzte. Ein heißer Blitz fuhr durch ihren ganzen Körper. Vom Kopf bis in die Zehen und wieder hinauf, bis zu ihrem Bauch, wo die Wärme weiter vor sich hin glühte.

„Was ist denn mit dir los?", fragte Maxi. „Hast du einen Geist gesehen?"

Miri schüttelte sich wie eine nasse Katze. „Nein, nein, es ist nichts. Ich scheine nur überall meinen Australier zu sehen. Offenbar hat Sierras Bruder, wenn er es überhaupt war, eine leichte Ähnlichkeit mit ihm." Sie schob den nagenden Gedanken weg, atmete tief durch und setzte ihren Weg nach unten fort.

Eine Kurve weiter oben am Berg hielt das andere Auto an. Irritiert schaute Mathias in den Rückspiegel. Aber natürlich war der andere Wagen nicht mehr zu sehen. Nachdem er noch diese Kurve genommen hatte, stand ja auch ein Stück Berg dazwischen, guten Morgen, erinnerte er sich selber. War das etwa die sagenumwobene Miri gewesen? Wären da nicht immer ihre handschriftlichen Nachrichten gewesen, wäre er schon lange zu dem Schluss gekommen, seine Schwester und Kaja hätten sie erfunden. Seltsam. Irgendwie war sie ihm bekannt vorgekommen. Er konnte die Erinnerung nur nicht platzieren. Wahrscheinlich spielte ihm nur seine Wahrnehmung einen Streich. Er hatte nur einen kurzen Blick erhascht, und dank des Regens war die Sicht mehr schlecht als recht. Ungeduldig zuckte er mit den Schultern und startete den Motor.

Während sie den Stoffladen nach geeigneten Materialien durchstreifte, fühlte sich Miri seltsam wehmütig. Normalerweise machte ihr diese Aufgabe total Spaß. Heute jedoch konnte sie sich nicht richtig auf das Erlebnis einlassen.

Auch Maxi fiel das auf. Als sie das fünfte Stoffmuster nur lustlos hin und her wendete und unentschlossen zurücklegte, beschloss sie, genug sei genug. Ihr Schützling brauchte dringend ihre Freundinnen und Schokolade. Da ersteres schneller zu beschaffen war, dirigierte sie Miri entschlossen zu einem Sofa, das in der Sektion mit den Stoffmustern stand. „Warte hier."

„Was? Ich muss doch noch…"
„Vertrau mir."
Miri hatte keine Energie, sich gegen das resolute Auftreten der Drachin zu wehren, und setzte sich folgsam hin. Ohne großes Interesse blätterte sie in einer Nähzeitschrift.
Im Handumdrehen war Maxi wieder da, einen großen Becher mit heißer Schokolade in der Hand. „Trink das. Ich bin gleich wieder da."
Verdutzt schaute Miri ihr nach, das dampfende Gebräu in der Hand. Autsch. Es war verflixt heiß. Und duftete verboten gut. Es hatte auch seine Vorteile, mit einem fürsorglichen Drachen einkaufen zu gehen. Sie entspannte sich ein wenig.
Kurz darauf tauchte Maxi wieder auf, sechs Stoffmuster in der Hand. „Magenta für dich, grün für Sierra und blau für Kaja. Wie klingt das?"
„Gute Wahl", stimmte sie ihr zu und befühlte die Textur der Stoffe. „Diese zwei hier mag ich gerne." Sie deutete auf einen grünen und einen magentafarbenen Stoff. „Gibt es von dem blauen noch einen dunkleren Ton? Mit ein wenig Glanz?"
Maxi verschwand nochmals und brachte das gewünschte zurück.
„Perfekt. Die zugehörigen Bestellnummern hast du?"
„Selbstverständlich. Ich habe schließlich gut aufgepasst bei deinen bisherigen Raubzügen, pardon, Materialeinkäufen."
„Gut." Miri tätschelte die schimmernden Schuppen der Drachin. „Somit hast du dich zur Meisterassistentin qualifiziert."
„He", empörte sich Maxi, insgeheim aber erfreut, dass ihre Freundin wieder zu Scherzen aufgelegt war. „Das heißt, wir können jetzt gehen?"
„Genau. Jetzt können die beiden anderen die Stoffe anschauen und auswählen. Die definitiven Schnitte mache ich,

sobald das Thema für die Fotoreihe feststeht. Dann weiß ich, wie viel ich von jedem Material brauche und kann es bestellen."

„Bestens. Lass uns gehen."

Verwundert beeilte sich Miri, die Drachin einzuholen. „Bist du in Eile?"

„Ich denke, ein wenig Quality Time mit den Mädels würde dir gut tun. Irgendwie scheinst du unter Schock zu stehen, seit wir vorhin diesem Mathias begegnet sind."

Miri zuckte zusammen. War das so offensichtlich? Auf jeden Fall war es eine gute Idee. Gemeinsame Zeit mit ihren Schwestern war jetzt genau das Richtige.

Als sie zu Hause ankamen, standen schon beide Autos da. Miri wunderte sich. Sie hatten sich eigentlich erst eine Stunde später verabredet.

„Ich habe Lance mobilisiert, er war mir noch einen Gefallen schuldig." Ein zufriedenes Lächeln umspielte ihre Lippen. Dadurch, dass ihre scharfen Drachenzähne zum Vorschein kamen, sah es allerdings immer auch ein wenig gefährlich aus.

„Damit er die beiden anderen informiert?"

„Genau. Ich nehme an, er hat es Kaja weitergeleitet, die es ihrerseits Sierra gesagt hat."

„War wahrscheinlich die beste Lösung. Ich denke nicht, dass sich Sierra von Lance etwas sagen lässt."

„Wenn es um dich geht, vermutlich schon."

„Könnte stimmen. Ich hoffe, Sierra kriegt deswegen keine Probleme." Sie griff nach ihren Einkäufen und ging ins Haus.

Drinnen wurde sie begrüßt, aufs Sofa gesetzt und mit Tee und Schokolade versorgt. „Ihr wisst schon, wie ihr schwangere Frauen glücklich machen könnt", seufzte Miri genüsslich.

„Schwanger oder nicht, die Diät wäre so oder so dieselbe gewesen", antwortete Sierra trocken.

„Psst!" Miri hob einen Finger an die Lippen. „Im Moment darf ich alles auf die Hormone schieben. Muss keiner wissen, dass ich immer so schokoladeversessen bin." Sie zwinkerte den beiden zu.

Kaja nahm sich auch ein Stück Schokolade. „Wo brennt es denn? Lance hat einen ziemlichen Wirbel gemacht."

„Hm. Das liegt wahrscheinlich mehr daran, dass er Maxi noch einen Gefallen schuldete und sichergehen wollte, dass ihr kommt. Tut mir leid, falls das für dich Stress bedeutet hat", meinte sie entschuldigend zu Sierra.

Diese winkte ab. „Ich bin heute alleine, deshalb muss ich später dann auch zurück, Pferde füttern und den Stall ausmisten, aber wann ich komme und gehe, weiß keiner."

„Gut. Da bin ich froh. Weil, entgegengesetzt der offensichtlichen Drachenmeinung, stehe ich nicht kurz vor einer Frühgeburt oder etwas ähnlich Dramatischem. Ich hatte einfach eine sehr seltsame Begegnung, und seitdem befinde ich mich ein bisschen in einem Selbstmitleidssumpf." Sie zog eine Grimasse. „Obwohl ich weiß, dass ich weiß Gott keinen Grund dazu habe."

„Erzähl uns doch erst einmal alles und lass uns entscheiden, ob du Anlass dazu hast oder nicht."

Verlegen nahm Miri einen Schluck Tee. „Wirklich, eigentlich ist es gar nichts. Ich bin vorher zusammen mit Maxi den Berg hinuntergefahren, als es in Strömen geregnet hat. Wir sind mehr gerutscht als gefahren. Natürlich kam uns prompt ein Auto entgegen. Weil ich nicht wollte, dass wir uns nach Murphys Law genau an einer der engen Stellen kreuzen, habe ich an einer der Ausweichstellen angehalten, um das andere Fahrzeug vorbeizulassen."

„Wer war es denn? Eigentlich kennen wir ja alle, die hier hochfahren", wunderte sich Kaja.

„Das habe ich mich auch gefragt, bis mich Maxi hilfreich darauf hinwies, dass es nach dem Ausschlussverfahren nur

Mathias sein kann. Einzig ihn und sein Auto habe ich noch nie gesehen. Die Autos der nächsten Nachbarn kenne ich alle."

„Stimmt. Der war vorhin kurz hier. War es ein Pickup, den du gesehen hast?"

„Ja, Pickup, dunkelblaue Farbe."

Die beiden Frauen nickten bestätigend.

„Du willst mir also erzählen, dass dir mein Bruderherz einen solchen Schrecken eingejagt hat?"

„Nein. Natürlich nicht. Ich habe nur einen kurzen Blick auf ihn erhascht. Allerdings ist mir dabei fast das Herz stehen geblieben."

„He, so schlecht sieht er nun wirklich nicht aus!"

Miri musste lachen. Inzwischen fand sie die Situation eher komisch als bedrückend. „Daran lag es nicht, im Gegenteil. Ich hatte nur für einen Moment das Gefühl, es sei mein Australier."

Verständnislose Blicke, dann dämmerte es den beiden. „Du meinst *der Australier*?"

„Genau."

Sierra nickte. „Das kann ich verstehen. Als du das erste Mal von ihm erzählt hast, war ich kurz irritiert, weil es beinahe so war, als würdest du meinen Bruder beschreiben. Doch der ist definitiv Schweizer."

„Immerhin. Es ist eine Erleichterung zu wissen, dass ich nicht ganz verrückt bin", brummte Miri. „Wie dem auch sei, dieser Moment des vermeintlichen Wiedererkennens hat mir wieder einmal deutlich gemacht, dass ich Matt sehr gerne wiedersehen würde. Mir ist schon klar, dass ich gar nicht weiß, wie er auf die Tatsache, Vater zu werden, reagieren würde. Aber im Grunde genommen bin ich eine hoffnungslose Romantikerin. Mit Tagträumen, in denen er immer so nett ist wie an diesem einen Abend, sich mit mir auf das Kind freut und ein bisschen Bammel hat vor dem großen Abenteuer."

„Und wenn sie nicht gestorben sind, so leben sie noch heute“, schloss Sierra zynisch.

„He, das weiß ich schon, dass es im echten Leben meist anders zugeht. Aber wünschen darf ich es mir ja.“

„Ja klar“, beeilte sich Sierra zu sagen. Sie wollte ihre Freundin nicht noch mehr runterziehen. „Nachdem ich euch jetzt alles vor die Füße gespuckt habe, geht es mir schon wieder viel besser. Wollt ihr die Stoffmuster sehen?“

Kaja vermutete, dass es Miri zwar besser aber noch weit entfernt von gut ging. Da sie jedoch keine Lösung parat hatte, ging sie auf den Themenwechsel ein.

Lance steckte den Kopf zur Tür hinein. „Sind die Mädchengespräche fertig?“

„Wie man es nimmt. Jetzt sind gerade schöne Kleider an der Reihe.“

„Schöne Frauen in schönen Kleidern, damit kann ich mich anfreunden.“

„Das glaube ich gern“, meinte Maxi spitz, die sich ebenfalls dazu gesellt hatte. „Wo sind eigentlich Chili und Zorro?“

„Chili ist draußen auf Wanderschaft, nachdem er den ganzen Morgen neben dem Ofen verbracht hat, und Zorro ist mit Tim unterwegs.“

Miri verteilte die Stoffmuster den Farben entsprechend. Ihre eigenen legte sie vor sich hin und zog Papiere und ein mit Stoff umhülltes Etwas aus der Tasche. Sie wickelte es aus. Es war ein breites Lederarmband, wie sie es schon für Kaja gezeichnet hatte. Das Leder war mit Ranken verziert. In der Mitte war ein Rosenquarz, eingefasst mit Silber, befestigt. Daneben lag ein breiter Halsschmuck, mit demselben Edelstein versehen, umgeben von vielen gehämmerten Silberplättchen.

„Das ist Schmuck, den selbst ich mir vorstellen könnte zu tragen“, sagte Sierra voller Bewunderung.

„Sehr gut, genau das wollte ich hören. Du sollst ihn nämlich auch tragen, denn ihr seid meine Modelle. Und ja, ich selber mache auch mit", fügte sie hinzu, als Sierra protestieren wollte.

Diese klappte den Mund wieder zu, hakte dann aber doch nach. „Wie hast du dir das genau vorgestellt?"

„Ich hatte an draußen gedacht. Wiesen. Bäume. Aufsteigender Nebel. Keltische Kriegerprinzessinnen."

„Ich bin zwar sehr für das Thema Kriegerprinzessinnen, aber was genau sollen wir anziehen, während wir als Kriegerprinzessin über sumpfige Weiden und durch neblige Wälder stapfen?" Skeptisch beäugte Sierra die feinen Stoffe.

„Du sollst nicht stapfen, sondern elegant schweben. In einem langen Kleid. Aus wenig Stoff, denn der Schmuck soll gut zur Geltung kommen."

„Ich bekomme schon bei der Vorstellung eine akute Erkältung", grummelte Sierra.

„Jetzt hab dich nicht so. Das wird sicher lustig", meinte Kaja.

„Ich denke auch. Als zusätzliches Element dachte ich, wir könnten Kühe integrieren."

„Meinst du, die sind um diese Jahreszeit draußen?"

„Ich weiß es nicht. Ich dachte, vielleicht fällt euch etwas ein."

„Ich möchte festhalten, dass ich grundsätzlich für Studioaufnahmen bin, wo es schön warm ist", begann Sierra nach einer kurzen Denkpause.

„Ich dachte, du wärst extra abgehärtet, dadurch, dass du ständig draußen arbeitest."

„Ich bin extra durchfroren und lege Wert darauf, nicht mehr als unbedingt nötig in der Kälte zu sein. Gerade weil ich das sowieso schon oft bin. Was ich sagen wollte: Wie wäre es mit schottischen Hochlandrindern? Von denen gibt es auch hier in der Schweiz einige Herden, die das ganze Jahr draußen leben."

„Und fotogen sind sie auch noch."

„Schottland und Kelten ist auch stimmig."

„Kühe?“, kam es ungläubig von Lance. „Ihr wollt tatsächlich Kühe zur Bereicherung der Fotos nehmen? Wenn ihr leibhaftige Drachen habt?“

„Die sich meines Wissens nicht fotografisch abbilden lassen“, ergänzte Kaja trocken.

„Oh. Das. Ja. Blöd. Drachen wären trotzdem schöner“, beharrte er.

„‚Wären‘ hilft mir nur nicht weiter. Schottische Hochlandrinder hingegen schon.“

Lance verzog sich auf den Rand des Sofas, um zu schmollen. Maxi betrachtete ihn belustigt.

„Okay. Dann versuche ich mal welche zu finden, die wir fotografieren dürfen“, sagte Miri etwas resigniert.

„Lass mich das machen. Ich habe einen Bekannten, der einen Bio-Fleisch-Aktienhandel mit solchen Rindern aufgezogen hat. Meines Wissens haben die ihre Herden in der ganzen Schweizer Bergwelt verstreut“, entgegnete Sierra.

„Gut. Das ist natürlich immer besser, wenn ein persönlicher Kontakt besteht.“

„Wie funktioniert denn das mit diesem... wie hast du es genannt: Bio-Fleisch-Aktienhandel?“, fragte Kaja.

„‚Aktienhandel‘ ist wahrscheinlich das falsche Wort. Du investierst einen bestimmten Betrag in das Projekt und anstelle von Zinsen erhältst du pro Jahr eine Kuh, zerlegt in ihre essbaren Einzelteile. Die frierst du dann ein und hast das ganze Jahr gesundes, in Freiheit aufgewachsenes und schmackhaftes Fleisch.“

„Die Idee finde ich toll. Hast du mitgemacht?“

Sierra verzog das Gesicht. „Ich wollte gerne. Aber ich hatte das Geld nicht. Und Markus hält nichts von solchen Projekten. Er isst zwar gerne Biofleisch und lässt das auch alle wissen. Nur einkaufen soll, bitte schön, ich. Sorry. Das waren jetzt wahrscheinlich zu viele Informationen." Verlegen wandte sie das Gesicht ab.

„Ja, das ist wirklich das Letzte. Belastest uns hier mit deinen Problemen", antwortete Miri sarkastisch. „Dabei ist dieses Recht ausschließlich mir vorbehalten." Als Sierra nicht antwortete, legte sie ihr die Hand auf den Arm. „Hallo? Jemand zu Hause? Ich glaube, wir müssen dir dringend das Konzept Freundschaft erklären. Das besteht aus Geben UND Nehmen. Sonst funktioniert das Ganze nicht."

„Vor allem wird es dann nicht Freundschaft genannt, wenn eines der beiden fehlt", schaltete sich auch Kaja ein. „Hier, nimm ein Stück Schokolade. Nur so nebenbei, dein Freund ist manchmal ein Arsch."

„Ich wollte doch nicht, dass ihr schlecht von ihm denkt. Seht ihr, deshalb mag ich nichts erzählen."

„Wir wissen sehr wohl, wie loyal du bist. Natürlich erzählst du uns das nicht, damit wir ihn blöd finden. Meine Aussage von Arsch und so war nicht sehr taktvoll. Aber gewisse Dinge müssen manchmal beim Namen genannt werden. Dafür sind beste Freundinnen da. Zum gemeinsamen Aufregen und um die Bestätigung zu kriegen, dass der andere der Depp ist und nicht du. Dann geht es dir wieder besser und dein Freund freut sich, dass du so entspannt bist."

Der letzte Satz entlockte Sierra endlich ein Lächeln. „Na gut, wenn du es so formulierst…"

„Siehst du, alles gut. Ehrlich gesagt erleichtert es uns, wenn du auch einmal etwas von dir preisgibst. Dann haben wir beide nicht das Gefühl, wir seien die einzigen Chaoten hier."

Kaja nickte zustimmend. „Gut, das hätten wir also geklärt. Wollen wir gleich nach einem möglichen Datum suchen?"

„Wir können vielleicht vorerst einen Zeitraum ausmachen, nicht gleich ein konkretes Datum. Ich weiß nicht, wie unkompliziert oder nicht die Gespräche mit dem Herdenbesitzer verlaufen. Auf jeden Fall wäre es einfacher, wenn ich ein paar Daten zur Auswahl hätte und nicht nur ein einziges."

„Gut. Also. Ende Januar?"

„Ende Januar passt. Die erste Februar-Woche sind Tim und ich weg."

„Ferien?"

„Ferien. Auf Madeira. Bevor Tim dann Ende Februar wieder los muss nach China."

„Du Glückliche. Dann halte ich hier mit den ganzen Vierbeinern die Stellung."

„Ich hatte gehofft, dass du das sagst. Siehst du, Sierra, so funktioniert das. Ich stelle Wohnraum zur Verfügung, sie kocht. Ich verspreche ihr, nächstes Jahr den Babysitter zu spielen und sie passt auf meinen Hund auf."

„Ja, ja. Aber eben: Ich komme meistens nur hierher und esse Schokolade. Mein Geberkonto ist also noch ziemlich leer."

Die beiden anderen verdrehten die Augen. „Ratschläge, Ideen, Unterricht in Selbstverteidigung… Soll ich weitermachen?", fragte Miri.

Sierra schwieg wohlweislich.

„Aha. Hatte ich mir fast gedacht." An Kaja gewandt meinte sie: „Wird Zeit, dass sie ihren eigenen Drachen kriegt."

Was augenblicklich einen Heiterkeitsausbruch von Sierra zur Folge hatte. Die beiden anderen schauten sich an.

„Was hat sie denn?"

„Sie meint, sie bräuchte als Einzige keinen Drachen", erklärte Miri. Die beiden fielen in das Gelächter ein. „Starke Nerven braucht er auf jeden Fall, bei deinem Sturschädel", fügte Miri hinzu, als sie sich wieder etwas beruhigt hatten.

„Apropos Sturschädel. Ich habe gehört, du seist mit Maxi wegen Adrian aneinandergeraten?", fragte Sierra.

„Ich sitze hier. Du kannst mich gerne direkt fragen, worum es geht", mischte sich die Drachendame ein.

„Mich interessiert mehr der Teil mit der Schatzsuche. Weniger euer Disput."

Beleidigt wandte Maxi sich ab. Miri erzählte eine gekürzte Version von Adrians Lebensgeschichte und schloss mit dem Versprechen, welches sie dem Geist gegeben hatte.

„Das ist doch toll. Ein richtiges Abenteuer." Sierras Augen glänzten.

Maxis Nüstern stießen grauen Rauch aus. Ihre Augen waren zu schmalen Schlitzen verengt. „Bist du nicht ganz bei Trost? Wenn sie den Schatz nicht findet, ist sie zu der gleichen endlosen Suche verpflichtet, wie Adrian sie jetzt gerade durchmacht. Einem Geist verspricht man nicht einfach etwas. Die andere", sie deutete in Kajas Richtung, „weiß wenigstens etwas Bescheid über die möglichen Konsequenzen und hat Respekt davor."

„Das stimmt. Ich hätte das vielleicht tatsächlich nicht einfach so gemacht. Andererseits bin ich mir ziemlich sicher, dass Mémé einen Weg weiß, wie du dich da wieder rauswinden kannst, falls nötig."

„Ich bin froh, das zu wissen. Aber wer weiß? Vielleicht werden wir ja fündig."

„Wir?", fragte Kaja.

„Toll", erwiderte Sierra.

„Offensichtlich zumindest Sierra und ich. Wobei ich mir ziemlich sicher bin, dass du es schlussendlich doch nicht lassen kannst, mitzuhelfen. Rätseln konntest du noch nie lange widerstehen", prophezeite Miri grinsend.

Sierra klappte ihre Agenda zu. Miri füllte ihre Teetasse neu und Kaja stand auf. „Da wir gerade im Planungsmodus sind: Hier noch die Details zur Neujahrsfeier. Start ist um sieben. Das reicht dir zeitlich, oder?", erkundigte sie sich bei Sierra.

„Das geht. Markus feiert mit Freunden bei uns zu Hause, dann ist wenigstens jemand vor Ort, sollten die Tiere wegen dem Feuerwerk in Panik geraten."

„Schon. Miri kocht etwas Leckeres – was, weiß selbst ich nicht. Ich kümmere mich um die Bowle und das Feuerritual.“ Beim letzten Wort konnte man förmlich sehen, wie die beiden Drachen die Ohren spitzten. „Diese beiden hier haben sich bereit erklärt, das Feuer zu machen und im Gang zu halten. Unter strikter Anordnung, nur designiertes Holz zu verwenden.“ Sie warf den beiden einen strengen Blick zu.

Scheinbar zutiefst gekränkt hielt sich Lance seine Pranke vor die Brust. „Natürlich. Was denkst du denn. Dass wir draußen schlafen wollen?“ Der geborene Schauspieler. Mit begrenzter Rollenauswahl und einzig und allein für weibliches Publikum.

Maxi schnaubte. „Selbstverständlich nicht. Aber vermutlich hast du noch irgendwo eine Drachenfestung zum Unterschlüpfen, wenn es hart auf hart kommt. Ich nicht.“

Lance wackelte mit seinem großen Kopf, im Takt mit seiner Schwanzspitze, während er sich ihr Argument durch den Kopf gehen ließ. Maxi ließ verstohlen ihren Blick über seinen gutaussehenden Drachenkörper wandern. Das Älterwerden hatte ihm nicht geschadet, im Gegenteil. Plötzlich schaute er auf und ertappte sie beim Starren. Rasch wandte sie den Blick ab und betrachtete ihre leuchtend violett lackierten Krallen. Sie musste den Lack erneuern. Dringend. Am besten jetzt gleich. Sie spürte, dass er sie immer noch beobachtete. Konnte er nicht woanders hinschauen? Dann hielt sie es nicht mehr aus.

„Was?“, blaffte sie ihn an.

„Nichts.“ Er ließ seinerseits seinen Blick über ihre glänzenden Schuppen und geschwungenen Rundungen wandern. Von ihrer Schnauze über die Flügel bis zu ihrer Schwanzspitze und wieder zurück. „Ich wollte nur das Kompliment zurückgeben.“ Er lächelte verschmitzt.

Du meine Güte, was der sich einbildete. „Miri, ich muss noch diese Besorgung machen.“

„Welche Besorgung denn?“ Miri war verwirrt.

„Na, die, die du mir aufgetragen hast. Erinnerst du dich nicht mehr?“ Telepathisch flehte sie: „Sag einfach ja, bitte.“

„Ach, diese Besorgung. Klar. Bis später.“ Sie winkte und musste sich ein Grinsen verkneifen. Den Drachen fiel das nicht auf. Ihren Freundinnen hingegen schon.

„Was war denn das jetzt?“, fragte Kaja.

Miri warf einen prüfenden Blick auf Lance, der verdutzt auf die leere Stelle starrte, an der Maxi eben noch gesessen hatte. „Später.“

Die anderen folgten ihrem Blick. „Okay, klar. Später.“

Später saßen sie in der Küche und wärmten die Gemüsesuppe vom Vortag auf. Sie lachten über die Flirtereien der Drachen. „Wer weiß, vielleicht gibt es bald ein richtiges Drachenkind hier auf dem Hof“, grinste Sierra.

„He, meines ist ein richtiges Drachenkind“, berichtigte Miri sie.

„Schon. Aber ich meinte eines mit Ei und so.“

Kaja zweifelte daran. „Soweit ich weiß, dauert das ein paar hundert Jahre, bis die ausgebrütet sind und schlüpfen.“

„So lange?“

„Keine Ahnung ob es tatsächlich ein paar hundert Jahre sind. Aber lange dauert es bestimmt. Wollen wir uns bald einmal gemeinsam auf die Suche nach Adrians Schatz machen?“

„Im neuen Jahr. Ich möchte das alte erst einmal erfolgreich abschließen.“

„Gut.“ Kaja hob ihr Teeglas zum Toast. „Auf unsere Neujahrsfeier.“

„Und auf uns.“

„Auf uns.“

27

31. Dezember 2012

Der letzte Tag des Jahres dämmerte kalt und klar. In der Luft lag eine ganz spezifische Frische, die Schnee versprach. Miri stand am Fenster und atmete die kühle Morgenluft ein. Das würde heute Abend bestimmt schön werden. Zum Glück hatte der Dauerregen aufgehört, und die Temperaturen waren gesunken. Ein Feuerritual im Schnee, das wäre schon etwas Besonderes. Sie freute sich, dass Kaja sich Gedanken gemacht und sich ein spezielles Ritual für den Abend ausgedacht hatte. Mit all den neuen Herausforderungen und Wandlungen, die das kommende Jahr jetzt schon versprach, verlangte dieser Übergang geradezu danach, gebührend gefeiert zu werden. Bis jetzt hatte sie sich nie groß um den Jahreswechsel gekümmert. Im Gegenteil. Diese ganze Neujahrsfeier-Hysterie hatte sie eher belächelt. Sie fand es immer noch lächerlich, wenn es einfach gemacht wurde, weil es eben so gemacht wird. Doch zum ersten Mal verspürte sie eine Ahnung von der ursprünglichen Bedeutung: der Abschied vom Alten, Gewohnten, die Begrüßung des Neuen. Jetzt musste sie nur noch den Mut finden, den Übergang vom einen zum anderen zu wagen.

„Korrigiere mich, wenn ich mich irre, aber findet der Wandel nicht so oder so statt, ob du bereit bist oder nicht?", meldete sich Maxi trocken zu Wort.

Sie musste schmunzeln. Ihre Drachin, direkt wie immer. „Stimmt. Lass es mich anders formulieren: Den Mut zu haben, den Wandel zu begrüßen und bewusst anzunehmen. So besteht die Chance, die Veränderungen mitzugestalten und nicht nur Spielball zu sein."

„Mei, sind wir heute Morgen aber philosophisch!"

„Was so ein bisschen zusätzlicher Sauerstoff zu früher Stunde alles ausmacht", scherzte Miri.

„Wieso bist du denn überhaupt so früh schon auf den Beinen?" Schließlich war ihr Schützling nicht gerade als Frühaufsteher bekannt.

„Ich habe noch viel zu tun. Einkaufen, was noch fehlt. Kochen. Das Badezimmer im Pächterhäuschen begutachten. Der Tapete in den Zimmern im ersten Stock auf den Leib rücken…"

„Liebesbriefe lesen…" Drachenneckereien.

Miri ging gar nicht erst darauf ein.

„Also gut, keine Liebesbriefe lesen. Es sind ja auch sonst genügend Aktivitäten. Hast du gestern aus Versehen einen dieser Batterie-Hasen verschluckt?" So flapsig die Frage gestellt war, die Drachin sah ernsthaft besorgt aus.

„Alles reine Ablenkung. Ehrlich gesagt, ich habe ein bisschen Angst vor dem neuen Jahr. Das ist das Jahr, in dem alles passiert."

„Was denn alles?" Maxi war verwirrt. Hatte sie etwas verpasst?

„Ich bekomme ein Kind. Ist das nicht genug? Zudem wird sich nächstes Jahr zeigen, ob ich das Kind, das ich so gedankenlos in die Welt setze, auch ernähren kann. Und bevor du etwas sagst: Ja, ich weiß, alle meine Freunde sind für mich da und werden mir helfen. Das merke ich schon jetzt und weiß ich sehr zu schätzen." Sie drehte sich zu Maxi um. Ihre blauen Augen schimmerten dunkel vor Leidenschaft. „Nur, unabhängig wäre ich schon auch ganz gerne. Sich helfen lassen in Ehren. Aber

Ich wünsche mir wirklich, wirklich fest, dass ich das hinkriege. Kind. Job. Selbständigkeit. Nicht nur beruflich, sondern allgemein im Leben. Meinetwegen mit Unterstützung. Einfach so, dass ich mich stolz zurücklehnen und sagen kann, ich habe mein Leben im Griff. Zu großen Teilen zumindest", schränkte sie am Schluss noch in weiser Voraussicht ein. Sie hatte ja eben erst erlebt, was für eine fragile Angelegenheit das war mit dem Leben im Griff haben.

Maxi nahm sie fest in den Arm. „Das verstehe ich. Ich bin sicher, dass du das schaffst. Stolz zu sein auf dich, meine ich. Mit dem Zurücklehnen bin ich mir nicht so sicher. Ich vermute, dazu werden dich das Drachenkind und das Leben mit all seinen Hochs und Tiefs zu sehr auf Trab halten."

Miri grinste zustimmend. Sie drückte die Pranken ihrer Freundin. „Du wirst auch genug zu tun haben. Jetzt heißt es dann wieder Bajuschki Baju für ein Kleines singen. Also nicht wieder den Text vergessen." Sie zwinkerte ihr zu.

Maxi zwinkerte zurück. „Schreckliche Piratenlieder, voll mit Schimpfwörtern und Flüchen werde ich dem Drachenkind beibringen."

„Das glaub ich dir sofort."

„Ich rieche Kaffee. Offenbar ist noch jemand zu früher Stunde wach. Ich gehe schon mal nach unten." Sie schnupperte in die Luft, ihre großen Nasenflügel bebten.

Miri tat es ihr nach. „Geh schon. Und trink eine Tasse für mich mit. Ich komme gleich nach."

Als die Drachin gegangen war, blieb Miri noch einen Moment beim Fenster stehen. Tausend Gedanken jagten durch ihren Kopf. Wohin würde sie die Reise dieses Jahr führen? Was hielt das Leben für sie bereit? Matts Bild schob sich vor ihr inneres Auge. Gefolgt von einem Stich in der Gegend ihres Herzens. Resolut schob sie es wieder fort. Es half ja nichts. Überhaupt war ein Mann momentan ihre geringste Sorge. Das sollte sie doch inzwischen gelernt haben, dachte sie wehmütig. Verärgert über sich selber schüttelte Miri den Kopf. Manchmal wusste sie gar nicht mehr richtig, wer sie war oder sein wollte. Im Herbst hatte sie noch gedacht, sie sei auf dem richtigen Weg. Hatte das erste Mal das Gefühl, sie würde ihrem Leben eine Richtung geben. Ha! Das war ihr ja gut gelungen. Wenn sie diesem Mix von turbulenten Emotionen und Unsicherheiten auch noch einen Mann hinzufügte, wäre das Chaos perfekt. Plötzlich wurde ihr bewusst, dass sie fror. Kein Wunder, so lange, wie sie schon im Pyjama in der kalten Winterluft stand. Sie sollte wirklich versuchen, etwas Boden unter die Füße zu bekommen, bevor das Drachenkind im Sommer ankam. Sonst würde sie den Wurm noch irgendwo vergessen oder zu heiß baden oder was man so alles falsch machen konnte.

„Keine Angst, ich bin ja auch noch da. Sozusagen die Drachennanny", beruhigte Maxi sie telepathisch.

Das brachte Miri zum Lächeln. Sie schloss das Fenster und zog sich an.

Am späten Vormittag kehrten Kaja und Miri von ihrer Einkaufstour zurück. Miri war völlig erledigt. Es hatte zwar großen Spaß gemacht, mit Kaja unterwegs zu sein, aber diese Menschenmassen, die am 31. Dezember einkauften, als gäbe es kein Morgen mehr, waren noch nie ihr Ding gewesen. Sie verstand es auch nicht. In der heutigen Zeit von 24 Stunden lang geöffneten Tankstellenshops konnte man selbst an den Feiertagen immer das Nötigste kaufen. Zugegeben, sie waren selber heute in letzter Sekunde unterwegs gewesen. Aber nur, weil sie gestern die Hälfte vergessen hatte. Ihr Hirn schien in letzter Zeit nur im Sparmodus zu funktionieren. Hing das etwa auch mit der Schwangerschaft zusammen? Miri hoffte es sehr. Sonst müsste sie sich ernsthaft Sorgen machen. Sie hatten nur noch ein paar vereinzelte Dinge wie die Auberginen und den Mozzarella holen müssen, während alle anderen gefühlt für die nächste Eiszeit eingekauft hatten. Zum Glück hatte sie noch keinen Babybauch. Nur Hitzewallungen. Die natürlich am liebsten in den überheizten Kaufhäusern auftraten, wenn man mit dem dicken Wintermantel bekleidet war. Sie ließ die Einkäufe auf den Tisch fallen.

Kaja war zum Bahnhof gefahren, um Tim abzuholen. Er hatte sich heute in Zürich mit einem befreundeten Wildbiologen zu einem kurzen Neujahrstrunk getroffen. Simon und Sierra würden abends zu ihnen stoßen. Getrennt natürlich. Sie war froh, dass Markus diesmal nicht dabei sein würde, gestand sie sich mit einem kleinen Funken schlechten Gewissens ein. Nicht zum ersten Mal an diesem Tag fragte sie sich, ob Mathias wohl auch kommen würde. Sie schenkte sich ein Glas kalten Fencheltee ein und nahm einen kleinen Schluck. Vermutlich würde sie kein Drachenkind gebären, sondern eine Fenchelknolle. Sie nahm einen weiteren Schluck und warf einen Blick auf die Küchenuhr. Schon fast zwölf Uhr. Es war noch Zeit, bis sie anfangen musste, das Essen vorzubereiten. Sie überlegte. Wenn sie jetzt auf einen Sprung beim Pächterhäuschen vorbeischaute, konnte sie mit diesem tollen Bedampfungsgerät, das ihr Mathias hingestellt hatte, vielleicht noch eine Wand von den alten Tapeten befreien. Danach eine Runde schlafen. Oder erst eine Runde schlafen. Sie jonglierte die beiden verlockenden Möglichkeiten hin und her, bis ihre Ungeduld, ihr zukünftiges Zuhause so bald wie möglich fertigzustellen, die Oberhand gewann. Erst arbeiten, dann schlafen, entschied sie. Vorher musste sie die Einkäufe wegräumen.

Sierra hatte in der Zwischenzeit ganz andere Sorgen. Sie hatte eigentlich ganz gut in der Zeit gelegen, als es an der Tür geläutet hatte. Es war einer der Müllfahrer gewesen, die jede Woche den Müll abholten. Ueli hieß er. Seit er ihr einmal geholfen hatte, den auf dem ganzen Vorplatz verteilten Müll – eine nette Überraschung des hofeigenen Fuchses – zusammenzulesen, grüßten sie sich jeweils. Jetzt wollte er, dass sie sich mit ihm am Bahnhof traf, er musse ihr was zeigen. Sie konnte sich beim besten Willen nicht vorstellen, was das war, aber gut. Er hatte, während er seine Bitte vortrug, verlegen seine Kappe in den Händen geknetet. Sie sei die Einzige, die ihm auf Anhieb eingefallen sei, hatte er gemeint. Worum es ging, wollte er partout nicht sagen. Sie zuckte mit den Schultern. Sobald die letzten Unterstände der Pferde mit frischem Leinenstroh eingestreut waren, würde sie sich auf den Weg machen. Als das geschafft war, rief sie nach Joker, ihrer Australian Cattle Dog-Hündin.

„Na Maus, kommst du mit?"

Die Antwort waren zwei Luftsprünge inklusive einer 180-Grad-Drehung und ein, zwei gellende Kläffer.

„Gut. Hätten wir das geklärt."

Joker brachte sie immer wieder zum Schmunzeln. Sie war einfach ein witziger Hund. Markus ging diese Gabe ab. Er fand absolut nichts witzig an dem Hund. Im Gegenteil. Ständig hatte er etwas an ihr auszusetzen. Die Antipathie beruhte auf Gegenseitigkeit, musste sie der Gerechtigkeit halber zugeben. Sierra seufzte. Am besten, sie nahm sie heute Abend mit zu Kaja und Miri. Der Bahnhof war schon in Sicht. Das Müllauto stand neben den drei Betriebscontainern. Joker rannte voraus und begrüßte Ueli. Er war nett gewesen zu dem Hund bei der Putzaktion damals. Nett, aber nicht aufdringlich. Als er gemerkt hatte, dass Joker eher reserviert war und es nicht darauf anlegte, angefasst zu werden, hatte er sie in Ruhe gelassen. Daran erinnerte sich die Hündin gut. Heute hatte sie offenbar entschieden, dass Angefasst-werden okay war, und hatte sich Ueli vor die Füße geworfen. Jetzt kniete er neben ihr und kraulte ihr den Bauch.

„Sierra", begrüßte er sie und blinzelte ins Gegenlicht. „Ich bin froh, dass du kommen konntest. Hast du an dem Hund einen Persönlichkeitsaustausch vorgenommen? Sie lässt sich plötzlich von mir streicheln."

Sie lachte. „Nein. Aber wenn sie merkt, dass sie nicht bedrängt wird, taut sie auf."

Als Ueli keine Anstalten machte, irgendetwas zu erklären, hakte sie nach. „Was war das jetzt, was du mir zeigen wolltest? Ich muss nämlich gleich wieder zurück."

„Stimmt." Mühsam rappelte er sich hoch – sein Gewicht und sein Alter waren dabei nicht hilfreich – und führte sie hinüber zu einem der Container. „Hörst du das?"

Sierra lauschte angestrengt. Joker schnüffelte aufgeregt um die Container herum. Dann blieb sie stehen, spitzte die Ohren und kratzte auffordernd über das Metall. „Joker, still! So höre ich nichts."

„Egal. Wirf mal einen Blick hinein. Ich dachte erst, es seien Ratten. Aber es ist zu groß. Wenn es ruhig ist, hört man es wimmern."

„Es – hast du es denn noch nicht rausgeholt?"

Er trat unruhig von einem Fuß auf den anderen. „Hätte ich schon gemacht, wenn du nicht gekommen wärst. Aber ich habe gedacht, es sei vielleicht besser, wenn du das machst." Er klopfte sich auf seinen nicht gerade kleinen Bauch.

Sierra ergab sich ihrem Schicksal und kletterte auf die Rampe. Von dort ließ sie sich vorsichtig in den Container hinunter. Der Boden war knietief mit Abfall und Müllsäcken bedeckt. Sie hoffte, sie zertrat *es* nicht bei dieser Aktion. „Meinst du nicht, es ist eine Ratte?"

Ueli krauste die Stirn. „Ne. Rattengeräusche kenne ich. Über die stolpern wir immer wieder."

„Wie hat es denn geklungen? Ich habe immer noch nichts gehört." Sie schob den Unrat mit einem Fuß zur Seite. Gummihandschuhe wären jetzt gut gewesen.

„Eher wie ein wimmerndes Kind."

Entsetzt richtete sie sich auf. „Wie ein Kind! Und wieso kommst du um Himmels willen zu mir und gehst nicht zur Polizei?"

„Naja, wenn es dann kein Kind ist, das wäre mir peinlich."

Sie verdrehte die Augen und duckte sich wieder in den Container. Igitt. Plötzlich hörte sie ein Rascheln neben ihrem linken Fuß. Behutsam tastete sie sich durch leere Jogurt-Becher, Bananenschalen und Dinge, die sie lieber erst gar nicht genauer betrachtete. Was war das? Das fühlte sich an wie Fell. Besser gesagt, wie wenig Fell. Doch eine Ratte? Vorsichtig fasste sie danach und hob ein zitterndes kleines Etwas ans Tageslicht.

„Bist du fündig geworden?" Eifrig trat Ueli näher.

Sie hielt ihm das kleine Bündel hin. „Hier, da ist dein Störenfried."

„Der ist aber klein. Ist das eine Katze? Oder ein Hund?" Er beäugte das Ding in ihrer Hand zwar interessiert, machte aber keine Anstalten, es zu nehmen.

Ungeduldig schaute Sierra ihn an. „Kannst du mal halten?"

„Wer, ich? Nee, lieber nicht."

„Jetzt mach schon, sonst muss ich es leider wieder zurückwerfen, weil ich anders nicht aus diesem stinkenden Teil komme."

„Aha, ach so. Klar." Behutsam nahm er ihr den Winzling aus der Hand und barg ihn an seiner Brust. Erleichtert kletterte sie raus.

„Wer tut so etwas? Wer ist so herzlos, so einen kleinen Hund einfach in die Mülltonne zu schmeißen." Wütend schüttelte sie den Kopf. „Wenn ich denjenigen in die Finger kriege…"

Interessiert sah Ueli sie an. „Wie willst du denn das anstellen?"

Sie stieß die Luft aus, die sie angehalten hatte. „Gar nicht. Das ist mir schon klar, dass ich den Verantwortlichen nicht finde. Ich meine nur, falls ich die Möglichkeit hätte…"

„Ja, aber es stimmt. Eine Sauerei ist das. Menschen können schon schrecklich sein." Er strich dem Kleinen mit einem Finger über den Kopf und reichte ihn Sierra. „Hier. Nimm du es. Du kennst dich doch aus mit Tieren."

Völlig überrumpelt nahm sie den kleinen Hund entgegen. Joker winselte und kletterte mit ihren Vorderpfoten an ihrem Frauchen hoch. Besorgt und interessiert beschnupperte sie das Bündel. „Ich? Was soll ich denn mit so einem…", Hund war eigentlich ein zu großes Wort für dieses kleine Geschöpf.

„Ich darf keine Hunde halten in meiner Wohnung."

„Ich glaube nicht, dass das hier als Hund qualifiziert ist", murmelte Sierra.

„Und meine Freundin würde mir die Hölle heiß machen. Bei dir ist er doch viel besser aufgehoben. Du hast so viele Tiere, da kommt es doch auf eins mehr oder weniger nicht an. Vielen Dank für deine Hilfe. Ich muss jetzt los." Er deutete auf seine Arbeitskollegen, die in diesem Moment aus dem Bahnhofscafé traten und Richtung Müllauto gingen.

Komplett überrumpelt blickte Sierra Ueli nach. Na toll. Er hatte ein gelöstes Problem und sie einen weiteren Hund. Der zum Himmel stank. Markus würde platzen, wenn sie noch ein Tier anschleppte. Aber alles der Reihe nach. Die Trainingslektion mit Fuks, die sie noch hatte einschieben wollen, fiel wohl aus. Sie würde versuchen, ihren Tierarzt zu erreichen und ihm mit ihrem Findling einen Besuch abstatten. Nach einem Bad, soviel stand fest.

Im Pächterhäuschen angekommen führte Miris Weg wie meistens als Erstes an den alten Tisch in der Küche. Sie ließ sich auf einen der klapprigen Holzstühle fallen und griff nach dem Zettel.

Frohes Neues Jahr, Miri – und danke für die leckeren Kekse.

Aha, offenbar war ihr kleines Dankeschön gut angekommen, freute sie sich.

Zusätzlich zu dem Bedampfungsgerät findest du im Wohnzimmer die Schleifmaschine für die Böden. Du siehst, langweilig wird es dir im neuen Jahr sicher nicht.

Schlaumeier, dachte Miri, ein Grinsen im Gesicht.

Solltest du mit der Bedienung der Geräte Probleme haben, gib einfach Bescheid. Dann komme ich vorbei und erkläre sie dir gerne. Handwerkliche Grüße und bis bald.

Schön wär‘s. Sie schafften es ja nicht einmal, sich für ein Hallo zu treffen. Obwohl, vielleicht sollten sie einen offiziellen Kennenlern-Termin ausmachen? Wäre wahrscheinlich am effizientesten. Naja, vielleicht kam er heute Abend vorbei. Miri hoffte es. Sie hatte das seltsame Gefühl seit ihrer Beinahe-Begegnung noch nicht ganz abschütteln können. Vor allem wenn sie seine Mitteilungen las, nagte etwas an ihrem Unterbewusstsein. Was war das nur? Sie kam einfach nicht drauf. Entschlossen steckte sie den Zettel in ihre Tasche und stand auf. Im Wohnzimmer begutachtete sie die Schleifmaschine. Okay. Gut. Die sollte leicht zu bedienen sein.

Adrian hatte sich unbemerkt zu ihr gesellt und schaute ihr zu. „Hilft das Ding bei der Schatzsuche?“

Sie überlegte für einen Moment, ihm einen Bären aufzubinden, brachte es dann aber nicht über sich, als sie seinen hoffnungsvollen Gesichtsausdruck sah. „Nein, das braucht man, um die Böden glatt zu schleifen und wieder schön zu machen. Bald sind wir fertig. Dann wohne ich hier und du kannst mich jeden Abend nach meinen Fortschritten bei der Schatzsuche befragen.“

Der Geist machte ein enttäuschtes Gesicht. „Toll.“

„Ein wenig mehr Begeisterung hätte ich schon erwartet“, schalt sie ihn.

„Ist ja schön und gut, dass ich dann Gesellschaft habe. Aber Fortschritte wirst du auch dann nicht zu vermelden haben, wenn du erst gar nicht suchst.“

„Doch, das werde ich. Das habe ich dir doch versprochen."

Nicht überzeugt starrte er zu Boden.

„Hey, weißt du was? Die beiden anderen helfen auch. Dann sind wir schon zu viert."

Sein Gesicht hellte sich auf. „Die anderen helfen auch? Sogar Kaja?"

„Sogar Kaja. Widerwillig zwar, aber sie hilft."

Adrian sprang auf und vollführte ein kleines Tänzchen. Sogar die Hacken schlug er zusammen. „Das ist toll, toll, toll. Ich nehme alles zurück. Dann musst du heute noch nicht suchen", erklärte er großzügig.

Miri grinste. „Danke sehr."

„Vielleicht sind sogar ein paar Briefe von ihr dabei", murmelte er vor sich hin. „Ihre Handschrift noch einmal zu sehen…"

Miri durchfuhr es wie der Blitz. Handschrift, wiederholte sie. Ihre Hand fuhr in ihre Hosentasche und zog die Mitteilung heraus. Das konnte nicht sein, oder doch? Alle Gedanken an die Restaurierung einer Zimmerwand vergessen eilte sie hinüber ins Haupthaus.

In ihrem Zimmer angekommen holte sie alle Nachrichten, die sie und Mathias sich in den vergangenen zwei Wochen geschrieben hatten, hervor und legte sie nebeneinander auf ihr Bett. Das war es, was sie von Beginn an so stutzig gemacht hatte, sie aber nicht einordnen konnte: Die Handschrift. Wenn sie sich nicht täuschte, sah Mathias Matt nicht nur äußerlich überraschend ähnlich, sondern er hatte auch eine sehr ähnliche Handschrift.

Schön blöd, dass ich seine ursprüngliche Nachricht nicht mehr habe, sonst könnte ich sie vergleichen.

„Wenn du seine ursprüngliche Nachricht hättest, müsstest du dir darüber gar keine Gedanken mehr machen. Dann hättest du nämlich seine Telefonnummer", bemerkte Maxi trocken hinter ihr.

Miri wirbelte herum, den neuesten Zettel an die Brust gedrückt. „Was machst du denn hier!"

„Ja, ich freue mich auch, dich zu sehen."

Miri verdrehte die Augen. „Ich sage nur *Privatsphäre*! Aber nachdem du schon einmal hier bist, kann ich dich auch gleich um deine Meinung fragen. Meinst du, mein Matt könnte ein- und dieselbe Person wie Mathias, Sierras Bruder, sein?"

Skeptisch schaute die Drachin die Zettel an. „Schwierig zu sagen. Ich habe weder den einen noch den anderen je getroffen, geschweige denn die Handschrift gesehen."

„Aber es würde passen. Die Nachrichten, der Ton, meine ich. Genauso lustig und freundlich war die Botschaft an Halloween verfasst gewesen."

„Wenn du es sagst? Und was ist mit dem kleinen Detail, dass Matt Australier ist? Du hast Sierra gestern gehört. Ihr Bruder ist definitiv ihr Bruder und somit Schweizer."

„Oh, das." Jetzt klang Miri schon weniger enthusiastisch. Sie überlegte. Hatte er tatsächlich gesagt, er sei Australier? Sie grübelte. Oder hatte sie das seiner Aufmachung wegen und seines australischen Akzents wegen einfach angenommen.

„Zerbrich dir doch jetzt nicht den Kopf. Vielleicht kommt Mathias heute Abend sogar. Dann klärt sich das Ganze von alleine." Hoffte sie zumindest. Ihrer Meinung nach steigerte sich Miri da in ein Wunschdenken hinein. Aber vielleicht lag sie auch richtig. Sie wünschte es ihrem Schützling auf jeden Fall.

Miri schluckte. „Okay. Albern von mir, da so ein großes Tamtam daraus zu machen." Sie blickte auf. „Versprich mir, dass du meine Überlegung vorerst für dich behältst. Wie du selbst sagst: entweder bestätigt sich meine Vermutung von alleine oder eben nicht. Das wäre mir mehr als peinlich, wenn es sich dann als eine Verwirrung meinerseits herausstellt und alle wissen davon. Auch Lance darf nichts davon erfahren, hörst du?“

„Das versteht sich von selbst.“ Die Drachin schien ehrlich entrüstet. „Ich werde schweigen wie ein Grab. Kein Mucks. Zu niemandem.“

„Gut.“ Mit dieser Aussage gab sich Miri zufrieden.

28

An Schlaf war nach der vorangegangenen Aufregung nicht mehr zu denken gewesen. Deshalb hatte sie gleich mit der Vorbereitung des Abendessens angefangen und war praktisch fertig mit Vorbereiten, Schneiden und Schälen, als sie Sierras Auto heranfahren sah.

So früh schon? wunderte sie sich. Sierra hatte sie frühestens um sechs erwartet. Nicht bereits um halb fünf. Miri trocknete sich die Hände am Geschirrtuch ab, das sie sich für den Küchendienst in den Hosenbund gesteckt hatte, und ging zur Tür.

Sierra stieg aus und machte den Kofferraum auf, um Joker herausspringen zu lassen. Der Hund begrüßte Miri minimalistisch und verschwand auf der Suche nach Zorro schnurstracks im Haus. Der Geräuschkulisse nach hatte sie ihn auch im Nu gefunden.

Während Sierra noch in ihrem Auto etwas suchte oder hervorholte – sie konnte es nicht so genau erkennen – gesellte sich Kaja zu ihr.

„Hast du Sierra auch heranfahren sehen?", fragte Miri.

Kaja lachte. „Nein, Zorro hat sie mir angekündigt. Plötzlich ist er losgerast. Als dann das Gebell anfing mit Jokers unverkennbarem Kläffen, war mir alles klar. Sag mal, was machst du da eigentlich? Sierra? Brauchst du Hilfe?"

„Nein, es geht schon. Ich komme gleich.“ Sie richtete sich auf, eine Kartonschachtel in der einen Hand, in der anderen eine Plastiktüte.

„Du bringst aber nicht etwa schon wieder Geschenke? Weihnachten war letzte Woche, schon vergessen?“, scherzte Miri.

„Ja, also... so ähnlich. Können wir erst mal reingehen? Sonst lasse ich die Schachtel vielleicht noch fallen.“

Im Wohnzimmer angekommen setzte Sierra die Schachtel behutsam auf dem Boden ab. Die Tüte ließ sie achtlos neben sich fallen. Inzwischen hatten auch Joker und Zorro mitbekommen, dass im Wohnzimmer gerade wichtige Dinge passierten und wollten sich dazu gesellen. Sierra blickte auf und strich sich ein paar rostrote Locken aus dem Gesicht. „Könnt ihr die Hunde vielleicht für einen Moment in den Garten lassen? Ein wenig Ruhe wäre ganz gut.“

„Klar.“ Kaja stand auf und bugsierte die beiden nach draußen. Sie kehrte ins Wohnzimmer zurück. „Verrätst du uns, worum es geht? Du machst mich ganz neugierig mit dieser Geheimniskrämerei.“

Miri nickte zustimmend.

„Es ist tatsächlich ein Geschenk. Für dich, Miri.“

„Für mich?“

Ihre Freundin nickte und schob ihr die Schachtel hin.

Zögernd schaute sie hinein. Unter einem Handtuch war ein Stückchen weißes Fell zu sehen. Vorsichtig hob sie den Stoff an. Ein Häufchen Hund lag darunter. „Äh, hatte ich einen Hund bestellt?“

Sierra druckste herum. „Bestellt nicht. Aber es liegt auf der Hand, dass du einen brauchst, oder? Du hast als Einzige von uns noch keinen Hund.“ Nach einer kleinen Pause, in der keiner etwas sagte, fügte sie unsicher hinzu: „Und Kinder sollten doch unbedingt mit einem Hund aufwachsen, oder?“

Etwas ratlos kraulte Miri ihn hinter den verhältnismäßig großen Ohren. „Qualifiziert sich der Winzling überhaupt als Hund?"

Froh, nicht sofort auf Ablehnung gestoßen zu sein, gab Sierra gerne Auskunft. „Ich war mit ihm beim Tierarzt. Er ist geschätzte vier Monate alt, ein Chihuahua. Vielleicht ist es auch eine Kreuzung. Er ist für sein Alter relativ groß. Grundsätzlich gesund, jetzt entwurmt, geimpft und gechipt, etwas unterernährt. Aber das ist mit hochwertigem Welpenfutter oder Frischfleisch gut in den Griff zu kriegen. Das Fell wird noch länger." Ihr war bewusst, dass sie plapperte.

„Relativ groß?", fragte Miri ungläubig und nahm den Kleinen vorsichtig hoch. Das Hündchen schleckte ihre Hand. Fasziniert beobachtete sie die flinke rosafarbene Zunge, in der Mitte befand sich ein dunkelgrauer Fleck. „Guckt mal, er hat eine gefleckte Zunge!"

Interessiert beugten sich die anderen beiden Frauen vor. Das war ein bisschen viel Aufmerksamkeit für den Welpen. Zielstrebig schob er seinen Kopf unter Miris Pulli.

„Er scheint dich zu mögen."

Miri grinste Sierra an. „Okay, okay. Er ist definitiv ein Herzensbrecher. Ist es überhaupt ein Rüde?"

„Ja, es ist ein Rüde."

„Hm. Und du bist zufällig über ihn drüber gestolpert und hast beschlossen, mir fehlt dringend ein Hund in meinem Leben?"

Sierra wand sich. „So ungefähr. Drüber gestolpert ist schon richtig. Jetzt weiß ich nicht, wohin mit ihm."

„Kann er nicht bei dir bleiben?"

„Also, wenn du ihn wirklich nicht willst und Kaja auch nicht, dann werde ich ihn zumindest vorübergehend zu mir nehmen. Aber ich wäre echt froh, wenn ich das nicht müsste. Markus kriegt einen Anfall, wenn ich noch ein Tier anschleppe." Sie schloss die Augen und rieb sich die Nasenwurzel. „Ehrlich gesagt, mir wäre es lieber, wenn ich diesen Stress vermeiden könnte."

Der Findling hatte beschlossen, sich wieder hervorzutrauen und rutschte über Miris Oberschenkel auf den Boden, wo er sich direkt auf sein Hinterteil setzte. Unbeirrt stand er auf und schüttelte sich, so dass sein ganzer Körper wackelte. Mit der Nase am Boden begann er vorsichtig, seine Umgebung zu erkunden.

„Wie stolpert man über einen Hundewelpen?", wollte Kaja wissen.

Sierra rekapitulierte die Ereignisse des heutigen Tages. Vom Fenster her ertönte erst ein Fauchen, dann ein Bellen. Der kleine Hund war in Chilis persönlichen Raum eingedrungen, sprich, er hatte sich auf einen Meter an den großen Kater herangetraut. Das passte diesem gar nicht. Weit entfernt, vom Fauchen des Katers beeindruckt zu sein, stellte der Hund sich der Herausforderung. Mit gesträubtem Fell und lauter Stimme.

„Hey, Kleiner", rief Sierra und raschelte mit einem Plastiksack. Sofort kam er herangedüst und setzte sich wedelnd vor sie hin.

„Er hört schon ganz gut", stellte Miri beeindruckt fest.

Sierra grinste und gab ihm ein Leckerli aus der Rascheltüte. „Das haben wir vor, während und nach dem Tierarztbesuch geübt. Ich dachte mir, das versüßt dir vielleicht den Hund." Sie zwinkerte Miri zu und reichte ihr einen der Mini-Hundekuchen. „Ruf ihn mal."

Miri klopfte ein paar Mal auf den Boden und schnalzte mit der Zunge, um den Chihuahua auf sich aufmerksam zu machen. Sofort kam er angerast, mit hängender Zunge und fliegenden Ohren.

„Wie ein echter Hund. Einfach in klein", staunte Kaja, während sich Miri freute, dass es so gut klappte.

„Chihuahuas sind echte Hunde. Mit genau denselben Bedürfnissen, wie große Hunde sie haben. Sie anders zu behandeln führt nur zu Problemen für alle Beteiligten."

„Wen haben wir denn da? Der ist ja niedlich!" Begleitet von einer rosaglitzernden Wolke rauschte Maxi ins Wohnzimmer.

Der Hund stutzte und legte den Kopf schief. Aufmerksam betrachtete er die fremdartige Erscheinung. Seine dunklen Augen glänzten interessiert. Man konnte förmlich sehen, wie sein kleines Hirn fieberhaft arbeitete bei dem Versuch, den Drachen einzuordnen. Zusätzliche Informationen einzuholen schadet nie, beschloss er und näherte sich dem Ungetüm, um die schuppigen Füße mit den großen Krallen zu beschnuppern.

Maxi bückte sich und streichelte mit einer federleichten Berührung sein Fell. Die fledermausähnlichen Ohren klappten nach vorn, der Rest des Hundes wedelte im Einklang mit dem Schwanz. „Wem gehört er denn?"

„Niemandem so richtig."

Erwartungsvoll und erfreut schaute die Drachin in Miris Richtung. „Wir könnten ihn doch behalten, oder?"

Überrascht zog Miri die Augenbrauen hoch. Ihre Drachenfreundin akzeptierte den Findling? Das war schon mal positiv. Dann müsste sie sich nur noch mit Chili auseinandersetzen.

„Das mit Chili regle ich schon", beeilte sich Maxi zu erklären.

Okay, das versprach spannend zu werden. Sie wandte sich an Sierra. „So wie es aussieht, bin ich überstimmt. Ich hoffe nur, das funktioniert dann auch, wenn das Drachenkind da ist."

„Bestimmt. Ich kann dir auch gerne helfen, sollten Schwierigkeiten auftreten."

„Das ist gut zu wissen. Kann ich nochmals einen Keks haben?"

„Klar. Die ganze Tüte, wenn du willst. Ich bin so froh, dass er bei dir bleiben kann. Ich bekomme keinen Stress zu Hause, dem Kleinen geht es gut und als Zückerchen obendrauf kriege ich ihn weiterhin zu sehen."

Miri runzelte die Stirn. „Wie soll ich ihn denn rufen?"

„Such dir einen Namen aus. Er wurde leider nicht mit Namenshalsband im Container gefunden."

„Vielleicht auch besser so. Neuer Start, neues Leben, neuer Name."

Die drei beobachteten den Drachen, der den kleinen Hund bespaßte. „Wie wär es denn mit Nepomuk? So wie es aussieht, wird es ja ein Drachenhund werden", schlug Miri vor.

„Passt", befanden die anderen beiden unisono, aber Kaja fragte sicherheitshalber noch nach: „Das ist der Halbdrache, der in ‚Jim Knopf' von Michael Ende vorkommt, oder?"

„Genau."

„Lass uns gleich in den Garten gehen, die anderen beiden Hunde begrüßen. Dort haben sie genug Platz und sie können sich auch aus dem Weg gehen."

Die Begegnung verlief unspektakulär. Sobald Zorro merkte, dass nichts Spannendes passierte, sondern nur ein anderer Vierbeiner zu Besuch war, widmete er seine Aufmerksamkeit wieder Joker. In die war er nämlich total verliebt. Joker hatte den Welpen schon den ganzen Nachmittag um sich herum gehabt. Dementsprechend unaufgeregt begrüßte sie ihn und leckte ihm einmal über den ganzen Körper. Dann schubste sie ihn mit der Schnauze wieder Richtung Menschen, als wollte sie sagen, einmal geduscht, hier habt ihr ihn zurück.

„Sag mal, zittert er, weil ihm kalt ist oder weil er aufgeregt ist?"

„Gute Frage. Beides ist möglich. Ich würde sagen, im Moment ist auch gerade beides der Fall. So viele neue Menschen, Tiere, Drachen…" Sie warf Maxi einen bedeutungsvollen Blick zu. „Kalt ist es auch. Die kleinen Hunde haben nicht umsonst manchmal diese zugegebenermaßen idiotisch aussehenden

Mäntelchen an. Tatsache ist, dass sie sich viel näher am kalten Boden befinden als die großen mit ihren langen Beinen. Wenn du viel Zeit draußen verbringst, ist es vielleicht nicht verkehrt, so eines einmal auszuprobieren."

„O Gott. Jetzt habe ich tatsächlich so einen Tussihund, bald inklusive Mäntelchen."

„Psst, du verletzt seine Gefühle."

„Glaube ich nicht. Sieh ihn dir doch nur an. Völlig damit beschäftigt, mit einem pinkfarbenen Drachen fangen zu spielen. Apropos neue Menschen: Der Rest der Bande kommt auch gleich. Ich sollte mich wohl mal ums Abendessen kümmern", meinte Miri mit einem bedauernden Blick auf die Rasselbande.

„Wir leisten dir Gesellschaft und stehen für Handlangerdienste zur Verfügung."

„Nepomuk nehmen wir mit rein. Sonst friert er sich noch etwas ab. Reserven hat er definitiv noch keine. Geht schon mal vor, ich hole noch die restlichen Dinge aus dem Auto."

Unternehmungslustig folgte Nepomuk Sierra zum Auto. Nachdem sie ihn aus der furchterregenden Mülltonne gefischt, gebadet und zum Tierarzt geschleppt hatte, schien er sie zu seiner momentanen Bezugsperson auserkoren zu haben. Es tat ihr zwar leid, dass er gleich nochmals einen Schock durchmachen musste, wenn sie heute Abend ohne ihn heimfuhr und ihn in Miris Obhut zurückließ. Aber lieber jetzt, bevor er sich zu sehr an sie und sie sich an ihn gewöhnt hatte. Immerhin wusste sie, dass er hier gut aufgehoben war.

Sie strich ihm über den kleinen Kopf. „Du hast schon unbeirrt gute Laune. Komme was wolle, einmal streicheln und die Welt ist wieder in Ordnung."

Belustigt über so viel Optimismus schüttelte sie den Kopf. Sie hörte, wie sich langsam ein Auto über die Hofeinfahrt näherte. Sie zog noch die Tüte mit dem weichen Hundebettchen aus dem Auto und richtete sich auf. Mit der freien Hand strich sie sich die langen Haare aus dem Gesicht. Und stöhnte, als sie das Auto erkannte. Natürlich. Simon. Ihr ‚bester Freund'. Ha, ha. Der es bestimmt nicht lassen konnte, sich gleich über den Kleinen lustig zu machen. Der Herr Schäferhundebesitzer.

„Nepomuk, komm her. Sonst wirst du gleich überfahren."

Wie der Blitz sauste er zu ihren Füßen und setzte sich erwartungsvoll hin. Vor lauter Aufregung und Vorfreude hing seine Zunge raus und rollte sich am Ende ein bisschen nach oben. Natürlich wurde so viel Eifer mit einem Keks belohnt. Simon hatte inzwischen geparkt und war ausgestiegen. Sierra wappnete sich für einen dummen Spruch.

Stattdessen grüßte er sie freundlich und meinte: „Der Winzling ist ja topmotiviert. Ist das deiner?"

Völlig perplex über diese unerwartete und durchwegs positive Aussage blieb Sierra der Mund offen stehen. Hastig klappte sie ihn wieder zu, als sie es bemerkte.

Simon blickte sie mit gerunzelter Stirn an. „Stimmt etwas nicht?"

„Alles gut." Ihre Stimme klang mehr wie ein Quieken, hoffentlich war ihm nichts aufgefallen.

„Aha. Dann hole ich doch gleich einmal Tsar, mal schauen, was die beiden voneinander halten."

Sie bedeutete Nepomuk mit einem geflüsterten „Lauf", dass er sich wieder frei bewegen durfte, da sprang schon der bildschöne Tsar aus dem Auto. Der Chihuahua zeigte sich in der ersten Sekunde angemessen beeindruckt und hinterließ eine kleine Lache auf dem Kies. Nachdem der belgische Schäferhund nur kurz an ihm schnupperte und sich dann desinteressiert abwandte, wurde sein Ehrgeiz geweckt. Er sprang ihm mit seinen kurzen Beinen hinterher und versuchte, ihn einzuholen.

„Es gibt anscheinend keine Verständigungsschwierigkeiten auf dieser Seite. Hat dein Hund die anderen schon kennengelernt?"

„Ja, gerade eben. Es ist nicht mein Hund. Beziehungsweise nicht mehr.“ Sie erzählte ihm eine stark gekürzte Version der Ereignisse.

„Jetzt hast du ihn Miri geschenkt? Gute Idee. Dann hat sie nicht so viel Zeit, sich um andere Dinge zu sorgen.“

Verblüfft sah Sierra ihn von der Seite an. Der Mann überraschte mit völlig unerwarteten Seiten. Sie wusste gar nicht, was sie davon halten sollte.

„Du bist sicher, dass mir nicht auf der Fahrt hierher zwei Köpfe gewachsen sind?“, unterbrach er ihre Gedankengänge trocken.

Sie wurde rot. „Ich muss rein, kochen helfen.“ Bevor sie sich zum Haus umdrehte, beschloss sie, ihm doch noch eine Antwort auf seine Frage zu geben. „Ehrlich gesagt, ich hatte schon mit dummen Sprüchen wegen des Chihuahuas gerechnet.“

Verwundert schaute er sie an. „Du weißt doch, dass ich Hunde mag.“

„Hunde ja. Die meisten Leute rechnen die Kleinen nicht wirklich zu den Hunden.“

Er zuckte mit den Schultern. „Ich kann Menschen nicht ausstehen, die diese Hunde als Accessoire benutzen und ständig rumschleppen. Klar, ich würde mir sicher immer einen großen Hund aussuchen. Aber wie ich dich verstanden habe, hast du ihn dir nicht ausgesucht. Eher umgekehrt. So wie es aussieht, hat er echte Arbeitsqualitäten. Auf einem Agility-Parcours geht der sicher ab wie eine Rakete. Machen kann man mit denen ja echt alles.“

„Klar. Sehe ich auch so. Ich war nur erstaunt.“ Sie öffnete die Tür und ließ ihn vorgehen. Nepomuk rannte Tsar hinterher.

Zwei Stunden später lag Nepomuk wie ausgeknipst in seinem Körbchen. Die restlichen Hunde hatten es sich ebenfalls gemütlich gemacht und lagen an verschiedenen Plätzen im

Wohnzimmer. Die menschlichen Bewohner waren pappsatt von Miris leckerer Pasta mit Auberginen und Mozzarella.

„Nachtisch gibt es später. Jetzt würde ich mit euch allen ganz gerne ein Feuerritual durchführen", verkündete Kaja nach dem Essen. „Die Details erkläre ich euch draußen, zieht euch warm an."

„Ich dachte, es gibt ein Feuer?", flüsterte Tim hörbar seinem Freund zu.

„Es gibt ein Feuer. Aber am Anfang stehen wir nicht so dicht daneben, als dass es uns warm halten würde."

„Zur Sicherheit habe ich noch einen leckeren Glühwein gekocht. Nach dem Rezept von Kajas Großmutter. Er steht auf dem Herd, Tassen findet ihr daneben." Miri selbst schnappte sich eine Tasse mit Kinderpunsch. „Auch lecker", befand sie, als sie einen Schluck davon probiert hatte. Auf dem Weg nach draußen gesellte sie sich zu Sierra. „Sag mal, wollte Mathias nicht auch kommen heute Abend?"

„Doch. Zumindest war das meine letzte Info." Sie zuckte mit den Achseln. „Keine Ahnung, wo der steckt."

Mist. Miri hatte fest damit gerechnet, dass er heute auch dabei sein würde. Wie sollte sie jetzt ihre Theorie überprüfen? Der Gedanke daran hatte sie den ganzen Nachmittag nicht losgelassen. Einzig Nepomuks Auftritt hatte sie ein wenig abgelenkt. Nun gut. Sie konnte es nicht ändern. Entweder er kam oder eben nicht. Jetzt freute sie sich auf das Feuerritual.

Draußen stellten sich alle rund um einen großen Holzhaufen auf. „Äh, Schatz, hast du nicht etwas vergessen?" Tim deutete auf die aufgeschichteten Scheite. „Sollte das nicht brennen?"

Der Schalk blitzte in Kajas Augen auf. „Stimmt. Das sollte ich dringend ändern." Mit beiden Händen machte sie eine Geste und sprach theatralisch: „Abrakadabra!"

Mit einem Wusch loderten die Flammen auf. Maxi und Lance hatten von der Seite erstklassige Arbeit geleistet. Erschrocken sprangen die beiden Männer einen Schritt zurück.

„Wow. Das ist ja mal ein Partytrick."

„Das kannst du wohl laut sagen."

Miri musste sich zusammenreißen, um nicht zu grinsen. Jetzt würden die beiden gleich beginnen, sich den Kopf zu zerbrechen, welcher Trick für den Effekt verantwortlich war. Männer.

Kaja stellte sich vor das Feuer und schaute ihre Freunde an. „Dem Feuer wird seit jeher eine reinigende, erneuernde Kraft zugeschrieben. Eine der bekanntesten Geschichten ist sicher die des Phoenix', der wiedergeboren aus der Asche steigt. Soweit werden wir heute nicht gehen."

„Uff, da bin ich aber froh", meinte Tim und wischte sich theatralisch den imaginären Schweiß von der Stirn.

„Bei dem Ritual geht es darum, sich von Altem, das nicht mehr zu uns gehört, zu verabschieden und das Neue, das mit Veränderungen einhergeht, zu begrüßen. Der Sprung über das Feuer symbolisiert unseren Mut und unsere Entschlossenheit, das neue Jahr in diesem Sinne zu starten."

Lance suchte sich diesen Moment aus, um die Flammen hochlodern zu lassen.

„Täuscht das, oder ist das kein normales Feuer?" Fast schon misstrauisch beäugte Simon das Feuer.

Sierra amüsierte sich königlich über seinen Gesichtsausdruck.

„Jeder soll sich jetzt einen Moment Zeit nehmen, über das vergangene Jahr nachzudenken, was war, was bleibt und was sich verändern wird. Seid ihr bereit?"

Zustimmendes Gemurmel.

Gute Frage, dachte Miri. Das Leben, so wie sie es kannte, würde sich nächstes Jahr unweigerlich verändern, ob sie es wollte oder nicht. Sie wünschte sich Mut und Gelassenheit, diesen Veränderungen eine positive Bedeutung abzugewinnen und das Beste aus ihnen zu machen. Sie wollte sich freuen. Meistens gelang ihr das bereits jetzt. Aber manchmal lähmte sie noch immer die Angst, nicht alles zu schaffen. Und falls der Australier wieder auftauchen würde, wäre das auch ganz nett, fand sie und lächelte in sich hinein. Sollte sich ihre Vermutung als richtig erweisen, dann war sie jetzt mit ihrer Drachenschwester sogar verwandt. Sie schmunzelte in sich hinein. Die Drohbriefe fielen ihr ein. Diese und ihr Schreiber konnten gerne bleiben, wo der Pfeffer wächst oder gleich von dem reinigenden Feuer verschluckt werden, beschloss sie. Ach ja, eine gute Hunde- und Kinderhalterin wollte sie werden. Puh. Ganz schön viel, an das sie denken musste.

„Fertig mit Wünschen?“, wollte Maxi wissen. „Ich hoffe, du warst konkret genug. Du weißt ja, wie das mit dem Wünschen ist.“

Bevor Miri kapieren konnte, was sie mit diesem kryptischen Satz jetzt genau meinte, schlich sich Adrian durch die Schatten der Winternacht heran. Er blieb vorsichtig außerhalb des Lichtscheins, den das Feuer warf.

„Pst.“

„Was denn, willst du auch durch das Feuer springen?“

„Ja, ja, das mache ich, wenn ihr weg seid. Vergiss bei deinen Wünschen nicht, dass du den Schatz finden musst.“

„Gut. Ja. Kann ich machen“, antwortete sie und fügte in Gedanken den erfolgreichen Ausgang der Schatzsuche für Adrian hinzu.

Maxi verdrehte genervt die Augen. „Schatz hier, Schatz da. Hast du auch noch was anderes im Kopf?“

Adrian blickte sie kühl an. In seinem Blick lag nicht der gewohnte leichte Schalk, sondern stahlharte Entschlossenheit. „Ich warte seit Jahrhunderten auf diese Gelegenheit. Somit ist die Antwort nein. Meine Gedanken kreisen zurzeit tatsächlich einzig und allein um das Finden des Schatzes. Vielleicht finde ich dann endlich Ruhe."

„Ruhe", schnaubte Maxi. Ihre Nasenlöcher glühten orangerot in der Dunkelheit. „Ruhe wird überschätzt. Ich wäre nicht überrascht, wenn du dich nach zwei Minuten Ruhe zu Tode langweilen würdest."

„Nachdem ich schon tot bin, ist das, denke ich, ein tragbares Risiko."

Maxi gab auf. Miri hatte die beiden schon länger ausgeblendet und bereitete sich auf den Sprung vor. Maxi und Lance und, fairerweise musste sie hinzufügen, auch Kaja, hatten ein ordentliches Feuer geschaffen. Sie hatte keine Ahnung, ob sie überhaupt so weit springen konnte, ohne in Flammen aufzugehen.

„Sag mal Kaja, hast du beim Bau dieses Feuers auch an stummelbeinige Exemplare wie mich gedacht?"

Die lachte nur. „Das schaffst du doch mit links."

Das würde sich gleich herausstellen, dachte Miri. Sie hoffte, ihr Vertrauen in Maxi war gerechtfertigt. Sie baute darauf, dass die Drachin sie zur Not aus den Flammen ziehen würde.

„Klar doch. Und jetzt los!"

Stimmt. Jetzt war sie an der Reihe. Sie holte tief Luft und nahm ihren ganzen Mut zusammen. Mit Anlauf sprang sie durch das Feuer. Es war so hoch, dass sie mittendrin tatsächlich das Gefühl hatte, von den Flammen umzingelt zu sein. Der Kontrast zwischen dem heißen Feuer und der kalten Winterluft ließ ihre Wangen brennen. Euphorisch hüpfte sie auf der anderen Seite auf und ab. Sie hatte es tatsächlich geschafft. So wie es aussah, hatte sie weder Haare noch Kleider eingebüßt, befand sie nach einer kurzen, oberflächlichen Bestandsaufnahme.

Jetzt war Kaja dran. Sie erhaschte via Maxi ein kurzes Aufblitzen der Gedanken ihrer Freundin. Erfolg, Liebe, Abenteuer,

Tim, Kinder. Kinder? Das wäre ja toll, dachte sie. Ein Spielkamerad für ihren Wurm.

„Drachenkind“, verbesserte sie die Drachin mit einem Seufzer.

Simon war der Nächste. Der war nicht so leicht zu lesen. Die Art und Weise, wie er Sierra vor dem Sprung eindringlich anschaute, ließ vermuten, dass der Rotschopf eine Rolle darin spielte. Sierra bemerkte nichts davon. Ganz in Gedanken wartete sie darauf, an die Reihe zu kommen. Hier war es dank der drachenmäßigen Unterstützung wieder einfacher, den Gedanken zu folgen. Wäre es zumindest theoretisch gewesen, wenn diese Gedanken nicht ganz so chaotisch und emotional gefärbt gewesen wären. Sie erhaschte einen Blick auf Dunkelheit. Stress. Die Tiere. Hier war auch Freude zu spüren. Das Bedürfnis nach Frieden.

Miri schwor, sich im neuen Jahr mehr um Sierra zu kümmern. Sie war immer so tough nach außen. Dahinter sah es ganz anders aus. Sie fing Kajas besorgten Blick auf. Offenbar hatte sie es auch mitbekommen. Sie nickte ihr unmerklich zu. Ihre Mundwinkel verzogen sich zu einem Lächeln. Alle hatten sich um das Feuer herum gruppiert, um die Wärme zu genießen.

Miri wandte sich an die Runde. „So, nachdem wir es alle geschafft haben, sage ich jetzt nur Prost, auf uns und ein erfolgreiches Neues Jahr.“ Alle hoben die Gläser. Die anderen mit Glühwein, Miri mit ihrem Kinderpunsch.

Hinten bei der Gartenhütte standen die beiden Drachen beisammen und stießen ihrerseits mit dem Holunderschnaps an, den Miri vorsorglich bereitgestellt hatte. „Ganz schön viel zu tun für uns. Meinst du nicht?“

Lance seufzte. „Sieht ganz so aus. Ich dachte eigentlich, meine Arbeit hier sei mehr oder weniger getan.“

Maxi verschluckte sich an ihrem Schnaps. Lance klopfte ihr auf den Rücken.

„Das reicht jetzt!“ Maxi hob ihre Pranke und signalisierte ihm, er solle stoppen.

„Ich wollte nur helfen.“

„Klar, danke“, antwortete sie sarkastisch. „Vielleicht versuchst du beim nächsten Mal, mich nicht halb tot zu schlagen.“ Sie streckte sich. „Fertig hier? Du hast eher einen guten Anfang geschafft, so wie ich das sehe.“

Er seufzte noch einmal. „Sieht ganz danach aus.“ Er hob das Glas und prostete ihr zu. „Auf ein erfolgreiches Drachenjahr!“

Maxi lächelte ein rätselhaftes Lächeln und tat es ihm nach.

29

Weit entfernt von der gemütlichen Runde, in einem dunklen Zimmer, herrschte eine ganz andere Stimmung. Er nahm ein Bild nach dem anderen zur Hand und betrachtete es voller Hass. Verschwunden war sie. Weg. In Luft aufgelöst. Wie nur Hexen das können. War ja klar. Er musste sie unbedingt finden. Fixiert auf die kleinsten Einzelheiten versuchte er einen Hinweis darauf zu finden, wohin sie gegangen war. Nachdem er in der Wohnung nichts gefunden hatte, war er ausgerastet und hatte seiner Wut freien Lauf gelassen. Unvorsichtig, unvorsichtig, schimpfte er vor sich hin. Diese Schlampe hatte ihn dazu gebracht. Das war alles ihre Schuld. Vernichten wollte er sie. Auslöschen.

Dazu musst du sie erst einmal ausfindig machen, spottete eine Stimme in seinem Kopf. Er drückte die Fäuste gegen die Augen, bis er nur noch Flecken sah. Jäh loderte sein Zorn auf. Mit einer heftigen Bewegung fegte er die Fotos vom Tisch.

„Essen ist fertig", rief eine Stimme von unten.

Erschrocken hielt er inne. Er hatte gar nicht bemerkt, wie viel Zeit vergangen war. Er stand völlig im Bann dieser Hexe. Das würde sich ändern, sobald ihr Blut geflossen war, schwor er sich. Hastig versuchte er im Dunkeln die Bilder alle einzusammeln. Achtlos warf er sie auf den Tisch und verließ das Zimmer. Nach einem letzten prüfenden Blick ins Zimmer verschloss er die Tür sorgfältig und ging nach unten.

Auf dem Randen wurde ausgelassen gefeiert. Nepomuk war der Star des Abends. Jeder wollte ihn kennenlernen. Jeder außer Chili. Der hielt den Winzling definitiv für unter seiner Würde. Er wusste beim besten Willen nicht, weshalb sich sein Frauchen einen Winzling nach dem anderen anschaffte. So wie er das verstanden hatte, sollte es ja bald noch einen Miri-Winzling geben. Angewidert begann er sich in der sicheren Höhe des Fensterbretts zu putzen. Maxi setzte sich zu ihm. Auch das noch. Er suchte bereits nach einer Fluchtmöglichkeit, als die Drachin ihn ansprach.

„Entspann dich. Ich fresse dich schon nicht."

„Pah. Als wenn ich Angst vor dir hätte", konterte er großspurig.

Sie ignorierte die Angeberei, die vermutlich sowieso der Wahrheit entsprach. Katzen bildeten sich immer ein, größer, stärker und gefährlicher zu sein als alle anderen. Ob es stimmte oder nicht.

„Ich wollte dir nur die Geschichte eines kleinen Katers erzählen."

Jetzt spitzte Chili die Ohren. Eine Katzengeschichte? Das war ja ganz was Neues. Maxi erzählte ihm Nepomuks Geschichte. Nur dass sie den kleinen Hund durch ein kleines Kätzchen ersetzte. Chili war schockiert und voller Mitgefühl für das kleine Ding.

„Und jetzt? Kommt es auch zu uns?" Insgeheim hoffte er, die kleine Katze würde bei Sierra bleiben. Mitgefühl hin oder her. Das hier oben war sein Revier und kleine Kätzchen wurden irgendwann groß…

Der Drache sah ihn an. „Nein", sagte sie dann. „Du musst dir keine Sorgen machen. Keine neue Katze auf dem Hof. Aber ein kleiner Hund. Der selbst ausgewachsen höchstens ein Drittel von dir wiegen wird. Das war seine Geschichte."

„Oh." Jetzt hatte ihn dieses geflügelte Untier tatsächlich ausgetrickst. Seine Schwanzspitze zuckte. Aber gut. Mitleid hatte er schon mit dem Kleinen, Hund hin oder her. Aus der Revierperspektive betrachtet war es vielleicht ganz gut, dass es sich um einen Hund handelte. Immerhin waren die ziemlich dumm. Denen konnte man leicht etwas vormachen. Er beschloss, den Winzling zu begrüßen. Wie war noch der Name? Nepomuk? Mit einem Plumpsen sprang er auf den Boden. Natürlich konnte er das auch lautlos. Wenn es nötig war. Jetzt war es eben nicht nötig. Zielstrebig marschierte er auf Nepomuk zu, der sich unter Miris Stuhl gerade eine Auszeit gönnte.

„Chili? Benimm dich gefälligst", warnte ihn sein Frauchen, die sich über seine Absichten nicht ganz im Klaren war.

Nepomuk versuchte sich an einem Knurren, hörte aber wieder auf, als er merkte, dass das große pelzige Tier nur an ihm schnuppern wollte. Vorsichtig reckte er seine kleine Schnauze und schnupperte zurück.

„Willkommen in der Familie, du Zwerg!"

„Ich heiße Nepomuk."

„Ich weiß. Herzlich willkommen im Rudel. Pass gut auf Miri auf. Nerv nicht. Das sind die Regeln hier." Mit diesen knappen Worten drehte sich der stattliche Kater abrupt um und stolzierte zurück zum Fenster. Mit einem eleganten Sprung landete er wieder auf dem Fensterbrett und äugte konzentriert in die Nacht hinaus.

Nepomuk, sowieso schon völlig überwältigt von den Ereignissen des Tages, schlief nach dieser Eröffnung auf der Stelle ein.

Behutsam hob Miri ihn hoch. „Ich gehe dann auch mal ins Bett", eröffnete sie ihren Freunden.

„Jetzt schon?"

„Ja, jetzt schon. Das Ausbrüten macht wahnsinnig müde", gab sie zu. „Ich brauche deutlich mehr Schlaf als sonst. Auch wenn man noch gar nichts sieht." Sie legte sich eine Hand auf den immer noch sehr flachen Bauch. Erst eine winzige Wölbung war spürbar. Sie verabschiedete sich von allen. Auf dem Weg nach oben fiel ihr ein, dass sie gehofft hatte, Mathias würde auch kommen. Das schien wieder einmal nicht geklappt zu haben. Schade. Sie hatte sich schon so gefreut. Besonders, seit sie in ihm ihre australische Bekanntschaft vermutete.

„Das wären ein bisschen viele Zufälle auf einmal. Ich denke, du steigerst dich in etwas rein. Deine Theorie erscheint mir ziemlich unwahrscheinlich."

Na toll. Jetzt musste sich Maxi einmischen. Die Stimme der Vernunft. Sie biss die Zähne zusammen. Sie wusste, was sie wusste, dachte sie stur bei sich.

„Ach, jetzt bist du schon so weit, dass du es *weißt*."

Sie ignorierte den Drachen. In ihrem Zimmer platzierte sie den Familienneuzugang in seinem von Sierra gestifteten Körbchen. Wurde Zeit, dass ihr eigenes Zuhause fertiggestellt wurde, überlegte sie. Ihr Zimmer platzte mit seinen Bewohnern langsam aus allen Nähten.

Von Miri unbemerkt war ein Auto auf den Hof gefahren. Mathias stieg aus und schaute zum Haus hinüber. Im Wohnzimmer brannte noch Licht. Schön. Dann war er nicht umsonst hier hochgefahren. Er warf einen Blick auf das kleine Häuschen, das ganz im Dunkeln lag. Klar. Es wohnte ja niemand dort. Noch nicht. Wenn die Arbeit weiter so gut verlief, könnte Miri bald einziehen. Ein Lächeln stahl sich auf seine Lippen. Seine Brieffreundin. Jetzt würde er sie gleich kennenlernen. Hoffte er zumindest. Als er sich wieder dem Haupthaus zuwandte, bemerkte er, dass nicht nur im Erdgeschoß Licht brannte. Im ersten Stock war ein Fenster durch gedämpftes Licht erleuchtet. Eine Nachttischlampe vielleicht. Er runzelte die Stirn. Wessen Zimmer war denn das? Kajas Zimmer ging doch nach hinten raus. Etwa das der unbekannten Miri? Jetzt kam eine Frau in sein Blickfeld. Hübsch war sie. Und zog sich offenbar gerade zum Schlafen um.

Jetzt steh nicht rum wie ein Spanner, schalt er sich, allerdings ohne Erfolg. Die schöne Unbekannte zog ihn in ihren Bann. Er blieb wie angewurzelt stehen. Immerhin war er männlich und nicht tot. Als sie sich das Unterleibchen über den Kopf zog, pfiff er leise durch die Zähne. Klein, kompakt, mit den Rundungen an den richtigen Stellen. Nachdem er merkte, dass der erfreuliche Anblick durchaus körperliche Auswirkungen nach sich zog, wollte er sich schon abwenden. Er konnte ja schlecht seine Freunde so begrüßen. In diesem Moment drehte sich die Frau zum Fenster um und zog sich ein großes T-Shirt über. Als ihr Kopf wieder auftauchte, konnte er plötzlich die kurzen hellen Haare und ihr Gesicht erkennen. Geschockt wich er einen Schritt zurück. Das konnte doch nicht wahr sein. Das war die schöne Unbekannte, mit der er traumhafte Stunden auf dieser Party verbracht hatte, nur um sie nie wiederzusehen. War das etwa Miri? In der besagten Nacht war sie für ihn seine Elfe gewesen. Ihren Namen hatte er nie erfahren. Er wusste von seiner Schwester, dass Miri schwanger war, auch wenn man es ihr noch nicht ansah. Kein Wunder, dass sie sich nie gemeldet hatte, dachte er grimmig. Offenbar war er nur ein Lückenbüßer gewesen. Das tat weh. Für ihn war es eine unvergessliche Nacht gewesen. Für sie offensichtlich nur eine unter anderen. Die ganze Zeit war sie ihm nicht mehr aus dem Kopf gegangen. Gut, dass er jetzt Bescheid wusste, dachte er bitter. Wahrscheinlich besser, dass er sie los war.

Dummkopf, du hattest sie gar nie, wies ihn eine Stimme in seinem Hinterkopf zurecht. Abrupt drehte er sich um und öffnete die Autotür, als seine Schwester aus der Haustür trat. Scheiße. Also nichts mit stillem Abgang.

„Mathias? Bist du doch noch gekommen? Wie schön. Leider hast du gerade wieder einmal Miri verpasst. Ihr scheint das ja zu einer Kunst zu stilisieren“, scherzte sie.

Dabei würde es auch bleiben, wenn es nach ihm ging. „Hallo Schwesterchen. Wollte nur kurz einen guten Rutsch wünschen. Bin aber schon wieder weg.“

„Stimmt was nicht?“

„Langen Tag gehabt“, antwortete er kurz angebunden.

Sie studierte sein Gesicht und kapitulierte. Sie kannte ihren Bruder gut genug um zu wissen, dass er nicht damit rausrücken würde. Was auch immer es war, das ihm seine Laune so vermieste. Sie umarmte ihn. „Na dann, gute Heimfahrt. Und ein tolles 2013.“

„Danke.“ Er drückte sie ebenfalls. Ohne weitere Worte wandte er sich ab und stieg in sein Auto. Sierra blickte den roten Rücklichtern hinterher. Welche Laus war dem denn über die Leber gelaufen. Sie schüttelte den Kopf. Menschen waren ihr manchmal wirklich ein Rätsel. Tiere waren da definitiv einfacher.

Miri lag bereits im Bett, das Licht gelöscht, als sie ein Auto wegfahren hörte. Sie stutzte. Wer war denn das? Wollten nicht alle hier übernachten? Sie zuckte mit den Schultern und drehte sich auf die Seite. Beziehungsweise wollte sie.

„He, pass doch auf!“

„Ups. Entschuldigung.“ Maxi hatte sich auf der anderen Hälfte ihres Kopfkissens zusammengerollt.

Sie schloss die Augen. Bevor sie in die Traumwelt abtauchte, zogen Bilder des heutigen Tages in ihren Gedanken vorbei. Nepomuk, erst verwirrt, dann ganz aufgeregt. Chili, hoheitsvoll wie immer. Das Rätsel um Matt / Mathias, das immer noch nicht gelöst war. Das Feuerritual. Ihre Freunde. Ihre Zukunft. Das Drachenkind. Mit einer Hand umfasste sie den Anhänger, den sie auf Maxis Drängen hin jetzt ständig trug, die andere legte sie sich auf den Bauch. Ein Lächeln umspielte ihre Lippen, als sie einschlief.

30

05. Januar 2013

„Ich habe nachgedacht!"

Miri blickte auf und entdeckte Kaja, die in der Tür stand. Sie war gerade beschäftigt gewesen, die letzte Ecke des Wohnzimmerbodens abzuschleifen. Hier hatte sich ein merkwürdiger Fleck festgesetzt, der sich als sehr hartnäckig erwies. Aber hartnäckig sein konnte sie auch.

„Manche nennen es auch Sturheit", meldete sich Maxi amüsiert zu Wort. Sie verstand den ganzen Aufwand um den Fleck nicht. Man konnte doch auch einfach eine Lampe dorthin stellen. Oder eine Palme. Oder einen Drachenaltar. Inklusive frei verfügbarem Holunderschnaps. Ideen wären auf jeden Fall vorhanden.

„Deine Ideen. Nicht meine. Mein Haus. Nicht deines", gab Miri aufmüpfig zurück.

„Störe ich gerade eine wichtige Wohngemeinschaftssitzung, was die Einrichtung betrifft?", erkundigte sich ihre Freundin, sichtlich erheitert.

Sie grinste. „Nein, nein. Ich bin da sehr diktatorisch veranlagt."

„Kann man wohl sagen", brummte der Drache beleidigt. Was geflissentlich ignoriert wurde.

„Zu welchem Resultat bist du denn beim Nachdenken gekommen?“

„Wir hatten doch über deine eigene Webseite einerseits gesprochen und über deine Mitarbeit bei mir andererseits. Jetzt habe ich mir überlegt, ob du dir vorstellen könntest, bei mir einzusteigen.“

„Ich soll auch Kerzen machen?“

Kaja lachte. „Nein. Natürlich nicht. Aber wir können deine Sachen unter deinem Namen in meinem Shop verkaufen. Die Kurse würden das Angebot von Fire & Air Essentials erweitern mit dir als Kursleiterin. So müssten wir nicht zwei Plattformen bewerben. Was meinst du?“

Miri sortierte alle Informationen im Kopf und nickte dann. „Klingt sinnvoll. Ich denke, unsere Angebote sind auch verschieden genug, dass wir uns tatsächlich ergänzen und nicht konkurrieren. Kann ich trotzdem die Fotoreihe, die ich mit euch geplant habe, reinnehmen?“

„Klar. In der Gestaltung sind uns keine Grenzen gesetzt. Vielleicht könnten wir beim gleichen Shooting noch ein paar von meinen Dingen in Szene setzen.“

Miri spürte, wie es in ihr vor Vorfreude zu kribbeln begann. „Das heißt, ich muss jetzt primär eine Liste der Kunstwerke erstellen, die ich verkaufen und somit auch bewerben will und ein Konzept für die Kurse erstellen. Das ist ja plötzlich viel näher, als ich dachte. Was auch gut ist, wenn ich daran denke, wie leer mein Konto ist.“

„Gut so. Dann hast du vielleicht endlich Zeit, dich auf Schatzsuche zu begeben.“ Adrian.

„Ich bin dann mal weg.“ Das war Maxi, die keine Lust auf seine Tiraden hatte.

Kaja wich einen Schritt zurück.

Nur Miri drehte sich zu ihm um und richtete sich zu ihrer vollen Größe auf. Na ja. Groß war relativ. Aber innere Größe hatte sie schließlich genug, beschloss sie kampfeslustig. „Hör mal. Seit Neujahr bin ich jeden Tag mindestens eine Stunde hier in der Umgebung unterwegs gewesen und habe potentielle Verstecke erkundet. Sogar in Gegenwart eines Spürhundes", spielte sie auf Nepomuk an, der die täglichen Spaziergänge eingeführt hatte. Sehr zur Freude von Zorro, der natürlich immer mit von der Partie war.

„Spürhund! Dass ich nicht lache." Abfällig blickte Adrian auf Nepomuk, der die größte Aufregung wieder einmal verpennte.

Nach seinem morgendlichen Ausflug in Begleitung des anderen Hundes war er jedes Mal völlig ausgepowert. Miri hoffte, dass er sich dabei nicht übernahm. Sie verengte die Augen zu schmalen Schlitzen und wies auf einmal starke Ähnlichkeit mit ihrem Drachen auf, wenn sich dieser in derselben Gemütsverfassung befand. Gerade, dass kein Rauch aus ihrer Nase entwich.

„Sehr geehrter Hausgeist. Ich habe versprochen, dir zu helfen. Ich halte meine Versprechen. Allerdings nur, wenn du nett bist zu mir und meinen Freunden. Sonst kann dein Schatz bleiben, wo er ist, weil ich im anderen Fall meine Suche ganz sicher nicht fortsetze."

Der Hausgeist setzte ein gönnerhaftes Lächeln auf. „Du bist durch dein Versprechen gebunden. Schon vergessen? Und zwar, ob ich nett bin oder nicht." Er runzelte die Stirn. Irgendetwas lief hier falsch. Statt wie vorgesehen angemessen eingeschüchtert zu sein, brach diese Frau einfach in Gelächter aus. Während er sich grundsätzlich über Abwechslung aller Art freute, schätzte er es überhaupt nicht, wenn er Gegenstand der allgemeinen Erheiterung war. „Wieso lachst du? Ist dir der Ernst deiner Lage nicht klar?"

Miri brauchte einen Moment, um sich von ihrem Lachanfall zu erholen, bevor sie antworten konnte. „Ich wäre mir da nicht allzu sicher, was die Gebundenheit angeht. Ich bin mir fast sicher, Kaja könnte das ruckzuck auflösen."

Adrian schaute bestürzt zu ihr hinüber. „Stimmt das?"

„Nun ja. Vielleicht. Wahrscheinlich. Mémé ganz sicher."

„Wer zum Teufel ist Mémé?"

„Kajas Großmutter. Kräuterkundig, jahrelange Geistererfahrung, wird als weise Frau angesehen in ihrem Dorf", zählte Miri vergnügt auf.

„Echt jetzt? Eine Hexe?"

Kaja verzog das Gesicht. „Ich mag das nicht so gerne, wenn sie so genannt wird. Aber ja, diese Bezeichnung fällt tatsächlich auch des Öfteren, wenn über sie gesprochen wird. Dann allerdings immer sehr respektvoll." Sie sah den Hausgeist bedeutungsvoll an.

„Auweia!"

„Genau." Miri tätschelte ihm die Schulter. „Also, sei nett zu mir und allen anderen. Freue dich darüber, dass wir tatsächlich Lust haben, dir zu helfen. Auch wenn wir nicht immer so viel Zeit dafür erübrigen können, wie wir gerne würden."

„Es ist mir sowieso ein Rätsel, weshalb ich eingewilligt habe", brummte Kaja.

Adrian setzte an zum Sprechen. Und klappte den Mund mit ungesagten Worten darin wieder zu.

„Siehst du, geht doch", lobte ihn Miri. Er gab auf und verschwand von einem Moment auf den anderen. Geister halt.

„Puh. Endlich ist er weg. Ich habe mich immer noch nicht gänzlich mit seiner Anwesenheit angefreundet."

„Das wird schon noch."

„Meinst du?"

„Bestimmt. Mit Lance hat es ja irgendwann auch geklappt."

„Stimmt. Der hat mir aber auch geholfen und war nicht nur ein Quälgeist. Obwohl, diese Rolle hat Lance auch ganz gut drauf, wenn er gerade in Fahrt ist."

„Ich glaube, Adrian ist einfach sehr rastlos. Umso mehr, seit ich versprochen habe, ihm zu helfen. Alleine dadurch ist der ersehnte Erfolg in fassbare Nähe gerückt. Ob das jetzt realistisch ist oder nicht."

„Hm. Wenn du es so formulierst, habe ich gleich beinahe Mitleid mit ihm."

„Immerhin nur beinahe." Miri zwinkerte ihrer Freundin zu.

Kaja wanderte im Raum umher, begutachtete die Wände, die neuen Fenster und die Böden.

„Es ist schön geworden, nicht?"

„Sehr. Hast du deinen Umzug schon geplant?"

„In der kommenden Woche sollte das Bad oben fertig werden. Glaube ich zumindest."

„Ich dachte, Mathias hält dich auf dem Laufenden?"

Miri runzelte die Stirn. „Das dachte ich auch. Bis vor kurzem hat er das auch zuverlässig gemacht. Vor ein paar Tagen – ich weiß gar nicht mehr genau, wann das war – haben die Nachrichten einfach aufgehört. Er arbeitet wohl immer noch regelmäßig hier. Ich sehe den Fortschritt ja. Soweit ich das beurteilen kann, ist seine Arbeit nach wie vor erstklassig." Sie zuckte mit den Schultern. „Ich werde ihm heute nochmal schreiben und nachfragen. Das habe ich vor zwei Tagen allerdings schon einmal versucht. Ohne Erfolg."

„Seltsam."

„Das ist es in der Tat. Schade ist es auch. Ich hatte mich schon an die kleinen schriftlichen Plänkeleien gewöhnt."

Von ihrem Verdacht, dass es sich bei Mathias um Matt handeln könnte, sprach sie lieber nicht mehr. Wahrscheinlich hatte ihr sowieso nur ihre lebhafte Fantasie einen Streich gespielt.

Obwohl Miri eine neutrale Miene aufgesetzt hatte, spurte Kaja ihre Enttäuschung. Höchste Zeit für einen Themenwechsel. „Sag mal, wann bist du denn nun endlich bei der Frauenärztin?"

Das Gesicht ihrer Freundin leuchtete auf. „Morgen. Ich bin aufgeregt."

„Das würde mir auch so gehen. Soll ich dich begleiten?"

Miris Lächeln wurde noch breiter. „Gerne. Eigentlich müsste ich jetzt zuerst sagen, *nein, nicht nötig* oder *das ist bestimmt langweilig für dich*, aber ehrlich gesagt hätte ich dich sehr gerne dabei. Also lasse ich den Eiertanz, sonst überlegst du es dir am Ende noch anders."

Ihre Freundin grinste. „Also gut. Dann fahren wir morgen Vormittag gemeinsam nach Schaffhausen. Auf dem Rückweg können wir schnell bei Sierra vorbeischauen."

„Klingt gut. Ich nehme Nepomuk mit. Sie freut sich bestimmt, den kleinen Racker wiederzusehen."

„Ich komme auch mit. Der Kleine braucht doch Gesellschaft, wenn er im Auto warten muss", erklärte Maxi sich bereit.

Miri schnaubte. „Und ich dachte schon, du kämest zu meiner Unterstützung mit."

„Das natürlich auch. Auf jeden Fall. Aber da Kaja dabei ist und der Kleine alleine ist, erkläre ich mich bereit, bei ihm zu bleiben, bis dein Termin vorüber ist."

„Man könnte fast meinen, Maxi hätte einen neuen Hund bekommen." Kaja studierte die Drachin, die sich neben dem schlafenden Hund auf den Boden gesetzt hatte und eines der großen Ohren streichelte.

„Sie kommt sogar mit auf die Spaziergänge, und jetzt halt dich fest! Weißt du, wer auch noch?"

„Keine Ahnung."

„Lance. Er war schon zweimal dabei."

„Donnerwetter. Den hat es auch tüchtig erwischt."

„Das kann man wohl sagen.“ Maxi zog es vor, derartige Spekulationen nicht weiter zu kommentieren. Insgeheim freute sie sich über die Aussage von Kaja. Konnte das wirklich sein? Ihre Ohrenspitzen kribbelten freudig. Das neue Jahr fing vielversprechend an, stellte sie zufrieden fest.

Sierra hatte inzwischen ihre ganz eigenen Probleme. Nachdem sie ihren Bruder an Neujahr nur so kurz zwischen Tür und Angel gesehen hatte, noch dazu ganz offensichtlich sehr schlecht gelaunt, machte sie sich Sorgen um ihn. Schlechte Laune war ein sehr seltener Gemütszustand für ihn. Meistens hatte er einen sehr positiven Ansatz im Leben. Selbst Schwierigkeiten meisterte er im Normalfall mit einem selbstironischen Lächeln. Diesmal nicht. Sie hatte ihn seither zweimal gesehen. Jedes Mal war er sehr kurz angebunden gewesen, sichtlich darauf bedacht, sie auf Abstand zu halten. Es fehlte ihm nur noch ein T-Shirt mit dem Satz drauf: Ich will nicht darüber reden. Einfach, damit jeder gleich Bescheid wusste. Vielleicht sollte sie Miri bitten, ihr so eines zu fabrizieren. Miri konnte schließlich alles fabrizieren. Die beiden waren ähnlich talentiert mit ihren Händen. Während Miri mehr künstlerisch veranlagt war, holte Mathias das Beste aus alten Häusern heraus. Schon seltsam, dass die beiden sich immer noch nicht kannten. Beide waren ihr sehr nahe, kannten einander aber nur aus ihren Erzählungen.

Wie in einem Paralleluniversum, überlegte sie und kippte die letzte Karre Mist auf den Misthaufen. Jetzt noch den Boden wischen und Mathias in die Ecke treiben, wenn er denn endlich vorbeikam. Sie hatte ihn gebeten, Futter für sie in der Landwirtschaftlichen Kooperative abzuholen. Das hätte sie zwar auch selbst erledigen können. Sie war heute alleine auf dem Hof. An diesen Tagen kam sie mit ihrer Arbeit immer wunderbar voran. Doch sie hatte einen Vorwand gebraucht, um ihn hierher zu locken. Der Satz ‚komm vorbei, ich will wissen, was los ist’ hätte definitiv nicht den erwünschten Erfolg gebracht. Deshalb waren ihre Schuldgefühle über ihre kleine Notlüge nicht allzu groß. Sie pfiff Joker zu sich, die erfolglos versucht hatte, die Maus in der Futterkammer zu erwischen. Dort gab es einfach zu viele Cattle Dog-sichere Verstecke für eine Maus. Da hatte der Hund keine Chance.

Im Haus wusch sie sich die Hände und setzte Kaffee auf.

„Hallo Schwesterchen! Wo willst du das Futter hin haben?" Mathias stand in der Tür zum Hof, einen vierzig Kilogramm schweren Sack Hafer über der Schulter.

„Warte, ich zeige es dir." Schnell schlüpfte sie in ihre ausgetretenen Cowboystiefel und eilte hinaus. Sie wollte vermeiden, dass er ihn einfach abstellte und wieder verschwand. Sie lief vor ihm in die Futterkammer und deutete auf eine Holzpalette, die ein wenig abseits stand.

Er sah sie misstrauisch an. „Das konntest du mir nicht erklären?"

„Ich hatte gerade keine Worte im Kopf", antwortete sie lahm. „Trinkst du einen Kaffee mit?"

„Ich habe eigentlich keine Zeit", wich er aus.

„Bitte. Ich war schon den ganzen Tag über alleine hier. Ein bisschen Sozialkontakt wäre ganz nett", spielte sie ihre Trumpfkarte aus. Mathias war, wie die meisten ihrer Freunde, kein Fan von Markus. Aber dass sie so oft ganz alleine hier war, störte ihn fast noch mehr. Er wusste schon, dass sie auf sich aufpassen konnte. Das war es nicht. Aber er fand, sie wurde hier komplett zur Eigenbrötlerin. Sierra selbst war froh um diese Atempausen, wenn sie alleine auf dem Hof war. Auch ein Detail, das sie nicht zu genau analysieren wollte. Nun ja, es ging heute schließlich auch um ihren Bruder und nicht um sie. Sie erkannte den Augenblick, als er sich ihr zuliebe einen Ruck gab.

„Also gut. Ich kann aber nicht lange bleiben."

Kein Problem. Sierra hatte nicht vor, ihm lange Zeit zu geben, damit rauszurücken, was ihn stresste. Sie hängte sich bei ihm ein und zerrte ihn fast in die Küche. Joker begrüßte ihn freudig. Ihr Bruder war einer der wenigen Männer, denen ihre Cattle Dog-Hündin freundlich gesinnt war. Sie schenkte ihm eine Tasse Kaffee ein, stellte sie vor ihm auf den Tisch und lehnte sich selber gegen die Küchenzeile.

„So. Raus mit der Sprache. Was ist los?"

Er nahm einen Schluck von dem noch sehr heißen Kaffee. Hauptsache, er konnte der Frage ausweichen. Auch wenn man sich dabei die Zunge verbrannte. Das machte sie auch oft.

„Was meinst du? Arbeit as usual."

„Aha. Und weshalb machst du dabei ein Gesicht wie ein Hund, dem sein Lieblingsknochen abhandengekommen ist?"

Ein amüsiertes Lächeln huschte über seine Züge. „Du und deine Hundeallegorien."

„Lenk nicht ab. Dein Verhalten ist so untypisch für dich, ich mache mir wirklich Sorgen. Das kann ich nicht gebrauchen. Ich habe genug eigene Sorgen, ohne mir auch noch Gedanken um dich zu machen."

Er raufte sich die Haare. „Du lässt nicht locker, oder?"

Statt einer Antwort schaute sie ihn nur streng an.

„Ich weiß nicht, wie ich anfangen soll." Er rieb sich den Nacken. „Es involviert deine Freundin."

„Kaja?"

„Nein, die andere."

„Miri? Was hat denn Miri mit deiner schlechten Laune zu tun. Die tut keiner Fliege etwas zuleide."

„Das hatte ich auch gedacht. Aber eigentlich kenne sie gar nicht richtig."

„Moment mal. Was heißt denn hier, du kennst sie praktisch nicht? Ich dachte, ihr hättet euch immer verpasst, dafür aber nette Briefe geschrieben?" Sie zwinkerte ihm zu, um ihn ein wenig aufzuheitern.

„Ach ja. Das. Das habe ich aufgehört."

„Könntest du aufhören, in Rätseln zu sprechen?“

„Also gut.“ Mathias gab sich einen Ruck. „Erinnerst du dich noch? Als ich Ende Oktober von meinem Auslandaufenthalt in Australien zurückgekommen bin, war ich doch einige Tage extrem gut drauf.“

„Genau. Ich hatte gedacht, du freust dich einfach, wieder hier zu sein.“

„Das hat bestimmt auch eine Rolle gespielt. Doch an dem Abend, als mich mein Freund vom Flughafen abholte, hat er mich direkt weiter zu einer Party geschleppt. Ich war ziemlich durch von der ganzen Reise um die halbe Welt.“ Mathias hielt kurz inne und nahm noch einmal einen Schluck von seinem Kaffee.

„Weiter.“ Sierra gehörte nicht zu den geduldigsten Personen. Auf jeden Fall nicht im Zusammenhang mit ihren Mitmenschen, Bruder hin oder her.

„Ja, langer Rede kurzer Sinn, dort bin ich der wunderbarsten Frau begegnet und mit ihr ein Bier später im Bett gelandet. Am nächsten Morgen bin ich früh aufgewacht –Zeitverschiebung und so, du weißt schon. Jedenfalls habe ich sie schlafen lassen, eine Rose aus der Partydekoration geklaut und diese zusammen mit einer kurzen Nachricht auf dem Nachttisch hinterlassen. Seither habe ich vergeblich auf einen Anruf von ihr gewartet.“ Er stützte die Ellbogen auf seine Knie und den Kopf in seine Hände.

„Dann hatte ich also doch recht“, murmelte sie bestürzt.

Er blickte auf. „Recht womit?“

„Ich kenne diese Geschichte. Miri hat sie uns erzählt. Als sie *Crocodile Dundee* beschrieben hat, bist du mir in den Sinn gekommen. Sie hatte sie verloren.“

„Was verloren?“

„Na, deine Nummer.“

Kurz leuchtete sein Gesicht auf, als er begriff, dass sie ihn hatte anrufen wollen. Dann erlosch es wieder, als er an ihre momentane Situation dachte. „Ist jetzt ja sowieso egal."

Sierra versuchte die Fakten in ihrem Kopf zu ordnen. „Was ich immer noch nicht verstehe ist, wieso du rausgefunden hast, dass Miri deine geheimnisvolle Partybekanntschaft ist."

Seine Augen blickten in die Ferne. „An dem Abend, Silvester, habe ich sie gesehen. In ihrem Zimmer am Fenster."

Sie blickte ihn mit hochgezogenen Augenbrauen an.

„Okay, das war vielleicht nicht ganz korrekt, aber mir hat gefallen, was ich sehe und tja…" Seine Stimme verlor sich.

„Und weshalb ist das nicht eine positive Entwicklung? Ich hätte gedacht, du freust dich, sie wiederzusehen."

Seine Züge verhärteten sich. „Freuen? Sie ist schwanger. Offensichtlich hatte sie damals einen Freund. Nein. Mit so einer will ich nichts zu tun haben." Er stand abrupt auf, beugte sich vor und gab ihr einen leichten Kuss auf die Wange. „Ich muss los. Wird schon wieder mit meiner Laune. Mach dir keine Sorgen. Pass auf dich auf, kleine Schwester." Mit großen Schritten war er bei der Tür.

Sierra war so überrumpelt von seiner Reaktion, dass sie ihm nur noch hinterherrufen konnte: „Manchmal sind die Dinge anders, als sie im ersten Moment erscheinen. Denk mal darüber nach!"

Er hielt kurz inne und setzte dann seinen Weg fort, ohne darauf einzugehen.

Sie seufzte. Was für ein Chaos. Ein Frauenabend war ganz dringend nötig. Oder noch besser ein Gespräch unter vier Augen mit Maxi. Mit vereinten Kräften sollte es ihnen doch gelingen, eine Lösung zu finden.

Zwei Stunden später parkte sie ihr Auto vor Kajas Haus, das eigentlich das Haus ihrer Eltern war. Obwohl sie es nie ausgesprochen hatte, war sie sehr froh, dass jetzt ihre Freundinnen hier wohnten. Ihre Eltern waren Weltenbummler und das ganze Jahr unterwegs. Eigentlich hätte sie den Hof übernehmen sollen, aber dann war alles ganz anders gekommen. Aber gut. Deswegen war sie nicht hier. Rührselig konnte sie ein andermal sein. Sie erneuerte den Pferdeschwanz, der sich schon fast aufgelöst hatte.

„Komm, Joker. Gehen wir Nepomuk, Zorro und die anderen besuchen."

Joker sprang aus dem Auto und machte große Luftsprünge auf das Haus zu.

„Ja, da freust du dich!"

Belustigt beobachtete sie, wie ihre Hündin geschickt an der Tür hochstieg und die Türklinke runterdrückte. Sie hatte Glück, die Tür war nicht abgeschlossen. Schon war sie im Haus verschwunden. Sierra folgte ihrer vierbeinigen Freundin.

„Hallo zusammen – jemand zu Hause?"

Keine Antwort. Nur Joker, die von ihrem Erkundungsrundgang alleine in den Flur zurückkehrte.

„Dann lass uns mal im Atelier schauen."

Als sie aus dem Haus trat, kamen Kaja und Miri mit beiden Hunden im Schlepptau um die Ecke. Nepomuk machte vor Schreck einen kleinen See am Boden, als er sich plötzlich mit Joker konfrontiert sah. Er fasste sich aber gleich wieder und wedelte mit seinem ganzen Körper. Pflichtbewusst begrüßte er zuerst die Cattle Dog-Hündin, wobei er wiederholten Males unter Zorro durchflitzte. Dann erblickte er Sierra. Seine Freude war grenzenlos.

„Da freut sich aber einer, mich zu sehen. Ich habe das Gefühl, er ist ein ganzes Stück gewachsen in den vergangenen Tagen."

„Kann gut sein. Ich sehe das nicht, weil ich ja jeden Tag um ihn herum bin. Zudem sieht er einfach sowieso aus wie ein Miniaturhund neben Zorro."

„Verstehen sie sich?“

„Ja, die zwei sind die besten Freunde.“

Zorro warf ihr einen schiefen Seitenblick zu.

„Also gut. Ich formuliere das um. Nepomuk hält Zorro für seinen neuen besten Freund. Und Zorro lässt ihn netterweise in diesem Glauben.“

Sierra grinste. „Brav. Das ist aber nett von dir.“ Sie knuddelte den Husky-Schäfer-Mischling hinter den Ohren.

Das war toll. Dafür war er gerne weiterhin nett zu dem Winzling. Eigentlich war er ganz witzig. Sein Unterhaltungswert war ziemlich groß, stellte der große Rüde fest, als er sah, wie Nepomuk seine Zähne in Sierras Hosenbein schlug und es versuchte tot zu schütteln. Diese bückte sich amüsiert und packte ihn am Nacken. Mit der anderen Hand löste sie die Zähne des Welpen aus dem Stoff.

„Ich glaube nicht, dass du das darfst, klein hin oder her.“

„Das versuchen wir ihm schon seit drei Tagen beizubringen. Was verschafft uns denn die Ehre deines Besuches? Wir wollten dich morgen besuchen.“

„Das könnt ihr gerne trotzdem machen. Ich bin sicher, es fällt uns auch morgen ein Unterhaltungsthema ein.“

Kaja lachte. „Das denke ich auch. Falls nicht, schweigen wir uns einfach ein wenig an.“

„Damit kann ich leben. Ich habe nochmal Hundefutter vorbeigebracht.“

„Wow, danke. Plagt dich etwa dein schlechtes Gewissen?“

„Klar. Schließlich habe ich dir ziemlich unverhofft zu einem Hund verholfen.“

Bei ihrem Auto angekommen öffnete sie den Kofferraum, um das Futter herauszunehmen. Bevor sie dazu kam, war Joker wie der Blitz an ihren Platz gesprungen, Zorro hinterher. Er hatte Angst, seine Freundin würde ihn gleich wieder verlassen. Der Chihuahua wollte es ihm gleichtun, schaffte den Sprung aber nicht. Es war einfach zu hoch. Oder er zu klein. Winselnd stand er an der Stoßstange.

Kopfschüttelnd wandte Sierra sich an die großen Hunde. „Raus mit euch. Alle beide. Und kümmert euch um den Zwerg hier.“

Folgsam sprangen beide wieder raus. Joker war beruhigt, dass Frauchen nicht gleich wieder los wollte. Und Zorro war beruhigt, dass Joker noch hierbleiben würde. Sierra hob das Hundefutter aus dem Kofferraum und reichte es ihrer Freundin.

„Vielen Dank. Du musst aber wirklich kein schlechtes Gewissen haben. Er gehört schon zur Familie. Insbesondere Maxi liebt ihn heiß und innig.“ Miri grinste. „Genau genommen hast du Maxi einen Hund geschenkt.“

Sierra lachte. „Dann ist ja gut.“ Die Gelegenheit nutzend, fragte sie beiläufig: „Wo steckt sie überhaupt?“

„Maxi? Die ist vor einiger Zeit verschwunden. Sie und Adrian verstehen sich nicht besonders.“

„Das kann ich gut verstehen“, murmelte Kaja.

„Hast du immer noch Schwierigkeiten mit der Geistergeschichte?“, fragte sie an Kaja gewandt.

„Es geht so.“

„Sie hat heute sogar mit ihm gesprochen und ihm die Leviten gelesen“, berichtete Miri.

Beeindruckt hob Sierra die Augenbrauen. „Echt? Wie denn das?“

Jetzt musste auch Kaja grinsen. „Na ja, es stellte sich heraus, dass es manchmal Momente gibt im Leben, in denen es sich tatsächlich lohnt, eine sogenannte Hexe als Großmutter zu haben.“

„Ha ha. Hast du das schon Maxi erzählt? Die wird sich freuen.“

„Nein. Das mache ich, sobald sie wieder da ist. Irgendwann wird sie schon wieder auftauchen."

„Da wäre ich zu gern dabei", bemerkte Sierra, in der Hoffnung, Miri würde ihren Drachen rufen.

„Du kannst gerne zum Essen hierbleiben. Spätestens dann taucht sie bestimmt wieder auf."

Sierra warf einen Blick auf die Uhr. Schon so spät. Nein, bleiben konnte sie auf keinen Fall. Mist. Was sollte sie jetzt machen? Hatten Drachen ein Handy? Wahrscheinlich eher nicht. Sie wollte auch nicht, dass die anderen beiden Verdacht schöpften. Zuerst wollte sie die ganze Sache mit Maxi besprechen, bevor sie die anderen beiden einweihte.

„Ich muss leider zurück", sagte sie bedauernd. „Ich würde mich freuen, wenn es morgen Mittag mit eurem Besuch klappen würde. Ihr bekommt auch etwas zu essen." Sie bedeutete Joker mit einem Handzeichen einzusteigen, fing Zorro ab und schlug die Klappe zu.

„Dann kommen wir auf jeden Fall. Natürlich nur wegen des Essens", flachste Miri.

Sierra zwinkerte ihr zu. „Klar."

„Übrigens. Wir haben den Termin für das Fotoshooting im Sumpf", Kaja fing Miris kritischen Blick auf, „pardon, auf der Weide mit den Kühen vorläufig auf den 31. Januar angesetzt. Ich muss es noch mit Tim besprechen. Aber schau doch einmal, ob das bei dir überhaupt gehen würde."

„Gut, mache ich. Bis morgen dann."

„Tschüss!"

Hoffentlich kommt Maxi morgen mit, dachte Sierra, als sie den Berg hinunterfuhr. Sonst wäre sie gezwungen, direkt mit Miri zu reden. Wenn sie ehrlich war, wäre es ihr sehr viel lieber, Maxi würde das übernehmen. Was für ein Durcheinander.

31

06. Januar 2013

„Und, was wird es? Ein Junge oder ein Mädchen?“, wollte Sierra in dem Moment wissen, als Miri einen Fuß über die Schwelle setzte.

„Weiß ich nicht. Das kann man wohl erst später sehen. Und auch dann nicht immer.“

Kaja, Nepomuk und – zu Sierras Erleichterung – Maxi traten hinter Miri in die Küche.

„Aber du möchtest es wissen?“

„Auf jeden Fall. Ich warte doch nicht neun Monate, nein, fast zehn, wie ich heute erfahren habe, im Ungewissen!“

„Toll. Ich bin ja so gespannt!“

„Mit wem ich dieses Wissen teile, ist noch nicht entschieden. Bestechungsgelder werden ab sofort entgegen genommen.“

„Ach du!“ Sie warf das Geschirrtuch nach ihrer Freundin. „Na dann, betrachte meine fantastischen Spaghetti, die ich euch gleich serviere, mal als Anzahlung.“

„Akzeptiert.“

„Sie bekommt sowieso einen Alien“, bemerkte Kaja trocken. „Oder eine Kaulquappe. Je nachdem, wie du das Ultraschallbild drehst.“

Miri warf das Handtuch weiter nach Kaja. Die hatte nicht aufgepasst. Prompt traf es sie im Gesicht. „He!“

„Ist was?“ Unschuldig lächelnd blinzelte Miri ihr zu.

„Naja, Drachen sehen ja auch ein bisschen aus wie trockengelegte Molche.“

Jetzt war es Maxi, die ihre Schuppen sträubte. Das war nicht gut. Die brauchte sie ja als Verbündete. „Oder auch nicht“, beeilte Sierra sich hinzuzufügen. Sie sammelte das Tuch wieder ein und wischte sich die Hände ab. „Ich lasse die Hunde in den Hof. Dort haben sie mehr Spaß und wir mehr Platz.“

Sierra warf Maxi einen bedeutungsvollen Blick zu. Die verstand nur Bahnhof. „Kommst du auch mit nach draußen, Maxi? Damit Nepomuk nicht überfordert ist mit den Pferden und einer territorial veranlagten Joker?“, versuchte sie es deutlicher.

Der Groschen fiel zwar immer noch nicht, aber sie stand sofort auf, einen besorgten Ausdruck im Gesicht. „Klar. Irgendwer muss den kleinen Kerl doch beschützen.“

Sierra war sich ziemlich sicher, dass sich der Welpe sehr wohl durchzusetzen wusste, doch sie hütete sich, das laut zu äußern. Immerhin hatte ihre Finte geklappt und sie konnte draußen ein paar private Worte mit Maxi wechseln. Sie wandte sich an die beiden anderen. „Wenn das Wasser kocht, könnt ihr die Spaghetti reinschmeißen. Die Soße müsst ihr vielleicht noch nachwürzen. Ich bin nicht so ein Zauberer am Herd wie ihr beide.“

„Wie ihr beide ist gut“, brummte Kaja. „Ich bin ja auch mehr auf der praktischen Seite. Miri ist diejenige, die immer speziell gute Sachen kocht.“

Endlich draußen, weg von den beiden anderen, stellte Sierra sich neben Maxi. „Kann ich mit dir reden, ohne dass Miri mithört?“ Der direkte Ansatz war am besten, hatte sie beschlossen.

Die Drachin schaute sie verdutzt an, nickte dann aber. „Schieß los.“

In wenigen Sätzen erzählte sie Maxi die Geschichte von ihrem Bruder und Miri. „Herrjemine“, seufzte Maxi, als Sierra geendet hatte.

„Genau.“ Ein Moment verstrich. Joker hatte es sich auf ihrem Lieblingsplatz bequem gemacht und überwachte ihr Reich. Nepomuk hatte die Nase dicht am Boden und verfolgte all die fremden Duftspuren, einen verzückten Ausdruck in den Augen. Da würde einer gut schlafen heute Nachmittag.

Sie wandte ihre Aufmerksamkeit wieder Maxi zu. „War das alles? Ich habe schon etwas mehr erwartet als ein simples Herrjemine. Wir brauchen einen Plan.“

„Wie meinst du, einen Plan? So wie ich das sehe, ist dein Bruder das Problem, nicht Miri.“

„Stimmt. Weshalb ich ihr eigentlich zurzeit nichts sagen möchte. Was hältst du denn davon, dass wir endlich ein persönliches Zusammentreffen arrangieren? Vielleicht können sie sich dann aussprechen.“

„Hm.“

„Das wird ja immer besser. Erst das altmodische ‚Herrjemine’ und dann ein einsilbiges ‚Hm’.“ Ungeduldig stampfte sie mit dem Fuß auf. „Oder fändest du einen Frauenabend besser?“

„Nein. Es macht schon mehr Sinn, den beiden Hauptpersonen die Gelegenheit zu geben, miteinander zu sprechen. Weißt du, dass Miri bereits die Vermutung hegt, Mathias könnte Matt sein?“

„Echt?“

„Ich glaube, sie wollte sich nicht lächerlich machen. Außerdem hat er aufgehört, ihr Zettel mit Nachrichten zu hinterlassen. Wir wissen jetzt, weshalb. Sie aber nicht. Es hat sie ziemlich irritiert.“

„Das glaube ich. Ich hab’s: Ich werde ihn fragen, ob er nicht Tims Assistent spielen könnte beim Fotoshooting.“

„Hast du nicht Angst, dass die Spannung der beiden sich auf die Bilder auswirken könnte?“

„Dann machen wir eben nochmals welche. Das ist jetzt wichtiger.“

Maxi betrachtete sie amüsiert. „Ich hätte nicht gedacht, dass du so eine Romantikerin bist. So Amor zu spielen…“

„Ich will nur, dass die beiden eine Chance kriegen. Idealerweise möchte ich, dass Miri und mein Bruder glücklich sind. Ich kann mir das mit den beiden sogar echt gut vorstellen.“

„Das waren ja richtig viele Sätze am Stück“, zog die Drachin sie auf.

„Ja? Das waren jetzt auch genug. Ich muss wieder rein, bevor die anderen Verdacht schöpfen.“

„Uff, ich bin satt. Lecker war es. Vielen Dank.“

„Ja, definitiv. Wir kommen ab jetzt öfters.“

„Das könnt ihr gerne machen.“ Sierra freute sich über das Lob. Das bekam sie selten genug zu hören.

„Jetzt müssen wir leider los. Ich muss dringend anfangen, die Kleider zu nähen. Und die Kurskonzepte ausarbeiten und… einfach alles. Ich weiß schon nicht mehr, wo mir der Kopf steht.“

„Der 31. Januar passt mir übrigens.“

„Gut. Tim hat an diesem Tag auch Zeit. Dann schließen wir also dort nähere Bekanntschaft mit den beeindruckenden Schottischen Hochlandrindern.“

„Bleibt zu hoffen, dass sie schöne Kleider zu schätzen wissen“, witzelte Miri.

Die beiden Freundinnen verabschiedeten sich und Sierra machte sich daran, ihrem Bruder eine entsprechende Kurzmitteilung zu senden. Der vereinbarte Termin war bereits in drei Wochen. Nicht, dass er am Ende schon etwas vorhatte.

Sie hielt sich in ihrem Text absichtlich bedeckt und verriet nicht, worum es genau ging: „Tim braucht am 31. Januar Hilfe beim Fotografieren von Kühen mit Beatles-Frisur. Bist du dabei?“

Die Antwort kam umgehend. „Klar. Bin dabei, Schwesterchen.“

Gut. Jetzt konnte sie nur auf ihrem Geheimnis sitzen und abwarten.

Zuhause auf dem Berg streifte der Geist Adrian ruhelos umher. Miris Einschätzung war richtig gewesen. Seit sie versprochen hatte, ihm bei der Suche zu helfen, hatte er wieder Hoffnung. Die hatte er nach den ersten 113 Jahren erfolgloser Suche tief begraben. Weiter gesucht hatte er zwar, aber er war nicht mehr mit dem Herzen dabei gewesen. Er hatte nicht geglaubt, jemals fündig zu werden. Das war er nach wie vor nicht. Fündig geworden. Auch Miri oder eine ihrer Freundinnen nicht. Er kickte einen Stein vor sich her. Bald musste er zum Hof zurückkehren. Viel weiter als bis zur zweiten Kurve der Schotterstraße, die nach Beringen hinunter und im Endeffekt nach Schaffhausen führte, kam er nicht. Schon jetzt zogen und zerrten unsichtbare Kräfte an seinen Kleidern, seiner Haut und den Haaren. Er war an diesen Ort, an dem ihn jeder Stein und jeder alte Baum an seine Lotti erinnerte, gebunden. Adrian seufzte. So mit sich selbst beschäftigt, verpasste er beinahe den dunkel gekleideten Fremden, der sein Auto hinter einer Reihe junger Haselnussstauden geparkt hatte. Er runzelte die Stirn. Weshalb machte dieser Mann das? Zu den benachbarten Höfen gehörte er definitiv nicht. Offizieller Besuch würde wahrscheinlich auch bis vor die Tür fahren und nicht das Auto im Unterholz... was eigentlich? Verstecken? Aber weshalb denn? Er warf dem Mann nochmals einen prüfenden Blick zu. Ein Jäger oder Forstamtsmitarbeiter war er auf keinen Fall. Trotzdem, er schien ein Ziel zu haben. Adrian beschloss, ihm zu folgen.

Gehetzt sah der Mann sich um. Ohne Adrian zu entdecken, der inzwischen ganz offen neben ihm herging. Der Fremde befand sich geistig so in seiner eigenen Welt, das kein Platz war für zusätzliche Wahrnehmungen. Ständig murmelte er etwas vor sich hin. Finster blickte er auf die Straße, die sich vor ihm den Berg hinaufwand.

„Wenn diese Hexe nicht so heimtückisch wäre, hätte ich nicht so weit weg parken müssen", murmelte er beinahe lautlos.

Adrian hörte ihn dennoch. Wie alle seine Sinne war auch sein Gehör um vieles besser, seit er als Geist unterwegs war. Hexe? dachte er irritiert. Hatte Miri etwa ihre Drohung wahr gemacht und Kajas Großmutter eingeladen? Ein Anflug von Panik überfiel ihn. Sie wollte ihm doch helfen. Das hatte sie erst heute bestätigt, oder nicht? Hektisch versuchte er sich die Diskussion vom heutigen Morgen in Erinnerung zu rufen. Deshalb verpasste er beinahe, wie das Verhalten des Mannes immer seltsamer wurde. Er begutachtete erst das Pächterhäuschen, dann das Hauptgebäude mit der angebauten Scheune. Immer aus dem Schatten eines Baumes heraus. Adrian stutzte. Als ehemaliger Gauner erkannte er genau, wenn jemand etwas im Schilde führte. Und im Schilde führten fremde Menschen selten etwas Gutes. Am Ende war es der Anblick von Miris Auto, das seine Miene kurz aufleuchten ließ. Nicht aufleuchten im Sinne von Freude oder Erleichterung. Vielmehr funkelten seine Augen manisch, bevor sie wieder ihren leblosen dunklen Ausdruck annahmen.

„Ich habe sie tatsächlich gefunden, die Schlampe."

Von wem, um Himmels willen, sprach dieser Mann? Adrian beschloss, es sei an der Zeit, einzugreifen. Flink stellte er sich ihm in den Weg, als dieser mit gezücktem Messer (wo kam das denn plötzlich her?) auf Miris Auto zustürzte. Prompt flog er auf die Nase. Benommen blieb der Bösewicht einen Moment liegen.

Mit beinahe wissenschaftlichem Interesse betrachtete Adrian den Mann. Was wollte er denn mit Miris Auto? War sie etwa die

– er schluckte das S-Wort hinunter. Miri war definitiv eine Dame. Und soweit er wusste, seine Freundin. Niemand sprach so von seinen Freunden. Adrian bündelte seine Energie, die in der Nähe des Hauses zum Glück wieder stärker wurde.

Er beugte sich zu dem Mann hinunter, der Anstalten machte, aufzustehen, und flüsterte ihm ins Ohr: „Verschwinde von hier, du bist hier nicht willkommen. Die Geister werden dich sonst mit Haut und Haar *fressen.*"

Das letzte Wort kreischte er und blies ihm seinen feuchtkalten Atem ins Ohr. Der Fremde erbleichte sichtlich, rappelte sich hoch und nahm die Beine in die Hand. Adrian kicherte, als er ihn um die Kurve stolpern sah, kurz bevor er aus seinem Gesichtsfeld verschwand. Dann wurde er wieder ernst. Besser, er folgte dem Mann mit den schändlichen Absichten und stellte sicher, dass er die Gegend auch wirklich verließ.

Kurze Zeit späte kam er zufrieden den Hügel wieder hoch. Der potentielle Attentäter oder was auch immer dieser Fremde gewesen sein mochte hatte sich hastig in sein Auto gesetzt, die Hälfte der Haselnusssträucher umgefahren und war so schnell davongefahren, dass der Kies in alle Richtungen geflogen war. Jetzt stellte sich nur die Frage, was das alles zu bedeuten hatte. Und ob er irgendjemandem davon erzählen sollte. Andererseits war er sich ziemlich sicher, dass sein Einschüchterungskonzept sehr effektiv war. Deshalb beschloss Adrian, erst einmal abzuwarten. Er würde auf der Hut sein und die anderen vorerst nicht beunruhigen. Zufrieden mit seinem Entschluss machte er sich auf den Weg zu Miris zukünftigem Haus. Vielleicht war ja irgendein Drache da, den man ärgern konnte. Das Unterhaltungsprogramm hatte sich signifikant verbessert, seit die beiden Frauen mitsamt ihrer Entourage hier eingezogen waren. Fröhlich pfiff er vor sich hin. So eine Verfolgungsjagd leistete jedes Mal gute Dienste, um die eigene Laune zu heben. An der Stelle, wo er den Mann zu Boden geworfen hatte, lag etwas am Boden.

Neugierig bückte er sich und hob es auf. Ein Brief. Gerichtet an Miri, allerdings versehen mit einer ihm unbekannten Adresse. Hatte das der Mann verloren? Er zuckte mit den Schultern. Er würde ihn beim Haupthaus vor die Tür legen.

Auf dem Nachhauseweg hörten Miri und Kaja lautstark Musik von den *Dixie Chicks*. Sierra hatte ihnen die CD geliehen. Maxi schaukelte Nepomuk auf ihren Knien. Zum Glück war er klein. Die Drachin hatte ihre Größe nur geringfügig angepasst. Die Flügel waren ungefähr dreimal gefaltet. Ihr Kopf stieß ans Wagendach und die Knie reichten ihr bis fast unters Kinn. Es war gerade noch genug Platz für den kleinen Hund. Seine Ohrspitzen wippten im Takt.

Miri, die nicht fahren musste, beobachtete die beiden. „Manchmal bin ich mir nicht sicher, ob er nicht doch eher eine Fledermaus ist, bei den Ohren."

„Das stimmt schon. Andererseits fehlen ihm definitiv die Flügel."

„Vielleicht gibt ihm Maxi etwas ab. Vernarrt genug in den Kleinen ist sie ja."

„So sehr nun wieder auch nicht", beeilte sich die Drachin klarzustellen. „Alles was recht ist. Aber meine Flügel brauche ich selber." Kopfschüttelnd wandte sie sich wieder dem Chihuahua zu. Flink wischte seine rosa grau gefleckte Zunge über ihre Schnauze.

„Lecker", grinste Miri.

So würdevoll, wie es einem eingequetschten Drachen, dem gerade eine Miniaturhundeausgabe quer übers Gesicht geleckt hatte, möglich war, wischte sie sich das Gesicht mit einer Pranke ab.

„Wieso quetscht du dich denn in das Auto?"

„Was soll ich denn sonst machen – fliegen etwa?"

„Zum Beispiel. Oder mehr schrumpfen."

Maxi druckste herum. „Ich habe mir heute früh bei einem doppelten Salto den linken Flügel verrenkt. Bis das geheilt ist, kann ich weder viel größer noch viel kleiner werden."

„Ich weiß, wer heute in der Scheune schläft...", trällerte Kaja.

Miri musste schmunzeln. „Hat es sich wenigstens gelohnt?"

Misstrauisch blinzelte die Drachin sie an. „Was meinst du damit?"

„Ich nehme an, du wolltest jemanden beeindrucken."

„Ach ja, das. Doch, ich denke, das hat geklappt." Ein zufriedenes Grinsen breitete sich auf ihren schuppigen Zügen aus.

„Dann ist ja gut."

Zu Hause angekommen machten sie sich gleich daran, das Auto auszuladen.

„Soll ich dir helfen mit den Stoffen?", fragte Kaja.

„Nein, geht schon. Ich trage sie gleich ins Atelier rüber. Hast du Papier und Stift? Dann können wir gleich noch grob die verschiedenen Kursangebote besprechen."

„Klar. Komm einfach ins Wohnzimmer, wenn du fertig bist."

Als Miri ins Haus zurückkehrte, stand Kaja mit ernster Miene am Fenster. „Ist was passiert?", fragte sie besorgt.

„Ja und nein. Wirklich passiert ist nichts. Aber das hier habe ich auf der Treppe vor dem Eingang gefunden." Kaja zeigte ihr einen Brief.

Miri starrte entsetzt den inzwischen schon fast vertrauten weißen Umschlag an. Kaltes Grauen erfasste sie. „Hier! Er weiß also, wo ich bin."

„Sieht ganz so aus", antwortete ihre Freundin grimmig. Sie hielt ihr das schnurlose Telefon hin. „Hier. Ruf Simon an. Frag ihn, auf welchen Polizeiposten du gehen kannst und was du beachten sollst."

Sie wollte Simon nicht anrufen. Oder mit der Polizei sprechen. Das machte diese verhassten Briefe und die Tatsache, dass jemand sie nicht besonders mochte, zu real. Aber jetzt ging es nicht mehr nur um sie selbst. Nicht auszudenken, wenn Kaja etwas passieren sollte. Schweren Herzens wählte sie Simons Nummer.

Am Abend saßen sie zu viert am Küchentisch. Simon hatte es sich nicht nehmen lassen, noch vorbeizukommen. Er erwartete einen lückenlosen Bericht über die Vorkommnisse des heutigen Tages und die Anzeige gegen Unbekannt bei der Polizei, die sie heute gemacht hatte.

„Gut", sagte er am Schluss ihrer Erzählung.

„Was: gut? Nichts ist gut!" Miri war müde und frustriert. Das war wieder einmal ein Tag mit emotionaler Achterbahn gewesen. „Machen können sie nichts. Sie wissen nach wie vor nicht, wer dahinter steckt." Sie ließ den Kopf in die Hände fallen. „Am liebsten würde ich abhauen."

„Hier hat er dich ja auch gefunden. Wieso denkst du, woanders wäre das anders?"

„Trotzdem." Sie wusste, dass sie sich bockig anhörte, aber es war ihr egal. Maxi trat hinter sie und kraulte ihr den Nacken.

„Auf jeden Fall schläft Zorro erst einmal draußen. Dann kann sich niemand unbemerkt auf den Hof schleichen", legte Kaja fest.

„Mitten im Winter?"

Auch Zorro warf seinem Frauchen einen skeptischen Blick zu.

„Erstens hat der Hund Husky-Gene, die werden ihn wohl warm halten bei knapp null Grad Celsius. Zweitens lasse ich das Scheunentor ein wenig offen, dann hat er ein windgeschütztes Plätzchen."

Miri blickte auf den großen Hund. Schicksalsergeben hatte er sich zur Seite fallen lassen. Nepomuk hüpfte neben Kaja auf und ab.

„Was ist denn mit dir los, Zwerg?"

„Ich glaube, er will Zorro Gesellschaft leisten und selber Wachhund spielen“, antwortete die Drachin trocken.

„Typische Selbstüberschätzung der Minis“, konstatierte Simon, als hätte er die Drachin hören können.

Miri verdrehte die Augen und beugte sich dann zu ihrem kleinen Hund hinunter. „Hör mal, ich brauche doch auch einen Wachhund im Zimmer. Sonst fürchte ich mich.“

Nepomuk stoppte das Hüpfen und legte den Kopf schief, um sie zu studieren.

„Ehrlich“, versicherte sie ihm. Das schien ihn zufriedenzustellen.

Belustigt hatte Simon das Gespräch verfolgt. Jetzt stand er auf und umarmte die beiden Frauen. Tim und er klopften sich auf die Schulter. „Gib Bescheid, wenn dir etwas seltsam vorkommt. Das gilt für euch alle.“ Er sah sie der Reihe nach ernst an.

„Geht klar. Komm gut nach Hause.“

„So viel zum Thema Kurspläne ausarbeiten.“ Miri stand auf und streckte sich.

Kaja musterte sie. „Ja, das hat nicht so geklappt. Willst du jetzt noch daran arbeiten?“

„Nein, definitiv nicht. Ich muss jetzt so schnell wie möglich ins Bett.“ Sie rubbelte sich durch die kurzen Haare. „Morgen sicher, hast du Zeit?“

„Gut, dann morgen.“

„Ich gehe kurz rüber ins Pächterhäuschen. Ich habe die Neuerungen des Tages noch gar nicht gesehen.“

Kaja setzte eine besorgte Miene auf. „Findest du, das ist eine gute Idee? Was ist, wenn der Drohbriefschreiber noch in der Nähe ist?“

Miris Gesichtszüge nahmen einen sturen Ausdruck an. „Glaube ich nicht. Und ich werde auf keinen Fall anfangen, mich hier auf dem Hof anders als frei zu bewegen. Sonst kann ich mich gleich in eine geschlossene Anstalt einliefern lassen. Zudem sind Maxi und mein Drachenhund bei mir."

Das konnte Kaja verstehen. Sie kicherte. Sie hätte schwören können, bei der Erwähnung des Drachenhundes hätte der Chihuahua seine Brust gereckt. „Also gut, ihr Mutigen. Dann bis morgen."

Im Pächterhaus angekommen begab sich Miri schnurstracks in den ersten Stock. Wow. Wahnsinn. Die alte Tapete war in dem Zimmer neben dem Badezimmer bereits entfernt worden. Jetzt musste sie sich entscheiden, ob sie die Wände verputzen oder neu tapezieren wollte. Mit Holz wollte sie sie nicht verkleiden. Ihrer Meinung nach würde das zu sehr nach Skihütte aussehen. Gedankenverloren strich sie die Wände entlang, bis sie zu dem kleinen Ankleidezimmer kam. Sie öffnete die Tür und schaute hinein. Die Verbindungswand zwischen Bad und Ankleidezimmer war herausgebrochen. Auf der gegenüberliegenden Seite zog sich ein Spalt die Wand entlang. Für die Leitungen, mutmaßte sie. In dem Moment flitzte Nepomuk an ihr vorbei.

Maxi versuchte noch, ihn aufzuhalten, stolperte aber über ihre eigene Flügelspitze. „Mist. Wo ist er denn hin?"

„Keine Ahnung. Ich war gerade abgelenkt durch einen stolpernden Drachen." Sie musste sich das Lachen verbeißen. „Lass uns nachsehen." Sie traten über die Schwelle und standen inmitten von Staub, Sägespänen, einem Zimmermannbleistift und einem Haufen Bauplänen.

„Sieht so aus, als würde der Herr weiterhin ganze Arbeit leisten."

„Ja. Nur das Schreiben hat er offensichtlich verlernt", brummte Miri missmutig. „Kannst du mal dein Drachenlicht zum Einsatz bringen? Ich sehe hier hinten nämlich gar nichts. Der Lichtschalter funktioniert nicht."

Auf der Stelle erleuchtete ein blasses Blau den chaotischen Raum. „Siehst du den kleinen Racker irgendwo?"

„Nein." Sie legte den Kopf schief und spitzte ihre großen Drachenohren. „Hörst du dieses Rascheln?"

„Jetzt, wo du das sagst..., was ist das? Mäuse?"

„Oder Ratten. Ich hoffe, Nepomuk hält sich von ihnen fern. Nicht dass er noch gebissen wird. Er ist doch noch so klein." Sie klang ernsthaft besorgt.

„Oder er beißt zurück und verjagt sie." Miri schauderte.

Maxi warf ihr einen Blick zu. „Ich dachte, du bist so tierlieb. Sind Ratten da nicht eingeschlossen?"

„Grundsätzlich schon. Ich teile nur nicht gerne meinen Wohnraum mit wilden Ratten. Nepomuk! Komm raus."

Das Rascheln wurde lauter, bis es regelrecht polterte.

„Der ist hinter der Wand." Miri bückte sich und kniete sich neben das längliche Loch, hinter dem die Leitungen in einem Hohlraum verliefen. Die Drachin ließ einen zweiten Lichtball entstehen und manövrierte ihn geschickt in die Öffnung.

Als Miri sich vorbeugte, konnte sie das Hinterteil des Welpen sehen. Sie runzelte die Stirn. Er schien etwas rauszerren zu wollen. Sie hoffte, es war nichts Totes. Oder wenn, dann schon sehr lange tot.

Maxis Nasenflügel bebten, als sie die Gerüche in der Luft prüfte. „Ich kann dich beruhigen. Es ist kein totes Tier. Es riecht eher nach...", sie reckte die Nase noch ein bisschen mehr, „... nach Staub und Schimmel, ein bisschen Moder..."

„Erst war ich ja beruhigt. Aber nach deiner Detailbeschreibung frage ich mich, ob das etwas verfrüht war." Sie streckte eine Hand in die Öffnung und bekam Nepomuks Hinterläufe zu fassen. Vorsichtig zog sie ihn raus, während er die ganze Zeit fürchterlich knurrte. Endlich war der Hund mitsamt seiner Beute raus aus dem Loch in der Wand. „Zeig mal her, was hast du denn da?"

Nepomuk machte keinerlei Anstalten, den Anspruch auf seinen Fund aufzugeben. Der Frechdachs wagte es sogar, ihr die Zähne zu zeigen.

Miri seufzte. Sie hatte gerade keine Lust auf eine Grundsatzdiskussion. Vielleicht ließ er sich auf einen Tauschhandel ein. Sie schob eine Hand in die Hosentasche ihrer Jeans und kramte zwei Leckerlis hervor.

„Hier, die kannst du haben, wenn du mich das anschauen lässt."

Da das neue Angebot essbar war und sein Fund nicht, ließ er sich nur allzu gerne darauf ein.

Zufrieden, dass ihre List geklappt hatte, zog sie die Sachen näher an sich heran. Chili suchte sich just diesen Moment aus, um seine Nase in das zukünftige Badezimmer zu strecken.

„Ich habe etwas gefunden", ließ ihn der kleine Hund vorwitzig wissen.

Die Schnurrbarthaare des Katers vibrierten, seine Schwanzspitze zuckte unruhig. Er war auf Mäusejagd gewesen, als er den Lärm gehört hatte.

„Deshalb die ganze Aufregung. Was ist es denn?"

„Weiß nicht", antwortete der Kleine desinteressiert. „Hab's eingetauscht. Gegen etwas Essbares."

Nicht dumm, der Kleine, stellte Chili fest und näherte sich den beiden anderen, um die Sache in Augenschein zu nehmen.

32

Miri drehte ihren Fund in den Händen und begutachtete ihn von allen Seiten. Es handelte sich um eine uralte Blechdose und ein ledergebundenes Notizbuch. Die beiden wurden von einem Lederstreifen zusammengehalten. Sie wagte es beinahe nicht, den Knoten zu lösen, denn sie befürchtete, es würde sofort auseinanderfallen.

Chili streckte vorwitzig seine Nase nach vorn und schnupperte daran. Prompt musste er niesen.

„Ist es das, was ich glaube?"

„Ich denke schon. Ich hoffe es zumindest. Wo steckt Adrian denn? Normalerweise treibt er sich doch immer in unserer Nähe herum."

Miri gab ihre Bemühungen auf. Das Leder hatte sich im Laufe der Jahre so zusammengezogen, dass von Hand nichts zu machen war. Sie stand auf. „Lass uns das mit rüber ins Haupthaus nehmen. Dort ist das Licht besser, und ein Messer ist auch in der Nähe."

„Fertig mit der Hausbesichtigung? Ihr wart lange weg. Beinahe hätte ich eine Vermisstenanzeige aufgegeben, im Licht des heutigen Tages." Kaja war doch noch nicht zu Bett gegangen. Sie war viel zu besorgt gewesen, als Miri unbedingt hatte ins Pächterhaus gehen wollen.

Miri machte eine entschuldigende Geste. „Ja, das verstehe ich. Nepomuk ist uns entwischt. Dann mussten wir ihn erst finden. Es stellte sich heraus, dass er seinerseits etwas gefunden hatte. Deshalb hat alles ein wenig länger gedauert. Schau mal."

Sie legte ihren Fund zwischen Kaja und Lance auf den Tisch. Die beiden Köpfe, einer brünett, einer blau schimmernd, beugten sich vor und studierten das geschnürte Päckchen.

„Hast du es absichtlich noch nicht aufgemacht?"

„Ich habe es versucht, aber ich bin gescheitert. Deshalb haben wir es mitgenommen. Ich wollte ihm mit einem Messer zu Leibe rücken."

Lance streckte hilfreich seine Pranke entgegen, die Kralle am Zeigefinger gezückt. „Soll ich?"

„Klar, gerne."

Maxi schaute ein wenig verschnupft. Sie war verlegen, weil ihr das vorher in der Aufregung nicht eingefallen war. Kurz darauf nahm die Neugier wieder überhand und sie beugte sich wie die anderen über den Tisch. Die Spannung stieg, als Miri vorsichtig das Band löste. Sorgfältig legte sie das Notizbuch mit dem zerfledderten Ledereinband zu Seite und versuchte die blecherne Dose zu öffnen.

Kaja begutachtete den Deckel. „Sieht aus wie eine Tabakdose der ersten Generation."

„Das würde ja zeitlich ungefähr passen, wenn mich nicht alles täuscht."

Mit einem Ruck löste sich der verkrustete Deckel. Sie konnte die Bewegung gerade noch abfangen. Zum Glück. Sonst wäre der gesamte Inhalt quer durch den Raum geflogen.

„Sieht so aus, als hättest du tatsächlich Adrians Schatz gefunden."

„Besser gesagt Nepomuk. Das werde ich ihm schon noch unter die Nase reiben. Erst heute früh hatte er sich über seine Spürhundequalitäten lustig gemacht."

„Ich erinnere mich. Ich war dabei."

„Stimmt."

„Wo ist er denn?"

„Keine Ahnung. Er wird bestimmt gleich auftauchen. Lass uns die Zeit nutzen, die Dinge anzuschauen. Wer weiß, ob wir dazu noch Gelegenheit haben, sobald er sie in seinen Besitz bekommen hat. Meinst du, er verschwindet dann sofort?", fragte Kaja.

„Höre ich da etwa einen hoffnungsvollen Unterton?"

„Tja, was soll ich sagen..."

„Ehrlich gesagt, ich habe keine Ahnung. Obwohl ich offenbar mit Geistern gut kann, weiß ich nicht allzu viel über sie und wie ihre Welt funktioniert."

Kaja grübelte. „Wir können uns einmal bei Mémé erkundigen. Sie weiß bestimmt mehr."

„Gute Idee."

Miri hatte inzwischen behutsam den Inhalt der Blechdose auf dem Tisch ausgebreitet. Ein paar Briefe. Geschrieben auf vergilbtem Papier, das fast in seine Einzelteile zerfiel. Eine schwungvolle Handschrift bedeckte es. Eine dunkle Haarlocke, eingefasst von einem roten Band. Die Farbe hatte erstaunlicherweise fast nichts von ihrer Leuchtkraft eingebüßt.

„Vielleicht hat sie die Haare kurz vor ihrer Abreise mit einem neuen Band versehen. Soweit ich mich erinnere, sind es die Haare von Lottis Schwester."

Sie fasste nach dem nächsten Stück. Eine Kette. Das Silber war schwarz durch dic Oxidation. Der Anhänger glänzte in einem matten Rot.

„Ein Karneol. Schön. Das muss die Kette von Lottis Mutter sein."

„Sagtest du nicht etwas von Kleidern?"

„Adrian hat Kleidungsstücke erwähnt.“ Sie zuckte mit den Schultern. „In diese Blechdose hätten sie kaum gepasst. Vielleicht hat derjenige, der den Schatz an sich genommen hat, die Kleider behalten. Oder weggeworfen. Wir wissen ja nicht, wann die Standortverschiebung passiert ist.“

„Stimmt. Meinst du, er wird enttäuscht sein?“

„Ich glaube nicht. Hier, wenigstens ein Taschentuch ist noch vorhanden.“ Sie hob es aus der Dose und hielt inne. Der Boden war dick mit in Wachs gegossenen Münzen bedeckt. „Wie clever. So klimperten sie nicht verräterisch.“ Fasziniert betrachteten sie das Geld. „Wir sind reich.“

Miri kicherte. „Na, ich weiß nicht, ob das heute noch etwas wert ist. Und es gehört sowieso Adrian.“

„Der es von dem Bauern geklaut hatte“, gab Maxi zu bedenken.

„Der Bauer bin ich, also gehört es mir“, witzelte Kaja.

„Es ist also wahr. Kaum wird ein Schatz gefunden, prügeln sich die Beteiligten um den Inhalt.“

„Klar.“

Miri wandte sich dem Notizbuch zu. Wie sich herausstellte, war es mehr ein lederner Umschlag, der einen weiteren Brief enthielt. Hier war die Schrift jedoch eine gänzlich andere. Steiler. Maskuliner. Auf dem Umschlag stand: In Memoriam Lotti Sager.

„Jetzt wird es interessant.“ Gespannt beugte sich die gemischte Truppe vor, als Miri ein Blatt Papier aus dem Umschlag zog. Geschwind überflog sie das Geschriebene. „Es ist ziemlich altertümlich geschrieben. Klar, ist auch schon sehr alt. Ich werde es ins moderne Deutsch übersetzen, während ich vorlese.“ Sie räusperte sich. „„Letzte Woche wurde Lotti Sager, als sie eine Besorgung gemacht hat, bei einem Unfall mit der Kutsche getötet. Mein Vater, Otto Maag, wollte sie im Armengrab in Beringen begraben. Ich habe getan, als würde ich mich seinen

Wünschen fügen. Dabei war ich alles andere als einverstanden. Lotti war wie eine Schwester für mich. Gearbeitet hat sie auch immer gut. Deshalb habe ich heimlich ihre Familie ausgemacht. Die Sagers in Zürich. Jetzt liegt sie auf dem Centralfriedhof in Zürich.'"

Miri blickte auf. „Welches ist denn der Centralfriedhof?"

Kaja zuckte die Schultern. „Das weiß ich nicht. Aber das lässt sich bestimmt rausfinden."

Sie wandte ihre Aufmerksamkeit wieder dem Brief zu. „,Ich hoffe, damit Gutes für unsere Familie zu erreichen. Zwei Tote in zwei Tagen. Das ist zu viel. Hägiloo, den 27. August 1809. Unterschrieben von Jakob Maag.'"

„Traurig. Aber irgendwie auch rührend. Der zweite Tote muss Adrian gewesen sein."

Miri nickte zustimmend. „Darauf geht er nicht näher ein. Wie er in den Besitz der Dose gekommen ist, wissen wir auch nicht. Aber dass er sie aufbewahrt hat, zusammen mit diesem Brief, sagt uns ja einiges."

Jeder hing seinen Gedanken nach. Dadurch, dass es plötzlich so still war, hörten sie plötzlich ein Weinen. Es kam vom oberen Treppenabsatz.

„Adrian?"

Weiteres Schluchzen war die Antwort.

„Adrian. Schau, was wir gefunden haben."

Langsam schwebte er die Treppe hinab. Geisterhaft folgten ihm seine langen Haarsträhnen. Das Klimpern der vielen Münzen, die er als Kette um den Hals trug, war heute nicht zu hören. Traurigkeit schien ihn jedes Mal seiner Substanz zu berauben. Falls man bei einem Geist überhaupt von Substanz sprechen konnte.

„Starke Emotionen brauchen viel Energie. Das kennst du ja selbst", erinnerte Maxi sie gedanklich. „Die Energie, die er normalerweise verwendet, um sichtbarer zu erscheinen, steht ihm dann nicht mehr zu Verfügung."

Sie nickte. Klar. Das machte Sinn. Bevor ihr der Adrenalinschub, ausgelöst durch das Finden des Schatzes, zusätzliche Energie verschafft hatte, war sie auch ziemlich erledigt gewesen durch die Ereignisse des Tages. Dabei war die erste Hälfte zwar nicht weniger aufregend, aber doch ausnahmslos erfreulich verlaufen. Auch jetzt spürte sie, wie die Müdigkeit sie langsam wieder einholte.

Adrian war inzwischen beim Küchentisch angekommen und starrte den Fund an. „Du hast es tatsächlich geschafft!" Seine Stimme war ein kaum hörbares, raues Flüstern.

Sie setzte schon zu einer spitzen Bemerkung an, ließ es dann aber bleiben. Das hatte Zeit. Er sah so erschüttert aus, dass sie es nicht übers Herz brachte. Vorsichtig nahm er einen Gegenstand nach dem anderen zur Hand, betrachtete ihn, legte ihn wieder hin. Am Taschentuch schnupperte er, ließ es dann enttäuscht wieder sinken. Mit großer Ehrfurcht nahm er einen Brief nach dem anderen in die Hand.

„Die hatte sie mir geschrieben. Und mir das Versprechen abgenommen, sie aufzubewahren. Deshalb hatte ich sie zu ihren Sachen gelegt."

Behutsam strich er das Papier glatt und legte einen nach dem anderen auf einem kleinen Stapel ab. Das Geld, das in der Dose im Wachs klebte, beachtete er gar nicht. Sein Schmerz war fast greifbar. Sogar die Drachen respektierten seine offenkundige Trauer und hielten sich zurück. Dann ließ er den Kopf in seine Hände sinken und schluchzte los.

„Wenn ich doch nur wüsste, was mit ihr geschehen ist. Weshalb sie nicht zum Treffpunkt gekommen ist. Ich dachte, diese Dinge würden mir Erleichterung verschaffen. Ich habe mich geirrt. Es ging nie um diese Dinge. Nur um Antwort auf meine Fragen."

Miri trat einen Schritt vor. „Vielleicht kann ich dir damit helfen."

Mit tränenverschleierten Augen blickte er auf. „Wieso sollst du mir helfen können?", schluchzte er. „Du warst da noch nicht mal ansatzweise auf der Welt."

Miri zuckte zusammen, als er sie so unfreundlich anfuhr. Sie ermahnte sich innerlich, das nicht persönlich zu nehmen. Er war offensichtlich halb von Sinnen vor Gram. „Das stimmt. Aber der Schreiber dieses Briefs war dabei." Endlich schien sie zu ihm durchzudringen.

Schemenhaft sahen sie, wie er sich mit einem altmodischen Taschentuch das Gesicht abwischte, bevor er lautstark seine Nase schnäuzte.

Sie musste ihre Vorstellung, wie Geister zu sein hatten, dringend revidieren, dachte Kaja, die sich bei dem lauten Geräusch erschrocken hatte.

„Wer hat den Brief denn geschrieben? Zeig mal her."

„Ich lese ihn dir vor. Geschrieben hat ihn ein gewisser Jakob Maag."

Erkennen huschte über seine blassen Züge.

„Kanntest du ihn?"

„Gewiss doch. Das war der Sohn vom Alten. Der Kerl war ganz in Ordnung. Was bei diesem Vater einem Wunder gleichkam."

Sie las ihm die Worte vor. Adrian saß da wie erstarrt. Als hätte er Angst, die kleinste Bewegung würde den Brief zum Verschwinden bringen. Nur die Tränen fingen wieder an zu laufen, als sie zu der Stelle kam, wo Lottis Unfall beschrieben wurde.

„Deshalb ist sie nicht gekommen. Zum ersten Mal in meinem Dasein als Geist bin ich froh, dass mich der alte Sack erschossen hat. Stell dir vor, ich hätte weiterleben müssen. Ohne meine Lotti." Mit diesen letzten Worten verschwand er. Wohlgemerkt mit der Dose und ihrem Inhalt.

„Da geht unser ganzes Geld dahin“, versuchte Kaja mit einem Scherz die angespannte Stimmung zu lockern. „Also irgendwie hatte ich mir erhofft, dass ihn der Fund fröhlicher stimmt.“

Irgendetwas nagte in Miris Hinterkopf. Sie schüttelte den vagen Gedanken, den sie momentan sowieso nicht zu fassen kriegte, ab. Himmel, war sie müde. „Ich muss ins Bett. Lass uns das Ganze ein andermal genauer rekapitulieren.“

Kaja gähnte. „Ist in Ordnung. Inzwischen ist sogar für mich Schlafenszeit. Tim schläft bestimmt schon.“

„Hat er ihn schon gesehen? Adrian meine ich.“

„Ich glaube nicht. Aber du weißt ja, dass der Geist nicht mein liebstes Gesprächsthema ist.“

„Ich denke schon. Tim würde vermutlich seine ganze Freizeit darauf verwenden, rauszufinden, ob man Geister fotografieren kann.“

Kaja lachte. „Vermutlich. Also. Schlaft gut.“

13. Januar 2013

Während der folgenden Tage hatte Miri ständig das Gefühl, etwas Wichtiges übersehen zu haben, was Adrian anging. Da sie aber bis über beide Ohren in Arbeit steckte, einen Welpen, einen Kater und einen Drachen bespaßen musste und Adrian sich rarmachte, verging eine Woche, bis sie sich darum kümmern konnte. Sie bat Kaja um Mémés Telefonnummer.

„Ich wollte sie etwas fragen, was die Geister und meine Rolle im Leben der Geister betrifft.“

„Da bist du bei Mémé sicher an der richtigen Adresse. Sollte sie es nicht auf Anhieb wissen, findet sie es bestimmt raus“, versicherte Kaja ihr. So kam es, dass sie sich an einem Morgen hinsetzte und eine Telefonnummer in Südfrankreich wählte.

„Allô?“

„Hallo Josephine, hier ist Miri. Kajas Freundin. Ich war letzten Herbst bei dir zu Besuch, erinnerst du dich an mich?“

„Aber klar“, antwortete Josephine amüsiert, ins Deutsche wechselnd. „Vergisst man dich so leicht?“

„Keine Ahnung. Ich wollte mir nur nicht anmaßen zu denken, du wüsstest auf Anhieb, wer ich bin.“

„Doch, doch. Was wolltest du mich zu den Geistern fragen?“

Miri nahm den Hörer vom Kopf weg, um ihn irritiert anzustarren. Dann hielt sie sich das Telefon wieder ans Ohr. „Woher weißt du, weshalb ich anrufe? Bist du tatsächlich so gut?“

Sie wusste, dass die Frage impertinent war. Besonders so, wie sie sie gestellt hatte. Aber sie musste es einfach wissen.

Erleichtert hörte sie Josephine am anderen Ende der Leitung lauthals lachen. Endlich beruhigte sie sich soweit, dass sie Miri antworten konnte. „Lance hat mir die Geschichte erzählt.“

Puh. Miri war erleichtert. Bis Kajas Großmutter fortfuhr.

„Zudem hast du die Gabe, mit Geistern umzugehen, sie nicht nur zu sehen, sondern sie auch an ihren nächsten Bestimmungsort zu begleiten.“

„Wieso weiß ich nichts davon?“

„Keine Ahnung. Frag mal deinen Drachen.“

„Da muss sie geschlafen haben in der Schule“, meinte Miri verdrossen. „Außer einer ausgeprägten Abneigung gegen Geister hat sie nicht viel zu bieten.“

Mémé schnalzte missbilligend mit der Zunge.

„Deshalb rufe ich dich an. Ich habe gehofft, du könntest mir weiter helfen.“

„Gut. Schieß los. Ich werde sehen, was ich tun kann.“

Miri skizzierte in wenigen Sätzen Adrians Geschichte und den momentanen Status Quo. Es war ganz praktisch, dass Josephine das meiste bereits von Lance gehört hatte, so musste sie nicht allzu sehr ins Detail gehen.

„Ich habe einfach das Gefühl von Unvollständigkeit. Als müsste da noch etwas kommen. Adrian hat sich sehr zurückgezogen. Immerhin weiß ich jetzt, dass er noch da ist. Ich war mir nicht sicher, ob er mit dem Finden von Lottis Besitztümern gleich weiterziehen würde."

„Weiterziehen? Wohin?"

„Das ist für mich ziemlich vage. Mir ist nur klar, dass es noch einen anderen Ort geben muss. Sonst wäre hier ja alles voll mit Geistern."

Josephine gluckste am anderen Ende der Leitung. „Grundsätzlich stimme ich dir zu. Sie müssen einen Schritt weiter. Ob man es Himmel, Erlösung oder sonst wie nennt, ist im Prinzip egal."

„Wie war das mit dem Fegefeuer für Gauner?", flachste Miri.

„Ich denke, da war er bereits, meinst du nicht?"

„Hm. Stimmt. So kann man es auch sehen." Sie war augenblicklich ernüchtert. Kajas Großmutter konnte sehr subtil sein, wenn sie wollte. Und erreichte ihr Ziel immer damit. Miri hatte nur Bewunderung für die alte, aber sehr vitale Frau übrig.

„Lass mich ein paar Tage darüber nachdenken. Ich melde mich wieder bei dir. Ich rufe einfach bei Kaja an."

„Gut. Danke."

„Keine Ursache." Klick. Sie hatte aufgehängt. Sie war froh, dass sie diesen Anruf endlich getätigt hatte. Eine Sorge weniger, zumindest bis sie mehr Informationen hatte. Jetzt konnte sie sich vorläufig um den Aufbau ihres Geschäfts kümmern, ohne sich Sorgen um Adrian zu machen. Wenn Josephine zurückrief, würde sie sich konkret damit befassen.

Ein paar Tage später war es soweit. Alle drei Freundinnen waren im Wohnzimmer versammelt. Es ging um dic Anprobe der Kleider. Unter großem Gelächter hatten sie ihre Kleider anprobiert, Miri hatte alle Hände voll zu tun gehabt. Sie steckte ab, änderte einen Kragen, ließ einen Saum aus.

„Deine langen Beine gehören verboten", sagte sie zu Sierra in einem Anflug schlechter Laune, als sie die provisorische Naht auftrennte.

Sierra zuckte nur mit den Schultern. „Ich hätte dafür gerne deine Kurven."

„Das habe ich ihr auch schon versucht zu erklären", warf Kaja amüsiert ein.

„Nachdem ich euch davon nichts abgeben kann, nützt mir das nichts. Im Moment hätte ich tatsächlich etwas übrig."

In den letzten Wochen hatten ihre Brüste deutlich an Umfang zugelegt. Auch an ihrem Bauch zeigte sich inzwischen eine kleine, erstaunlich harte Wölbung. Nicht dass sie sich das vorher je bewusst überlegt hatte. Sie war einfach davon ausgegangen, sichtbarer Bauch gleich weich. Dem war nicht so. Inzwischen passte sie tatsächlich sehr gut auf, nirgends dagegen zu stoßen. Sie ließ sich auf die Fersen zurücksinken und begutachtete ihr Werk.

„So. Jetzt kommt der wirklich lustige Teil. Ich ziehe mein Kleid an und ihr müsst es nach meinen Anweisungen abstecken oder verändern."

Sierra bekam einen Lachanfall. „Du bist dir sicher, dass du das Endprodukt dann ausgerechnet an einem Fotoshooting tragen möchtest."

Miri funkelte sie an. „Du wirst dir eben Mühe geben müssen. Stell dir einfach vor, du passt einen Sattel oder ein Zaumzeug an."

Sierra konnte gar nicht mehr aufhören zu lachen. Selbst Maxis Mundwinkel zuckten.

Miri warf ihr einen strengen Blick zu. „Untersteh dich. Ich brauche die Frau konzentriert."

Kaja, die zwar auch schmunzeln musste, eilte zu ihrer Rettung. „Lass mich das machen. Ist vielleicht besser."

Dankbar nahm Miri das Angebot an und machte sich daran, sich auszuziehen. Da klingelte das Telefon.

Kaja ging ran, hielt aber gleich den Hörer in die Luft und rief: „Es ist für dich. Mémé mit einem Geisterupdate."

„Hallo Josephine. Schön, dass du zurückrufst."

„Ja, es hat länger gedauert, als ich gedacht hatte." Wie es ihre Art war, kam sie direkt auf den Kern der Sache zu sprechen. „Ich denke, dein Geist muss in irgendeiner Form mit der Geschichte abschließen können. Wenn man nicht bereits tot ist, besteht der erste Schritt auf dem schwierigen Weg der Trauerbewältigung meist im Besuch der Abdankung. Nachdem das nun nicht mehr möglich ist, wäre ein Besuch am Grab von Lotti vielleicht hilfreich."

„Wie soll das gehen? Lotti liegt auf einem Friedhof in Zürich. Keine Ahnung, ob es den überhaupt noch gibt. Zudem: So wie ich das verstanden habe, ist er an diesen Ort gebunden."

„Ach so. Das ist kein Problem. Da gibt es Mittel und Wege. Das erkläre ich dir gleich. Falls er durch diesen Akt zur Ruhe kommt – und ich sage bewusst: falls, denn jeder trauert in seinem Tempo – gibt es ein Ritual, welches du durchführen könntest, um ihm den Weg in die Anderswelt zu erleichtern. Bleiben ist auch eine Option. Gesetzt den Fall, er stört dich nicht."

„Das heißt, er kann es sich im Prinzip aussuchen, ob er bleiben will oder ob er weiterzieht."

„Genau. Ansonsten wäre es eine Verbannung. Das mache ich nicht so gerne, solange sie friedlich sind. Das finde ich anmaßend."

„Stimmt. Darüber habe ich noch gar nicht nachgedacht. Bis vor kurzem waren die Geister kein Teil meines Lebens mehr. Als Kind habe ich einfach mit ihnen gespielt und ihnen zum Abschied gewinkt."

„Worauf sie nicht mehr aufgetaucht sind, oder?"

„Jetzt, wo du es sagst... das könnte sein."

„Kinder brauchen keine komplizierten Rituale. Durch ihre pragmatische Art bringen sie das mit sehr einfachen Mitteln zustande. Erst wenn wir älter werden, brauchen wir Rituale und Kräuter."

„Also gut. Was muss ich denn jetzt machen? Gibt es da eine Schritt-für-Schritt-Anleitung?" Ihr schwirrte der Kopf von allen Informationen.

„Die Anleitung für das Ritual habe ich per E-Mail an Kaja geschickt."

Miri kicherte. „Ganz witzig, die beiden Wörter Ritual und E-Mail in einem Satz zu hören. Es sind ja doch zwei sehr verschiedene Welten, die aufeinander prallen."

Mémé schnaubte. „Hexen sind vor allem eins: praktisch veranlagt. Nur weil es diese Technologie früher nicht gegeben hat, heißt das nicht, sie hätten sie nicht benutzt, wenn die Möglichkeit sich geboten hätte."

Zack. Das würde sie lehren, voreilige Schlüsse zu ziehen, dachte sie amüsiert.

„Gut. Und was ist mit dem Problem der Ortsgebundenheit?"

„Das ist überhaupt kein Problem. Du musst einfach eine Tüte mit Erde vom Garten und einen Stein, der Bestandteil der Hausmauer war, mitnehmen. Dann kann er mit dir auch auf Weltreise gehen."

„Sag ihm das bloß nicht, sonst kommt er noch auf Ideen. Also ist meine erste Aufgabe herauszufinden, ob dieser Friedhof und idealerweise Lottis Grab noch existieren."

„Richtig. Melde dich, wenn du Fragen hast. Grüße an alle. Tschüss!"

Kaja hielt ihr eine Tasse Tee hin. Stimmt. Kaffee war ja verboten. „Ich habe bereits mit offenen Augen Halluzinationen von dampfendem Kona-Kaffee."

„Nicht mehr lange und du darfst ihn wieder trinken."

Miri starrte sie an. „Nicht mehr lange. Ha! Es sind mindestens noch vierundzwanzig Wochen. Du darfst gerne solidarisch mitmachen beim Kaffeeentzug. Sind nur vierundzwanzig Wochen."

Kaja krebste augenblicklich zurück. „So gesehen... ja. Das ist noch ewig."

„Sorry. Ich habe einfach viel um die Ohren und das gepaart mit Achterbahn fahrenden Hormonen – nicht die beste Mischung."

„Kein Problem." Um sich abzulenken, fasste Miri kurz zusammen, was sie von Josephine erfahren hatte.

„Das mit dem Friedhof kann ich dir beantworten. Der Friedhof Sihlfeld hieß für ein paar Jahre Centralfriedhof. Ich habe auch bereits dort angerufen. Das Grab existiert noch. Reines Glück übrigens, da es sich in einer Ecke befindet, die erst zuletzt erneuert wird."

„Das sind wirklich großartige Neuigkeiten. Dann können wir Adrian gleich einweihen. Ich wollte erst einmal abwarten, was wir herausfinden, nicht, dass ich ihm noch falsche Hoffnungen mache. Danke, dass du dir die Mühe gemacht hast." Sie lächelte Sierra an.

„Kein Problem. Dafür sind Freunde da. Ich war selber auch neugierig."

„Wo steckt er denn nur?" Maxi erhob sich von ihrem Platz. Die Heilung ihres Flügels brauchte länger, als ihr lieb war. Im Moment war nichts mit kurzweiligen Flugabenteuern. Umso willkommener war ihr ein wenig Ablenkung. Selbst in Form einer Geisterjagd.

Miri hörte mit, was sie gerade dachte und begann *Ghostbusters* zu pfeifen.

Kaja klatschte in die Hände. „Los, jetzt bist du dran. Raus aus den Kleidern und rein in das Kleid!"

33

30. Januar 2013

Miri starrte auf den Zettel, den sie in der Hand hielt. Sie hatte sich schon gefreut, als sie ihn auf dem Tisch liegen gesehen hatte. Eigentlich hatte sie gar keine Zeit, hier zu sein. Die Kleider mussten zusammengelegt und eingepackt, die Schmuckstücke sortiert und mit den jeweiligen Namen beschriftet werden. Morgen war das Fotoshooting auf der Innerschweizer Alp. Sie war nervös. Nicht unbedingt wegen den Fotos. Vielmehr, weil an diesen Fotos alle ihre Hoffnungen für ihre berufliche Zukunft hingen. Und somit auch für die Zukunft ihrer kleinen Familie. Doch trotz ihrer Nervosität und dem mit Terminen vollgepackten Tag hatte sie nicht widerstehen können, auf einen Sprung im Pächterhäuschen vorbeizuschauen. Ihren Berechnungen nach sollte es nämlich heute oder morgen fertig sein. Es hatte schlussendlich doch ein paar Tage länger gedauert, bis es endlich bezugsbereit war. Sie wurde ganz kribbelig vor Vorfreude, wenn sie an den bevorstehenden Einzug dachte. Ihr eigenes Reich. Beim Anblick dieser Nachricht wusste sie allerdings nicht, ob sie sich freuen oder ärgern sollte.

„Wenn du schon das Gefühl hast, die Wahl zu haben, würde mich jedes Mal für das Freuen entscheiden", ließ Maxi sie wissen.

„Schon klar. Aber lies mal. Eine auffällige Diskrepanz zu den früheren Texten, oder?“ Sie hielt ihrer Begleiterin den Zettel unter die Nase.

Fertig. LG M

„Hm.“

„Ist das alles, was dir dazu einfällt?“ Als Maxi sich für die diplomatische Schweigeoption entschied, fuhr sie selber fort: „Mir fällt nämlich einiges mehr dazu ein. Was ist denn plötzlich sein Problem? Ich meine, ich habe ihn nie gebeten, diese witzigen Nachrichten zu schreiben.“ Sie schnaubte. „Wenn ich ehrlich bin, haben wir sogar ein wenig geflirtet. Alles schön und gut. Nur – ist er eines schönen Tages aufgewacht und hat sich gedacht: Nee, heute, heute habe ich keine Lust, der unbekannten Miri zu schreiben? Wahrscheinlich in der Nacht aus dem Bett und auf den Kopf gefallen. Männer!“

Halbwegs zufrieden, wenigstens die Möglichkeit einer Erklärung gefunden zu haben, zerknüllte sie das Papier. „Aber jetzt schau dich hier um. Da wohnen wir ab Sonntag, spätestens Montag. Ist es nicht schön geworden?“ Sie legte den Kopf leicht in den Nacken und drehte sich um ihre eigene Achse, während sie ins Wohnzimmer schlenderte. Die Wintersonne schickte ihre milden Strahlen durch die neuen Fensterscheiben und malte Muster auf die Wände. Sie würde sich hier wohlfühlen. Sehr sogar. Obwohl das Rätsel um die Drohbriefe noch nicht gelöst war und sie in den letzten drei Wochen so viel gearbeitet hatte wie noch nie zuvor im Leben, fühlte sie sich glücklich und überraschenderweise sogar einigermaßen entspannt. Na ja. So entspannt man eben sein konnte vor so wichtigen Ereignissen wie dem Fototermin morgen, grübelte sie.

Maxi betrachtete ihren Schützling wohlwollend. Sie entwickelte sich langsam von der Raupe zum Schmetterling. Zu ihrem Glück hieß das nicht, dass sie sich von ihr verabschieden musste, sondern vielmehr, dass sie mehr Zeit und Energie für das Drachenkind würde aufwenden können. Obwohl diese „No-contact-Regel“ nach abgeschlossenem Auftrag im Allgemeinen ziemlich lax gehandhabt wurde, wenn sie sich die Frequenz von Lances Besuchen bei Kaja so anschaute.

„Du stehst echt auf der Leitung, was?“, wurden ihre Gedanken von Miri unterbrochen.

Maxi schaute sie verwirrt an.

„Lance ist primär wegen dir so oft hier. Dass er dabei gleichzeitig Kaja einen Besuch abstatten kann, ist ein Pluspunkt. Aber nicht der Grund für sein Kommen.“

Maxis Miene blieb unbewegt. „Ach was. Das meinst du nur.“

Miri verdrehte die Augen.

Wie konnte man nur so blind sein! Sie würde wohl mit Lance ein ernstes Wörtchen reden müssen. Wenn er nicht zu deutlicheren Maßnahmen griff, würde ihn die Drachin weiterhin kalten A... ignorieren.

„Wag es bloß nicht“, zischte sie ihr ins Ohr.

„Sonst...?“, triezte sie zurück.

„Dann.... dann...“

„Eben. Hab ich mir schon gedacht.“ Mit einem breiten Grinsen im Gesicht rannte sie die Treppe hoch, um sich vor ihrer feuerspuckenden Begleiterin in Sicherheit zu bringen.

„Hast du Adrian inzwischen ausfindig gemacht?“

„Ich habe ihn ein paar Mal von weitem umherstreifen gesehen. Er ist also definitiv noch da.“

„Am Klauen, nehme ich an.“ Maxis Tonfall verriet deutlich, was sie davon hielt.

Miri schaute sie strafend an. „Im Gegenteil. Er verteilt auf dem ganzen Hof samt Umgebung Dinge. Er gibt sozusagen alles zurück, das er jemals eingesteckt hat. Es stellt sich heraus, dass das eine ganze Menge ist.“

„Oh. Natürlich. Immerhin hatte er auch gute zweihundert Jahre Zeit.“

„Stimmt. So hatte ich das gar noch nicht betrachtet. Für mich begann seine Existenz ganz einfach an dem Tag, als ich ihn kennen gelernt habe.“ Sie grinste. „Ebenso wie ich jahrelang geglaubt habe, Farbfernsehen sei kurz vor meiner Geburt erfunden worden. Könnte es sein, dass ich meine eigene Wenigkeit ein kleines bisschen zu wichtig nehme?“, schloss sie selbstironisch.

Maxi gab der Diplomatie nochmals den Vorzug und zuckte nur mit den Schultern, ein schiefes Lächeln im Gesicht.

„Das hier wird mein Zimmer. Das andere das Kinderzimmer. Anfangs wird das Kleine natürlich bei mir im Zimmer schlafen. Aber wenn es größer ist, hat es ein richtig schönes Zimmer. Unten richte ich meine Arbeitsecke ein, im größeren Teil entsteht das Wohnzimmer. Tata...“

Sie öffnete schwungvoll die Badezimmertür. Sägespäne, Kabel und die Löcher in den Wänden waren verschwunden. Dunkelblaue und weiße Fliesen wechselten sich am Boden ab. Die Wände waren in Weiß gehalten. Nur im oberen Drittel war ein Fries eingefügt. Er bestand aus handbemalten Einzelstücken in einem wunderschönen Blauton, der dem ganzen Raum ein mediterranes Flair verlieh.

Maxi schaute sich gründlich um. „Dieser Mathias mag ein seltsames Sozialverhalten haben. Seine Arbeit hingegen ist super.“

„Das hat auch niemand angezweifelt“, antwortete Miri knapp. Sie hatte keine Lust, seine Vorzüge zu diskutieren. Momentan wollte sie lieber dabei bleiben, ihn für einen Idioten zu halten.

„Was meinst du mit: du hast keine Zeit. Natürlich hast du Zeit. Wir haben diesen Termin vor drei Wochen ausgemacht.“ Sierra hatte ihren Bruder am Apparat, der ihr gerade erklärte, dass er zu dem Fotoshooting nicht mitkommen würde.

„Ist doch keine große Sache. Ich habe es sogar schon mit Tim geklärt. Er meinte, es sei kein Problem. Simon kommt mit und hilft euch.“

Sierra schloss die Augen. Sie musste im letzten Leben wohl ziemlich unausstehlich gewesen sein, dachte sie. Wie hieß es so schön auf Englisch? Karma is a bitch! Gut. Vielleicht ein wenig übertrieben, der Ausspruch, alleine auf dieses Vorkommnis angewandt. Aber insgesamt auf ihr ganzes Leben? Es wäre zu schön gewesen, wenn einmal, einmal, ein Plan von ihr funktioniert hätte. Sie seufzte. „Schade. Ich hatte mich gefreut, dich zu sehen.“ Statt den ganzen Tag um Simon herum zu verbringen, fügte sie im Stillen hinzu. Der war Gift für ihren Seelenfrieden. Nicht, dass es um ihren Seelenfrieden insgesamt gut bestellt gewesen wäre.

„Kein Problem. Das holen wir nach“, tröstete Mathias sie. Nachdem sie aufgelegt hatte, stand sie da und erwog für einen Augenblick, krank zu sein. Irgendeine Instant-Erkrankung wie Magen-Darm-Probleme oder so. Verlockend, aber nein. Sie hielt ihre Versprechen. Außerdem wäre es feige. Was sie nicht war. Sie straffte die Schultern und ging hinaus, die Pferde bewegen und den Hund bespaßen.

31. Januar 2013

Am nächsten Morgen ging es in aller Frühe los. Es war noch dunkel draußen, als sie alle miteinander in den VW-Bus einstiegen, den Kaja von einem Nachbarn für das Wochenende geliehen hatte. Lance hatte bereits gestern Abend Maxi entführt. Seiner Meinung nach war der Flügel wieder ganz gesund, so dass einem gemeinsamen Ausflug nichts mehr im Wege stand.

„Insbesondere wenn die Frauen nichts Besseres zu tun haben, als sich mit Kühen abzugeben“, wie er mit leicht säuerlicher Miene anmerkte.

Offenbar war er überzeugend gewesen. Maxi war seither nicht mehr aufgetaucht. Im Kofferraum stapelten sich die Requisiten und Tims Fotoausrüstung. Die Hunde lagen in den Zwischenräumen am Boden. Auf dem Weg in die Innerschweiz würden sie Sierra abholen. Simon würde direkt kommen. Von Bern her machte das mehr Sinn, als einen Riesenbogen über Schaffhausen zu machen.

Miri hoffte inständig, dass sie die Fahrtzeit richtig berechnet hatte. Sie wollte unbedingt den morgendlichen Nebel einfangen, die ersten Sonnenstrahlen. Der Wetterbericht hatte perfekte Bedingungen vorhergesagt. Immerhin hatte sie inzwischen herausgefunden, dass sie vorher nicht würden wandern müssen. Offenbar war es keine Alp im eigentlichen Sinne, sondern einfach ein Hof oberhalb des Sempachersees im Kanton Luzern.

Der Bauer, ein Bekannter von Tim, hielt dort eine kleine Herde der wunderschönen und sehr genügsamen Schottischen Hochlandrinder. Ursprünglich ein Milchbauer, hatte er vor einigen Jahren auf Mutterkuhhaltung umgestellt und sich auf die Suche nach einer extensiven Rasse gemacht. Wie sich herausstellte, punkteten die langhaarigen Schotten auf ganzer Linie. Die Rinder hatten das ganze Jahr über freien Zugang zur Weide. Im Winter wurde hofeigenes Heu zugefüttert. Kraftfutter bekamen die Tiere nicht. Im Alter von eineinhalb bis zweieinhalb Jahren wurden die Rinder in einer Metzgerei in unmittelbarer Hofnähe geschlachtet.

„So sollten alle Tiere aufwachsen können. Wenn ich weiß, dass das, was auf meinem Teller liegt, vorher ein friedliches und artgerechtes Leben draußen in der Herde verbringen konnte, macht mich das froh."

„Stimmt. Und mein schlechtes Gewissen hält sich in Grenzen."

„Lecker ist es noch dazu", kommentierte Tim vom Fahrersitz her.

„Rancher in Argentinien müsste man sein.“ Das kam von Sierra. Das Fernweh in ihrer Stimme war deutlich zu hören.

„Willst du gerne weg?“

„Nicht grundsätzlich. Es gefällt mir sehr in unserer schönen Schweiz. Nur manchmal, gerade wenn man Tiere halten will, ist alles so verdammt eng hier. Und teuer“, fügte sie hinzu.

„Wir sind da“, unterbrach Miri die beiden anderen.

Simon wartete schon auf dem Kiesplatz vor dem Hof, der augenscheinlich als Parkplatz fungierte. Die Freunde begrüßten sich.

„Die Türe dort an der Stallwand führt zu einem kleinen Raum. Dort könnt ihr euch umziehen.“

Sierra wollte schon etwas Unfreundliches entgegnen, als er ihr einen Becher dampfend heißen Kaffee hinhielt. Sie schluckte den Kommentar, der ihr eben noch auf der Zunge gelegen hatte, hinunter. Sie war zu spät aufgestanden und hatte zu Hause keine Zeit mehr gehabt für ihren morgendlichen Koffeinfix. Während sie die Nase fast im Becher versenkte, um eine Nase voll des herrlichen Aromas zu nehmen, sah er sie mit hochgezogener Augenbraue an.

„Es ist Instantkaffee. Keine Edelröstung.“

„Egal.“

„Gar keine bissige Begrüßung heute?“

Sie schlürfte vorsichtig ihren ersten Schluck des dunklen Gebräus. „Wurde verschoben. Zugunsten des Kaffees.“

„Ach ja. Ein schlauer Schachzug meinerseits, wenn ich das so sagen darf.“

„Darfst du gerne. Vergiss nur nicht, aufgeschoben ist nicht aufgehoben.“ Mit diesen Worten zwinkerte sie ihm zu und ging los, um Miri zu suchen.

Simon schaute ihr nach. Mit diesen langen Beinen, ihren rostfarbenen Locken, die ihr frei über den Rücken fielen, und den unvermeidlichen Cowboystiefeln gab sie ein herrliches Bild ab.

Ihre langen, zielstrebigen Schritte gefielen ihm. Ebenso wie ihr Hinterteil.

„Schaust du dir wieder einmal an, was du nicht haben kannst?“, zog ihn Tim auf, der die Szene beobachtet hatte.

„Warte ab.“ Es hatte ihn vom ersten Augenblick an irritiert, wie sehr sie ihm gefallen hatte. Seitdem hatte er sie öfters gesehen und immer mal wieder einen kurzen Blick hinter ihre kratzbürstige Fassade werfen können. Was sein Interesse an ihr keineswegs verringert hatte. Im Gegenteil.

„Beeilt euch. Die Sonne ist knapp vor dem Aufgehen. Das geht schnell. Wir müssen auch noch hochlaufen zu der Weide, auf der die Kühe momentan stehen“, trieb Miri ihre Freundinnen an.

„Ich wusste gar nicht, dass sich unter dieser niedlichen elfenhaften Verpackung ein Feldwebel versteckt“, grummelte Sierra.

„Das? Das ist noch gar nichts. Du hättest gestern dabei sein sollen, als wir die Sachen gepackt haben. Generalstabsmäßig ist das abgelaufen“, erklärte Kaja.

Verwundert schaute Sierra zu Miri hinüber, während sie mit ihren Jeans kämpfte. „Ich dachte immer, du seist so eine Chaotin.“

„Dachte ich auch. Bin ich auch in vielen Bereichen in meinem Leben. Außer, es geht ums Geschäftliche, wie es scheint.“

„Hört, hört.“ Dann ernster: „Ist doch toll. Andersrum wäre es blöder, oder?“

„Stimmt. Ich freue mich auch über diese neue Seite an mir.“

„Sag mal, was machen wir wegen der Schuhe? Ich meine, die Gummistiefel passen ja nicht wirklich zu dem schönen Kleid.“

„Ich habe mir lange Gedanken dazu gemacht“, gab Miri zu. „Ihr könnt die Stiefel anlassen, bis kurz vor den Fotos. Dann geht es barfuß weiter.“

„Bin ich froh, es ist ja Frühling und laue zwanzig Grad“, zwitscherte Kaja ironisch.

„Ein bisschen Abhärtung hat noch niemandem geschadet. Los, kommt.“ Sie sammelte die Kleider der anderen ein, schärfte ihnen ein, die Jacken vorläufig anzulassen und die Rocksäume in den Gürtel zu stecken. Rasch machte sie sich an die Frisuren der anderen. Einen langen französischen Zopf für Kaja, da sie Ohrringe präsentieren sollte, verziert mit einigen getrockneten Rosen. Sierras Locken strich sie locker nach hinten und setzte ihr einen silbernen Haarreif, verziert mit einem silbernen Drachen, auf.

„Zu welchem Anlass trägt man das?“, staunte sie.

„Mittelalterlich angehauchte Hochzeiten, im Theater, unter Drachenfreunden.“ Miri zwinkerte ihr zu und vervollständigte das Bild mit einer Efeuranke und winzigen weißen Blüten, die sie überall im Haar verteilte. „So, fertig. Jetzt seid ihr schön.“

„Und was ist mit dir?“

„Ach ja. Ich. Das hätte ich beinahe vergessen.“ Sie fixierte eine einzelne Blüte im Haar und befestigte die ledernen Armreife mit den eingelassenen Halbedelsteinen an ihren Oberarmen. Ein langer Wanderstab, an der Spitze ein mit lederumwickelter Bergkristall, von dem zwei schwarze Federn baumelten, vervollständigten das Bild. Das Bustierkleid, das sie für sich geschneidert hatte, umschmeichelte ihre Figur und verbarg die Tatsache, dass sie schwanger war. Gewisse Dinge waren privat und sollten auch so bleiben.

Tim und Simon brachen in Gelächter aus, als sie aus der Kammer traten. „Ich hatte drei Amazonen in beeindruckenden Kleidern erwartet. Nicht dieses Sammelsurium aus ausgetretenen Stiefeln, Winterjacken und nackten Knien. Ihr seht aus wie alte Hutzelweiber.“

Während Kaja und Sierra nur finstere Blicke zustande brachten, reckte Miri die Schultern und schaute ihn von oben herab an. Kein einfaches Unterfangen, wenn man nur knapp einssechzig groß war. Sie ließ ihren Stab auf die Erde donnern. „Macht nur Witze. Das hält nicht an. Vermutlich müssen wir eure Unterkiefer manuell wieder hochklappen, wenn ihr uns in aller Pracht seht. Können wir?"

Die beiden Männer tauschten erstaunte Blicke und enthielten sich eines weiteren Kommentars. Offensichtlich noch zwei Leute, die über das plötzliche Auftauchen des Feldwebel-Gens staunten. „Los! Die Sonne wartet nicht auf uns", rief sie über ihre Schulter, schon halb den Hügel hoch.

„Da bin ich mir nicht so sicher", murmelte Tim. Simon grinste.

„Stimmt. Wenn sie diesen Ton anschlägt, steht wahrscheinlich sogar Väterchen Sonne stramm."

Die Zeit verging wie im Fluge. Hinter der Kamera verwandelte sich auch der sonst so ruhige Tim in einen Befehlshaber. Nachdem er der Profi war, widersprach ihm sogar Miri nur in den seltensten Fällen. Die Farben der Kleider leuchteten, während sich die fließenden Schnitte an die Frauen schmiegten und in die Landschaft einfügten. Die Kühe waren sehr kooperativ. Sierra hatte schlauerweise Pferdeleckerli mitgebracht. Simon war unermüdlich im Einsatz, brachte neue Schmuckstücke, Ersatzblumen für die Haare, als sich eine der Kühe daran genüsslich tat, positionierte Gnome und Trolle aus Speckstein und Metall auf Findlingen, trat wie alle anderen auch in einen Kuhfladen und lachte gemeinsam mit ihnen. Sierra musste zugeben, dass es ganz praktisch war, ihn in der Nähe zu haben. Die Männer mussten zugeben, dass Miri recht gehabt hatte. Bevor sie angefangen hatten, hatte sie sie angewiesen, sich umzudrehen. Dann waren die drei Frauen hinter ein paar Bäumen verschwunden. Mit Hilfe eines Pfeifsignals hatte Miri ihnen zu verstehen gegeben, dass sie jetzt schauen durften. Die drei waren Hand in Hand hinter den Bäumen hervorgekommen, gerade als die Sonne ihre ersten Strahlen über den gegenüberliegenden Hügel geschickt hatte, direkt in den aufsteigenden Nebel hinein.

Tim hatte sich unverzüglich seine Kamera geschnappt und ein Bild nach dem anderen geschossen.

Simon hatte daneben gestanden und ja, seinen Mund nur mit bewusstem Willenseinsatz wieder zu bekommen. So verschieden. Jede auf ihre Art wunderschön. Die gemeinsame Verbundenheit war klar zu erkennen. Was sicherlich zu dem kraftvollen Auftritt beitrug. Diejenige, die ihn am meisten ansprach – und am wenigsten von ihm zu halten schien – war immer noch Sierra. Er hatte fest vor, das zu ändern, dachte er, auch wenn sie davon nichts ahnte. Er freute sich schon auf die vor ihm liegenden Wortgefechte mit ihr.

„Sind wir fertig?“, fragte Miri in die Runde.

Kaja, die sich auf eine mitgebrachte Wolldecke geschmissen und ausgestreckt hatte, stöhnte. „Ich war schon vor einer Stunde fertig.“

Sierra runzelte die Stirn. „Solltest nicht du das am besten wissen, ob wir fertig sind?“

„Gut, ich sehe schon, ihr seid schwierig heute.“ Miri grinste koboldhaft. „Meine Ideen sind umgesetzt. Habt ihr noch eigene?“

Kaja öffnete ein Auge. „Sollte es jemand wagen, auch nur den Hauch einer Idee zu haben, kriegt derjenige heute Abend nichts zu essen.“

„Im Liegen ausgestoßene Drohungen funktionieren meist nicht so gut“, teilte ihr Tim mit, während er ein paar Schnappschüsse von ihr machte.

„Keine. Weiteren. Fotos!“

„Ach komm. Das werden in ein paar Jahren tolle Erinnerungsbilder sein.“

„Er hat recht“, gab ihm Miri Schützenhilfe. „Wir könnten sie sogar ins Internet stellen. Sozusagen als Making-Of.“

Sierra verschluckte sich an ihrem Kaffee. „Du meinst, schöne Amazone tritt in Kuhfladen?“

„Wieso nicht? Die Leute sind seltsam. Wahrscheinlich bekommen wir innerhalb von vierundzwanzig Stunden fünfzigtausend Views und werden reich."

„Na gut. Wenn wir damit reich werden, nehme ich es auf mich." Kaja setzte sich auf.

„Geht's wieder?"

„Ja. Ich konnte vor lauter Aufregung heute Nacht nicht schlafen. Das scheint mich jetzt einzuholen." Sie gähnte.

„Spannend. Das hätte ich gestern auch vermutet. Gestern war ich total nervös. Aber dann habe ich geschlafen wie ein Baby und bin heute Morgen putzmunter aufgestanden."

„Das haben wir gemerkt." Alle lachten.

„Also, auf zum Endspurt. Lasst uns alle Sachen zusammenpacken. Es gibt unten auf dem Hof noch Kaffee und Kuchen. Oder Sirup und Kuchen." Sie warf einen bedeutungsvollen Blick auf Sierras Kaffeebecher. Ihr Fünfter.

„Was?! Immerhin bin ich noch wach."

„Stimmt. Zudem geht es mich nichts an. Vermutlich ist das ein plötzlicher Anflug von akutem Kaffeeneid, verursacht durch einen vierzehnwöchigen Kaffeeentzug. Ende nicht in Sicht."

„Du Ärmste." Sierra umarmte sie und versuchte nicht zu lachen.

Abends saßen sie gemütlich beisammen, und Miri kochte. Salat und Spaghetti, nach Tims Soßenrezept. Simon war nicht mitgekommen, sondern wieder zurück nach Bern gefahren. Er hatte ein Meeting am nächsten Tag.

„Wie verwurzelt ist Simon eigentlich in Bern?", fragte Sierra.

Miri rührte in der Soße, bevor sie sich dem Salat zuwandte. Sie wusch die einzelnen Blätter in kaltem Wasser und stellte sie zum Abtropfen beiseite. Die Gurke, der Apfel und die Paprika wurden geschält und klein geschnitten. Die Salatsoße hatte sie schon vorbereitet.

„Hm. Tim? Weißt du das?"

Keine Antwort. Tim war bereits dabei, die Fotos zu sichten und zu sortieren. Deshalb vorübergehend nicht ansprechbar.

Kaja wandte sich wieder Sierra und Miri zu. „Ich weiß es nicht. Grundsätzlich wohnt er dort, hat seine Firma und bestimmt auch sein soziales Umfeld dort."

Miri runzelte die Stirn. „Kann gar nicht sein. Wir sind ja hier", witzelte sie.

„Das stimmt natürlich. Ich kann es nicht einschätzen. Er hat schon ein-, zweimal erwähnt, dass er mit dem Gedanken spielt, in der Zürcher Region eine Zweigstelle zu eröffnen."

„Oder in Schaffhausen?", fragte Miri hoffnungsvoll.

„Was ist denn mit dir los?", wunderte sich Sierra. „Hast du dich etwa in Simon verguckt?"

„Ich?" Die offensichtliche Entgeisterung sprach Bände.

„Wäre ja nicht grundsätzlich abwegig", verteidigte sie sich.

Miri lachte. „Natürlich nicht. Er ist ein toller Mann..."

„Na, ob ich so weit gehen würde...", versuchte Sierra sie zu bremsen, doch Miri ignorierte den Einwand.

„...aber einfach nicht für mich. Zudem bin ich schwanger." Sie schüttelte den Kopf. „Nein, es ist mehr so, dass er gefühlsmäßig irgendwie zu unserer erweiterten Familie dazu gehört. Und Schwangere tendieren wohl dazu, ihre Familie um sich scharen zu wollen und Nester zu bauen, alles völlig legitim und mit einem Hormonflash erklärbar."

Sierra grinste. „Muss toll sein, so eine hormonelle Carte Blanche..." Insgeheim war sie erleichtert zu hören, dass Miri kein Interesse an Simon hatte. Sie schüttelte den Kopf. Wie wenn sie das etwas anginge. Ihr Telefon piepte und lenkte sie von ihren verwirrenden Gedankengängen ab. Eine Kurzmitteilung. Sie öffnete sie. Ihr Bruder. Ob er mitessen könne, er sei auf dem Weg, etwas für das Pächterhäuschen vorbeizubringen.

Klar, textete sie zurück. *Spaghetti, Salat, gute Gesellschaft.*

Sie verstaute das Telefon wieder in ihrer Hosentasche und blickte auf. „Mathias kommt auch noch, ich hoffe, das ist okay?“

34

Miri erstarrte mitten in der Bewegung. Mathias. Kommt. Jetzt. Vorbei. Musste man sich nicht vorher anmelden? Galten da nicht irgendwelche Regeln? Sie schaute an sich hinunter. Jogginghosen. Wollsocken. Ein Rippenshirt, da ihr beim Kochen heiß geworden war. Ob ihre Nase glänzte, musste sie gar nicht erst fragen. Überhaupt. Wollte sie ihn sehen? Nachdem er sich die letzten Wochen so seltsam benommen hatte? Sie wusste es nicht. Vor dieser Geschichte mit den Nachrichten hätte sie sich auf jeden Fall mehr gefreut. Momentan waren ihre Gefühle ziemlich gemischt. Erschwerend kam dazu, dass sie nicht wusste, ob sie gleich jemand Fremdes kennenlernen oder einen flüchtigen Bekannten wiedersehen würde. Sie konzentrierte sich auf die Gurke, aus der sie gerade Kleinholz gemacht hatte. Zum Glück waren die anderen mit den Fotos beschäftigt, die Tim ihnen zeigte. Sie wollte sie eigentlich auch dringend sehen. Doch dazu war jetzt keine Zeit. Sie merkte, wie es ihr vor Aufregung ganz eng wurde in der Brust.

„Kaja, kannst du schnell übernehmen? Ich muss kurz hoch, das Asthma-Spray holen."

„Klar." Verwundert schaute Kaja ihr nach. Was hatte denn das ausgelöst? So einen Anfall hatte sie schon seit Wochen nicht mehr gehabt.

In ihrem Zimmer lehnte sich Miri an die Wand und inhalierte das Medikament. Sie zwang sich, tief durchzuatmen. Ein. Aus. Geht doch. Sie stupste Maxi an, die zusammengerollt neben Nepomuk auf der Tagesdecke des Bettes lag.

„Ich brauche deine Hilfe. Besuch steht an. Mathias."

Maxi gähnte herzhaft. Einige Dutzend scharfer Zähne und eine schmale, gespaltene Zunge wurden dabei sichtbar. Sie blinzelte ein paar Mal. „Jetzt?"

„Ja, jetzt", antwortete Miri und versuchte den Anflug von Panik in ihrer Stimme zu ignorieren. Sie schmiss ihre Jogginghosen in eine Ecke und zwängte sich in ihre Jeans. Bald würde sie nicht mehr drum herum kommen und sich Umstandshosen mit elastischem Bund besorgen müssen.

Die Drachin streichelte dem Chihuahua über den kleinen Kopf und dehnte sich zu ihrer normalen Indoor-Größe aus. Sie bot Miri den Arm, als diese damit fertig war, sich die Nase zu pudern. „Also dann, auf in den Kampf", witzelte sie. Ein Versuch, die Anspannung ihres Schützlings ein wenig zu lockern.

„Geht es wieder?" Kaja blickte sie besorgt an, als Miri mit der Drachin die Treppe hinunterkam.

„Ja, keine Sorge. Ich war nur ein wenig überrascht, das ist alles." Sie wedelte forsch-fröhlich mit der Hand.

Kaja verdrehte die Augen und warf Maxi einen bedeutungsvollen Blick zu. „Ich hätte das gar nicht so weit kommen lassen dürfen. Wenn ich darauf bestanden hätte, euch einander ganz am Anfang vorzustellen, hätten wir jetzt nicht diese heikle Situation."

„Nein wirklich. Es ist alles in Ordnung." Sie versuchte mindestens so sehr, sich selber davon zu überzeugen. Sie stellte den fertig gemischten Salat auf den Tisch, als sich die Haustür öffnete und Mathias mit einem Schwall kalter Luft eintrat.

Miri fröstelte. Stell dich nicht so an, schalt sie sich selber.

„Hallo zusammen“, rief er über die Schulter, während er die Eingangstür schloss. Er drehte sich um. Sein Blick fiel auf Miri, die ihm direkt in die Augen sah. Er zuckte unmerklich zusammen. Hübsch wie eh und je, das musste er zugeben. Die Schwangerschaft bekam ihr offensichtlich. Aber er wusste inzwischen, wie trügerisch ihr nettes Aussehen war. Demonstrativ wandte er sich von ihr ab.

Damit beschäftigt, das Gesehene in ihrem Hirn logisch zu verarbeiten, nahm sie keine Notiz davon. Mathias war tatsächlich Matt. Ihr Matt. Er sah noch genauso gut aus wie in jener Nacht. Ihr Herz schlug schneller. Verlegen beschäftigte sie sich mit dem bereits makellos gedeckten Tisch und rückte hier ein Messer gerade, strich da eine Papierserviette glatt. In Situationen wie dieser wünschte sie sich eine lange Mähne, wie die beiden anderen sie besaßen. Ideal, um sich dahinter zu verstecken.

Mathias begrüßte nacheinander seine Freunde. Kaja wunderte sich zwar, dass er so gar nicht auf Miris Anblick reagierte, nahm aber an, dass er sich diese Begrüßung für den Schluss aufsparte.

Nur Sierra wusste, was los war. Benimm dich, du Sturkopf, versuchte sie ihm telepathisch zu übermitteln. Natürlich vergeblich. ‚Menschlich‘ und ‚männlich‘ war vermutlich die denkbar schlechteste Kombination für zarte Hinweise, ausgedrückt über Gesichtsmimik. Sie stellte ihre Versuche ein, nachdem sie sah, wie Maxi, die sie beobachtete, sich das Lachen verbiss. Nachdem er außer Miri alle begrüßt hatte, setzte er sich an den Tisch. „Danke, dass ich so kurzfristig zum Essen kommen konnte.“

Miri war nicht sicher, ob sie lachen oder weinen sollte. Offensichtlich erinnerte er sich nicht mehr an sie. War das gut? Oder eher schlecht?

„Erinnern hin oder her, normal wäre, wenn er sich dir, der einzigen Unbekannten im Raum, vorstellen würde.“ Maxi sah gar nicht zufrieden aus, als sie ihr das gedanklich mitteilte.

Stimmt. Das hatte sie auch stutzig gemacht. Weil ihr absolut keine plausible Erklärung für sein Verhalten einfiel, hatte sie sich nicht lange mit dem Gedanken aufgehalten. Wie auch immer, vorstellen konnten sich beide Seiten, beschloss sie und begann, Spaghetti auf die Teller zu schöpfen. Einen großen Löffel Soße für jeden, fertig. Der Käse stand auf dem Tisch bereit. Ganz bewusst stellte sie erst allen anderen den Teller hin, bis sie ihm seinen brachte.

„Hallo – ich bin Miri."

Er schaute nicht auf, sondern konzentrierte sich auf seinen Teller, während er ein knappes „Ich weiß", herausbrachte.

Irritiert fragte sie sich, ob sie ihm einfach die restliche Soße über den Kopf leeren sollte. Die anderen hatten ebenfalls ihre Gespräche unterbrochen. Das war ausgesprochen unhöflich. Dieses Verhalten entsprach so gar nicht dem, wie sie ihn sonst kannten.

Sierra, die einen Wissensvorsprung hatte, kickte ihm unter dem Tisch gegen das Schienbein.

„He! Wofür war das denn?"

„Dafür, dass du total unhöflich zu einer meiner besten Freundinnen bist", antwortet sie zuckersüß, während ihre Augen ihm unmissverständlich klar machten, dass er sich zu benehmen hatte. Leider war er heute Abend immun gegen den strafenden Schwesternblick, wie es schien. Im Gegenteil, es schien ihn eher anzustacheln.

Er funkelte sie an. „Dann frag doch deine beste Freundin einmal, weshalb sie herumrennt und mit jedem schläft. Noch dazu schwanger. Auch wenn man es damals zugegebenermaßen noch nicht gesehen hat." Er drehte sich zu Miri um und schaute sie das erste Mal wieder direkt an. „Dein Body ist wirklich klasse, Schätzchen. Ich bin nur nicht gerne Ersatzspieler."

Miris Teller, den sie in der Hand trug, fiel klirrend zu Boden. Sie wandte sich um und rannte aus dem Raum. Maxi konnte sich nicht entscheiden, ob sie bleiben und den jungen Mann erwürgen oder ihrem deutlich gestressten Schützling folgen sollte. Als sie sah, dass Sierra ansetzte zu sprechen, eilte sie Miri nach.

„Mathias!" Sierra konnte nicht glauben, wie sich ihr Bruder gerade aufführte.

Er hob die Hand, wie um sich zu entschuldigen, fügte dann aber hinzu. „Aber ja, ich vergaß. Es war ja nur ein One-Night-Stand. Dann ist natürlich alles in Ordnung."

In diesem Moment kam Miri zurück ins Zimmer. Ihre Wangen waren gerötet. Ihre dunkelblauen Augen blitzten. „Raus hier. Ich werde den Teufel tun und einfach hier stehen und mich beschimpfen lassen von dir."

Er lehnte sich in seinem Stuhl zurück, die Lässigkeit in Person. „Bist du nicht ein wenig voreilig? Im Grunde bist du nur ein Gast hier."

Sie warf den beiden Frauen einen entschuldigenden Blick zu. Beide nickten unmerklich. Sie lächelte ein gefährliches Lächeln. Jemand, der weniger gefangen in seiner eigenen Frustration gewesen wäre, hätte die drohenden Vorzeichen ernster genommen. „Hier irrst du dich. Ich wohne hier. Und dank deiner tollen Arbeit ab morgen im Pächterhäuschen. Vielen Dank. Und jetzt verlass auf der Stelle dieses Haus. Jemand, der voreilig falsche Schlüsse zieht und dann auch noch entsprechend reagiert, ohne auch nur ansatzweise zu versuchen, meine Seite der Geschichte zu hören, hat hier nichts zu suchen."

Er wollte etwas Sarkastisches einwenden, aber Miri ließ ihm keine Chance.

„Kein Interesse. Fast mein ganzes Leben lang habe ich alles geschluckt, was mir an den Kopf geworfen wurde. Bis vor kurzem war das mein Modus Operandi. Aber stell dir vor: das passiert nicht mehr. Nie mehr! Dafür bin ich mir definitiv zu schade."

Ihr ausgestreckter Arm, der zur Tür zeigte, war unmissverständlich. Überwältigt blickte er hilfesuchend zu den anderen. Tim hatte sich hinter seinem Laptop vergraben. Er wollte auf keinen Fall mit hineingezogen werden. Von da war keine Hilfe zu erwarten. So viel war klar. Die beiden anderen sahen ihn enttäuscht an und schüttelten den Kopf.

„So ist das also? Ihr vertraut diesem Bimbo, den ihr erst gerade kennen gelernt habt, und mir nicht?" Er stieß sich so heftig vom Tisch ab, dass der Stuhl umfiel, als er aufstand. Wütend, verletzt und enttäuscht stürmte er aus dem Haus. Eine unangenehme Stille senkte sich über den Raum.

„Das war... interessant", konstatierte Kaja.

Tim hatte seine Spaghetti aufgegessen und flüchtete ins Wohnzimmer.

Maxi tätschelte Miris Schulter. „Toll gemacht, Kleines. Ich bin stolz auf dich."

Die schniefte. „Ich bin auch stolz auf mich. Aber mindestens ebenso traurig."

Mitfühlend nahm Kaja sie in den Arm.

„Das hat ja toll geklappt", murmelte Sierra.

Aufmerksam sahen die beiden anderen sie an. „Weißt du mehr darüber?"

„Wie man's nimmt." Sie suchte nach Worten. „An Silvester kam er vorbei. Gleich, nachdem du ins Bett gegangen bist. Oder zumindest hoch in dein Zimmer. Er wollte nur kurz hallo sagen. Als er in deinem Zimmer Licht gesehen hat, ist er wohl stehen geblieben und konnte einen kurzen Blick auf dich werfen." Sie schloss die Augen. „Natürlich beim Umziehen." Ihre Ohren färbten sich rot. „Keine Sorge. Es hat ihm gefallen, was er gesehen hat, soweit ich das mitbekommen habe."

„Nicht, dass man davon heute etwas gemerkt hätte." Miris Stimme triefte vor Sarkasmus.

„Nein. Heute wohl nicht. Auf jeden Fall hat er dich schlussendlich erkannt. Als die schöne Unbekannte, mit der er, Zitat *einen unvergesslichen Abend verbringen durfte* Zitat Ende."

„Und wo kommt der Teil, wo er spontan anfängt, mich zu hassen?"

Sierra wand sich unbehaglich. „Na ja. Versuche mal, es von seiner Warte aus zu sehen."

„Weißt du was, ich habe dazu keine Lust. Überhaupt, stellst du dich jetzt auf seine Seite?"

„Nein, ich bin nicht plötzlich auf seiner Seite. Er hat sich völlig daneben benommen, keine Frage! Ich will sein Verhalten auch überhaupt nicht rechtfertigen. Ich wollte nur darauf hinweisen, dass ihr euch eigentlich überhaupt nicht kennt. Dadurch ist das Risiko, falsche Schlüsse zu ziehen, relativ hoch", sagte Sierra überraschend sanft. „Ich hingegen kenne meinen Bruder sehr gut. So wie ich ihn verstanden habe, hast du es tatsächlich geschafft, ihn auf dieser Halloweenparty zu beeindrucken. Das ist meines Wissens bisher noch keiner Frau gelungen. Oh, er hatte viele Freundinnen, das schon. Aber unter die Haut gegangen ist ihm nie eine."

„Aha." Miri wusste gar nicht, was sie mit dieser Information anfangen sollte. Sich freuen? Sie war im Moment nicht in der Stimmung, sich zu freuen.

„Hör einfach zu", zischte ihr Maxi zu. „Analysieren kannst du später."

Miri fügte sich und richtete ihre Aufmerksamkeit wieder auf Sierra.

„Er hinterlässt dir seine Telefonnummer, auch ganz was Neues von ihm, normalerweise kriegt er die bündelweise zugesteckt..."

„... der Arme..."

„Wie auch immer, auf jeden Fall meldet sich die Frau seiner Träume nicht mehr. Er kennt nicht einmal ihren richtigen

Namen, also, Endstation. Bis er drei Monate später herausfindet, dass du die Hälfte der Zeit direkt vor seiner Nase warst. Allerdings definitiv schwanger. Misch den Frust, der sich schon aufgebaut hatte, mit dieser Tatsache und du hast eine hochexplosive Mischung."

„Das war nicht zu übersehen", meinte Kaja trocken.

Miri schniefte und zog die Nase hoch. „Tja. Blöd für ihn. Hätte er erst einmal nett nachgefragt, wüsste er jetzt Bescheid. Aber so wie die Dinge stehen, soll er mir am besten nicht mehr unter die Augen kommen. Sonst hetze ich..."

„...Nepomuk auf ihn?"

Miri lachte. „Eigentlich wollte ich sagen, Maxi, aber Nepomuk macht bestimmt auch mit." Sie atmete tief durch. „Danke ihr beiden. Ich bin so froh, dass ihr meine Freundinnen seid."

„Na na. Jetzt muss ich dann auch gleich weinen." Kaja fasste ihre Freundinnen an den Händen und drückte sie.

Miri setzte sich aufrecht hin und atmete tief durch. „So. Ist jemand hungrig? Ich schon."

„Das ist mein Mädchen", murmelte Maxi stolz, als sie sah, wie sie tüchtig zulangte. Lance war neben ihr aufgetaucht und legte ihr einen Arm über die Schulter. Sie schielte drauf und überlegte, ob sie etwas sagen sollte. Andererseits fühlte es sich verdammt gut an. Sie beschloss, so zu tun, als hätte sie gar nichts gemerkt und den Moment zu genießen. Der blaue Drache setzte seinen wilden Blick auf.

Er beugte sich zu ihr hinunter und flüsterte in ihr Ohr: „Muss ich jemanden vierteilen? Rösten?"

Ein Schauer überlief sie. „Danke, aber nein. Das hat Miri alles selbst erledigt."

Erstaunt und beeindruckt zog Lance eine seiner Brauen hoch. „Echt?"

„Genau."

„Das muss gefeiert werden. Ich habe noch Holunderschnaps in meinem Versteck.“

„Ach du. Aber gut. Betrachte mich als überredet. Die drei können sich den Rest des Abends auch alleine durchwursteln.“

Vorsichtig steckte Tim den Kopf in die Küche. „Ist die Luft rein? Noch wichtiger: Gibt es noch Spaghetti?“

„Die Antwort ist zweimal ja.“ Kaja stand auf und schöpfte ihm eine Portion auf den Teller. „Soße gibt es nicht mehr so viel.“

„Egal. Ich nehme, was ich kriegen kann.“ Er zwinkerte ihr liebevoll zu. „Falls ihr noch nicht zu müde seid, können wir nachher noch Bilder begutachten“, ließ er die anderen zwischen zwei Bissen wissen.

„Echt? Du arbeitest wahnsinnig schnell.“

„Ich bin selber jedes Mal gespannt.“

„Und? Sind irgendwelche guten dabei?“ Miri, die die Bilder noch nicht gesehen hatte, war sehr gespannt.

„Auf jeden Fall. Ob sie deinen Vorstellungen entsprechen, kann ich nicht beurteilen, aber mir gefallen sie.“

„Also los. Iss auf.“

„Aha“, meinte er scherzhaft. „Der Feldwebel ist zurück.“

Sie zeigte ihm den Vogel. „Klar.“

35

02. Februar 2013

Zwei Tage später hatte Miri den Vorfall erfolgreich in die hinterste Ecke ihres Hirns gedrängt. Dank reichlich Arbeit war ihr das erstaunlich gut gelungen. Heute wollte sie einen weiteren Punkt auf ihrer Liste abarbeiten: Adrian finden und ihn zu einer Spritztour einladen. Maxi hatte ihr den Tipp gegeben, im Obstgarten nach ihm zu schauen. Dem Prickeln in ihrem Nacken zufolge hatte ihre geflügelte Freundin richtig vermutet.

„Adrian?" Sie schlich sich von Apfelbaum zu Apfelbaum. „Komm raus, du Gauner. Ich kann mein Versprechen schlecht einlösen, wenn du dich so rar machst und nicht mit mir sprichst. Zudem ist Versteckspielen zwar ganz nett. Das wäre aber bei wärmeren Temperaturen definitiv schöner."

„Hier bin ich." Aus dem Nichts tauchte er auf dem Ast direkt vor ihr auf und trug eine finstere Miene zur Schau.

Sie wedelte abschätzig mit der Hand. „Das kannst du dir sparen. Ich bin durch das Zusammenleben mit einem furchterregenden Drachen abgehärtet."

„Das habe ich gehört", erklang Maxis Stimme in ihrem Kopf. Sie grinste in sich hinein.

„Also", wollte er wissen. „Was soll das ganze Gebrüll?" Er ließ die Beine baumeln, als hätte er nicht eine Sorge.

Sie legte den Kopf schief und musterte ihn. „Hast du Lust, eine kleine Reise zu machen?“

Das ließ ihn aufhorchen. „Wie meinst du das, eine Reise? Gedanklich?“

„In echt. Du, ich, mein Auto.“

Verächtlich spuckte er auf den Boden neben ihren Füßen. „Geht nicht, schon vergessen? Ich bin an dieses verdammte Stück Land gebunden. So wie es aussieht auch für die nächsten paar hundert Jahre.“

„Irrtum. Du kannst reisen. Wir müssen nur einige Vorkehrungen treffen. Und was die langfristige Planung angeht, auch da kann ich dir helfen. Aber zuerst musst du mich auf unseren Ausflug begleiten.“

Er starrte sie ungläubig an. „Echt jetzt?“

Sie verdrehte innerlich die Augen. Welche Fernsehserien hatte der denn in der Zwischenzeit gesehen? So hatten sie im 18. Jahrhundert bestimmt nicht gesprochen. Sie nickte bestätigend.

Schwungvoll sprang er vom Ast. „Los, los! Worauf wartest du noch?“

Er wollte schon mit großen Schritten davoneilen, als sie ihn am Ärmel zu packen versuchte. Ein zweckloses Unterfangen bei einem Geist. Offensichtlich konnte er sehr wohl Gegenstände herumtragen oder wer weiß wie mittransportieren, sie hingegen bekam ihn nicht zu fassen. Gemerkt hatte er es trotzdem.

Er grinste. „Ich bin ein Geist, Mädchen. Schon vergessen?“

„Scheint so. Zeig mir die Stelle auf dem Hof, an der du dich am kraftvollsten fühlst.“

„Das ist einfach. In der Küche von Kajas Haus.“

Sie atmete hörbar aus. „Gut. Ich muss die Frage umformulieren. Wo auf dem Hof außerhalb der Gebäude.“

„Das wäre dann beim Hinterausgang zum Garten. Dort habe ich mich immer mit Lotti verabredet.“ Er lächelte versonnen, als er der Erinnerung nachhing.

„Gut. Dann lass uns dorthin gehen.“

Sie wühlte in ihrer Tasche. Irgendwo hatte sie einen kleinen Blumentopf und eine Blumenkelle verstaut. Da. Jetzt hatte sie beides gefunden. Bei der Hintertür angekommen kniete sie sich nieder und suchte eine weiche Stelle in unmittelbarer Nähe der Tür. Zum Glück hatte es in den letzten Tagen getaut, sonst hätte sie eine Spitzhacke gebraucht. Interessiert beobachtete Adrian Miris Tun. Sie war ihm über die Schulter einen Blick zu. „Schau mal, ob sich unten an der Hausmauer ein Stein lösen lässt. Vielleicht ist irgendwo auch schon von selbst ein Stück herausgebrochen.“

„Sieht alles intakt aus. Soll ich ein Loch machen?“, fragte der Geist.

„Bloß nicht.“

„Ich habe eine Idee. Bin gleich zurück.“

Verwundert wippte sie auf den Fersen. Was führte er jetzt wieder im Schilde?

Nur Sekunden später stand er wieder vor ihr. „Meintest du so etwas in der Art?“ Er hielt ihr ein abgebrochenes Stück eines Ziegels hin.

„Ist der von diesem Haus?“

Er zuckte die Achseln. „Ich denke schon. Entweder vom Dach oder er wurde verwendet, um die Mauern zu bauen. Wird das gehen?“

„Das werden wir gleich sehen. Komm mit.“

Er folgte ihr zum Auto. „Na los, steig ein“, forderte sie ihn auf, als er keine Anstalten dazu machte. Mit unbehaglichem Gesichtsausdruck trat er von einem Bein aufs andere. „Hast du etwa Angst?“

„Angst? Nein, natürlich nicht“, entrüstete er sich. „Es ist nur, ich bin noch nie in so einem gefahren. Wie viele Pferdchen sind denn da drin?“ Er tätschelte die Motorhaube.

„Äh – etwas über hundert, glaube ich zumindest.“

Er schüttelte sich. „Zwei konnten schon ganz schön schnell sein, damals. Hundert? Ich weiß nicht, ob das sicher ist.“

„Glaub mir, es ist sicher. Nun steig schon endlich ein. Mit hundert Pferden sind wir wenigstens vor dem Abendbrot zurück.“

Zweifel standen ihm deutlich ins Gesicht geschrieben. Immerhin stieg er schlussendlich ein.

Auf Instruktionen zum Anschnallen verzichtete Miri. Einmal tot war er sowieso schon. „Hier. Das musst du festhalten. Wie auch immer du das schaffst. Nicht loslassen. Wenn wir dort sind, kann ich es tragen, und du hältst meine Hand. Okay?“

„Wenn du meinst...“ Er war sichtlich willig, das Experiment zu wagen. Es war ihm aber anzusehen, dass er nicht wirklich daran glaubte.

Auf Rücksicht darauf, dass es seine erste Autofahrt überhaupt war, fuhr Miri den Berg ausgesprochen langsam herunter.

Als sie zu der Stelle kamen, wo normalerweise die natürliche Grenze seines Bewegungsradius war, schloss er die Augen und machte sich auf das unvermeidliche Ziehen gefasst. Als nichts geschah, öffnete er sie wieder und schaute sich staunend um. „Das ist ja Wahnsinn“, rief er. Unfähig, den Blick von der Umgebung abzuwenden, die er seit über zweihundert Jahren nicht mehr gesehen hatte.

Miri warf ihm einen schnellen Seitenblick zu. „Alles in Ordnung mit dir?“

„Ja. Es sieht nur alles so anders aus.“

„Klar. So wie sich der Hof verändert hat, ist auch hier unten die Zeit nicht stehen geblieben.“

Sie ließ ihn in Ruhe, damit er alle Eindrücke aufnehmen und sortieren konnte. Auf der Autobahn zuckte er ein paar Mal zusammen. Insgesamt schlug er sich jedoch überraschend gut. Sie wollte sich nicht vorstellen, was sie für einen Aufstand gemacht hätte, wenn sie nach zweihundert Jahren zum ersten Mal eine Autobahn gesehen hätte.

Eine Stunde später parkte sie das Auto vor dem Friedhof Sihlfeld in Zürich. „Wo sind wir hier?"

„Auf dem Friedhof, auf dem Lotti begraben liegt. Ich dachte, du wolltest dich vielleicht gerne von ihr verabschieden. Ich kann sie dir nicht wiederbringen", fügte sie entschuldigend hinzu. „Aber dich hierher bringen, das konnte ich. Wollen wir?"

Adrian nickte stumm. Sie stiegen aus dem Auto. Miri nahm den mit Erde gefüllten Blumentopf, garniert mit dem Stück Ziegelstein, entgegen und reichte ihm ihre Hand. Sie wartete, bis er sie ergriff. Das funktionierte. Seine Hand fühlte sich kühl und trocken an. Ähnlich wie ein Sandstein im Schatten. Oder altes Pergament. „Schön ist es hier."

„Mir gefällt der Ort auch sehr. Die uralten majestätischen Bäume und die Blumen laden direkt ein, hier zu verweilen. Bei meiner Recherche nach dem Centralfriedhof habe ich allerlei Interessantes über den Friedhof herausgefunden. Es ist die größte Parkanlage in Zürich. Nur ein Drittel davon wird als Begräbnisplatz genutzt. Der Gedanke, die friedliche Stimmung und so viel Natur inmitten einer Großstadt zu genießen und gleichzeitig in der Lage zu sein, seine Ahnen zu besuchen, gefällt mir sehr. Wie ein Picknick unter Freunden. Nicht, dass ich mich trauen würde, hier richtig zu picknicken. Aber ich stelle es mir sehr schön vor, während des Sommers im Schatten der Bäume ein Buch zu lesen und einen Apfel zu essen."

Sie merkte, dass sie plapperte. Sie war aufgeregt und besorgt zugleich. Sie hoffte, es würde ihm helfen und ihn nicht noch trauriger machen. Diese Möglichkeit bestand. Das hatte sie auch mit Josephine besprochen. Aber eigentlich hatte sie ein gutes Gefühl bei der Sache gehabt. Erst jetzt, wo es unmittelbar bevorstand, wurde sie unsicher.

„Wieso denn", wollte Maxi telepathisch wissen. „Stell dich nicht immer in Frage! Glaub an dich, ich tu es auch."

Solchermaßen unterstützt straffte Miri die Schultern und atmete tief durch. Sie sah sich um und versuchte, sich zu orientieren. „Dort drüben unter der großen Eiche muss es sein. Ich würde dir gerne ein wenig Privatsphäre gönnen. Aber ich weiß nicht wie, ohne dass du flugs wieder auf dem Randen in Schaffhausen landest, sobald ich deine Hand loslasse."

„Macht nichts." Er machte eine Pause. „Du störst mich nicht. Deine Anwesenheit ist wie eine Art Balsam für meine Seele. Das war auch der Grund, weshalb ich mich dir gleich ganz am Anfang zu erkennen gegeben habe. Hast du dich nie gewundert, weshalb ich zuerst dir und nicht Kaja über den Weg gelaufen bin? Oder Sierra? Sie hat schon früher Zeit auf dem Hof verbracht."

Doch. Diese Fragen hatte sich Miri schon gestellt. Sie war aber davon ausgegangen, dass es entweder Zufall gewesen sein musste oder mit dem Pächterhäuschen zusammenhing. Spannend.

Sie waren bei der großen Eiche angekommen. Auf dem schlichten Grabstein, der direkt unter dem Baum aufgestellt war, stand zu lesen: LOTTI SAGER 1791 – 1809. Miri trat einen Schritt zurück, ohne seine Hand loszulassen.

„Du hast sie tatsächlich gefunden", flüsterte er ergriffen. Eine Weile starrte er stumm auf das Grab. Sie ließ ihm Zeit, und ihre Gedanken wanderten. Lotti hatte offenbar eine Familie gehabt. Obwohl sie zum Zeitpunkt ihres Todes weit weg gewesen war von zu Hause, war sie ihnen wichtig genug gewesen, dass sie ihr einen Grabstein hatten setzen lassen. Sie runzelte die Stirn. Ungewöhnlich für eine Familie, deren Tochter als Magd arbeitete. Woher hätten sie das Geld nehmen sollen? Wahrscheinlicher war, dass der Sohn des Hofbesitzers, Jakob Maag, ein schlechtes Gewissen gehabt hatte und für den Stein aufgekommen war. Sein Vater musste ein ziemliches Ekel gewesen sein, dass sich der Sohn zu so einer großzügigen Geste veranlasst sah. Sie wollte lieber gar nicht wissen, was die Angestellten, insbesondere die weiblichen, alles erdulden hatten müssen.

„Adrian sagst du besser nichts von deinen Überlegungen“, mahnte Maxi sie in Gedanken.

„Ehrlich?“ Sie konnte sich den Sarkasmus nicht verkneifen. Manchmal führte sich ihre Drachin immer noch auf wie eine besorgte Glucke. „Natürlich erzähle ich ihm davon nichts. Was würde das denn bringen, außer zusätzlichen Stress für unseren Herrn Geist.“

„Eben.“

Miri schnitt eine Grimasse. Immer musste Maxi das letzte Wort haben.

Adrian zupfte sie am Ärmel. „Wir können jetzt gehen.“

„Bist du sicher?“

Er nickte.

„Es tut mir leid. Ich habe gar nicht daran gedacht, Blumen mitzubringen.“

„Kann ich ein wenig von der Erde hier lassen? Als Verbindungsstück?“

„Wieso nicht. Im schlimmsten Fall bist du einfach ein ganzes Stück schneller zu Hause als ich.“

„Schneller als mit deiner Teufelsmaschine wohl kaum“, brummte er, während sie ihm den Blumentopf hinhielt.

„Ersetze doch die Erde mit ein wenig Erde von der Grabstelle.“

Diese Idee gefiel ihm noch besser.

Plötzlich kam ihr eine Idee. „Liegt irgendwo auch noch ein Stein rum? Idealerweise abgebrochen vom Grabstein?“

„Hm, hier ist ein Stück abgeschlagen. Es wirkt alt und ist mit demselben Moos überwachsen wie der große Stein.“ Er hielt es an die Lücke. „Sieht so aus, als würde es passen. Was hast du denn vor?“

„Warte es ab.“

Sie blickte sich suchend um. Da. Ein deutlich größerer Stein mit einer scharfen Kante lag ganz in der Nähe. Vorsichtig legte sie das Stück Ziegelstein vom Hof auf den Boden.

„Kannst du dich kurz an meiner Jacke festhalten? Ich brauche beide Hände.“

Mit Wucht ließ sie den großen Stein auf den Ziegel krachen. Prompt zerbrach er in drei Teile. Die zwei größeren Stücke legte sie zurück in den Blumentopf mit der nun gemischten Erde. Das kleinste stieß sie so tief es ging in die Erde, direkt neben den Grabstein. Sie klopfte sich die Erde von den Händen.

„So. Jetzt bin ich mal gespannt.“ Erwartungsvoll schaute er sie an. „Wenn ich richtig liege, besteht jetzt nicht nur von hier zum Hof, sondern auch in umgekehrter Richtung eine Verbindung. Kann sein, dass du dich jetzt jederzeit hierher begeben kannst, wenn du das wünschst.“

Er grinste schief. „Tatsächlich?“

Sie zuckte mit den Schultern. „Ich weiß es nicht. Es war mehr eine Eingebung. Du kannst es ja ausprobieren, sobald wir daheim sind.“

Galant bot er ihr seinen Arm. Sie freute sich zu sehen, dass seine wilden Locken wieder ihr fröhliches Eigenleben aufgenommen hatten und die kleinen Münzen leise klimperten. Einvernehmlich machten sie sich auf den Weg zurück zum Eingang, wo sie das Auto geparkt hatten. Auf dem Heimweg kam Miri in den Sinn, dass sie noch gar nicht über die Zukunft gesprochen hatten. Adrians Zukunft. Sie seufzte. Eigentlich hatte sie keine Lust auf dieses Gespräch. Sie fände es schade, keinen persönlichen Geist mehr zu haben. Schließlich hatte nicht jeder einen Personal Trainer aus dem 18. Jahrhundert, der noch dazu das Fach Selbstverteidigung in seinem Repertoire hatte. Aber es half alles nichts. Es ging um sein Dasein und wie er es fortsetzen wollte, nicht um ihre Wünsche. Sie warf ihm einen Seitenblick zu. Seine Faszination von der unbekannten Umgebung schien anzuhalten. Er schaute unermüdlich aus dem Fenster. Vielleicht hing er auch nur seinen Gedanken nach.

„So. Und jetzt? Auf ins definitive Jenseits?"

Überrascht schaute er zu ihr hinüber. „Weißt du das denn so genau?"

Sie musste lachen. „Ehrlich gesagt nein. Ich kann mich da auch nur auf Sagen und Überlieferungen verlassen. Davon gibt es viele. Einige komplett absurd, bei anderen meint mein Bauchgefühl, dass da etwas dran sein könnte. Einig sind sich alle Experten und Möchtegernexperten, dass das Geisterdasein grundsätzlich ein Zwischenstadium ist. Für Leute wie dich, die etwas nicht zu Ende bringen konnten, bevor sie starben. Ob du anschließend in den Himmel kommst oder ein neues Leben beginnst, darüber gehen die Meinungen auseinander."

„Könnte es auch sein, dass meine Existenz einfach aufhört und nichts mehr kommt?"

„Ich nehme es an. Wie gesagt, es kommt so selten einer zurück, der uns aufklären könnte." Sie zwinkerte ihm zu. Er wurde merkwürdig still.

Nachdem ein paar Minuten verstrichen waren, fragte er: „Muss ich diesen Schritt weitergehen? Oder habe ich eine Wahl?"

„Ehrlich gesagt, ich bin ein wenig überfragt. Das ist für mich auch totales Neuland."

„Ich dachte, du seist zertifizierte Geisterflüsterin."

„Ha ha. Aber um auf deine Frage zurückzukommen: Da ich ein Ritual durchführen muss, damit du weitergehen kannst, nehme ich an, wenn ich es nicht mache, bleibt der Status quo erhalten."

„Nur, dass ich jetzt nicht mehr manisch Dinge klauen muss, um nicht durchzudrehen." Er warf ihr einen dankbaren Blick zu. „Lotti könnte ich auch noch öfters besuchen."

„Das ist wahr."

„Kann ich es mir überlegen? Oder muss ich das sofort entscheiden?"

„Nimm dir Zeit. Ich gehe nirgendwo hin in der nächsten Zeit. Außerdem gibt es sicher auch noch andere Menschen als mich, die dir helfen können."

Seinem zweifelnden Blick nach zu urteilen hielt er das für sehr unwahrscheinlich. „Gut. Ich gebe dir in ein paar Tagen Bescheid."

„Musik?"

„Klar!"

Begleitet von dem Lied *Comptine d'un autre été* aus dem Film *Amélie* fuhren sie nach Hause.

36

Mathias hob den Kopf: „Ich hab's verbockt, oder?"

Sierra atmete tief durch und nickte dann. „Könnte man wohl so sagen."

„Shit." Er lehnte seinen Kopf zurück an die Scheunenwand und schloss die Augen.

Es war früher Abend und Sierra war damit beschäftigt gewesen, den Abendstall zu machen. Ausmisten, füttern, Wasser auffüllen. Bis ihr Bruder aufgetaucht war. Kleinlaut. Ob sie Zeit hätte zu reden? Hatte sie. Das ging gar nicht anders, wenn zwei Leute, die man mochte, Probleme hatten. Das hieß allerdings nicht, dass sie es ihm einfach machen würde. Ha. Sie war immer noch mordswütend auf ihn.

Abrupt öffnete er die Augen wieder. „Dann..."

... genau", bestätigte sie ihm.

„Das jagt mir eine Heidenangst ein."

Sie verengte die Augen. „Willkommen im Club. Was meinst du, wie es ihr gegangen ist? Und das war, bevor irgend so ein Typ gekommen ist und ihr den Titel ‚Schlampe des Jahres' in Anwesenheit all ihrer Freunde verliehen hat."

Er zuckte zusammen. „Und sie hat tatsächlich meine Telefonnummer verloren?"

„Ah. Jetzt kommen wir zu den Fragen, die du ihr als Erstes hättest stellen sollen. Nicht erst im Nachhinein. Nicht mir. Ich könnte dich wirklich schütteln." Sie bedachte ihn mit einem giftigen Blick.

Er schaute sie nur unverwandt an.

Dann gab sie nach. „Als sie dich getroffen hatte, war sie eigentlich schon drauf und dran, eine männerfreie Phase einzuläuten. Ihr hatte die Nacht mit dir wohl auch sehr gefallen, aber grundsätzlich war sie gerade dabei, ihr Leben neu zu gestalten. Dazu kam, dass Kaja gerade eine sehr chaotische Zeit durchmachte und wir ihr beim Umzug und so halfen. Das meiste hast du ja mitbekommen."

„Nur habe ich leider Miri nie getroffen", brummte er.

„Sieht so aus. Weshalb auch immer. Auf jeden Fall, zu dem Zeitpunkt, als sie entdeckt hatte, dass sie schwanger ist, konnte sie deinen Zettel mit der Telefonnummer nicht mehr finden. Deinen Namen wusste sie auch nicht, so wie ich das verstanden habe, war sie deine Elfe und du hast dich ihr als Matt vorgestellt."

„Na ja, wir haben uns nicht so sehr mit Namen aufgehalten. Ich kam damals gerade aus Australien zurück, wo mich alle Matt nannten, und sie war wie eine Elfe verkleidet." Ihr Bruder wurde rot.

Eigentlich sollte sie ein Foto machen und es als Druckmittel behalten, dachte Sierra boshaft.

„Auch war sie der festen Überzeugung, du seist Australier oder würdest zumindest die meiste Zeit dort leben. Mit diesen bruchstückhaften Informationen war es beim besten Willen ein Ding der Unmöglichkeit, den Vater, also dich, zu finden. Was schade war. Offensichtlich hatte ihr diese Zufallsbekanntschaft so gut gefallen, dass sie es sich zumindest theoretisch durchaus vorstellen konnte, dem ganzen Familiending eine Chance zu geben. Das war allerdings vor deinem Auftritt."

Er ließ den Kopf hängen. „Und was mache ich jetzt?"

„Von deiner Seite aus? Eine oder mehrere Entschuldigungen wären ganz gut. Was sie damit macht? Keine Ahnung. Ich an deiner Stelle würde eine Zeitlang auf meine Eier aufpassen in ihrer Nähe.“

Er zog eine Grimasse, wie sie mit Genugtuung sah. Sie schnappte sich den Besen und fing an zu fegen. „Ist das alles?“

Sie verdrehte die Augen. „Was erwartest du von mir? Dass ich zu ihr gehe und sage, ach weißt du, er hat's nicht so gemeint, eigentlich ist er ein ganz Netter? Nein, mein Lieber. Das musst du wohl oder übel schon selber in die Hand nehmen. Ich habe dich jetzt über die Hintergründe aufgeklärt, der Rest ist dein Problem.“

Zack. Jetzt hatte sie es ihm aber gegeben. Zugegeben, er hätte wahrscheinlich ähnlich reagiert, wenn sie mit einem guten Freund so umgesprungen wäre, wie er es mit Miri gemacht hatte. Nun musste er wohl zu Kreuze kriechen. Ob sie ihm zuhören würde? Wohl eher nicht. Vielleicht konnte er ja auf geistige Unzurechnungsfähigkeit plädieren? Zu diesem Schluss war sie vermutlich selbst schon gekommen. Er glaubte nur nicht, dass es zu seinen Gunsten sprach. Er rappelte sich hoch und klopfte sich den Staub vom Hosenboden. Vater. Er probierte das Wort ein paar Mal in seinem Kopf aus und schüttelte ungläubig den Kopf. Am besten, er fuhr gleich zu ihr und versuchte die Sache aus der Welt zu schaffen.

Zwei Stunden später saß er um eine Entschuldigung ärmer und eine eisige Konversation reicher wie betäubt wieder in seinem Auto. Sein Kiefer schmerzte. Vorsichtig betastete er die Stelle. Angefangen hatte es nicht schlecht. Sie war gerade damit beschäftigt gewesen, eine schwere Kiste ins Pächterhäuschen zu ziehen und zu schieben. Er war hingegangen und hatte ihr nach einem kurzen Hallo seine Hilfe angeboten. Als sie ihn erkannt hatte, dachte er sogar, er hätte einen Funken Freude in ihren Augen aufblitzen sehen. Aber das war eindeutig eine

Sinnestäuschung gewesen. Unmittelbar danach war nämlich tiefster sibirischer Winter gefolgt. Mannomann. Die Frau wusste dem Wort frostig eine völlig neue Bedeutung zu geben. Erstaunlicherweise hatte sie sich helfen lassen. Er hatte die schweren Kisten reingeschleppt (es hatte sich herausgestellt, dass sie von diesen Dingern noch fünf weitere in der Scheune versteckt hatte), während sie schweigend daneben gestanden war und locker einen Oscar für die Rolle der Eiskönigin hätte abräumen können. Als er mit der Schlepperei fertig gewesen war, hatte sie sich umgedreht und ins Haus gehen wollen.

„He, warte doch kurz. Ich will mit dir reden." Er fasste sie am Arm. Und lag so schnell auf dem Rücken, dass er hinterher gar nicht sagen konnte, was passiert war. Sie beugte sich über ihn, bis ihr Gesicht nur noch wenige Zentimeter von seinem entfernt war.

„Ich aber nicht mit dir. Danke fürs Helfen." Den letzten Teil spuckte sie regelrecht aus, als würden ihr die Worte körperliches Unbehagen bereiten.

Er biss die Zähne zusammen und stand auf. „Ich wollte mich doch nur entschuldigen wegen meines unmöglichen Benehmens beim letzten Mal."

Sie war auf der Treppe stehen geblieben, hatte sich aber nicht umgedreht. Auf seine Worte hin nickte sie. „Entschuldigung angenommen. Du kannst jetzt gehen." Sie setzte ihren Weg zur Tür fort. Eine Entlassung, wie sie deutlicher nicht hätte formuliert werden können.

„So fühlt sich das aber nicht an."

Jetzt drehte sie sich doch um. „Und das sollte mich interessieren, weil... ?" Jetzt war das Eis weg, ersetzt durch pures Feuer. Sie war wütend. Und wie. „Glaube mir, wie sich das anfühlt für dich, ist definitiv nicht mein Problem. Und jetzt geh. Ich habe dir nichts zu sagen."

„Und was ist mit dem Kind? Das ist sehr wohl unser gemeinsames Problem.“

Sie hatte einen Schritt auf ihn zu gemacht. In seiner Naivität hatte er gedacht, das wäre ein gutes Zeichen. „Nachdem du mich bei unserem letzten Zusammentreffen als leichtes Mädchen abgestempelt hast, das sich durch sämtliche sich bietenden Betten schläft, hast du auf wundersame Weise eine Kehrtwende um hundertachtzig Grad erfahren und beschlossen, du wärst der Vater? Ist das in etwa eine exakte Zusammenfassung?“

Immer noch optimistisch gestimmt hatte er genickt, auch wenn er ihre Beschreibung etwas hart fand. Sie hingegen hatte ihm einen Kinnhaken verpasst, dass er Sterne gesehen hatte.

„Mein Leben, mein Kind, wer der Vater ist, geht dich nichts an! Verschwinde!“, waren ihre letzten Worte gewesen, die sie ihm entgegengeschleudert hatte, bevor sie im Haus verschwunden war. Dann eben nicht, dachte er trotzig und ließ den Motor an.

Nachdem er zwei Stunden ziellos in der Gegend herumgefahren war, kam er zu demselben Schluss, zu welchem Miri offensichtlich bereits gekommen war: Er war ein Idiot. Ungläubig schüttelte er den Kopf. Unangemeldet hereinschneien und seinen Egotrip verfolgen! Kein Wunder, dass sie ihm eine geknallt hatte. Seine Mundwinkel bewegten sich nach oben. Heiß hatte sie dabei auch ausgesehen. Klein, kurvig, temperamentvoll. Er konnte sie schon vor sich sehen, wie sie mutig wie eine Löwin ihr Junges verteidigte. Mathias seufzte. Gegen Blödmänner wie ihn. Diese geistige Unzurechnungsfähigkeit schien anzuhalten. Stellte sich die Frage, was er tun musste, um das wieder hinzubiegen. Nachdem er die ersten beiden Begegnungen damit verbracht hatte, sich von seiner schlechtesten Seite zu zeigen, vermutete er, dass das nicht ganz einfach werden würde. Er hoffte bloß, dass er der Aufgabe gewachsen war.

„...und dann hat er tatsächlich die Frechheit besessen, mir zu sagen, dass ihn mein Kind was anginge. Sierra, hast du ihm gesagt, dass er der Vater ist?“

„Nicht direkt. Ich hatte nur die Möglichkeit bestätigt.“

„Ist ja auch egal. Sperma alleine macht keine Vaterschaft aus.“

„Sowieso nicht.“

Wortlos waren Kaja und Sierra übereingekommen, sie erst einmal ihrem Ärger Luft machen zu lassen. Für gute Ratschläge war nicht der richtige Zeitpunkt.

„Überhaupt. Die ganze Zeit ging es nur um ihn. Sein Verlangen, mit mir zu sprechen, sich zu entschuldigen, natürlich muss die Entschuldigung angemessen gewürdigt werden, wo kämen wir sonst hin, zu einem Stück Kuchen hätte er bestimmt auch nicht nein gesagt.“ Miri tigerte total genervt durchs Wohnzimmer. „Ist es da ein Wunder, dass ich ihn erst auf den Rücken gelegt habe und ihm anschließend, weil es beim ersten Mal offenbar nicht klar genug war, einen Boxhieb versetzt habe?“

Nepomuk bellte aufgeregt. Zorro blieb gelassen liegen.

„Du hast was?“

„Jawohl! Deine Übungsstunden in Selbstverteidigung, die du mit mir absolviert hast, haben sich bezahlt gemacht. Klappt alles reibungslos. Immerhin etwas.“

„Ich hatte nur nicht gedacht, dass mein Bruder der Leidtragende sein würde. Zugegebenermaßen hat er es einzig und allein sich selbst zuzuschreiben.“ Sie schüttelte den Kopf. „Ich wollte ihn schon fragen: Wer bist du und was hast du mit meinem Bruder gemacht?“

Erschöpft ließ sich Miri auf das Sofa sinken. „Ehrlich gesagt habe ich mich das auch schon gefragt. Ich mochte ihn nämlich wirklich an diesem Abend. Und unser Briefkontakt über die letzten Wochen hat mir auch sehr gefallen.“ Sie machte eine kurze Denkpause. „Aliens?“

Die anderen beiden brachen in Gelächter aus. „Sollte sich das bewahrheiten, können wir immerhin ein Buch darüber schreiben und reich werden.“

Kaja bekam vor lauter Lachen einen Schluckauf. „Der Wurm hat die Aufregung gut überstanden?“

Miri strich sich über die sanfte Wölbung ihres Bauches. „Ich denke schon. Vermutlich hat er währenddessen Purzelbäume geschlagen und gerufen: Go Mami, Go!“

Maxi tauchte im Wohnzimmer auf. Graue und pinkfarbene Rauchschwaden wirbelten um sie herum. „Wo ist er?“ Wild blickte sie um sich.

Miri verdrehte die Augen. „Entspann dich. Es ist niemand hier. Die ganze Geschichte hat heute Nachmittag stattgefunden. Du hast durch Abwesenheit geglänzt.“

Zerknirscht schaute die Drachin sie an. „Echt? Das tut mir aber leid. Aber wir wissen ja, wo er wohnt. Sierra? Adresse?“

Sierra schnaubte ungläubig. „Als wenn ich dir die geben würde.“

Maxi richtete sich bedrohlich vor ihr auf. Sierra wurde mulmig zumute, doch sie wich nicht zurück. Alles was recht war, Drachenbeschützerinstinkt in Ehren, aber ihren Bruder lieferte sie ihr sicher nicht aus. Nicht, so lange ihre Augen dieses unheimliche Leuchten aufwiesen. Sicherheitshalber warf sie Miri einen Blick zu. Manchmal wäre es nicht schlecht, einen eigenen Drachen zu haben. Nur so zur Sicherheit. „Miri hat das ganz gut selbst geregelt“, fügte sie vorsichtshalber schnell hinzu.

„Ja, nicht?“ Sie drehte eine kleine Pirouette und wirkte sogar ein bisschen vergnügt.

Der Chihuahua fasste das als Aufforderung zum Spielen auf und holte das zerkaute Stück Leder hervor, mit dem er so gerne spielte. Zorro erbarmte sich seiner und nahm das andere Ende zwischen die Zähne. Jetzt konnte der Kleine nach Herzenslust daran zerren.

„Er ist ein Idiot und ich bin wütend auf ihn. Aber vor allem bin ich stolz auf mich."

„Das kannst du auch sein", bestätigte ihr Kaja. „Da du jetzt ein wenig Dampf abgelassen hast, traue ich mich doch, etwas zu Gunsten des Idioten zu sagen. Zugegebenermaßen hat er sich nicht sehr geschickt angestellt. Aber ich glaube wirklich, er hatte heute nur die besten Absichten. Für ihn war das auch ganz schön viel in den letzten Tagen. Er vermutet zumindest, dass er Vater wird. Die Mutter seines potentiellen Kindes ist die Frau, die ihm schon die letzten paar Monate im Kopf herumgespukt ist..." Sie blickte fragend zu Sierra. „Zumindest habe ich das so verstanden."

Als diese bestätigend nickte, fuhr sie fort:

„Und von der er, fälschlicherweise und unverständlicherweise", fügte sie eilig hinzu, als sie merkte, dass Miri aufbrausen wollte, „einen komplett falschen Eindruck gewonnen hatte. Was ihn, glaube ich, ziemlich getroffen hat. Sonst hätte er sich gar nicht so idiotisch aufgeführt. Menschen, die uns gleichgültig sind, veranlassen uns nicht zur Idiotie."

„Muss ich jetzt Mitleid mit ihm haben?", fragte Miri ironisch.

„Natürlich nicht. Ich werde auch nichts weiter dazu sagen. Das ist eine Sache, die nur euch zwei etwas angeht. Ich wollte nur meine Eindrücke loswerden." Sie nahm ihre Freundin in den Arm.

„Gut. Da müsste ich nämlich leider passen. Himmel! Was für ein Chaos. Und das alles in alkoholfreien Zeiten. Hat wenigstens jemand Schokolade für mich?"

Wie durch Zauberhand erschien eine Tafel dunkle Schokolade auf dem Sofatisch. Gefolgt von Adrian, der sich schwungvoll verbeugte. „Voilà, Madame!"

Erfreut griff sie danach. „Vielen Dank. Auch wenn ich nicht wissen will, wo du die wieder geklaut hast."

Er ignorierte die Anspielung geflissentlich.

Kajas Augen verengten sich. „Das kann ich dir sagen. Aus meinem Süßigkeiten-Schrank. Sein Glück, dass ich dir die sowieso gleich geholt hätte."

Er räusperte sich. „Gut, dass ich euch alle vereint vorfinde. Miri hat mir vor ein paar Tagen ein großes Geschenk gemacht. Es funktioniert übrigens", fügte er an sie gewandt hinzu. „Ich durfte mich auf dem Friedhof von Lotti verabschieden. Am Ende dieser Reise stand die Frage, ob ich hier mein Geisterdasein weiterfristen oder in unbekannte Gefilde aufbrechen möchte."

„Spricht er immer so blumig?", unterbrach ihn Sierra, an die anderen gerichtet.

„Psst. Später."

„Ich mein ja nur..."

Adrian klopfte mit dem Absatz auf den Boden. „Ruhe. Es wird euch freuen zu hören, dass ich mich entschieden habe, noch ein Weilchen länger unter euch zu verweilen."

Diese Ankündigung hatte die verschiedensten Reaktionen zur Folge. Miri freute sich. Ihr war der Geist mit dem verwegenen Zwinkern in den Augen ans Herz gewachsen. Maxi ergab sich ihrem Schicksal. Sierra war fasziniert und Kaja verdrehte genervt die Augen.

„War das so abgemacht?", flüsterte sie Miri zu.

Diese zuckte mit den Schultern. „Ich fand, er sollte die Wahl haben. Ungefragt ins Jenseits verbannt zu werden stelle ich mir nicht besonders prickelnd vor."

„Pah. Ungefragt einen Hausgeist zu haben auch nicht."

Miri knuffte ihre Freundin in die Seite. „Jetzt stell dich doch nicht so an. Er ist doch ganz niedlich. Dein persönliches ätherisches Johnny Depp-Double."

Kaja versuchte ernst zu bleiben, scheiterte jedoch kläglich. „Wenn du es so formulierst..."

„Eben."

„Gut. Dann versuche ich hier, mit diesem Johnny Depp-Double zu Rande zu kommen, während du versuchst, Crocodile Dundee zur Vernunft zu bringen."

„Nee. Das kann der ganz schön alleine machen. Erst dann sehen wir weiter."

Kaja war zufrieden mit dieser Aussage. Es war schon einen ganz schönen Schritt weg von dem ‚ich-bringe-ihn-bei-der-nächstbesten-Gelegenheit-um'-Licht, welches zu Anfang dieser Notfall-Drachenschwester-Sitzung in ihren Augen geglommen hatte. Sie wusste nicht, wie die beiden sich organisieren würden. Aber dass sie sich irgendwie würden arrangieren müssen, stand bei einem gemeinsamen Kind und gemeinsamen engen Freunden außer Frage.

05. Februar 2013

Mathias zermarterte sich seit Tagen das Hirn nach einer Idee, wie er sich mit Miri versöhnen könnte. Er verstand selbst nicht, was in den letzten Wochen in ihn gefahren war. Normalerweise hatte er eine sehr gelassene Einstellung gegenüber anderen und dem Leben im Allgemeinen. Irgendwie schien ihm Miri sehr unter die Haut gegangen zu sein. Ob er das gut finden sollte, da war er sich nicht so sicher. Bis jetzt schien die einzige spürbare Auswirkung davon zu sein, dass er sich wie ein Hornochse benahm. Es fragte sich, wie ihr das Leben im Pächterhäuschen gefiel, nachdem sie jetzt eingezogen war. Nachdenklich nahm er eines der Fichtenbretter, die bei ihm in der gemieteten Werkstatt standen, zur Hand und strich darüber. Als Erstes würde er ihr ein Bettchen zimmern. Für das Kleine. Ob es nun von ihm war oder nicht, schlafen musste es auf jeden Fall. Mathias schmunzelte, während er skizzierte, Abmessungen vornahm und die

Säge ansetzte. Die vertraute Arbeit erdete ihn und half ihm beim Sortieren seiner Gedanken. Langsam fand er zu seiner gewohnten Ruhe zurück. Die Briefe. Das war ganz witzig gewesen, der Briefkontakt. Obwohl er keine Ahnung gehabt hatte, wer sie war. Er hielt inne. Das wäre einen Versuch wert. Er könnte versuchen, den Kontakt über Briefe wieder herzustellen. Durch die Langsamkeit und den persönlichen wie zeitlichen Abstand, den diese altmodische Art der Kommunikation mit sich brachte, wäre sie vielleicht eher bereit, ihm zuzuhören. Von neuer Zuversicht erfüllt, verbrachte er die nächsten drei Stunden in der Gesellschaft von Holz, Säge und Schleifpapier.

06. Februar 2013

Am nächsten Tag machte er sich gegen Mittag auf den Weg. Er hatte gestern gefühlte fünf Stunden damit verbracht, die richtige Formulierung für den Begleitbrief zu finden – in Wirklichkeit waren es vermutlich eher zwei gewesen. Als er um die letzte Kurve fuhr, erblickte er ein Auto, das am Straßenrand verdeckt zwischen den Bäumen stand. Merkwürdig. Wer parkte sein Fahrzeug mitten im Wald? Wie das Auto eines Forstmitarbeiters oder Wildhüters sah es nicht aus. Er hielt daneben an, um es sich genauer anzuschauen. Eine Zürcher Autonummer. Ein unbehagliches Gefühl stieg in ihm auf. Mathias setzte sich wieder in sein Auto und legte das letzte Stück bis zum Hof zurück. Er beschloss, einmal um das ganze Gelände zu gehen. Ein wenig Bewegung würde ihm gut tun. Während seines Rundgangs fiel ihm nichts auf. Alles erschien ruhig und friedlich wie immer. Vielleicht hatte auch einer der wenigen Nachbarn seltsamen Besuch.

Am Ende wäre Mathias fast über den Mann gestolpert. Er lag am Rande einer Böschung, gut getarnt durch seine beige Kleidung, im Gras, ungefähr fünfzig Meter vom Haus entfernt, und beobachtete mit Hilfe eines Feldstechers das Haus.

„He", rief Mathias. „Was machen Sie denn da?"

Erschrocken richtete der Unbekannte sich auf und drehte sich in die Richtung, aus der Mathias' Stimme gekommen war. Als der Mann nicht antwortete, sondern ihn nur aus dunklen Augen kalt fixierte, machte Mathias einen Schritt auf ihn zu. In dem Moment, als er ihn beinahe erreicht hatte, zog der Mann hinter seinem Rücken einen Stock hervor und schwang ihn gegen Mathias' Knie. Er wich dem Schlag aus und erwischte den Stock mit beiden Händen. Mit einem Ruck zog er daran. Der andere kam ins Stolpern, ließ dann den Stock leider los und gab Fersengeld Richtung Tal, wo sein Auto stand.

Ungläubig starrte Mathias dem Fremden hinter her. Ein Stalker? Auf dem Randen? Zum Glück hatte er diesen Kontrollgang gemacht. Jetzt wusste der andere, dass das keine gute Idee war. Wenn sie Glück hatten, kam er nicht wieder zurück. Er durfte nicht vergessen, die anderen zu informieren. Angewidert warf er den erbeuteten Stock ins Gebüsch, nahm den Pfad, der direkt zur Veranda des Pächterhäuschens führte und folgte ihm ums Haus herum.

Mathias bog um die letzte Ecke, als ihm Miri buchstäblich in die Arme lief. Automatisch schloss er die Arme um sie. Sie roch gut. Wie beim letzten Mal. Nach Rosen und Vanille. Und weich fühlte sie sich an. Sehr weiblich. Bis sie sich, auch sehr weiblich, in eine kratzende und tretende Furie verwandelte. Grundsätzlich war er schon froh, dass sie ihn nicht schon wieder niedergestreckt hatte. Er wusste nicht, ob sein männliches Ego das verkraftet hätte, zum zweiten Mal innerhalb weniger Tage von dieser halben Portion auf den Rücken gelegt zu werden.

„He, ganz ruhig. Ich bin's nur, Mathias."

Augenblicklich hörte sie auf und wurde stocksteif in seinen Armen. Angestrengt legte sie den Kopf in den Nacken und konnte ihm endlich ins Gesicht schauen.

„Soll mich das jetzt beruhigen? Tut es nämlich nicht."

Er hatte sich gerade überlegt, ob er sie küssen sollte. Ihre Worte riefen ihn in die Realität zurück. Kein Küssen. Das gehörte definitiv nicht zum Plan, sie für sich einzunehmen. Auf jeden Fall jetzt noch nicht. Widerstrebend gab er sie frei und trat einen Schritt zurück.

„Na ja, ich vermute, ich bin immer noch die bessere Wahl als der fremde Stalker, den ich eben überrascht habe."

Sie wurde kreidebleich. Er fluchte leise. Eigentlich hatte er ihr das nicht so unvorbereitet an den Kopf werfen wollen. Es war eine spontane Reaktion gewesen, weil sie so abweisend auf ihn reagiert hatte. Das mit dem zuerst denken, dann reden musste er in ihrer Gegenwart offensichtlich noch verbessern.

„Stalker? Bist du sicher, dass es kein Ornithologe war?"

„Im Februar? Bei knapp drei Grad Celsius?"

„Shit. Wie hat er denn ausgesehen?"

„Schwierig zu sagen. Es ging alles so schnell. Das Auto hatte eine Zürcher Nummer."

Sie wirkte sehr verstört. Falls das überhaupt möglich war, wurde sie noch ein wenig bleicher. „Ich muss rüber, zu den anderen."

„Warte doch, ich begleite..." Doch sie war schon weg. Er seufzte. Immerhin hatten sie heute nicht gestritten. Wozu so ein gemeinsamer Feind doch gut war. Eigentlich müsste er sich bei dem Stalker bedanken, wenn die Situation nicht so unheimlich gewesen wäre. Die Reaktion von Miri erschien ihm trotzdem extrem. Er musste bei der nächsten Gelegenheit Kaja oder seine Schwester fragen, was da dahinter steckte. Er nahm den vorbereiteten Brief aus der Jackentasche und strich ihn glatt. Nach kurzer Überlegung kramte er in seiner Hose nach seinem kleinen Bleistift, den er meistens irgendwo dabei hatte. Er ergänzte den Briefumschlag um ein paar begleitende Worte.

Wollte dich nicht erschrecken. Ruf mich an, falls es Probleme gibt. 079 691 23 45. Streiten können wir vorher und nachher immer noch ;-) Liebe Grüße, dein Ritter, Anwärter auf die strahlende Rüstung

So, er hoffte, er hatte nicht zu dick aufgetragen. Er steckte den Bleistift wieder ein und schob den Brief unter eine Ecke der Fußmatte. So wurde er nicht davon geweht. Er ging zu seinem Auto. Sollte er sich noch bei Miri und Kaja verabschieden? Besser nicht. Sonst trat er auf dem Weg dorthin bestimmt wieder in alle Fettnäpfchen. Das wollte er lieber vermeiden.

37

15. Februar 2013

Nach dem Stalker-Vorfall, von dem Mathias erzählt hatte, war Miri fast ausgeflippt. Sie war wieder kurz davor gewesen, ihre Sachen zu packen und abzuhauen. Weit weg. Vor allem weg von ihren Freunden. Nur mit Mühe konnten Kaja und Tim sie erneut davon überzeugen, hierzubleiben. Tim war inzwischen zu seiner zweiten Pekingreise aufgebrochen, mit der festen Absicht, diesmal einen Leoparden vor die Linse zu kriegen. Sie hatte sich in der Zwischenzeit ein wenig entspannt und fühlte sich in der Gesellschaft von Kaja und den vielen Vierbeinern einigermaßen sicher. Nichtsdestotrotz hatten die Vorkommnisse einen Schatten über ihren Alltag geworfen. Aber heute, heute war das Leben schön. Sie hüpfte regelrecht zum Auto. Sie hatte eben eine weitere Kontrolle bei der Frauenärztin hinter sich gebracht und erfahren, dass sie eine Tochter bekommen würde. Wie schön.

„Als wenn du dich bei einem Jungen weniger gefreut hättest", bemerkte Maxi belustigt. Die Drachin hatte darauf bestanden, sie zu begleiten.

„Natürlich nicht. Aber da ich eine Tochter kriege, freue ich mich speziell über eine Tochter. Alles andere ist irrelevant. So, hopp, rein mit dir. Ich will mit den anderen die frohe Botschaft feiern. Bescheid wissen sie schon!"

„Kommt Sierra auch?“

„Sie wollte es zumindest versuchen.“

Mathias erhielt unterdessen eine SMS von seiner Schwester. *„Scheint ein Mädchen zu werden. Gratuliere lgs“*

Wow. Er musste sich erst mal hinsetzen. Diese Information machte die ganze Sache plötzlich ein ganzes Stück realer. Eine Tochter. Er kratzte sich am Kopf. Höchste Zeit, dass das Bettchen fertig wurde. Sein Telefon piepste schon wieder. Nochmals Sierra? Er schaute auf das Display. Eine unbekannte Nummer. *„Wird ein Mädchen. Lg Miri“*. Hoppla. Das war eine Überraschung. Nachdem er auf seine drei Nachrichten, die er ihr inzwischen geschrieben hatte, überhaupt keine Reaktion bekommen hatte, hätte er niemals damit gerechnet, dass sie ihn das wissen lassen würde. Vielleicht, vielleicht würde sich doch noch alles einrenken. Jetzt nur nichts überstürzen.

Kaum zu Hause angekommen, wurde Miri von allen Seiten bestürmt. Da galt es große und kleine Hunde zu gleichen Teilen zu begrüßen, einen hoheitsvollen Kater am Kopf zu kraulen, Umarmungen auszutauschen und einen Blumenstrauß von Adrian entgegenzunehmen.

„Wie schön! Vielen Dank!“

„Wo hast du denn die geklaut?“, wollte Kaja wissen. Ihr Tonfall war längst nicht mehr so unfreundlich wie zu Anfang. Aber ganz konnte sie die Sticheleien nicht lassen.

„Hier.“ Schwungvoll reichte ihr Sierra ein Glas. Überrascht musterte sie es.

„Ist es das, was ich glaube?“

„Ja, ein Jahrgangs-Champagner zur Feier des Tages. Du bekommst allerdings nur diesen kleinen Schluck und nicht mehr. Aber den hast du dir verdient. Prost.“

Miri lachte. „Toll. Ja. Das finde ich auch. Auf uns und unsere Freunde, zweibeinige und vierbeinige.“ Sie hob das Glas zum Toast.

Lance und Maxi waren natürlich mit von der Partie und hatten ihren heißgeliebten Holunderschnaps bereitwillig gegen ein Glas Champagner eingetauscht.

Später saßen sie alle zusammen im Wohnzimmer und diskutierten über potentielle Namen. Maxis Vorschläge waren am lustigsten. Der letzte Vorschlag war Esmeralda gewesen. Titania war von Lance gekommen. Miri hielt sich schon den Bauch vor lauter Lachen.

„Habt Erbarmen. Sonst kriegen ich und das Drachenkind noch Schluckauf. Apropos Drachenkind: Eure Vorschläge in Ehren. Aber ich bin durchaus in der Lage, einen Namen für sie auszuwählen."

„Du willst unsere Vorschläge gar nicht hören?" Maxi schaute ehrlich bestürzt.

„Am besten ist es, du schreibst sie auf. Dann kann ich mir die Liste jederzeit ansehen." Die beste Medizin gegen schlechte Laune. Wirkt garantiert, dachte sie bei sich. „Euch muss klar sein, dass ich die Entscheidung treffe. Ohne Rücksicht auf verletzte Gefühle." Sie schaute die beiden Drachen warnend an. „Ich will kein Theater."

Mit weit aufgerissenen Augen versicherten die beiden ihr unisono, dass das selbstverständlich sei und es ihnen nicht im Traum einfallen würde, ein Drama zu machen. Wer's glaubte. Aber Miri war klug genug, das nicht weiter zu verfolgen. Es machte ihr Spaß, mit ihren Freundinnen Namen zu wälzen. Spannenderweise hatte sie heute nach dem Termin festgestellt, dass sie bereits wusste, wie ihre Tochter heißen würde. Sie hatte keine Ahnung, weshalb. Es war einfach so. Sie hatte nie zu den Mädchen gehört, die sich bereits in der Schule Namen für ihre zukünftigen Kinder überlegt hatten. Und doch war der Name da gewesen, sobald die Ärztin ihr das Geschlecht verraten hatte. Aber das musste sie den anderen ja nicht auf die Nase binden. Einen kleinen Teil wollte sie für sich behalten. Es würde nicht mehr lange dauern, und sie musste das Drachenkind mit allen teilen. Worüber sie glücklich war. Schließlich bedeutete das auch, dass sie Freunde und Familie hatte. Aber jetzt gerade gehörte es noch ihr allein.

„Wie die Zeit vergeht", stellte Miri laut fest. „Jetzt ist schon bald März. Dabei habe ich das Gefühl, wir hätten erst gestern Neujahr gefeiert."

„Das kannst du laut sagen. Wie ich gehört habe, war es auch ein erfolgreicher Start."

Sierra schaute sie fragend an.

Miri klang sehr zufrieden. „Kaja hat bereits neue Kunden gewonnen, dadurch, dass bisherige Kunden ihre Kerzen als Weihnachtsgeschenke verteilt haben. Und einige davon, man könnte sogar sagen, nicht wenige, haben auch Sachen von mir mitbestellt. Im April werde ich den ersten Heimwerkerkurs für Frauen durchführen. Es sind schon genug Anmeldungen eingetroffen."

„Wow. Das nenne ich tatsächlich einen erfolgreichen Start." Sierra war beeindruckt.

„Die Fotos hatten auch eine sehr gute Resonanz."

„Vielleicht sollte ich dich und Tim anheuern. Dich als Art-Director und Tim als Fotograf", überlegte Sierra.

„Sicher nicht die schlechteste Idee. Frag ihn doch, wenn er von Peking zurück ist", meinte Kaja.

„Brauchst du mehr Kunden?"

Sierra seufzte. „Das ist eben so eine Sache. Ich hätte gerne mehr Kunden. Andererseits habe ich so viel mit dem Hof und Markus' Angelegenheiten zu tun, dass mir eigentlich die Zeit fehlt. Was wahrscheinlich auch erklärt, weshalb ich nicht mehr Anfragen habe. Ich habe manchmal das Gefühl, ich drehe mich im Kreis und komme nicht vorwärts in meinem Leben."

Kaja strich ihr tröstend über den Arm. „Das wird schon. Ehe du dich versiehst, ändert sich plötzlich etwas."

„Ja. Wahrscheinlich." Sie klang nicht überzeugt. „Wie auch immer. Ich muss jetzt los. Was ist übrigens der Stand mit Mathias?"

„Was soll denn der Stand sein?", fragte Miri defensiv.

„Keine Ahnung. Ich frag ja nur. Ob er immer noch als Persona non grata gilt oder ob man seinen Namen wieder gefahrlos aussprechen darf."

Miri warf den nächstbesten Gegenstand nach ihr. Was zufälligerweise Nepomuks Ball war. Das interpretierte dieser natürlich als Aufforderung zum Spiel und hechtete dem Ball nach. Den Ball siegreich im Maul trottete er zu Sierra und legte ihn ihr vor die Füße. Sie bückte sich und streichelte sein zerzaustes Fell.

„Du wirst auch immer größer. Na ja, so groß du halt eben wirst. Und dein Fell ist auch schon ganz schön lang geworden." Sie hob den Kopf. „Soll ich die beiden Hunde rauslassen, wenn ich gehe?"

„Ja, kannst du machen."

„Gut. Also dann... Aber glaub nicht, ich hätte nicht gemerkt, dass du meine Frage nicht beantwortet hast."

Maxi musste sich das Lachen verbeißen. Lance versuchte es gar nicht erst.

Nachdem sie auch noch von Kaja erwartungsvoll angestarrt wurde, gab sich Miri geschlagen. „Er schreibt mir wieder Nachrichten."

„Liebesbriefe? Einkaufslisten? Genauer bitte."

„Sie sind nur kurz, witzig und nehmen Bezug auf die Texte, die wir uns vor diesem Desaster geschrieben haben."

„Eigentlich sehr geschickt, die Taktik, an die guten Zeiten zu erinnern."

„Funktioniert es?"

Miri legte den Kopf in den Nacken. „Keine Ahnung. Es funktioniert eher schon als eher nicht. Versteht ihr, was ich meine? Nein? Auch gut. Ich auch nicht wirklich. Es fällt mir zugegebenermaßen schwer, wütend auf ihn zu bleiben, wenn er sich so nett benimmt." Irritiert schaute sie von einer Freundin zur anderen. „Ich meine, ich wollte überhaupt nie Streit mit ihm. Ich hatte von ihm erst eine gute Meinung. Bis er hingehen und mir das Gegenteil beweisen musste mit seinem idiotischen Benehmen. Jetzt ist er wieder nett, und ich soll wieder zurückschalten in den freundlichen Modus. Das kotzt mich am meisten an."

„Das erwartet doch niemand von dir."

„Aber es kommt mir manchmal so vor. Dann werde ich wieder wütend auf ihn, obwohl ich es eben gerade nicht mehr war." Sie hielt inne. „Himmel. Wenn ich mir so zuhöre, macht das alles überhaupt keinen Sinn. Hormone sind wirklich das Letzte." Die beiden anderen schmunzelten. „Ach ihr. So, Thema beendet. Sierra, du wolltest doch gehen."

Das begleitende Augenzwinkern dämpfte den Hinauswurf, weshalb Sierra sagte: „Zu Befehl", und zurückzwinkerte. „Kommt, ihr Monster. Ihr dürft raus, spielen."

In dieser Nacht schlief Zorro wie die letzten paar Tage draußen. Besser gesagt in der Scheune, die Nase draußen, durch das offene Scheunentor gestreckt. Es machte ihm nicht viel aus, draußen zu übernachten. Er wusste, dass er mehr aufpassen musste als sonst. Weshalb, das wusste er nicht, aber das war auch nicht nötig. Wenn das Rudel speziellen Schutz brauchte, dann war es eben so. Auch wenn er dafür eine Weile lang nicht in Kajas Bett schlafen konnte. Dort war in letzter Zeit sowieso immer weniger Platz. Entweder lag da ein Drache oder ein Mann mit im Bett. Tim war okay. Der hatte nichts dagegen, wenn er sich manchmal am Morgen ans Fußende legte. Aber das blaue Ungetüm machte immer einen Riesentanz, von wegen er würde zu viel Platz beanspruchen und so. Er stieß einen tiefen Hundeseufzer aus. Hund hatte es nicht einfach im Leben.

Er hatte soeben die Augen geschlossen, als ein unbekanntes Geräusch an seine Ohren drang. Unbekannt in dem Sinne, dass es um diese Tageszeit an diesem Ort nichts zu suchen hatte. Schon gar nicht, wenn alle Bewohner des Hofes schon längst in ihren Betten lagen. Er hob den Kopf und reckte seine ausgezeichnete Nase in den Wind. Er roch alle vertrauten Gerüche der Umgebung. Das feuchte Gras, die modrigen Blätter, die vom letzten Herbst liegen geblieben waren, das Feuer im Kamin, einen Hauch von Frühling und das Fremde. Säuerlich. Stress. Schweiß. Adrenalin. Dunkelheit. Zorro knurrte, stand auf und schlich auf leisen Pfoten in die Richtung, in der er den Eindringling lokalisiert hatte. Dieser wollte sich gerade an der Eingangstüre des Pförtnerhäuschens zu schaffen machen. Mit lautem Gebell und mit voller Geschwindigkeit stürzte sich Zorro auf ihn. Der ungebetene Besucher ließ auf der Stelle von der Tür ab und rannte um sein Leben. Zu seinem Glück verfolgte ihn Zorro nur bis an die Grundstücksgrenze. Sonst hätte er es nie geschafft, dem großen Hund zu entkommen. Der Husky-Schäfer-Mischling wartete, bis alle ortsfremden Geräusche verschwunden waren und der Wald wieder zur Ruhe kam.

Kaja steckte verschlafen den Kopf zur Eingangstür des Haupthauses raus.

„Zorro?“ Freudig ging er sie begrüßen. „Braver Hund. War jemand da?“

Er wedelte mit seinem ganzen Körper.

„Dann wollen wir mal hoffen, dass er nicht wiederkommt.“

Sie schaute hinüber zu Miris neuem Zuhause. Dort blieb alles dunkel. „Miri scheint so tief zu schlafen, dass sie deinen Aufstand nicht mitbekommen hat. Schauen wir zu, dass das auch so bleibt. Sonst macht sie sich wieder Sorgen und will ausziehen.“ Sie kraulte ihn noch einmal hinter den Ohren, bevor sie sich aufrichtete und gähnte. „Also dann. Bis morgen.“

Folgsam und sehr stolz auf sich trottete Zorro wieder zu seinem Beobachtungsplatz in der Scheune. Den Rest der Nacht blieb alles ruhig und er konnte in Ruhe von seinen Heldentaten träumen.

Weit weg von Schaffhausen wanderte ein Schatten in einem dunklen Zimmer ruhelos auf und ab. Jetzt hatte er sie zwar gefunden. Doch sie hatte sich mächtige Verbündete zugelegt. Hexe. Mit ihren sexuellen Reizen hatte sie sie umgarnt. Sogar einen Dämon hatte sie auf ihrer Seite. Ihn schauderte, als er an dessen kalten Atem dachte. Teufelsbrut. Ausgelöscht musste sie werden. Feuer. Er stellte sich genüsslich vor, wie die Flammen sie und das ganze Dämonenpack verschlangen. Sein Mund wurde trocken. Die Luft fühlte sich plötzlich heiß und stickig an. Schweiß tropfte von seiner Stirn und riss ihn aus seinen Fantasien. Wütend wischte er ihn weg und riss sich zusammen. So kam er nicht weiter. Ein neuer Plan musste her. Er hatte auch schon eine Idee. Noch besser als Feuer, denn in das Fegefeuer göttlicher Vergeltung würde diese Hexe noch früh genug kommen. Genau. Auf die göttlichen Eingebungen war Verlass. Ein diabolisches Kichern schallte durch den ansonsten totenstillen Raum.

38

12. März 2013

Mathias parkte den Lieferwagen rückwärts in die Einfahrt zum Pächterhäuschen. Er war nervös. Das Kinderbett war fertig und heute lieferte er es aus. Er hatte gehofft, Miri sei nicht da. Dann hätte er es einfach mit einer weiteren witzigen Nachricht auf die Veranda gestellt. Das ging jetzt leider nicht. Er atmete tief durch und stieg die paar Stufen zur Eingangstür hoch.

Miri hatte sich gerade geduscht und war damit beschäftigt, sich anzuziehen. Da ihr nicht mehr alle Sachen passten, musste sie sich immer wieder eingehend mit der ihr zur Verfügung stehenden Garderobe auseinandersetzen. Sie schnaubte. Lange ließ sich die Einkaufstour nicht mehr hinausschieben. Immerhin sah ihr Konto seit kurzem wieder etwas besser aus. Zusätzlich zu den Verkäufen, die sie bereits verbuchen konnte, hatte ihr Kaja auch ein mehr als anständiges Gehalt für ihre Hilfe bezahlt. Vielleicht fand sie ja sogar witzige Umstandskleidung.

Als es läutete, übermittelte sie Maxi telepathisch die Bitte, Kaja reinzulassen, die vor ein paar Tagen von ihrer Reise zurückgekehrt war. Wieso klingelte sie überhaupt? Sonst kam sie doch auch immer einfach rein.

„Gilt das auch für gutaussehende männliche Exemplare?"

Sie stutzte, als sie Maxis Gegenfrage empfing. Schnell zerrte sie die Hose vom Vortag aus dem Chaos und betete, dass sie den Knopf noch zubringen würde. Uff. Knapp, aber doch. Mit dem Handtuch fest an den Oberkörper gepresst schlich sie sich ans Fenster um nachzusehen, von welchem Prachtexemplar ihr Drache da sprach. Mathias??? Was wollte denn der hier?

„Ich schlage vor, du ziehst dir was über und findest es raus. Es sei denn, du möchtest ihm die Tür gerne so öffnen? Ich bin sicher, er wird nichts dagegen haben.“ Sie ließ ein glucksendes Lachen hören und materialisierte sich in ihrem Zimmer. Violette und pinkfarbene Funken stoben und verteilten sich im ganzen Raum.

Miri hatte sich schon oft gewundert, weshalb nicht alles in ihrer unmittelbaren Umgebung in Glitzerstaub versank. Das Zeug musste sich irgendwie verflüchtigen. Sie warf das besagte Handtuch ihrer Drachin an den Kopf. Diese Aktion verstärkte das Lachen allerdings nur noch. Aber sie hatte jetzt keine Zeit, sich um hysterisch kichernde Drachen zu kümmern. Es läutete nochmals.

„Ich komme gleich“, rief sie und wühlte hektisch in ihren Klamotten nach einem passablen Oberteil. Sie entschied sich für ein weites Baumwollshirt mit Dreiviertel-Ärmeln und einem großzügigen Ausschnitt. Maxi riss die Augen auf und nickte anerkennend. Miri warnte sie mit einem Blick vor weiteren Kommentaren. Sie wusste, dass das dunkle Blau die Farbe ihrer Augen betonte. Wenn es noch weitere Vorzüge betonte, umso besser. Kleine Leute mit kurzen Beinen mussten mit dem arbeiten, was sie hatten, fand sie. Ein schönes Dekolletee war gerade zur Hand. Während sie die Treppe zwei Stufen auf einmal nehmend hinuntersprang, fuhr sie sich hastig mit den Fingern durch ihre kurzen Locken.

„Hallo, ich dachte, du bist wütend auf den Typen? Weshalb jetzt dieser ganze Aufwand?“ Adrian. Natürlich.

Nur leider hatte sie gerade keine Zeit für philosophische Grundsatzdiskussionen mit einem Geist. Deshalb beschränkte sich auf einen Satz im Vorbeigehen. „Weil ich gerne gut aussehe, während ich meine Feinde in den Boden stampfe.“

Das brachte ihn zum Verstummen. Damit hatte er wohl nicht gerechnet. Vor der Tür hielt sie inne und nahm sich eine Sekunde Zeit, tief durchzuatmen. Sie wollte nicht, dass er den Eindruck erhielt, sie hätte sich seinetwegen beeilt. Sie spürte, wie die Drachin sie drängte, endlich vorwärts zu machen. Madame war anscheinend äußerst neugierig, was es mit Mathias' Besuch auf sich hatte. Gut. Damit waren sie schon zu zweit.

Miri öffnete die Tür. Verdammt. Maxi hatte nicht übertrieben. Sie hätte schwören können, dass er bei jeder Begegnung besser aussah. Vermutlich war das zurückzuführen auf irgendeine seltsame Schwangerschaftshormongeschichte, beruhigte sie sich. Verspätet fiel ihr ein, dass man sein Gegenüber normalerweise begrüßte, wenn man die Tür öffnete.

Er kam ihr zuvor. „Hallo Miri, gut siehst du aus.“

Überrumpelt von dem Kompliment fragte sie unwirsch: „Was machst du denn hier?“

In seinen Augen blitzte es schalkhaft. „Glaubst du mir, wenn ich dir sage, ich sei zufällig in der Gegend gewesen?“

„Falls du Kaja besucht hast, klar.“

An seinem Blick konnte sie ablesen, dass das nicht der Fall war.

„In diesem Fall eher nicht, nachdem man fast eine Viertelstunde den Berg hochfahren muss um hierher zu kommen, wo nur dieser Hof und sonst fast nichts ist.“ Sie taxierte ihn mit hochgezogenen Augenbrauen.

Er ließ ein tiefes Lachen hören. Was ihn nur sympathischer machte. Das konnte sie gar nicht gebrauchen. Optisch war er schon anziehend genug. Sie wollte nicht auch noch gegen Sympathien kämpfen. Wütend sein und bleiben war so schon anstrengend genug.

„Erwischt. Ich habe etwas für dich gemacht und wollte es vorbeibringen."

Misstrauisch fragte sie nach: „Für mich?"

„Na ja", jetzt wurde er verlegen. Endlich, schoss es ihr durch den Kopf. „Eigentlich für das Kleine."

Er wandte sich Richtung Auto und bedeutete ihr mit einem Wink seiner Hand, ihm zu folgen. Widerstrebend tat sie wie geheißen und trottete ihm hinterher. Geschickt öffnete er die Heckklappe des himmelblauen Lieferwagens. Er trat einen Schritt beiseite, und Miri erstarrte. Ein Kinderbett. Aus Massivholz, so wie es aussah. Sie trat ehrfürchtig einen Schritt näher. Die obere Kante des Kopf- und des Fußteils war mit der halben Arche Noah bevölkert. Jemand hatte sich die Mühe gemacht, die verschiedenen Tiere aus dem Holz zu schnitzen. Sie wirkten so lebendig, als würde eines mit dem anderen Fangen spielen.

Miri räusperte sich. „Wunderschön", gab sie widerwillig zu.

Er stieß erleichtert den Atem aus, den er unbewusst angehalten hatte. „Ich bin froh, dass es dir gefällt."

Unschlüssig strich sie nochmals über das Holz. Abrupt wandte sie sich ihm zu. „Hilfst du mir, es hochzutragen?", fragte sie unvermittelt.

„Klar", antwortete er verdutzt.

Himmel, war die Frau samt ihrer Stimmungen schwer einzuschätzen. Dass sie so gut roch, half auch nicht gerade. Ihr unverkennbarer Duft stieg ihm in die Nase. Seine Nasenflügel weiteten sich.

„Worauf wartest du noch? Alleine kriege ich das Teil nicht raus."

„Solltest du überhaupt so schwer tragen?", fragte er besorgt. Er erinnerte sich schwach an irgendetwas in der Art. Vermutlich hatte ihm das einer seiner Freunde erzählt, der bereits Kinder hatte.

Sie schnaubte. „Ich bin schwanger, nicht krank. Es ist alles bestens und du hilfst ja mit. Ich nehme mal an, du hast keine Eiche verarbeitet, sondern so wie es aussieht leichtes Kiefernholz. Also, wollen wir?“

Er kapitulierte und klappte seinen Mund wieder zu. Nachdem alle ihre genannten Punkte legitim und sinnig waren, beeilte er sich, mit anzufassen. In erstaunlich kurzer Zeit hatten sie das Kinderbett gemeinsam in den ersten Stock bugsiert. Von ihm unbemerkt hatte Maxi dabei geholfen. Miri war ganz froh darüber. Sie wollte kein Risiko eingehen und die Treppe wäre normalerweise sehr mühsam gewesen. Wenn der Mann sie nach dieser Aktion zusätzlich für Superwoman hielt, war das nur ein Vorteil. Obwohl das Drachenkind vorerst mit ihr im Zimmer schlafen würde, dirigierte sie ihn in das noch leere Kinderzimmer. Maxi würde ihr später sicher helfen, das Teil zu verschieben. Sie konnte ihn unmöglich in ihr Zimmer lassen. Dort sah es momentan wie nach einer Explosion im Kleiderschrank aus. Zudem wäre ihr das zu intim erschienen. Sie wartete gar nicht erst ab, ob er noch etwas zum Zimmer sagen würde, sondern drehte sich auf dem Absatz um und stiefelte wieder die Treppe hinunter. Zugegebenermaßen in Socken. Würdevoll eben. Sie hielt ihm bereits die Tür auf, als er ihr mit ein wenig Verspätung nach unten folgte.

„Also gut. Entschuldigung angenommen“, teilte sie ihm mürrisch mit. Sie starrte seine Brust an und hob dann den Blick, um ihm in die Augen zu sehen. Wieso musste der Mann auch so groß sein. Noch ein Grund, der gegen ihn sprach, auch wenn ihre weiblichen Teile da offensichtlich anderer Meinung waren.

Belustigt beobachtete er sie. Jetzt hatte sie offensichtlich ein freundliches Schultertätscheln geplant und eine formale Verabschiedung. Spontan entschied er sich, das zu ändern. Es gab Zeiten zum Abwarten und Zeiten, in denen schnelles Handeln gefragt war. Er bewegte sich schnell, zog sie mit einer

Hand um ihre Taille in einer fließenden Bewegung an seinen Körper. Ihren Protestlaut ignorierte er erstmal und senkte seine Lippen auf die ihren. Ja. Es fühlte sich noch genauso gut an wie beim ersten Mal. Er genoss die weiche Fülle, die Kante ihrer Zähne, die sich in seinen Lippen verfingen, den Druck ihrer Finger, die sich in seine Oberarme gruben. Ob aus Genuss oder Protest, darum würde er sich später kümmern. Sehr viel später. Eigentlich hatte er gedacht, er würde sie küssen, feststellen, dass die Erinnerung besser war als die Realität und dann zur *Wir können doch Freunde sein*-Schiene wechseln. Was er nicht bedacht hatte, war, dass er mehr wollte nach diesem Kuss. Sehr viel mehr. Er war nicht besonders zurückhaltend. Zurückhaltung wurde sowieso überwertet, beschloss er. Diese hatte ihn bisher nicht sehr weit gebracht.

Miri konnte nicht mehr atmen. Oder atmete zu schnell. Das mit dem vernünftigen Denken funktionierte gerade definitiv nicht. Ihre Nervenenden schienen Feuer gefangen zu haben. Flüssiges Feuer, das sich von ihrer Mitte aus im ganzen Körper zu verteilen schien. Die Wirkung, die er auf sie hatte, sollte verboten sein. Sie fühlte, wie sie kurz davor stand, sich komplett aufzulösen. Sie entschloss sich, ihn endlich wegzustoßen. Wie sie es von Anfang an vorgehabt hatte. Also die ganze Zeit. Das würde sie tun, gleich – da ließ er sie los und trat einen Schritt zurück. Unbewusst leckte sie sich über die Unterlippe.

Ihre Wangen waren gerötete, die Pupillen schwarze Teiche. Zum Anbeißen sah sie aus. Doch er hielt sich zurück und nutzte ihre momentane Sprachlosigkeit für den Rückzug. Er lächelte, ein äußerst zufriedenes Lächeln.

„Dafür werde ich mich nicht entschuldigen. Bis bald einmal."

Er winkte und sprang in sein Auto.

Maxi trat hinter Miri aus der Tür und ließ einen anerkennenden Pfiff ertönen. „Wow. Heiß."

Miri starrte sie nur mit weit aufgerissenen Augen an. „Ich muss weg."

„Wo willst du hin?", rief die Drachin ihrem davoneilenden Schützling zu.

„Zu Kaja."

Kopfschüttelnd sah sie ihr nach. „Dieses Mädchen. Nicht mal Schuhe trägt sie."

39

Miri stürmte die Treppe zu Kajas Atelier hoch. „Ich muss weg."

„Hä, was?" Kaja war gerade dabei, eine ganze Reihe neuer Kerzen herzustellen und hantierte mit heißem Wachs. Sie strich sich eine verschwitzte Haarsträhne aus dem Gesicht, die sich aus dem Pferdeschwanz gelöst hatte, und betrachtete Miri genauer. „Was ist denn mit dir los? Du bist ja völlig aufgelöst."

„Mathias war da."

„Aha. Und weiter?"

„Er hat mir ein Kinderbett gemacht."

Als sie nichts weiter sagte, hakte Kaja vorsichtig nach. „Nur damit ich das alles richtig verstehe – Mathias ist vorbeigekommen und hat dir ein Kinderbett vorbeigebracht. Selbst gemacht?"

Sie nickte.

„Und jetzt musst du dringend weg. Fluchtartig."

Miri wich ihrem Blick aus und studierte ihre Hände. Kaja ließ ihren Blick zwischen ihren halbfertigen Kerzen und ihrer Freundin hin- und herwandern. Da sie das Gehörte trotz Miris panischem Auftritt nicht unter „akut lebensbedrohlich" einordnete, beschloss sie, erst einmal ihre Kerzen fertig zu machen. Sonst konnte sie nämlich von vorn anfangen. Während sie weiterarbeitete, stand Miri auf und wanderte zum Fenster. Dort blieb sie stehen und blickte hinaus. Kaja ließ sie in Ruhe. Sie würde schon damit herausrücken, was sie belastete. Sobald sie bereit war. Ruhelos wechselte Miri den Standort.

Plötzlich drehte sie sich zu Kaja um und platzte heraus: „Er hat mich geküsst."

O-o. „Wow. Hätte ich ihm gar nicht zugetraut."

„Was habt ihr denn alle mit eurem ‚wow'? Du hörst dich an wie Maxi."

Miri war sichtlich irritiert über die Reaktion ihrer Vertrauten.

Kaja verbiss sich ein Lachen. „Entschuldigung. Mein Fehler. Natürlich sollte er gevierteilt werden. Mindestens. Dafür, dass er eine Frau küsst, die ihm offensichtlich gefällt. Der er auch einmal gefallen hat." Jetzt konnte sie sich nicht mehr zurückhalten und prustete los.

Miri funkelte sie böse an. „Es ist nicht lustig."

„Doch. Ich nehme an, es hat dir gefallen, nachdem du so schlechte Laune hast?"

Sie stöhnte und verbarg ihr Gesicht in den Händen. „Argh. Wirst du wohl aufhören, so intuitiv zu sein? Das ist echt unangebracht." Sie schielte zwischen ihren Fingern hervor. „Wie kommst du überhaupt darauf?"

Kaja grinste. „Das war nicht schwer zu erraten. Wenn es dir nicht gefallen hätte, hätte es dich zwar auch genervt, du hättest ihm aber einfach in den Arsch getreten, ohne darauffolgende Fluchtgedanken."

Miri verdrehte die Augen. „Gut. Ich erspare dir und mir die Leugnungsphase. Das ändert nichts daran, dass ich weg will. Ich muss mir über einiges klar werden. Das kann ich nicht, wenn er mir zu allen möglichen und unmöglichen Zeiten über den Weg läuft und so unerwartete Dinge tut wie mein Blut zum Kochen zu bringen. Das ist dem Nachdenken nämlich äußerst abträglich. Dazu kommt, dass er auch noch nett ist. Ich hatte mich gerade erst daran gewöhnt, ihn blöd zu finden."

„Der traut sich aber auch was. Plötzlich nett zu sein“, witzelte Kaja und schüttelte gespielt entsetzt den Kopf.

„Du bist keine Hilfe“, grummelte sie. „Ich habe mir gedacht, ich könnte vielleicht so ein Last Minute-Angebot buchen.“

Kaja hatte soeben die ätherischen Öle hinzugefügt. Jetzt musste das Wachs nur noch abkühlen und fest werden. Sie kratzte sich Wachsreste von den Fingern. „Weshalb besuchst du nicht Mémé? Sie würde sich sicher freuen, dich zu sehen. Dann kostet es dich nur das Benzin. Oder die Bahnkarte, falls du lieber mit der Bahn fährst.“

„Zu Josephine?“ Dieser Gedanke schien Miris Laune merklich zu heben. „Meinst du denn, das wäre möglich? Ich will ihr nicht zur Last fallen.“

Kaja zuckte mit den Schultern. „Ich kann sie ja anrufen und fragen. Aber ich kann mir nicht vorstellen, dass sie etwas dagegen haben sollte. Sie kennt dich, du kennst sie, ich sehe da keine Probleme.“

Miri atmete hörbar aus. „Das wäre toll, wenn das klappen würde.“ Ihr war gleich ein wenig leichter ums Herz. Frankreich im Frühling und Josephine mit ihrer freundlichen Art war genau das, was sie jetzt brauchte. „Können Nepomuk und Chili hierbleiben?“

„Klar. Der Kleine kann mit Zorro mitlaufen und dein Kater ist ja sowieso selbständig.“

„Stimmt. Selbstversorger ist er allerdings nicht.“

„Na ja, ich glaube, ich werde es knapp schaffen, dem Raubtier zweimal am Tag etwas zu essen hinzustellen“, antwortete sie trocken.

14. März 2012

Zwei Tage später stieg Miri aus dem klapprigen französischen Zug. Den ersten Teil der Strecke hatte sie mit dem TGV zurückgelegt, den zweiten mit der Regionalbahn in einem geruhsameren Tempo. Sie war froh, dass sie nicht in einen der häufigen Streiks des Zugpersonals geraten war. Irgendwo in der Mitte von Nirgendwo auf einem französischen Bahnhof zu landen, ohne Aussicht auf Weiterfahrt, das hätte ihr noch gefehlt. Sie hatte Glück gehabt. Tief atmete sie die Gerüche um sich herum ein. Das waren auf dem Bahnhof allerdings nicht die würzigen Kräutergerüche des Südens. Sie rümpfte die Nase. Vielmehr roch es nach dem metallischen Geruch der Schienen, vermischt mit dem Gestank von altem Urin und schlecht funktionierender Kanalisation.

Ein alter Mann mit schlohweißem Haar schien ihr am Ende des Perrons zu winken. Erfreut winkte sie zurück. Luc kam sie abholen. Sicher hatte ihn Josephine losgeschickt. Sie freute sich zu sehen, dass die beiden offenbar nach wie vor ein Paar waren. Schon bei ihrem Besuch im letzten Herbst hatte sie die beiden kennen und schätzen gelernt. Miri wollte ihm schon förmlich die Hand reichen, als er sie erst in eine bärenwürdige Umarmung zog und ihr gleich darauf drei enthusiastische Küsse aufdrückte. Er nahm ihr die kleine Reisetasche ab.

„Schön, dass du hier bist. Zu zweit, wie ich sehe“, bemerkte er und deutete eine Bauchrundung an. Obwohl, viel deuten musste er nicht. Sein eigener Bauch spannte nach wie vor deutlich über seinem Hosenbund. Er schien dasselbe zu denken und lachte. „Mein Bauch bleibt. Du bist deinen bald wieder los.“

Miri fiel in sein Lachen ein. Etwas überwältigt von der herzlichen Begrüßung fühlte sie sich fast ein bisschen scheu. Ihr Französisch war zwar nicht schlecht, bei seinem südfranzösischen Patois musste sie jedoch immer ein bisschen genauer hinhören, um alles zu verstehen. Aber Luc machte es ihr leicht. Auf der Fahrt zu Josephines Haus machte er sie auf verschiedene Dinge aufmerksam. Ein blühendes Feld, die grünen Bäume, ein halbwegs fertig gestelltes Haus eines Bekannten, ein Kriegerdenkmal. Sie öffnete das Fenster einen Spalt und genoss die laue Luft. Nun konnte sie auch die angenehmen Düfte der südfranzösischen Kräuter, die sich bereits vorsichtig der Sonne entgegenstreckten, riechen. Hier war der Frühling bereits deutlich spürbar und es waren nur noch ein paar Wochen bis zur Spargelernte. Sie entspannte sich und genoss das Dahinplätschern von Lucs Stimme. Er schien keine wirkliche Beteiligung zu erwarten und war zufrieden, eine interessierte Zuhörerin zu haben. Schon bald ließen sie das Dorf, in dem Luc seine Garage hatte, hinter sich und bogen auf die schmale Straße ein, die über ein paar Kurven zu Josephines Häuschen führte. Als sie die letzte Biegung umrundeten, konnte sie eingebettet zwischen einem kleinen Rebberg und einem lebhaften Bach bereits das gedrungene Dach mit dem windschiefen Kamin sehen. Rauch stieg auf. Sie freute sich sehr auf das Wiedersehen mit Kajas Großmutter. Luc sah ihr Lächeln.

„Du freust dich, hein?"

Sie nickte.

„Alors, dann nichts wie hin", meinte er und beschleunigte den alten, tipptopp gepflegten Citroên.

Josephine stand schon in der Tür, als sie ausstiegen. „Hat alles geklappt, wie ich sehe", hieß sie die beiden willkommen. Auch von ihr wurde Miri mit den üblichen Küsschen begrüßt. Das angenehme Gefühl der pergamentenen Haut an ihrer Wange und der Duft nach Kräutern und Holzkohle drohten sie zu überwältigen. Impulsiv schloss sie die alte Frau in die Arme und drückte sie.

„Wenn ich eine Großmutter hätte, würde ich mir wünschen, sie wäre so wie du."

Josephine tauschte mit Maxi, die unbemerkt von Luc mitgereist war, einen Blick aus. „Das musst du dir nicht wünschen. Als Drachenschwester von Kaja hast du mich gleich als Großmutter dazu bekommen. Sozusagen im Kombipaket."

Miri schniefte und musste gleichzeitig lachen. „Danke. Und entschuldige bitte die rührselige Szene. Im Moment scheint es, als hätten meine Hormone mich im Griff statt umgekehrt."

Josephine tätschelte ihr begütigend den Rücken. „Mach dir keine Gedanken. Komm erst einmal rein."

Luc räusperte sich. „Hier ist noch deine Tasche. Ich gehe dann mal. Bis heute Abend?", fragte er an Josephine gewandt.

„Genau."

Miri sah unbehaglich zu, wie sie ihm zum Abschied winkte. „Er kann gern bleiben. Wegen mir muss er nicht gehen. Ich will eure Gewohnheiten nicht stören."

„Er muss sowieso nach seinen Autos schauen. Irgendeines braucht ihn immer. Wir sehen uns später, keine Angst."

Sie scheuchte Miri in das Innere des kleinen Hauses. Alte, vom Rauch dunkel gefärbte Balken dominierten den Raum. Obwohl sie nicht sehr groß war, musste sie immer wieder Kräuterbündeln ausweichen, die fein säuberlich zum Trocknen aufgehängt waren.

„Setzt euch."

Mit einem Seufzer ließ sich Miri an dem alten Tisch nieder und begann die weiße Katze zu streicheln, die auf ihrem Lieblingsplatz, der Fensterbank, an der Sonne saß. „Hallo Ria. Ich dachte, ich besuche dich wieder einmal", schmeichelte sie, während sie sie zwischen den Ohren kraulte.

Die Katze schien eine Augenbraue hochzuziehen, als würde sie ihren Worten nur bedingt Glauben schenken.

„Stimmt", gab Miri zu. „Aber es ist trotzdem nett, dich zu sehen."

Ria blinzelte. Josephine stellte einen Krug dampfenden Kräutertees auf den Tisch und stellte zwei Tassen dazu. Nach einem Seitenblick auf Maxi ging sie zum Kühlschrank und schenkte Milch in eine flache Schale.

Die Nasenflügel der Drachin bebten. „Danke."

Josephine warf ihr einen schrägen Blick zu. „Ich kann dich denken hören, vergiss das nicht." Zu Miri gewandt meinte sie: „Was die immer mit meinem Holunderschnaps haben, weiß ich nicht."

„Er scheint sehr lecker zu sein", stimmte sie ihr lächelnd zu.

Diese schnaubte nur. „Ich weiß nicht. Ich glaube eher, es ist eine grundsätzliche Neigung zum Alkohol."

Maxi tat derweil völlig unbeteiligt, als ginge die ganze Konversation sie nichts an.

„Zugegebenermaßen ist dein Drache um einiges besser erzogen als mein, pardon, Kajas Drache. Während das Alter mich offenbar meine Manieren vergessen lässt", fügte sie hinzu und wandte sich an Maxi. „Ich bin Josephine, Kajas Großmutter und ehemaliger Schützling von Lance. Kennst du Lance?"

Erfreut schüttelte die Drachin mit ihrer Pranke Mémés Hand und errötete tatsächlich in allen möglichen pinkfarbenen Nuancen, als Lances Name fiel.

Miri amüsierte sich prächtig.

„So, jetzt zu dir, junge Dame. Wie ich höre, läufst du vor einer Liebesgeschichte davon?"

Jetzt war es an Miri, verlegen herumzustottern. „Äh, so würde ich das nicht nennen. Ich muss mir einfach über einiges klar werden. Dabei kann ich keine Ablenkung gebrauchen. Lange Spaziergänge durch die Rebberge werden mir gut tun. Wenn du Hilfe brauchst, melde dich bitte. Ich gehe dir gerne zur Hand."

Josephine ließ sich von dem Themenwechsel nicht täuschen, beschloss aber, sie für den Moment in Ruhe zu lassen. „Dieses Angebot nehme ich gerne an. Ruhe wirst du hier zur Genüge finden. Ich lasse dich bereits heute Abend alleine. Wie du eben gehört hast, bin ich mit Luc verabredet." Sie deutete auf die graue Granitabdeckung der Küche. „Ich habe dir etwas zu essen hingestellt. Rindsragout. Du musst es nur noch aufwärmen. Das Zimmer ist dasselbe wie beim letzten Mal. Du findest dich sicher zurecht."

Miri trank einen Schluck Tee. Endlich einmal etwas anderes als Fencheltee, auch wenn sie nicht genau definieren konnte, was es war. „Vielen Dank. Für den Tee. Und dafür, dass ich kommen durfte."

„Jederzeit." Josephine stand auf und trug ihre Tasse zur Spüle. „Ich bin im Atelier, falls du mich brauchst."

Miri blieb noch eine Weile sitzen und genoss die Gesellschaft von Maxi und Ria. Dann schob sie ihren Stuhl zurück und räumte ihre eigene Tasse und die nunmehr leere Schale weg. Sie gähnte. „Ich bringe meine Sachen hoch, kommst du mit?" Im Zimmer packte sie die paar Kleider und ihren Notizblock aus und zog sich Jogginghosen und Hausschuhe an. Probeweise legte sie sich aufs Bett. In der nächsten Sekunde war sie eingeschlafen. Liebevoll strich ihr Maxi über die kurzen Locken und deckte sie zu.

Spät abends kehrte Josephine zurück. Maxi wartete bereits in der Küche auf sie. Sie warf ihr einen kurzen Blick zu.

„Dachte ich mir schon, dass du noch wach bist." Sie legte ihren Mantel und das Schultertuch ab. Aus dem Schrank neben der Treppe nahm sie eine Flasche.

„So, jetzt gönnen wir uns ein Gläschen. Ich muss sagen, ich bin sehr erfreut, einmal die Bekanntschaft eines weiblichen Drachen zu machen." Sie stellte ein Glas vor Maxi hin und füllte es bis zum Rand, wie diese erfreut bemerkte.

Sie strahlte und ließ ihre scharfen Zähne aufblitzen. „Vielen Dank."

Mémé folgte ihrem Beispiel. Nach einem kräftigen Schluck setzte sie das Glas ab. „So. Was ist denn nun los mit dem Kind?"

In kurzen Sätzen schilderte die Drachin ihrer interessierten Zuhörerin die Geschehnisse der letzten Monate. Geduldig hörte sie ihr zu. Ihre Miene spiegelte dabei ihre Gedanken. Besorgt, als die wiederholten Drohbriefe erwähnt wurden. Freude über die erfolgreiche Zusammenarbeit mit Kaja und die Fertigstellung des Häuschens. Kopfschütteln über das unbesonnene und idiotische Verhalten von Mathias.

„Männer“, schnaubte sie. „Und jetzt versucht er, den Schaden wieder gut zu machen.“

„Genau. Deshalb ist Miri so verwirrt. Sie hat sowieso schon so viele schlechte Erfahrungen mit dem Thema Familie gemacht. Im Moment traut sie dem Konzept nicht weiter, als sie spucken kann. Was nicht sehr weit ist“, erklärte die Drachin. Violette Funken stieben aus ihren Nasenlöchern.

Mémé seufzte. „Familienbande. Leider können wir uns unsere biologische Herkunft nicht aussuchen. Davon kann auch Kaja ein Lied singen. Die Chance bekommen, seine Wurzeln kennen zu lernen, sollte man trotzdem.“ Die beiden verfielen in ein freundschaftliches Schweigen. „Na ja. Ich denke, sie braucht vor allem einmal Zeit, in der sie all das Erlebte verarbeiten kann. So wie sich das anhört, ist sie vor lauter Aufregung und Arbeit bisher noch nicht dazu gekommen.“

Maxi pflichtete ihr bei. „Deshalb schlage ich vor, wir geben ihr die Dinge, die sie am meisten braucht. Ruhe, Zeit zum Nachdenken und Gesellschaft, wenn sie es wünscht.“

Sie blieben noch ein Weilchen beieinander sitzen. Kurz bevor Josephine der Drachin gute Nacht wünschte, fiel ihr noch etwas ein. „Der Anhänger um Miris Hals: Was hat es damit auf sich?“

„Das ist ein Drachenstein.“

Amüsiert lächelte die alte Frau. „Das sehe ich selber. Nur, wozu ist er gedacht?“

Maxis Antwort fiel ausweichend aus. „Drachensteine sind Schutzsteine. Ein Weihnachtsgeschenk von Lance und mir für Miri und ihr ungeborenes Kind.“

„Aha." Sie war sich ziemlich sicher, dass es mehr damit auf sich hatte. Ebenso klar war ihr, dass sie in diesem Moment keine weiteren Details aus der Drachin herausbekommen würde. Nicht dass das eine Rolle spielte. Sie hatte andere Mittel und Wege, Antworten zu finden.

Die nächsten Tage verbrachte Miri in einem gemächlichen Rhythmus. Sie schlief ungefähr bis neun Uhr. Dann stand sie auf und ging nach unten, wo sie sich ein Stück von dem frischen Baguette, welches der Bäcker jeden Morgen in seinem kleinen Renault Kangoo vorbeibrachte, dick mit Nutella bestrich. Dazu genoss sie eine Tasse des warmen Kräutertees, den Mémé immer fürsorglich für sie bereitstellte. Während sie frühstückte, versuchte sie aus der französischen Zeitung schlau zu werden. Diese war zwar meistens vom Vortag, doch das spielte für sie keine Rolle. Später zog sie sich an und unternahm lange Spaziergänge durch die benachbarten Rebberge. Sie liebte diese Ausflüge, bei denen sie das langsame Erwachen der Natur um sich herum beobachten konnte. Eigentlich hatte sie vorgehabt, an ihren Entwürfen zu arbeiten und Josephine möglichst viel zur Hand zu gehen. Aber in der Ruhe und Abgeschiedenheit hier merkte sie zum ersten Mal, wie viel Energie sie die vergangenen Monate gekostet hatten. Mémé und Maxi ließen sie in Ruhe. Dafür war sie dankbar.

28. März 2013

Im Nu waren zwei Wochen vergangen. Als sie nach einem kurzen Regenguss, den sie im Haus abgewartet hatte, aus dem Haus trat, atmete sie tief ein. Am Himmel jagten sich ein paar zurückgebliebene Wolken. Es wehte ein sehr starker Wind. Nicht untypisch für diese Region. Sie wickelte sich enger in ihre dicke Strickjacke. Der Duft der feuchten, lehmhaltigen Erde der Weinberge hing schwer in der Luft, während die Märzsonne, die in dieser Region bereits ziemlich kräftig war, die Umgebung erwärmte. Kurz überlegte sie, sich auf die kleine Holzbank, die vor dem Haus stand, in die Sonne zu setzen, entschied sich dann aber dagegen. Der Spaziergang würde ihr gut tun. Sie hatte sich vorgenommen, sich heute nicht nur treiben zu lassen und ihren Gedanken nachzuhängen, sondern einige Entscheidungen zu fällen. Das fiel ihr sicher leichter, wenn sie in Bewegung blieb. Ein Tritt gegen ihre Bauchdecke bekräftigte ihre Entscheidung. Zu ihrer großen Freude spürte sie seit einigen Tagen die Bewegungen des Kindes deutlich. Es gab ihr ein gutes Gefühl. Das Drachenkind wurde dadurch realer. Sie hatte auch den Eindruck, es würde ihm gut gehen. War ja schließlich auch eine Suite erster Klasse. Gut gepolstert und temperiert mit Nahrung à la discretion, noch dazu alles umsonst. Sie tätschelte den Bauch.

„Genieße es, kleines Drachenkind. Du wirst früh genug lauthals reklamieren müssen, bis ich deine Wünsche erfülle."

Gut gelaunt ging sie los. Bald würde der kleine Drache aufhören, gegen ihre Bauchdecke zu fliegen, eingelullt von der regelmäßigen Bewegung seiner Transportbox, wie sie vermutete. In einem Olivenhain, der auf einer kleinen Anhöhe wuchs, setzte sie sich auf einen großen Stein. Pausen waren schließlich erlaubt. Sie vergewisserte sich, das Maxi tatsächlich nicht hier war. Diese Entscheidungen musste und wollte sie alleine treffen. Dies schienen die Drachin wie auch Josephine ohne Worte zu verstehen, worüber sie sehr froh war. In ihrem Kopf herrschte nach wie vor ein heilloses Durcheinander. Das wollte sie heute versuchen zu ordnen. Sie hoffte, damit die regelmäßigen Anflüge von Panik in den Griff zu bekommen.

Miri lehnte ihren Kopf an den knorrigen Stamm des Olivenbaumes. Also.

Fakt 1: Ihre berufliche Situation hatte sich zwar vollkommen geändert, aber eindeutig zum Positiven. Sie konnte ihre Passion ausleben und, zumindest so wie es bis jetzt aussah, sogar davon leben. Irgendwann wahrscheinlich besser als je zuvor. Was nicht sonderlich schwierig war, wenn man den Hungerlohn, den ihr Onkel ihr bezahlt hatte, betrachtete.

Fakt 2: Das Pächterhäuschen war fertig renoviert. Der Idiot hatte erstklassige Arbeit geleistet. Ihre Gedanken drohten abzuschweifen. Zu seinen fordernden Lippen auf den ihren, dem Gefühl seiner Muskeln unter ihren Händen... Stopp! befahl sie sich energisch. Mit diesem Punkt würde sie sich später befassen. Alles schön der Reihe nach. Die Rundumerneuerung konnte sich sehen lassen und sie freute sich sehr darauf, es zu ihrem Zuhause zu machen. Nachdem sie so Hals über Kopf abgereist war, herrschte im Moment noch ein ziemliches Durcheinander. Aber das würde sie schnell ändern. Verwundert hielt sie inne. Obwohl es eine sehr anstrengende und aufregende Zeit gewesen war, hatte sie ganz schön was erreicht! Mehr als in den letzten drei Jahren zusammen. Ein kleiner Funken Stolz und Zufriedenheit auf und mit sich selber machte sich in ihr breit. Sie lächelte.

Fakt 3: Sie hatte hier zwei wunderschöne Wochen erlebt. Die Gegend und vor allem Josephines Fürsorge waren Balsam für ihre Seele gewesen. Doch so sehr es ihr hier auch gefiel, ihr Zuhause und ihre Freunde riefen nach ihr. Sie fühlte sich allem, was kommen mochte, jetzt mehr gewachsen. Egal, welche Steine ihr das Leben in Zukunft vor die Füße spucken würde. Und das würde es. Soviel hatte sie jetzt begriffen. Es ging nicht darum, dass alles immer glatt lief, auch wenn sie sich das vielleicht wünschte, sondern darum, was man daraus machte. Aber sie war zuversichtlich, das zu packen, denn sie hatte die besten Freunde der Welt. Auf ihre Verwandten konnte sie da gut verzichten. Sie streckte sich und gähnte. Die Sonne machte sie schläfrig, obwohl sie, seit sie hier war, gefühlt die meiste Zeit mit Schlafen verbracht hatte.

Fakt 4: Ihr war immer noch ein irrer Stalker auf den Fersen. Bei dem Gedanken verlor ihre Gelassenheit etwas von ihrer neugewonnenen Stärke. Vielleicht hatte er durch ihre lange Abwesenheit den Spaß an der Sache verloren. Aber sie glaubte nicht so richtig an diese bequeme Lösung. Sie nagte an ihrer Unterlippe. Auf den Stalker selbst hatte sie keinen Einfluss. Sie konnte nur bestimmen, wie sie mit der Situation umgehen wollte. Sie würde sich nicht unterkriegen lassen. Wäre ja gelacht, wenn sie von so einem Kriminellen ihr Leben bestimmen lassen würde. Außerdem hatte sie einen persönlichen Drachen als Leibwächter. Dieser Gedanke beruhigte sie wieder, und sie entspannte sich.

Es half nichts. Auch wenn sie jetzt begann, Oliven zu zählen oder Wolkentiere zu beobachten, irgendwann musste sie sich Punkt 5 zuwenden: Mathias. Der es mit Leichtigkeit geschafft hatte, ihr gleichzeitig die schönsten und die schrecklichsten Momente zu verschaffen. Sie schloss die Augen. Eine Achterbahn war ein Dreck dagegen. Die Nachwirkungen des überraschenden Kusses spürte sie immer noch in ihrem Blut. Resolut verdrängte sie diese unwillkommenen Erinnerungen. Das Vernünftigste war, wenn sie erst mal versuchten, Freunde zu sein. Sie kannten sich ja eigentlich gar nicht. Sie nickte entschlossen. Das würde sie ihm auch so erklären. Sie war sich sicher, ihn davon überzeugen zu können, amouröse Komplikationen erst einmal beiseite zu lassen.

„Richtig“, ertönte Maxis Stimme, gewürzt mit einer gehörigen Portion Ironie, in ihrem Kopf. „Das glaube ich erst, wenn ich es sehe. Dazu musst du deine Finger von dem gutaussehenden Mann lassen.“

Miri verdrehte die Augen. Irgendwie war sie der Illusion aufgesessen, wenn sie die Drachin nicht sah, würde die auch nichts mitbekommen. „Ha ha. Hörst du schon lange mit?“

„Lange genug um zu wissen, dass du endlich ein wenig stolz auf dich bist. Gut so, Mädchen. Ich bin es nämlich auch." Blätter raschelten. Sie materialisierte sich in einem Wirbel aus Sternen und ließ sich elegant auf dem Stein neben Miri nieder.

„Dann weißt du Bescheid, dass wir morgen abreisen."

„Prima. Es wird höchste Zeit, dass ich mich wieder um Nepomuk kümmern kann."

„Ja, ich vermisse den kleinen Kerl auch." Sie stand auf und klopfte sich Staub von ihrem Hinterteil. Sie hängte sich bei ihrem persönlichen Fabelwesen ein. „Und nur damit das klar ist: Halte dich aus meinem Liebesleben raus."

„Liebesleben? Welches Liebesleben denn? Ich dachte, es würde keines geben."

„Mein nichtexistentes Liebesleben meine ich natürlich."

„Aha."

Miri warf ihr einen Seitenblick zu. „Ich meine das ernst. Sonst kümmere ich mich um deines!"

Maxi legte sich verwundert eine Hand auf die Brust. „Um meines?", fragte sie unschuldig.

„Genau. Um deines. Welches natürlich auch nichtexistent ist", antwortete sie verschmitzt.

Maxi beschloss klugerweise, das Thema nicht weiter zu verfolgen. Das wäre ja noch schöner, wenn sich plötzlich ihr Schützling in dracheninterne Angelegenheiten mischen würde.

40

10. April 2013

Miri war auf ihrer Veranda mit der Fertigstellung eines neuen Schmuckstücks beschäftigt, als das Telefon läutete. Sie beschloss, es zu ignorieren. Der Frühling hatte auch in der Schweiz Einzug gehalten. Um die warmen Temperaturen und den Frühling zu genießen, hatte sie es sich angewöhnt, auf ihrer Veranda zu arbeiten statt im Atelier. Das bedeutete allerdings auch, dass sie hier draußen war und das Telefon drinnen. Wer auch immer es war, konnte später wieder anrufen. Seit zwei Wochen war sie schon wieder zurück und konnte sich seither vor Aufträgen kaum retten. Wenn das so weiterging, würde sie einen Auftragsstopp einlegen müssen. Wer hätte das gedacht. Es kam ihr nicht ungelegen, dass sie so beschäftigt war. Dadurch hatte sie eine tolle Ausrede, um nicht mit Mathias sprechen zu müssen. Lange würde sie die Aussprache allerdings nicht mehr aufschieben können. Aber das war ein anderes Thema. Sie hoffte nur, die Arbeit auch zu schaffen, wenn der Wurm da war.

Maxi, die unermüdlich einen Ball warf, damit ihn Nepomuk holen und zurückbringen konnte, räusperte sich vernehmlich.

„Ja-ha, ist ja gut! Das Drachenkind." Als wenn es eine Rolle spielen würde. Schließlich war die Bezeichnung Wurm durchaus liebevoll gemeint. Manchmal konnte so ein bevormundender Drache ganz schön nerven.

„Ich kann dich hören“, ließ sie Maxi schnaubend wissen.

„Das ist auch gut so“, murrte Miri.

„Du willst doch nicht, dass dein Kind einem Wurm ähnlich sein wird, oder?“, hakte die Drachin belehrend nach.

„Ehrlich gesagt möchte ich auch nicht, dass mein Kind einem Drachen ähnlich ist, wenn du mich schon so fragst“, antwortete sie aufsässig. Sie sah dabei nicht von ihrer Arbeit auf.

So verpasste sie, dass ein besorgter Ausdruck über Maxis Züge huschte. Nach einer kurzen Unterbrechung zuckte sie mit ihren Flügeln und nahm ihr Spiel mit Nepomuk wieder auf. Sie konnte es sowieso nicht ändern. Nur versuchen, die beiden so gut wie möglich zu beschützen. Den Chihuahua wenigstens plagten keine Sorgen. Solange er bei seinem Drachen schlafen und Zorro am Ohr ziehen konnte sowie dreimal täglich sein Futter bekam, war seine Welt in Ordnung.

Versuchsweise legte Nepomuk den Ball vor Miris Füße. Sie blickte auf und kraulte ihn hinter den Ohren. „Dein Caddy ist dort drüben.“ Sie deutete auf den Drachen. Er wedelte und leckte ihr kurz über die Hand. Er hatte nur sicherstellen wollen, dass sie sich nicht ausgeschlossen fühlte.

Miri legte ihr Werkzeug und das Material zur Seite und streckte ihren Rücken durch. Inzwischen war sie im sechsten Monat schwanger und fühlte sich pudelwohl. Der Bauch war inzwischen deutlich sichtbar, störte sie aber nicht groß in ihrer Bewegungsfreiheit. Sie hoffte, dass das so blieb. Nur die neu aufgetretene Kurzatmigkeit bereitete ihr Mühe. Geprägt von ihren jahrelangen Asthmaanfällen wurde sie schnell panisch, wenn sie das Gefühl hatte, nicht genügend Luft zu bekommen. Das war inzwischen bei der kleinsten Steigung der Fall. Selbst das Wissen, dass das ganz normal war in dieser Phase der Schwangerschaft, half nicht wirklich. Aus diesem Grund ärgerte sie sich, dass sie das Telefon im ersten Stock liegen gelassen hatte. Es klingelte nämlich schon wieder. Sollte sie jetzt wirklich hochgehen und es holen?

„Würde sich vielleicht jemand mal um das verdammte Telefon kümmern? Es gibt Leute, die versuchen hier zu schlafen." Adrian. Als wenn er nicht überall schlafen könnte. Aber er hatte einen Narren an ihr gefressen und war nun fast ausschließlich im Pächterhäuschen anzutreffen.

Sie schmunzelte. Am letzten Abend in Frankreich hatte sie sich mit Josephine ausgiebig über ihre Geisteraffinität unterhalten. So wie es aussah, konnte ihr das jederzeit passieren, dass irgendwelche verirrten Seelen bei ihr Hilfe suchten. Sie hoffte nur, dass sie das dann erfolgreicher anstellte als bei Adrian. Sollten alle beschließen hierzubleiben, würde sie noch anbauen müssen. Insgeheim freute sie sich nach wie vor über seinen Entschluss, ihr noch ein Weilchen Gesellschaft zu leisten.

Jetzt erschien er mit einem finsteren Gesichtsausdruck auf der Veranda und hielt ihr das immer noch klingelnde Telefon hin.

„Danke schön. Ich weiß das zu schätzen."

Großzügig winkte er ab. „Schon gut, schon gut. Gerne." Das Telefon läutete weiter. „Aber könntest du das verfluchte Ding endlich ruhigstellen?" Er funkelte das Teil erbost an.

Miri nahm ab. „Hallo?"

„Hallo Miri, meine Lieblingsnichte." Sie stutzte. Ihr Onkel. In einem für ihn völlig untypischen jovialen Tonfall. Woher hatte er überhaupt diese Nummer? Wahrscheinlich aus dem Internet, sagte sie sich.

„Was willst du?"

„Ich wollte mich entschuldigen. Das letzte Mal, als wir uns sahen, sind wir wohl nicht im Besten auseinander gegangen."

Ungläubig starrte Miri den Hörer an, bevor sie ihn wieder ans Ohr hielt. „Das ist die Untertreibung des Jahres."

„Stimmt, stimmt. Deshalb dachte ich, ich könnte dich auf einen kleinen Kaffee einladen. Um dir alles zu erklären und Frieden zu schließen."

Miri glaubte ihren Ohren nicht zu trauen. Sie wollte ihm schon sagen, was sie von seinem Friedensangebot hielt, als er noch hinzufügte: „Schließlich sind wir Familie. Auch das Kleine, das unterwegs ist."

Sie schluckte die Verwünschungen, die schon auf ihrer Zunge lagen, hinunter und dachte nach. Was, wenn er es ehrlich meinte? Vielleicht könnten sie tatsächlich einen Neuanfang schaffen. Wäre es das nicht wert?

„Das ist jetzt nicht dein Ernst", mischte sich jetzt Maxi mit zischender Stimme ein. „Das ist der Mann, der dich jahrelang schlecht behandelt und dich zum krönenden Abschluss geschlagen, ernsthaft verletzt und eingesperrt hat."

Miri wedelte mit der Hand, um ihr zu bedeuten, sich nicht einzumischen.

Adrian hatte ebenfalls mitgehört. Das, was er gehört hatte, ließ ihm die Haare zu Berge stehen. Die Worte an sich ergaben für ihn keinen Sinn. Er hatte keine Ahnung, wovon der Mann sprach. Allerdings kannte er dessen Stimme von irgendwoher. Wenn ihm doch nur einfallen würde, wo er sie schon einmal gehört hatte. Er presste zwei Finger auf seine brennenden Augen. In letzter Zeit wurde sein Gedächtnis immer schlechter. Erinnerungen verschwammen zu einem Nebel. Wirklich lästig. Vor allem in einer Situation wie dieser. Seine Intuition, die nach wie vor hervorragend funktionierte, signalisierte ihm deutlich Gefahr in großen blinkenden Neonbuchstaben.

Miri bekam von seiner Aufregung nichts mit. Sie war zu sehr damit beschäftigt, sich zu einer Entscheidung durchzuringen und ihrer Drachin aus dem Weg zu gehen. Zu ihrer eigenen Überraschung hörte sie sich zustimmen. „Also gut. Soll ich nach Zürich kommen?"

„Nein, nein. Ich komme in deine Nähe. Wir waren schon ewig nicht mehr am Rheinfall. Treffen wir uns dort."

Das Ganze wurde immer seltsamer. Sie konnte sich nicht erinnern, überhaupt jemals mit ihrem Onkel am Rheinfall gewesen zu sein. Andererseits konnte es ihr nur recht sein, wenn sie nicht den ganzen Weg nach Zürich zurücklegen musste. Wenn er seine Erinnerungen nicht im Griff hatte, war das nicht ihr Problem.

„Heute Nachmittag um drei?"

Das war sehr kurzfristig. In einer halben Stunde müsste sie los. Doch nachdem sie keine Termine hatte, sagte sie zu. Wenigstens hatte sie es dann hinter sich. Sie versprach sich nicht viel von der Begegnung. Ziemlich sicher waren es nur leere Worte, die nach ein paar Minuten in der Gegenwart des anderen durch Beleidigungen ersetzt würden. Sie machte sich da nichts vor. Immerhin kannte sie ihren Onkel lange genug. Und doch ertappte sie sich dabei, wie sie, wie schon so oft zuvor, hoffte, diesmal würde es anders sein. Vielleicht hatte ihn die Aussicht auf ein Großkind tatsächlich milder gestimmt. Sie steckte das Telefon in ihre Tasche und begann, ihre Sachen aufzuräumen.

Sie ignorierte Maxi und Adrian, die beide gleichzeitig anfingen, auf sie einzureden. „Total schlechte Idee..." „... irgendwo habe ich diese Stimme schon einmal gehört. Und nicht in einem guten Zusammenhang..."

Sie ignorierte beide und ging hinein, um sich für das Treffen umzuziehen.

Einc halbe Stunde später wollte sie das Haus verlassen. Maxi sah das offensichtlich anders. Sie war eine furchteinflößende Erscheinung. In ihrer vollen Größe, die Flügel ausgebreitet, stand sie auf den äußeren Treppenstufen und versperrte ihr zähnefletschend den Weg. Aus ihrem Rachen drangen violette Rauchschwaden, in denen pinkfarbene Funken glommen.

„Geh da nicht hin, meine Kleine", beschwor sie ihren Schützling mit grimmiger Miene.

Gleichzeitig hielt Adrian sie am Ärmel fest. „Bleib hier, ich habe ein ganz schlechtes Gefühl."

Sie riss sich von dem Geist los und stellte sich ganz dicht vor die Drachin hin, die Arme in die Hüften gestemmt.

„Ich weiß nicht, was mit euch beiden los ist. Ich werde mich jetzt mit meinem Onkel an einem öffentlichen Platz treffen. Und ja, er ist ein Arschloch. Das wird er mir vermutlich auch heute bestätigen. Aber das muss ich selber herausfinden. Ich möchte mir später nicht vorwerfen müssen, die Chance auf eine Versöhnung vertan zu haben. So. Und jetzt lasst mich durch."

Ihre Stimme hatte einen stählernen Klang angenommen. Ihre dunkelblauen Augen blitzten. Widerwillig trat Maxi einen Schritt zurück. Sie ahnte, wenn sie Miri jetzt mit Gewalt zurückhielt, würde das ihrer Beziehung gewaltig schaden. Ungläubig sah Adrian zu, wie sie Miri vorbeiließ und auch nicht eingriff, als sie in ihr Auto stieg und davonfuhr.

„Du lässt sie gehen? Einfach so? Lässt zu, dass sie blindlings in ihr Unglück rennt?"

„Was weißt du schon darüber", unterbrach Maxi ihn unwirsch.

Sie hatte auch ein ungutes Gefühl. Andererseits machten Miris Worte durchaus Sinn. Was konnte er ihr an einem öffentlichen Ort schon groß anhaben. Zudem hatte sie fast fünfzehn Jahre bei ihm überlebt. Adrians eindringliche Stimme riss sie aus ihren Grübeleien.

„Ich habe diese Stimme schon einmal gehört."

„Ja und?"

„Ich kann mich bloß nicht mehr erinnern, wo und in welcher Situation."

„Na, dann streng dich ein bisschen mehr an!", blaffte der Drache.

Adrian wich unwillkürlich einen Schritt zurück und zog den Kopf ein. „Ich glaube nicht, dass Druck in einer Situation wie dieser hilfreich ist", schnappte er.

Sie verdrehte genervt die Augen. Zu nichts waren sie zu gebrauchen, diese Geister. Wusste sie es doch.

„Ich hab's!", rief er plötzlich aus.

Ohne viel zu erwarten, drehte Maxi sich zu ihm um. „Was ist?"

„Ich weiß wieder, wieso ich die Stimme erkannt habe. Vor ein paar Wochen habe ich einen Eindringling verjagt."

Auf der Stelle war Maxi ganz Ohr und sehr besorgt. „Was wollte der Mann denn?"

Adrian runzelte die Stirn, während er sich angestrengt zu erinnern versuchte. „Er hatte es auf Miris Auto abgesehen. Als ich ihn überwältigt habe, hat er geflucht und Hölle und Verdammnis auf uns alle herabbeschworen." Er zuckte mit den Schultern. „Nicht dass es einen Effekt hatte, soweit ich das beurteilen kann."

Maxi überlegte fieberhaft. Das würde ja heißen...

Sie war pünktlich, stellte Miri zufrieden fest. Sie hatte nicht gedacht, dass sie das schaffen würde, nachdem ihre Mitbewohner so einen Aufstand gemacht hatten. Sie wunderte sich immer noch darüber. Maxi ließ sie doch eigentlich größtenteils ihre Entscheidungen selber treffen. Nicht so wie Lance, der auch heute noch manchmal seine schwachen fünf Minuten hatte, wo er meinte, Kajas Leben managen zu müssen. Und Adrians Verhalten war dermaßen untypisch, dass sie beinahe auf ihn gehört hätte. Egal. Die beiden würden sich schon wieder beruhigen. Sie stieg aus und schloss ihr Auto ab.

„Hallo Miri."

Erschrocken sprang sie zur Seite. Ihr Onkel. Er sah noch schlechter aus als bei ihrer letzten Begegnung. Trotz der lauen

Frühlingsluft trug er einen dunklen Mantel und einen Hut. Seine Augen blickten hektisch umher.

„Jetzt hast du mich aber erschreckt! Hallo Onkel Paul."

Sein Blick huschte kurz zu ihr und wieder weg, als könnte er es nicht aushalten, ihr in die Augen zu sehen. Auch gut, dachte sie. Er hatte nach wie vor einen irren Ausdruck in den Augen. Sie unterdrückte ihr aufsteigendes Unbehagen und bemühte sich um einen unverfänglichen Ton, als sie die Konversation fortsetzte.

„Konnte Tante Greta nicht kommen?"

Er sagte immer noch nichts. Irritiert berührte sie ihn am Arm.

„Ich dachte, wir wollten etwas trinken gehen und reden?"

Er zog den Arm zurück, als hätte ihn ihre Berührung verbrannt. „Wie, ach ja. Stimmt."

„Gibt es hier ein Café?"

„Bestimmt", antwortete er vage. „Aber lass uns doch erst auf die Plattform gehen und den Rheinfall anschauen. Im Frühling ist er meist besonders beeindruckend mit all den Regenfällen und dem Schmelzwasser."

Sie schaute ihn von der Seite an. Seit wann war ihr Onkel so interessiert an der Natur? Sie beschloss, ihm den Gefallen zu tun. Der Rheinfall war zu jeder Jahreszeit beeindruckend, und sie hatte ihn tatsächlich schon viel zu lange nicht mehr live erlebt. So folgte sie ihrem Onkel, der zielstrebig auf das Billett-Häuschen zuhielt.

„Zwei Personen", herrschte er den Mann am Verkaufsschalter an und knallte das Geld abgezählt auf den Tresen.

Der wollte sich gegen den unangemessenen Ton wehren, besann sich dann aber eines Besseren, als er in die Augen des Besuchers blickte. Wortlos reichte er ihm zwei Eintrittskarten. Onkel Paul griff sich Miris Arm und begann, sie hinter sich herzuziehen. Das ging Miri nun doch zu weit. Weil sie eine Szene vor dem sowieso schon geschockten Ticketverkäufer vermeiden wollte, hielt sie ihren aufkeimenden Ärger in Schach und warf dem armen Mann ein entschuldigendes Lächeln zu. Sie hatten den engen Gang schon fast hinter sich, als sie ihren Arm losriss, sich an ihm vorbeidrängte und ihrem Onkel ins Gesicht sah.

„Schubs mich nicht herum. Wenn du Frieden schließen willst, dann benimm dich gefälligst entsprechend!"

Mit diesen Worten drehte sie sich um und stürmte auf die leere Plattform.

In ihm kochte Wut hoch. Was erlaubte sich diese Hexe eigentlich. So mit ihm zu sprechen! Aber das würde jetzt dann gleich ein für alle Mal vorbei sein. Dafür würde er schon sorgen!

Miri lehnte vornübergebeugt am Geländer und starrte ins strudelnde Wasser. Das hätte sie sich wirklich sparen können. Keine zwei Minuten und sie stritten sich bereits. Und reden wollte er offensichtlich auch nicht. Keine Ahnung, was er wollte. Sie hielt eine Hand in den Sprühnebel. Das Wasser stürzte mit ohrenbetäubender Lautstärke über die Felsen. Deshalb hörte sie nicht, wie sich ihr Onkel ihr von hinten näherte. Erst im letzten Moment nahm sie eine Bewegung hinter sich wahr. Dann passierte alles gleichzeitig.

Maxi tauchte in einem violett funkelnden Wirbel auf und schrie: „Pass auf!"

Bevor sie sich einen Reim darauf machen konnte, was die Drachin hier zu suchen hatte, verspürte sie einen heftigen Schlag im Genick. Sie duckte sich und hielt sich instinktiv an der Reling fest. Trotzdem verlor sie das Gleichgewicht und stürzte Kopf voran über das Geländer. Kurz bevor ihr Hirn explodierte, als ihre Stirn mit der Plattform kollidierte, bekam sie das Geländer zu fassen und klammerte sich daran fest. Ihr letzter Gedanke war, *das ist der falsche Zeitpunkt.* Dann nichts mehr.

„Halt durch!", brüllte sie jemand an.

Benommen öffnete sie die Augen und hoffte, aus einem bösen Traum aufzuwachen. Leider war das nicht der Fall. Noch immer befand sie sich über dem tosenden Wasser des Rheinfalls. Immerhin. Losgelassen hatte sie offensichtlich nicht. Aber lange würde sie das nicht mehr durchhalten können. Rasende Kopfschmerzen und ein brennendes Stechen in der Schulter raubten ihr den Atem. Sie schloss die Augen wieder. Vielleicht war es im Wasser gar nicht so schlimm. Schlimmer als der Schmerz in ihren Schultern konnte es gar nicht werden.

Eine Ohrfeige holte sie zurück in die Wirklichkeit.

„Reiß dich zusammen", zischte Maxi. „Mathias hält dich fest."

Tatsächlich. Ein paar strahlend blaue Augen musterten sie besorgt. Starke Hände umfassten ihre Handgelenke. Die Anstrengung und der Stress der Situation standen ihm ins Gesicht geschrieben. Ein warmes Gefühl breitete sich von ihrem Bauch aus Richtung Herz, welches heftig klopfte. Sie war noch nie so froh gewesen, jemanden zu sehen.

„So sieht man sich wieder", versuchte sie einen Scherz.

Tatsächlich rang er sich ein schiefes Lächeln ab. „Das hatte ich mir zwar anders vorgestellt. Aber man nimmt, was man kriegen kann." Er zwinkerte ihr zu. „Jetzt wollen wir mal sehen, ob wir dich hier hochziehen können. Wie viel Kraft hast du noch?"

„Keine?"

Offensichtlich war das die falsche Antwort gewesen. Seine Pupillen weiteten sich vor Schreck. Ihr gegenüber blieb er jedoch ganz ruhig.

„Kein Problem. Ich hab dich. Ich werde mich jetzt hinter diese senkrechte Stange des Geländers setzen und versuchen, deine Hüften mit meinen Beinen zu umfassen."

Langsam schob er sich vorwärts, bis er an der Kante der Plattform saß. Vorsichtig schob er seine Gliedmaßen unter ihre Achseln. Ihm brach der Schweiß aus, als er merkte, wie ihre

Hände am Geländer abzurutschen drohten. Endlich konnte er seine Füße hinter ihrem Rücken verschränken. Er versuchte, sie hochzuziehen.

„Ich kann nicht mehr“, flüsterte sie verzweifelt. „Und mein Bauch ist im Weg.“

„Du machst das toll. Mehr Hilfe ist unterwegs. Los, wir versuchen es noch ein letztes Mal. Ich zähle auf drei. Eins, zwei, …“

Bei drei war Maxi plötzlich wieder zur Stelle und half von unten kräftig nach. Mit dem Resultat, dass sie plötzlich halb auf der Plattform und halb auf Mathias lag.

„Wow“, rief dieser überrascht. „Da scheinen ja verborgene Kraftreserven aufgetaucht zu sein.“

Miri lächelte erschöpft. „Adrenalin.“

Sie ließ den Kopf auf seine Brust sinken. Erleichtert über die erfolgreiche Rettung legte er einen Arm um sie. Zum Glück war er rechtzeitig hier gewesen. Ein paar Minuten früher wären allerdings besser gewesen. Er hatte nur noch hilflos zusehen können, wie sie das Gleichgewicht verloren hatte. Blind vor Wut und Sorge hatte er sich auf den Mann gestürzt und ihm einen Kinnhaken verpasst, der ihn zu Boden geworfen hatte.

Mathias schaute um sich. Wo war der eigentlich? Da drüben lag er. Unnatürlich still. Ein Schauder überlief ihn. Miri, die praktisch immer noch auf ihm lag, führte das auf ihre nassen Kleider zurück.

Verlegen richtete sie sich auf. „Tut mir leid, du bist ganz nass. Hoffentlich erkältest du dich nicht.“

Sie legte den Kopf schief. Sirenen, die näher kamen. Gut. Offensichtlich hatte jemand die Rettung alarmiert. „Die Sanitäter haben bestimmt eine Decke für dich.“ Abgelenkt von ihrem Gequassel vergaß er den reglosen Mann für einen Moment.

„Ich bin sicher, mein nasses T-Shirt wird deren größte Sorge sein“, antwortete er belustigt.

„Mir geht es gut“, verteidigte sie sich. Tatsächlich spürte sie nicht mal mehr ihren Kopf.

„Auch bekannt als Schock“, belehrte er sie und zog sie wieder an sich. Da sie sich nicht wehrte, war seine Einschätzung vermutlich richtig.

In Kürze wimmelte es auf der Plattform von Polizisten und Sanitätern. Miri wurde ins Krankenhaus nach Schaffhausen verfrachtet, um gründlich durchgecheckt zu werden. Mathias musste zusammen mit dem Ticketverkäufer noch eine ganze Weile bleiben und Fragen beantworten. Miris Onkel war nicht tot, wie er im ersten Moment befürchtet hatte. Er hatte einen Schlaganfall erlitten und lag momentan im Koma. Der Schlag, den Mathias ihm verpasst hatte, hatte damit sehr wahrscheinlich nichts zu tun. Unangenehm würde es trotzdem werden. Nach gefühlten fünf Stunden – vermutlich waren es eher zwei – durfte er endlich gehen.

Sierra war in der Zwischenzeit angekommen und wartete auf dem Parkplatz auf ihn. „Mein Held“, sagte sie und schloss ihn fest in die Arme.

Er erwiderte die Umarmung. „Weißt du, wie es Miri geht?“

Seine Schwester trat einen Schritt zurück. „Gut. Sie behalten sie heute über Nacht im Krankenhaus. Wegen der Gefahr einer Gehirnerschütterung. Die Schulter war nicht ausgekugelt, ist aber extrem gezerrt und inzwischen einbandagiert und ruhig gestellt. Hier, ein Pullover. Sie hat ständig davon geredet, dass dir bestimmt kalt sei.“

Amüsiert nahm er das Sweatshirt entgegen. Kurzerhand zerrte er sich sein klammes Oberteil über den Kopf und schlüpfte in das warme und trockene Kleidungsstück.

„Besser?“

„Definitiv besser. Sie hatte recht.“

„Wir Frauen haben immer recht“, beschied sie ihrem Bruder mit einem Augenzwinkern. Sie hielt ihm einen Zettel hin. „Hier.

Ihre Zimmernummer. Wenn du dich beeilst, bist du dort, bevor die Besuchszeit zu Ende ist."

Er schnappte sich den Zettel und beugte sich vor, um ihr einen Kuss auf die Wange zu drücken. „Du bist die beste Schwester, die man sich wünschen kann."

„Ich weiß. Jetzt geh schon!" Sie blickte ihm nach, wie er zu seinem Auto eilte und davonfuhr. Sie hoffte sehr, dass die beiden Sturköpfe zueinander finden würden.

41

18. April 2013

Nach einigen verregneten Tagen wurde Miri von Morgensonne geweckt. Nach ihrem Unfall hatte der Himmel seine Schleusen geöffnet, als stünde eine nächste Sintflut unmittelbar bevor. Ihr war es nur recht gewesen. Immerhin hatte das trübe Wetter bestens zu ihrer Stimmung gepasst. Es kam nicht alle Tage vor, dass man vom eigenen Onkel umgebracht werden sollte. Die ganze Geschichte hatte noch im Nachhinein beängstigende Ausmaße angenommen. Offenbar war er nicht nur ihr Beinahe-Mörder, sondern auch der Drohbriefschreiber und Stalker.

Die Polizei hatte im Anschluss an den Mordversuch eine Hausdurchsuchung bei ihren Verwandten zu Hause durchgeführt. In Onkel Pauls Arbeitszimmer, das schon früher immer verschlossen gewesen war, hatten die Beamten Berge von belastendem Material zutage gefördert. Fotos von ihr in allen möglichen Situationen und an den verschiedensten Orten. Verunstaltet mit hastig hingeschmierten Hassparolen. Einen Vorrat an Drohbriefen, bereits an sie adressiert. An die neue Adresse, wohlgemerkt.

Miri schüttelte sich innerlich und hielt ihr Gesicht der Sonne entgegen, als die ganzen Erinnerungen sie von neuem zu überwältigen drohten. Genug war genug, beschloss sie kämpferisch. Er hätte es beinahe geschafft, ihr das Leben zu nehmen. Mit

Betonung auf beinahe. Ab heute wollte sie dafür sorgen, dass sich das Überleben auch lohnte.

Entschlossen warf sie die Bettdecke zurück und begrub dabei den katzengroßen Drachen und den Chihuahua, die zusammengerollt am Fußende schliefen. Aha. Das erklärte Chilis säuerliche Miene. Sie blinzelte ihm verschmitzt zu.

„Willst du etwas zu essen?", flüsterte sie.

Er zeigte sich unbeeindruckt, sprang aber trotzdem hoheitsvoll vom Fensterbrett und stolzierte mit hocherhobenem Schwanz voraus zur Tür. Sie zog sich eine ihrer Strickjacken über, die auf dem Treppengeländer lagen, und folgte ihrem Kater in die Küche. Dort richtete sie erst sein Essen und setzte dann einen Tee für sich selber auf. Sehnsüchtig warf sie einen Blick auf ihre unbenutzte Cafetiere. Vermutlich würde sie im Sommer verrostet oder sonst wie unbrauchbar geworden sein. Zugrunde gegangen an Vernachlässigung. Immerhin hatte sie dank Mémés Großzügigkeit inzwischen eine größere Auswahl an Tee. Um den Fencheltee würde sie wohl dennoch noch eine ganze Weile lang nicht herum kommen. Zumindest, wenn man all den schlauen Ratgebern Glauben schenken durfte.

Durch sein Frühstück, das er vor allen anderen bekommen hatte, einigermaßen besänftigt, strich Chili um ihre Beine. Sie hob den imposanten Kater hoch und legte ihn sich über die Schulter. Ihr Kraulen quittierte er mit einem zufriedenen Schnurren.

Sie seufzte. „Kater müsste man sein..."

Er nickte zustimmend. Seiner Meinung nach war das Leben schön. Frauchen hatte sich eben an seine Position in diesem Haushalt erinnert und ihm die gebührende Aufmerksamkeit zukommen lassen. Später würde er sein großes Revier erkunden und die Mäuse in der Scheune in Angst und Schrecken versetzen. Zum Abschluss des Tages nochmals einige Streicheleinheiten – perfekt.

„Jetzt bist du wieder zufrieden, was?“

Sie öffnete das Fenster, um ihn hinaus und frische Luft hereinzulassen. Ein Nutellabrot und eine Tasse Tee später stand sie auf und streckte sich. Abgesehen von den drei Stichen an ihrer Stirn war ihr Kopf so gut wie neu. Nur die Schulter schmerzte noch. Vorsichtig ließ sie ihren Arm kreisen. Besser. Sierra hatte ihr ein Kinesio-Tape aufgeklebt. Das half erstaunlich gut. Heute hatte sie noch einiges vor. Duschen, anziehen, Sitzung mit Kaja, Abarbeiten der neuesten Bestellungen, Fertigstellen der Spezialanfertigung für eine Kundin von Sierra...

Als sie an Sierra dachte, fiel ihr Mathias ein. Sie konnte immer noch nicht richtig glauben, dass er rechtzeitig dagewesen war, um sie zu retten. So wie Maxi ihr später erzählt hatte, war Adrian, kurz nachdem sie losgefahren war, eingefallen, wo er die Stimme schon einmal gehört hatte. Blitzschnell hatte die Drachin eins und eins zusammen gezählt: Der Stalker / Drohbriefschreiber und ihr gewalttätiger Onkel mussten ein und dieselbe Person sein.

Maxi hatte telepathisch Lance alarmiert, der die Information sofort an Kaja weitergegeben hatte. Diese befand sich in diesem Moment mit Sierra am Telefon, die wiederum Mathias zu Besuch hatte. Kaum hatte er diese bedrohlichen Neuigkeiten gehört, war er schon unterwegs zum Rheinfall. Die Drachin, die ganz gewiss nicht vorhatte, zu Hause zu warten und Däumchen zu drehen, machte sich ebenfalls auf den Weg. Mit einem Stein und Erde des Hofs im Sack, damit diese Nervensäge von Geist auch mitkommen konnte. Wenn sie die ganzen Vorfälle dieses Tages nicht immer noch so fertig gemacht hätten, hätte sie gelacht über die Komik der Situation.

Kaja wie auch der Mann am Ticketschalter hatten inzwischen die Polizei alarmiert. Ende gut, alles gut.

Miri schreckte aus ihren Gedanken auf. Maxi kam zur Tür reingeschlurft, Nepomuk im Schlepptau. Spielerisch versuchte er ihre Schwanzspitze zu fangen.

„Weißt du, er wäre definitiv alt genug zu lernen, dass er das lassen soll."

Das große geflügelte Untier winkte ab. „Lass ihn doch, er ist doch noch so klein."

Miri schmunzelte. „Wirst du etwa weich im Alter? Im Vergleich zu dir ist jeder klein. Für immer. Er sowieso. Der ist ja beinahe schon ausgewachsen."

„Kann schon sein", grinste Maxi gutmütig. „Du bist ja bloß neidisch, weil ich dir gegenüber nicht gleichermaßen nachsichtig bin." Geschickt füllte sie die Cafetiere mit Kaffeepulver und Wasser.

Miri schnüffelte genießerisch das Aroma der gemahlenen Bohnen.

„Was mich zu meiner heutigen Mission bringt. Hast du Mathias endlich angerufen?"

Miri verdrehte die Augen. „Nein. Aber ich habe es mir fest vorgenommen."

„Für nächstes Jahr?", brummte die Drachendame misstrauisch.

„Für heute. Zufrieden?"

„Erst, wenn du es auch tatsächlich gemacht hast."

„Bist du aber misstrauisch!" Sie hatte ihn nach dem besagten Tag nur einmal kurz im Krankenhaus gesehen. Da hatte sie sich natürlich bedankt. Zu viel mehr war sie allerdings nicht mehr imstande gewesen.

„Aus gutem Grund. Du schiebst es seit Tagen schon vor dir her!"

Da das stimmte, beschloss sie, das Thema zu wechseln. „Ich geh duschen."

„Gut. Dann bist du wenigstens sauber, wenn du telefonierst."

Während Miri ihr Tagesprogramm absolvierte, lauerte ihr an jeder zweiten Ecke dieser verflixte Drache auf. Zusätzlich hatte sie offenbar Adrian rekrutiert, der ihr pflichtbewusst das Telefon von einem Standort zum nächsten nachtrug. Seit dem verhängnisvollen Treffen mit ihrem Onkel hatten die beiden eine Art Waffenstillstand geschlossen. Das konnte ja heiter werden, wenn die sich von nun an miteinander verbündeten. Immerhin kamen sie jetzt besser aus miteinander. Das entspannte das Zusammenleben sehr. Miri hatte sie nie darauf angesprochen, doch sie war sich ziemlich sicher, dass die beiden die Apoplexie ihres Onkels mitverursacht hatten. Wofür sie sehr dankbar war, so krass sich das vielleicht anhörte. Sie glaubte nicht, dass er aus dem Koma je wieder erwachen würde. Ihr ersparte das den emotionalen Stress eines Strafverfahrens. Das hätte ihr jetzt noch gefehlt.

Und Mathias' Rolle bei dem Drama war auch ziemlich schnell geklärt worden. Der Angestellte beim Rheinfall hatte gesehen, was geschehen war. Zwar war Onkel Paul von Mathias' Schlag niedergestreckt worden. Kurz darauf hatte er sich bereits wieder aufgerichtet und wollte sich eben von hinten auf Mathias stürzen, der versuchte, Miri zu helfen. Mitten in der Bewegung war er aber rücklings auf den Boden der Plattform gestürzt.

„Du hast an Mathias gedacht", unterbrach Maxi ihr Gedankenkarussell.

„Du schon wieder! Hast du nichts anderes zu tun?" Langsam war Miri genervt.

„Ich weiß, ich weiß. Nervig, nicht? Ruf ihn an und wir lassen dich in Ruhe!"

Sie drehte sich zu ihrer schuppigen Freundin um. „Weißt du was? Ich schreibe ihm eine Nachricht und schlage ein persönliches Treffen vor."

Flink tippte sie eine entsprechende Mitteilung in ihr Handy. Als sie fertig war, hielt sie es Maxi vors Gesicht. „Hier. Zufrieden?"

Die Drachin nickte. „Und nur damit das klar ist." Sie tippte Maxi mit dem Zeigefinger auf die Brust.

„Au!"

Sie ignorierte das Theater. „Bei diesem Treffen will ich keinen von euch dabei haben. Dich nicht und auch deinen neuen besten Freund Adrian nicht!" Sie machte auf dem Absatz kehrt und ließ die Drachin stehen.

20. April 2013

Miri klopfte das Herz bis zum Hals. Gleich würde Mathias vorbeikommen. Sie hatte sich mit ihm extra auf dem Panoramaweg bei der großen Kastanie verabredet. Weit weg von neugierigen Augen und Ohren. Lance hatte sie gebeten, Maxi beschäftigt zu halten. Zum Glück war er leicht mit Holunderschnaps zu bestechen. Adrian blieb hoffentlich in der Nähe des Hofes, wie es seine Gewohnheit war, seit *der Schatz* gefunden war. Sie runzelte die Stirn. In letzter Zeit wirkte der Geist oft abwesend. Sie wusste nicht, was ihn plagte, aber sie würde es herausfinden. Sie warf einen Blick auf ihre Armbanduhr. Noch zwei Minuten. Aus lauter Sorge, sie könnte wie immer zu spät sein, war sie jetzt tatsächlich zu früh hier aufgekreuzt. Hätte sie ihn warten lassen sollen? Ihr war schlecht vor Aufregung.

Es gibt keinen Grund zur Aufregung, versuchte sie sich zu beruhigen. Aber es half nichts. Da sah sie seinen Haarschopf auftauchen. Ein strahlendes Lächeln breitete sich über ihr Gesicht aus.

„Hallo!"

Er erwiderte das Lächeln. Er war so froh, sie heil und gesund dastehen zu sehen. Er wollte nie wieder eine solche Scheißangst ausstehen. Mathias legte die letzten paar Meter zurück und blieb vor ihr stehen.

„Ebenfalls hallo." Er machte einen Schritt auf sie zu und wollte sie umarmen. Sie wich vor ihm zurück und hielt ihn mit ihren ausgestreckten Handflächen auf Abstand. Er hob seinerseits die Hände, ein amüsiertes Fragezeichen in seinen Augen.

„Echt jetzt? Ich dachte, ich hätte mir ein paar Umarmungs-Bonuspunkte verdient."

Sie schmunzelte. „Verdient hättest du die sicherlich. Aber ich will erst noch was mit dir besprechen. Dabei brauche ich einen klaren Kopf."

Er grinste.

„He, du brauchst gar nicht so selbstgefällig in die Weltgeschichte zu schauen." Sie verpasste ihm einen spielerischen Schubs.

„Ich dachte wir hätten uns darauf geeinigt, die Hände bei uns zu behalten?" Er sah sie mit hochgezogenen Augenbrauen an.

„Tja, dann gilt das wohl nur für dich." Sie wartete seine Antwort nicht ab, sondern ging los. „Kommst du? Ich kann besser sprechen, wenn ich mich bewege."

Da er gespannt war, was sie mit ihm besprechen wollte, enthielt er sich eines Kommentars und beeilte sich, zu ihr aufzuschließen.

„Unsere Kennenlern-Geschichte war ja ein wenig unkonventionell."

„Aber schön", fügte er verschmitzt hinzu.

„Stimmt. Aber zurück zum Thema. Sonst verliere ich meinen Faden."

Mit einer Geste verschloss er symbolisch seinen Mund.

Ein Lächeln stahl sich in ihr ernstes Gesicht. „Ich hatte mich ein bisschen verliebt in dich in dieser Nacht. Doch dann schob ich dich in den hintersten Winkel meines Herzens. Ich hatte mir nämlich genau um diese Zeit herum vorgenommen, mich erst einmal um mein eigenes Leben zu kümmern. Da waren Männer nicht vorgesehen. Die waren erst wieder eingeplant, wenn ich alles im Griff hatte. Dann brauchte Kaja Unterstützung, wie du weißt. Kaum verlief Kajas Leben einigermaßen in geregelten Bahnen, stürzte meines ins Chaos. Also noch mehr, als es sowieso schon war. Ich entdeckte, dass ich schwanger bin. Von dir.“

Er wollte sie unterbrechen, doch sie schnitt ihm das Wort ab.

„Lass mich ausreden. Bitte“, fügte sie hinzu.

Er nickte.

„Leider hatte ich deine Telefonnummer verschlampt. Ich wusste nur, wie du aussahst, dass du frisch aus Australien gekommen warst und dich Matt nanntest. Ich hatte keine Ahnung, wo du wohnst, wie dein Nachname lautet und ob du überhaupt noch in der Schweiz bist. Hart, aber na gut. Somit musste ich mich mehr oder weniger alleine entscheiden, was ich jetzt machen wollte. Erschwerend kam dazu, dass mich meine Familie praktisch von heute auf morgen verstieß. In meinem Fall hieß das nicht nur, keine familiäre Unterstützung, sondern auch, keinen Job mehr zu haben. Zum Glück hatte ich wunderbare Freundinnen wie Kaja und deine Schwester, so dass ich in kürzester Zeit ein neues Zuhause, einen neuen Job und quasi eine neue Familie hatte. Der Zufall wollte es, dass der mir bis dato unbekannte Bruder, welcher für die Instandsetzung meines zukünftigen Zuhauses zuständig war, sehr charmante Nachrichten hinterließ. Mit seinen Worten hatte er mich regelrecht verzaubert. Die Handschrift irritierte mich, doch ich wusste nicht, weshalb. Ich grübelte und grübelte, bis ich es einfach sein ließ. Es brachte ja doch nichts. Erst eine Bemerkung über Handschriften und ihre Unterschiede von einem, äh, Freund, brachte mich darauf, was es war. Es war dieselbe Handschrift, mit der die nette Notiz nach der besagten

Nacht im Oktober geschrieben war. Ich war ganz aufgeregt und hoffte bei jeder Gelegenheit, dich endlich kennen zu lernen, um zu sehen, ob ich mit meiner Vermutung richtig lag. Weil… eigentlich konnte ich es nicht so richtig glauben. Dieser Zufall, dass tatsächlich der Bruder einer meiner besten Freundinnen der Vater meines zukünftigen Kindes sein sollte? Wie groß war die Wahrscheinlichkeit?"

Sie warf Mathias einen Blick von der Seite zu. Er sah ein bisschen erschlagen aus von den Informationen, die sie ihm gerade vor die Füße gespuckt hatte. Vermutlich ein Fall von zu viel und eigentlich unerwünschter Information. Tja, Pech. Da musste er jetzt durch. Immerhin hielt er sich an ihr Redeverbot und hörte ihr aufmerksam zu. Das war vielversprechend. Beinahe hätte sie gekichert, konnte sich aber gerade noch zurückhalten.

Er warf ihr seinerseits einen prüfenden Blick zu. Besser schnell weiter im Text, bevor er ungeduldig wurde.

„Aber es war wie verhext. Wir verpassten uns ständig. Zudem schriebst du mir plötzlich keine Nachrichten mehr. Für mich ohne offensichtlichen Grund. Nachdem ich beschlossen hatte, mir in diesem Leben wegen eines Mannes, den ich genau genommen nicht einmal kannte, keine grauen Haare mehr wachsen zu lassen, sagte ich mir einfach, es sei nicht wichtig. Dann, eines Abends, tauchtest du plötzlich auf. Ich war ganz aufgeregt. Vor allem als ich merkte, dass meine Vermutung richtig gewesen war. Die Erinnerungen an die Nacht mit dir waren plötzlich wieder sehr präsent."

Sie merkte, wie sie vor Verlegenheit rot wurde. Hitze stieg in ihr auf. Da musste wiederum sie sich zusammen reißen. Sie hatte sich selber versprochen, absolut ehrlich zu sein. Gegenüber ihm wie auch sich selbst. Das war sie sich schuldig.

„Ich bin also wie der Blitz rauf, habe mich sogar ein wenig geschminkt, kurz gesagt, ich wollte hübsch aussehen für unser erstes Wiedersehen."

Er fuhr sich mit der Hand durch die Haare, sichtlich gestresst von der Erinnerung an den unglücklichen Ausgang dieser Begegnung. Vielleicht, vielleicht war da sogar ein Anflug von schlechtem Gewissen zu entdecken. Aber das konnte sie später herausfinden. Jetzt galt es erst einmal, ihre Mission zu Ende zu bringen.

„Du kannst dir vorstellen, dass deine Worte wie ein Kübel Eiswasser auf meine Stimmung wirkten. Ich war sehr verletzt." Sie machte eine Pause und schaute ihn an. „Und du warst ein Idiot!"

„Keine Frage. Ein eifersüchtiger Idiot. Was umso lächerlicher ist, wenn man bedenkt, dass wir genau eine Nacht zusammen verbracht hatten."

„Gut. Ich bin froh, dass wir uns in diesem Punkt einig sind." Sie grinste. „Während ich noch überlegte, welche Möglichkeiten es gibt, dich lebenslänglich nach Sibirien oder mindestens in die Mongolei zu verfrachten, bist du hingegangen und warst wieder nett zu mir. Dafür hätte ich dich gleich nochmals zehn Jahre in die Verbannung schicken können. Ich habe echt gekocht. Ich weiß also gerade gar nicht, wohin mit meinen Achterbahn fahrenden Emotionen, als du beschließt, das Ganze noch zu toppen und mich einfach küsst."

Um seine Mundwinkel zuckte es verräterisch. „Frechheit, das!" Er blieb stehen, umfasste ihre Taille und zog sie näher an sich heran. Orangenblüten und Vanille. Nicht zu vergessen, das Feuer in ihren Augen. Immerhin hatte sie ihn bis jetzt noch nicht weggestoßen.

„Genau", stimmte sie ihm zu. „Eine Frechheit." Sie taxierte ihn. „Genau wie jetzt."

Seine Mundwinkel bewegten sich deutlicher nach oben. „Und was jetzt?"

„Was jetzt – das ist wirklich die Frage. Nach dem Kuss bin ich nach Frankreich abgetaucht, um einen klaren Kopf zu bekommen. Ich hatte mir das so schön zurechtgelegt. Wir würden uns erst Zeit geben, uns langsam kennen zu lernen, bevor wir alles wieder mit körperlichen Dingen verkomplizieren. Ein vernünftiger Plan, wie ich finde."

„Wie funktioniert der Plan für dich bis jetzt?" Sanft ließ er seine Hände ihren Rücken hinauf und wieder hinunter gleiten.

„Geht so. Zum einen gefallen mir diese Komplikationen mit dir unverschämt gut. Zum andern verändert ein Mordanschlag sehr effektiv die eigene Sicht der Dinge und der Prioritäten im Leben. Deshalb..."

Sie ließ den unfertigen Satz in der Luft hängen, fasste sein Gesicht mit beiden Händen und küsste ihn. Hungrig erforschten ihre Lippen die seinen, ihre Hände glitten über seine Wangen den Hals hinab, wo sie sich in sein T-Shirt krallte. Sie hatte ihn überrascht. Damit hatte er nicht gerechnet. Ihre Leidenschaft und ihre Dringlichkeit griffen auf ihn über, so dass er seinen eigenen Gefühlen freien Lauf ließ. Endlich. Sie spürte die unmerkliche Veränderung in seinen Muskeln. Der Moment, in dem die Überraschung nachließ, Erkennen stattfand und er sie zurückküsste. Wunderbar.

Eine gefühlte Ewigkeit später ließen sie atemlos voneinander ab. Verlegen, aber glücklich lehnte sie ihren Kopf an seine Schulter.

„Das mit dem Kennenlernen...", murmelte sie in den Stoff seines Oberteils. „Das ist immer noch der Plan. Die Kusszeit wird streng rationiert."

Er lachte. „In Ordnung. Komm, lass uns gleich damit anfangen."

Sie nahmen ihren Spaziergang wieder auf und setzten das freundschaftliche Geplänkel fort.

Als die beiden außer Sichtweite waren, seufzte Maxi, die in einer der großen Eichen hockte, glücklich auf. Die zwei würden das Kind schon schaukeln. Und wenn nicht, würde sie persönlich dafür sorgen.

Epilog

24. Dezember 2013

„Hallo miteinander."

Der Mann und die Frau stießen die Haustür auf. Aus dem Inneren des Hauses ertönte weihnachtliche Musik, Gelächter und Stimmengewirr. Der Mann schaute seine Frau liebevoll an.

„Schön, dass das alte Haus wieder von Leben erfüllt ist." Sie lächelte ihn voller Zuneigung an und drückte seine Hand.

„Oh ja, da bin ich ganz deiner Meinung. Wenn man bedenkt, dass ausgerechnet unsere Sierra dafür gesorgt hat? Sie konnte damals nicht schnell genug wegkommen."

„Ach, weißt du, flügge müssen sie alle einmal werden. Ich glaube nicht, dass sie von hier weg wollte. Sie wollte nur dringend andere Dinge sehen. Wer weiß. Nachdem jetzt schon zwei ihrer Freundinnen hier sind, kehrt sie vielleicht selber hierher zurück."

Die Frau runzelte die Stirn. „Das glaube ich kaum."

„Wetten wir?" Er sah sie herausfordernd an und hielt ihr seine Hand hin. Er war doch immer noch derselbe Charmeur wie vor dreißig Jahren. Sie schüttelte den Kopf und musste widerwillig schmunzeln.

„Also gut. Hundert Franken", meinte sie und schlug ein.

Eine hübsche junge Frau mit kurzen blonden Locken, tiefblauen Augen und einem Geschirrtuch, das in ihrem Hosenbund steckte, kam von der Küche auf sie zu.

„Hey, ihr müsst Sierras und Mathias' Eltern sein. Und faktisch meine Vermieter." Sie reichte beiden die Hand. „Ich bin Miri." Mit einem verlegenen Lachen brach sie ab. „Ich vermute, ihr habt schon einiges von mir gehört."

„Das könnte man so sagen", antwortete die Frau mit freundlicher Stimme. „Ich bin übrigens Jackie und das ist mein Mann Oliver. Ich denke, wir duzen uns, nachdem wir jetzt Familie sind."

„Oh." Miri schaute verlegen zu Boden.

„Wir haben natürlich nur Gutes gehört", beruhigte sie der Mann, dessen Augen unter den buschigen Augenbrauen schalkhaft blitzten.

„Na, dann bin ich ja beruhigt." Sie nahm den beiden ihre Mäntel ab. „Geht ruhig ins Wohnzimmer. Ihr kennt euch hier ja aus. Die anderen bespaßen die Kleine und genießen ihren Apéro. Ich komme gleich nach."

Sie sah den beiden nach, als sie ins Wohnzimmer gingen. Uff. Das war besser gelaufen als erwartet. Sierra und Mathias hatten im Vorfeld versucht, ihr die Nervosität vor dem ersten Treffen mit ihren Quasi-Schwiegereltern zu nehmen. Viel genutzt hatte es nicht. Da konnte Mathias noch lange sagen, sie hätten die Nachricht von ihrem Enkelkind gut aufgenommen.

Die beiden waren seit längerer Zeit auf Weltreise. Den ganzen Frühling und Sommer hatten sie auf einem Segelboot im pazifischen Ozean verbracht. Aus diesem Grund hatte ein kurzes Mail bei der Geburt von Luna-Maie reichen müssen. Ihr persönlich war das gar nicht so unrecht gewesen.

„Kleiner Feigling", mischte sich Maxi mit liebevoller Stimme in ihre Gedanken.

„Ruhe auf den billigen Plätzen. Pass lieber auf, dass dein Drachenhund und das Drachenkind sich nicht unautorisiert an den Plätzchen vergreifen."

„Wird gemacht, Chef." Maxi salutierte und verschwand wieder aus ihrem Kopf. Geschickt richtete sie auf einem Tablett Grissini, die sie in ein hohes Glas gestellt hatte, und verschiedene Sorten von Chips in farbigen Tonschalen an. Sie fügte einen Teller mit kernlosen Trauben und Apfelschnitzen hinzu. Miri atmete tief ein und wieder aus. Es half alles nichts, sie musste da wieder rein.

Mathias steckte den Kopf durch die Tür und grinste, als er sie sah. „Und? Haben sie dich gefressen?"

Sie streckte ihm die Zunge raus. „Ha ha."

Er trat zu ihr und legte einen Arm um sie. „Komm, es warten schon alle auf dich."

„Luna sicher nicht."

„Luna nicht", stimmte er ihr zu. „Kein Wunder, so viel Aufmerksamkeit bekommt sie nicht alle Tage."

Sie lachte. „Also gut. Auf in den Kampf."

Mathias nahm ihr das Tablett ab und begleitete sie in die Stube.

„Chips. Toll. Darf Luna auch Chips essen?" Diese Frage kam von Sierra. So viel sie von Tieren verstand, so wenig verstand sie von Kleinkindern. Zumindest erweckte sie diesen Anschein.

Miri vermutete manchmal, dass das alles nur Show war.

Jackie drehte sich zu Mathias um und pflückte ein Apfelstück vom Teller. Die silbernen Reifen an ihrem Arm glitzerten und gaben ein klirrendes Geräusch von sich. „Gib meine Enkeltochter her. Ich möchte sie gerne kennenlernen, bevor du sie vergiftest."

Sierra grinste, händigte aber pflichtbewusst ihrer Mutter das kleine Mädchen aus. Wie es ihre Art war, gluckste sie vor Freude, als die fremde Frau sie in Empfang nahm.

Stolz sah Miri zu, wie sie erst unbefangen nach Jackies leuchtenden Schal griff und sich dann Olivers Nase vornahm. Sie hoffte, ihre Kleine würde sich diese Unbefangenheit und ihren Mut bewahren können. Sie würde auf jeden Fall alles in ihrer Macht Stehende dafür tun, um sie dabei zu unterstützen. Mathias hatte inzwischen das Tablett auf dem Tisch abgestellt und trat wieder zu ihr hin. Mit einer fließenden Bewegung zog er sie an seine breite Schulter und drückte ihr einen Kuss auf die Wange.

„Hättest du das gedacht, letztes Jahr? Jetzt hast du nicht nur eine Tochter, sondern eine ganze Familie. Unsere Luna hat soeben alle Herzen erobert und alle richtigen Knöpfe bei meinen Eltern gedrückt."

„Ganz praktisch, so einen Herzensbrecher in der Familie zu haben. Wer hätte das gedacht, dass eine Elfe und ein australischer Kuhhirte so etwas Entzückendes zustande bringen."

„Oh, Kuhhirte. Das kriegst du zurück", flüsterte er ihr ins Ohr, während er sanft an ihrem Nacken knabberte.

Ein angenehmer Schauer überlief sie. „Ich kann es kaum erwarten. Aber jetzt muss ich erst mal unsere Prinzessin schlafen legen."

Die ersten Anzeichen von Müdigkeit waren deutlich erkennbar. Zwar immer noch friedlich, rieb sie sich doch immer öfter ihre blauen Augen. Miri hob Luna hoch, die inzwischen auf Olivers Bauch angelangt war, und legte sie sich in die Beuge ihres linken Arms.

„Essenszeit, meine Kleine, und dann ab ins Körbchen." Fürsorglich reichte ihr Mathias' Vater das gefärbte Baumwolltuch nach, welches die Kleine überall herumschleppte. Beziehungsweise derjenige herumschleppte, der das Kind gerade hatte. Die kleine Hoheit machte das natürlich noch nicht selber. Doch alle hatten ziemlich schnell herausgefunden, dass sie schnell sehr unzufrieden und sehr laut werden konnte, wenn es nicht in Sichtweite und greifbarer Nahe lag.

„Danke. Bis gleich“, verabschiedete sie sich von der Runde.

Kaja und Sierra sprangen auf. „Wir kommen mit.“

„Erwachsene Gesellschaft ist immer willkommen.“

Sie grinste. „Bringt ihr sie schon einmal hoch? Ich wärme nur kurz das Fläschchen auf. Nehmt Nepomuk mit. Eine Ruhepause schadet dem kleinen Rabauken nicht.“ Sie hatte vor zwei Wochen abgestillt und auf feste Nahrung und Pulvermilch umgestellt. Was bedeutete, dass sie heute bereits ein Glas Wein genießen durfte und auch ihren Frühstückskaffee wieder bekam. Herrlich.

Sie übergab die schläfrige Luna Kaja und wollte in die Küche gehen, als Jackie sie am Arm berührte. Verwundert drehte sie sich zu ihr um. „Ich wollte nur sagen, herzlich willkommen in der Familie.“

„Oh.“ Miri wusste gar nicht, was sie sagen sollte.

„Eine süße Tochter habt ihr, du und Mathias. Er ist sehr glücklich mit dir. Was das Hauptziel einer Mutter ist. Dass ihre Kinder glücklich sind. Aber diese Erfahrung hast du inzwischen bestimmt schon selber gemacht.“

Miri warf Mathias, der in ein Gespräch mit Tim und Simon vertieft war, einen Blick zu, ein warmes Lächeln im Gesicht. „Ich bin auch glücklich mit ihm. Wir haben beide sehr viel Glück gehabt.“

„Das sehe ich. Und jetzt will ich dich nicht länger von deiner Tochter fernhalten.“

Sie drückte abschließend Miris Unterarm und wandte sich wieder den anderen zu. Nett, dachte Miri. Sehr nett und sehr warmherzig. Schien, als hätte sie nicht nur mit ihrem Partner Glück gehabt, sondern gleich mit der ganzen Familie. Beschwingt ging sie los, um Milch warm zu machen.

Zwei Stunden später war das Weihnachtsessen aufgegessen, und alle saßen in gelöster Stimmung beisammen.

„Wer will Kaffee zum Nachtisch?" Kaja hatte sich mit Tim ums Abräumen gekümmert. „Außer Miri natürlich. Das versteht sich von selbst", fügte sie mit einem Augenzwinkern hinzu.

„Ich bin immer noch damit beschäftigt, meinen tiefen Koffeinspiegel auf ein annehmbares Level zu erhöhen. Die unfreiwillige Abstinenz habe ich noch nicht ganz verkraftet." Alle lachten.

„Wollen wir nicht zuerst die Geschenke verteilen?"

„Das kann ich gleichzeitig. Kaffee trinken und Geschenke auspacken. Multitasking ist mein zweiter Name."

„Das nennt man süchtig", frotzelte Kaja, ging aber pflichtbewusst in die Küche und setzte eine Kanne des Hawaiianischen Kona-Kaffees auf. Abnehmer würden sich sicher genügend finden. Während sie mit dem Kaffeepulver und der Cafetiere hantierte, tauchte Lance in einem blauen Funkenregen auf. „Pst."

„Huch, mit dir hatte ich gar nicht gerechnet. Ist der Holunderschnaps schon alle?"

„Nein. Das nicht. Aber könntest du kurz Miri in die Küche lotsen?"

„Klar. Aber weshalb kümmert sich da nicht Maxi darum?"

„Die wird von Luna auf Trab gehalten."

Sie runzelte die Stirn. „Sollte die nicht schlafen?"

Lance druckste herum. „Wird sie bestimmt gleich. Du weißt doch, wie gerne sie mit Maxi herumalbert."

Kaja akzeptierte diese Erklärung und holte Miri in die Küche.

Sierra folgte ihr, um dem Anblick von Simon zu entfliehen. Dieser Mann war eine verdammte Nervensäge. Heute hatte er sie nur knapp begrüßt und sie ansonsten in Ruhe gelassen. Sie sagte sich, dass sie froh darüber sein sollte. Und trotzdem ertappte sie sich dabei, wie sie den gewohnten Schlagabtausch mit ihm vermisste. Verwirrt von ihren widersprüchlichen Gefühlen schüttelte sie sich innerlich wie eine nasse Katze. Zu allem anderen sah er auch noch verboten gut aus, dachte sie verdrossen.

„Was ist denn hier los?"

Verwundert sah sie, dass beide Drachen in der Küche saßen und erwartungsvoll zuschauten, wie Miri ein Päckchen öffnete.

Kaja blickte auf. „Mémé hat via Lance ein Weihnachtsgeschenk für Luna liefern lassen."

„Echt? Das ist ja nett. Lance der Postbote", zog sie den Drachen auf.

„Stets zu Diensten", erwiderte dieser mit einem Lachen in der Stimme.

„Eine Bernsteinkette. Toll. So eine wollte ich sowieso kaufen. Vielleicht wachsen dann diese verflixten Zähne schneller."

Und werden nicht zu groß, dachten die Drachen im Stillen. Laut sagte Maxi: „Sieh mal. In der Mitte ist ein einzelner anderer Stein."

„Stimmt." Sie inspizierte den Stein. „Ist das ein Drachenstein wie meiner?"

„Genau", bestätigte Lance.

„Warte. Hier ist noch ein Brief an dich." Kaja reichte Miri einen blauen Umschlag. Die war froh, dass das Kuvert nicht weiß war. Das verursachte ihr nach wie vor Gänsehaut. Sie wusste, dass das Unsinn war.

Ihr Onkel war vor ein paar Monaten den Nachwirkungen seines Schlaganfalls erlegen. Trauer empfand sie nicht. Höchstens Erleichterung. Ihre Tante Greta hatte ihr einen Brief geschrieben. Sie bestand nach wie vor darauf, nichts von den düsteren Machenschaften ihres Mannes mitbekommen zu haben, entschuldigte sich aber für das erlittene Unrecht. Seither hatte sie nichts mehr von ihr gehört. Sie hatte sich noch nicht dazu überwinden können, ihr zu antworten. Ob sie je dazu bereit wäre, würde sich zeigen. Im Moment genoss sie das Leben mit ihrer kleinen Familie und ihren Freundinnen. Sie zog den Brief aus dem Umschlag und las ihn laut vor.

Liebe Miri

Hier ein kleines Weihnachtsgeschenk für dich und deine Tochter. Ich freue mich sehr darauf, die kleine Luna-Maie, dein Drachenkind, kennenzulernen.

Drachenkinder brauchen standesgemäßen Schmuck, wie ich finde. Wie es der Zufall will, hatte ich noch einen Drachenstein in meiner Sammlung. Achte darauf, dass ihn Luna-Maie ständig trägt. Sollte sie die Bernsteinkette irgendwann als Babykram bezeichnen, kannst du den Drachenstein herauslösen und auf ein einfaches Lederband ziehen. Drachensteine verleihen ihren Trägern Mut, Gesundheit und Schutz vor allen Widrigkeiten des Lebens.

Ich wünsche euch allen wundervolle Weihnachtstage.

Josephine

„Wie nett. Ich muss deine Großmutter unbedingt auch kennen lernen." Sierra ließ die Kette durch ihre Finger gleiten.

„Kein Problem. Mémé freut sich immer über Besuch. Unseren Schönheits-Tag planen wir da auch gleich mit ein. Den wollten wir doch schon letztes Jahr in Angriff nehmen. Sag einfach, wann es für dich möglich wäre, dann planen wir etwas."

„Okay." Sierras gute Stimmung trübte sich ein wenig. Ferienplanung. Das würde nicht einfach werden. Markus mochte es gar nicht, wenn sie ohne ihn wegfuhr. Außer er hatte selber Pläne. Wie heute Abend. Insgeheim war sie froh, dass er es vorgezogen hatte, Weihnachten bei seinen Eltern zu verbringen. Nachdem ihre Eltern seit eineinhalb Jahren das erste Mal wieder im Land waren, hatte er ihr schlecht verbieten können, hierherzukommen. Es wunderte sie nicht, dass er sie nicht begleitet hatte. Ihre Eltern mochten ihn nicht. Sie behandelten ihn zwar mit ausgesuchter Höflichkeit, die Abneigung schien aber doch anzukommen.

Sie wischte die unerfreulichen Gedanken weg und wandte sich wieder ihren Freunden zu. „Hier", sagte sie zu Miri.

„Danke. Ich werde sie Luna später raufbringen."

Lance warf Maxi einen Blick zu. „Warum nicht gleich?"

„Jetzt gleich? Also gut, warum nicht." Sie wollte ihm die Bitte nicht abschlagen, nachdem er schon die ganze Mühe auf sich genommen hatte.

Aus dem Wohnzimmer ertönte Tims Stimme. „Was ist jetzt mit den Geschenken. Gibt's nichts dieses Jahr?"

Miri schaute unentschlossen von der Bernsteinkette zu Lance und zur Wohnzimmertür.

Maxi hielt ihre Pranke hin. „Lass mich das machen. Kümmere du dich mit deinen Freundinnen um eure Familie."

Erleichtert ließ Miri die Kette auf die schuppige Haut gleiten. „Danke."

„Keine Ursache. Ist ja sozusagen mein Patenkind." Sie bedeutete Lance, ihr zu folgen.

Unter viel Gelächter wurden Geschenke ausgetauscht. Keine großen Dinge. Es handelte sich mehr um kleine Sachen, die dem Beschenkten zeigten, dass jemand an ihn gedacht hatte. Für Mathias' Eltern hatte sich Miri etwas Besonderes ausgedacht. Sie hatte von den verschiedenen Stadien des Umbaus des Pächterhäuschens eine Skizzenreihe angefertigt. Mathias hatte den Rahmen beigesteuert.

„Sehr schön!"

„Ich hätte gerne so eine Reihe von meinem Enkelkind", ließ Jackie sie wissen. „Oder ist das unverschämt?"

„Überhaupt nicht." Miri freute sich, dass ihre Arbeit so großen Anklang fand.

Die Männer tauschten gegenseitig eine Kiste Bier untereinander. Natürlich nicht gewöhnliches, überall erhältliches Bier, sondern Bier aus fernen Ländern oder kleinen, lokalen Brauereien.

Kaja und Miri überraschten Sierra mit einem Gutschein für einen Tag Stalldienst. Sierra freute sich sichtlich. „Ich weiß nicht, ob ich mich traue, den einzulösen. Könnt ihr überhaupt Pferdemist schippen?"

„Das wirst du dann sehen. Du kannst uns ja eine Einführung geben."

„Ausgezeichnete Idee." Sie grinste vergnügt. „Ich habe mir schon immer zwei Sklaven gewünscht."

Während die anderen beiden weitere Geschenke austauschten, verzog sie sich mit einer frischen Tasse Kaffee auf den Treppenabsatz bei der Hintertür. Endlich ein wenig Ruhe. Sie liebte ihre Freunde und ihre Familie. Aber irgendwann waren genügend Worte gesprochen. Dann brauchte sie einen Moment für sich, um ihre Batterien wieder aufzuladen. Sie nippte an ihrem heißen Kaffee. Die Tür hinter ihr klickte. Jemand gesellte sich zu ihr. Simon. Ausgerechnet.

„Ich habe nichts für dich. Du kannst also wieder reingehen", beschied sie ihm unfreundlich.

Er musterte sie mit diesem intensiven Blick. Mit einer ruhigen Bewegung nahm er ihr den Kaffee aus der Hand und stellte ihn auf das Fensterbrett. Überrumpelt von seinem seltsamen Verhalten ließ sie ihn gewähren. Gerade, als sie sich wieder gefangen hatte und protestieren wollte, packte er sie und zog sie an sich. Und ließ dem Ganzen einen Kuss folgen, der sich gewaschen hatte.

Sierra sagte sich, dass er sich komplett daneben benahm und sie sich eigentlich wehren sollte. Gleich. Wenn ihre Zehenspitzen sich wieder ausgerollt und ihr Hirn seinen Dienst wieder aufgenommen hatte. Was nicht sobald der Fall sein würde bei dieser Art von Kuss.

Er merkte, wie ihr Widerstand schmolz. Ihre angespannten Muskeln nachgaben und sie sich ihm entgegenlehnte. So stachelig nach außen, stellte er fest. So anschmiegsam, wenn niemand hinsah. Das war ihr eben auch aufgefallen. Was machte sie eigentlich da. Sie hatte einen Freund. Hallo? Und er wusste das ebenso gut wie sie.

Abrupt trat sie einen Schritt zurück. Unbewusst tastete sie nach ihren Lippen. Dann verpasste sie ihm eine Ohrfeige. Mit dem hatte er gerechnet. Er ertrug es mit unbewegter Miene.

„Ich habe einen Freund! Du wusstest das!“, klagte sie ihn an.

„So wie ich sehe, waren wir eben zu zweit. Du weißt das auch. Wie auch immer, jetzt hast du etwas, an das du dich erinnerst, wenn der besagte Freund irgendwann nicht mehr aktuell ist.“

Er nickte zum Abschied und ging an ihr vorbei ins Haus.

Sie legte die Hände an ihre brennenden Wangen. Shit! Chili trat aus dem Schatten der Büsche und rieb seinen Kopf an ihren Beinen. Sie seufzte. Katze müsste man sein. Am besten eine kastrierte. Herrje...

Im Kinderzimmer wurden Maxi und Lance fauchend von einem hellrosa Drachen begrüßt. Das kleine geflügelte Ungeheuer saß in dem hölzernen Gitterbett und klappte begeistert mit seinen schillernden Flügeln.

„Na na. Flugtauglich sind die noch nicht, meine Kleine.“

Lance zerzauste dem Minidrachen die glänzenden Schuppen, die vom Kopf übers Rückgrat bis zum Schwanz verliefen.

„Höchste Zeit für Mémés Geschenk“, murmelte Maxi und machte Anstalten, Luna-Maie aus dem Bettchen zu heben. Bevor sie sie zu fassen bekam, löste sie sich in einem Wirbel von hellrosa und silberfarbenen Funken Luft auf. Konsterniert musterte Lance den leeren Platz.

„Sieht so aus, als hätte jemand seine freie Zeit zum Üben benutzt. Das nenne ich mal ein Naturtalent.“

„Nenne es wie du willst, aber hilf mir, das kleine Schlitzohr zu fangen.“

Ein Glucksen ließ sie herumfahren.

„Komm zu Tante Maxi“, lockte sie und kauerte sich hin.

Als Antwort schwebte ihr eine kleine unförmige Lichtkugel torkelnd entgegen. Sie musste Lance zustimmen. Talent zum Schweinefüttern. Jetzt war Köpfchen gefragt.

„Lance. Spiel ihr einen Lichtball zu. So, dass sie ein bisschen näher zu mir kommen muss, wenn sie ihn fangen will.“

Der blaue Drache begriff ihr Vorhaben und machte sich an die Arbeit.

„Nepomuk, Platz“, befahl sie dem Chihuahua. Was?! Er wollte doch nur mitspielen. Beleidigt legte er sich wieder hin. Lance schickte einen Lichtball nach dem anderen auf die Linie zwischen den beiden Drachenweibchen. Sobald Luna danach griff, zerstoben die Lichtbälle in tausend Funken. So kroch sie stetig näher an Maxi heran. Den letzten Lichtball ließ er knapp hinter Maxis Schulter schweben. Fasziniert kletterte der kleine Drache Maxi auf den Schoß und stellte sich auf ihren Oberschenkeln auf, um das schillernde Ding zu erreichen. Rasch legte sie ihr die Kette um und schloss den Verschluss. Gerade noch rechtzeitig konnte sie das Kleinkind auffangen, das in seiner menschlichen Form noch nicht ganz die gleichen körperlichen Fähigkeiten hatte. Verblüfft schaute Luna-Maie zu Maxi hoch.

„Da staunst du, was? Aber besser du als deine Mama.“ Erleichtert schaute sie zu Lance. „Puh. Gerade noch mal Glück gehabt.“

„Das kannst du laut sagen. Ich höre schon Schritte auf der Treppe. Das würde wohl selbst Miris Drachentoleranz überschreiten. Sollte das nicht erst im Alter von zwölf Monaten passieren?“

„Offensichtlich sind selbst bei Drachen die Weibchen frühreif“, stichelte Maxi. „Pst, Miri kommt.“

„Hier steckt ihr. Und wie ich sehe, ist die kleine Dame bereits wach.“

Luna wedelte begeistert mit den Armen. „So wie es aussieht, hast du den beiden wieder beim Fliegen zugeschaut, was?“

Sie bückte sich und hob ihre Tochter hoch. „Hübsch siehst du aus mit deiner Kette. Ich nehme sie für ein Weilchen mit runter“, meinte sie, an Maxi gewandt.

„Nepomuk? Kommst du auch?“ Der Chihuahua sprang schwanzwedelnd hoch und rannte mit hängender Zunge zur Tür. Sie drehte sich nochmals zu den beiden Drachen um. „Danke fürs Bewachen. Genießt den Rest eures Weihnachtsschnapses.“

*

Anmerkungen der Autorin

Dieses Buch zu schreiben war eine große Herausforderung für mich. Während ich beim ersten Band *Die Drachenschwestern* noch keine Ahnung hatte, ob es überhaupt jemals gelesen werden würde, wusste ich diesmal, dass meine Leser gespannt auf eine Fortsetzung warteten. Ich hoffe, dass eure Erwartungen erfüllt wurden und euch das Lesen ebenso viel Spaß gemacht hat wie mir das Schreiben.

Auf der Roten Liste gefährdeter Arten der IUCN sind Leoparden in der Vorwarnliste als „Near Threatened" (gering gefährdet) klassifiziert. Umso begeisterter war ich zu erfahren, dass es Leoparden gibt, die sich als Kulturfolger versuchen. Ich wünsche diesen wunderschönen Tieren viel Erfolg dabei, sich ihren Lebensraum zurückzuerobern.

Nach dem letzten Buch wurde ich darauf angesprochen, wie ich es vereinbaren könne, mich als Tierfreundin auszugeben und trotzdem Fleischkonsum zu propagieren. Nun, eine Diskussion für oder gegen einen fleischlosen Lebensstil würde hier zu weit führen. Für mich als fleischverzehrendes Individuum lautet die Frage anders: Wie kann ich sicher gehen, dass das Fleisch auf meinem Teller ein artgerechtes Leben geführt hat? Die beste Möglichkeit ist der Kauf von Fleisch, welches von im Freien gehaltenen Tieren aus der Region stammt. Wer sich in seiner Umgebung oder auch im Internet ein wenig umsieht, wird bald auf verschiedene Einzelpersonen wie auch kleine Kooperationen stoßen, welche sich genau das zum Ziel gesetzt haben. Zugegeben: Solches Fleisch ist meist etwas teurer als in Massentierhaltung erzeugtes. Aber auch sehr viel schmackhafter. Ich für meinen Teil esse lieber nur halb so oft Fleisch, dafür gutes. Das Beispiel im Buch, in schottische

Hochlandrinder zu investieren und den Ertrag in Fleisch ausbezahlt zu bekommen, beruht auf einem existierenden Unternehmen. Leider wollte dieses aus Angst vor schlechter Presse nicht namentlich genannt werden. Schade. Ich wünschte mir mehr solcher vorbildlicher Betriebe.

Obwohl ich entlang der Strada Alta selber gewandert bin, waren die Beschreibungen auf der Internetseite www.wandersite.ch sehr hilfreich. Solltet ihr selber eine Wanderung planen, kann ich euch die Seite sehr empfehlen.

Um Lotti zu einer schönen letzten Ruhestätte zu verhelfen, habe ich die Geschichte des Centralfriedhofs in Zürich, des heutigen Friedhofs Sihlfeld, in künstlerischer Freiheit um ein paar Jahre vorgezogen. Tatsächlich wurde der Friedhof erst im Jahre 1877 eingeweiht.

Mein Dank geht an meine Familie und an meine Freunde, die mich selbst dann unterstützen, wenn ich vor lauter Drachen die Realität vergesse. Giorgia Mueller sorgte für das Layout und das tolle Cover, mit Hilfe meiner Lektorin Monika Popp konnte ich den Fehlerteufel in seine Schranken verweisen. Vielen Dank euch beiden.

Aber mein allergrößter Dank geht an euch, meine Leser. Ihr seid meine tägliche Motivation zum Schreiben. Über eine Rezension auf Amazon würde ich mich sehr freuen.

Den persönlichen Kontakt zu meinen Lesern schätze ich sehr. Hier sind eure Möglichkeiten:

virginiafox.com
mail@virginiafox.com
facebook.com/authorvirginiafox

Jetzt wünsche ich euch viel Spaß beim Lesen der Preview *Das Drachenpferd*, Band 3 der Drachenschwestern-Trilogie, und beim Ausprobieren der Rezepte.

Rezepte

Lasagne

Tomatensoße:

3 Möhren

3 Stangen Stangensellerie

1 große Zwiebel

500 g Hackfleisch vom Bio-Rind

150 ml Rotwein

400 g Pelati (geschälte Tomaten aus der Dose) mit Soße

150 ml Gemüsebrühe

Möhren, Stangensellerie und Zwiebel kleinhacken und andünsten. Das Hackfleisch dazugeben, anbraten, gleichzeitig mit Salz und Cayennepfeffer würzen. Mit dem Rotwein ablöschen und einkochen lassen. Die Tomaten inkl. Saft sowie die Gemüsebrühe hinzufügen.
Soße ca. eineinhalb Stunden köcheln lassen, dabei nicht ganz zudecken, damit die Flüssigkeit verdunsten kann.

Sauce Béchamel:

50 g Butter

50 g Mehl

750 ml kalte Milch (Mager-, Voll-, Laktosefrei egal)

Butter schmelzen, Mehl unter ständigem Rühren dazusieben. Die kalte Milch unter ständigem Rühren in Etappen dazugießen, so dass die Sauce nach und nach eindickt.

6 Lasagneblätter (gut gehen auch solche aus Dinkelgrieß)

Lasagneblätter in viel Salzwasser 8 min kochen, kalt abspülen und auf nassem Geschirr-Tuch auslegen.

300 g Kochmozzarella (gibt nicht so viel Flüssigkeit ab) in Scheiben schneiden

Alle Zutaten in der folgenden Reihenfolge in eine Auflaufform schichten:
Sauce Béchamel, Nudeln, Tomatensoße, Béchamel, Mozzarella, Nudeln, Fleisch, dann wieder von vorne starten. Am Schluss den Rest der Sauce Béchamel zuoberst verteilen. Mit Parmesan bestreuen und ein paar Butterflöckchen darauf platzieren.
Bei 200°C 35 Minuten backen. Vor dem Servieren 15 Minuten außerhalb des Ofens stehen lassen.

Rotkraut und Sweet Potato Casserole

Rotkraut:

1–2 große Zwiebeln

2–3 Köpfe Rotkohl

1 Tasse Apfelessig

kräftige Gemüsebrühe

1 Apfel

Die Zwiebeln hacken, andünsten. Den Rotkohl mit einer Gemüsereibe in Streifen raffeln oder in feine Streifen schneiden, in den Topf mit den Zwiebeln geben. Mit einer Tasse Apfelessig ablöschen. Kurz zudecken, damit sich der Essigdunst verteilen kann (das sorgt dafür, dass der Rotkohl schön dunkel bleibt). Mit Gemüsebrühe auffüllen, bis das Rotkraut knapp bedeckt ist. Würzen mit Salz, Pfeffer, gemahlenem Rosmarin sowie 2–3 Lorbeerblättern.
Bei niedriger Temperatur köcheln lassen.
Nach 30 Minuten einen Apfel dazu reiben.
Nach ca. 90 Minuten ist es fertig. Am besten schmeckt das Rotkraut am zweiten Tag, wenn es noch einmal aufgekocht wird.

Sweet Potato Casserole:

900 g Süßkartoffeln

165 g Zucker

60 ml Kondensmilch od. Magermilch

3 EL Butter geschmolzen

½ TL Salz

1 TL Vanille-Extrakt

2 Eier

Die Süßkartoffeln schälen, würfeln und weich kochen. Fünf Minuten auskühlen lassen. Die restlichen Zutaten zu den Süßkartoffeln hinzufügen und mit dem Mixer zu einem glatten Teig rühren. In eine gefettete Auflaufform füllen.

40 g Mehl

150 g Rohrzucker

1 Prise Salz (oder Fleur de Sel)

2 EL Butter, geschmolzen

alles mischen und auf der Süßkartoffelmischung verteilen.

½ Tasse gehackte Pecannüsse

Die Pecannüsse gleichmäßig verteilen.
Das Ganze bei 180°C ca. 25 Minuten backen, bis es goldbraun ist. Zum Schluss 5 Minuten der Grillfunktion aussetzen. Vor dem Servieren 10 Minuten ruhen lassen.

Truthahn mit Apfel-Kastanien-Füllung

Rezept für 10–12 Personen

1 Truthahn (4–5 kg) (falls gefroren braucht er zum Auftauen im Kühlschrank min. 36 Std.)

2–3 EL Salz, Pfeffer (aus der Mühle oder Cayennepfeffer)

Margarine- oder Butterflocken

200 g Brot vom Vortag, gewürfelt

2 dl Milch

3 EL Sultaninen

3 EL Calvados oder Apfelsaft

100 g Speckwürfel

2 Zwiebeln, gehackt

2 Äpfel, in feinen Scheiben

150 g tiefgekühlte Kastanien, halbiert angetaut

2 TL Majoran

1 TL Salz

Pfeffer

Brot in der Milch einweichen. Sultaninen mit Calvados oder Apfelsaft marinieren. Ofen auf 180°C vorheizen. Speckwürfel in der Bratpfanne ohne Fett anbraten. Hitze reduzieren, Zwiebeln beigeben, andämpfen. Restliche Zutaten mit dem Brot und den Sultaninen daruntermischen, würzen.
Truthahn kalt aus- und abspülen, mit Küchenpapier trocken tupfen. Salz und Pfeffer mischen, Truthahn innen und außen würzen, Füllung in den Bauch geben. Öffnung mit Bindfaden oder Holzzahnstocher verschließen, Truthahn mit der Brustseite nach oben auf ein Backblech legen. Margarine- oder Butterflocken darüber verteilen.

Braten:

1 Std. im auf 180°C vorgeheizten Ofen braten. Hitze auf 130°C reduzieren und Truthahn weitere 3 – 3.5 Std. garen. Gelegentlich mit der Bratflüssigkeit übergießen. Gesamtbratzeit 4-4.5 Std.

Garprobe:

Mit Nadel einstechen, wenn klare Flüssigkeit austritt, ist der Truthahn gar.
Entstandene Flüssigkeit in eine Pfanne gießen. Truthahn warm stellen und die Soße zubereiten.

Soße:

2 dl Weißwein oder Apfelsaft

75 g Sultaninen

4 EL Bratensoßenpulver

4 dl Hühnerbrühe

2 EL Calvados nach Belieben

Salz, Pfeffer nach Bedarf

Wein oder Apfelsaft zur Bratflüssigkeit in die Pfanne gießen, etwas einkochen. Sultaninen beigeben. Bratensoßenpulver mit Hühnerbrühe und evtl. Calvados verrühren, beigeben, aufkochen, würzen.

Schokoladen-Soufflés

3 Eier

100 g weißer Zucker

100 g dunkle Schokolade (min. 64 % Kakaoanteil)

100 g Butter

45 g Mehl

Die Eier und der Zucker zusammen 10 Minuten mit dem Mixer schaumig rühren. Haltet die Rührzeit ein. Lest ein Buch, um euch dabei die Zeit zu vertreiben. Es lohnt sich. Die Schokolade im Wasserbad schmelzen. Alles mischen. Das Mehl dazusieben und vermischen.

Mindestens 2 Std. kaltstellen. Hitzebeständige Förmchen buttern und zuckern. Teig auf die Förmchen verteilen und bei 200°C ca. 13 Minuten backen. Die Backzeit variiert ein wenig von Ofen zu Ofen. Genau richtig sind sie, wenn die Außenhülle fest ist und das Innere noch flüssig.

Mit Sauerrahm-Eis servieren.

Preview
Das Drachenpferd

(Band 3 der Drachenromane)

Kapitel 1

„Aus dem Schritt angaloppieren, bei C eine Volte und in der nächsten Ecke wieder zum Schritt durchparieren.“

Aufmerksam beobachtete Sierra, wie ihre jugendliche Reitschülerin Mina auf der weißen Ponystute Dusty ihre Anweisungen befolgte. Der Wind blies ihr die Haare ins Gesicht. Automatisch strich sie eine Strähne ihrer dunkelroten Locken hinters Ohr, ohne die Augen von dem Pferd-Reiterpaar zu lassen.

Nach einem sauberen Übergang zum Schritt lobte sie: „Gut gemacht, ihr zwei. Du kannst sie ausstrecken lassen und noch ein paar Runden zum Abkühlen im Schritt machen. Wir treffen uns dann im Stall.“

Mina nickte und strahlte, so dass ihre zwei schiefen Schneidezähne zu sehen waren. Sie gab dem Welsh-Pony die Zügel hin und strich ihm liebevoll über den Hals. Voller Zuneigung betrachtete Sierra das blonde Mädchen und die kleine Schimmelstute noch einen Moment. Die beiden hatten sich zu einem richtig guten Team zusammengerauft während der letzten zwei Jahre. Mit Dustys Hilfe hatte sich das scheue Mädchen vor ihren Augen zu einem selbstbewussten Teenager gewandelt. Auch ihr vertraute Mina inzwischen. Vorbei war die Zeit, als sie nur stumm umhergeschlichen war, voller Angst, etwas falsch zu machen und weggeschickt zu werden. Sierra war richtig stolz auf ihren kleinen Schützling.

„Das sollte ich ihr einmal sagen. Positive Dinge werden einem selten genug mitgeteilt“, murmelte sie vor sich hin und beschloss, das gleich nachher in die Tat umzusetzen. „Joker? Kommst du auch?“

Ihre Australian Cattle Dog-Hündin blickte unschlüssig zwischen Mina und ihrem Frauchen hin und her. Noch jemand, der das junge Mädchen ins Herz geschlossen hatte, dachte Sierra amüsiert und beschloss, nicht darauf zu bestehen, dass der Hund ihr folgte.

Sie wandte sich um und legte die kurze Strecke zwischen Reitplatz und Stallgebäude zurück. Der Reitplatz lag ein wenig erhöht, am Rande ihres Weidelands. Eine unbefestigte Straße führte zum großen eisernen Hoftor. Dort hielt sie einen Moment inne und warf einen Blick zurück. Von hier aus hatte man einen schönen Ausblick über die Felder bis zum fünfhundert Meter entfernten Waldrand. Von der Küche aus blickte man in dieselbe Richtung. Oft konnte sie während des Kochens zusehen, wie die Sonne hinter den Bäumen unterging. Eigentlich war es ganz schön hier. Weshalb also fühlte sie sich hier nicht zu Hause? Eine Bewegung auf dem Reitplatz riss sie aus ihren Grübeleien. Mina war abgestiegen und übte mit Dusty den Spanischen Schritt. Joker umkreiste die zwei und bellte aufgeregt. Sie schüttelte den Kopf über Jokers alberne Späße, öffnete das schwere Tor und ließ es aufschwingen. Es konnte offenbleiben, bis Mina und ihre tierische Gesellschaft zurück waren. Über die gekieste Auffahrt gelangte sie am Roundpen vorbei zu den Paddocks.

„Na ihr?“

Sie streichelte über die erstbeste Pferdenase, die sich ihr entgegenstreckte. Hier hielt sie die Pferde in kleinen Gruppen. Vier bis fünf Pferde teilten sich einen eingestreuten Liegebereich mit einer angrenzenden Auslauffläche. So artgerecht wie möglich eben. Sie war froh, dass sie ihre vierbeinigen Freunde nicht in

Boxeneinzelhaft halten musste. Trotzdem war es noch weit entfernt von dem Aktivstall, den sie sich eigentlich wünschte. Sierra seufzte. Vielleicht war das der Grund, weshalb sie sich hier auch nach fünf Jahren nicht wirklich heimisch fühlte. Der Hof war zwar ganz schön. Das alte Bauernhaus war von den ursprünglichen Besitzern geschmackvoll renoviert worden. Die Ställe hatte sie nach ihrem Gutdünken und den geltenden Bauvorschriften in mühseliger Arbeit mehr oder weniger selbst so umgestaltet, dass sie ihren Vorstellungen entsprachen. Doch durch die Nachbarhöfe, die direkt links und rechts an das Grundstück anschlossen und den öffentlichen Weg, der den Hof von dem zugehörigen Weidegrundstück trennte, waren die Möglichkeiten einfach sehr begrenzt.

Ihr Blick fiel auf zwei Männer, die von der anderen Seite her über den Hof schlenderten. Bei dem einen handelte es sich um Markus, ihren Lebenspartner und, wenn sie ehrlich war, den Hauptgrund für ihre schlechte Laune. Den anderen Mann kannte sie nicht. Da sie nicht in Stimmung für eine Vorstellungsrunde war, schlüpfte sie unter dem Gatter hindurch und duckte sich hinter zwei Pferde. Die beiden Männer blieben stehen und Markus fing an, mit pompösen Gesten von hier nach dort zu zeigen und immer wieder auch auf die Pferde.

Sierra runzelte die Stirn. Was besprachen die beiden nur? Sie hoffte, es handelte sich nicht um einen Kaufinteressenten für eines ihrer Pferde. Sie biss sich auf die Lippen: Sie hatte ihm doch gesagt, dass noch keines der Pferde zum Weiterverkauf bereit war. Leider war es so, dass die Tiere nur gefühlsmäßig ihr gehörten. Markus war einer dieser Männer, die immer mehrere Geschäfte am Laufen hatten. Unter anderem mischte er auch beim lokalen Pferdehandel mit. Nur Dusty und Fuks, der irre Shagya-Araber, gehörten ihr. Wobei bei Fuks die Meinungen auseinandergingen. Markus betrachtete auch ihn als sein Eigentum. Sierras Glück war, dass er a) sehr schwierig im

Umgang war und b) sich jedes Mal, wenn er verkauft werden sollte, eine Verletzung zuzog. So war der angestrebte Verkauf nie zustande gekommen. Bis jetzt.

Die beiden Männer kamen näher, so dass sie gezwungen war, sich in den Stallbereich zurückzuziehen. Verdammt. Jetzt gingen sie tatsächlich in die Richtung des Paddocks, in dem Fuks stand. Sie knirschte frustriert mit den Zähnen. Die Männer waren zu weit weg. Es war unmöglich, zu verstehen, worüber die beiden sprachen. Vor allem, wenn einem zeitgleich ein neugieriges Pferd ins Ohr schnaubte. Freundlich aber bestimmt schob sie es weg und stellte sich auf die Zehenspitzen, um einen besseren Blick zu haben. Anscheinend waren sie fertig mit ihrem Gespräch. Sie drehten sich um und gingen zum Haus zurück. Jetzt war eine Runde Kräuterschnaps trinken angesagt, wie sie aus Erfahrung wusste. Dann konnte sie gefahrlos hervorkommen. So schnell würde sich keiner von denen wieder bei den Tieren blicken lassen. Sie bürstete mit der Hand Staub und Pferdehaare von ihren alten Jeans und blickte dem Trio entgegen, das vom Reitplatz hinunterkam. Joker merkte sofort, dass ein Fremder auf dem Hof war. Sie sträubte die Nackenhaare und kläffte wütend die Türe an.

Keine Minute verging, und die Haustür wurde aufgerissen. Markus brüllte: „Stellst du die nervtötende Töle ab?“

Joker schnappte nach seinem Hosenbein. Sierra verbiss sich ein Grinsen. Um weitere Spannungen zu vermeiden, pfiff sie nach ihrem Hund.

Mit stolzgeschwellter Brust kam Joker zurück. *Dem habe ich's aber gezeigt, was?*

Sierra nickte bestätigend und tätschelte ihre Hündin.

Mina warf ihr einen Blick zu. „Was hat sie gesagt?“

„Sie war nur eben sehr stolz auf sich und ihre Fähigkeit, uns vor allen bösen Eventualitäten zu schützen“, antwortete sie geistesabwesend, ohne den bewundernden Blick zu bemerken, den Mina ihr zuwarf.

„Wie ist denn das so? Mit Tieren sprechen zu können?“

Irritiert schaute Sierra zu ihr hinüber. „Du merkst ja auch, wenn Dusty etwas besonders mag oder eben nicht. Einfühlungsvermögen und gute Kenntnisse der Körpersprache der jeweiligen Tierart, mehr ist das nicht.“

Minas Gesichtsausdruck sprach Bände. Es war klar zu sehen, dass sie ihr das nicht ganz abnahm. Doch sie hielt sich zurück und fragte nicht nach.

Kluges Mädchen. Sie war nicht bereit zuzugeben, dass da durchaus noch etwas mehr war. Aber sie würde sich hüten, mit ihrer Reitschülerin Theorien über Telepathie zu wälzen. Sie tat sich selber sehr schwer mit dem Konzept. Nicht mit der praktischen Anwendung. Nur damit, es in Worte zu fassen. Sie dachte an ihre Drachenschwestern. Vor ungefähr zwei Jahren hatte sie zwei Frauen kennengelernt. Die brünette Kaja, die von einem blauen Drachen begleitet wurde, und Miri, eine quirlige Blondine. Sehr unterschiedlich in ihren Charakteren, intelligent, witzig, dabei sehr warmherzig. Und das Beste war, sie konnte sich zu hundert Prozent auf die beiden verlassen.

Offenbar waren Begleiter in Drachenform gar nicht so selten. Man konnte sich das mit den Drachen ähnlich vorstellen wie mit Schutzengeln. Allerdings hatten diese geflügelten Begleiter mit ihren schillernden Schuppen klar definierte eigene Meinungen, die sie einem auch ungefragt mitteilten, und die schlechte Angewohnheit, sich zu allen passenden und unpassenden Zeiten zu materialisieren. Drachen waren Astralwesen, eine andere Energieform als Menschen oder Tiere. Meist waren sie substanzlos und man fasste regelrecht durch sie hindurch. Wenn sie es darauf anlegten, konnten sie aber sehr wohl eine feste Form annehmen. Logisch erklärbar waren die Drachen nicht. Auf jeden Fall nicht, ohne abstruse Theorien zu

Rate zu ziehen. Sierra kümmerte das nicht. Ihr Ansatz war pragmatisch. Sie war sich ziemlich sicher, dass sie nicht verrückt war, sie konnte sie sehen, manchmal anfassen und sich sogar mit ihnen streiten. Also war es reine Energieverschwendung, ihre Existenz in Frage zu stellen. Die Kommunikation fand entweder laut oder auf telepathischem Wege statt. Das funktionierte auch auf Entfernung und war ebenfalls kein Neuland für sie, da sie mit den Tieren schon lange auf einer ähnlichen Ebene kommunizierte.

Selten war nur, wenn andere den eigenen Drachen auch sehen konnten. Normalerweise war das nämlich nur dem aktuellen Schützling und vielleicht den nächsten Verwandten möglich. Wie Lance, der blaue Drache, durch seine Nachforschungen beim Drachenrat (ebenfalls ein Begriff, den man besser akzeptierte als zu erforschen versuchte) herausgefunden hatte, kam es offenbar alle paar hundert Jahre vor, dass drei Frauen, die in enger Verbindung miteinander standen, den Drachen der anderen sehen konnten. Sogenannte Drachenschwestern. Auch das entbehrte Sierras Meinung nach jeglicher Logik. Doch da ihr dieser Umstand, logisch oder nicht, die ersten beiden besten Freundinnen in ihrem Leben beschert hatte, war ihr das sowas von egal.

„Soll ich Dusty auf den Paddock bringen?“ Mina hatte die kleine Schimmelstute inzwischen abgesattelt, nochmals kurz gebürstet und ein paar Äpfel als Dankeschön zugesteckt. Nun stand sie abwartend da, den Strick locker in der Hand, und schaute Sierra erwartungsvoll an.

„Gerne.“ Eine Welle von Zuneigung überfiel Sierra, als sie die beiden einträchtig über den Hof zu Dustys Gruppe gehen sah. Die Kleine war ihr richtig ans Herz gewachsen. Wie eine fast erwachsene Tochter oder eine kleine Schwester. Nicht dass sie aus Erfahrung sprechen konnte. Sie hatte keine Kinder und auch keine kleine Schwester. Aber sie stellte es sich in etwa so vor.

„So. Und jetzt geht es für zwei Wochen in die Ferien für dich, oder? Süßes Nichtstun in der Sonne? Mit hübschen Italienern flirten?“, neckte sie Mina, als sie zur Sattelkammer zurückkehrte.

Mina grinste verlegen, wie es für ihr Alter wohl typisch war.

„Ich fahre mit meinem Dad weg. Wird bestimmt ganz lustig.“ Sie kniff die Augen gegen das Blenden der Abendsonne zusammen. „Aber die hübschen Jungs jagt er bestimmt alle gleich zu Anfang weg“, stellte sie gutmütig fest.

Sierra lachte zustimmend. Sie war froh, dass Mina seit etwa einem Jahr bei ihrem Dad lebte. Der Umzug weg von ihrer Mutter zu ihrem Vater hatte ihr sichtlich gut getan. Die beiden schienen sich gut zu verstehen und Mina erhielt endlich die Unterstützung, die einem Kind zustand.

Sie räusperte sich. „Also dann. Genieße deine Ferien. Und was ich dir schon lange mal sagen wollte: Ich bin mächtig stolz auf dich. Du hast dich im letzten Jahr extrem entwickelt. Nicht nur reiterlich. Obwohl, auch da hast du große Fortschritte gemacht. Du hast nicht nur großes Talent für das Reiten, sondern auch das nötige Einfühlungsvermögen für die Pferde. Es macht richtig Spaß, dich zu unterrichten. Wenn du möchtest, kannst du im Herbst an einem externen Kurs teilnehmen. Reiten kannst du Dusty. Ich fahre dich mit dem Pferdeanhänger hin und begleite dich. Interessiert?“

„Echt? Wirklich?“ Minas Stimme überschlug sich fast vor Aufregung und sie fiel Sierra um den Hals. Etwas überrumpelt tätschelte sie ihr erst unbeholfen den Rücken, bis sie ihre Reitschülerin ebenfalls umarmte. Körperkontakt mit anderen Menschen, den sie nicht selbst initiierte, war normalerweise nicht so ihr Ding. Aber bei Mina war das kein Problem, wie sie feststellte.

Mina löste sich von ihr und trat einen Schritt zurück. Sichtlich gerührt blinzelte sie ein paar Mal schnell hintereinander. „Danke. Für alles. Ich freue mich schon, wenn wir unsere nächste Reitstunde haben.“ Sie blickte sich prüfend um. Das Zaumzeug hing noch draußen. Mina griff danach und verschwand in der Sattelkammer.

In Ermangelung einer Armbanduhr kramte Sierra ihr Handy hervor. Schon so spät! In einer Stunde wurde sie bei ihren Freunden zu Hause auf dem Randen erwartet. Ihr Patenkind, Miris Tochter Luna-Maie, wurde ein Jahr alt. Wie schnell die Zeit doch verging. Unbehaglich dachte sie an die Gästeliste. Sie war sich ziemlich sicher, dass Simon, ihre persönliche Nemesis, auch da sein würde. Das letzte halbe Jahr war sie ihm ziemlich erfolgreich aus dem Weg gegangen. Das würde heute Nachmittag nicht so einfach werden. Sie blickte hoch.

„Also. Ich muss los. Sonst verpasse ich noch meinen Bus. Bis in zwei Wochen.“ Mina hatte sich umgezogen und war schon fast bei der Scheune angekommen, durch die man auf der anderen Seite auf die Straße gelangte. „Bevor ich es vergesse – in deiner Sattelkammer sitzt ein grüner Drache. Witziger Kerl.“ Sie winkte und verschwand durch das Scheunentor.

Sierra war so perplex, dass sie ihr nur sprachlos hinterher blickte. Noch jemand, der vom Drachenvirus infiziert war? Nur, von welchem Drachen sprach sie? Grüne waren gerade keine im Angebot. Lance war mehrheitlich blau, und Maxi, Miris Drache, bevorzugte pinke und violette Schattierungen. Irritiert warf sie einen flüchtigen Blick in die Sattelkammer. Leer. Wie erwartet. Sie zuckte mit den Schultern. Wahrscheinlich besaß Mina lediglich eine blühende Fantasie. Wie auch immer. Sie musste einen Zahn zulegen. Sonst wäre das Geburtstagskind enttäuscht.

*

Preview
Rocky Mountain Yoga

(Band 1 der Rocky Mountain-Serie)

Kapitel 1

„Verflixt und zugenäht!“ Zum dritten Mal durchsuchte Jasmine ihre große Umhängetasche nach dem Schlüssel für das Yogastudio, in dem sie arbeitete. Doch es schien, als habe sie ihn zu Hause liegen gelassen. Einfach großartig! Jetzt musste sie den Schlüssel holen und hoffen, dass ihr die Verkehrsgötter gnädig gestimmt waren. Sie machte auf dem Absatz kehrt und lief zurück in die Parkgarage, wo sie ihr Auto abgestellt hatte. Wenigstens regnete es ausnahmsweise nicht. Eine erfreuliche Ausnahmeerscheinung im regnerischen Seattle.

Ihr Boss Keith, seines Zeichens selbst ernannter Guru, würde nicht erfreut sein, wenn sie das Studio zu spät öffnete, überlegte sie und trieb sich zur Eile an. Das wäre dann schon das zweite männliche Wesen, das unzufrieden mit ihr war, stellte sie fest, als ihr das gestrige Streitgespräch mit ihrem Lebenspartner Paul in den Sinn kam. Sie runzelte die Stirn, als sie überlegte, ob vielleicht doch sie das Problem war? Es war immerhin eine Überlegung wert, nachdem sie der gemeinsame Nenner zu sein schien. Stopp!, ermahnte sie sich streng. Der gemeinsame Nenner war nicht sie, sondern das liebe Geld. Paul beschwerte sich ständig, sie unterstütze ihn zu wenig bei seinen Projekten. Ha! Eine mietfreie Wohnung und Essen frei Haus zählten anscheinend nicht. Von dem Geld, das er sich von ihr für seine wichtigen

Geschäftsessen mit potenziellen Kunden und Geschäftspartnern erbat, ganz zu schweigen. „Networking“ nannte er es. Sie seufzte.

Und Keith beklagte sich ständig über die steigenden Kosten für Unternehmer, weshalb er ihr leider nur wenig mehr als den Mindestlohn bezahlen konnte. Sie seufzte. Dabei hätte er gar kein Geschäft, wenn sie sich nicht um alle Lektionen kümmern würde, während er sich in Privatstunden um besonders erleuchtungsbedürftige – meist verheiratete – Kundinnen kümmerte.

Wenigstens hatte sie Rambo, ihren schwarzen Königspudel, bereits bei seiner Hundesitterin Kathrina abgeliefert, dachte sie erleichtert, als sie eine Viertelstunde später vor ihrem Wohnblock anhielt. Jasmine ignorierte das Parkverbot und sprintete die Treppe hoch. Auf dem dritten Treppenabsatz blieb sie kurz stehen, um Atem zu schöpfen. Sie schüttelte den Kopf, amüsiert über ihr Schnaufen. Man sollte meinen, sie hätte sich inzwischen daran gewöhnt, im vierten Stock zu wohnen. Mal ganz abgesehen davon, dass sie sich mit dem Unterrichten von Yoga ihren Lebensunterhalt verdiente. Sie straffte die Schultern, bereit, die letzten Treppenstufen in Angriff zu nehmen, als sie ein Poltern, gefolgt von Stimmengemurmel, hörte. Sie schloss die Augen. War es denn zu viel verlangt zu erwarten, dass Paul sich wenigstens die Mühe machte so zu tun, als würde er arbeiten?, dachte sie irritiert. Stattdessen war er wahrscheinlich wieder mit einem seiner schmierigen Kumpels dabei, Pläne zu schmieden. Er erzählte zwar immer, dass er einen nächsten großen Plan hatte, doch ergeben hatte sich bisher noch nie etwas daraus, soweit sie das beurteilen konnte. Plötzlich schoss ihr ein Gedanke durch den Kopf. War etwa eine andere Frau bei ihm? Bitte, bitte nicht. Sie hoffte inständig, dass es eine unschuldige Erklärung für die Geräusche aus ihrer Wohnung gab. Das Letzte, was sie wollte, war, Paul beim Fremdgehen zu erwischen. Das wäre tatsächlich zu Soap-Opera-mäßig. Selbst für ihr Leben. Zudem wäre sie dann gezwungen, eine längst überfällige Entscheidung zu treffen.

Mit einem unguten Gefühl in der Magengegend setzte Jasmine ihren Weg fort. Sie war froh, dass sie wie üblich Sneakers trug. Nicht sehr schick vielleicht, wie Paul sie immer wieder gerne erinnerte, doch anders als hochhackige Schuhe verursachten die Turnschuhe keinen Laut auf dem Boden des Treppenhauses. So konnte sie sich tatsächlich anschleichen. Als sie auf ihrer Etage ankam, konnte sie deutlich Stimmen hören. Sie spitzte die Ohren. Das klang nicht nach einer Frau. Das waren Männerstimmen. Also doch seine Freunde. Ihre innere Uhr meldete sich hartnäckig zu Wort und erinnerte sie daran, dass sie keine Zeit zu verlieren hatte, wenn sie es noch rechtzeitig zum Yogastudio zurückschaffen wollte. Entschlossen hob sie die Hand, um die Tür zu öffnen, als sie bemerkte, dass diese nur angelehnt war. Deshalb konnte sie die Stimmen so gut hören. Was zum Teufel … Ihre Gedanken wurden unterbrochen, als Paul das Wort ergriff.

„Ich hatte doch gesagt, kein persönlicher Kontakt. Das Risiko, dass euch jemand sieht, ist einfach zu groß. Das sollte eurem Boss doch wohl klar sein."

„Das war, bevor du deinen Verpflichtungen nicht nachgekommen bist."

Diese Stimme kannte sie nicht.

„Eine Lieferung zu verlieren war keine gute Idee!", stimmte eine zweite fremde Stimme zu.

Das ungute Gefühl in ihrem Magen verstärkte sich, und ihre Nackenhaare stellten sich auf.

„Hört zu, ihr kriegt das Geld, versprochen. Ich brauche nur ein paar Tage mehr, dann habe ich meine Freundin weich gekocht. Ich weiß, dass sie Geld auf einem Konto liegen hat, das sie nicht braucht."

Geld, das sie nicht brauchte? Jasmine wurde wütend. Anscheinend hatte ihre Oma recht gehabt, als sie sagte, sie sollte niemandem von dem Geld erzählen. Vor allem keinem Mann. Männern war Omas Meinung nach sowieso nie zu trauen. Dumm nur, dass sie in ihrer anfänglichen Verliebtheit nicht darauf gehört hatte. Sie hatte gedacht, es würde Paul vielleicht ein Gefühl von Sicherheit geben, wenn er wüsste, dass sie einen Notgroschen hatte, falls es einmal hart auf hart kam. Oder sie eine Familie gründen wollten. Was sie offensichtlich nicht wollten, wenn sie hörte, wie Paul den Fremden gegenüber frei über ihr Geld verfügte. Zum Glück hatte sie wenigstens so viel Vernunft besessen und sich an Omas Anweisung gehalten, das Geld auf ein separates Konto einzuzahlen.

Die erste fremde Stimme riss sie aus ihren Gedanken und ließ ihr das Blut in den Adern gefrieren.

„Es geht nicht nur um das Geld. Der Boss muss sich jetzt mit unzufriedenen Kunden herumschlagen. Kunden, die für so viel Geld Waffen bestellen, erwarten eine prompte und zuverlässige Lieferung."

Waffen? Wo, um Himmels willen, war Paul da hineingeraten? Irgendwie bezweifelte sie, dass es sich um eine Lieferung an den örtlichen Jagdverein handelte. Sie lehnte sich weiter vor, um besser mithören zu können. Dabei geriet sie aus dem Gleichgewicht und stieß an die angelehnte Tür. Die Tür schwang auf. Drei Paar Männeraugen starrten sie an. Die zwei stiernackigen Fremden waren stilecht in eine schwarze Schlägertypenmontur gekleidet. Bösartigkeit strömte ihnen aus allen Poren, auch wenn sie doch tatsächlich erfreut schienen über ihr Auftauchen. Nur Paul schaute verärgert aus.

„Oh, hallo zusammen. Ich bin gleich wieder weg, muss nur etwas holen", sagte sie mit einer aufgesetzt fröhlichen Stimme. Freundlich. Naiv. Harmlos. Das mussten sie ihr doch abnehmen, oder?

„Was machst du denn hier? Ich dachte, du bist schon längst bei der Arbeit!“ Pauls Stimme klang vorwurfsvoll und brachte sie in Nullkommanichts auf hundertachtzig. Sie wollte sich bereits auf ihn stürzen und ihm tüchtig ihre Meinung sagen, als sich Fremde Stimme Nr. 2 einmischte.

„So spricht man doch nicht mit seiner Freundin“, rügte er Paul und schenkte ihr ein zähnefletschendes Lächeln, bei dem sich Jasmine der Magen umdrehte.

„Was für ein glücklicher Zufall“, stimmte ihm Fremde Stimme Nr. 1 zu. „Jetzt können wir das mit dem Geld gleich regeln. Wir sind immer froh, wenn wir dabei helfen können, Probleme zu lösen.“ Er knackste demonstrativ mit seinen Knöcheln.

Oh-oh. Rückzug!, schrien sämtliche Alarmsysteme in Jasmines Inneren. Der Schlüssel für das Yogastudio hatte jegliche Wichtigkeit verloren. Sie machte zwei vorsichtige Schritte rückwärts.

„He! Die Kleine hier macht die Fliege! Ihr nach!“, rief Fremde Stimme Nr. 2 und griff hinter seinen Rücken, um eine erschreckend echt aussehende Pistole aus dem Hosenbund zu ziehen. Paul beobachtete die Szene wie vom Donner gerührt, machte aber keinerlei Anstalten, die beiden von ihrer Verfolgung abzuhalten. Na toll! Pauls Verwandlung zum strahlenden Ritter hatte allem Wunschdenken zum Trotz wohl immer noch nicht stattgefunden.

Beim Anblick der Waffe gab Jasmine ihre Bemühungen auf, unauffällig davonzuschleichen. Sie stürzte zur Wohnung hinaus und raste die Treppenstufen hinunter, als wären ihr sämtliche Höllenhunde auf den Fersen. Immerhin war sie dank des jahrelangen Yogatrainings und ihrer kleinen schlanken Statur flink und wendig. Im Gegensatz zu den beiden muskelbepackten Gorillas, die sie lautstark fluchend und unter großem Gepolter verfolgten, hatte sie die vier Stockwerke im Nu zurückgelegt und gewann so wertvolle Sekunden.

Im Erdgeschoss flog sie beinahe aus der Tür und sprang in ihren Wagen, den sie glücklicherweise vergessen hatte abzuschließen. In dem Moment, als die beiden Mafiatypen aus dem Hauseingang stolperten, fuhr sie mit quietschenden Reifen los. Als sie im Rückspiegel die erhobenen Fäuste sah, hob sie reflexartig die Hand und winkte. Als ihr klar wurde, was sie da eben gemacht hatte, brach sie in hysterisches Gekicher aus. Nur weiter so! Dem Exekutionskommando auch noch freundlich zuwinken. Beim nächsten Mal könnte sie vielleicht vorher noch Plätzchen backen, dachte sie selbstironisch.

Ein paar Straßen weiter drosselte Jasmine das Tempo auf die gesetzlich erlaubte Geschwindigkeit und versuchte, ihre Gedanken zu ordnen. Sie konnte noch gar nicht richtig fassen, was sie da eben erlebt hatte. Ihr Freund Paul, ein Waffenschieber? Ex-Freund, korrigierte sie sich. Auf keinen Fall würde sie einen Mann, der die örtliche Mafia in ihr Leben gebracht hatte, weiterhin ihren Freund nennen. In ihrer Welt war das gleichzusetzen mit Schlussmachen. Ihr brach der kalte Schweiß aus, als sie an seine gleichgültige Haltung dachte, während die beiden Männer sich auf sie stürzen wollten. Sie blinzelte und richtete ihre Aufmerksamkeit wieder auf die Straße. In ihrer Panik war sie blindlings kreuz und quer durch die Stadt gefahren. Sollte sie sich an die Polizei wenden? An der nächsten Straßenecke sah sie das Schild einer Polizeiwache. Eine leere Parklücke einige Meter vom Eingang entfernt half ihr bei der Entscheidung. Sie parkte den Wagen und blieb einen Moment lang sitzen, um tief durchzuatmen. Es war wie im falschen Film!

Jasmine schüttelte sich wie eine nasse Katze und griff nach ihrer Tasche. Um Mut zu schöpfen, warf sie einen letzten Blick auf den Eingang der Polizeistation – und erstarrte. Aus der Tür trat soeben kein geringerer als Paul-das-Arschloch, in ein offensichtlich freundschaftliches Gespräch mit einem Polizisten vertieft. Sie nahm die Hand vom Türgriff und kauerte sich tiefer in ihren Sitz. Von da aus beobachtete sie, wie die beiden sich in männlicher Solidarität auf den Rücken klopften, bevor sich Paul-das-Arschloch verabschiedete. Oben an der Treppe, die zum Eingang hinaufführte, blieb ihr Ex-Freund stehen und ließ seinen Blick prüfend über die Umgebung schweifen. Verschreckt zog sie ihren Kopf noch weiter ein. Der erneute Adrenalinschub ließ das Blut in ihren Ohren rauschen. Vorsichtig linste sie über das Armaturenbrett und sah gerade noch, wie Paul zu Fremde Stimme Nr. 1 und 2 ins Auto stieg.

Welchen Reim sollte sie sich auf das eben Gesehene machen? Hatte der Boss, von dem in der Wohnung die Rede gewesen war, etwa auch Polizisten auf seiner Gehaltsliste? Sie hatte keine Ahnung, inwiefern Korruption in den Rängen der Polizei von Seattle ein Thema war. Aber die Szene eben brachte ihren Entschluss, den Vorfall zu melden, stark ins Wanken. Vor allem, wenn die drei Übeltäter direkt vor der Polizeiwache parkten und nur darauf zu warten schienen, dass sie auftauchte. Sie war sich nicht einmal sicher, dass sie es schaffen würde, ungesehen in die Polizeistation zu gelangen.

Jasmine rieb sich die Schläfen, welche mit unablässigem Pochen kommende Kopfschmerzen ankündigten. Das Ganze wuchs ihr mit jeder Sekunde mehr über den Kopf. Sie war ein sehr friedliebender Mensch und verabscheute Gewalt. Auch hatte sie keine geheimen Fantasien, eine Heldin zu sein. Dafür war sie absolut nicht geschaffen. Sie biss die Zähne zusammen. Zeit für einen neuen Plan. Dann kramte sie ihr Mobiltelefon aus ihrer geräumigen Tasche und rief Pat an, ihren langjährigen besten Freund, dem sie zu hundertfünfzig Prozent vertraute.

Als Pat sich am anderen Ende meldete, war ihr gleich ein wenig leichter ums Herz. „Hey, Pat. Hör zu, ich brauche deine

Hilfe. Kannst du für mich Rambo bei Kathrinas Hundesitting abholen?"

„Klar", antwortete er prompt, wie es seine Art war. Als selbstständig arbeitender Architekt mit eigenem Architekturbüro hatte er zum Glück die Freiheit, ihr spontan zu Hilfe zu eilen. „Was ist denn los? Deine Stimme klingt, als hättest du gerade einen Sprint hinter dir", stellte er besorgt fest.

„Fast. Ich erkläre dir alles später. Treffen wir uns in zwei Stunden im Westcrest Dog Park?"

„Okay, brauchst du sonst noch was?" Pat schien zu akzeptieren, dass sie ihm vorerst nicht mehr erzählen würde. Erleichtert ließ sie die Schultern sinken, die sie vor lauter Anspannung schon fast bis zu den Ohren hochgezogen hatte.

„Nein, im Moment nicht. Bis später." Sie beendete das Gespräch. Puh. Eine Sorge weniger. Zeit, sich um das nächste Problem zu kümmern.

Jasmine warf einen Blick auf den Wagen ihrer Verfolger. Im Inneren des Wagens schien eine hitzige Debatte im Gang zu sein. Schließlich schienen sie zu einem Schluss zu kommen. Fremde Stimme Nr. 2 stieg aus und zündete sich eine Zigarette an. Wusste er denn nicht, dass das eine schlechte Angewohnheit war? Sie zog die Nase kraus und hätte dabei fast verpasst, dass der Wagen mit Paul und Fremde Stimme Nr. 1 wegfuhr. Sie konnte ihr Glück kaum fassen. Jetzt musste sie nur noch abwarten, bis sich Fremde Stimme Nr. 2 zu langweilen begann. Dann sollte es ihr hoffentlich gelingen, unentdeckt zu verschwinden.

Zehn Minuten später befand sie sich auf der Autobahn in Richtung Süden. Ziel ihres Ausflugs war ein Shoppingcenter am Rande von Seattle. Dort würde Paul sie bestimmt nicht vermuten. Zudem befand sich dort auch eine Filiale ihrer Bank.

Einige Spontaneinkäufe später und nach einem wichtigen Bankbesuch setzte Jasmine sich außerhalb des Einkaufcenters auf eine Bank und vertilgte ihren Veggie-Dog. Es war zwar Fast

Food, aber immerhin vegetarisch, beruhigte sie ihr schlechtes Gewissen. Nachdem sie den letzten Bissen verschlungen und ihre Hände an einer Serviette abgewischt hatte, griff sie erneut zum Telefon, diesmal, um ihre Oma anzurufen.

„Hallo, Nana!"

„Jaz? Das ist aber eine erfreuliche Überraschung! Kommst du mich besuchen?"

Jasmine lachte angespannt. „Du wirst es nicht glauben, aber so ist es."

„Oh. Wann denn?" Die Stimme ihrer Oma klang plötzlich vorsichtig.

Jasmine zögerte. Hatte sie etwa gerade einen schlechten Zeitpunkt erwischt? Nun ja, das konnte sie jetzt leider nicht ändern. „Ich habe gedacht, so in zwei, drei Tagen. Kann ich bei dir wohnen?" Als ihre Großmutter nicht gleich antwortete, fügte sie trotzdem die Frage hinzu: „Oder passt es gerade nicht?"

„Doch, doch", beeilte sich ihre Oma, ihr zu versichern. Jasmine hörte, wie Nana am anderen Ende tief Luft holte. „Ich muss dir nur etwas gestehen. Ich bin vor zwei Jahren mit meiner Freundin Nadine zusammengezogen. Ich wohne jetzt bei ihr."

„Mit deiner Freundin?", wiederholte Jasmine etwas dümmlich. Und das schon zwei Jahre!

„Ja. Nadine kennst du ja wohl noch", rügte Nana sie.

„Klar", beeilte sie sich zu versichern. Welcher Art genau diese Freundschaft war, konnte sie auch später noch herausfinden. Es spielte im Grunde auch keine Rolle. Solange Nana glücklich war, war auch Jasmine glücklich.

„Mein Haus steht seither leer. Aber ich habe das Telefon und den Strom nie abgestellt. Du kannst also gerne dort wohnen. Weißt du, ich hatte immer die Idee, dass du irgendwann dort ein Yogazentrum eröffnest. Aber ich wollte dich nicht drängen. Auf jeden Fall liegen die Schlüssel dort, wo sie immer lagen. Du kannst also kommen, wann du willst."

„Toll. Dann freue ich mich", antwortete Jasmine und beendete das Gespräch. Sie war ein wenig überwältigt von den vielen Informationen und dachte bei sich, dass sie ihre Großmutter vielleicht besser öfter anrufen sollte. Dann wäre sie vielleicht mehr auf dem Laufenden, was in ihrem Leben so vorging. Sie seufzte. In der nächsten Zeit sollte das ja kein Problem sein.

Einerseits gefiel es Jasmine nicht, so plötzlich umzuziehen. Es hatte den unangenehmen Beigeschmack von Weglaufen. Andererseits aber wusste sie nicht, was sie sonst machen sollte. Wenigstens musste sie sich keine Sorgen um ihre Kündigung machen. Kein Arbeitsvertrag, keine Kündigungsfristen. Wenn sie ehrlich war, hatte Seattle seinen Reiz schon vor einiger Zeit verloren. Natürlich nicht die Nähe zum Pazifik. Sie war sich sicher, dass sie das Meer vermissen würde. Aber die Stadt und die damit einhergehende Hektik gingen ihr auf die Nerven. Ein Szenenwechsel würde ihr und Rambo vielleicht ganz gut tun. Also auf nach Independence, Colorado, eine Kleinstadt in den Rocky Mountains.

*

Bei Dragonbooks von Virginia Fox auch erhältlich:

Die Rocky Mountain Serie:

(Genre: Liebesroman/Spannung)

Band 1 – Rocky Mountain Yoga
Band 2 – Rocky Mountain Star
Band 3 – Rocky Mountain Dogs
Band 4 – Rocky Mountain Kid
Band 5 – Rocky Mountain Secrets
Band 6 – Rocky Mountain Fire
Band 7 – Rocky Mountain Life
Band 8 – Rocky Mountain Race
Band 9 – Rocky Mountain Lion
Band 10 - Rocky Mountain Gold
Band 11 - Rocky Mountain Crime
Band 12 - Rocky Mountain Heat
Band 13 - Rocky Mountain Snow
Band 14 - Rocky Mountain Horses
Band 15 – Rocky Mountain Kiss (Juni 2018)
Band 16 – Rocky Mountain Games (September 2018)
Band 17 – Rocky Mountain Love (Dezember 2018)

Drachenromane:

Die Drachenschwestern Trilogie

(Genre: Frauenromane mit einem Hauch Fantasy)

Band 1 - Die Drachenschwestern
Band 2 - Das Drachenkind
Band 3 - Das Drachenpferd

Das Drachenmädchen

(Genre: Jugend-/Fantasy)

Band 4 - Das Zeichen des Drachen
Band 5 - Die Drachen der Neuen Welt

Alle Neuerscheinungen und Preisaktionen werden unter virginiafox.com oder auf FB (authorvirginiafox) angekündigt.